ସୁବର୍ଣ୍ଣଦ୍ୱୀପର କଳିଙ୍ଗ ରାଜା

ସୁବର୍ଣ୍ଣଦ୍ୱୀପର କଳିଙ୍ଗ ରାଜା

ଇନ୍ଦ୍ରମଣି ଜେନା

ବ୍ଲାକ୍ ଇଗଲ୍ ବୁକ୍ସ

ଭୁବନେଶ୍ୱର, ଓଡ଼ିଶା

BLACK EAGLE BOOKS
Dublin, USA

ସୁବର୍ଣ୍ଣଦ୍ୱୀପର କଳିଙ୍ଗ ରାଜା / ଡା. ଇନ୍ଦ୍ରମଣି ଜେନା

ବ୍ଲାକ୍ ଇଗଲ୍ ବୁକ୍ସ : ଭୁବନେଶ୍ୱର, ଓଡ଼ିଶା ● ଡବ୍ଲିନ୍, ଯୁକ୍ତରାଷ୍ଟ୍ର ଆମେରିକା

 BLACK EAGLE BOOKS

USA address:
7464 Wisdom Lane
Dublin, OH 43016

India address:
E/312, Trident Galaxy, Kalinga Nagar,
Bhubaneswar-751003, Odisha, India

E-mail: info@blackeaglebooks.org
Website: www.blackeaglebooks.org

First International Edition Published by
BLACK EAGLE BOOKS, 2023

SUBARNA DWIPARA KALINGA RAJA
Dr. Indramani Jena, M.D. (Medicine)
128, Dumuduma (A), Khandagiri,
Bhubaneswar-751030, Odisha,
Cell: +919438007509
E-mail: indramanijena552@gmail.com

Cover & Interior Design: Ezy's Publication

ISBN- 978-1-64560-777-9 (Paperback)

Printed in the United States of America

'ପ୍ରାଚୀନ କଳିଙ୍ଗର ଅନ୍ଵେଷକ'

ଏହି ପୁସ୍ତକଟି ଇତିହାସର ନୀଳ ଜଳଧୃ ମଧ୍ୟରେ ଲୁପ୍ତ
ଜାଜୁଲ୍ୟମାନ ସୁବର୍ଣ୍ଣ ରଶ୍ମି ବିକିରିତ କରୁଥିବା କଳିଙ୍ଗର
ତଥ୍ୟରାଜିକୁ ଲୋକଲୋଚନକୁ ଆଣିବାକୁ ପ୍ରୟାସ କରୁଥିବା
ଅନ୍ଵେଷକମାନଙ୍କୁ ଉତ୍ସର୍ଗ କରୁଅଛି ।

— ଲେଖକ

ଉପକ୍ରମ

ଚିର-ଭାସମାନ ବିଶ୍ୱବ୍ରହ୍ମାଣ୍ଡରେ ଦର୍ଶକ ହିସାବରେ ଆମେ ଜୀବନଟାୟାକର ସୂର୍ଯ୍ୟୋଦୟ, ଦିନ, ରାତି, ଭୂମି, ଆକାଶ, ନଦୀ ଓ ସାଗର ଆଦି ଦେଖି ଆମ ଜୀବନ ସହିତ ସମତାଲରେ ଜୀବନ କାଟୁଥିବା ଜୀବଜନ୍ତୁ, ବୃକ୍ଷଲତାଗଡ଼ିକୁ ଦେଖି ମନରେ ସନ୍ତୋଷଲାଭ କରୁ, ଜୀବନକୁ ସାର୍ଥକ ମନେକରୁ।

ମାତ୍ର ଇତିହାସ ଏବଂ ପ୍ରତ୍ନତତ୍ତ୍ୱ ଆମର ମନର ଦୃଷ୍ଟିକୁ ବହୁ ପଛକୁ ନେଇ ଆମକୁ ତଦାନୀଚ୍ଚନ ସମାଜର ଏବଂ ବିଶ୍ୱର ଚିତ୍ର କିୟଦାଂଶରେ ଗୋଚର କରାଇଦିଏ। ସେମିତି ଅନେକ ଘଟଣା ଆସେ, ଯାହା ଅବିଶ୍ୱାସ୍ୟ ହେଲେହେଁ ସତ। ଏମିତି ଗୋଟିଏ ବିଷୟ ଆମର ଗୋଚରକୁ ଆସେ ଆମ ରାଜ୍ୟ ଓଡ଼ିଶା, ଏହାର ପୂର୍ବ ରୂପ କଳିଙ୍ଗର ଐତିହ୍ୟ ଉପରେ ଏମିତି ଐତିହାସିକ ଦୃଷ୍ଟି କ୍ଷେପଣ କଲେ।

କଳିଙ୍ଗ ସମଗ୍ର ଭାରତବର୍ଷରେ ଗୋଟିଏ କର୍ମଠ ଏବଂ ଶକ୍ତିଶାଳୀ ରାଜ୍ୟ ଭାବରେ ପ୍ରାକ୍ ଐତିହାସିକ ଯୁଗରୁ ତିଷ୍ଠି ରହିଥିଲା ଏବଂ ତାହାର ଶକ୍ତି ବସୁଧାର ପ୍ରାକୃତିକ ଉପାଦାନରେ ସନ୍ନିବେଶିତ ହୋଇଥିଲା। କିଏ ସମର କଥା ଭାବୁ ତ କଳିଙ୍ଗ ନିଜର ଗଜଶକ୍ତିର ଏମିତି ସମନ୍ୱୟ କରିଥିଲା ତାହା ଯୁଦ୍ଧକ୍ଷେତ୍ରରେ ପରିଚୟ ପ୍ରଦାନ କରୁଥିଲା। ଶିଳାଶିଳ୍ପ ଗୋଟିଏ ପ୍ରାକୃତିକ ସୃଜନକ୍ଷେତ୍ର, ଯହିଁରେ କଳିଙ୍ଗର କୃତିତ୍ୱ ଉଲ୍ଲେଖ କରିବା ବାହୁଲ୍ୟମାତ୍ର। ସେମିତି ସାଗର ବଣିଜ ଓ ନୌଶକ୍ତି ଆମ ମନରେ ବିସ୍ମୟ ସୃଷ୍ଟି କରିବା ସ୍ୱାଭାବିକ। ସମଗ୍ର ପୂର୍ବପ୍ରାଚ୍ୟ ଏମିତିକି ଅଷ୍ଟେଲିଆ ସମେତ ବିଭିନ୍ନ ଅଞ୍ଚଳର ଲୋକମାନଙ୍କର ବଂଶକଣିକା ପରୀକ୍ଷା କଲେ, ସେମାନଙ୍କ ମଧ୍ୟରେ ଭାରତୀୟତା ଯେ କେତେ ବ୍ୟାପକ, ତାହା ପ୍ରମାଣିତ ହୁଏ। ପୂର୍ବ ଉପକୂଳର ସବୁଠାରୁ ବିଚକ୍ଷଣ କଳିଙ୍ଗର ନୌକାଜୀବୀମାନଙ୍କ ଉଦାହରଣ ସବୁଠାରେ ପ୍ରମାଣିତ। ଗୋଟିଏ ଔପନିବେଶିକ ଶକ୍ତି ଯେବେ ୧୬୦୦ ମସିହାରୁ ୧୯୪୧ ପର୍ଯ୍ୟନ୍ତ

ଆମ ଓଡ଼ିଶା ତଥା ଭାରତର ବଳପୂର୍ବକ ନିୟନ୍ତ୍ରଣ କରୁଥିଲା, ଏହି କଳିଙ୍ଗ ରାଇଜ ପ୍ରାଗୈତିହାସିକ କାଳରୁ କେତେ ସହସ୍ରାବ୍ଦ ଧରି ପୂର୍ବପ୍ରାଚ୍ୟର କୃଷି, ବଣିଜ, ଧର୍ମ, ଶିକ୍ଷା, ଭାଷା ଆଦିର ବିକାଶମୂଳକ କାର୍ଯ୍ୟ ସହିତ ଭାରତୀୟ ଲୋକମାନଙ୍କର ପ୍ରବାସ ନିମନ୍ତେ ବିକାଶର ଧାରା ଗଢ଼ିଥିଲା।

ବିଳମ୍ବରେ ଜଣାଗଲେ ବି ବହୁ କଳିଙ୍ଗ ତଥା ଭାରତୀୟ ବଂଶୋଭବ ବିଭିନ୍ନ ସମୟରେ ଅନେକ ପୂର୍ବପ୍ରାଚ୍ୟ ସୁବର୍ଣ୍ଣଦ୍ୱୀପରେ ବସବାସ କରନ୍ତି, ବଣିଜ ଆଉ ଧର୍ମ କ୍ଷେତ୍ରରେ ତଥା ମନ୍ଦିର ଓ ସ୍ତୂପ ନିର୍ମାଣରେ ଅଗ୍ରଣୀ ଭୂମିକା ନିଅନ୍ତି। ଏମିତି ଏକ ସମୟରେ କଳିଙ୍ଗର କଙ୍ଗୋଦରୁ ଗୋଟିଏ ରାଜବଂଶ ଅଦୃଶ୍ୟ ହୋଇ ଅଛ କେଇବର୍ଷ ଅନ୍ତରରେ ସୁବର୍ଣ୍ଣଦ୍ୱୀପରେ ସମାନ ନାମରେ ଆବିର୍ଭୂତ ହୋଇଛି। କଙ୍ଗୋଦର ଶୈଲୋଭବ ରାଜବଂଶ ବାଣପୁର ରାଜଧାନୀରୁ ଅଦୃଶ୍ୟ ହେବାର କେଇ ବର୍ଷ ପରେ ଜାଭାରେ ଶୈଲେନ୍ଦ୍ର ରାଜବଂଶ ଭାବରେ ଆବିର୍ଭୂତ ହୋଇଛି। କାହାର ମନରେ ସନ୍ଦେହ ଆସିପାରେ, ମାତ୍ର ପ୍ରତିଟି ଓଡ଼ିଆ ଏ ବିଷୟ ପଢ଼ିଲେ, ସେ ସତତା ଉପଲବ୍ଧି କରିବେ।

ଏହି ମୁଖ୍ୟ ରୋଚକ ଐତିହାସିକ ଗଳ୍ପଗୁଚ୍ଛ ପୁସ୍ତକର ପ୍ରଥମ ପୁସ୍ତ ସହିତ ଅନ୍ୟାନ୍ୟ ଇତିହାସ ପୃଷ୍ଠାର ସମତୁଲ ଅଭୁଲା କାହାଣୀ – ଖାରବେଲ, କଳିଙ୍ଗଯୁଦ୍ଧ, ଜଗନ୍ନାଥ ପରି ମଞ୍ଚା ମଞ୍ଚା ଅନେକଗୁଡ଼ିଏ କାହାଣୀ ପାଠକମାନଙ୍କ ପାଇଁ ପ୍ରସ୍ତୁତ।

ଆଶାକରେ, ପ୍ରତିଟି ଗଳ୍ପ ପାଠକଙ୍କର ସୁଖପାଠ୍ୟ ହେବ।

ଇତି

ଲେଖକ

ସମାରୋହ, ୧୨୮, ଡ଼ୁମ୍ଡ଼ୁମା(କ)

ଖଣ୍ଡଗିରି, ଭୁବନେଶ୍ୱର–୩୦

ମୋ – ୯୪୩୮୦୦୭୫୦୯

indramanijena552@gmail.com

୨୭ ଜୁନ୍, ୨୦୨୫(ଶ୍ରୀଗୁଣ୍ଡିଚା)

ସୂଚୀ

ସୁବର୍ଣ୍ଣଦ୍ୱୀପର କଳିଙ୍ଗରାଜା	୧୧
କଳିଙ୍ଗ ଯୁଦ୍ଧର ସୈନିକ	୩୬
ଅପହରଣ	୪୯
କଳିଙ୍ଗ ସୌଦାଗର	୫୬
ଇନ୍ଦ୍ରଦ୍ୟୁମ୍ନ – କଳିଙ୍ଗ ସମ୍ବନ୍ଧ	୬୩
ଦେଖୋ ଲୋ କଳିଙ୍ଗର ଶ୍ରୀଲଙ୍କା ଯ୍ୱାଇଁ	୭୦
ଲୋଲୁପ ଯବନକୁ ପାନେ	୭୯
ଅରୁଣୋଦୟ	୮୪
ବ୍ରାହ୍ମମୁହୂର୍ଭ	୯୩
ଅସହାୟ କଳିଙ୍ଗ ସାଧବ	୧୦୯
ପାଇକ ରକ୍ତର ଉଷ୍ନତା	୧୨୮
ଦେଖୁ ଦେଖୁ ଭାସିଗଲି	୧୩୩
ସମ୍ମୋହିନୀ	୧୫୩
ଜଗନ୍ନାଥ ଭୂମି	୧୬୬
ଓଡ଼ିଆ ସନ୍ତକ	୧୭୭

ସୁବର୍ଣ୍ଣଦ୍ୱୀପର କଳିଙ୍ଗରାଜା

ମଧ୍ୟ ଜବଦ୍ୱୀପର ରାଜଧାନୀ ପ୍ରମ୍ବାନନ୍। ସେହି ରାଜ୍ୟର ରାଜପ୍ରାସାଦ ବିଚାରକକ୍ଷରେ ଉପବିଷ୍ଟ ଶୈଲେନ୍ଦ୍ର ମହାରାଜ ଗୋଟିଏ ଲୋମହର୍ଷଣକାରୀ ଜଳଦସ୍ୟୁର ବିଚାର କରିବାକୁ ବସିଛନ୍ତି। ଏହା ଗୋଟିଏ ସାଧାରଣ ଅପହରଣ ବା ସଶସ୍ତ୍ର ଡକାୟତି ବିଷୟ ନୁହେଁ, ବରଂ ତିନି ତିନୋଟି ରାଷ୍ଟ୍ର ସହିତ ସମ୍ପୃକ୍ତ ଅଜସ୍ର ସୁବର୍ଣ୍ଣମୁଦ୍ରାପୂର୍ଣ୍ଣ ନାବିକଭରା ବୋଇତଟିକୁ ନେଇ ହୋଲିଙ୍ଗ୍ ବନ୍ଦରର ଏକ ଅପନ୍ତରାରେ ଲୁଚାଇ ରଖ୍ଥିବା ଘଟଣାର ନ୍ୟାୟ ପ୍ରଦାନ କରୁଛନ୍ତି।

ମଧ୍ୟ ଜବଦ୍ୱୀପର ହୋଲିଙ୍ଗ୍ ବନ୍ଦର। ଜଳଦସ୍ୟୁ ପୁଣି ଚତୁର୍ଥ ରାଷ୍ଟ୍ରର, ଯେଉଁମାନେ ଆରବ ସାଗରରୁ ଭାରତମହାସାଗରକୁ ପଶି ସୁଦୂର ପ୍ରଶାନ୍ତ ମହାସାଗର ପର୍ଯ୍ୟନ୍ତ ବ୍ୟାପି ରହିଛନ୍ତି। ଏହି ଅଞ୍ଚଳ ବଣିଜ ବେପାରରେ ବ୍ୟସ୍ତ। ତାହାରି ସୁଯୋଗ ନେଇ ବଣିକମାନଙ୍କୁ ଲୁଣ୍ଠନ କରି କେହି ଦେଖ୍ଥିବା ପୂର୍ବରୁ ପୁନରାୟ ଭାରତବର୍ଷର ପଶ୍ଚିମ ରାଇଜ ପଞ୍ଚକୁ ଫେରିଯିବା ଏମାନଙ୍କ ନିୟମିତ ବ୍ୟବସାୟ।

ଶୈଲେନ୍ଦ୍ର ମହାରାଜଙ୍କ ନ୍ୟାୟାଳୟ ସମ୍ମୁଖରେ ଏହି ପ୍ରମାଣ ଥିଲା କି ଭାରତର ରାଜାମାନେ ସୁବର୍ଣ୍ଣ ଆମଦାନି କରିବାକୁ ସୁମାତ୍ରା ଅବା ଜାଭା ମାଧ୍ୟମରେ କରାଇଥାଆନ୍ତି। ବାଟମାରଣାର ପ୍ରଶ୍ନ ହିଁ ଉଠୁନି। ପ୍ରଶାନ୍ତ ମହାସାଗରରେ ଚୈନିକ ନୌସେନାମାନଙ୍କ ମାର୍ଫତ ଏହି ବୋଇତ ହୋଲିଂ ଅବା ବଡ଼ବନ୍ଦରକୁ ଆସେ। ତା ପରେ କଳିଙ୍ଗ, ମଗଧ, ପାଣ୍ଡ୍ୟ ଅବା ବଙ୍ଗ ନିଜ ନିଜର ସୁବର୍ଣ୍ଣ ପାଇଁ ଜଗାଇଥିବା ନୌସେନାକୁ ସୁରକ୍ଷା ଦେଇ ନିଜ ଦେଶକୁ ବାଟେଇ ନିଅନ୍ତି।

ରାଜା ନିଜେ ଅଙ୍ଗେ ନିଭାଇଥିବା କଥା ତାଙ୍କର ମନେ ପଡ଼ିଗଲା।

ଦୀର୍ଘ ଛତିଶ ବର୍ଷ ତଳର କଥା। ସେତେବେଳକୁ କଳିଙ୍ଗମାଟିରେ ବଂଶର ଭାଗ୍ୟରବି ଅସ୍ତଗାମୀ ହେବାକୁ ବସିଛନ୍ତି।

ଉତ୍କଳ ଦେଶରେ ନୂଆ ରାଜବଂଶ ଆସିଥିଲା ଶୈଳସୁତ ବା ପ୍ରସ୍ତର ସନ୍ତାନ ଭାବରେ। ବଂଶ ପରମ୍ପରା ରହିଛି ଶୈଳସୁତ ପରିବାରର। ମାତୃଭୂମି ମହେନ୍ଦ୍ର ପର୍ବତ। ପଶ୍ଚିମ ମହେନ୍ଦ୍ରଗିରିରୁ ଆରମ୍ଭ କରି ପୂର୍ବ କଳିଙ୍ଗ ଉପକୂଳ ଚିତ୍ରୋତ୍ପଳା ଅବବାହିକା ଏମାନଙ୍କର କଙ୍ଗୋଦ ରାଜ୍ୟ। କଳିଙ୍ଗ ଯୁଦ୍ଧର ଏକ ସହସ୍ର ବର୍ଷ ପରର କଳିଙ୍ଗ। କଳିଙ୍ଗ ଯୁଦ୍ଧ ନିଷ୍ଫଳ କରିଦେଇନି କଳିଙ୍ଗକୁ, ଅଧିକ ଜୀବନ୍ତ ଓ ଚଳଚଞ୍ଚଳ ହୋଇ ପଡ଼ିଥିଲା ଚେଦି ବଂଶ ଶାସନରେ। ନବଜୀବନ ଲାଭ କରି ଭାରତବର୍ଷ ବିଜୟ ଅଭିଯାନ କରିଛନ୍ତି ମହାମେଘବାହନ ଖାରବେଲ। ସେହି କଳିଙ୍ଗ ସମ୍ମୁଖୀନ ହୋଇଛି ସାତବାହନ, ଶଶାଙ୍କ ଆଉ ହର୍ଷବର୍ଦ୍ଧନଙ୍କ ସମର ପ୍ରାଙ୍ଗଣରେ। ବିଭାଜିତ ହୋଇଛି ରାଜନୈତିକ କ୍ଷେତ୍ରରେ, ତା ଉପରେ ପୁଣି ବିଦେଶୀ ପରାଭବ।

ଶୈଳସୁତମାନେ ମହେନ୍ଦ୍ର ତନୟ ବୋଲି କଙ୍ଗୋଦ ଶିଳାକୀର୍ତ୍ତିରେ ଉଲ୍ଲେଖ କରନ୍ତି। ଏକାମ୍ରରେ ପ୍ରଦର୍ଶନ କରନ୍ତି ପଶୁରାମେଶ୍ୱର ମନ୍ଦିର। ନିଜ ନାମର ସାର୍ଥକତା ଶିଳାଶିଳ୍ପରେ ଉଦ୍ରେକ କରନ୍ତି, କଙ୍ଗୋଦରେ ଶିଳାଶିଳ୍ପର ଆଦର ବହୁତ। ଏହି ପଥର ଶିଳ୍ପର ସର୍ବଶ୍ରେଷ୍ଠ ଶିଳ୍ପୀ ନୃପତିଙ୍କର ପୁରସ୍କାର ପାଇବା ସହ ରାଜପାର୍ଷଦର ସଭ୍ୟ ହେବାର ଯୋଗ୍ୟତା ପାଆନ୍ତି।

ସାଗରରେ ବୋଇତ ବାହି ସୁଦୂର ସୁବର୍ଣ୍ଣଦ୍ୱୀପରେ ବଣିଜ କରିବା କଳିଙ୍ଗର ମଜ୍ଜାଗତ ପ୍ରବୃତ୍ତି। କିଏ ହିସାବ କରୁଛି କେତେ ଲାଭ ହେଉଛି କେତେ କ୍ଷତି, କଳିଙ୍ଗ ବୋଇତ ଦିନକୁ ଦିନ ବେଶୀ ରଙ୍ଗବେରଙ୍ଗୀ ହୋଇ ମହୋଦଧିର ସୌନ୍ଦର୍ଯ୍ୟ ବୃଦ୍ଧି କରୁଛି। ସାରା ଭାରତବର୍ଷରେ ଯଦି କେଉଁ ରାଇଜର ଲୋକ ବୋଇତକୁ ବେଶୀ ଆଦର କରନ୍ତି ତ ସେଇ ରାଇଜ ହେଲା କଳିଙ୍ଗ ଭିତରେ କଙ୍ଗୋଦ।

ସତେ କି କଙ୍ଗୋଦର ଲୋକ ସୁବର୍ଣ୍ଣଦ୍ୱୀପ ପାଇଁ ଜନ୍ମ ହୋଇଛନ୍ତି!

ଗାଆଁ ଗାଆଁର କଙ୍ଗୋଦବାସୀ ସେଠାକୁ ଯାଇ ବସତି ଗଢ଼ୁଛନ୍ତି। ରାଜାଙ୍କର ବି କେତେଟା ବାଟକଢ଼ାଲି ମଧ୍ୟସ୍ଥ ଅଛନ୍ତି। ଆଶାୟୀ କଙ୍ଗୋଦବାସୀଙ୍କୁ ଜାଭାଦ୍ୱୀପରେ ନେଇ ଥଇଥାନ କରିବାର ବ୍ୟବସ୍ଥା କରିବାର ପାଇଁ ତାଙ୍କର। ଏତେ ବୋଇତର ଲୋଡ଼ା ପଡ଼ୁଛି, ରମ୍ଭାଚିଲିକାରେ ମାଲ ମାଲ ବୋଇତ ଯୋଡ଼ୁଛନ୍ତି ବୋଇତଗଢ଼ାଲି। ଆଉ ଗୋଲବାଇ ବୋଇତଗଢ଼ିକ କଙ୍ଗୋଦରୁ ଧାଡ଼ି ବାନ୍ଧିଥିବା ସୁବର୍ଣ୍ଣଦେଶର ଆଗନ୍ତୁକମାନଙ୍କୁ ଭେଟାଉନାହିଁ।

ଧୁରନ୍ଧର ହୋଇଛି କଙ୍ଗୋଦ ସାଗର ଯାତ୍ରାରେ। ଚିତ୍ରୋତ୍ପଳାରୁ ତିବ୍ଦୋଲା, ଚନ୍ଦ୍ରଭାଗାରୁ କଣାକଣ , ରଷିକୁଲ୍ୟାରୁ ପାଲୁରା, ମହେନ୍ଦ୍ର ତନୟାରୁ କଳିଙ୍ଗନଗର ସବୁ ନଦୀ କୂଳରୁ ବିଦେଶ ବଣିଜ। ଶହ ଶହ ନୌବହର ଚଳେ ସୁବର୍ଣ୍ଣ ଦ୍ୱୀପକୁ। କେବଳ

ସୁବର୍ଣ୍ଣଦ୍ୱୀପ ନୁହେଁ, ବାଲି, ଚମ୍ପା ଆଉ ସବୁ ଭିନ୍ନ ଦିଗରେ। ସବୁଠାରୁ ସନ୍ନିକଟ ତାମ୍ରପର୍ଣ୍ଣୀ ସିଂହଲ। ଶୈଲୋଭବ ରାଜକୋଷ ଅନେକାଂଶରେ ଭରିଯାଏ ସାଗରବଣିଜ ଲବ୍ଧ ଆୟରେ। କିନ୍ତୁ ବଣିଜ ବିକାଶ ପାଇଁ ରାଜାଙ୍କର ଉକ୍ତି, ସାଗର ବଣିଜ ନିଷ୍ଟର। ସାଧବମାନେ ଯଦି ଚାହାନ୍ତି, ସେମାନଙ୍କ ଦାନାର୍ଥରେ କଙ୍ଗୋଦ ମନ୍ଦିରମୟୀ ହୋଇ ଯିବ।

ଯୁଗଯୁଗର କଳିଙ୍ଗ ବଣିଜର ରାଜକୀୟ ପ୍ରୋସ୍ତାହନ ଗୁମର ଖୋଲିଦେଲେ ଶୈଲସୁତ। ସତରେ ପାରଙ୍ଗମ ସାଧବମାନେ ଜୁଟିଗଲେ। ଦେଶୀୟ ଯେତେ ଖାଉଟି ଦ୍ରବ୍ୟ ସବୁ ବାନ୍ଧିଲେ। ଅଦାରୁ ଆରମ୍ଭ କରି ସବୁ ରୋଷେଇ ମସଲା, ଜୁଆଣୀ, ଶୁଣ୍ଠି ଆଦି ଓଉଷଧ ପଦାର୍ଥ ଏମିତି କେତେ କଅଣ। ବୋଇତଭରି ଚାଲିଲେ ବଣିଜରେ। କଳିଙ୍ଗ ଗୁଡ଼ ସବୁଠୁ ମିଠା। ହୋଲିଙ୍ଗ୍ ବଡ଼ବନ୍ଦରରେ ବୋଇତ ଲାଗିଲେ, ସେଠିକା ଅନୁପ୍ରବେଶୀ କଳିଙ୍ଗବାସୀଙ୍କ ଅପେକ୍ଷା ବୋର୍ଣ୍ଣିଓ ଆଦିମ ଅଧୁବାସୀମାନେ ଖୋଜିବସିବେ କଳିଙ୍ଗର ମିଠା ମଧୁରଙ୍ଗର ଗୁଡ଼।

ଆଉ ଦେଶୀମସଲା କଳିଙ୍ଗର ଜାଭା, ବୋର୍ଣ୍ଣିଓ ଏବଂ ଆଖପାଖ ଦ୍ୱୀପମାନଙ୍କରେ ଭାରି ପ୍ରିୟ। କାରଣ ହେଉଛି ଜାଭା ଭାତଖିଆ ଲୋକମାନଙ୍କ ସ୍ୱାଦ ବଢ଼ିଯାଇଛି। ଏହି କଳିଙ୍ଗବାସୀ ଜାଭାପରି ବର୍ଷାବହୁଲ ଦ୍ୱୀପରେ ଜଲସେଚିତ ଧାନଚାଷ ଦ୍ୱାରା ସୁନ୍ଦର ଭାତ ଲୋକମାନଙ୍କ ପାଇଁ ଧାରଣା ଦେଇଛନ୍ତି। ପୁଣି ଭାତ ସହିତ ଡାଲି, ତରକାରି ପରି ସୁସ୍ୱାଦୁ ବ୍ୟଞ୍ଜନ ଯୋଗ କରି ବଣ୍ୟ ଆଦିମ ଅଧବାସୀମାନଙ୍କୁ ଗାଆଁଗଣ୍ଠା ସୃଷ୍ଟି କରି ସ୍ଥାୟୀ ଜନବସତି ବସେଇଲେଣି। ଏବେ ଯୁଗ କେଇଟାରେ ସୁବର୍ଷିତ ଜାଭାଦ୍ୱୀପ ଧନଧାନ୍ୟରେ ପରିପୂର୍ଣ୍ଣ ହୋଇ ଲକ୍ଷ୍ମୀଙ୍କର ନିବାସ ହୋଇପାରିଛି।

ପୁଣି ସେଇ ଗ୍ରାମବାସୀ ମୂଲ ଜାଭାବାସୀମାନେ ଦେଖୁଛନ୍ତି, କଳିଙ୍ଗବାସୀମାନେ କେତେ ଶୃଙ୍ଖଳିତ, ସକାଳୁ ସନ୍ଧ୍ୟାପର୍ଯ୍ୟନ୍ତ ପୂଜାର୍ଚ୍ଚନାରେ ବ୍ୟସ୍ତ, କେତେବେଳେ କେତେ ଅବୋଧ୍ୟ ମନ୍ତ୍ରପାଠ କରନ୍ତି, କଥା କଅଣ? ଏମାନେ କଅଣ ଈଶ୍ୱରଙ୍କର ନିକଟ ଲୋକ? ସେମାନଙ୍କର ସଂଶୟ ଦୂର ହୁଏ ଯେବେ ସେମାନେ ଜଣେ ଗୈରିକ ଦେବପୂଜକ ଆସି କଳିଙ୍ଗବାସୀଙ୍କ ଗ୍ରାମରେ ପୂଜାର୍ଚ୍ଚନା କରନ୍ତି। ସତରେ ଦେବଦେବୀ ବିଦ୍ୟମାନ ଏବଂ ଏହି ଗୁମର ଜାଣିବାକୁ ସତତ ଆଦିମ ଅଧୁବାସୀମାନଙ୍କର ପ୍ରବଳ ଆଗ୍ରହ ରହିଛି, ଏହା ଆଉ ଗୋଟିଏ ଆକର୍ଷଣ କଳିଙ୍ଗବାସୀଙ୍କ ପରି ଚଲିବା ଓ ଈଶ୍ୱରଙ୍କୁ ପାଇବା। ସେମାନେ ବି କଳିଙ୍ଗବାସୀମାନଙ୍କ ଘରେ ପୂଜା ପାଉଥିବା ମହାଦେବଙ୍କ ସ୍ୱରୂପ ଦର୍ଶନ କରି ମୁଗ୍ଧ ହୁଅନ୍ତି।

ଏପରି ଜାଭାଦ୍ୱୀପର ବର୍ଣ୍ଣନା କଙ୍ଗୋଦ ଗ୍ରାମମାନଙ୍କରେ ବି ଆଲୋଚିତ ହେଉଛି ଏବଂ ଦଲକୁ ଦଲ ଆଶାୟୀ ଜନରାଶି ସାଗରଗଣ୍ଡରେ ଯାଇ ଜାଭାରେ ବସବାସ

କରିବାକୁ କେତେ ଶହ ବର୍ଷ ଧରି ଆଗ୍ରହ ପ୍ରକାଶ କରୁଛନ୍ତି, ତାହାର ହିସାବ ନାହିଁ। ଯେତେ ଦୂର ଅନୁମାନ କରାଯାଏ, ବିଗତ କୋଡ଼ିଏ ପୁରୁଷ ଧରି କଙ୍ଗୋଦର ପାଲୁରା ବନ୍ଦରରୁ ଲୋକ ଚାଲିଛନ୍ତି ଆଉ ଜାଭା କଳିଙ୍ଗ ପ୍ରଭାବିତ ଗୋଟିଏ ରାଜ୍ୟ ହୋଇଯାଇଛି। ଏଇଠି ରହିଛି ଜମ୍ବୁଦ୍ୱୀପ ପରି ଜାଭାଦ୍ୱୀପ, ଜଳଭରା ନଦୀର ନାମ ଜଲେରୁ। ସେଇ ଜଲେରୁରେ ଜଳସେଚନ ସୁକ୍ଷ୍ମ ଭାବରେ କଳିଙ୍ଗ କୃଷିଜୀବୀମାନେ କରାଇ ପାରିଛନ୍ତି। ଅନେକ ଚାଷଜମିର ମାଲିକ ଏମାନେ ଆଉ ଆମ ଦେଶର ସହାୟକ ଶବର ଏବଂ ବାଉରି ପରି ଅନେକ ଗିରିଜନ ଚାଷକାମରେ ସମ୍ପୃକ୍ତ।

ଏହି ଜାଭାରେ ଆଜିସାକା ରାମାୟଣଯୁଗରେ ହେଉ କି ତା ପର ଯୁଗରେ ଏଇଟା ସୁନାରୁପାର ରାଜ୍ୟରେ ପରିଣତ ହୋଇଛି। ତରୁମ ରାଜତ୍ୱକାଳରୁ କଳିଙ୍ଗ ବୋଇତ ଅହରହ ଜାଭାରେ କୂଳଧରେ। ସମଗ୍ର ଦୂରପ୍ରାଚ୍ୟରେ ଅଗଣିତ କଳିଙ୍ଗ ବୋଇତ କେତେ କୁଆଡ଼େ ଚାଲିଥାଏ। କ୍ରମଶଃ କେନ୍ଦ୍ରଜାଭା, ସୁମାତ୍ରା ଆଦି ଅଞ୍ଚଳରେ ବହୁ କଳିଙ୍ଗରାଜ୍ୟର ଲୋକ ବସା ବାନ୍ଧିଲେଣି। କେତେ ପିଢ଼ି ଗଲେଣି କହିବା ସହଜ ନୁହେଁ। ଏମାନଙ୍କ ବସ୍ତିର ପାଖାପାଖି ଅନେକଗୁଡ଼ିଏ ଗିରିଜନ ବସାବାନ୍ଧିଲେଣି। କେହି ଧର୍ମପ୍ରଚାର କରୁନାହାନ୍ତି, କିନ୍ତୁ ଗୁଣବର୍ଦ୍ଧନ ନାମକ ଜଣେ ବୌଦ୍ଧଶ୍ରମଣ ଆସି ବୁଦ୍ଧଙ୍କ ବିଷୟରେ ଜାଭାଲୋକମାନଙ୍କୁ ଅବଗତ କରାଇଥିଲେ। କଳିଙ୍ଗ ବସ୍ତି ଓ କଳିଙ୍ଗ ପୁରୋହିତମାନଙ୍କ ମହାଦେବ ପୂଜନ ସେଠାରେ ବିସ୍ମୟ ସୃଷ୍ଟି କରିଥିଲା ଓ ତାହା ହିଁ ପରବର୍ତ୍ତୀ ସମୟରେ ପ୍ରମ୍ବନନ ଶିବମନ୍ଦିରର ମୂଳଦୁଆ ଗଢ଼ିଥିଲା।

XXX XXX XXX

ଖାରବେଲଙ୍କର ସାତଶତାବ୍ଦୀ ପରର କଳିଙ୍ଗର ଅଂଶ କଙ୍ଗୋଦ। ସେହି କଙ୍ଗୋଦର ଇତିହାସ, ସାଗର ଆଉ ସୁବର୍ଣ୍ଣଦ୍ୱୀପ ଆଡ଼କୁ ମୁହାଁଇବାର ପରିସ୍ଥିତି।

ଅହିଂସା ପରମଧର୍ମ। ଏଇ କଙ୍ଗୋଦର ପୁଲିନ୍ଦସେନ ସ୍ୱପ୍ନ ଦେଖିଲେ ଭଗବାନ ସ୍ୱୟମ୍ଭୁଙ୍କୁ। ପ୍ରାର୍ଥନା କରିଛନ୍ତି ଏମିତି ଜଣେ ମଣିଷ ସୃଷ୍ଟି କରନ୍ତୁ, ଯିଏ ରାଜ୍ୟର ଶାସନଭାର ହାତକୁ ନେବେ। ସେଇଠୁ ଆଧ୍ୟାତ୍ମିକତାଭରା ଶୈଲୋଭବ ବଂଶର ଉତ୍ପତ୍ତି। ପ୍ରଥମ ଶୈଲସୁତ ଧର୍ମରାଜ। ଧର୍ମର ପୁରୁଷ, ରଣଖୋର ନୁହନ୍ତି, ତାଙ୍କର ଅନ୍ୟନାମ ରଣଭୀରୁ। ସେମିତି ଏହି କୁଳରେ ଅନେକ ରାଜନ୍ ଆଉ ସମସ୍ତେ ଅହିଂସ ନାମଧାରୀ। ଦୁଇ ଶତକ ବର୍ଷ କଙ୍ଗୋଦ ରାଜତ୍ୱ କାଲରେ ଅଛନ୍ତି ସୈନ୍ୟଭୀତ ତ ଆୟଶୋଭିତ। ଏମିତି ପ୍ରବଳ ପରାକ୍ରମୀ ସୈନ୍ୟବାହିନୀ ସପକ୍ଷରେ ଏ ରାଜକୁଳ ନାହିଁ, କେତେବେଳ ଶଶାଙ୍କ ବଙ୍ଗଦେଶରୁ ଆସି ଏମାନଙ୍କୁ କରଦ ରାଜା ଭାବରେ ଗ୍ରହଣ କଲେଣି ତ କେତେବେଲେ ହର୍ଷବର୍ଦ୍ଧନ ତାଙ୍କ ବିଜୟ

ଅଭିଯାନ ପରେ ସେମିତି ନେଇଛନ୍ତି ଏମାନଙ୍କୁ। ପଡ଼ୋଶୀ ଭୌମକର ପୂର୍ବରୁ ଆଉ ସାମନ୍ତ ଗଙ୍ଗରାଜ ଶ୍ୱେତକ ରାଜ୍ୟରୁ ଏବେ ଯେପରି ଆକ୍ରମଣ ଆରମ୍ଭ କଲେଣି, ଶୈଲସୁତ ଅଳ୍ପପାଦ ସ୍ୱଚ୍ଛ ଶାସନରୁ ଅବସର ନେବାକୁ ବସିଲେଣି। କେବଳ ପାଳି ପଡ଼ିଛି ଏବେ ରାଜ୍ୟ ଭାର ଯୁବରାଜ ପ୍ରଶାନ୍ତପାଦଙ୍କ ଉପରେ। ତାଙ୍କ ଭାଗ୍ୟରେ କଅଣ ଅଛି ସେ ଜାଣିନାହାନ୍ତି।

ରାଜଧାନୀ ବାଣପୁରର ଶୈଲୋଭବ ରାଜପ୍ରାସାଦ ଆଜି ନିରବ। ନୀଳାମ୍ବୁ ଚିଲିକାର ଦକ୍ଷିଣା ପବନର ସ୍ୱର୍ଶ ଆଜି ପ୍ରଶାନ୍ତପାଦଙ୍କର ଅନୁଭବ ହରାଉଛି। ପୂର୍ବ ଏବଂ ପଶ୍ଚିମଦିଗର ଆକ୍ରମଣ କିପରି ଏଡ଼ାଇବେ, ଚିନ୍ତା କରିନାହାନ୍ତି। ନା ରହିଛି ସମ୍ବଳ ଯାହା ବଳରେ ସେ କର ଭରିପାରିବେ କି ନିଜର ସାମରିକତା ବଜାୟ ରଖିପାରିବେ।

ମାତୃଭୂମିଠାରୁ ଲୋଭ ତୁଟିଯାଉଛି କଙ୍ଗୋଦ ରାଜପୁତ୍ର ପ୍ରଶାନ୍ତପାଦଙ୍କର। ରାଜେନ୍ଦ୍ରାସନ ଛାଡ଼ି ଆଜି ଶୈଲୋଭବ ରାଜବଂଶ ଫକୀର ହୋଇଯାଇଛି। ନିଃଶବ୍ଦରେ ପଡ଼ୋଶୀ ରାଜ୍ୟମାନଙ୍କର ଉତ୍ପାତରୁ ତ୍ରାହି ପାଇବାକୁ ବିଦାୟ ନେବାର ଜଟିଳ ନିଷ୍ପତ୍ତି ନେଉଛନ୍ତି। ପଡ଼ା ହରାଇବାକୁ ବସିଛି ଶୈଲୋଭବ ବଂଶ। କଙ୍ଗୋଦ ଚାଲିଗଲାଣି ଭୌମକର ପରିସୀମାକୁ। ପ୍ରତିରୋଧ ନାହିଁ କାହାର। ଏମିତି କେଉଁ ରାଜା ରାଜ୍ୟ ଛାଡ଼ି ପଲାତକ ହୋଇଯାଇନି। କିନ୍ତୁ ଶୈଲସୁତମାନେ ଧର୍ମରେ ଶାସନ କରି କଅଣ ବିନା ଅସ୍ତ୍ର ତିଷ୍ଠି ପାରିବେ ?

ଯାହା ସନ୍ଦେହ ଥିଲା ତାହା ଆଜି ପ୍ରମାଣିତ ହୋଇଛି। ବଳ ଯାହାର ଗାଦି ତାହାର। ଭୌମକର ରାଜବଂଶ ବିନା ଯୁଦ୍ଧରେ ଶୈଲୋଭବମାନଙ୍କଠାରୁ କଙ୍ଗୋଦ ଛଡ଼ାଇ ନେଇ ପାରିବ ବୋଲି ସୁନିଶ୍ଚିତ, ପୁଣି ଗଙ୍ଗସାମନ୍ତମାନେ ବି ପଶ୍ଚିମ ଦିଗରୁ କିଛି ଅଂଶ ପାଇବାକୁ ଟାକି ରହିଛନ୍ତି।

ପ୍ରଶାନ୍ତପାଦ ଶାନ୍ତିରେ ରହିବାକୁ ଚାହାନ୍ତି। ବୟସ ଅଠେଇଶ ବର୍ଷ। ଅବିବାହିତ। ବଂଶମର୍ଯ୍ୟାଦାରେ ଯୁଦ୍ଧ ମନୋବୃତ୍ତି ବିରହିତ। ସିଏ ଭୌମରାଜ କି ଗଙ୍ଗସାମନ୍ତଙ୍କର କରଦ ହେବାକୁ ଅନାଗ୍ରହୀ। ବରଂ ନିଜେ ରାଜଧାନୀ ବାଣପୁର ରାଜପ୍ରାସାଦରୁ କୌଣସିମତେ ଅନ୍ତର୍ଦ୍ଧାନ ହୋଇଯିବେ, କାହାର ବଶ୍ୟତା ସ୍ୱୀକାର କରିବେନି।

ସତକୁ ସତ ଏମିତି ଘଟିଗଲା କଙ୍ଗୋଦ ରାଜ୍ୟରେ। ରାତି ପାହାନ୍ତାରେ କଅଣ ଘଟିଲା, କେହି ବି ସକାଳୁ ଟେର ପାଇଲେନି ଶୈଲସୁତମାନେ କୁଆଡ଼େ ଚାଲିଗଲେ। ଆଜିଠାରୁ ବାଣପୁର ରାଜପ୍ରାସାଦ କାହିଁକି, ସମଗ୍ର କଙ୍ଗୋଦ ରାଜ୍ୟ ଦୁଇଶ ବର୍ଷର ରାଜବଂଶ ଠାରୁ ବିଚ୍ଛିନ୍ନ। ହଜିଗଲେ ଶୈଲୋଭବ ରାଜାମାନେ।

ଭୁଲିଗଲେ କଳିଙ୍ଗ, ଉତ୍କଳ, ତୋଷାଲି, କଙ୍ଗୋଦ ଆଉ କୋଶଳ। ସତ୍ତା ରହିନାହିଁ ଧର୍ମପ୍ରାଣ ଶୈଲୋଭବ ରାଜବଂଶର। ବିନା ସୁରକ୍ଷାରେ ବାଣପୁର ରାଜପ୍ରାସାଦ ଆଜି ନିରବ, ନିଃଶବ୍ଦ। ରାଜକର୍ମଚାରୀ ହଜିଗଲେଣି ରାଜ୍ୟରେ। ଜଣେ ଜଣେ ଭୌମିକର ପିଆଦା ପଇଁତରା ମାରି ଫେରି ଯାଉଛନ୍ତି।

ଯୁଗ କେଇଟା ଅନ୍ତର ହୋଇଛି କି ନା, କଙ୍ଗୋଦ ଆଉ ତୋଷାଲି ରାଜ୍ୟର ଅନେକ କୃତୀ ଶିଳ୍ପାଶିଳ୍ପୀଙ୍କୁ ଜାଭାରୁ ଉଚ୍ଚମୁଦ୍ରା ବିନିମୟରେ ବୌଦ୍ଧ ମନ୍ଦିର ନିର୍ମାଣ କରିବାର ଆକର୍ଷଣୀୟ ନିମନ୍ତ୍ରଣ ଆସିଗଲା। କିନ୍ତୁ ଗୋଟିଏ ସର୍ତ ରହିଲା, ବିଶ୍ୱର ସବୁଠାରୁ ସୁନ୍ଦର ବୁଦ୍ଧମୂର୍ତ୍ତି କରାହେବ, ଏମିତି କି ବୈତରଣୀ ଅବ୍ବାହିକାର ଲଲିତଗିରିର ବିଶାଳ ଗୋଲାକାର ବୁଦ୍ଧ ମସ୍ତକଠାରୁ ଆହୁରି ବହୁଗୁଣା ସୁନ୍ଦର ମୂର୍ତ୍ତି ସହିତ ବହୁ ମୁଦ୍ରାର ବୁଦ୍ଧ ପୂଜା ପାଇବେ ଜାଭାରେ। ବଡ଼ ବନ୍ଦର (ବୋର ବଦୁର) ପାଖ ହ୍ରଦ ଦୁଇ ପାର୍ଶ୍ୱ ପାହାଡ଼ରେ ବିଶ୍ୱ ବିଖ୍ୟାତ ବୌଦ୍ଧ କୀର୍ତ୍ତି ରଚାଇବାର ଦୁର୍ବାର ପରିକଳ୍ପନା କରୁଥିଲେ ଜାଭାର ପ୍ରତାପୀ ନୃପତି।

ଉତ୍କଳୀୟ ଶିଳ୍ପାଶିଳ୍ପୀମାନେ ବୋଇତରେ ଯାଇ ବଡ଼ ବନ୍ଦରରେ ପହଞ୍ଚିଗଲେ। ଜାଭାରେ ପହଞ୍ଚି ଜାଣିଲେ ସେଠିକାର ନୃପତିଙ୍କ ବଂଶ ଉତ୍କଳୀୟ। ସିଏ ମହାଜାନ ବୌଦ୍ଧ ସମ୍ପ୍ରଦାୟର। ତାଙ୍କ ବିଷୟରେ ସକଳ ବୃତ୍ତାନ୍ତ ଶୁଣିବାକୁ ପାଇଲେ। ଶୈଲେନ୍ଦ୍ର ରାଜବଂଶ ପ୍ରତିଷ୍ଠା କରି ରହିଥିବା ରାଜନ୍ ଆଉ କେହି ନୁହନ୍ତି, କଙ୍ଗୋଦ ରାଜପରିବାର ବଂଶୋଭବ। କେଇ ଦଶକ ଆଗରୁ ସେଇ ଶୈଲୋଭବ ରାଜବଂଶୀ, ସତ୍ତା ହରାଇ ସାରିଛି କଙ୍ଗୋଦ ରାଜ୍ୟରୁ।

ଶୈଲସୁତଙ୍କର କଙ୍ଗୋଦ ରାଜଭବନରୁ ନିର୍ଗମନର ପଥ ଖୋଜି ବୁଲିଲେ ଶିଳ୍ପୀବୃନ୍ଦ। ତଥ୍ୟ ମିଳିଲା ଜାଭା ଉତ୍କଳୀୟ ବସତିରୁ।

ଜାଭାରେ କଳିଙ୍ଗ ସମାଜ ଗଠନର ସହସ୍ରବର୍ଷ ପୂରିଗଲାଣି। ନୌବାଣିଜ୍ୟ ପ୍ରଖର ଗତିରେ ଚାଲିଛି। ଜାଭାକୁ ଯେତେ ପୋତ ଦୁନିଆରୁ ଆସୁଛି, ସବୁଠାରୁ ବେଶୀ ଆସୁଛି କଳିଙ୍ଗ ବୋଇତ। ଜାଭା ବି ପ୍ରବାସୀ କଳିଙ୍ଗ ଜନସଂଖ୍ୟାରେ ପରିପୂର୍ଣ୍ଣ ହୋଇଗଲାଣି। ଗୌତମ ବୁଦ୍ଧ ତିରୋଧାନ ହେବା ଦେଢ଼ ସହସ୍ରାବ୍ଦରୁ ଊର୍ଦ୍ଧ୍ୱ ହୋଇଗଲାଣି। ଇତିହାସର ଗୋଟିଏ ବିଶିଷ୍ଟ କଥା ଜାଭାରେ ଲୋକକଥା ଆକାରରେ ରହିଛି। ଜମ୍ବୁଦ୍ୱୀପର କଳିଙ୍ଗ ରାଜ୍ୟର ଏକ ହଜାର ଅଧିବାସୀ ଜାଭାଦ୍ୱୀପରେ ବସତିସ୍ଥାପନ ପାଇଁ ଖାରବେଲଙ୍କ ସମୟରେ ପ୍ରୋତ୍ସାହିତ ହୋଇ ଆସିଥିଲେ।

ଶୁଣ ସେ କାଳର କଥା।

ଗୋଟିଏ ସମୟରେ ଜାଭାଦ୍ୱୀପ ଶୂନ୍‌ଶାନ ଖାଲି ଦ୍ୱୀପଟିଏ ପରି ଥିଲା । ଗୋଟିଏ ବୋଇତ ଆସି ଲାଗିଲା ଆଉ ବୋଇତ ଲୋକମାନେ ଭିତରକୁ ଯାଇ ଜମିବାଡ଼ି ନଦନଦୀ ତନ୍ନ ତନ୍ନ କରି ଦେଖିଲେ । ସେମାନଙ୍କୁ ପସନ୍ଦ ହେଲା ଏ ଜାଭା ସ୍ଥାନଟି । ମାଟି ଭଲ । ଭଲ ଫସଲ ହେବ । ସେମାନେ ହେଉଛନ୍ତି କଳିଙ୍ଗ ରାଜ୍ୟର ଲୋକ । ପସନ୍ଦ କରିଗଲେ ଏଠି ବସତି କରିବାକୁ ଅନୁକୂଳ । କଳିଙ୍ଗ ପୋତ ସବୁବେଳେ ଏହି କଳିଙ୍ଗୋଦ୍ର ସାଗର ଭିତରେ ଯାତାୟତ କରୁଛି । ଉର୍ବର ମାଟିର ଦେଶରେ ବସତିସ୍ଥାପନ କରି ଦୁନିଆରେ ବହୁ କଳିଙ୍ଗ ନ ବସେଇବେ କାହିଁକି ?

ସେ ସମୟର କଳିଙ୍ଗ ରାଜା ବାଛି ବାଛି ହଜାର ହଜାର କର୍ମଠ ପରିବାର ଏଠାକୁ ପଠାଇଲେ । କଳିଙ୍ଗବାସୀ ସେତେବେଳେ ଉଚ୍ଚାକାଂକ୍ଷୀ ଥିଲେ । ଦ୍ୱୀପାନ୍ତର ଯାଇ ନୂତନ ଜୀବନ ଗଢ଼ିବାର ଆଶା ରଖିଥିଲେ । ଆକାଶର ପକ୍ଷୀମାନଙ୍କ ପରି ଉଡ଼ି ଉଡ଼ି ବିଭିନ୍ନ ସ୍ଥାନ ଦେଖିବା ପରି ପାଲଟଣା ନୌକାରେ ଜଳଯାତ୍ରାକରି ସୁନ୍ଦର ଦ୍ୱୀପ ଚୟନ କରି ସେଠାରେ ବାସ କରିବାର ଦୁର୍ବାର କାମନା କରୁଥିଲେ । ଜାଭା ଆଉ ଖାଁ ଖାଁ ଲାଗିଲାନି । ଚଳଚଞ୍ଚଳ ପାଲଟି ଗଲା । ଲୋକ ମାଟି ପାଣି ଦେଖି ଚାଷ ରଚିଲେ, କିନ୍ତୁ ଦେଖିଲେ ଏଠିକା ଜଙ୍ଗଲରେ ଭରି ରହିଛି ଲବଙ୍ଗ, ଡାଲଚିନି, ଗୁଜୁରାତି ପରି ଅନେକ ମସଲା ଗଛ । ଭାଗ୍ୟବାନ ମଣି ଜାଭାକୁ ଏକ ଉତ୍ପାଦକ ଦ୍ୱୀପ ଭାବରେ ଗଢ଼ିତୋଲିଲେ ।

କେଇ ପୁରୁଷ ଅନ୍ତରେ ସମଗ୍ର ଦ୍ୱୀପଟି ସବୁଜିମାରେ ଭରିଗଲା । ବର୍ଷାରୁତୁର ଜାଭା ଗୋଟିଏ ବିରାଟ ଧାନବିଲ ପରି ଦେଖାଦେଲା । ଜାଭାର ଲବଙ୍ଗ, ଡାଲଚିନି ଆଉ କେତେ ମସଲା ମସଲୀ ସେଇ କଳିଙ୍ଗରେ ଏମିତି ସୁଆଦ ଲାଗିଲା, ପୋତ ଭରି ନେଇ ଚାଲିଲେ । ସେଟିକି ସୁନା ଏଠୁ ନ ପାଇଲେ ବି ସାଧବ ଭାଇର ଗରମମସଲା ବେପାର ସୁଚାରୁରୂପେ ଚାଲିଲା । ଏହା ଦେଖାଦେଖି ଚାରିଆଡୁ ଲୋକମାନେ ଆସିଗଲେ, ସବୁ ପୋତ ସାଗରରେ ପ୍ରତିଦ୍ୱନ୍ଦ୍ୱିତା କରି ଜାଭାର ବଡ଼ବନ୍ଦରକୁ ଆସିଲେ । କିନ୍ତୁ କଳିଙ୍ଗପୋତ ସବୁବେଳେ ଆଗୁଆ । ସଂଖ୍ୟାଧିକ । ବିଶାଲ ଓ ରଙ୍ଗୀନ ।

ଯେଉଁ ଦିନ ଶୈଲସୁତ କଙ୍ଗୋଦ ରାଜଧାନୀ ବାଣପୁର ଛାଡ଼ି ଜାଭାମୁଖୀ ପୋତରେ ନିଜର ମାତୃଭୂମି ତ୍ୟାଗ କରୁଥିଲେ, ସେ ଜାଣି ପାରିନଥିଲେ କଣ ଘଟିବାକୁ ଯାଉଛି ।   କିନ୍ତୁ ଗୋଟିଏ ଛୋଟ ବେତ ପେଟରାରେ ଅଜ୍ଜକିଛି ବିଚିତ୍ର ଲୁଗାପଟା ସହିତ ଅଳ୍ପ ରୋପ୍ୟମୁଦ୍ରା ନେଇ ସେ ତଟୁଘୋଡ଼ାରେ ବସି ଗୋଲବାଇ ପୋତାଶ୍ରୟର ଅନେକ ଦୂରରୁ ଓହ୍ଲାଇ ପଡ଼ିଲେ, ଘୋଡ଼ାଟିକୁ ଛାଡ଼ିଦେଇ ନିଜର ରୂପ ପରିବର୍ତ୍ତନ କଲେ । କାରଣ ତାଙ୍କ ମନରେ ଭୟ ଥିଲା, କୌଣସି ଶୈଲୋଭବ ରାଜ୍ୟର ପ୍ରଜା ତାଙ୍କୁ କଦାପି ରାଜ୍ୟ ଛାଡ଼ି ଚାଲିଯିବାକୁ ଦେବନାହିଁ ।

ନିଜକୁ ଜଣେ ଖଲାସୀ ପୋଷାକରେ ସଜ୍ଜାଇ ଦେହର ଗୌରବର୍ଣ୍ଣକୁ ଅଙ୍ଗାରରେ ବିକୃତ କରିପକାଇଲେ । ଭାଗ୍ୟକୁ ସେହି ସମୟରେ ପୋତ ଛାଡ଼ିବାକୁ ଉଦ୍ୟତ ହେଉଥିବା ଜାଭାଦ୍ୱୀପ ବୋଇତଟିରେ ବସିପାରିଲେ ।

ବୋଇତର ତନଖି କର୍ମଚାରୀ ତାଙ୍କୁ ପରିଚୟ ମାଗିଲେ । କୁଆଡ଼େ ଯାଉଛ ବୋଲି ପଚାରିଲେ । ସେ ନିର୍ଭୟ ଭାବରେ କହିଲେ, ମୁଁ ଏହି ଦେଶୀ ବୋଇତରେ ଖଲାସୀ ପାଇଟି କରେ । ଏବେ ଆମର ବହୁ ଗ୍ରାମବାସୀ ଜାଭା ବଡ଼ବନ୍ଦର ପାଖ ଗାଆଁଗଣ୍ଡାରେ ଧାନଚାଷ କରି ଆସ୍ଥାନ ଜମାଇଛନ୍ତି । ସେଇଠି ଯାଇ ସେମାନଙ୍କୁ ଜଳସେଚନରେ ସାହାଯ୍ୟ କରିବାକୁ ପାଞ୍ଚବର୍ଷ ପାଇଁ ଯାଉଛି ।

ବୋଇତ କର୍ମଚାରୀ ପଚାରିଲେ, ତୁମ ନାମ କଅଣ ?

ଟିକିଏ ଇତସ୍ତତଃ ହୋଇ ପ୍ରଶାନ୍ତପାଦ କହିଲେ, ଶୈଲେନ୍ଦ୍ର ।

ବୋଇତ କର୍ମଚାରୀ କହିଲେ, ଠିକ୍ ନାଁ'ଟେ ହୋଇଛି । ଉତ୍କଳୀୟମାନେ ତ କେନ୍ଦ୍ର ଜାଭା ଆଉ ବଡ଼ବନ୍ଦର ଚାରିକଡ଼େ ବସବାସ କରୁଛନ୍ତି । ଆରପଟେ ପଶ୍ଚିମ ଜାଭାରେ ଅନେକ ଅଣଉତ୍କଳୀୟ ଉତ୍ତରଭାରତୀୟ ଅଧିବାସୀ ଏବେ ରହିଲେଣି । ତଥାପି ସେମାନେ କଳିଙ୍ଗବାସୀମାନଙ୍କ ପରି ବଡ଼ ରାଜ୍ୟ କରିନାହାନ୍ତି । ତୁମ ନାଁରେ ତ କଙ୍ଗୋଦରେ ଗୋଟିଏ ରାଜବଂଶ ଥିଲା । ସେଥିରେ ମହାରାଜା ଥିଲେ । ତୁମେ ତ ଖଲାସୀ ବୋଲି କହୁଛ, କିନ୍ତୁ ତୁମ ଚେହେରା ଗୋଟିଏ ରାଜକୁମାର ପରି ଦୁଲୁକୁଛି । ସେଠାରେ ଉତ୍କଳୀୟମାନେ ଗୋଟିଏ ରାଜାର ଆବଶ୍ୟକତା ମଣୁଛନ୍ତି । ମୋତେ ଲାଗୁଛି, ତୁମେ ସେଇଠି ନିଶ୍ଚୟ କିଛିଟା ନେତୃତ୍ୱ ନେବ । ତୁମ ଗମନ ସେଇଥିପାଇଁ ।

– ଆପଣ କଅଣ ଜାଭା ଦ୍ୱୀପରେ ରହିଛନ୍ତି ନା ସେଠିକା ଉତ୍କଳୀୟ ଔପନିବେଶିକ ଗ୍ରାମର ବାସିନ୍ଦା ? ମୁଁ ତ ସେଠିକୁ ଯାଉଛି, କିନ୍ତୁ କିଛି ଅନୁମାନ କରିପାରୁନି ।

– ମୋ ନାମ ରଷି ନାଉରି । ମୁଁ ବରଷରେ ତିନି ଚାରିଥର ବୋଇତରେ ପାଲୁରାରୁ ଜାଭା ଦ୍ୱୀପ ଯାଏ । ଅନେକ ଦିନ ସେଠାରେ ଗାଆଁମାନଙ୍କରେ ରହୁଥିବା ମୋର ଉତ୍କଳୀୟ ସମ୍ପର୍କୀୟମାନଙ୍କ ଘରେ ରହିଯାଏ ।

ଛଦ୍ମବେଶୀ ରାଜକୁମାରଙ୍କର ବହୁତ ଆଗ୍ରହ ଆସୁଥିଲା ଜାଭା ଦ୍ୱୀପ ବିଷୟରେ ଅଧିକ କିଛି ଶୁଣିବାକୁ । କିନ୍ତୁ ସେ ନିଜର ଯାତ୍ରାଦେୟ ରଷି ମାର୍ଫତ ଦେଇ ନିଜ ସ୍ଥାନ ଦଖଲ କଲେ ଏବଂ ରଷି ନିଜ କର୍ତ୍ତବ୍ୟ ନିମନ୍ତେ ଚାଲିଗଲା ।

ଏହି ଜାଭାଗାମୀ ବୋଇତଟି ତିନିମହଲା ବିଶିଷ୍ଟ ଥିଲା । ରାଜକୁମାର ନିଜକୁ ଗୋପନରେ ରଖିବାକୁ ସବା ତଳ ମହଲାକୁ ବାଛି ଏକ ଅନ୍ଧାରିଆ କୋଣ ଆଦରି

ନେଇଥିଲେ। ରଷ୍ଟି କିନ୍ତୁ ଭୋଜନ ସମୟ ବେଳକୁ ନିଜେ ଆସି ଖାଦ୍ୟ ବାଢ଼ିଦେଇ ଯାଉଥିଲା ଏବଂ ପଦେ ଦିପଦ କଥା ହୋଇଯାଉଥିଲା। ତିନି ଚାରିଦିନ ପରେ ଦିନେ ଉପରବେଳା ଆସି ପାଖରେ ବସିଲା ଏବଂ କହିଲା ମୁଁ ଆଜି ଦି ଘଡ଼ି ଏଠି ବସିବି ଆମେ ରନ୍ଧା ଆଉ ଜାଭା ବସତି ବିଷୟରେ କଥା ହେବା।

– ଜାଭା କଳିଙ୍ଗପ୍ରାନ୍ତରୁ ଜଳପଥରେ କେତେଦିନର ଦୂରତା ? ପଚାରିଲେ ରାଜକୁମାର ଓରଫ ଶୈଳେନ୍ଦ୍ର।

– ସେମିତି ନିର୍ଧାର୍ଯ୍ୟ ଭାବେ କହି ହେବନି, ତଥାପି ପାଗଯୋଗ ନେଇ ଅତି କମ୍‌ରେ ଆଜି ପରି ମାର୍ଗଶିର ମାସରେ ବାହାରିଲେ ଟାଳଟୁଳ ତିନି ସପ୍ତାହ ଲାଗିବ। ପାଗ ବିପରୀତ ହେଲେ, ଦୁଇ ତିନିଦିନ ଅଧିକ ଲାଗିଯାଇପାରେ। ତୁମର ଶୈଳେନ୍ଦ୍ର କଅଣ କିଛି ଜରୁରୀ କାର୍ଯ୍ୟ ଅଛି କି ସମୟ ପଚାରୁଛ ? ଏବର୍ଷର ଅମଲ ରତୁ ତ ସରିଯାଇଥିବ। ତୁମର ସମ୍ପର୍କୀୟ କିଛି ବି ତୁମଠାରୁ ଆଶା କରୁ ନଥିବେ। ଏବେ ଯାଇ କେବଳ ଜାଭା ଆଉ ତା ପରିବେଶ ସହିତ ଅଭ୍ୟସ୍ତ ହେବା କଥା।

– ହଁ ସେହି କଥା। ଆମେ ତ ଯାହା ଆମ ରାଜ୍ୟର ଧାନବିଲ ଦେଖୁ। ସେଠାରେ ନିଶ୍ଚୟ ଆମଠାରୁ ବହୁ ଫରକ୍ ଥିବ। ବୃକ୍ଷଲତା, ପଶୁପକ୍ଷୀ ବିଲବାଡ଼ି ସବୁ ଆମରାଜ୍ୟ ଠାରୁ ଅଲଗା ଦିଶୁଥିବ।

ଏତିକି କହି ରାଜପୁତ୍ର ନିରବ ହୋଇଗଲେ। କାରଣ ସେ ଚାଷ ବିଷୟ ଆଦୌ ଜାଣନ୍ତିନି। ବିଶେଷ ଆଲୋଚନା କଲେ ଧରାପଡ଼ିଯିବେ।

ରଷ୍ଟି କିନ୍ତୁ କହି ଚାଲିଲେ – ତୁମେ ତ ଶୈଳେନ୍ଦ୍ର ଦେଖିବ। ଧାନ ହିଁ ଜାଭାଦ୍ୱୀପର ମେରୁଦଣ୍ଡ। ମୋତେ ଲାଗେ, ଏହି ଉର୍ବର ମୃତ୍ତିକା ଦେଖି ଆମରି କଙ୍ଗୋଦ ଲୋକମାନେ ଏଠି କଙ୍ଗୋଦ ଧାନ ଆଣି ଧାନବୁଣି ସଭ୍ୟତା ଗଢ଼ିଛନ୍ତି। ଯବଦ୍ୱୀପ କେବଳ ଜଙ୍ଗଲ ଏବଂ ଆଦିମ ଅଧିବାସୀଙ୍କ ଦ୍ୱାରା ସୀମିତ ଥିଲା। ସେମାନେ ବି ଶାନ୍ତଶିଷ୍ଟ ସ୍ୱଭାବର। ଆମ କଙ୍ଗୋଦବାସୀ ଏଠାକୁ ଆସି ରହିବାରେ ସେମାନେ କେବେ ବି ବିରୋଧ କରିନାହାନ୍ତି। ମାତ୍ର ସମସ୍ତ ବିଷୟ ଦେଖି ବୁଝି ନିଜପାଇଁ ଆଦରି ନେଇଛନ୍ତି। ସେମାନେ ଏବେ ବି ଦ୍ୱୀପର ଆଦିମ ଅଧିବାସୀଭାବେ ଜଙ୍ଗଲରେ କୁଡ଼ିଆ ନିର୍ମାଣ କରି ବାସ କରନ୍ତି।

କିଛି ସମୟ ଚିନ୍ତାକରି ରଷ୍ଟି ଗମାତ୍ କରି କହିଲେ, ବୁଝିଲ ଶୈଳେନ୍ଦ୍ର, ସେଠାରେ ତୁମପରି ଜଣେ ସଲଖ ସୁନ୍ଦର ଭେଣ୍ଡିଆ ଦରକାର। ଦଳପତି ପାଇଁ ତୁମେ ହିଁ ଉପଯୁକ୍ତ ଦିଶୁଛ। ସେଠି ସେଇ ଗୁଣଟିର ଅଭାବ ରହିଛି। ତୁମକୁ ଯଦି କିଏ ଦଳପତି କରେ, ତୁମେ ହେବନା ?

– ନା ମୁଁ ହେବିନି, କହିଲେ ରାଜପୁତ୍ର । କିନ୍ତୁ ତାଙ୍କ ମନରେ ଜଣେ ଦଳପତିର ମୂଳଦୁଆ ପ୍ରତିଷ୍ଠିତ ହେଉଥିଲା । ସେଥିରେ ରାଜା ନଥାନ୍ତୁ, ଦଳପତି ତ ରାଜାସଦୃଶ ।

– ହଁ ତୁମେ ହିଁ ହେବ ଗୋଟିଏ ମଉଜାର ଦଳପତି । ତା' ପରେ ଗୋଟିଏ ଭଲାକାର, ଏବଂ ପରିଶେଷରେ ମହାରାଜା ।

–ଏଇଟା ମୋତେ ଆଦୌ ଭଲ ଲାଗୁନି । ଅଦାବେପାରୀ କି ଜାହାଜ ମୂଲ କରିବ ? ମୁଁ ତ ଛାର କୃଷି ସହାୟକ କାମୁଆଟାଏ । ଦଳପତି କି ମହାରାଜା କହି ମୋତେ କିଏ ଗାଦିରେ ବସାଇଦେଲେ ମୁଁ ଚଲାଇ ପାରିବି କି ?

ବିରକ୍ତ ହୋଇ ଋଷି କହିଲା – ଛାଡ଼ ଭାଇ, ମୁଁ ତୁମକୁ ପାରିବି ନି । ଆଉ ସେକଥା ଆଲୋଚନା କରିବା ନାହିଁ । ତୁମେ ରାଜା ହୁଅ କି ପ୍ରଜା, ମୋର ଯାଏ ଆସେ କେତେ ? ବର୍ଷରେ ଦି ଚାରିଟା ଭାରି କାମ କରିଦେଲେ ମୋ ପରିବାର ଖୁସିରେ ଚଳି ପାରିବେ । ତୁମର କଅଣ ହେବ କି ଜାଭାର କଅଣ ହେବ ମୋର କି ଯାଏ ଆସେ ? ଛାର ପଦଟିଏ ତୁମେ ହଜମ କରିପାରୁନ । ହଉ, ନହୁଅ ପଛେ ଜାଭାର ରାଜା ।

ଏମିତି ଦିନ ପନ୍ଦରଟାରେ ବୋଇତ ଆସି ଜାଭାର ନିକଟବର୍ତୀ ହୋଇଗଲାଣି । ଅତିବେଶିରେ ଚାରି କି ପାଞ୍ଚରାତିର ବୋଇତ ରହଣି ବାକି ଅଛି । ତା' ପରେ ହୋଲିଙ୍ଗ ବନ୍ଦରରେ ଆଶ୍ରୟ । ବୋଇତରେ ପିଇବାପାଣି ଅଧାଅଧ୍ ରହିଛି । ଖାଦ୍ୟ ବି ବହୁକା ରହିଛି । ଯାତ୍ରାଟି ବେଶ୍ ସନ୍ତୋଷଜନକ ବୋଲି ସବୁ ଯାତ୍ରୀ ଖୁସିରେ ପ୍ରକାଶ କରୁଛନ୍ତି ।

କିନ୍ତୁ ବେଳ ଭଲ ଆସିଲାନି । ଶନିବାର ଅଧରାତିରେ ବୋଇତଟି ଦୋହଲିବାକୁ ଲାଗିଲା । ସମସ୍ତେ ଜାଣି ପାରିଲେନି, କିନ୍ତୁ ସତର୍କ ଛଦ୍ମନାମୀ ଶୈଲେନ୍ଦ୍ର ପାଖରେ ଶୋଇଥିବା ଋଷି ନାଉରୀକୁ ନିଦରୁ ଉଠାଇ ସାମୁଦ୍ରିକ ବାତ୍ୟା ଆସିଲା ବୋଲି ସତର୍କ କରାଇଦେଲେ । ଋଷି ତତ୍‌କ୍ଷଣାତ ଉଠି ତିନିମହଲା ଉପରକୁ ଆଉ ବୋଇତର ମଙ୍ଗୁଆଲ ଆଉ ଭଣ୍ଡାରଘର ତନଖିବାକୁ ଚାଲିଲେ ।

ଯାହା ଦେଖିଲେ, ଦୁଇଜଣ କଳାପୋଷାକ ଆଚ୍ଛାଦିତ ସମୁଦ୍ରଦସ୍ୟୁ ମୁହଁରେ କଳାକନା ବାନ୍ଧି ପରିଚୟ ଲୁଚାଇ ଡକାୟତି କରିବାକୁ ପଶିଛନ୍ତି । ତାଙ୍କ ଗୋଡ଼ ଥରିବାକୁ ଲାଗିଲା । ଋଷି ବିକଳରେ ଚିକ୍‌ଆର କଲାବେଳକୁ ତାଙ୍କୁ ସାହାଯ୍ୟ କରିବାକୁ ପଛରେ ଆସୁଥିବା ଛଦ୍ମବେଶୀ ଶୈଲେନ୍ଦ୍ର ତାଙ୍କ ପାଟି ବନ୍ଦ କରିଦେଲେ । ଆଉ ଶଘ ବାହାରିବନି କି କିଏ ଚିକ୍‌ଆର କରିପାରିବେନି । ଫଳରେ ଦସ୍ୟୁମାନେ ସତର୍କ ହୋଇଯିବେ ।

ତା ହିଁ ହେଲା । ଋଷି ଚୁପ୍ ରହିଲେ, କିନ୍ତୁ ଦୁଇ ଦସ୍ୟୁ ନିଜ ଜୀବନକୁ ବିପନ୍ନ କରି ବୋଇତ ଉପରୁ ପାଣିକୁ ଡେଇଁ ଚାଲିଗଲେ । ରାତିବିକାଲି । ଆଉ କିଏ ଜାଣିଲେନି ରାତିରେ ଭଣ୍ଡାରଘରେ ଜଳଦସ୍ୟୁ ପଶିଥିଲେ ବୋଲି ।

ରଷ୍ଷି ଯାହା ଡରି ଯାଇଥିଲେ, ଦସ୍ୟୁମାନେ ଚାଲିଯିବା ପରେ ମୁହଁଫୁଟାଣି ମାରି କହିଲେ, ମୂର୍ଖ ଦସ୍ୟୁଗୁଡ଼ାକ। ଫେରନ୍ତା ବୋଇତରେ ସିନା ମୁଦ୍ରାଥାଏ, ବେପାରମୁହାଁ ବୋଇତରେ କଅଣ ମୁଦ୍ରାଥାଏ କି? ଖାଲି କଖାରୁ ଆଉ ହାତୀଖୋଜିଆ ଆଳୁ। ଖାଆ କେତେ ଖାଇବୁ।

ଏହି ସମୟରେ ବୋଇତ ଟଳମଳ ହେବାକୁ ଲାଗିଲା। ଛଦ୍ମବେଶୀ ରାଜକୁମାରଙ୍କୁ କିଛି ଜଣାନଗଲେ ବି ରଷ୍ଷି ଜାଣିନେଲେ, ବୋଇତର ମଙ୍ଗୁଆଲ କକ୍ଷରେ କିଛି ନା କିଛି ଅଘଟଣ ଘଟୁଛି। ସେଠାରେ ତୁରନ୍ତ ସୁରକ୍ଷା ଆବଶ୍ୟକ। ଦୁଇଜଣଯାକ କ୍ଷିପ୍ରଗତିରେ ପୋତଚାଳକ କକ୍ଷକୁ ଚାଲିଲେ।

ସେଠାରେ ଯାହା ଦେଖିଲେ, ଦୁଇଜଣ ଆଚମ୍ବିତ ହୋଇଗଲେ। ତାଙ୍କ ବୋଇତର ତିନିଜଣ ମଙ୍ଗୁଆଲଙ୍କୁ ବାନ୍ଧିଦିଆଯାଇଛି ଏବଂ ଜଣେ କଳାମୁଖା ଆଉ କଳା ପୋଷାକ ପରିହିତ କୃଷ୍ଣକାୟ ଉଚ ଲୋକଟାଏ ବୋଇତକୁ ସନ୍ନିକଟ ଅଜଣା ଦ୍ୱୀପ ଆଡ଼କୁ ନେବାକୁ ଉଦ୍ୟମ କରୁଛି। ତତ୍‍କ୍ଷଣାତ୍‍ ରଷ୍ଷି ମଙ୍ଗୁଆଲ ଓ ତା'ର ସହକାରୀମାନଙ୍କୁ ବନ୍ଧନରୁ ମୁକ୍ତ କରିଦେଲା ଏବଂ ସମସ୍ତେ ମିଶି ଚାଳକ ଦସ୍ୟୁକୁ ସେଇ କକ୍ଷରେ ହାତଗୋଡ଼ ଚୌକସ ଭାବରେ ବୋଇତ ଦଉଡ଼ିରେ ବାନ୍ଧି

ପକାଇଦେଲେ। ଏଇଟା ଯେପରି ବୋଇତ ଲକ୍ଷ୍ୟସ୍ଥଳରେ ପହଞ୍ଚିବା ପର୍ଯ୍ୟନ୍ତ କାହାକୁ ଜଣା ନଯିବ। ଯାତ୍ରୀମାନେ ଜାଣିଲେ ଏମିତି ଅବସ୍ଥା ସୃଷ୍ଟି ହେବ, ବୋଇତ ଚଲାଇବା ସମ୍ଭବ ହେବନି।

ସେମାନଙ୍କର ଆଲୋଚନାରୁ ଜଣାପଡ଼ିଲା, ଏହି ଜଳଦସ୍ୟୁମାନେ ସୁଦୂର ରନ୍ନାକର ସାଗର (ଜମ୍ବୁଦ୍ୱୀପର ପଶ୍ଚିମପାର୍ଶ୍ୱ ଆରବ ସାଗର) ମଧ୍ୟରେ ଡକାୟତି କରନ୍ତି, ଏବେ କଳିଙ୍ଗ ସାଗର ଯେଉଁଠି ଭାରତ ମହାସାଗରରେ ମିଶିଛି, ସେଠାରୁ ହିଁ ଏହି କଳିଙ୍ଗ ବୋଇତକୁ ଅନୁସରଣ କରୁଛନ୍ତି। ଦିନରେ ଦୂରରେ ରହି ରାତିରେ ନିକଟକୁ ଆସି ଆଠଦିନ କାଳ ଅପାର ଚେଷ୍ଟା କରି ଆଜି ହିଁ ବୋଇତରେ ପଶିବାରେ କୃତକାର୍ଯ୍ୟ ହୋଇଛନ୍ତି। ସୁନା ଆଉ ରୂପା ମୁଦ୍ରାରେ ଏମାନଙ୍କର ଆକର୍ଷଣ ରହିଛି। ସେମାନଙ୍କର ଲକ୍ଷ୍ୟ ଥିଲା ସନ୍ନିକଟ ଗୋଟିଏ ଅନାମିକା ବଣଜଙ୍ଗଲରେ ପରିପୂର୍ଣ୍ଣ ନିଛାଟିଆ ଦ୍ୱୀପକୁ ନେଇ ପ୍ରତି ଯାତ୍ରୀଙ୍କୁ ପୀଡ଼ା ଦେଇ ପାଖରେ ଥିବା ସମସ୍ତ ଧନ ଲୁଣ୍ଠନ କରିବା। କିଏ ମରିଗଲେ ବି ସେମାନଙ୍କର କୌଣସି ଯା' ଆସ ନାହିଁ। ମରିଗଲେ, ସେମିତି ବୋଇତରେ ପଡ଼ିଥିବେ, କିଏ ବି ସେମାନଙ୍କୁ ସମୁଦ୍ରକୁ ଟେକି ଫୋପାଡ଼ିବ ? ଏମିତି କୃଷକାୟ ଜଳଦସ୍ୟୁମାନେ ଆଚରଣ କରନ୍ତି।

ବୋଇତ ସିନା ଜଳଦସ୍ୟୁ ପ୍ରଭାବମୁକ୍ତ ହେଲା, କିନ୍ତୁ ଯେଉଁ କେତେ ଘଡ଼ି ଦସ୍ୟୁ ଦ୍ୱାରା ଚାଳିତ ହେଲା, ସେମାନଙ୍କୁ ଗନ୍ତବ୍ୟ ପଥରୁ ବହୁ ଦକ୍ଷିଣଦିଗକୁ ଓଟାରି ନେଇଛନ୍ତି ଏବଂ ବୋଇତ ଜାଭା ପରିବର୍ତ୍ତେ ଅଜଣା ଦିଗକୁ ଗତି କରୁଛି। ମୁଖ୍ୟ ମଙ୍ଗୁଆଲ କହିଲେ ଆମକୁ ଉତ୍ତର-ପୂର୍ବ ଦିଗକୁ ତିର୍ଯ୍ୟକ୍ ଭାବରେ ଗତିକଲେ ଘଡ଼ିଏ ପରେ ହିଁ ଜାଭା ଦ୍ୱୀପ ଦିଗ ଧରିବା। ସତକୁସତ ଅନେକ ସମୟ ପରେ ସେମାନେ ରାହା ପାଇଲେ। ଗୋଟିଏ ବିଶାଳାକାୟ କଳିଙ୍ଗ ବୋଇତ ଜାଭା ଦିଗରୁ କଳିଙ୍ଗ ଅଭିମୁଖେ ଯାଉଥିବାର ଦେଖି ନିଜ ଗନ୍ତବ୍ୟ ସ୍ଥାନକୁ ମୁହାଁଇଲେ।

ବୋଇତରେ ସେ କଙ୍ଗୋଦର ଚିଲିକାରୁ ଆସି ଜାଭାରେ ପହଞ୍ଚ ଗଲେଣି ଅଥଚ ସେହି ଯାନରେ ସହଯାତ୍ରୀମାନେ ତାଙ୍କର ପରିଚୟ ପାଇନାହାନ୍ତି। ଗମ୍ଭୀର ଭାବରେ ଚିନ୍ତାଶୀଳ ଶୈଳନନ୍ଦନ ପ୍ରଶାନ୍ତପାଦ। ନିଜ ଜନ୍ମ ଅଧିକାର କଙ୍ଗୋଦରେ ନିଜ ପାଦତଳୁ ସିନା ମାଟି ଖସିଗଲା। ଏଇ ଜାଭାରେ ତାଙ୍କର ପାଦକୁ ଆଶ୍ରା ମିଳିବ ତ ? ମନରେ କିନ୍ତୁ ଆଶା ରହିଛି ତାଙ୍କର। ଏହି ଜାଭାର ଉତ୍କଳୀୟ ତଥା କଙ୍ଗୋଦପ୍ରବାସୀ ଜନସଂଖ୍ୟାର ବହୁଭାଗ। ଜାଭା ରୂପ ନେଇଛି ଦ୍ୱିତୀୟ କଙ୍ଗୋଦର। ତାଙ୍କ ମନରେ ଦୃଢ଼ବିଶ୍ୱାସ, ଜାଭା ତାଙ୍କର ଧାର୍ମିକ ରାଜବଂଶର ମର୍ଯ୍ୟାଦା ଆଉ ଧର୍ମଭାବକୁ ମହତ୍ତ୍ୱ ଦେବ। ଜାଭା ଦ୍ୱୀପରେ କଳିଙ୍ଗପରି ସୀମା ବିବାଦର ପ୍ରଶ୍ନ ନାହିଁ।

ଏ ଭିତରେ ରାଜକୁମାର ଆଉ ଋଷି ନାଉରିର ଭେଟ ପାଇନାହାନ୍ତି। ନାବଚାଳକ, ଜଳଦସ୍ୟୁ, ବିଭାଗୀୟ ମୁଖ୍ୟଙ୍କୁ ମିଶାଇ ପାଞ୍ଜଣାୟକ ନିଷ୍ପତି ନେଇଛନ୍ତି, ଗତରାତିର ଜଳଦସ୍ୟୁ ଆକ୍ରମଣ ବିଷୟ ଗୁପ୍ତ ରଖିବାକୁ। ବୋଇତର ସାଧବ ମାଲିକ ନିଜ କୋଠରିରେ ନିରାନନ୍ଦରେ ବାସ କରୁଛନ୍ତି। ସେ କିମ୍ବା କୌଣସି ଜାଭାଗାମୀ ଯାତ୍ରୀ କିଛି ସୁରାକ୍ ପାଇନାହାନ୍ତି। ଥରେ ଜାଣିଗଲେ, ସେମାନେ ଭୟଭୀତ ହୋଇ ଆଉ ନୌଯାତ୍ରା କରିବେ ନାହିଁ। ସାଧବ ବି ନିଜର ବ୍ୟାପାର ଆଉ ସାଗରମୁଖୀ କରିବ ନାହିଁ।

କିନ୍ତୁ କୌଣସିମତେ ବନ୍ଧାହୋଇଥିବା ଦସ୍ୟୁକୁ ମୁଣ୍ଡ ଲଣ୍ଡା କରି ହାତବାନ୍ଧି ହୋଲିଙ୍ଗ୍ ବନ୍ଦର ସୁରକ୍ଷା ବିଭାଗରେ ହାଜର କରିବାକୁ ହେବ। ଏଇଟା ନିଶ୍ଚିତ। ସୁବର୍ଣ୍ଣଦ୍ୱୀପର ନେନୁଙ୍କୁଡ଼ା ଜଳଦସ୍ୟୁଟିଏ ବି ସୁବର୍ଣ୍ଣ ଡାକୁ। ସେମିତି ଦଣ୍ଡ ଏହି ବନ୍ଦର କାରାଗାରରେ ପାଇବ। ଋଷି ସେଥିରେ ଟିକିଏ ବି ହେଲା କରିବନାହିଁ।

ରାଜପୁତ୍ର ନିଷ୍ପତି ନେଲେ, ନିଜର ନାମ ହିଁ ଶୌଲେନ୍ଦ୍ର ବୋଲି କହିବେ। କାରଣ ଏହା ତାଙ୍କର ରାଜବଂଶ ପରିଚୟ। ପୁଣି ଏହି ନାମ ନେଇ ସେ ଗୋଲବାଇରୁ ପାଲୁରା ଦେଇ ଜାଭାର ବଡବନ୍ଦର ଯାତ୍ରା ୨୦ ଦିନ ସମାପ୍ତ କଲେଣି, ତାଙ୍କର ଅସଲ ପରିଚୟ କେହି ପାଇନାହାନ୍ତି। ଏଇଟା ତାଙ୍କର ଚାଲାଖି ନୁହେଁ, ବରଂ ନାମଟିର କରାମତି। ତେଣୁ ସେ ଏହି ଶୌଲେନ୍ଦ୍ର ନାମରେ ଏଠାରେ ଉତ୍କଳବସ୍ତିକୁ ହିଁ ଗମନ କରିବେ।

ଦୁର୍ଭାଗ୍ୟକୁ ରାଜପୁତ୍ର ନିଜର ଏକମାତ୍ର ପରିଚିତ ଋଷିକୁ ବୋଇତରୁ ଓହ୍ଲାଇବା ବେଳକୁ ପାଇଲେନି। କାହାକୁ ଜାଣନ୍ତିନି, ବିଦେଶର ଭାଷା ବି ଜାଣନ୍ତିନି। କୁଆଡ଼େ ଯିବେ, କାହାପାଖକୁ ଯିବେ କିଛି ନିର୍ଣ୍ଣୟ କରିନାହାନ୍ତି। ବେପରୁଆ ଭାବରେ କେଉଁ ଦିଗକୁ ଯିବେ, ନିଜ ନାକପୁଡ଼ାରୁ ନିର୍ଗତ ବାୟୁଧାରା ଉପରେ ନିର୍ଭର କରିବା ଛଡ଼ା କିଛି ଅନ୍ୟ ଉପାୟ ନଥିଲା। ପୂର୍ବମୁହାଁ ହୋଇ ସାମନାରେ ବିରାଟ ସମତଳ ଭୂମି ଦେଖିଲେ, ଲୋକମାନେ ତାକୁ କେଡୁ ବୋଲି କହୁଥିବାର ଶୁଣିଲେ। ସେମାନେ ସବୁ କଙ୍ଗୋଦର ଲୋକ, ବୋଇତରୁ ବାହାରି ଚତୁର୍ଦିଗକୁ ଗମନ କରୁଥାନ୍ତି। ଅନେକ ଉତ୍କଳୀୟ ତଥା କଙ୍ଗୋଦୀୟ ଲୋକ ବି ନିଜ ପଣ୍ୟଦ୍ରବ୍ୟ ସହିତ କେଡୁର ସମତଳ ରାସ୍ତାଧରି ବିଭିନ୍ନ ଦିଗକୁ ପ୍ରସ୍ଥାନ କରୁଥାଆନ୍ତି।

କଙ୍ଗୋଦ ରାଜପୁତ୍ର ପ୍ରଶାନ୍ତପାଦ ଓରଫ ଶୌଲେନ୍ଦ୍ର କେଡୁ ସମତଳ ସ୍ଥାନର ଅନେକ ରାସ୍ତା ପାରି ହେବା ପରେ ନିର୍ଣ୍ଣୟ ମୁତାବକ ଉତ୍ତର-ପୂର୍ବ ଦିଗର ପାହାଡ଼ ଉପରକୁ ଡଗରରେ ଚଢ଼ିବାର ମାନସିକ ନିର୍ଦ୍ଦେଶ ପାଇବା ବୋଧକଲେ। ସତକୁ ସତ ଚଢ଼ିଲେ। ତା ପରେ ତଳକୁ ଓହ୍ଲାଇ ନିଛାଟିଆ ଡଗରରେ ଗଲାବେଳକୁ ଜଣେ ସୁନ୍ଦରୀ

ତରୁଣୀ କାଠଚମ୍ପାର ଫୁଲମାଲଟିଏ ଆଣି ତାଙ୍କ ଗଳାରେ ଲମ୍ବାଇ ଦେଲାଣି । ଏଇ ଫୁଲଟି ଜାଭା ଆଉ ବାଲିରେ ଉତ୍କଳୀୟ ରୁଚିର ମହକଥିବା ଫୁଲ । ଦେବ ଆଉ ଅତିଥି ସକ୍ରାରର ଉତ୍ତମ ପନ୍ଥା । କାହା ଘରକୁ ଅତିଥି ଜଣେ ଆସିଲେ, ପାଦ ଧୌତ କରି ଏମିତି କାଠଚମ୍ପା ଫୁଲମାଲଟିଏ ଦେଇ ସ୍ୱାଗତ କରାଯିବା ବିଧୁ ରହିଛି । ସମ୍ଭବତଃ ଏହି ମହକପୁଷ୍ପ କଳିଙ୍ଗ କି କଙ୍ଗୋଦରୁ ଆସି ଜାଭାରେ କଳିଙ୍ଗବସ୍ତିଗୁଡ଼ିକର ସୌନ୍ଦର୍ଯ୍ୟ ବର୍ଦ୍ଧନ କରୁଛି ।

ତରୁଣୀଟିକୁ ଦେଖି ପ୍ରଶାନ୍ତପାଦଙ୍କ ପାଦ ସ୍ଥିର ହୋଇଯାଇଛି । ଆକର୍ଷଣୀୟ ମୁଖମଣ୍ଡଳ ଯୁବତୀଟିର । ସତେକି ସିଏ କଙ୍ଗୋଦ ଶିଳାଶିଳ୍ପୀର ସେଇ ନବଯୁବତୀ, ମୁହୂର୍ତ୍ତକ ଆଗରୁ ନିଜର ପ୍ରସାଧନ ସାରି ଆଇନାରେ ମୁହଁ ଦେଖି କେଶରାଶି ସଜାଡ଼ି ନେଇଛି । ସୁନ୍ଦରୀ ମୃଗନୟନୀ କାହିଁକି ଏକୁଟିଆ ଏହି ଅରଣ୍ୟରେ ଫୁଲମାଲଟିଏ ଧରି ଅପେକ୍ଷା କରିଥିଲା ? ଏଇ ଚମ୍ପା ଫୁଲ ତ ଆମ କଙ୍ଗୋଦ ରାଜ୍ୟର । ନିଶ୍ଚୟ ଉତ୍କଳୀୟମାନେ ପ୍ରବାସରେ ଏହାର ମହକରେ ଜନ୍ମମାଟିର ସ୍ମୃତି ଅନୁଭବ କରୁଥିବେ । ମନରେ ସନ୍ଦେହ ଆସୁଛି ତରୁଣ ଯୁବରାଜଙ୍କର । କଅଣ ଯୁବତୀ ନିଜର ଅନ୍ତରଙ୍ଗ ପ୍ରେମିକପାଇଁ ଗଲାମାଲଟିଏ ତିଆରିକରି ଭୁଲବଶତଃ ତାଙ୍କୁ ବରଣ କରିଦେଇଛି କି ?

କଳିଙ୍ଗ, କଙ୍ଗୋଦ କି ଉତ୍କଳର କନ୍ୟା ପାଖରୁ ଏମିତି ଚୋରା ପ୍ରୀତି ଆଶା କରାଯାଏନା । ସେ ନିଶ୍ଚିତ ଭ୍ରମରେ ପଡ଼ିଛି ପ୍ରେମିକର ସମରୂପ ଦର୍ଶନରେ । ବାୟାଣୀ ହୋଇଛି ସୁନ୍ଦରୀ !

ଚକିତ ହୋଇ ଆଗନ୍ତୁକ ପଚାରିଛନ୍ତି, "ତରୁଣୀ ତୁମେ ମୋତେ ଠିକ୍‌ରେ ଚିହ୍ନି ପାରୁଛ ତ ?"

ସରଳା କଳିଙ୍ଗକନ୍ୟା ଲାଜଭରା ଦୃଷ୍ଟିରେ ଉତ୍ତର ଦିଏ, "ଏହି ରାସ୍ତାରେ କେବଳ ଦେବତାମାନେ ଯା' ଆସ କରନ୍ତି ।"

ଆଗନ୍ତୁକ ଚମକି ପଡ଼ିଲେ । କହିଲେ, "ମୁଁ ଦେବତା ନୁହେଁ, କାହିଁକି ପାହାଡ଼ ଚଢ଼ି ଭୁଲ୍ ରାସ୍ତାରେ ଚାଲି ଆସିଲି ।"

ବଡ଼ ଦୃଢ଼ କଣ୍ଠରେ ବାଲିକା କହିଲା, "ଏ ରାସ୍ତାରେ ଯିଏ ଯାଏ, ସିଏ ଦେବତା । ଆପଣ ଯିଏ ହେଲେ ବି ଆମର ଆରାଧ ଦେବତା ।"

ଅଧିକ କଥା ନହୋଇ ପ୍ରଶାନ୍ତପାଦ ଆଗେଇ ଚାଲିଲେ । ମନଟା ଟିକିଏ ଦୋହଲିଗଲା । ତାଙ୍କର ରୂପରେ ଭୋଳିନି ସୁନ୍ଦରୀ । ଏ ରାଜ୍ୟରେ ଉତ୍କଳୀୟମାନେ କିଛି ପ୍ରଥା ପ୍ରଚଳନ କରିଥିବେ । ଆକଟ ନଥିବ ସୁନ୍ଦରୀ କନ୍ୟାମାନଙ୍କର ଦେବପୂଜାର୍ଚ୍ଚନା କରିବାକୁ କି ଦେବତାଙ୍କୁ ବରମାଲ୍ୟ ଅର୍ପଣ କରିବାକୁ । ଆଉ ମଣିଷକୁ

ମନର ଭାଷାରେ ଦେବତ୍ୱ ଦେବାକୁ। ସମାଜରେ ଏଇ ମୂଲ୍ୟବୋଧକୁ କଦର୍ଥ କରିବାର ମାନସିକତା କାହିଁକି ନିଜ ମନରେ ଆସିଲା, ସେଥିପାଇଁ ଅନୁତପ୍ତ ହେଲେ। ଏହି ସୁନ୍ଦରୀଠାରୁ ଶିକ୍ଷା ନେଲେ, ମନର ମାୟା କ୍ଷଣିକ ଭ୍ରମରେ ମତି ହରାଇବା ବେଳକୁ ବିବେକବନ୍ତ ହେବା ସର୍ବାଦୌ ସ୍ପୃହଣୀୟ।

ସିଏ ସୁନ୍ଦରୀ ମୁହଁକୁ ଟିକିଏ ଭଲରେ ଦେଖି ହସିଦେଇ ଡଗରରେ ଆଗେଇ ଚାଲିଲେ। ସେଇ ସୁନ୍ଦରୀ ଉତ୍କଳକନ୍ୟା ଏମିତି ଅଭ୍ୟର୍ଥନା ଦେଲା, ତାର ମୁଖମଣ୍ଡଳ ରାଜପୁତ୍ରଙ୍କର ଚିରସ୍ମରଣୀୟ ହୋଇ ରହିଲା। ଅନେକ ସମୟରେ ମନ ଉହାଡରୁ ଉଙ୍କିମାରି ବିଭିନ୍ନ ଜଟିଳ ପରିସ୍ଥିତିରେ ମତବ୍ୟକ୍ତ କରୁଥିଲା। ସକାରାମ୍ୟକ, ଦୈବୀ ଆଉ ଯଥାସମ୍ଭବ ପରାମର୍ଶ। ରାଜପୁତ୍ରଙ୍କର ନିଷ୍କପଟ ଚରିତ୍ରରେ ବିବେକର ସତ୍ତା ବୃଦ୍ଧି ହେଲା କହିଲେ ଚଲେ।

ପାହାଡ଼ୀରାସ୍ତା ପାରି ହୋଇଛନ୍ତି କି ନା, ସେ ଦେଖିଲେ ସମତଳ ଅଞ୍ଚଳ ଏବଂ ପ୍ରବଳ ଜନରାଶି। ସେଇ ଜନରାଶି ମଧ୍ୟରେ ଗୋଟିଏ ଛୋଟ ଧଳା ହାତୀ ସୁନା

କଳସଟିଏ ଶୁଣ୍ଢରେ ଧରି ଆସୁଛି । ଲୋକମାନେ ତା ପାଇଁ ରାସ୍ତା ଛାଡ଼ି ଦେଉଛନ୍ତି ଏବଂ ସେ ଦୁଇକଡ଼କୁ ଚାହିଁ ଚାହିଁ ସେଇ ଅନୁଜ ପାହାଡ଼ ଆଡ଼କୁ ମୁହାଁଇଛି । ତାଙ୍କ ପାଖଦେଇ ପହଞ୍ଚି ବାମଦିଗରେ ଦଣ୍ଡାୟମାନ ହୋଇଥିବା ଜଣେ ଭଦ୍ର ଜାଭାନିବାସୀକୁ ଚାହିଁ ଡାହାଣକୁ ଦେଖିଲା ହୃଷ୍ଟପୁଷ୍ଟ ଉଚ୍ଚ ଗୋରା ପ୍ରଶାନ୍ତପାଦକୁ । ସେଇଠି ହାତୀଟି ରହିଗଲା । ଯେମିତି ତାର ଗତି ସେଇ ପର୍ଯ୍ୟନ୍ତ ସୀମିତ ଥିଲା ।

ନିର୍ନିମେଷ ନୟନରେ ଆଗ ପ୍ରଶାନ୍ତପାଦକୁ ଦେଖିବାରେ ଲାଗିଲା । ଆଶ୍ଚର୍ଯ୍ୟ ଏବଂ ଅବାକ୍ ହୋଇ ରାଜପୁତ୍ର ପ୍ରଶାନ୍ତପାଦ ଧଳାହାତୀଟିକୁ ଚାହିଁ ନିଜ ହାତୀଶାଳର ତାଙ୍କ ପ୍ରିୟ ଐରାବତ କଥା ଭାବୁଥାନ୍ତି । ଐରାବତ ତାଙ୍କ ହାତୀଶାଳର ଧଳା ନହେଲେ ବି ସବୁଠାରୁ କମ୍ କଳାରଙ୍ଗର ହାତୀ । ବୁଦ୍ଧିରେ ସବୁଠାରୁ ଚାଲାକ ଆଉ ଛୋଟ ପିଲାଟିଏ ପରି ଗମାତ୍ କରେ । ହାତରୁ ଖେଳନା କି କୌଣସି ପଦାର୍ଥ ଶୁଣ୍ଢରେ ନେଇ ଲୁଚାଇଦିଏ, ପୁଣି ଫେରାଇଦିଏ । ଏହି ଜାଭାହାତୀଟି ବ୍ୟବହାରରେ ସେଇପରି ଲାଗୁଛି । ଅନୁମାନ କରୁଛନ୍ତି, ଏଇଠି କଣ ତାମସା ଚାଲିଛି ସେ ଜାଣନ୍ତିନି, କିନ୍ତୁ ଏ ଧଳାହାତୀଟି ତାଙ୍କୁ ରାଜବଂଶର ବୋଲି ଦେଖି ଜାଣିଗଲାଣି । ଖଲାସୀ ବେଶରେ ଥିଲେ କଥଣ ହେଲା, ହାତୀ ନିଜ ବୁଦ୍ଧିରେ ଚିହ୍ନିବା କଥା ଚିହ୍ନିଛି । ସେଇ ଖଲାସୀ ବେଶରେ ଥିବା ବ୍ୟକ୍ତିତ୍ୱ ନିଜର ଦୌବୀ ଚକ୍ଷୁରେ ଠଉରେଇ ପାରିଥିବାରୁ ରାଜପୁତ୍ରଙ୍କର ମନ ଶାନ୍ତିରେ ଭରିଆସୁଛି ।

କିନ୍ତୁ ହାତୀଟି ନିଜ ସୁବର୍ଣ୍ଣ କଳସ ତିନିଥର ତାଙ୍କ ମୁଖମଣ୍ଡଳ ଉପରେ ଘୁରାଇ ସେ କଳସ ପାଣିକୁ ତାଙ୍କ ମୁଣ୍ଡରେ ଢାଳିଲା । ଏଇଠି ଅଭ୍ୟର୍ଥନା ପର୍ବର ଅୟମାରମ୍ଭ ହେଲା । ସେ ସ୍ଥାନର ସମସ୍ତ ଜନତା ନିର୍ବାଚିତ ମହାରାଜାଙ୍କୁ ଦେଖିବାକୁ ବ୍ୟଗ୍ର ହୋଇପଡ଼ିଲେ । ସେହି ପ୍ରବଳ ଜନରାଶି ଭିତରେ ମହାରାଜା କୌଣସି ନା କୌଣସି ରୂପରେ ବିରାଜମାନ କରୁଥିଲେ, ଏହା ଦେଖି ପ୍ରତ୍ୟେକ ବ୍ୟକ୍ତିଙ୍କ ମନରେ ଗର୍ବ ଏବଂ ଆଶ୍ଚର୍ଯ୍ୟ ଭରି ରହିଥିଲା ।

ସତରେ କଣ ଚାଲିଛି, ସେ କଥା ରାଜପୁତ୍ରଙ୍କୁ ଜଣା ନଥିଲା । ସେ ବିଦେଶୀ, ଅଜଣା ଏବଂ ତାଙ୍କୁ ଫସାଇବାକୁ ଏ ବ୍ୟବସ୍ଥା କାଲେ କରାଯାଇଥିବ, ରାଜପୁତ୍ର ନିରୀହ ଭାବରେ ସବୁ ଲକ୍ଷ୍ୟ କରିଚାଲିଥିଲେ । କିନ୍ତୁ ଯାହା କିଛି ତାଙ୍କୁ ଶୁଭୁଥିଲା, ସେଥିରେ ଅନେକ କଳିଙ୍ଗ ପାଲିଭାଷା ଥିଲା ଏବଂ ସେ ଅନୁମାନ କରୁଥିଲେ କିଛି ଗୋଟାଏ ଶୁଭକାର୍ଯ୍ୟ ସମ୍ପାଦନ ହେବାକୁ ଯାଉଛି ।

ଜାଭା ତାଙ୍କୁ ଚାହିଁ ରହିଛି ଭବ୍ୟସମ୍ବର୍ଦ୍ଧନା ଦେବାକୁ । ସୁନାକଳସ ପୂର୍ଣ୍ଣ ହୋଇ ଅପେକ୍ଷା କରିଛି କିପରି ନୂଆ ରାଜା ନିର୍ବାଚିତ ହେବେ । ଅରାଜକ ରାଜ୍ୟର ରାଜା

ଚୟନରେ ଭାଗ୍ୟବାନ ପ୍ରଶାନ୍ତପାଦ ହିଁ ରାଜଗାଦି ଲାଭକଲେ। ମନରୁ ମଳିନ ପଡ଼ିନାହିଁ ମାତୃଭୂମି କଳିଙ୍ଗୋଦର ସ୍ମୃତି। ନିଜର ନୂତନ ନାମକରଣ କଲେ ଶୈଲେନ୍ଦ୍ର। ରାଜବଂଶର ନାମ ତଦନୁଯାୟୀ ରଖିଲେ। ରାଜ୍ୟର ଯାବତୀୟ ଦୁର୍ଦଶା ଉପଲବ୍ଧି କରିବାକୁ ତାଙ୍କର କଳିଙ୍ଗୋଦ ଅଭିଜ୍ଞତା ସାହାଯ୍ୟ କଲା। ଦେଶର ଉତ୍ପାଦନ ଆଉ ବଣିଜ ସମ୍ପ୍ରସାରିତ ହୋଇ ଜାଭା ସୁବର୍ଣ୍ଣ ଦ୍ୱୀପର ଦିପଦଣ୍ଡି ସାଜିଲା। ସୁବର୍ଣ୍ଣ ଯୁଗ ଆସିଲା ଶୈଲେନ୍ଦ୍ର ରାଜବଂଶ ରାଜ୍ୟକୁ। ମୃଣ୍ମୟ ଜାଭାରାଜ୍ୟ ଆସ୍ତେ ଆସ୍ତେ ସ୍ୱର୍ଣ୍ଣାଭ ହେବାକୁ ଲାଗିଲା।

ହାତୀର ସୁନାକଳସରେ ରାଜା ଚୟନ ପ୍ରସ୍ତାବ ହେବା ପୂର୍ବରୁ ଜାଭାର ଧନୀ ଚାଷୀମାନେ ଗୋଟିଏ ଭବ୍ୟ ରାଜପ୍ରାସାଦ ନିର୍ମାଣ ସମ୍ପୂର୍ଣ୍ଣ କରିସାରିଥିଲେ। ବିରାଟ ଖୋଲାଯାଗାର ମଧ୍ୟଭାଗରେ ଦିଅଁ ଦେଉଳ ପରି ସୁନ୍ଦର ରାଜପ୍ରାସାଦଟିଏ। ଅନେକ ବୃକ୍ଷର ଚାରା ପରିବେଶକୁ ସବୁଜ କରିଥାଏ। ସେଇ ରାଜପ୍ରାସାଦଟା ଯେତେବେଳେ ନବ ନିର୍ବାଚିତ ରାଜାଙ୍କୁ ଅର୍ପଣ କରାଗଲା, ସେ ଆନନ୍ଦର ସହିତ ରାଜପ୍ରାସାଦକୁ ପ୍ରବେଶ କଲେ। ସେହିଠାରେ ସେହି ସମୟରେ ନିଷ୍ପତି ନିଆଗଲା, ପରଦିନ ସେଠାରେ ସମଗ୍ର ଜାଭାଦ୍ୱୀପର ଲୋକମାନେ ଏକତ୍ର ହୋଇ ରାଜ ଆଜ୍ଞା ଶ୍ରବଣ କରିବେ।

ସେହିଦିନ ଦୁନିଆର ସବୁଠାରୁ ଆନନ୍ଦିତ ବ୍ୟକ୍ତି କିଏ ହୋଇପାରେ? ରାଜକୁମାର ଶୈଲେନ୍ଦ୍ର ନା ରକ୍ଷି ନାଉରୀ ନା କାଠ ଚମ୍ପା ଫୁଲମାଲାରେ ବନ୍ଦନା କରିଥିବା କଳିଙ୍ଗକନ୍ୟା?

ଅଗଣିତ କଳିଙ୍ଗ ତଥା କଳିଙ୍ଗୋଦବାସୀ ସେଦିନ ଗାଢ଼ ନିଦରେ ଶୋଇପାରିଲେ। ବର୍ଷବର୍ଷ ଧରି ପ୍ରଚୁର ଧାନ ଅମଲ କରିଥିବା ପ୍ରବାସୀ କଳିଙ୍ଗାମାନେ ଆଜି ରାଜନୈତିକ ଶକ୍ତିର ଉପସ୍ଥିତି ଅନୁଭବ କଲେ।

ସତରେ ଏ ତିନିଜଣ ଆନନ୍ଦରେ ବିଭୋର। ଏତେ ଭାଗ୍ୟବାନ ସରଳ ଖଲାସୀଟିଏ ବୋଲି ଭାବି ରକ୍ଷିକୁ ନିଦ ଆସୁ ନଥାଏ। କେମିତି ସେ ତାଙ୍କୁ ଟିକିଏ ସୁଯୋଗ ପାଇଲେ ଦେଖା କରିବ, ସେଇ ଭାବନାରେ ରାତିଟି ଅନିଦ୍ରା ରହିଗଲା। ବିଚାରୀ କଳିଙ୍ଗ କନ୍ୟା, ନିଜକୁ କେତେ ସୌଭାଗ୍ୟବତୀ ମନେ କରୁଥିଲା। ଦୁନିଆର ସବୁଠାରୁ ଭାଗ୍ୟବାନ ମଣିଷଙ୍କୁ ଆଜି ସେ ଠାକୁର ଭାବରେ ମାନିଛି। ଭକ୍ତିରେ ଦେବତା ଭାବରେ ବରଣ କରିଛି। କିଏ ତାକୁ କହିଥିଲା ଆଜିର ଶୁକ୍ରବାରରେ ରତିଦେବୀଙ୍କର ଚିନ୍ତନରେ ମନଧ୍ୟାନ ଦେଇ ମାଆ ରୋପଣ କରିଥିବା ଫୁଲଗଛରୁ ସୁନ୍ଦର ଧଲା ଫୁଲରେ ହଳଦି ରଙ୍ଗର ଧାର ଠିକ୍ ଗୋଟିଏ ମାଲା ପାଇଁ ଫୁଟିଥିଲା। ବେକର ଫୁଲମାଲା ଗୁନ୍ଥିବା ସୂତାରେ ଠିକ୍ ଯେତିକି ଫୁଲ ଲୋଡ଼ା, ସେତିକି ଫୁଟିଛି, ନା ଗୋଟିଏ ଊଣା ନା ଅଧିକା। କଳିଙ୍ଗକନ୍ୟା ଆନନ୍ଦରେ ବିଭୋର, ସେ ଭାବୁଛି ଆକାଶର ବହୁତ

ଉପରେ ଯେଉଁ ସ୍ୱର୍ଗ ଅଛି, ସେଇଠି ବସିଛି ବିଧାତା। ଆଜି ଜଣକ ପାଇଁ ମୋ ବୋଉର ଫୁଲବଗିଚାରେ ଫୁଲ ଫୁଟାଇଛି, ପୁଣି ସେଇ ରାଜାଖୋଜା ଧଳାହାତୀଟିକୁ ଶିଖାଇ ପଠାଇଛି ତା'ରି ମୁଣ୍ଡରେ କଳସ ଢାଳିବାକୁ। ମନକୁ ମନ କଳିଙ୍ଗ କନ୍ୟା ଉଲ୍ଲସିତ ହୋଇ ଉଠିଛି କିନ୍ତୁ ରତିଦେବୀ ମନର ଉହାଡ଼ରେ ବସି କେତେ ଢଙ୍ଗର ସ୍ୱପ୍ନ ତୋଳୁଛନ୍ତି।

ଆଉ ଶୈଲେନ୍ଦ୍ର ନିଜକୁ କେତେ ଭାଗ୍ୟବାନ ମନେ କରୁଛନ୍ତି! ସେ ରଷିକୁ ଅନେକ କୃତଜ୍ଞତା ଜଣାଉଛନ୍ତି, ଆଉ ସେ କଳିଙ୍ଗକନ୍ୟାକୁ ଜଣେ ଦେବଦୂତ ଗନ୍ଧର୍ବକନ୍ୟା ବୋଲି ମନେ କଲେଣି। ସତେ ସେ ନରଶରୀର ନେଇ କଳିଙ୍ଗକନ୍ୟାର ଅଭିନୟ ରଚିଛନ୍ତି ତାଙ୍କ ପାଇଁ। କଙ୍ଗୋଦ ଛାଡ଼ିବା ଯେଉଁ ବ୍ରାହ୍ମମୁହୂର୍ତ୍ତ, ସେହି ମୁହୂର୍ତ୍ତରେ ସେ ଜାଭା ଆସିବାରେ ସବୁ ଶୁଭ ହୋଇଛି। ତଥାପି ସେ ବି ବନ୍ଦର କାରାଗାରରେ ବନ୍ଦିଥିବା ଜଳଦସ୍ୟୁର ଆକ୍ରମଣକୁ ବର୍ବର ବୋଲି ଭାବୁନାହାନ୍ତି। ତା' ଯୋଗୁ କେତେ ମୁହୂର୍ତ୍ତ ସମୟ ଯାହା ନଷ୍ଟ ହୋଇଛି, ବୋଇତ ଗନ୍ତବ୍ୟ ପଥରୁ ବିଚ୍ୟୁତ ହୋଇ ପୁନର୍ବାର ରାସ୍ତା ଧରିବା ଦ୍ୱାରା ହାତୀ କଳସ ଢାଳିବା ପାଇଁ ଲକ୍ଷ୍ୟ ରଖିବା ପରି ଅନୁମିତ ହେଉଛି। ତେବେ ସେ ଜଳଦସ୍ୟୁ ପାଇଁ କିଛି କରାଯାଇପାରେ। ସଚେତନତା ପ୍ରଶିକ୍ଷଣ ସହିତ ତାକୁ କୌଣସି ରାଜକାର୍ଯ୍ୟରେ ନିଯୁକ୍ତି ଦିଆଗଲେ ତ ଉତ୍ତମ ଫଳ ମିଳିବ। ଏମିତି ଅନେକ ଚିନ୍ତା, ଚେତନା, ଭାବନା ଆସି ନୂତନ ମହାରାଜାଙ୍କୁ ଉତ୍ଫୁଲ୍ଲିତ କରୁଛି। ଶୈଲେନ୍ଦ୍ର ଆଉ ବାଣପୁର ରାଜପ୍ରାସାଦର ଦ୍ୱନ୍ଦ୍ୱ ବା ଭୟରୁ ବହୁ ଦୂରକୁ ଚାଲିଆସିଛନ୍ତି। କିପରି ଏହି ନୂତନ ରାଜ୍ୟର କର୍ତ୍ତବ୍ୟ ସମ୍ପାଦନ କରିବେ ସେ ବିଷୟ ତାଙ୍କୁ ଆଲ୍ଲାଦିତ କରି ଆସୁଛନ୍ତି।

ମୁହଁ ଅନ୍ଧାର ବଡ଼ିଭୋରରୁ ରଷି ରାଜପ୍ରାସାଦ ପାଖରେ ଅପେକ୍ଷମାଣ। ଶୈଲେନ୍ଦ୍ରଙ୍କୁ ମୁହୂର୍ତ୍ତେ ବିଳମ୍ବ ଲାଗିଲାନି ରଷିଙ୍କୁ ପାଖୋଟି ନେବାରେ। ଦୁଇ ଜଣ ଅତି ଆନନ୍ଦରେ କଥାବାର୍ତ୍ତା ହେଲେ, ତେବେ ଦୁନିଆରେ ଯଦି କିଏ ଶୈଲେନ୍ଦ୍ରକୁ ଜାଣିଛି, ସେ ହେଉଛି ରଷି ନାଉରୀ, ପାଲୁରା-ଜାଭାଦ୍ୱୀପକୁ ଯାତାୟତ କରୁଥିବା ପ୍ରଧାନ ବୋଇତର ଜଣେ କର୍ମଚାରୀ।

– ନମସ୍କାର ଆଜ୍ଞା, ମହାରାଜା, ମୁଁ କାଲି ରାତିରେ ଖବର ପାଇ ଏତେ ଆନନ୍ଦିତ ହୋଇଗଲି, ନିଦ ଆସିଲାନି। ମୋର ସମ୍ପର୍କୀୟମାନେ ସବୁ ସେ ସୁନା କଳସ ସଭାକୁ ଆସିଥିଲେ। ସେଇ ଉତ୍କଣ୍ଠାମୟ ଉସ୍ତବର ବିବରଣୀ ଶୁଣି ଜାଣିଲି, ଆମ ବୋଇତରେ ଆସିଥିବା ଜଣେ ଯାତ୍ରୀ ଜାଭାଦ୍ୱୀପର ମହାରାଜା ଭାବରେ ହାତୀ ସୁନାକଳସ ନିର୍ବାଚନରେ ସ୍ଥାପିତ ହୋଇଛନ୍ତି। ଅଭିନନ୍ଦନ ଆଜ୍ଞା। ଶୁଭେଚ୍ଛା। ମୁଁ ଜଣେ ସାଧାରଣ ଧୀବର, ଆପଣଙ୍କ ସହିତ ତିନି ସପ୍ତାହକାଳ ବୋଇତଯାତ୍ରାରେ ନିବିଡ଼ ଭାବରେ ସମ୍ପୃକ୍ତ। ମୋର ଆଜ୍ଞା ବହୁ

ଭୁଲ୍‌ ହୋଇଛି, ମୁଁ ଆପଣଙ୍କୁ ଠିକ୍‌ରେ ଚିହ୍ନି ପାରିନି। ଆପଣ ମହାନ୍‌। ଯଦି ଆପଣଙ୍କ ପରି ଜଣେ ଯାତ୍ରୀ ଏଇ ବୋଇତରେ ନଥା’ନ୍ତେ, ଏବେ ବୋଇତଟି ବାଲି କି କୌଣସି ଅନାମଧେୟ ଦ୍ୱୀପରେ ଜଳଦସ୍ୟୁଙ୍କ କବଳରେ ଥାଆନ୍ତା। ମୋତେ ଆଜ୍ଞା କ୍ଷମା କରିଦେବେ, ମୁଁ ଆପଣଙ୍କୁ ଠିକ୍‌ ବ୍ୟବହାର ଦେଇପାରିନି, ଆପଣଙ୍କ ପରି ମହାନୁଭବଙ୍କୁ ମୁଁ ଆଦୌ ଅଭ୍ୟର୍ଥନା କରିନି। ଗଭୀର ଅନୁତପ୍ତ, ଦୁଃଖିତ।

ଏତିକି କହି ରଷ୍ଟି ଭୋ ଭୋ ହୋଇ କାନ୍ଦିବାକୁ ଲାଗିଲେ। ଏଇଟା ତାଙ୍କ ହୃଦୟର କୋହ, ସେ ଜଣେ ଦେବତୁଲ୍ୟ ମଣିଷ ସହିତ ଆସୁଥିଲେ, ଦୀର୍ଘ ତିନି ସପ୍ତାହ କଟାଇଛନ୍ତି, ହେଲେ ଭ୍ରମ ହୋଇଛି ତାଙ୍କ ବିଷୟରେ କିଛି ଜାଣିବାକୁ ଆଗ୍ରହ ପ୍ରକାଶ କରିନାହାନ୍ତି। ପୁଣି ସେହି ଦେବତୁଲ୍ୟ ମାନବ ବୋଇତଟିର ସୁରକ୍ଷା ପାଇଁ ନିଜ ଜୀବନ ବିପନ୍ନକରି ଜଳଦସ୍ୟୁମାନଙ୍କୁ ବାହାର କରିଦେଇଛନ୍ତି।

ନା, ନା, – କହିଛନ୍ତି ଶୈଲେନ୍ଦ୍ର।

ସେ କହି ଚାଲିଲେ – ସତରେ ଆମର ଜାଭା ଦ୍ୱୀପକୁ ଆଗମନ ଏଇ କେତୋଟି ଦୈବ ସଂଯୋଗ ବଳରେ ହୋଇପାରିଛି। ମୁଁ ସବୁଠାରୁ ଗୁରୁତ୍ୱ ଦେଉଛି ଏଠାରେ ଆମର ପହଞ୍ଚିବାର ବ୍ରାହ୍ମମୁହୂର୍ତ। ନିମିଷେ ବ୍ୟତିକ୍ରମ ହୋଇଥିଲେ ଏହି ଜାଭାଦ୍ୱୀପ, ଯାହାକୁ ଅର୍ଥନୈତିକ ଅର୍ଥରେ ସୁବର୍ଣ୍ଣଦ୍ୱୀପଭାବରେ ନାମକରଣ କରାଯାଇଛି, ତା’ର ମୁକୁଟ ପ୍ରାପ୍ତ ହୋଇ ପାରି ନଥାଆନ୍ତା। ମୋର ଏହି ଗସ୍ତ ପୂର୍ବରୁ ଶିବଙ୍କୁ ଆରାଧନା ଆଉ ତୁରନ୍ତ ବାଣପୁର ରାଜପ୍ରାସାଦ ତ୍ୟାଗ କରି ପ୍ରସ୍ତୁତ ଥିବା ବୋଇତରେ ଗସ୍ତ କରିବାର ଆଦେଶ, ବୋଇତରେ ରଷ୍ଟି ନାମଧାରୀ ଜଣେ ଦୈବୀ ପୁରୁଷ, ଖଳ ହେଲେ ବି ସେହି ଜଳଦସ୍ୟୁ ପ୍ରଧାନତଃ ଯିଏ ଆଜି ପୋତ କାରାଗାରରେ ରହିଛି ଏବଂ ମୋର ଏଇ କେତୁ ଓହଲ ପାର ହୋଇ ପାହାଡ଼ ଅତିକ୍ରମ କଲାବେଳେ ସ୍ୱାଗତ କରିଥିବା କଳିଙ୍ଗ କନ୍ୟା ସମସ୍ତେ ସେଇ ବ୍ରାହ୍ମମୁହୂର୍ତରେ ସୁନାକଳସ ଉସବକ୍ଷେତ୍ରରେ ମୋତେ ପହଞ୍ଚାଇ ପାରିଛନ୍ତି। ପ୍ରତ୍ୟେକଙ୍କୁ ମୋର ସାଦର କୃତଜ୍ଞତା, ସାବାସି ଆଉ ଶୁଭେଚ୍ଛା।

ଏତିକି କହି ଶୈଲେନ୍ଦ୍ରଙ୍କର ଆନନ୍ଦାଶ୍ରୁ ବୋହି ଆସିଲା।

ରଷ୍ଟି ବି ଆନନ୍ଦରେ ଉଲ୍ଲସି ଉଠିଲେ। କହିଲେ, ମହାରାଜ ଶୈଲେନ୍ଦ୍ର, ଆପଣ ଏଇଠି ନବାଗତ। ମୁଁ କଙ୍ଗୋଦବାସୀ ନ ହେଲେ ବି ଜୀବନର ଅନେକ ବର୍ଷ ଏହି ସ୍ଥାନ ସହିତ ପରିଚିତ; ଆମେ ସବୁ ବୋଇତିଆ ଭାଇମାନେ ଏହି କଳିଙ୍ଗ ଉପନିବେଶ ଦ୍ୱୀପଗୁଡ଼ିକରେ ଜୀବନ ବିତାଇଛୁ। ଭଲମନ୍ଦ, ଲୋକ ଆଚରଣ ବହୁତ ଦେଖ୍ଛୁ। ସେଥିପାଇଁ କହୁଛି, ଆପଣଙ୍କ ଦାୟିତ୍ୱ ଏତେ ବଢ଼ିଯାଇଛି, ଆପଣଙ୍କୁ ଅଜଣା ରାଜ୍ୟ ଆଉ ଅଲଗା ସଂସ୍କୃତିର ସ୍ଥାନରେ ପରିଚିତ କରାଇବାକୁ ମୁଁ ଆଗ୍ରହୀ।

ଶୈଲେନ୍ଦ୍ର କହିଲେ, ରଷି ତୁମେ ଠିକ୍ ମୋ ମନ କଥା କହିଦେଲ। ମୋତେ ଏକୁଟିଆ ଏକୁଟିଆ ଲାଗୁଛି। ତୁମେ ମୋତେ ସାହାଯ୍ୟ କର। କାଲି ରାଜ୍ୟାଭିଷେକ ଅନୁଷ୍ଠାନର ମହାସଭା ରହିଛି। ରାଜା ନିର୍ବାଚନ ପରଦିନ ସମସ୍ତ ଜାଭାର ଜନତା ନିଜର ମତ ରଖିବେ, ଏବଂ ନିର୍ବାଚିତ ରାଜା ଶପଥ ନେବେ। ତୁମେ ନ ରହିଲେ କିପରି ଏହା ହେବ। ମୋର ବ୍ୟକ୍ତିଗତ ସହାୟକ ଭାବରେ ମୁଁ ତୁମକୁ ନିଯୁକ୍ତି ଦେବି। ଏବେ ତିନି ଚାରୋଟି ପ୍ରସଙ୍ଗ ମୋ ପାଖରେ ଅଛି। କାଲି ପରେ ତୁମେ ଯେବେ ନିଯୁକ୍ତ ହେବ, ମୁଁ ସେଗୁଡ଼ିକ କହିବି।

ସତକୁ ସତ ପରଦିନ ସକାଳବେଳା କୁଡ଼ୋର ମନ୍ଦିର ଦକ୍ଷିଣପାର୍ଶ୍ୱରେ ପୂର୍ବରୁ ପ୍ରସ୍ତୁତ ଥିବା ଛାମୁଡ଼ିଆ ତଳେ ଏହି ସମାରୋହ ଅନୁଷ୍ଠିତ ହେଲା। କଳିଙ୍ଗର ବୈଦିକ ରୀତିରେ ରାଜାଙ୍କର ଅଭିଷେକ କରାଗଲା, ସଭାଟି ଏତେ ଉସ୍ଵାହଜନକ ଥିଲା, ଏହା ସକାରାତ୍ମକ କଳିଙ୍ଗବାସୀଙ୍କ ସହିତ ଜାଭାର ମାନ୍ୟଗଣ୍ୟ ବ୍ୟକ୍ତିମାନେ କିଛି ବକ୍ତବ୍ୟ ରଖିଲେ। ସଭା ଶେଷରେ ପଶ୍ଚିମ ଜାଭା ତଥା ବୋର୍ଣ୍ଣିଓରୁ ନିମନ୍ତ୍ରିତ ନେତା ସଞ୍ଜୟ କିଛି କହିବାକୁ ଆସିଲେ।

କିନ୍ତୁ ଏହି ସମୟରେ ଶ୍ରୋତାମାନଙ୍କ ମଧ୍ୟରୁ ଜଣେ ସମ୍ଭ୍ରାନ୍ତ ବ୍ୟକ୍ତି ତାଙ୍କୁ କିଛି କ୍ଷଣ ନବ ନିର୍ବାଚିତ ଶୈଲେନ୍ଦ୍ରଙ୍କ ବିଷୟରେ କିଛି ଆଭାସ ଦେବାକୁ ଅନୁରୋଧ କଲେ। ତାଙ୍କ କଥା ରଖାଗଲା। କାରଣ ସେ ବୟସ୍କ ବ୍ୟକ୍ତି ଯେପରି ଦାବି କରୁଥିଲେ, ସେ ଶୈଲେନ୍ଦ୍ରଙ୍କର ଦାଦା କି ମଉସା ବୋଲି ପ୍ରତୀୟମାନ ହେଉଥିଲେ। ତାଙ୍କର ନାମ ନରସିଂହ ବୋଲି କହିଲେ। ଶୈଲେନ୍ଦ୍ରଙ୍କ ସମେତ ମଞ୍ଚାସୀନ ସମସ୍ତ ଆତିଥ୍ୟ ବୟସ୍କ ନରସିଂହଙ୍କୁ ସ୍ଵାଗତ ଜଣାଇଲେ। ସମସ୍ତଙ୍କ ଦୃଷ୍ଟି ନରସିଂହଙ୍କ ଆଡ଼କୁ ରହିଲା। କାହା ମନରେ କେତେ କଥା ଆସିଲା, କିଏ କହିଲା ନରସିଂହ କୁଡ଼ୋର ତ ସବୁଠାରୁ ଧନୀ ବ୍ୟକ୍ତି, ସେ ନିଜକୁ ରାଜା ଭାବରେ ଦାବି ଉପସ୍ଥାପନ କରିବାକୁ ଆସିଥାଇପାରନ୍ତି। ଆଉ କେତେ ଧନୀଲୋକ ଭାବିଲେ, ସଭାସମିତି ହେଲେ ଏମିତି କେତେ ମୁଖ୍ୟଆଙ୍କର ମତିଭ୍ରମ ଘଟେ ଏବଂ ସେ ବାଚାଳ ପରି ଆତ୍ମପରିଚୟ ଦେଇ କ୍ଷମତା ଲାଭ କରିବାକୁ ଆଗଭର।

ନରସିଂହ କହିବାକୁ ଆରମ୍ଭ କଲେ – ଆଜିର ଜାଭାଦ୍ୱୀପର ଜନସାଧାରଣ ଏହି ସର୍ବସାଧାରଣ ରାଜନୈତିକ ସଭାରେ ମୋରେ ଦିପଦ କହିବାକୁ ଅନୁମତି ଦେଇଥିବାରୁ ମୁଁ କୃତଜ୍ଞତା ଜଣାଉଛି। ଆଜିର ଆମେ ଜାଭାବାସୀ ବେଶୀ ଆନନ୍ଦିତ ହେବା କଥାଟିଏ କହୁଛି। କାଲି ଆମର ଐରାବତର ସୁବର୍ଣ୍ଣ କଳସ ଦ୍ୱାରା ନିର୍ବାଚିତ ରାଜା ଜଣେ ସାଧାରଣ ବ୍ୟକ୍ତି ନୁହନ୍ତି। ତାଙ୍କର ବିଶାଳ ଐତିହ୍ୟ ରହିଛି ଏବଂ ସେ

ଯେଉଁ ବଂଶର ଦାୟାଦ, ସେଇ ବଂଶ ଜମ୍ବୁଦ୍ୱୀପର ମୁଖ୍ୟ ସାଗରବାଣିଜ୍ୟିକ ରାଜ୍ୟ କଳିଙ୍ଗର କଙ୍ଗୋଦର ଦୁଇଶତ ବର୍ଷର ଶାସକ ଶୈଲୋଭବ ରାଜବଂଶ । ସେଇ ବଂଶର ସୂର୍ୟ୍ୟ ଆଜି ଜାଭାଦ୍ୱୀପରେ ଉଦିତ ହୋଇଛନ୍ତି । ଜାଭାଦ୍ୱୀପର ଭାଗ୍ୟରବି ଉଦୟ ହେଲେ । ଚାଲ ତାଙ୍କୁ ମହାଅଭିନନ୍ଦନ କରିବା ।

ସତରେ ଶୈଲେନ୍ଦ୍ର କିଛି ବୁଝି ପାରିଲେ ନି । ତାଙ୍କର ବଂଶ ପରିଚୟ ଜଣେ ଅଜଣା ବ୍ୟକ୍ତି କିପରି ପାଇଲେ, ସେ ଆଶ୍ଚର୍ୟ୍ୟ ପ୍ରକଟ କଲେ । କିନ୍ତୁ ନିଜର ବଂଶ ପରିଚୟ ସେ କିପରି ଦେବେ ବୋଲି ଯାହା ଦ୍ୱିଧାରେ ଥିଲେ, ତାହା ସ୍ୱସ୍ଥ ହୋଇଗଲା । ଏଇଟା କାଲି ରାତିରେ କଥାହୋଇ ରୟିଷ୍ ଆଉ ଜଣାଇ ଦେଇନି ତ ? ରୟିଷ୍ ବି ତ ଏପରି ରାଜପରିଚୟ ଆଦୌ ପାଇନି । କଥାଟା ଆଉ କେଉଁମତେ ହୋଇପାରେ !

ଏବେ ସଭାକାର୍ୟ୍ୟ ଆରମ୍ଭ ହେଲା । ସଭାରେ ପ୍ରଧାନ ନିଷ୍ପତ୍ତି ନିଆଗଲା ଜାଭାର ଶାସନ ଏବଂ ଧର୍ମକାର୍ୟ୍ୟ ଜମ୍ବୁଦ୍ୱୀପ ଏବଂ ଭାରତୀୟ ତଥା କଳିଙ୍ଗ ଢାଞ୍ଚାରେ କରାଯିବ । ଜାଭାର ବିଗତ ସହସ୍ରାଧରୁ ଊର୍ଦ୍ଧ୍ୱ କାଳରେ ପ୍ରଚୁର ଧାନ ଉତ୍ପାଦନ ଏବଂ ଏହି ଉତ୍ପାଦ ପଦ୍ଧତିରେ ପରାକ୍ରମୀ ରାକ୍ରାୟନ ସଂଗଠନଏବଂ ଜଳସେଚନ ପଦ୍ଧତି ସମ୍ପର୍କିତ ଓ୍ୱାଟେକ୍ସ ପ୍ରଣାଳୀ ବ୍ୟକ୍ତିଗତ ବା ଗୋଷ୍ଠୀଗତ ଉତ୍କର୍ଷ ସୃଷ୍ଟି କରିପାରେ, କେବେ ଉନ୍ନତ ରାଜ୍ୟଟିଏ ଗଢ଼ିପାରି ନାହିଁ । ଆଉ ବି ଆମେ ରାଜ୍ୟସ୍ତରରେ କୌଣସି ମନ୍ଦିର ବା ବୌଦ୍ଧସ୍ତୂପ ନିର୍ମାଣ କରି ଆମ ନିଜକୁ ଉନ୍ନତ କରି ପ୍ରମାଣ କରି ପାରିନାହେଁ ।

ପୁଣି ଏହି ସଭାରେ ଶକ୍ତିଶାଳୀ ରାକ୍ରାୟନର ନେତୃତ୍ୱ ନେଉଥିବା ସଞ୍ଜୟ ନିଜର ବଶ୍ୟତା ସ୍ୱୀକାର କରି କହିଲେ, ମୁଁ ଆଜି ମୋର ଶକ୍ତି, ରାକ୍ରାୟନ ନବନିର୍ବାଚିତ ରାଷ୍ଟ୍ରମୁଖ୍ୟଙ୍କୁ ସମର୍ପଣ କରି ସମସ୍ତ ରାକ୍ରାୟନକୁ ଆହ୍ୱାନ କରୁଛି, ଏକତା ଦୃଷ୍ଟିରୁ ଏକକ ଜାଭାଦ୍ୱୀପ ଗଠନ କରନ୍ତୁ । ଘନ ଘନ କରତାଲିରେ ଜାଭାଦ୍ୱୀପର ଗଗନ ପବନ ମୁଖରିତ ହେଲା, ତା ସହିତ ଅନନ୍ତକାଳ ପାଇଁ ଜାଭାଦ୍ୱୀପ ଏକକ ଭାବେ ରୂପାନ୍ତରିତ ହେଲା । କେନ୍ଦ୍ର ଜାଭା, ପଶ୍ଚିମ ଜାଭା ଦ୍ୱୀପଦ୍ୱୟ ସୁମାତ୍ରା ସହିତ ମିଳିତ ଭାବରେ ସୁବର୍ଣ୍ଣଦ୍ୱୀପ ନାମରେ ଭାରତବର୍ଷରେ ନାମିତ ହେଲା ।

ଆହୁରି ମଧ ସଞ୍ଜୟ କହିଲେ, ଆମେ ଏଇଠି ଆଜିର ଦୁନିଆର ସର୍ବଶ୍ରେଷ୍ଠ ଦେଶ ଭାରତବର୍ଷର ଶାସନ ଓ ଧର୍ମପ୍ରଥା ଗ୍ରହଣ କରିବା । ମୁଁ ଏଥିପାଇଁ ଆଜିର ସମ୍ମିଲିତ ସର୍ବସାଧାରଣ ଜନତାଙ୍କର ସମର୍ଥନ କରତାଲି ଶୁଣିବାକୁ ଚାହୁଁଛି ।

କରତାଲି ଏବଂ ପ୍ରତିଧ୍ୱନିରେ ଘଡ଼ିଏ କାଳ ସଭାସ୍ଥଳ ପ୍ରକମ୍ପିତ ହେଲା ।

ପୁନରାୟ ସଞ୍ଜୟ କହିଲେ, ଆଜିଠାରୁ ଆମର ଜାଭାର ମୁଖ୍ୟ କେବଳ ରାଜା ନୁହନ୍ତି, ସେ ଜାଭାର ମହାରାଜା ।

ଏହି ମହାରାଜା ଶବ୍ଦ ଉଚ୍ଚାରଣ ହେବା ମାତ୍ରେ ଲୋକମାନଙ୍କର ଆଗ୍ରହ, ଉଦ୍ଦୀପନା, ଉସ୍ସୁକତା ଏପରି ବଢ଼ିଗଲା, ଆମ୍ରମର୍ଯ୍ୟାଦା ଏମିତି ବୃଦ୍ଧି ହେଲା, ଆବାଳବୃଦ୍ଧବନିତା ଆନନ୍ଦରେ ନୃତ୍ୟକରିବା ଆରମ୍ଭ କରିଦେଲେ।

ଏବେ ପାଳି ପଡ଼ିଲା ମହାରାଜା ଶୈଲେନ୍ଦ୍ରଙ୍କର। ସେ କହିବାକୁ ଠିଆ ହେବାମାତ୍ରେ ଘନ ଘନ କରତାଳି ଓ ମହିଳାମାନଙ୍କ ହୁଳହୁଳିରେ ଆକାଶ କମ୍ପମାନ ହେଲା।

ମହରାଜା ଶୈଲେନ୍ଦ୍ର ପୂର୍ବମୁଖା ଦଣ୍ଡାୟମାନ ହୋଇଥିଲେ। ସେ ଟିକିଏ ଆକାଶର ଭଗବାନଙ୍କୁ ଚାହିଁ କହିବା ଆରମ୍ଭ କଲେ —ଭଗବାନଙ୍କ ଦ୍ୱାରରେ କିଏ କୋଉଠି ଉପସ୍ଥାନ ଦେବ, ତାହା କେବଳ ତାଙ୍କୁ ହିଁ ଜଣା।

କେଉଠି ଶୈଲେନ୍ଦ୍ର ସମୟକ୍ରମେ ଶତ୍ରୁ ସାଜିଥିବା କଳିଙ୍ଗ ଭୌମକର ଓ ଦକ୍ଷିଣ ଗଙ୍ଗରାଜବଂଶ ଦ୍ୱାରା ନିଷ୍ପେଷିତ ହୋଇ ନିଜର ସୌଭାଗ୍ୟ ବଳରେ ସୁଦୂର ଜାଭାରେ ନିର୍ଣ୍ଣାୟକ ହୋଇପାରିଛି, ତାହା ଏକ କଳ୍ପନାତୀତ ଘଟଣା ଏବଂ ଏହାକୁ ମଣିଷର କୃତକାର୍ଯ୍ୟ କୁହାଯାଇ ନପାରେ, ବରଂ ସେହି ମହାକାରୁଣିକ ଦୈବୀଶକ୍ତି ବ୍ୟତୀତ ଆଉ କିଛି ନୁହେଁ।

ଆଜି ଜାଭାଦ୍ୱୀପର ଜନସମାଜ ମୋତେ ମହାରାଜା ଭାବରେ ନିର୍ବାଚିତ କରି ଯେତିକି ଅନୁଗ୍ରହ କରିଛନ୍ତି, ମୁଁ ପ୍ରତିଜ୍ଞା କରୁଛି ନିଜର ସମସ୍ତ ଶକ୍ତି ବିନିମୟରେ ଜାଭାଦ୍ୱୀପକୁ ଦୁନିଆର ଆକର୍ଷଣୀୟ ପୃଷ୍ଠଭୂମିରେ ପରିଣତ କରିବି। ଏହି ଜାଭା ଆଉ ସୁମାତ୍ରା ଆଜି ଯାହା ସୁବର୍ଣ୍ଣ ଦ୍ୱୀପର ସମ୍ମାନ ପାଏ, ଦିନେ ଏଠାକୁ ମନ୍ଦିର ଆଉ ସ୍ତୂପ ଦେଖିବାକୁ ଦୁନିଆ ଆସିବ। ଆହୁରି ମୁଁ ଶପଥ ନେଉଛି, ମୋ ରାଜଦ୍ୱାର ପ୍ରତି ପ୍ରଜା ପାଇଁ ଉନ୍ମୁକ୍ତ ଏବଂ ଯିଏ ଯାହା ଆଶା କରୁଛନ୍ତି, ମୋ ସହ ପରାମର୍ଶ କରିପାରିବେ। ଏତିକି କହି ସେ ଜାଭା ଭୂମି ଛୁଇଁ ମଥାରେ ଲଗାଇ ତାଙ୍କର ଶପଥ ସମାପ୍ତ କଲେ।

ଜାଭାଦ୍ୱୀପବାସୀ ସ୍ତବ୍ଧ ହୋଇଗଲେ। ସେମାନଙ୍କର ମହାରାଜା ଚୟନ ଯେ ଦୈବୀଶକ୍ତିରେ ବଳୀୟାନ, ଏହା ସମସ୍ତଙ୍କୁ ଆଶ୍ଚର୍ଯ୍ୟ କରିଦେଲା।

ପାଖ ଦ୍ୱୀପଗୁଡ଼ିକ ଜାଭାର ସମୃଦ୍ଧିରେ ଆନନ୍ଦିତ ଥିଲେ। ସୁବର୍ଣ୍ଣଦ୍ୱୀପର ଏମିତି ବିକାଶ ସମ୍ଭବ, ସେଇ ଆଶାରେ ସେମାନେ ଜାଭାର ଶତପ୍ରଶଂସା କରିବାକୁ ଲାଗିଲେ। ଚାରିଆଡ଼େ ଶୈଲେନ୍ଦ୍ର ଯୁବରାଜଙ୍କ ପରିଣୟ ବିଷୟରେ ଆଲୋଚନା ହେଲା। ବହୁ ଆମନ୍ତ୍ରଣ। କିନ୍ତୁ ଯୁବରାଜ କୌଣସି ରାଜପରିବାରରେ ବିବାହ କରିବାକୁ ମନା କରିଦେଲେ।

ବ୍ୟକ୍ତିଗତ ଭାବରେ ସେ ରକ୍ଷିଙ୍କୁ ବିଭିନ୍ନ କାର୍ଯ୍ୟରେ ନିୟୁକ୍ତ କଲେ।

ପରିଶେଷରେ ଦୁଇଜଣଙ୍କର ଉଦ୍ୟମରେ କଳିଙ୍ଗର ତୋଷାଲି, ରନ୍ଗିରି, ମହେନ୍ଦ୍ରଗିରି ଅଞ୍ଚଳର ଶିଳାଶିଳ୍ପୀମାନଙ୍କୁ ନିମନ୍ତ୍ରଣ କରି ଜାଭା ଆଣାଇଲେ। ଶୈଲେନ୍ଦ୍ର ଜାଭାଦ୍ୱୀପକୁ ସଂଲଗ୍ନ ପଣ୍ଡିମାଞ୍ଚଳ ଏବଂ ବୋର୍ଣ୍ଡିଓ ସାମଗ୍ର ଭାବରେ ସୁଶାସନ ବଳୟରେ ରଖିପାରିଲେ। ପାଞ୍ଚଶହ ଶୈଲଶିଳ୍ପୀ କଳିଙ୍ଗରୁ ଆସି ବୋରବୁଦୁର ସ୍ତୂପ ନିର୍ମାଣ କଲେ ଆଉ ଶିବମନ୍ଦିର ସମାପନ କଲେ। ସ୍ତୂପରେ ଅନେକ ରାଜକୀୟ ଚିତ୍ର ଖୋଦନ କରାଗଲା। ସବୁଠାରୁ ଆକର୍ଷଣୀୟ ଥିଲା ନବନିର୍ମିତ ସ୍ତୂପର ବଡ ଗୋଲ ମୁଣ୍ଡ ବୁଦ୍ଧମୂର୍ତ୍ତି ନିର୍ମାଣ। ବଡ଼ବନ୍ଦର ଠିକ୍ ତଦାନୀନ୍ତନ କଳିଙ୍ଗର ଲଲିତଗିରି ରନ୍ଗିରିର ଅଂଶ ପରି ପ୍ରତୀୟମାନ ହେଲା।

ଅଯାଚିତ ଶ୍ରଦ୍ଧାର ସହିତ ଦେବତା ବୋଲି ମଣି ଯେଉଁ କଳିଙ୍ଗକନ୍ୟା ତାଙ୍କ ବେକରେ ପୁଷ୍ପମାଲା ଲମ୍ବାଇଦେଇ ଥିଲା, ସେ ହିଁ ସମୟକ୍ରମେ ଶୈଲେନ୍ଦ୍ରଙ୍କ ମନ କିଣି ନେଇଥିଲା। ରାଜକୀୟ ପରିବାରଗୁଡ଼ିକରୁ ଆସିଥିବା ବିବାହ ପ୍ରସ୍ତାବ ସବୁ ପଛରେ ପକାଇ ଶୈଲେନ୍ଦ୍ର ସେହି ସ୍ୱାଗତିକା କଳିକନ୍ୟାକୁ ଖୋଜିବାର ଉଦ୍ୟମ କଲେ। ଏହି

ବିଷୟ ଏତେ ସହଜ ନଥିଲା । କୁଢ଼ୋ ସମତଳରେ ବହୁଗୁଡ଼ିଏ ପାହାଡତଳି ଗ୍ରାମ ଥିବାରୁ ସେହି କନ୍ୟାକୁ ଖୋଜି ବାହାର କରିବା ସହଜ ନଥିଲା ।

ରଷି ଏହି ଗୋପନ କାମରେ ସାହାଯ୍ୟ କରିବାକୁ ଆଗଭର ହେଲେ ବି ଜଣେ ଅଭିଆଡ଼ୀ କଲିଙ୍ଗକନ୍ୟା କଲିଙ୍ଗବସ୍ତିରୁ ନିର୍ଣ୍ଣୟ କରିବା ତାଙ୍କ ପାଇଁ କଷ୍ଟକର ହୋଇପଡ଼ିଲା । କିନ୍ତୁ ସେ ଗୋଟିଏ ସୁନ୍ଦର କ୍ଷେତ୍ର ଆବିଷ୍କାର କଲେ, ଯେଉଁଠି ସୁନ୍ଦର ପଥର ମହାଦେବ ମୂର୍ତ୍ତି ମାଲକୁମାଲ ଖୋଦିତ ହୋଇ ରଖାଯାଇଥିଲା । ବୃହତ୍ କଲିଙ୍ଗବସ୍ତିର ପୂର୍ବମୁଣ୍ଡରେ । ଏତେ ସୁନ୍ଦର ମୂର୍ତ୍ତି ଦେଖି ରଷି ତନ୍ମୟ ହୋଇ ପଡ଼ିଲେ ।

ମହାରାଜା ଶୈଲେନ୍ଦ୍ରଙ୍କୁ ଅନୁରୋଧ କଲେ, ସେ ସୁନ୍ଦରୀ ମିଳି ନାହାନ୍ତି, ନିଶ୍ଚୟ ମିଳିଯିବେ, କିନ୍ତୁ ଗୋଟିଏ ସ୍ଥାନ ସ୍ୱୟଂ ମହାରାଜାଙ୍କୁ ଦର୍ଶନ କରିବାକୁ ପଡ଼ିବ । ସେଠାରେ ସ୍ୱୟଂ ମହାଦେବ ବିଦ୍ୟମାନ ।

ଚମକି ପଡ଼ିଲେ ଶୈଲେନ୍ଦ୍ର । ସତରେ କଲିଙ୍ଗକନ୍ୟା କହୁଥିଲେ, ଏଠାରେ ଦେବତା ଯା' ଆସ କରନ୍ତି । ସେଠାରେ ନିଶ୍ଚୟ ସେ ମିଳିଯିବେ । ଏହି ଧାରଣା ତାଙ୍କ ମନରେ ଦୃଢ଼ ହେଲା । ସେ ଅବିଳମ୍ବେ ଅଶ୍ୱପୃଷ୍ଠରେ ଯାଇ ବୃହତ୍ କଲିଙ୍ଗବସ୍ତିର ପୂର୍ବମୁଣ୍ଡରେ ପହଞ୍ଚିଗଲେ । ମହାଦେବଙ୍କୁ ଦେଖି ତଟସ୍ଥ ହୋଇଗଲେ ଏବଂ ଜଣେ ରାଜପୁରୁଷ ତାଙ୍କ ପ୍ରସ୍ତୁତ ଶିଲାଶିଳ୍ପ ଦେଖୁଛନ୍ତି, ଏହା କଲିଙ୍ଗବସ୍ତିରେ ଶିହରଣ ସୃଷ୍ଟି କଲା ।

ଶୈଲେନ୍ଦ୍ରଙ୍କୁ ନିମନ୍ତ୍ରଣ କରି ସେଠିକାର ଗ୍ରାମ ସମ୍ମିଳନୀ ଗୃହରେ ଚର୍ଚ୍ଚା କରାଗଲା । ଅନେକ କଲିଙ୍ଗକନ୍ୟା ଆସି ରାଜାଙ୍କୁ ପୁଷ୍ପମାଲ୍ୟ ଦେଇ ସ୍ୱାଗତ ଜଣାଇଲେ । ସେଇ କନ୍ୟାମାନଙ୍କର ଅଗ୍ରଗାମିନୀ ଦିନେ ନିଃସହାୟ ଶୈଲେନ୍ଦ୍ରଙ୍କୁ ସୁଗନ୍ଧ ଚମ୍ପାମାଲରେ ଭୂଷିତ କରିବା ଉଭୟ ମହାରାଜା ଏବଂ ସେ ସୁନ୍ଦରୀ ହିଁ ଜାଣିଲେ ।

ମହାରାଜା ଜାଣିଲେ ପାହାଡ଼ ତଳର ଉତ୍କଳୀୟ ବସତିର ସେଇ କନ୍ୟାଟି ସେଠିକାର ମୁଖ୍ୟ ସ୍ଥପତି ସୁସ୍ଥାପକଙ୍କର କନ୍ୟା । କନ୍ୟାଟି ଯେବେ ଜନ୍ମ ନେଲା, ତାହା ପିତାଙ୍କର ଦଶମାସ ସମୟ ନେଇ ପ୍ରସ୍ତୁତ ଶୈଲସୁନ୍ଦରୀର ଅବିକଳ ମୁଖମଣ୍ଡଳ ଧାରଣ କରିଥିଲା । ବାପାମାଆ ଆଗ୍ରହରେ ନାମକରଣ କରଣ କରିଥିଲେ ସୁନ୍ଦରୀ !

ଶୈଲେନ୍ଦ୍ର ଯୁବରାଜ ନିଜ ଇଚ୍ଛାରେ ଉତ୍କଳୀୟ ବସତିର ସେଇ ସାଧାରଣ ସରଳ ତରୁଣୀ ସୁନ୍ଦରୀକୁ ବିବାହ କଲେ । କି ଅପୂର୍ବ ଭଗବତ ବିଶ୍ୱାସ ତା'ର । ପ୍ରତିଟି ମଣିଷ ଦେବତା । ନିଜେ ମନରେ ଦେବତୁଲ୍ୟ ନହେଲେ ଏମିତି ଧାରଣା କେଉଁଠୁ ଆସିବ ? ଅତିଥି ହିଁ ଦେବତା । ସେଇ ମର୍ମରେ ସେ ଅଯାଚିତ ଆଦରରେ ମହକିତ କାଠଚମ୍ପା ଫୁଲମାଲରେ ନିମନ୍ତ୍ରିତ କରିଥିଲା ଅଜ୍ଞାତ ଶୈଲେନ୍ଦ୍ରଙ୍କୁ । ଭାଗ୍ୟବତୀ ହୋଇ

ଯେଉଁ ଆଗମନୀ ଫୁଲହାର ସମର୍ପଣ କରିଥିଲା, ତାହା ଶୈଲତନୟଙ୍କ ପାଇଁ ଆଣିଥିଲା ସୌଭାଗ୍ୟ ।

ସେଇ ଉତ୍କଳୀୟ ରମଣୀ ଶୈଲେନ୍ଦ୍ର ରାଜପ୍ରାସାଦକୁ କଳିଙ୍ଗ ସଣ୍ଠାରେ ସୁସଜ୍ଜିତ କରିଥିଲେ । ବର୍ଦ୍ଧିତ ଶୋଭାରେ ସେଠିକାର ବସତି ଅନୁଭବ କରିବାକୁ ଲାଗିଲା ଉତ୍କଳ ଯେମିତି ସାଗର ଦେଇ ଜାଭାରେ ସ୍ଥାନ ନେଇଗଲାଣି । ରାଜା ଶୈଲେନ୍ଦ୍ରଙ୍କୁ ସୁନ୍ଦରୀ ରାଣୀ ଦୁଇ ପୁତ୍ର ଉପହାର ଦେଇ ଶୈଲେନ୍ଦ୍ର ରାଜବଂଶର ଉଜ୍ଜ୍ୱଲ ଭବିଷ୍ୟତ ସୁପ୍ରତିଷ୍ଠିତ କରିଥିଲେ ।

ସେଇ ଦିନରୁ ଜାଭାରେ ସୁନ୍ଦରୀ ଝିଅ ଟିଏ ଜନ୍ମନେଲେ, ସାଇଭାଇ କହନ୍ତି ତା ପାଇଁ ରାଜକୁମାର ସ୍ୱର୍ଗରୁ ପାହାଡ଼ ତଳକୁ ଓହ୍ଲାଇ ଆସିବେ । ସୁନ୍ଦରୀକୁ ବାହାହୋଇ ଜାଭାରେ ରାଜା ହେବେ !

କ୍ଷେତ୍ର ପ୍ରସୁତି-

୧.   ମୁଖାର୍ଜୀ.ଆର.କେ (ଇଣ୍ଡିଆନ୍ ସିପିଂ, ଆଲାହାବାଦ, ୧ ୯ ୬ ୨) ଖ୍ରୀଷ୍ଟ ଜନ୍ମର ମାତ୍ର ୭୫ ବର୍ଷ ବେଳକୁ କଳିଙ୍ଗ ନାବିକ ମାନେ ଜାଭାରେ ପହଞ୍ଚ ସାରିଥିଲେ ।

୨.   ମଜୁମଦାର, ଆର.ସି. (ହିନ୍ଦୁ କଲୋନିଜ୍ ଇନ ଫାର୍ ଇଷ୍ଟ) ଜାଭାର କିମ୍ବଦନ୍ତୀ ଅନୁଯାୟୀ ଖ୍ରୀଷ୍ଟ ଜନ୍ମର ପ୍ରଥମ କେଇ ଶତାବ୍ଦୀରେ କଳିଙ୍ଗ ରାଜପୁତ୍ର ୨୦ ହଜାର ପରିବାର ଜାଭାରେ ବସବାସ କରିବାକୁ ପଠାଇଥିଲେ । ଜାଭାର ଅର୍ଥନୈତିକ ବିକାଶ ଗୋଟିଏ ଲକ୍ଷ୍ୟ ଥିଲା ।

୩.   ବେହେରା କରୁଣା ସାଗର, (ଉତ୍କଳ ହିଷ୍ଟୋରିକାଲ୍ ଜର୍ଣ୍ଣାଲ, ୧ ୯ ୯ ୩) – ମାଲୟ ଆନାଲ୍ସ ବର୍ଣ୍ଣନା ଅନୁଯାୟୀ ସୁନ୍ଦର ଲୋକ କଥା ହେଉଛି, କଳିଙ୍ଗ ବିଚିତ୍ରା ସ୍ୱର୍ଗରୁ ଓହ୍ଲାଇ ପାଲେମ୍ୟାଙ୍ ପର୍ବତରେ ପହଞ୍ଚଲେ ଏବଂ ଦେଶ ଶାସନ ହାତକୁ ନେଲେ । ସୁନ୍ଦରୀକୁ ବାହା ହୋଇ ଦୁଇ ପୁଅର ଜନକ ହେଲେ ।

୪.   ଅନେକ ଶବ୍ଦ କଳିଙ୍ଗର ବୋଲି ପ୍ରମାଣିତ – କଳିଙ୍ଗ, କ୍ଲିଙ୍ଗ, ସୁବର୍ଣ୍ଣଦ୍ୱୀପ, ମହାଯାନ ବୌଦ୍ଧଧର୍ମ, ବୋର-ବୁଦୁର ବା ବଡ଼-ବନ୍ଦର, ଲଳିତଗିରି ବୁଦ୍ଧ ମୂର୍ତ୍ତି ପରି ବୋର-ବୁଦୁର ବୁଦ୍ଧ, କଳିଙ୍ଗ ଲିପି ସଦୃଶ ପୂର୍ବ-ନାଗରୀ ଲିପି, କଳିଙ୍ଗ ଆର୍ଯ୍ୟ, କୁଞ୍ଜୀ (ଗଜ) ଦେଶ, ଚନ୍ଦ୍ରଭାଗା କେନାଲ, କଳିଙ୍ଗପୁର, ସଜନା ସାଗ, ପିଠା, ଶ୍ରୀ, ଅଷ୍ଟଭୁଜା ଦୁର୍ଗା,

୫.   ମହତାବ, ହରେକୃଷ୍ଣ, (ହିଷ୍ଟୋରୀ ଅଫ୍ ଓଡ଼ିଶା, ୧ ୯ ୮ ୧) ଅଷ୍ଟମ-ନବମ ଶତାବ୍ଦୀର ସୁବର୍ଣ୍ଣ ଦ୍ୱୀପର ଶୈଲେନ୍ଦ୍ର ରାଜବଂଶ କଙ୍ଗୋଦ (ମହାନଦୀରୁ

ମହେନ୍ଦ୍ରଗିରି ମଧ୍ୟରେ ଅବସ୍ଥିତ ରାଜ୍ୟ) ସପ୍ତମ–ଅଷ୍ଟମ ଶତାବ୍ଦୀର ଶୈଲୋଭବ ରାଜବଂଶଜ ବୋଲି ଆକଳନ କରାଯାଏ।

୬.   ପାତ୍ର, ବେଣୁଧର, (ଓଡ଼ିଶା ରିଭ୍ୟୁ, ୨୦୧୩। ଜାଭା–ଓଡ଼ିଶା ସମ୍ପର୍କ।

୭.   ଜାଭା ସୁମାତ୍ରାର 'ସୁଣ୍ଡ୍ରି' ପୁରାତନ ଉତ୍କଳୀୟ ଉପନିବେଶ ବସତିର ଲୋକ କଥା ଆଧାରରେ ଗଚ୍ଛାୟିତ।

କଳିଙ୍ଗ ଯୁଦ୍ଧର ସୈନିକ

ଜୀବନରେ କେତେଥର ସେଇ ଦୟାନଦୀ ଉପର ଦେଇ ପୁରୀ ଯାଇଥିବି, ତା'ର ହିସାବ ନାହିଁ। ପିଲାଦିନେ ଦି ଚାରିଥର ବାପାଙ୍କ ମାମୁଁଘରକୁ ଯିବାର ମନେଅଛି। କିନ୍ତୁ ମାଟ୍ରିକ୍ ପରୀକ୍ଷା ପରେ କେତେଜଣ ସାଙ୍ଗମାନଙ୍କ ସହିତ ଅର୍ଜୁନେଶ୍ୱର ଭୋଜି କରିବାକୁ ଯାଇଥିଲୁ। ଦୟାନଦୀର ଦକ୍ଷିଣ ବନ୍ଧରେ ଚାରି ମାଇଲ ତଳକୁ ଗଲେ ସେ ମନ୍ଦିରଟି ପଡ଼ିବ। କିଏ ଜଣେ କହିଗଲେ, ଦୟା ନଦୀକୂଳରେ ବହୁ ଅତୀତରେ ହୋଇଥିବା କଳିଙ୍ଗ ଯୁଦ୍ଧ। ଦୟାନଦୀରେ ରକ୍ତର ସୁଅ ବୋହି ଚାଲିଥିଲା, କଳିଙ୍ଗର ରକ୍ତ। ମିଶ୍ରିତ ରକ୍ତ। ମଗଧର ସେନାନୀଙ୍କର ଚଣ୍ଡାଶୋକ ଆଦେଶ ଜର୍ଜରିତ ସାମରିକ ରକ୍ତ ଆଉ କଳିଙ୍ଗ ଆବାଳବୃଦ୍ଧବନିତାଙ୍କର ମାତୃଭୂମୀଭକ୍ତିପୂତ ଦୃଢ଼ ପ୍ରତିରକ୍ଷାର ରୁଧିର। ନଦୀ ପଠାରେ ହଜାର ହଜାର ମୃତଦେହ ପଡ଼ିରହିଥିଲା ଦେଶବାସୀଙ୍କର। ମନର କୋଣରୁ କିଏ ଜଣେ ଚେଇଁ ଉଠୁଥିଲା, କାଳ କାଳର ନିଦ ଯେମିତି ଭାଙ୍ଗିଗଲା। କାନ ଡେରି ଶୁଣି ଚାଲିଲା। ଆଉଥରେ ଦୟାନଦୀର ଜଳସ୍ରୋତକୁ ସ୍ୱତଃ ଦୃଷ୍ଟି ଚାଲିଗଲା, ସତରେ କଅଣ ତାହା ଲାଲ ରଙ୍ଗ ବହନ କରିଛି!

ବିଶ୍ୱର ନରହନ୍ତା ଜଣେ ନିଷ୍ଠୁର ରାଜାର କାହାଣୀ, ନିଷ୍ଠୁର ଓ କ୍ରୂର ଅମାଣିଷ ଭାବରେ ମଗଧ ନରେଶ ଯେଉଁ ତାଣ୍ଡବର ନୃତ୍ୟ ରଚି ଦେଇଗଲେ କଳିଙ୍ଗ ବକ୍ଷରେ ତାହା ବିଶ୍ୱ ଇତିହାସରେ ଅଦ୍ୱିତୀୟ ହୋଇଗଲା। ମୃତ ଏକ ଲକ୍ଷ, ଆହତ ତତୋଽଧିକ, ବନ୍ଦି ଦେଢ଼ ଲକ୍ଷ କେବଳ ଶତ୍ରୁପକ୍ଷ କଳିଙ୍ଗର। କଳିଙ୍ଗର ଏହି ଦୁର୍ଦ୍ଦିନରେ କେହି ନ ଥିଲେ ସାହା ହେବାକୁ, ଯେଉଁ ରାଜା ଯୁଦ୍ଧ କରିବାକୁ ଆସିଥିଲେ, ସିଏ ଥିଲେ ସ୍ୱୟଂ ଚଣ୍ଡାଶୋକ, ଯୁଦ୍ଧର କରାଳ ଦୃଶ୍ୟରେ ସେ ନିଜର ଅମାନବିକତା ଉପଲବ୍ଧି କରି ମାନବିକତାର ଧାର ସ୍ପର୍ଶକଲେ, ବୌଦ୍ଧଧର୍ମ ଆଦେରିନେଇ ଧର୍ମାଶୋକ ହୋଇଗଲେ।

ତା ପରେ କେବଳ ବୌଦ୍ଧଧର୍ମ ଓ ବୁଦ୍ଧଦେବ। ଶାନ୍ତି ଓ ମାନବିକତା। ମର୍ମତୁଦ ବିମର୍ଷର ଛାୟା। ସତେକି ଜନ୍ମାଇ ପାରିବ 'ଦେବାନାଂ ପିୟଦର୍ଶୀ'?

ତା ପରେ ଯେବେ ମୁଁ ଦୟା ନଦୀ ସେତୁ ପାରି ହୁଏ, ମନରେ ମୋର ଆସିଯାଏ ପ୍ରବଳ ଉଷ୍ମତା। ଗୋଟିଏ ପ୍ରକାଣ୍ଡ ଯୁଦ୍ଧ ଅବା ମଶାଣି ଭୂଇଁ କଡ଼ରେ ଚାଲିଗଲା ବେଳେ ଅଗଣିତ କଳିଙ୍ଗବାସୀଙ୍କର ପ୍ରଚଣ୍ଡ ମାତୃଭୂମି ପ୍ରୀତିର ପ୍ରତିଧ୍ୱନି ଆଉ ଲୋଲୁପ ମଗଧାଧୀଙ୍କର ଅନୈତିକତା, ଅମାନବିକତା, ନାରକୀୟତା। କଥିତ ନଅଙ୍କ ଦୁର୍ଭିକ୍ଷରେ ବୁଭୁକ୍ଷୁ ଜାତି ବର୍ଷ ଦି'ଚାର ବର୍ଷ। ଅଭାବରୁ ବୁଭୁକ୍ଷୁ ହୋଇ ଘରକୋଣରେ ପଡ଼ି କାହାରି ପାଖେ ହାତ ନ ପତାଇ ଯେମିତି ମରିଯାଇଥିଲା, ଅତି ପୁରାତନ ଇତିହାସରେ ଦେଶଟାକୁ ଶତ୍ରୁମୁଖରୁ ରକ୍ଷା କରିବାକୁ ଡେଇଁ ପଡ଼ିଥିଲା ଏଇ ଦୟାନଦୀକୂଳର ରଣପ୍ରାଙ୍ଗଣକୁ, ତାହାର ବହୁଗୁଣା ସଂଖ୍ୟାରେ ମୃତ୍ୟୁ ଲଭିଥିଲା ବୀରଦର୍ପ ବାଜି ମାରି!

ସେଇ ମୌର୍ଯ୍ୟ ଶତ୍ରୁପକ୍ଷ କଳିଙ୍ଗ ଯୁଦ୍ଧର ତିରିଶ ବର୍ଷ ଆଗରୁ କଳନା କରିଥିଲେ, କଳିଙ୍ଗ ନରେଶ ସୁରକ୍ଷିତ, ଚତୁଷ୍ପାର୍ଶ୍ୱରେ ସଦାଜାଗ୍ରତ ସତୁରି ହଜାର ପଦାତିକ, ଦଶ ହଜାର ଅଶ୍ୱାରୋହୀ ଓ ସାତ ଶହ ଗଜାରୋହୀ ସମରବାହିନୀ। ଶକ୍ତିମାନ ମୌର୍ଯ୍ୟରାଜ ଚନ୍ଦ୍ରଗୁପ୍ତଙ୍କର ଉପଦେଷ୍ଟା କୌଟିଲ୍ୟ ମନ୍ତବ୍ୟ କରିଥିଲେ କଳିଙ୍ଗର କଳା ହାତୀ ସର୍ବ ବଳବାନ। ବିଶାଳ ଭାରତବର୍ଷର ମାନଚିତ୍ରରେ ସବୁ ଛତ୍ରଗୁଡ଼ିକ ମୌର୍ଯ୍ୟ ସାମ୍ରାଜ୍ୟ ନିକଟରେ ନତମସ୍ତକ ହୋଇସାରିଥିବା ବେଳେ, କଳିଙ୍ଗୋଦ୍ର କୂଳର ସବୁଜିମା ବିସ୍ତାରିତ ଗର୍ବିତ କଳିଙ୍ଗ। ଚନ୍ଦ୍ରଗୁପ୍ତ ଓ ବିନ୍ଦୁସାରଙ୍କ ଭାରତ ମାନଚିତ୍ରରେ ସ୍ୱତନ୍ତ୍ର କଳିଙ୍ଗ। ଚନ୍ଦ୍ରଗୁପ୍ତ ଏହି ମାନଚିତ୍ର ଦେଖି ନ ଦେଖିଲା ପରି ମୁହଁ ବୁଲାଇ ଦେଇଛନ୍ତି ଦେଶର ପଶ୍ଚିମ ଦିଗକୁ, ଯେଉଁ ଆଡୁ ଯୁଦ୍ଧ ଅନ୍ତେ ଯୁଦ୍ଧର ବିଜେତା ରାଜା ଭାବରେ ଲାଭ କରିଛନ୍ତି ଯବନ ରାଜକନ୍ୟା ହେଲେନାଙ୍କୁ। ସିକନ୍ଦରଙ୍କର ବଳିଷ୍ଠ ସେନାପତି ସେଲିଉକସ୍ ନିକେଟର୍ଙ୍କର କନ୍ୟା। ସବୁ କୀର୍ତ୍ତିମାନ ରାଜଶକ୍ତି ସହ ମନର ନିଭୃତ ଅନୁକୋଣରେ ତାଙ୍କର ଯେଉଁ ସ୍ୱପ୍ନ ଗଢ଼ିଉଠେ, ସେଇଥିରେ ଥାଏ କଳିଙ୍ଗର ସବୁଜିମା, କଳିଙ୍ଗୋଦ୍ର ଉଛାଳ ତରଙ୍ଗରେ କୋଲାହଲ ବୋଇତମାଳା ଆଉ ସେଇ ବୋଇତରେ ବିଦେଶାଗତ ସ୍ୱର୍ଣ୍ଣଭରା ପଣ୍ୟ। ଅପ୍ରାପ୍ତ ହୋଇଛି କଳିଙ୍ଗ ରାଜ୍ୟ ମୌର୍ଯ୍ୟ ସାମ୍ରାଜ୍ୟକୁ, ବିଶ୍ୱର ସବୁଠାରୁ ବଳବାନ ସମ୍ରାଟ ଚନ୍ଦ୍ରଗୁପ୍ତଙ୍କୁ।

ସେଇ କଳିଙ୍ଗ କାହିଁକି ବା ପୁଣି ତୃତୀୟ ମୌର୍ଯ୍ୟରାଜ ଅଶୋକଙ୍କର ନଜରକୁ ଆସିଲା? ମନରେ ଅସଂଖ୍ୟ କୁହେଲି ସୃଷ୍ଟି ହୁଏ, ଭଉଁରି ଚକର କାଟେ। ମନ ଶିହରିଯାଏ ଦୁଷ୍ଟବୁଦ୍ଧି ଚଣ୍ଡାଶୋକ ମାନସିକ ଅସ୍ଥିରତାରେ, କ୍ରୁରତାର ଅତ୍ୟୁଚ୍ଚ

ସୋପାନରେ। ନିଜର ଛଅ ଭାଇଙ୍କୁ ଅମାନୁଷିକ ଭାବରେ ଶିରଚ୍ଛେଦ କରି ମୁକୁଟ ଲାଭ ଯିଏ କରିପାରେ, ସିଏ ନିଜ ମନରେ ଶାସନର ଆଠ ବର୍ଷ ବେଳକୁ ଏକ ନାରକୀୟ ରକ୍ତାକ୍ତ କଳ୍ପନା କାହିଁ ବା ନ ଗଢ଼ିବ। ସୁସଜ୍ଜିତ ପାଟଳୀପୁତ୍ର, ଉଜ୍ଜୟିନୀ ଓ ଗାନ୍ଧାରର କଳିଙ୍ଗାଭିମୁଖୀ ତ୍ରିଦିଗାନ୍ତିତ ମୌର୍ଯ୍ୟସେନାକୁ କଳିଙ୍ଗ କି ଟାଳି ପାରିବ? କେତେ ପଦାତିକ, କେତେ ଅଶ୍ୱାରୋହୀ, କେତେ ଗଜାରୋହୀ, କେତେ ରଥାରୋହୀ ମୁକାବିଲା କରିବ? ସବୁଥିରେ ଗୁଣଗୁଣ ହୋଇ ସଂଖ୍ୟାଧିକ।

ପୁଣି ଗୁପ୍ତରେ ଅଛନ୍ତି ଲୌହଅସ୍ତ୍ରସଜ୍ଜିତ ଭଡ଼ାଟିଆ ଯବନ ବାହିନୀ। କଳିଙ୍ଗକୁ ଦଖଲ କରିନେଲେ ତାହା ମୌର୍ଯ୍ୟ ସାମ୍ରାଜ୍ୟର ଶ୍ରେଷ୍ଠ ସମୁଦ୍ର ଉପକୂଳ ରାଜ୍ୟ ଭାବରେ ଶୋଭାବର୍ଦ୍ଧିକ ହେବ। ମଗଧ ପୂର୍ବପ୍ରାଚ୍ୟ ତଥା ସୁବର୍ଣ୍ଣଦ୍ୱୀପ ଦେଶମାନଙ୍କୁ ସାଗର ଯାତ୍ରା କରିବା ପାଇଁ କଳିଙ୍ଗର ଦୟାର ପାତ୍ର ହେବାକୁ ସମ୍ମାନଜନକ ମନେ କରେନା! କଳିଙ୍ଗକୁ ଅନୁରୋଧ କରିବ ମଗଧ ସମ୍ରାଟ ଜଳଦସ୍ୟୁ କବଳରୁ ନିଜର ମଣିମୁକ୍ତାଭରା ବିଦେଶାଗତ ବୋଇତର ସୁରକ୍ଷା କରିବାକୁ? ଆକାରରେ ଓ ଜନସଂଖ୍ୟାରେ ମୌର୍ଯ୍ୟସାମ୍ରାଜ୍ୟରୁ କ୍ଷୁଦ୍ର ହୋଇପାରେ, ମାତ୍ର ତା'ର ଶକ୍ତି ଅକଳନୀୟ।

ଚଣ୍ଡାଶୋକ କି ଡରିଛି ରକ୍ତକୁ, ମାନବିକତାକୁ ଅବା ଧର୍ମାନ୍ଧତାକୁ! ତା'ର ଧାରଣାରେ କଳିଙ୍ଗଶକ୍ତି ମୌର୍ଯ୍ୟଶକ୍ତିବର୍ଦ୍ଧିକ ହେବା ସ୍ପୃହଣୀୟ। ଯେଉଁ ଉପଦେଷ୍ଟା ଅମାତ୍ୟ ରାଧାଗୁପ୍ତଙ୍କ ପରାମର୍ଶରେ ଅଶୋକ ବିମାତାମାନଙ୍କର ଛଅ ପୁଅ ହତ୍ୟା କରିଥିଲେ, ସେଇ କି କଳିଙ୍ଗ ବିରୁଦ୍ଧରେ ସମର କରିବାର ବୁଦ୍ଧି ଦେଇ ନ ଥିବେ?

ଚଣ୍ଡାଶୋକ ଦିନେ ହଁ ଚିନ୍ତା କରିଥିଲେ, କେଉଁ କାରଣରୁ ପିତାମହ ଚନ୍ଦ୍ରଗୁପ୍ତ କଳିଙ୍ଗର ଦଶଗୁଣା ପଦାତିକ, ତିନିଗୁଣା ଅଶ୍ୱାରୋହୀ, ଦୁଇଶହ ଅଧିକ ଗଜାରୋହୀ ସମେତ ଆଠ ଶହ ରଥାରୋହୀ ସାମରିକଶକ୍ତିରେ ଶକ୍ତିମାନ ହୋଇ ସେଇ କ୍ଷୁଦ୍ର ରାଜ୍ୟଟିକୁ ମୌର୍ଯ୍ୟ ଶାସନାଧୀନ କରିବାକୁ ପରାଙ୍ମୁଖ? ବାପା ବିନ୍ଦୁସାରଙ୍କ ଶାସନରେ ଦୁଇ ଦୁଇଟି ବଡ଼ ବିଦ୍ରୋହ ମୁଣ୍ଡ ଟେକିଛି ଉଜ୍ଜୟିନୀ ଓ ତକ୍ଷଶିଲାରେ। ସେମିତି ରୁକ୍ଷ ଭାବରେ ସେଗୁଡ଼ିକ ଦମନ ନ କରିଥିଲେ ମୌର୍ଯ୍ୟସାମ୍ରାଜ୍ୟ ଟିଷ୍ଟି ରହି ନ ଥାଆନ୍ତା। ପିତା ବିନ୍ଦୁସାର ସମ୍ମାନିତ 'ଅମିତ୍ରାଘାତ' ନାମରେ, ସିଏ କିନ୍ତୁ ବହୁ ଉପକ୍ରମ କରି କଦାପି କୃତକାର୍ଯ୍ୟ ହୋଇ ପାରିଲେନି କଳିଙ୍ଗକୁ ଆକ୍ରମଣ କରିବାରେ। ପୁଣି ବିନ୍ଦୁସାରଙ୍କ ଶାସନକାଲରେ ଗ୍ରୀସ୍ ପରିବ୍ରାଜକ ଡିମାକସ୍ ସୂଚନା ଦେଇଥିଲେ, କଳିଙ୍ଗ ଦୁର୍ଦ୍ଦାନ୍ତ, ଅସୀମ ବଲଶାଲୀ। ମୌର୍ଯ୍ୟ ଗୁରୁଦେବ କୌଟିଲ୍ୟଙ୍କ ଶାସ୍ତ୍ରବିଧିରେ ଅଜସ୍ର କୃତନୀତିଜ୍ଞ ନ୍ୟସ୍ତ ଅଛନ୍ତି କଳିଙ୍ଗର ଅବସ୍ଥା ଅନୁଧ୍ୟାନ କରିବାରେ, ଏମିତି ଗଲାଣି ତିନି ପୁରୁଷ। ସବୁଠାରୁ ବିସ୍ମୟ, କଳିଙ୍ଗର ରାଜା କିଏ କେହି ଜାଣିପାରୁ ନାହାନ୍ତି! ବିନା ଶାସକରେ

ଚାଲିଛି କଳିଙ୍ଗ ! ଯିଏ କେହି ଏ ଗୁପ୍ତଚରମାନଙ୍କୁ ଅବିଶ୍ୱାସ କରିବ । ଯେତେ ଧନୀ ବଣିକର ଦେଶ ହେଉ, ଆମେ ସମଗ୍ର ଭାରତବର୍ଷରେ ଦେଖୁଛୁ, ପୁଣି ପଶ୍ଚିମର ସିରିଆ, ବାକ୍ଟ୍ରିଆ, ଗ୍ରୀସ ଓ ରୋମ୍ । କେଉଁଠି ତ ନାହିଁ ଏମିତି ବଣିକପ୍ରଧାନ ଦେଶ ଯେ କି ବିନା ରାଜାରେ ଚାଲିଛି । ଯଦି ଏମିତି ରାଜ୍ୟ ରହିଛି, ତାହାର ସୈନ୍ୟସାମନ୍ତ, ଖଜଣା ରାଜକୋଷ କିଏ ବୁଝୁଛି ? ଦୁର୍ଦ୍ଧର୍ଷ ହସ୍ତୀକୁ ଯେତିକି ଭୟ, ଅଦୃଶ୍ୟ ରାଜଶକ୍ତିକୁ ସେତିକି ଆଶଙ୍କା, ପୁଣି ନଦନଦୀ ଓ ଘଞ୍ଚ ବନରାଶୀ ସାଜିଛନ୍ତି କଳିଙ୍ଗର ଗଡ଼ଖାଇ !

ସମସ୍ତେ କହନ୍ତି, କଳିଙ୍ଗର ଜମି ନିଷ୍କର । କଳିଙ୍ଗର ପ୍ରଜା ରାଜାଙ୍କୁ କର ଦିଅନ୍ତି ନାହିଁ । ପୁଣି ରାଜକୋଷ ସଦା ପରିପୂର୍ଣ୍ଣ । କଥଣ କଳିଙ୍ଗୋଦ୍ ଏତେ ରନ୍‌ଗର୍ଭା ? ସମ୍ଭବ ମନେହୁଏ, କାହିଁକି କଳିଙ୍ଗ ନିଜ ସାଗର ଉପକୂଳରେ ବ୍ୟସ୍ତ, ସନ୍ତୁଷ୍ଟ । ଅଣଉପକୂଳ ରାଜ୍ୟ ଦଖଲ କରିବାକୁ ସର୍ବଦା ଅନାଗ୍ରହୀ । ଆୟର ହିସାବ ଆସି ଦେଖ ତାମ୍ରଲିପ୍ତ କାରବାରରୁ । ସମଗ୍ର ଭାରତର ରପ୍ତାନି ବନ୍ଦର – ବଙ୍ଗ, ମଗଧ, କୋଶଳ, ଭାରତର ମୁଖ୍ୟ ରାଜ୍ୟଗୁଡ଼ିକ ସୀମା ସରହଦ ଭୁଲି କଳିଙ୍ଗର ଦୟାଧୀନ । ଯଦି ଆମଦାନି ଅବା ରପ୍ତାନି କ୍ଷେତ୍ରରେ ମଗଧ ପ୍ରତି କିଛି ଅବିଚାର ହୁଏ, ମଗଧରାଜଙ୍କର ଆଦେଶ ସେଠାରେ ଶିରୋଧାର୍ଯ୍ୟ ନୁହେଁ । ବହୁ ମଗଧ ବ୍ୟବସାୟୀ ମଗଧ ସମ୍ରାଟଙ୍କ ପାଖରେ ଆପଭି କରନ୍ତି କଳିଙ୍ଗର ଔଦ୍ଧତ୍ୟକୁ । ଏହା ମଗଧ ସମ୍ରାଟଙ୍କର ଦେହସୁହା ହୋଇଗଲାଣି । ମଗଧ କଳିଙ୍ଗ ବିବାଦର ଅନ୍ତ ନାହିଁ ।

ଅଶୋକ ବର୍ଦ୍ଧନ ମୌର୍ଯ୍ୟଙ୍କ ଶାସନ ଆରମ୍ଭର କଳିଙ୍ଗ । ଉତ୍ତରର ଗଙ୍ଗାକୂଳରୁ ଦକ୍ଷିଣର ଗୋଦାବରୀ ମଧ୍ୟର ପ୍ରକୃତ କଳିଙ୍ଗ । ବାଣିଜ୍ୟ ବୋଇତଭରା ବଣିକଙ୍କର ଆବାସ । ତାମ୍ରଲିପ୍ତିରୁ ଜଳପଥରେ ହାତୀ ରପ୍ତାନି କରୁଥିବା କଳିଙ୍ଗ । ସଦାଜାଗ୍ରତ ଶକ୍ତିମାନ ସାମରିକ ବାହିନୀର ଦେଶ । ପୁଣି ପଛକୁ ରହିଛି ଜଙ୍ଗଲଭରା ବିଦ୍ୟାଧର ରାଜ୍ୟ ସମୂହ, କଳିଙ୍ଗର ସହୋଦର, ଆଟାଭିକା ପରି ଶକ୍ତିମାନ ବିଦ୍ୟାଧର ରାଜ୍ୟ । ଦକ୍ଷିଣ ଅଂଶ ଆହୁରି ବଳଶାଳୀ ମୋଡ଼ୋ କଳିଙ୍ଗ । ବଣିକ ଦେଶର ଏହି ଭୂଗୋଲ ଧାରଣ କରି ଚଲଚଞ୍ଚଳ କଳିଙ୍ଗ । ନିଜର ଗଜ, ଅଶ୍ୱ, ରଥ ଓ ପଦାତିକ । ନିଜ ମାଟିର ସିଂହ ସେମାନେ । ଏକ ହଜାର ବର୍ଷ ଧରି ନିଜର ପ୍ରତିପତ୍ତି ବିସ୍ତାର କରି ରହି ଆସିଛନ୍ତି ଭାରତଭୂମିରେ । ବନ୍ୟଗଜ ପ୍ରଶିକ୍ଷଣ ଓ ଗଜ ବାହିନୀର ସମ୍ପ୍ରସାରଣ କଳିଙ୍ଗଶକ୍ତିର ପରିଚାୟକ । ପ୍ରମାଣ ଦେଇ ସାରିଛି ହଜାର ବର୍ଷ ଆଗରୁ ମହାଭାରତ ସମରରେ । ତିନି ଭାରର କଳିଙ୍ଗ, ତିନି ଗଜ ସେନାନୀ ଉପସ୍ଥିତ ହୋଇଥିଲେ କୁରୁକ୍ଷେତ୍ରରେ । ତାହା ହିଁ ଗଡ଼ିଚାଲିଛି କଳିଙ୍ଗରେ । କଳିଙ୍ଗର ଅଭ୍ୟନ୍ତର ସତ୍ୟ, ଅଚୌର୍ଯ୍ୟ, ଅହିଂସା, ଅପରିଗ୍ରହ ପରି ଆଦିଧର୍ମରେ ପ୍ଲାବିତ । ନିର୍ଗ୍ରନ୍ଥ ଓ ଅର୍ହତମାନଙ୍କ ଦୀକ୍ଷିତ ଆତ୍ମସନ୍ତୁଷ୍ଟ କଳିଙ୍ଗ ।

ଆମ୍ନିର୍ଭରଶୀଳ କଳିଙ୍ଗ। ଦରିଆପାରିରେ ପ୍ରତିଷ୍ଠା କରିସାରିଛନ୍ତି କେତେ କେତେ ଅନୁରୂପ କଳିଙ୍ଗ ଉପନିବେଶ। ଭାଷା ଓ ସଂସ୍କୃତିର ପରିଚୟ ନେଇ ସୁବର୍ଣ୍ଣଭୂମିରୁ ଦୂରନ୍ତ ଚମ୍ପା (ଭିଏତନାମ୍)ରେ ପ୍ରତିଷ୍ଠା କରିସାରିଛନ୍ତି ନିଜର ପୃଷ୍ଠଭୂମି। ବିଶାଳ ଉଦାରଧର୍ମୀ କଳିଙ୍ଗ। ନିଜ ଧନଧାନ୍ୟ ମଧ୍ୟରେ ସୀମିତ ଦେଶ, ଭାରତବର୍ଷର ସମଗ୍ର ପୂର୍ବ କଳିଙ୍ଗୋଦ୍ର ସାଗରର ନୌବାଣିଜ୍ୟ ପରିଚାଳନା ଶକ୍ତିର ଆଧାର କଳିଙ୍ଗ।

ମନରେ ଆସେ ଅଗଣିତ ଦ୍ୱନ୍ଦ୍ୱ, ସତରେ କଅଣ ରାଜନୈତିକ ଘଡ଼ିସନ୍ଧିରେ ଫସି ରହିଥିଲା କଳିଙ୍ଗ ? କଳିଙ୍ଗରେ କେହି ବଳଶାଳୀ ରାଜା ନ ଥିଲେ ? କିମ୍ବା କୌଣସି କାରଣରୁ ସୀମିତ ଗଣତନ୍ତ୍ର ବର୍ତ୍ତିଥିଲା ? ସୀମା ସରହଦ ସେକାଳ ରାଜ୍ୟ ଗୁଡ଼ିକରେ ତ ନଥିଲା, ମଗଧର ହେଉ କି କଳିଙ୍ଗରେ ହେଉ। କଳିଙ୍ଗର କୌଣସି ଦୁର୍ବଳତା ଶତ୍ରୁପକ୍ଷକୁ ଜଣାପଡ଼ିଗଲା କି ? ଅସମ୍ଭବ ନୁହେଁ, କଳିଙ୍ଗ ସବୁ ସଂହତିର ସହିତ ଇତିହାସରେ ବି କିଛି ଦୁରଭିସନ୍ଧି ମୂଳକ ଚକ୍ରାନ୍ତରେ ଫସିଯାଇଛି। ଅତୀତର କେତେ ଶିଖୀ ମନେଇ ଥିବେ, ମଗଧ ସମ୍ରାଟଙ୍କୁ ବାଟ କଟେଇ ଆଣିଥିବେ। ତଥାପି ସେଭଳି ବିଚ୍ଛିନ୍ନତା ଭାବର ଲୋକ ମଣ୍ଡୁକ ପରି କୃଷ୍ଣସର୍ପକୁ ଆମନ୍ତ୍ରଣ କରିଥିବା ଆଶଙ୍କା ବି ରହିଛି। ଏତେ ପୁରାତନ ଘଟଣା ବିଷୟ ଚିନ୍ତାକୁ ଆସିଲେ, ମନ ସେଇଠି ରହିଯାଏ।

ଧର୍ମ ଅବା କଳିଙ୍ଗ ଯୁଦ୍ଧର ମୂଳ ସୂତ୍ର ହୋଇଥିଲା ବୋଲି ବୁଝା ପଡ଼େନି। ନିଜକୁ ଅଶୋକବର୍ଦ୍ଧନ ବୌଦ୍ଧ ବୋଲି କହୁଥିଲେ ଯୁଦ୍ଧର ଦୁଇବର୍ଷ ଆଗରୁ। କିନ୍ତୁ କଳିଙ୍ଗ ଶୁଦ୍ଧ ଆଦିଧର୍ମ ଜୈନମାନଙ୍କର ଆଶ୍ରୟସ୍ଥଳ। କୌଣସି ନା କୌଣସି ଧର୍ମ ସଙ୍କଟ ଏହି ଯୁଦ୍ଧଟି ପାଇଁ ବୌଦ୍ଧଭାବ ସୃଷ୍ଟି କରିଥାଇପାରେ। କଳିଙ୍ଗ ବିଜୟକୁ ମଗଧ ନରେଶ ଧର୍ମ ବିଜୟ ବୋଲି ନାମିତ କରି ଧର୍ମର ଦ୍ୱାହି ଦେଇଛନ୍ତି। 'ଦେବାନାଂ ପ୍ରିୟଦର୍ଶୀ' ନାମ ବହନ କରି ବି ଜୈନ ଅର୍ହତମାନଙ୍କ ଜୀବନ ପ୍ରତି ବିପଦ ହୋଇଥିବାର ସଂକେତ ମିଳେ।

କଳିଙ୍ଗ ଯୁଦ୍ଧ ପୂର୍ବର କଳିଙ୍ଗ ତନୟା, କାରୁବାକି। ମଗଧ ରାଜକୁମାରଙ୍କ ନିର୍ବାସିତ ଜୀବନରେ ତାଙ୍କ ପାଇଁ ବସନ୍ତର ମୃଦୁମଳୟ ଆଣିଥିଲେ। ସେହି ଅଶୋକଙ୍କୁ କାରୁବାକିଙ୍କ ସହ କଳିଙ୍ଗର ସୁମଧୁର ପରିବେଶ ସ୍ୱର୍ଗସମ ମନେ ହୋଇଥିବ। ପ୍ରେମମୟ ଜୀବନ ଅଶୋକ କେବଳ କାରୁବାକିଙ୍କ ସହ କଟାଇଥିବା ସ୍ପଷ୍ଟ ତାଙ୍କର କୌଶମ୍ୱୀ ରାଣୀସ୍ତମ୍ଭଲିପିରୁ ଜଣାଯାଏ। ବହୁଦିନ ପରେ ଅବଶ୍ୟ ସେଇ କାରୁବାକି ଗର୍ଭରୁ ଜାତ କଳିଙ୍ଗର ଭଣଜା ତୀବର ଦିନେ ଅଧିଷ୍ଠିତ ହୋଇଥିଲେ ତକ୍ଷଶିଲାର ଶାସକ ଭାବରେ। କଅଣ ଏତେ କଳିଙ୍ଗ ପ୍ରେମ ରାଜଦଣ୍ଡଧାରୀ ଅଶୋକବର୍ଦ୍ଧନ ମୌର୍ଯ୍ୟଙ୍କର ଧୂଲିସାତ ହୋଇଗଲା କଳିଙ୍ଗ ବିଜୟ ଅଭିଯାନ ବେଳେ ? ସେଇ ରାଜ୍ୟର ପାଣିପବନରେ

ନିର୍ବାସିତ ଜୀବନକାଳ ଭୁଲି ଗଲେ ସିଏ ? ଅତୀତର ଅତଳ ଗର୍ଭରୁ ଏବେ ଏତେ କିଛି ଦେଖାପଡୁ ନାହିଁ, ଅଶୋକବର୍ଦ୍ଧନ ଛଳ କରି କଳିଙ୍ଗନଗରୀ ସନ୍ନିକଟରେ ଯେ ସମର ଶିବିର ଗଢ଼ିତୋଳି ନ ଥିବେ, କିଏ ମନା କରି ପାରିବ ? ବିଶ୍ୱାସରେ ବିଷ ଯେ ସେହି କୌଟିଲ୍ୟଙ୍କ ବିଷ ସର୍ବସ୍ୱ କୂଟନୀତିର ପ୍ରଶ୍ରୟ ନ ନେଇଥିବେ, କିଏ କହିବ ?

ପୁନରାୟ କେବେ ବର୍ଷାଦିନେ ଯିବାବେଳେ ଦୟାନଦୀର ସ୍ଫୀତ ବନ୍ୟାଜଳ ଦୃଷ୍ଟିରେ ପଡ଼େ, ଘମାଘୋଟ ଲଢ଼େଇର ବିଭୀଷିକା ଆଉ ଥରେ ମାନସପଟରେ ନାଚିଉଠେ, କଳିଙ୍ଗଯୁଦ୍ଧର ବିଶ୍ୱଯୁଦ୍ଧସମ ପରାଭବ। ସବୁବେଳେ କାହିଁକି ଏ ଦୟାନଦୀ ମନଟାକୁ ଭାରି କରିଦେଉଛି। ଯୁଦ୍ଧଭୂମିରେ ଅଶୋକ ଉପବିଷ୍ଟ ସୌରଭଗିରି ପାଦଦେଶରେ, ଉଭର ଦିଗରେ କଳିଙ୍ଗର ରାଜ ପରିଷଦ ସତର୍କ କଳିଙ୍ଗନଗରୀ ରାଜଧାନୀ ମଧ୍ୟରେ। କିଛି କାଳ ଛକାପଞ୍ଝା। ଅଶୋକବର୍ଦ୍ଧନ ଆଶାୟୀ କଳିଙ୍ଗ ଆତ୍ମସମର୍ପଣ କରିବ। ଅସମ୍ଭବ। ହେଲେ ଜଣ ଜଣ କରି କଳିଙ୍ଗବାସୀ ନିଜର ରୁଧିର ତ୍ୟାଗ କରନ୍ତୁ, ଆତ୍ମସମର୍ପଣ ଭୀରୁପଣ ପଦବାଚ୍ୟ। ତା ପରେ ରଣଭେରୀ ବାଜିବାର ଶବ୍ଦ।

ମନରେ ବିଶ୍ୱାସ ଆସେନି, କଳିଙ୍ଗ କିପରି ଏତେ ବିଶାଳ ଭାରତବର୍ଷର ସାମୂହିକ ମୋର୍ଯ୍ୟ ସମରବାହିନୀର ସମ୍ମୁଖୀନ ହୋଇପାରିଲା। ଯୁଦ୍ଧ ପୂର୍ବରୁ କିଛି ଆଭାସ ଆସିଥିବ, ନିଶ୍ଚୟ କିଛି ଧମକ ବା ଭୀତି ପ୍ରଦର୍ଶନ ଥିବ। ଏତେ କ୍ଷୁଦ୍ର ଦେଶଟି ଜାଣିଜାଣି କିପରି ମଗଧକୁ ଅବଜ୍ଞା କରିପାରିଲା ? କେବେହେଲେ ବି କଳନା କରିପାରିଥିବ ମଗଧର ଦୁର୍ବଳତା ! କିନ୍ତୁ କଳିଙ୍ଗର ନିଶ୍ଚିତ ଆଶା ଓ ବିଶ୍ୱାସ ରହିଥିବ, ଯୁଦ୍ଧ ହେଲେ ତାହାର ପକ୍ଷ ନେବେ ବିଦ୍ୟାଧର ଆଉ ଅଟାଭିକ ମଣ୍ଡଳୀ। ମହାକାନ୍ତାରର ସଫଳ ଧନୁର୍ଦ୍ଧାରୀ ଅଟାଭିକ ବାହିନୀ। ଶରମୁନ ଲୌହରେ ନିର୍ମିତ, ବସ୍ତର ଲୋହାରଖାନା ଦେଶଜ ସମ୍ପଦ। କେତେ ବନ୍ୟ ଗୁଳ୍ମରେ ରଞ୍ଜିତ ସେ ତୀକ୍ଷ୍ଣ ତୀର, ଅବ୍ୟର୍ଥ ତୀରନ୍ଦାଜ ବାହିନୀ। ପ୍ରତିଟି କ୍ଷଣରେ ହୃଦ୍‍କମ୍ପ କରିପାରେ ମଗଧରାଜଙ୍କର, କେହି ଧନୁକଧାରୀ ବକ୍ଷଭେଦ କରିଦେଇପାରେ।

ଏପରି କଳ୍ପନା ମନରେ ଦିନୁଦିନ ସଜଳ ହୋଇ ଉଠୁଛି। ଥରେ ଅଧେ ପୁଣି ଦୟାନଦୀ ପଠା ଯଦି ଦେଖାଯାଏ, ମନେ ହୁଏ ସତେ କି କଳିଙ୍ଗ ସେନା ହୋଇ ଆମେ ସବୁ ଖଡ୍ଗହସ୍ତରେ ଯୁଦ୍ଧରେ ଅବତୀର୍ଣ। କିନ୍ତୁ ସମସ୍ତ ମଗଧ ସୈନ୍ୟବାହିନୀ ତ ପରାହତ, ପଳାୟନପ୍ରବୃ, କଅଣ ଘଟିବ ଆଜି ମଗଧ ନରେଶ ଶିବିରରେ ! ନାଁ ବିଶ୍ୱାସ ନାହିଁ ସେଇ ଦୁଷ୍ଟମତି ମୌର୍ଯ୍ୟରାଜଙ୍କୁ, ସିଏ କଅଣ ଏଇ

ମଗଧ ବାହିନୀ ଉପରେ ଭରସା କରିଥିବେ ? ତାଙ୍କର ଦକ୍ଷିଣାତ୍ୟ ଉଜ୍ଜୟିନୀ ବାହିନୀକୁ କଳିଙ୍ଗ ସମର ପାଇଁ ହେୟ ମନେ କରିଥାଇ ପାରନ୍ତି । କିନ୍ତୁ ନିଶ୍ଚିତ ଭାବରେ ଗାନ୍ଧାର, ପାରସ୍ୟ, ମାସିଡୋନିଆଁ ଓ ଆନାଟୋଲାର କଦାକାର ନରଭକ୍ଷକ ଲୌହସାଙ୍ଗୁ ସଜ୍ଜିତ ଭଡ଼ାଟିଆ ପେସାଦାର ଯକ୍ଷସେନା ଦଳକୁ ନିଜର ଅନ୍ତିମ ଓ ଶ୍ରେଷ୍ଠ ପରାକ୍ରମ ଭାବରେ ପ୍ରଦର୍ଶିତ କରିବାର ଖେଳ ରଚିଥିବେ । ଭାରତର ପଶ୍ଚିମକୁ ଲମ୍ବିଛି ମୌର୍ଯ୍ୟ ତିନି ପୁରୁଷର ସମ୍ପର୍କ । ସିଏ କେତେ ପାଠ, ଶିକ୍ଷ, ଭାଷା ଓ ସମର ବିଦ୍ୟାର ବାଟ ଖୋଲିଛନ୍ତି, ଭାରତର ପଶ୍ଚିମ ଦ୍ୱାର ଉନ୍ମୁକ୍ତ । ପେଷାଦାର ଗ୍ରିକ୍ ମାସିଡୋନିଆଁର ସିକନ୍ଦର ବାହିନୀ, ଧୁରନ୍ଧର, ବିଶାଳ ବପୁ ଓ ବଳଶାଳୀ ପ୍ରଶିକ୍ଷିତ ଯବନ ଯକ୍ଷବାହିନୀ! ମାତ୍ର ସମସ୍ତେ ସବୁବେଳେ ଗଜଶକ୍ତି ପରାକ୍ରମରେ ଆଚମ୍ବିତ ଓ ଆତଙ୍କିତ ।

ଡରିଯାଇ ନାହିଁ କଳିଙ୍ଗ ! ମଗଧର ଧମକପୂର୍ଣ୍ଣ ଆକ୍ରମଣରେ ଅବିଚଳିତ ! ମଗଧ କି କଳିଙ୍ଗକୁ ଧର୍ମ, କର୍ମ ଓ ସମରରେ ଚିହ୍ନି ନି ? ଥରେ ତ ନନ୍ଦରାଜ କଳିଙ୍ଗ ଆକ୍ରମଣ କରିଥିଲା । ନିର୍ଦୟ ଭାବରେ ରାଜଗାଦିକୁ ଅବମାନନା କରି ରାଜପରିବାରକୁ ସମ୍ମୂଲେ ନାଶ କରି ଅପହରଣ କରି ନେଇ ପଳାଇଲା କଳିଙ୍ଗ ଜୀନା, କଳିଙ୍ଗର ଶିରୀ । କଳିଙ୍ଗ ନୂତନ ଧର୍ମର ସ୍ଥାବକ ବୋଲି ମନେ କରିଥିଲା ନନ୍ଦରାଜା ମହାପଦ୍ମ । ଅଧର୍ମରେ ଯାଇ କଳିଙ୍ଗକୁ ବଶୀଭୂତ କଲେ ସିନା, କଳିଙ୍ଗକୁ ଅପ୍ରତ୍ୟାଶିତ ଭାବରେ ବର୍ବରୋଚିତ ଆକ୍ରମଣ କରିବା ହୋଇପାରେ ସିକନ୍ଦରଙ୍କର ପ୍ରଭାବ, ଅମାନୁଷିକ ଅତ୍ୟାଚାର ଓ ନିର୍ଦ୍ଦୟ ଅମାନବିକ ପ୍ରକୃତି । ମଗଧସେନା ଯୁଦ୍ଧ କରିବା ବେଳେ ଅଶେଷ କ୍ଷତି ଘଟାନ୍ତି ଚାଷ, ଧନସମ୍ପଦ, ଦେବାଦେବୀଙ୍କର, ପୁଣି ନୃଶଂସ ଭାବରେ ବନ୍ଦି କରନ୍ତି ଅସଂଖ୍ୟ ନିରୀହ ଜନସାଧାରଣଙ୍କୁ । କଳିଙ୍ଗ ଏପରି ଯୁଦ୍ଧରେ ବିଶ୍ୱାସ କରେନି । ରାଜ୍ୟଜୟ, ପରାଧୀନତା ସ୍ୱୀକାର, ଧନଲାଭ ଏହା. ହିଁ ଅହିଂସା ଆଶ୍ରିତ କଳିଙ୍ଗର କାଲେ କାଲେ ରାଜଧର୍ମ । ସବୁବେଳେ କଳିଙ୍ଗ ରାଜ୍ୟ ଶାସନ ଓ ସାମରିକ କାର୍ଯ୍ୟକ୍ରମରେ ସାଧାରଣ ଲୋକମାନଙ୍କର ସ୍ୱାର୍ଥ ଓ ସଦିଚ୍ଛା ସନ୍ନିବେଶିତ । ରାଜ୍ୟ ଜୟ କରି ବିଜେତା ଭାବରେ ପରାଜିତ ରାଜ୍ୟର ପୋଡ଼ାଜଳା, ଫସଲ ହାନି, ସାଧାରଣ ଲୋକକୁ ନିର୍ଯ୍ୟାତନା ମଗଧକୁ ଜଣା । ବସ୍ତୁତଃ ଏମାନଙ୍କର ସମର କେବଳ ଆମ୍ରକ୍ଷା ପାଇଁ, ବିଶେଷ କରି ମଗଧ ତା'ର କାଲେ କାଲେ ଶତ୍ରୁ। ଯୁଦ୍ଧ ପରଦିନ ବି ମଗଧ ପୁଣି କଳିଙ୍ଗର ସେଇ ତାମ୍ରଲିପ୍ତରେ ଆଶ୍ରା ଲୋଡ଼େ । ବୋଧ ହୁଏ ମଗଧର କିଛି ସମୁଦ୍ରକୂଲ ଥିଲେ ଏପରି ଚିର ଶତ୍ରୁତା ନ ଥା'ନ୍ତା!

ଏ‌ଇ ସବୁ ଭାବନାଗୁଡ଼ିକ ବିସ୍ତାର ହୋଇଚାଲିଛି ମନରେ। ବେଲେବେଲେ ମନ ଖୋଜିବୁଲେ ତଥ୍ୟ, ନୂଆ ନୂଆ ଗବେଷଣା ଓ ତର୍କ, ବିଭିନ୍ନ ଲୋକଙ୍କ ମତାମତ ଦୋହଲାଇଦିଏ ମନର ଭାବନା। କଳିଙ୍ଗବାସୀ ଶାନ୍ତ ପ୍ରକୃତିର, ଅମାୟିକ ବ୍ୟବହାର, ଧର୍ମପ୍ରାଣ ଓ ଅତିଥିବତ୍ସଳ। କିଏ ସେଇ ଚଣ୍ଡାଶୋକକୁ ଏମିତି ଏତେ ରାଗରେ ତତାଇ ଦେଇ ପାରିଲା ଯେ ସିଏ କଳିଙ୍ଗକୁ ସତରେ ନିଅଁଶିଆ କରିଦେଇ ଚାଲିଯିବାର ମନ୍ଦଭାବ ଧରି ଧାଇଁ ଆସିଥିଲା! ମନ ମାନେ ନା ଏହି ବର୍ବର ଆକ୍ରମଣକୁ ସମ୍ମତି ଦେବାକୁ, ପଥରରେ ରଚିତ ପ୍ରାଚୀନ ଭାଷାକୁ ଗ୍ରହଣ କରିବାକୁ। ମନ ଆଦୌ ବୁଝେ ନା।

ହତାହତର ଗୋଟିଏ ସୀମାରେ ପହଞ୍ଚିଲେ, ଯୁଦ୍ଧ ଶେଷ ବୋଲି ଘୋଷଣା ହୁଏ। ପ୍ରଶ୍ନ ଉଠେ ମନରେ, କିପରି ପରିସ୍ଥିତି ଆସିଲା ଯେ, ଅଶୋକବର୍ଦ୍ଧନ ତୁମେ ଯୁଦ୍ଧକ୍ଷେତ୍ରରୁ ବହକି ସର୍ବସାଧାରଣ ଓ ଆବାଳବୃଦ୍ଧବନିତାଙ୍କୁ ତୁମର ଶାଣିତ ତରବାରିରେ ଶିକାର କରିଦେଲ! ଧନ୍ୟ ତୁମର ମାନବ ହୃଦୟ, ଧନ୍ୟ ତୁମର ନାରୀ ଓ ଶିଶୁମାନଙ୍କପ୍ରତି ରହିଥିବା ଅନୁକମ୍ପା, ଯାହା ଦୁନିଆର କୌଣସି ଶାସକକୁ ଅମାନବିକତାର ଦ୍ୱାର ସ୍ୱର୍ଶ କରିବାକୁ ବାଧାଦିଏ। କଅଣ କଳିଙ୍ଗର ନାରୀମାନେ ବି ଯୁଦ୍ଧରେ ଅଂଶଗ୍ରହଣ କରିଥିଲେ, ତୁମର କ୍ରୋଧର ପାତ୍ର ହୋଇଗଲେ? କଳିଙ୍ଗର ବାଲୁତ ପୁତ୍ରକନ୍ୟାମାନେ କଅଣ ମଗଧସେନା ବାହିନୀକୁ ଏମିତି ପ୍ରତିହତ କଲେ ଯେ, ତୁମର ରଣନୀତି ମହାଭାରତର ଶାନ୍ତିପର୍ବ ଉପଦେଶ ଚାଲିଦେଲା?

ଏତେ ବର୍ଷତଳର ଇତିହାସ, ପ୍ରକୃତିଗର୍ଭରେ ଲୀନ ହୋଇଗଲାଣି ସତ, କିନ୍ତୁ ବ୍ୟଥା ଲାଗେ ସେ କାଦାହାର ପଶ୍ଚିମମୁହାଁ ବିଦେଶୀଭାଷାରେ କଳିଙ୍ଗବିରୋଧୀ ଶବ୍ଦ ଶୁଣିବାକୁ। ଏଇ ଅବକ୍ଷୟପ୍ରାପ୍ତ ଅବଶିଷ୍ଟ କଳିଙ୍ଗପାଇଁ ଠିକ୍ ନଅଙ୍କ ଦୁର୍ଭିକ୍ଷ ଯୁଗରେ ଗିରନାର ଓ ସାହାବଜାଦୀ ଶିଲାଲିଖନର ଅନୂଦିତ ତଥ୍ୟ ଭାରତୀୟ ଇତିହାସକୁ ଯେତିକି ଜୀବନ୍ତ କଲା, କଳିଙ୍ଗ ନାମକ ଏକ ଐତିହାସିକ ଶକ୍ତିର ଆବିଷ୍କାର କଲା, ଯାହା କି ସବୁଆଡ଼ୁ ଏହି ଜାତିର ବିସ୍ତୃତି ପ୍ରତିପାଦନ କରିପାରିଲା, ତାମ୍ରପର୍ଣୀ ଶ୍ରୀ ଲଙ୍କାରୁ ପୂର୍ବପ୍ରାଚ୍ୟ ଦ୍ୱୀପମାଳା ଓ ସୁବର୍ଣଭୂମି ପର୍ଯ୍ୟନ୍ତ। କିନ୍ତୁ ନିଜର ମାନବିକତାର ବିବର୍ଦ୍ଧନ, ଧର୍ମାଶୋକ ଓ ଦେବପ୍ରିୟ ହେବାରେ ଯେଉଁ ଅମାନୁଷିକ ଯୁଦ୍ଧର ପରିପାର୍ଶ୍ୱ ଶିଲାବକ୍ଷରେ ଚିରକାଲ ପାଇଁ ରଚି ଦେଇଗଲ, ଏହା ପ୍ରତିଟି ପାଠକକୁ ତିନିଲକ୍ଷ ପଚାଶ ହଜାରରୁ ଊର୍ଦ୍ଧ୍ୱ ନରସଂହାର ଚିତ୍ର ମନରେ ଆଲୋଡ଼ନ ସୃଷ୍ଟିକରେ। ଅନେକ ସହସ୍ରାବ୍ଦ ଅନ୍ତର ହେଲେ ହେଁ, କଳିଙ୍ଗ ଭାବରେ ଚିହ୍ନିତ ସେଇ ରାଜ୍ୟର ପ୍ରଜାମାନଙ୍କର ମନରେ ସାହାବଜାଦୀ ଆରାମିକ ଭାଷା ପଢ଼ି କି ଭାବ ଜାତ ହେଉଥିବ ତାହା ଅପରିଣାମଦର୍ଶୀ ଅଶୋକବର୍ଦ୍ଧନଙ୍କର ପରବାୟ ନଥିଲା।

ସତରେ ମନରେ ଆସେ ସେ ପରିସ୍ଥିତିରେ କିପରି ସାମନା କରିପାରିଛନ୍ତି କଳିଙ୍ଗର ଅଧିବାସୀମାନେ। ଧନ୍ୟ ସେମାନଙ୍କର ସାହସ ଓ ବୀରତ୍ୱ। ନିଶ୍ଚିତ ସେମାନେ ମଗଧରାଜଙ୍କର ଫୁଙ୍କାରକୁ ହେୟ ମନେକରିଛନ୍ତି। ମଗଧର ସେନାଛାଉଣୀକୁ ଛାର ମଣିଛନ୍ତି। ନିଜ ଜନ୍ମଭୂମିର ରକ୍ଷା କରିବାପାଇଁ ଜନସାଧାରଣ ବି ଏହି ଦୟାନଦୀ କୂଳର ରଣକ୍ଷେତ୍ରକୁ ଜୀବନ ମୂର୍ଚ୍ଛ ଡେଇଁ ପଡ଼ିଛନ୍ତି। ନିଜର ପିତା, ସ୍ୱାମୀ ଓ ପୁଅ ତିନିପୁରୁଷଙ୍କୁ ହରାଇ କଳିଙ୍ଗ ରମଣୀ ମଗଧରାଜଙ୍କର ଚେତନା ଭେଦ କରିଛନ୍ତି। ମୂଲ୍ୟବାନ ମଣିଷ ଜୀବନର ମୂଲ୍ୟବୋଧ କରିଛନ୍ତି ରାଜନ୍। ସମଗ୍ର କଳିଙ୍ଗ ଅଧିକାରର ଗୋଟିଏ ସାଧାରଣ ପ୍ରଶ୍ନରେ।

ପାଖରେ ଗଲାବେଳେ ମନେ ହୁଏ ପଚାରିବାକୁ, "କହ ଦୟାନଦୀ, ତୁମକୁ ଦେଖିବା ପରେ ମନ କାହିଁକି ଆନ୍ଦୋଳିତ ହେଉଛି? କଅଣ ତୁମର ନାମ ଥିଲା କଳିଙ୍ଗ ଯୁଦ୍ଧ ପୂର୍ବରୁ? କଅଣ ବା ନାମ ଥିଲା ସନ୍ନିକଟ ଗିରିରାଜଙ୍କର? ଶ୍ୱେତ, ସୌରଭ ବା ଧଉଳିଗିରି ନାମର ବିବର୍ତ୍ତନ ଘଟିଛି ତ ତୁମ ପାଖରେ, ତୁମେ କିନ୍ତୁ କଳିଙ୍ଗ ଯୁଦ୍ଧ ପରଠାରୁ ନିଶ୍ଚିତ ଭାବରେ ଦୟାର ମାନସିକତା ବହନ କରିଛ। ତୁମର ନାମ ସ୍ମରଣ କରିବା ମାତ୍ରେ ମନେ ପଡ଼ିଯାଏ ଏ ଜାତିର ମରମ ବ୍ୟଥା, ଅତୀତର ଗୌରବୋଜ୍ଜ୍ୱଳ ଐତିହ୍ୟ, ମନରେ ଜାଗି ଉଠେ ଅପୂର୍ବ ସାହସ, ଶୌର୍ଯ୍ୟ ଓ ଦମ୍ଭ। ଅନୁଭବ ହୁଏ ଏ ଜାତିର ଆମ୍ଭ ପରିଚୟ।"

କଳିଙ୍ଗର ଦାୟାଦ ଭାବରେ ଆଜି କଳିଙ୍ଗଯୁଦ୍ଧ ଶିଲାଲିପି ପାଠକଲେ ରକ୍ତ ଉଷ୍ଣ ହୋଇଉଠେ, ମନର ଦୃଢ଼ତା ବଢ଼ିଯାଏ। ପ୍ରତ୍ୟେକ ପାଠକ ନିଜକୁ ଜଣେ କଳିଙ୍ଗଯୋଦ୍ଧା ଭାବରେ ମଣିନିଅନ୍ତି। ମନ ଖୋଜିବୁଲେ ଅଧିକରୁ ଅଧିକ ତତ୍‌ସମ୍ବନ୍ଧୀୟ ତଥ୍ୟ। ତତ୍‌କାଳୀନ ଭାରତର ଓ କଳିଙ୍ଗର ଜନରାଶି ଅଟକଳ ଏହି ଯୁଦ୍ଧର ବର୍ଣ୍ଣିତ ସଂଖ୍ୟା ଉପରେ ସନ୍ଦେହ ସୃଷ୍ଟି କରେ। ଯେତେବେଳେ ସର୍ବବୃହତ୍ ମୌର୍ଯ୍ୟ ସାମ୍ରାଜ୍ୟର ସୈନ୍ୟସଂଖ୍ୟା ଛଅ ଲକ୍ଷ, କଳିଙ୍ଗର ସାମରିକ ଶକ୍ତି ସତୁରି ହଜାର, ତାହାର ପାଞ୍ଚଗୁଣ ଲୋକ କିପରି ଯୁଦ୍ଧରେ ମଲେ ବା ଆକ୍ରାନ୍ତ ହେଲେ? ଏକ ବିଂଶତି ଭୌଗୋଳିକ ଆୟତନର ଓ ଅଳ୍ପ ଘନତ୍ୱ ଜନରାଶିର କଳିଙ୍ଗରେ ଚାରିଲକ୍ଷ ମୃତାହତର ଆକଳନ କେମିତି ମନରେ ଅତିରଞ୍ଜନର ଆଶଙ୍କା ସୃଷ୍ଟି କରେ। ତୁମ ଶିଲାଲେଖ ରାଜକୀୟ ଦସ୍ତାବିଜ ହୋଇପାରେ, କିନ୍ତୁ ଏହା ସତ୍ୟତା ଠାରୁ ଅନେକ ଦୂରରେ।

ପୁଣି ଏହି ପ୍ରକାଣ୍ଡ ଯୁଦ୍ଧର ଗୋଟିଏ କି ଦୁଇଟି ଶତାବ୍ଦୀ ପରର ସୁସମୃଦ୍ଧ ମହାମେଘବାହନଙ୍କ କଳିଙ୍ଗ ଓ ତାଙ୍କର ସମୃଦ୍ଧ ହାତୀଗୁମ୍ଫା ଶିଲାଲିଖନ ଯୁଦ୍ଧ ବିଷୟରେ ମୂକ! ଅଶୋକଙ୍କର ଆସ୍ଫର୍ଦା ଶିଲାଲିଖନର ପରିସଂଖ୍ୟାନ ପୁନଃବିଶ୍ଲେଷଣ କରିବାର

ଇଙ୍ଗିତ ଦିଏ। ମୌର୍ଯ୍ୟ ଭାରତର ପଶ୍ଚିମ ସୀମା କାନ୍ଦାହାର ଶିଳାଲିପିର ଆରାମିକ୍ ଭାଷାରେ ଲିଖିତ ଏହି କଳିଙ୍ଗଯୁଦ୍ଧ ବିବରଣୀ ଓ ଖୋଦ୍ କଳିଙ୍ଗ ତଥା ଦେଶର ଅଭ୍ୟନ୍ତର ଏହି ବର୍ଣ୍ଣନାରୁ ବାଦ୍ ପଡ଼ିବା କିଞ୍ଚିତା ଛଳନାର ଅବତାରଣା କରେ। ମନରେ ଆସେ ଶିଳାଲିଖନ ନୂତନଭାବରେ ସେଇ ପଶ୍ଚିମ ଜଗତରୁ ଅଶୋକଙ୍କ ସମୟରେ ଧୀରେ ଧୀରେ ଦେଶରେ ବିକଶିତ ହେବାବେଳେ ଘଟିଥିବା ପ୍ରକୃତ ଇତିହାସ ଓ ମୌର୍ଯ୍ୟ ସମ୍ରାଟଙ୍କର ମର୍ଯ୍ୟାଦାଲିଖନ ଭିତରେ ଅନେକ ଅନ୍ତର ଦେଖାଯିବା ବାସ୍ତବିକ। ମଗଧ ସମ୍ରାଟ ଧର୍ମ ଆଚରଣର କାରଣ ନିମନ୍ତେ ଅଧିକ କାରୁଣ୍ୟରସର ସଂଯୋଜନା କରିପାରିଥାଆନ୍ତି। ଏହି ସଂଖ୍ୟାଧିକ ବିବରଣୀ ଅନ୍ୟ ରାଜଶକ୍ତିମାନଙ୍କୁ ବଳ ପ୍ରଦର୍ଶନର ମାଧ୍ୟମ ହୋଇପାରେ। ଯାହାହେଉ, ମଗଧର ରଣକୌଶଳ ଯେତେ ଶିଥିଳ ହେଉ ନା କାହିଁକି, ତାର କୂଟନୈତିକ ଚରିତ୍ର ବେଶ୍ ରଞ୍ଜିତ।

କଳିଙ୍ଗ ଚେତନାରେ ପରିପୁଷ୍ଟ କଳିଙ୍ଗ ସୈନିକ ମନରେ ଗର୍ବ ଆସେ ବୀରତ୍ୱ ଓ ମାତୃଭକ୍ତିର ନିଦର୍ଶନ ପାଇଁ, କିନ୍ତୁ ମନ ମାନେନା ଏମିତି ଏକ ଅତିରଞ୍ଜିତ କଳିଙ୍ଗବାସୀଙ୍କର ନରସଂହାରର ଅସତ୍ୟ ସଂଖ୍ୟା ଅବତାରଣା। ସତରେ କଳିଙ୍ଗଯୁଦ୍ଧ କଅଣ କେବଳ ସମୁଦ୍ରତଟ ତାମ୍ରଲିପି, ପାଲୁରା ଓ କଳିଙ୍ଗପାଟଣା ସମୁଦ୍ରତଟ ବନ୍ଦର ଦଖଲ କରିବା ପାଇଁ ଉଦ୍ଦିଷ୍ଟ ଥିଲା। ଆଦୌ ସମ୍ପୂର୍ଣ୍ଣ ସତ ମନେ ହୁଏନି।

ଅଶୋକବର୍ଦ୍ଧନ ଯେ ଲୋଭୀ, ଲୋଲୁପ ଏଇଟା କଳିଙ୍ଗର ପଶ୍ଚିମ ଦିଗରୁ ଅନୁଧ୍ୟାନ କଲେ ସ୍ପଷ୍ଟ ଜଣାଯାଏ। କଳିଙ୍ଗର ଶିଶୁପାଳଗଡ଼ କଳିଙ୍ଗନଗରୀ ଯେତେବେଳେ ବିକଶିତ ହୋଇ ନଥିଲା, ସେତେବେଳେ ପଶ୍ଚିମ କଳିଙ୍ଗରେ ଅନେକ ଦୁର୍ଦ୍ଧର୍ଷ ରାଜ୍ୟ ମୁଣ୍ଡ ଟେକି ଥିଲା ଏବଂ ସେଗୁଡ଼ିକୁ ମୌର୍ଯ୍ୟମାନେ ଆଟାଭିକା ରାଜ୍ୟ ଭାବରେ ନାମକରଣ କରିଥିଲେ, ସେଗୁଡ଼ିକର ଦେଖାଶୁଣା ପାଇଁ ଆଟାଭିକା ମହାମାତ୍ର ମନ୍ତ୍ରୀମାନେ ନିଯୁକ୍ତ ଥିଲେ।

କଳିଙ୍ଗ ସଂଲଗ୍ନ ଆଟାଭିକା ରାଜ୍ୟଗୁଡ଼ିକ ନିଶ୍ଚୟ ରାଜ୍ୟର ସମୁଦ୍ରତଟ ଠାରୁ ତିନି ଗୁଣ, ଏଇଟା ସତ। ଏଗୁଡ଼ିକ କଳିଙ୍ଗ ରାଜ୍ୟ ସହିତ ଓତପ୍ରୋତ ଭାବର ଜଡ଼ିତ। ଆଜିକାର କୋରାପୁଟ କଳାହାଣ୍ଡି ଆଉ ଛତିଶଗଡ଼ର ବସ୍ତରକୁ ନେଇ ତଦାନୀନ୍ତନ କାନ୍ତାର, ମହାକାନ୍ତାର ପାର୍ବତ୍ୟାଞ୍ଚଳ ପୂର୍ବଦିଗର କଳିଙ୍ଗ ସହ ଏକାଙ୍ଗୀ ଭାବରେ ଚଳୁଥିଲେ, ଜଙ୍ଗଲଜାତ ପଦାର୍ଥ, କୁଟୀରଶିଳ୍ପ ଅବା ନଦୀ ଅବାବାହିକାରୁ ସଂଗ୍ରହ କରିଥିବା ମୂଲ୍ୟବାନ ପଥର, ହୀରା ସବୁ କଳିଙ୍ଗକୁ ବିକ୍ରିକରୁଥିଲେ, ଯାହା କି ସୁବର୍ଣ୍ଣଦ୍ୱୀପକୁ ବି ରପ୍ତାନି ହୁଏ।

ମୌର୍ଯ୍ୟ ରାଜମହଲରେ ଏହି ବିଷୟ ନେଇ କଳିଙ୍ଗକୁ ବହୁ ତାଗିଦ୍

କରାଯାଇଛି ଏବଂ କଳିଙ୍ଗର ରାଜାଙ୍କ ପାଖକୁ ବହୁ ଚରମପତ୍ର ଏବଂ ଆକ୍ରମଣର ଧମକ ବି ଆସିଛି। ସେକାଳରେ ଯୁଗେ ଯୁଗେ କଳିଙ୍ଗର ରାଜା ଜୈନଧର୍ମୀ ଓ ଉଦାର, ନିଷ୍କପଟ। ସେହି ରାଜାଙ୍କର ପୂର୍ବପୁରୁଷମାନେ ହିଁ କଳିଙ୍ଗଜିନ୍ ନିର୍ମାଣ କରି ପୂଜା ଆରମ୍ଭ କରିଥିଲେ। ଅବଶ୍ୟ କେତେକ ତାଙ୍କୁ ଆଭା ରାଜବଂଶ ବୋଲି ଉଲ୍ଲେଖ କରିଛନ୍ତି।

ଚନ୍ଦ୍ରଗୁପ୍ତ କି ବିନ୍ଦୁସାରଙ୍କ ଅମଳରେ କଳିଙ୍ଗକୁ ମୌର୍ଯ୍ୟସାମ୍ରାଜ୍ୟରେ ମିଶାଇବା ପାଇଁ ଯେତିକି ଚେଷ୍ଟା କରାଯାଇ ନଥିଲା, ଅଶୋକବର୍ଦ୍ଧନ ସିଂହାସନ ଆରୋହଣ ପୂର୍ବରୁ କଳିଙ୍ଗରେ ଆମ୍ଗୋପନ କରି କେଇ ବର୍ଷ କଟାଇଥିଲେ। ଏଠି ବିଦୁଷୀ ରାଣୀ ଚାରୁଭାଷୀ ବା କାରୁବାକୀକୁ ବିବାହ କରିଥିଲେ, କଳିଙ୍ଗର ଧନରତ୍ନର ହିସାବ ପାଇଥିଲେ, କେତେ ସାଗରକୁ ଯାଉଛି, କେତେ ବିଦେଶକୁ ଯାଉଛି ଜାଣିଥିଲେ।

ବିଦୁଷୀରାଣୀ କଳିଙ୍ଗକନ୍ୟା, କଳିଙ୍ଗବଣିକ ଧୀବର ସାମନ୍ତରାଜାଙ୍କ ଦୁହିତା ଏବଂ ତାଙ୍କର ନିବାସ ରତ୍ନଗିରି ଲଳିତଗିରି ସନ୍ନିକଟ ବୋଲି ଅନୁମାନ କରାଯାଏ। କଳିଙ୍ଗର ଭୂଗୋଳରେ ଏବଂ ଇତିହାସରେ ଅନେକ ଘଟଣା ବାରମ୍ବାର ଘଟିଚାଲିଛି। କାରଣ ଅଶୋକଙ୍କ ଘଟଣାର ବହୁ ପଛରେ ଊନବିଂଶ ଶତାବ୍ଦୀରେ ପ୍ରତ୍ୟତ୍ତ ଆସିଦେଲା। କିନ୍ତୁ ଏହାର ୧୮୩୯ ବର୍ଷ ପରେ ୧୫୬୮ ମସିହାରେ କିପରି ଅଶୋକବର୍ଦ୍ଧନ ଘଟଣାର କଳାପାହାଡ଼ ପୁନରାବୃତ୍ତି କରିଛି, ତାହା ହିଁ ଦେଖିବା କଥା।

ଯାହା ହେଉ, ଅଶୋକ ନିଜ ପତ୍ନୀ କାରୁବାକୀଙ୍କୁ ସମ୍ଭବତଃ ତାଙ୍କ କୌଶମ୍ବୀ ରାଜମହଲରେ ଛାଡ଼ି କଳିଙ୍ଗ ସମର ଭିଆଣ କଲେ, ସେଇଟା କୃଟ, କପଟ ଏବଂ ଅତିଶୟ ଲୋଭର ଘଟଣା। ମୂଳ ଲକ୍ଷ୍ୟ ରହିଲା ହୀରକ ରାଜ୍ୟର ହୀରା, ହୀରାକୁଦରୁ କଳାହାଣ୍ଡି ନର୍ଲା, ଅସୁରଗଡ଼ ଆତାଭି ରାଜ୍ୟର ହୀରକ ବ୍ୟବସାୟ ଏବଂ କଳିଙ୍ଗର ସାଗରଫଟା ବଣିଜ।

ନର୍ଲା ବି ନିଶ୍ଚୟ ନଥିଲା, କଳିଙ୍ଗ ତାହାର ପ୍ରାଣ ଥିଲା। କାଳେ କାଳେ ନର୍ଲାରାଜ ମୌର୍ଯ୍ୟ ବିପକ୍ଷରେ। ପଚାଶ ହଜାର ପ୍ରଶିକ୍ଷିତ ମଲ୍ଲଯୋଦ୍ଧା ଆଉ ଧନୁର୍ଦ୍ଧାରୀ ଅଶୋକବର୍ଦ୍ଧନଙ୍କ ଦେଶୀ ପାଟଲୀପୁତ୍ର, ଉଜ୍ଜୟିନୀ ଓ ଗାନ୍ଧାର ସୈନ୍ୟଙ୍କ ସହିତ ମାସିଡୋନିଆ ଆଉ ବ୍ୟାକ୍ରିୟା ଗୋରା ଯକ୍ଷରୂପୀ ଅସୁର ସୈନ୍ୟମାନଙ୍କୁ ସାମନା କରିବାକୁ ଲୁଚିଛପି ଗରିଲା ସାଜିଥିଲେ।

କଳିଙ୍ଗ ଗୁପ୍ତରେ ଗୋଟିଏ କାମକରିଛି, ଯାହାର କେହି ହିସାବ ଆଜିଯାଏ ପାଆନ୍ତି ନାହିଁ। କଳିଙ୍ଗର ଜୈନ ରାଜା ଏତେ ଶାସନଅନୁରକ୍ତ ନୁହଁନ୍ତି।

ମୌର୍ଯ୍ୟରାଜଙ୍କର କଟୁରାଜପତ୍ରରେ ବିଚଳିତ ହୋଇ ରାଜପଦତ୍ୟାଗ କରିବାର ଅଭିପ୍ରାୟକୁ ସାକାର କରିବାରୁ କଳିଙ୍ଗ ପ୍ରଶାସନ ତାଙ୍କୁ ନିରାପଦରେ ନଲ୍ଲ। ଅସୁରଗଡ଼ରେ ଅବସ୍ଥାପିତ କରିଥିବା ଅନୁମାନସିଦ୍ଧ।

କଳିଙ୍ଗାଧ୍ୱବାସୀ କଳିଙ୍ଗଯୁଦ୍ଧରେ ଶରୀରର ସମସ୍ତ ରୁଧିର ଢାଳିଦିଅନ୍ତୁ, ଯେତେ ଦୂର ସମ୍ଭବ ଅଶୋକସେନାକୁ କଳିଙ୍ଗଭୂମିରେ ନିପାତ କରନ୍ତୁ, ଅଶୋକବର୍ଦ୍ଧନ କଳିଙ୍ଗରାଜନ୍‌ଙ୍କର ଚିହ୍ନବର୍ଣ୍ଣ ନପାଉ, ସମସ୍ତ ଜିତାପଟ ମୂଲ୍ୟହୀନ ହେବ।

ତାହା ହିଁ ଘଟିଛି। ଯୁଦ୍ଧଟିରେ ଯେତିକି କଷ୍ଟ ଅନୁଭୂତ ହୋଇଛି, ସ୍ୱୟଂ ଅଶୋକବର୍ଦ୍ଧନ ତତୋଧ୍ଵିକ ବିମର୍ଷରେ ଜୀବନ ବିତାଇଛି, ଧର୍ମ ପଛରେ ଗୋଡ଼ାଇଛି, ଧର୍ମ, ଧର୍ମ ହୋଇ ପାହାଡ଼ ଢିମା ଖୋଲି 'ଧର୍ମକର' 'ଧର୍ମକର' ବୋଲି ଚିତ୍କାର କରିଛି, ତଥାପି ଅଧର୍ମୀ ଆତ୍ମା ତାର ଥମିନି। ସେହି ଚିତ୍କାର ବି ପରଜନ୍ମକୁ ଲମ୍ବିଛି। ଜୀବନରେ ଶାନ୍ତି ପାଇନି, ପୁଅ, ଝିଅ, ସମସ୍ତଙ୍କ ଠାରୁ ଜୀବନର ଶେଷ ଅବସ୍ଥାରେ ଅପର୍ଯ୍ୟାପ୍ତ ଗଞ୍ଜଣା ପାଇ ପରଜନ୍ମରେ ପ୍ରବେଶ କରିଛି।

ଅପହରଣ

ଆମ କେତେଜଣଙ୍କୁ ଡାକିହାକି ପାହାଡ଼ର ଗାଇଡ୍ ନେଇଛି ଦେଖାଇବ ଅଢ଼େଇ ହଜାର ବର୍ଷ ତଳର ଗୋଟିଏ ପ୍ରକୃତରେ ଘଟିଥିବା ଘଟଣା, ଯାହା ଅଭିନୟ ପରି ଶିଲାଚିତ୍ରରେ ଅଙ୍କିତ । ଉପରଠାଉରିଆ ଭାବରେ ଆଖିବୁଲେଇନେଲେ, ଅନେକ ମଣିଷ ଦିଶିବେ, କିନ୍ତୁ ମନପୂରାଇ ଦେଖିଲେ, ସାତ ତାଳ ପାଣିତଳର ଦୃଶ୍ୟ ବି ଦିଶିବ । ଗୋଟିଏ ଅପହରଣର ଦୃଶ୍ୟ । ଯୁଦ୍ଧ ଆଉ ଜୀବନ-ମୃତ୍ୟୁର ସଂଗ୍ରାମ । ଆଗ ଶିଲାଚିତ୍ରଟି ମନ ଖଟାଇ ଦେଖିବା, ତା ପରେ ଆଲୋଚନା । ଆମକୁ ସବୁ ବଖାଣିବ ଗାଇଡ୍ ଯେମିତିକି ସେ ନିଜେ ସବୁ ଦେଖିଥିଲା ! କୁହାଲିଆ ନହେଲେ କଅଣ ଗାଇଡ୍ ଟ୍ରେନିଂ ପାଇପାରିବ ? ଉପର ଗୁମ୍ଫାରେ ଦେଖାଇଲାଣି । ସବୁଠାରୁ ରୋମାଞ୍ଚକର ଦୃଶ୍ୟରୁ ଆରମ୍ଭ କରିବ ବୋଲି ପ୍ରତିଶ୍ରୁତ ଦେଇଛି । ଆମ ଗାଇଡ୍ ବୁଦ୍ଧିରାମ ।

ଆମେ ଗୋଟିଏ ପୁରାତନ ଶିଲାଚିତ୍ର ଅପହରଣ ଦୃଶ୍ୟର ଅବତାରଣା କରିବା, ଏଇଟି ଅଢ଼େଇହଜାର ବର୍ଷ ତଳର ଗୁମ୍ଫାରେ ଖୋଦିତ ସାମାଜିକ ଚିତ୍ର, ଏକାଙ୍କିକା ପରି ରଚିତ, ଯାହା ଗୋଟିଏ ଆଧୁନିକ ସିନେମା ରିଲ୍ ପରି ଦୃଶ୍ୟମାନ । ଦେଖନ୍ତୁ, ଚିତ୍ରଟି କଅଣ ସୂଚାଉଛି ?

ଗୋଟିଏ ସୁନ୍ଦର ହାତୀ ଛୁଆଟିଏ ମା ପାଖରୁ ପଛରେ ପଡ଼ିଯାଇଛି । ପୋଖରୀଟିରେ ହାତୀପଲେ ପଶିଛନ୍ତି । ଛୁଆଟି କଅଣ ବା ଜାଣେ, କେତେଜଣ କଳିଙ୍ଗକନ୍ୟା ପୋଖରୀ ପାଖରେ ଏହି କୁନି ହାତୀଛୁଆକୁ ଦେଖି ତାକୁ କିପରି ଧରିନେବେ, କୌଶଳ କରିଛନ୍ତି । କଳିଙ୍ଗ ସେତେବେଳେ ହାତୀର ଦେଶ । ବିଶାଳାକାୟ କଳାହାତୀ ସାରା ଦେଶରେ ମଉଡମଣି । ଯୁଦ୍ଧ ଓ ପ୍ରତିରକ୍ଷାର ଶକ୍ତକବଚ । କଳିଙ୍ଗର ଘରେ ଘରେ ହାତୀଛୁଆର ଆଦର ବେଶି । କନ୍ୟାମାନେ କିପରି ଏହି କୁନି ହାତୀକୁ ନେଇ ପାଳିବେ, ସେଥିପାଇଁ ତାକୁ ଚାରିଆଡୁ ଘେରିଯାଇଛନ୍ତି ।

କିନ୍ତୁ ଛୁଆ ହାତୀର ମାଆ ଦଳ ସହିତ ସେଇଠି ଏ ଦୃଶ୍ୟ ଦେଖୁଥିଲେ। ହଠାତ୍ ନିଜ ପିଲାକୁ କିଶୋରୀମାନେ ଉଠାଇନେବା ସନ୍ଦେହରେ ସେମାନଙ୍କ ଆଡ଼କୁ ମାଡ଼ିଆସିଲେ। କିଶୋରୀମାନେ ବି ହାତୀକୁ ପରବାୟ କଲେନି, ଦଳ ସାରା ମିଶି ହାତୀକୁ ପିଟିବାରେ ଲାଗିଲେ। ଜଣେ ସାହସୀ କିଶୋରୀ ହାତର ବଟ୍‌ଫଳରେ ବି ଧାତବ ପ୍ରହାର କରିବାକୁ ପଛାଇନାହାନ୍ତି। ଫଳସ୍ୱରୂପ ଅନେକ ହାତୀ ଆକ୍ରମଣ ସାମନା କରି ନପାରି ଧାଇଁ ଚାଲିଯାଇଛନ୍ତି, କିନ୍ତୁ ଜଣେ ପୁରୁଷ ଆହତ ହୋଇଛନ୍ତି, ଏବଂ ସେ

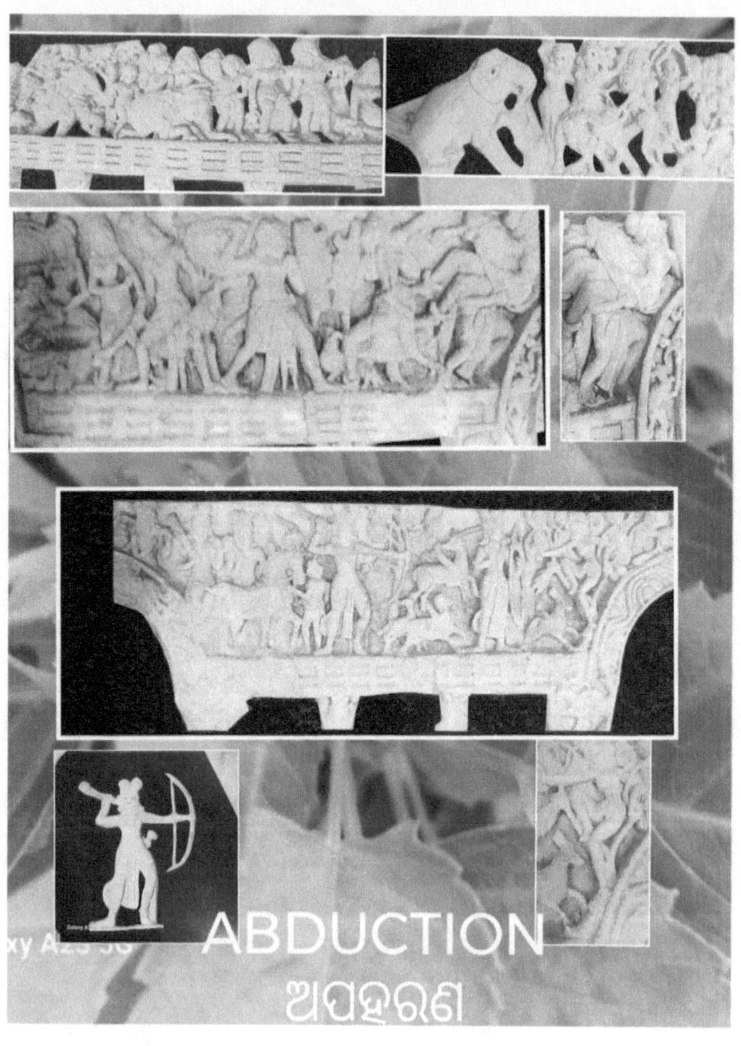

ସାହସୀ କିଶୋରୀ ତାଙ୍କର ସେବା କରୁଛନ୍ତି। ସେହି ସେବା କରିବା ସମୟରେ ଜଣେ ସାମରିକ ବ୍ୟକ୍ତି ସେ ସାହସୀ କିଶୋରୀଙ୍କୁ ଅପହରଣ କରିବାର ଉଦ୍ୟମ କଲେ। ତାକୁ ପଣ୍ଡ କରିବାକୁ ସେଠାରେ ତୁମୁଳ ସଂଘର୍ଷ ଘଟିଲା। ଅବଶେଷରେ ସେ ସାମରିକ ବ୍ୟକ୍ତି କିଶୋରୀଙ୍କୁ ଅପହରଣ କରି କାନ୍ଧରେ ପକାଇ ଜଙ୍ଗଲ ଭିତରେ ନେଇ ଚାଲିଲେ।

ଏହି ଶିଳାଚିତ୍ରଗୁଡିକ ଏତେ ମନୋଯୋଗ ସହକାରେ ଖୋଦିତ, ତାକୁ ଦେଖ୍ ଜଣେ କିଛି ଭାବିବା ପରେ ହିଁ ନିର୍ଣ୍ଣୟ କରିପାରିବ। ଦର୍ଶକମାନେ ସିନା ଆଖି ବୁଲେଇ ନିଅନ୍ତି, କଅଣଟା କେତେବେଳେ ଶିଳ୍ପୀ କରିଛି ଜାଣିବାରେ କି ଆବଶ୍ୟକତା ରହିଛି ? ଏହି ଗୁମ୍ଫାକାନ୍ଥରେ କେଇ ହଜାର ବରଷ ତଳେ ଆମ ପୂର୍ବପୁରୁଷମାନେ ଏଇଟା ତୋଲିଛନ୍ତି ବୋଲି ମନକୁ ଗର୍ବ ଯାହା ଆସୁଛି। ଭିତରେ କଅଣ ସଙ୍ଗତି ଅଛି ଜାଣିବା କଅଣ ଏତେ ଦରକାର ?

ତଥାପି ମୋ ମନରେ କୌତୂହଲ ଆସିଲା। ପଚାରିଲି, କଅଣ ଅଢେଇ ହଜାର ବର୍ଷ ପୂର୍ବେ ଆମ ରାଇଜ ଲୋକେ ପଥର ଶିଳ ଚକି କରି ବ୍ୟବହାର କରୁଥିଲେ, ପୁଣି ଏତେ ଦୂର ଗୁମ୍ଫା କାନ୍ଥରେ ଶିଳାଚିତ୍ର !

ହଁ ଆଜ୍ଞା। ଏଇଟାରେ କିଛି ଫାନ୍ଦି କହିବାର ଭାଷା ନାହିଁ। ଏଇ ରାଇଜ ରାଜା ଖାଲି ଲେଖାଟିଏ ଖୋଦନ କରାଇନାହାନ୍ତି, ଖାଲି ଗୋଟିକିଆ ମୂର୍ତ୍ତିଟିଏ ଖୋଲାଇନାହାନ୍ତି, ସିନେମା ଚିତ୍ର ପରି କାହାଣୀଟିଏ ଲେଖାଇଛନ୍ତି। ହୋଇପାରେ ନିଜ ଜୀବନୀର କିୟଦାଂଶ। ଏଇ ଉତ୍ତର ଦେଲେ ଆମ ଗାଇଡ୍ ବୁଦ୍ଧିରାମ୍।

ତା ପର ଉତ୍ତର ଗୁମ୍ଫା କାନ୍ଥ। ଅଙ୍କର ହୋଇଛି ସେଇ ପୁଷ୍କରିଣୀ ଦୃଶ୍ୟ। ଏହି ଦ୍ୱିତୀୟ ଦୃଶ୍ୟରେ ଆହତ ପୁରୁଷଜଣକ ସେଇ ବଟଫଳକୁ ଅସ୍ତ କରିଥିବା ସାହସୀ ମହିଲାଙ୍କ ସେବାରେ ଆଶ୍ରିତ। ଇତ୍ୟବସରରେ ପୁଷ୍କରିଣୀ ପାଖରୁ ପଲାୟନ କରିଥିବା ଜଣେ କିଶୋରୀ ଏକ ସୈନିକ ସହିତ ପୁନରାୟ ଆହତ ବ୍ୟକ୍ତିଟିର ସେବାସ୍ଥଲକୁ ଆସିଛି। ସେବିତ ପୁରୁଷଙ୍କୁ ହତ୍ୟାକରିଛି। ସୈନିକବେଶୀ ଲମ୍ପଟ ସାମରିକ ଯୁବକର ସେ ସାହସୀ କିଶୋରୀଙ୍କୁ ଅପହରଣ କରିବାର ଚେଷ୍ଟା ସହଜ ହୋଇନି, ମହିଲାମାନେ ଖଣ୍ଡା ଓ ଢାଲ ଧରି ଘମାଘୋଟ ଯୁଦ୍ଧ କରୁଛନ୍ତି ଅପହରଣକାରୀ ତସ୍କରମାନଙ୍କ ସହିତ। ମହିଲା ଅବଲା। କେତେ ବା ପ୍ରତିରୋଧ କରିବେ ଜଣେ ଦୁର୍ଦ୍ଧର୍ଷ ସାମରିକ ବ୍ୟକ୍ତିର ଦଲକୁ ? ପରାସ୍ତ ହୋଇଛନ୍ତି ସେମାନେ। ପରିଶେଷରେ ଦୁଃସାହସୀ ସେବିକା ମହିଲା ଅପହରଣକାରୀର ଶିକାର ହୁଅନ୍ତି। ତାଙ୍କୁ ସାମରିକ ବ୍ୟକ୍ତି ଅପହରଣ କରି କାନ୍ଧରେ ଘେନି ଧାଇଁ ପଲାଏ। ବିପଦଶଙ୍କୁଲ ବନ୍ୟଜନ୍ତୁ ସିଂହ ବାଘ ଭରା ଜଙ୍ଗଲରେ ଅପହରଣକାରୀ ତାଙ୍କୁ ଜବରଦସ୍ତ ଟେକି ନେଇ ଚାଲିଛି।

ଦୃଶ୍ୟାନ୍ତର ଘଟିଛି । ତୃତୀୟ ଚିତ୍ର ।

ଏତିକି ବେଳେ ଆମ ଦଳରେ ଥିବା ମହାଦେବ ଭାଇ ପଚାରିଦେଲେ, ଆରେ ଏ ଚିତ୍ରଗୁଡ଼ାକ ସତରେ ଏତେ ଅର୍ଥ କହୁଛି ନା ତୁମେ ଯୋଡ଼ିଯାଡ଼ି କରି କହିଚାଲୁଛ । ଅଢ଼େଇ ହଜାର ବର୍ଷ ତଳର କଥା, ଏମିତି ଅପହରଣ ଲୋକ ପରିକଳ୍ପନା କରିପାରୁଥିଲେ ? ପୁଣି ଲୋକ ଏମିତି ଦଳ ହୋଇ ଅପହରଣକାରୀ ଶତ୍ରୁସହ ଯୁଦ୍ଧ କରୁଥିଲେ ?

ବୁଦ୍ଧିରାମ୍ ଉତ୍ତର ଦେଲେ – ମହାଦେବ ମଉସା ସବୁ ଚିତ୍ରଗୁଡ଼ିକ ଦେଖନ୍ତୁ । ଦୃଶ୍ୟରେ ଅସାମଞ୍ଜସ୍ୟ ଦେଖିଲେ କହିବେ । ମୁଁ ଆପଣଙ୍କୁ ଏହାର ସତ୍ୟତା ଉପରେ ନିଶ୍ଚୟ ପ୍ରମାଣ ଦେବି । ବିଶ୍ୱାସ ରଖନ୍ତୁ । ଆସନ୍ତୁ ଦେଖିବା ତୃତୀୟ ଚିତ୍ର ।

କିନ୍ତୁ ଏହି ମୁହୂର୍ତ୍ତରେ ଜଣେ ସୁଠାମ ସୁନ୍ଦର ଶିକାରୀ ସଦଳବଳେ ସେଇ ଜଙ୍ଗଲରେ ଶିକାର ପାଇଁ ପ୍ରବେଶ କରି ଅଶ୍ୱପୃଷ୍ଠରୁ ଅବତରଣ କରନ୍ତି । ତାମ୍ରବର୍ଣ୍ଣର ବଳିଷ୍ଠ ପୁରୁଷ, ତାଙ୍କ କଡ଼େକଡ଼େ ଦୁଇଜଣ ଛତି, ଚାମର ଧରି ଚାଲିଛନ୍ତି । ଗୋଟିଏ ସୁସଜ୍ଜିତ ଅଶ୍ୱକୁ ଅଶ୍ୱପାଳ ଧରି ଠିଆ ହୋଇଛି, ସେଇ ଅଶ୍ୱ ଆରୋହଣ କର ଆସିଛନ୍ତି ଶିକାରୀ ଯୁବକ, ପିନ୍ଧିଛନ୍ତି ଗୋଟିଏ ଲମ୍ବା ସ୍ୱର୍ଣ୍ଣହାର, କାନରେ ଦୁଇଟି ବଡ଼ ବଡ଼ କୁଣ୍ଡଳ ଆଉ ହାତର ମଣିବନ୍ଧରେ ଓଜନଦାର ବଳୟ । ପରିହିତ ପାଟ ବସ୍ତ୍ର ଅଣ୍ଢାର କୁଞ୍ଚ ଆଣ୍ଠୁ ତଳ ପର୍ଯ୍ୟନ୍ତ ଝୁଲି ପଡ଼ିଛି, ବାମ ପାଖରେ କାନ୍ଧରେ ଓହଳିଛି ଗୋଟିଏ ତରବାରି । ମୁଣ୍ଡରେ ରାଜମୁକୁଟ । ଘୋଡ଼ାରୁ ଓହ୍ଲାଇ ପୁଣି ତୁରନ୍ତ ଧନୁର୍ଦ୍ଧର ବୀର ଧନୁରେ ଶର ଖଞ୍ଜି ନିଜର ଲକ୍ଷ୍ୟ ଗୋଟିଏ ସିଂହାଳ ଉପରେ ରଖିଛନ୍ତି । ଲକ୍ଷ୍ୟ ସିଦ୍ଧ ହେବାପାଇଁ ନିଜ ଶରୀରର ଭଙ୍ଗୀ ଟିକିଏ ସ୍ଥିର ହେଉଛି, ନିଜର ବାମ ଆଣ୍ଠୁ ଉପରେ ଭାର ରଖିଛନ୍ତି । ଶିକାର ସିଂହାଳଟି ଧାବମାନ ଅବସ୍ଥାରେ ଭୟରେ ଶିକାରୀ ଆଡ଼କୁ ପଛକୁ ବୁଲି ଚାହିଁଛି । ଦୃଶ୍ୟ ଲମ୍ବିଛି, ମୁହୂର୍ତ୍ତକରେ ଦୃଶ୍ୟ କିପରି ବଦଳିଛି, ତାହା ବି ନିଖୁଣ ଭାବରେ ଚିତ୍ରିତ । ଲକ୍ଷ୍ୟ କରନ୍ତୁ, ଅଢ଼େଇ ହଜାର ବର୍ଷ କାହାଣୀ ଓ କାରିଗର । ଘଡ଼ି ଘଡ଼ିକ ଚିତ୍ର କିପରି ତୋଳାଯାଇଛି ।

ଏଇ ଶିକାର ଅବସ୍ଥାରେ ଘୋର ଜଙ୍ଗଲରେ ନାରୀ ଅପହରଣକାରୀ ସୈନିକ ସେଇ ନାରୀକୁ ଛାଡ଼ିଦେଇ ପଳାୟନ କରିଛି, ସମୟ ଏମିତି ଅବସ୍ଥାକୁ ଆସିଛି, ଜୀବନ ପାଇଁ ଧାଇଁଥିବା ଶରବିଦ୍ଧ ସିଂହାଳଟି ଅପହୃତା ବୀର ନାରୀ ଆଶ୍ରୟ ନେଇଥିବା ବୃକ୍ଷର ପାଦଦେଶରେ ଆସି ପଡ଼ିଛି । ସେଇ ସମୟରେ ନିଜ ଜୀବନପାଇଁ ସାହାଯ୍ୟ ମାଗିବାକୁ ହାତ ବଢ଼ାଇ ନିବେଦନ କରିଛନ୍ତି ଆଶ୍ରିତ ମହିଳା । ଆଶ୍ଚର୍ଯ୍ୟ, ବାମ ହାତରେ ଧନୁ ତଳକୁ ଖସିବାକୁ ସମୟ ପାଇନି, ଶିକାରୀ ସାହାୟ୍ୟ ପାଇଁ ହାତ ବଢ଼ାଇଥିବା ନାରୀକୁ

ଡାହାଣ ହାତରେ ଅଭୟ ପ୍ରଦାନ କରୁଛନ୍ତି । ଅପହୃତାକୁ ଚାହିଁପାରିନାହାନ୍ତି କଳିଙ୍ଗାଧିପତି । ଆଖ୍‌ ତାଙ୍କର ବୁଜି ହୋଇଯାଇଛି ।

ପର ଦୃଶ୍ୟଟି ପାଇଁ କେଇ ମୁହୂର୍ତ୍ତର ବିରତି ଆସିଛି ଚେନାଏ ଅନ୍ଧକାରରେ, ବିରତି ପରେ ରଙ୍ଗମଞ୍ଚ ହୋଇଯାଇଛି ବିରାଟ ରାଜପ୍ରାସାଦ ।

ଅତ୍ୟୁଚ୍ଚ ଗମ୍ବୁଜ ଭରା କଳିଙ୍ଗନଗରୀ ଆନନ୍ଦ ଉଲ୍ଲାସରେ ବିଭୋର । ଚାରିଜଣ କଳିଙ୍ଗ ଲଲନା ନୃତ୍ୟରତା, ଭୂମିରେ ବସି ଆଉ ଚାରି କଳିଙ୍ଗକନ୍ୟା ମର୍ଦ୍ଦଲ, ବୀଣା ଆଉ ଢୋଲବାଜା ବଜାଉଛନ୍ତି । ସମ୍ରାଟ ନିଜର ଅଗ୍ରମହିଷୀ ସହିତ ମଉଜରେ ବସି ଏହି ସମାରୋହକୁ ଉପଭୋଗ କରିବାରେ ମଜ୍ଜିଯାଇଛନ୍ତି, କିନ୍ତୁ ଏହି ସମାରୋହ ଉଦ୍ଧାର କରାଯାଇଥିବା ମହିଳାଙ୍କ ଉପଲକ୍ଷେ ଆୟୋଜନ କରାଯାଉଥିବା ପ୍ରତୀୟମାନ ହୁଏ । ରାଜମହଲର ଦୃଶ୍ୟରେ ମହାରାଜା ଲଲିତ ଭଙ୍ଗୀରେ ମଂଠିରେ ବସି ନିଜ ଆସନରେ ନୃତ୍ୟ ସଙ୍ଗୀତ ଉପଭୋଗ କରୁଛନ୍ତି, ମହାରାଜାଙ୍କ ଡାହାଣରେ ଗୋଟିଏ ଚଉକିରେ ବସିଛନ୍ତି ସେଇ ବିପଦରୁ ମୁକ୍ତ ହୋଇଥିବା ଭାଗ୍ୟବତୀ ନାରୀ ଏବେ କଳିଙ୍ଗ ରାଜପ୍ରାସାଦରେ ଅଭ୍ୟର୍ଥନା ପାଉଛନ୍ତି । ମଞ୍ଚର ଅପର ପାର୍ଶ୍ୱରେ ସହାସ୍ୟ ବଦନରେ ବସିଛନ୍ତି କଳିଙ୍ଗର ଅଗ୍ରମହିଷୀ, ଅତି ଆନନ୍ଦରେ ଶାନ୍ତିରେ ବସି ଉପଭୋଗ କରୁଛନ୍ତି କଳିଙ୍ଗକନ୍ୟାମାନଙ୍କ ପରିବେଷିତ ଗୀତିନାଟ୍ୟ । ନିଜର କେତେଜଣ ରୂପବତୀ ପରିଚାରିକା ବେଢ଼ି ବସିଛନ୍ତି ରାଣୀଙ୍କୁ ।

ଗାଇଡ୍‌ ବୁଢ଼ିରାମ ସହସା ପଚାରିଦେଲେ, ଆପଣମାନେ ସବୁ ଦେଖୁଛନ୍ତି ତ ? ଚିତ୍ର ସହ ମୋର କଥାର ମେଳ ଖାଉଛି ତ ?

ଏତିକିବେଳେ ଆମ ମଧ୍ୟରୁ ବୟସ୍କ ଦୁଃଖଶ୍ୟାମ କହିଦେଲେ, ସତରେ ବୁଢ଼ିରାମ ତୁମେ କଅଣ ଅଢ଼େଇ ହଜାର ବର୍ଷ ତଳେ ଏଗୁଡ଼ିକ ଦେଖିଥିଲ ? ଦେଖିଲା ପରି କହୁଛ ।

ବୁଢ଼ିରାମ ଉତ୍ତର ଦେଲେ, ହଁ ମଉସା ମୋତେ ଦେଖିଲା ପରି ଲାଗୁଛି । କିଛି ମୁଁ ମିଛ କହୁଛି କି ? ଆହୁରି ଦେଖନ୍ତୁ ଶେଷ ଦୃଶ୍ୟ । ତା ପରେ ପଚାରିବେ ।

ପରଦୃଶ୍ୟରେ ଗନ୍ଧର୍ବ ଓ ଗନ୍ଧର୍ବୀମାନେ ପ୍ରଜାପତି ପରି ଉଡ଼ି ବୁଲିଲେ । ଗୋଟିଏ ରାଜାଘର ବାହାଘର ହଁ ଏମିତି ପ୍ରଣୀତ । ସେତେବେଳର ବାହାଘର । କଳିଙ୍ଗ ସମ୍ରାଟଙ୍କର ବାହାଘର ।

ମହାଦେବ ପଚାରିଦେଲେ, ଏବେ କହିଲ ବୁଢ଼ିରାମ, ଏଗୁଡ଼ିକ କେଉଁ ରାଜାଙ୍କ କାହାଣୀ, ସେ କାହିଁକି ଠାକୁର, ମନ୍ଦିର, ଦେବାଦେବୀ ଚିତ୍ର ନତୋଳି ଏମିତି ଉଭଟ ମୃଗୟା ଏକାଙ୍କିକା ଶିଲାଲିଖନ କରିଛନ୍ତି ?

ଏ ମୃଗୟାଲବ୍ଧ ଅପହୃତା ତରୁଣୀ ଜଣେ ରାଜକନ୍ୟା । ଆପଣମାନେ ଜାଣନ୍ତି,

ଇତିହାସରେ, ପୁରାଣରେ ଅପହରଣ କେବଳ ରାଜକନ୍ୟା ଆଉ ରାଜବଧୂଙ୍କୁ ନେଇ ଘଟିଥାଏ। ଇତର ଜନଙ୍କ କଥା ଉଲ୍ଲେଖିତ ନାହିଁ। ଏମିତି ଗ୍ରୀକ୍ କଥାରେ ସ୍ପାର୍ଟାର ରାଜକନ୍ୟା ହେଲେନ୍ଙ୍କୁ ଏଥେନ୍ସର ରାଜକୁମାର ଥେସିୟସ୍ ଅପହରଣ କରିଥିଲେ। ସ୍ପାର୍ଟାର ସାମରିକ ବାହିନୀ ସେଥିପାଇଁ ଆକ୍ରମଣ ରଚିଥିଲା। ଗ୍ରୀକ୍ ପୁରାଣରେ ଜୀଅସ୍ ଫୋନେସିଆ ରାଜକୁମାରୀ ଇଉରୋପାଙ୍କୁ ଅପହରଣ କରି ବିବାହ କରିଥିଲେ। ଆମ ଦେଶର ହିନ୍ଦୁ ପବିତ୍ର ପୁରାଣ ରାମାୟଣରେ ସୀତାଙ୍କ ଅପହରଣ କାହାକୁ ବା ବିଦିତ ନାହିଁ? ମହାଭାରତରେ ଅସଂଖ୍ୟ ଅପହରଣର ବର୍ଣ୍ଣନା ରହିଛି, ତା ଭିତରୁ ଆମ କଳିଙ୍ଗ ରାଜକୁମାରୀ ଯେ କି ଶୁତାୟୁଧଙ୍କର ଭଉଣୀ, ତାଙ୍କୁ ସ୍ୱୟଂବର ସଭାରୁ ନିଜେ ଦୁର୍ଯ୍ୟୋଧନ କର୍ଣ୍ଣଙ୍କର ବଳରେ ଜବରଦସ୍ତ ଅପହରଣ କରି ବିବାହ କରିଥିଲେ।

ଏହି ରାଣୀଗୁମ୍ଫା ଉପର ମହଲା ଅପହରଣ ଚିତ୍ର କାହାର ହୋଇପାରେ ଏବଂ ଏହା ଯେ ନିର୍ମାଣ ସମୟର ସମାଜ ବିଷୟରେ କିଛି ଚିତ୍ର ପ୍ରଦାନକରେ, ସେଥିରେ ଦ୍ୱିମତ ହେବାର ନାହିଁ। ଗୁମ୍ଫାର ତଳମହଲା କେବଳ କଳିଙ୍ଗର ବଳବୀର୍ଯ୍ୟ ଉପରେ ସନ୍ନିବେଶିତ, ମଗଧ ବିଜୟ ମଧ ପ୍ରଣୀତ। ହାତୀଗୁମ୍ଫାର ଅନୂଦିତ ତଥ୍ୟ ଅନୁସାରେ କଳିଙ୍ଗାଧିପତି ଖାରବେଲ ଏହି ଦ୍ୱିତଳ ଗୁମ୍ଫାକୁ ପ୍ରାସାଦ ହିସାବରେ ସିଂହପଥ (ଦ୍ୱିତୀୟ) ରାଣୀଙ୍କ ଇଚ୍ଛାମତେ ପ୍ରସ୍ତୁତ କରିବାକୁ ଏକଲକ୍ଷ ପାଂଚ ହଜାର ଛିଦ୍ରିତ ରୋପ୍ୟମୁଦ୍ରା ରାଜକୋଷରୁ ମଞ୍ଜୁର କରିବା ସହିତ ଦୂରଦେଶମାନଙ୍କରୁ ମୂଲ୍ୟବାନ ରାଣୀରଙ୍ଗର ପଥର ଚଟାଣ ନିର୍ମାଣ କରିବା ସହ ସ୍ତମ୍ଭଗୁଡ଼ିକରେ ମରକତ ମଣି ଖଟାଇଥିଲେ।

ଯେଉଁ ସମୟରେ ଦେଶ ଦଶରେ ବ୍ରାହ୍ମୀଲିପି ଓ ହାତୀ ଘୋଡ଼ା ଷଣ୍ଢ ଆଉ ବାଘ ସିଂହ ଶିଲାଚିତ୍ର ଖୋଦିତ ହେଉଥିଲା, ସେତେବେଳେ କଳିଙ୍ଗାଧିପତି ନୃତ୍ୟଗୀତ ବିଶାରଦ ଭାବରେ ନିଜ ରାଜ୍ୟରେ ଏକାଙ୍କିକାର ଶିଲାଖୋଦନ କରିବାର ପ୍ରୟାସ କରି ଶିଲାଶିଳ୍ପୀମାନଙ୍କର ପ୍ରୋତ୍ସାହକ ହୋଇ ନଥିବେ କିଏ ମନାକରିବ?

ସିଂହପଥ ରାଣୀ ଗୁମ୍ଫା ଖୋଦନ ଓ ରାଜକୀୟ ପ୍ରଥାରେ ଯେବେ ଗଢ଼ିବା ଦାୟିତ୍ୱ ନେଇଛନ୍ତି, ନିଜ ଜୀବନର ଅକୁହା କଥା ନିଜ ପ୍ରାଣକର୍ତ୍ତାଙ୍କ ଶିକାରୀବେଶ ବା ଉପସ୍ଥାପନ ନକରି କିପରି ରହିବେ?

ଜଣେ ଗାଇଡ୍ ଭାବରେ ମୁଁ ଅତିରଞ୍ଜିତ କରିବା ସମ୍ଭାବନା ଆପଣମାନେ ବିଶ୍ଳେଷଣ କରନ୍ତୁ, ଜଣେ ରାଣୀ ନିଜ ଦାୟିତ୍ୱରେ ଏ ସବୁ ସମ୍ପାଦନ କରିବାରେ ତାଙ୍କର ବା ତାଙ୍କ ସ୍ୱାମୀ କଳିଙ୍ଗାଧିପତିଙ୍କର ଧନୁର୍ଦ୍ଧାରୀ ବେଶ ଏବଂ ନିଜର ଦୟନୀୟ ପରିସ୍ଥିତିରେ ମହାମେଘବାହନ ରାଜପରିବାରରେ ବିବାହ ଏବଂ ନିଜର ରାଜବଂଶ ମର୍ଯ୍ୟାଦା ସବୁ ପ୍ରତିପାଦନ କରୁଛି ନା ଏ ଅପହରଣ ଶିଲାଚିତ୍ରର ପ୍ରକୃତ ଅର୍ଥ ଅନ୍ୟଥା କିଛି ସୂଚାଉଛି?

କଳିଙ୍ଗ ସୌଦାଗର

କୁମର ନାମକ ଜଣେ କଳିଙ୍ଗସାଧବ ବଣିଜ କରିବାକୁ ସୁମାତ୍ରା ଦ୍ୱୀପକୁ ଯାଇଥିଲେ। ଭଲ ସୁନାର ଲମ୍ବ ହାରଟିଏ ସେଠିକାର ସ୍ୱର୍ଣ୍ଣକାର ବଣିକ ଦେଖାଇଲେ। ଖୁବ୍ ସୁନ୍ଦର ଆଉ ଆକର୍ଷଣୀୟ। ସୁନ୍ଦର ହାତୀଚିହ୍ନର ପଦକଭୂଷଣ ବା ଲକେଟ୍‌ଟିଏ ଦେଖି କିଣିବାକୁ ମନ ବଳେଇଲେ। କୁବେର ତ ସବୁଠାରୁ ପ୍ରତିଷ୍ଠିତ ବ୍ୟବସାୟୀ କଳିଙ୍ଗର। ଚବିଶଟି ସାଗରଗାମୀ କଳିଙ୍ଗ ବୋଇତର ମାଲିକ ସିଏ। ବର୍ଷରେ ଅତି କମ୍‌ରେ ଏତିକି ବୋଇତ ବଣିଜ କରିବାରେ ଲାଗିଥାଏ। ପାଞ୍ଚପୁରୁଷର ଏହି ସାଗରପାରି ବଣିଜ ବୃତ୍ତି। ଏହି କୁବେରଙ୍କ ବଡ଼ପୁଅ କୁମର। ଏବେ ବି କୁବେରଙ୍କର ବାପା ଶିବସାଧବ ଅଛନ୍ତି। ଜାଭା ଆଉ ସୁମାତ୍ରା ବଣିଜ କୁମର ହାତରେ, ବାଲି ଆଉ ଚମ୍ପା ବେପାର କୁବେର ବୁଝନ୍ତି। ଜେଜ ବି ବେପାରରୁ ଏପର୍ଯ୍ୟନ୍ତ ମୁକ୍ତ ହୋଇନାହାନ୍ତି। କିଛି ଦାୟିତ୍ୱ ନନେଲେ ବି ସେ ଉପଦେଶ ଦିଅନ୍ତି। ମଙ୍ଗୁଆଲ ଆଉ ନାବିକମାନଙ୍କ କଥା ଶୁଣନ୍ତି ଆଉ କେତେ ଆଦେଶ ଉପଦେଶ ଦିଅନ୍ତି। ଶିବଙ୍କର ଉପଦେଶ ଶୁଣିବାକୁ ନୂଆ ମଙ୍ଗୁଆଲମାନେ ଭାରି ଖୁସି। କେତେ କେତେ ରାଇଜର କଥା, ନାବ ନାବିକ କଥା ନଶୁଣିଲେ, ମଙ୍ଗୁଆଲର ଉପସ୍ଥିତ ବୁଦ୍ଧି, ବିଦେଶୀ ନାବକୁ ଅବିଶ୍ୱାସ କରିବାର ଫଳ ସବୁ ଟିକିନିଖି ବତାଇ ଦିଅନ୍ତି।

ବୈଶାଖ ପୂର୍ଣ୍ଣିମାରେ ଯେବେ କୁମର କଳିଙ୍ଗର ଦନ୍ତପୁର ପୋତାଶ୍ରୟରେ ପହଞ୍ଚିଲେ, ଚିନ୍ତା କଲେ ଏ ବଡ଼ ସୁନାହାରଟିକୁ କାହାକୁ ଦେବେ। ଏତେ ବଡ଼ ଦାମୀ ହାର ନିଜ ବୋଉ କି ସ୍ତ୍ରୀକୁ ଦେଲେ ସେମାନଙ୍କ ମନରେ କଅଣ ଘଟିବ, ସ୍ୱଭାବରେ ମଣିଷ ତ ସ୍ୱାର୍ଥପର। ସ୍ତ୍ରୀଲୋକମାନେ ସୁନା ଦେଖିଲେ ତାଙ୍କର ପ୍ରକୃତି ବଦଲି ଯାଏ। ସେମାନଙ୍କ ପାଇଁ ବ୍ୟବହାର ଯୋଗ୍ୟ ଅଳଙ୍କାର ଆସିଛି। ମନ ଭିତରେ ଅଛି ଆମର ବଂଶର କିଏ ଜଣେ ଯଦି ଆଜିର ସମ୍ରାଟ ମହାମେଘବାହନ ଖାରବେଲଙ୍କ ପାଖରେ

ଜଣେ ପଦସ୍ଥ କର୍ମଚାରୀ ହୋଇପାରିବେ, ବଂଶମର୍ଯ୍ୟାଦା ବଢ଼ିବ। ବାପା କୁବେର ଏଇୟା ଚାହାନ୍ତି। ଅର୍ଥ ଆଉ ବ୍ୟବସାୟ ତ ପାଞ୍ଚପୁରୁଷ ଚାଲିଲା। ସମ୍ମାନ ଟିକିଏ ପାଇଁ ରାଜାଙ୍କର ପଦଟିଏ ଦରକାର। କେତେ ରାଜକର୍ମଚାରୀ ଅଛନ୍ତି। ମନ୍ତ୍ରୀ, ନଗରପାଳ, କର୍ମସଚିବ, ମହାସେନାନୀ, ଗୁପ୍ତଚର, କୋଷାଧ୍ୟକ୍ଷ, ସେନାବାହିନୀର ସେନାପତି ପରି ଅନେକ ପଦ।

ଜେଜଙ୍କର ବି ସେମିତି କାମନା। ବଂଶର କାହାକୁ କୌଣସି ଗୋଟିଏ ପଦ ମିଳିଗଲେ, ବାପା ଜେଜେଙ୍କ କଥା ରହନ୍ତା, ବଂଶମର୍ଯ୍ୟାଦା ରହନ୍ତା। ଜଣେ ରାଜକର୍ମଚାରୀ ପୋଷାକ ଯଦି ପିନ୍ଧନ୍ତା, କେତେ ସୁନ୍ଦର ଦିଶନ୍ତା! କିନ୍ତୁ କିଏ କେମିତି ଏହା କରାଇପାରିବ ?

ତତ୍କ୍ଷଣାତ କୁମର ମନରେ ବୁଦ୍ଧି ଆସିଲା। ସେ ସହଜରେ ସମ୍ରାଟଙ୍କର ନିକଟତର ହୋଇପାରିବେ। ରାଜାଙ୍କର ବିଦେଶୀ ପଦାର୍ଥ ପ୍ରତି ବିଶେଷ ଆକର୍ଷଣ ବିଷୟ ସେ ଜାଣନ୍ତି। ପସନ୍ଦ କରି ଗୋଟିଏ ମୋଟା ବିଦେଶୀ ସୁନା ହାର ପିନ୍ଧିଛନ୍ତି।

ଯେତେଟା ବିଦେଶୀ ହାତୀ ଆଉ ଘୋଡ଼ା ଅଛନ୍ତି, ସେଗୁଡ଼ିକ ତାଙ୍କର ପ୍ରିୟ । ଭାବିଲେ, ମୁଁ ଆଣିଥିବା ସୁନା ହାରଟି ତାଙ୍କୁ ଉପହାର ଦେଇ ନିଶ୍ଚୟ ସନ୍ତୁଷ୍ଟ କରିପାରିବି । କୁମର ଦନ୍ତପୁର ବନ୍ଦର ନଗରରେ ଥିବା ତାଙ୍କ ବାସସ୍ଥାନରୁ ଅଶ୍ୱପୃଷ୍ଠରେ ବାହାରି କଳିଙ୍ଗନଗରୀର ଗଙ୍ଗୁଆକୁଳ ପ୍ରବେଶଦ୍ୱାରରେ ପହଞ୍ଚିଗଲେ । ଦନ୍ତପୁର ବଣିକଭାବରେ ରାଜପ୍ରାସାଦରେ ପ୍ରବେଶ ନିମନ୍ତେ ତାଙ୍କୁ ତୁରନ୍ତ ଅନୁମତି ମିଳିଗଲା ।

ରାଜନବରରେ ସାଜସଜା ଦେଖି କୁମର ବିସ୍ମିତ ହୋଇଗଲେ । ସେ ଆଗରୁ ଥରେ ବାପାଙ୍କ ସାଥିରେ ଚାରିବର୍ଷ ତଳେ ସେଠାକୁ ଯାଇଥିଲେ । ତାହା ନିର୍ମାଣାଧୀନ ଥିଲା । ପଥରର ପ୍ରାସାଦ ଆଉ ଶୋଭନୀୟ କାରୁକାର୍ଯ୍ୟ ଦେଖି ସେ ଜାଣିଗଲେ, ଆମର ସମ୍ରାଟ ଏ ଭିତରେ କେବଳ କଳିଙ୍ଗ ନୁହେଁ, ଭାରତବର୍ଷ ଶାସନ କରୁଛନ୍ତି । କିନ୍ତୁ ରାଜା ସେହି ହାରଟି ପିନ୍ଧିଛନ୍ତି, ଯାହା ସେ ଚାରିବର୍ଷ ତଳେ ଦେଖିଥିଲେ ଏବଂ ଆଗ ଅପେକ୍ଷା ମଳିନ ପଡ଼ିଯାଇଛି । କିନ୍ତୁ ତା'ଠାରୁ ବଡ଼ ହାରଟିଏ ସେ ଧରି ଆସିଛନ୍ତି । ପୁଣି ଚକଚକିଆ ହାତୀଟିଏ ଏହି ହାରର ଲକେଟ୍ । ସମ୍ରାଟ ଖାରବେଳ କଅଣ ଏହାର ଲୋଭ ସମ୍ବରଣ କରିପାରିବେ !

ସୁନ୍ଦର କଳା ମଖମଲ କନାର ଆଭରଣରୁ ବାହାରକରି ସମ୍ରାଟଙ୍କୁ ଏ ହାରଟି ଉପହାର ଦେଲେ । ସମ୍ରାଟ ତତ୍‌କ୍ଷଣାତ୍‌ କହିଲେ, ତୁମେ ଦନ୍ତପୁର କୁବେର ସୌଦାଗର ପୁତ୍ରଟି ? ମୁଁ କଅଣ ଭୁଲ୍‌ କହୁଛି ।

ନାଇଁ ମହାମହିମ । ଆପଣ କିପରି ମୋ ବାପାଙ୍କୁ ମନେ ରଖିଛନ୍ତି ?

ମୋର ପରିଚିତି ଅଛି । ଯେତେ ବଡ଼ ସମ୍ରାଟ ହୁଅନ୍ତୁ, ଯେତେ ବଡ଼ ତାଙ୍କର ସାମ୍ରାଜ୍ୟ ହେଉ ନିଜ ରାଇଜର ଜଣେ କର୍ମନିଷ୍ଠ ସୌଦାଗରଙ୍କୁ କିପରି ପାସୋରି ପାରିବି ? ଏହା କହି ସମ୍ରାଟ ମଖମଲ କନାରୁ ହାରଟି ଉଠାଇଲେ । ହାତରେ ଅନୁଭବ କରୁଥିବା ଓଜନରୁ ମୁହଁଟି ତାଙ୍କର ଆନନ୍ଦରେ ଝଲସି ଉଠିଲା । ଶେଷକୁ ହାତୀ ପଦକଟି ଦେଖି ଚମକୃତ ହେଲେ । ଅଧରରୁ ଆନନ୍ଦର ଧାରା ପ୍ଲାବିତ ହେବାକୁ ଲାଗିଲା । ନିଜ ବକ୍ଷରୁ ନିଜ ଆଦୃତ ହାର ଓ ପଦକ ସହ ତୁଳନା କରି ସନ୍ତୋଷ ଲାଭ କଲେ ।

ଅଳ୍ପ ସମୟ ବିରତିରେ ପଚାରିଲେ, ଏଇ ଶୁଦ୍ଧ ସୁବର୍ଣ୍ଣ ବୋଧହୁଏ ସୁମାତ୍ରା ଦ୍ୱୀପର । ମୁଁ ନିଶ୍ଚିତ, ଆମର ଯେତେ ସୁନା ତାମ୍ରଲୁକ୍‌ କି ପାଲୁର, ପିଠୁଣ୍ଡା ଦେଇ ଭାରତବର୍ଷକୁ ଆସେ, ସବୁ ସେଇ ସୁବର୍ଣ୍ଣଦ୍ୱୀପରୁ । ଆମର ବହୁ ସ୍ୱର୍ଣ୍ଣମୁଦ୍ରା ଗଚ୍ଛିତ ଅଛି, କିନ୍ତୁ ଏପରି ଗୁଣର ଆଉ ତିଆରି ଅଳଙ୍କାର ବିରଳ । କହ ସୌଦାଗର ପୁତ୍ର । ଏହା ପ୍ରତିବଦଳରେ କେତେ ସୁନା ନେବ ? ତୁମର ଶୁଭନାମ କଅଣ ?

ମହାମହିମ ଦଣ୍ଡବତ । ମୋ ନାଁ ହେଉଛି କୁମର । କୁବେର ସୌଦାଗର ପୁତ୍ର

ଏବଂ ସାଗର ସୌଦାଗର ପୌତ୍ର । ଏଇଟା ଆମ ତରଫରୁ ମହାମହିମଙ୍କୁ ଭେଟି ।
ଏତେ ମହତ୍ କାର୍ଯ୍ୟ ଆପଣ ସମ୍ପାଦନ କରି କଳିଙ୍ଗକୁ ବିଶ୍ୱବିଜୟୀ କରିଛନ୍ତି । ରାଜ୍ୟରେ
ଧନଧାନ୍ୟ ସୈନ୍ୟସାମନ୍ତ ନୃତ୍ୟଗୀତ ଆଉ ଏତେ ଉନ୍ନତିମୂଳକ କାର୍ଯ୍ୟ କରିଛନ୍ତି,
ଆପଣ ଆମର ଈଶ୍ୱର ।

ହେଲା, ବାପାଙ୍କୁ ମୋର ଧନ୍ୟବାଦ ଆଉ ଶୁଭେଚ୍ଛା ଜଣାଇଦେବ । ତୁମେ
ମୋଠାରୁ କିଛି ଆଶା କରୁଛ କି ?

ହଁ ମହାମହିମ । ଆପଣ ଯଦି ଆଜ୍ଞାଦେବେ କହିବି ।

ମନଖୋଲି କୁହ । ଯାହା ଚାହିଁବ, ମୋର ଶକ୍ତି ଭିତରେ ଥିଲେ ଦେବି । ମାଗ ।

କୁମର କହିଲେ, ଆମର ଯେତେ ଧନ ଥାଉ, ମୋର ଜେଜେବାପା ଆଉ
ବାପା କହନ୍ତି, ଯେତେ ସମ୍ପତ୍ତି ଥିଲେ କଣ ହେଲା, ଆମ କୁଳରୁ ଯଦି କେହି ଜଣେ
ରାଜକର୍ମଚାରୀ ନହେଲେ, ଆମର ମୂଲ୍ୟ ରାଜ୍ୟରେ କଣ ରହିଲା ?

ବୁଝିଲି, କୁମର ସୌଦାଗର । ଆମର ଯେତେ ସରକାରୀ ପଦବୀ ରହିଛି,
ତୁମେ କୌଣସିଟିରେ ରହିବାକୁ ମୁଁ ଆଜ୍ଞା ଦେବି । ଏଇ ହାରଟିର ମୂଲ୍ୟରେ ନୁହେଁ,
ତୁମର କର୍ମଯୋଗ୍ୟତା ନେଇ । ତୁମେ କୌଣସି ପଦବୀରେ ରହିବାକୁ ଚାହୁଛ ମୋତେ
ନିର୍ଭୟରେ କହ । କାରଣ ମୋର ବହୁ ପଦବୀ ପୂରଣ କରିବାର ଅଛି । ଏବେ ମୋର
କଳିଙ୍ଗ ତିନିଗୁଣା ଆକରରେ, ପ୍ରକାରରେ, ଫସଲରେ ସବୁଥିରେ । କୁହ କଣ ହେଲେ
ତୁମେ ଆଉ ତୁମ ଜେଜେବାପା, ବାପା ଖୁସି ହେବେ ।

କୁମର ସୌଦାଗର ପୁଅ ହେଲେ ବି ପାଠଶାଠରେ ଶୀର୍ଷସ୍ଥାନରେ । ବ୍ୟବସାୟ,
ବିଦେଶ ଅଭିଜ୍ଞତା, ଅର୍ଥଶାସ୍ତ୍ରରେ ଜଗତଜିତା । ସେ ଚିନ୍ତା କରୁଛନ୍ତି କଣ ହେବେ ।
ଜାଣିଲେ, ସବୁଠାରୁ ସମ୍ରାଟଙ୍କର ସନ୍ନିକଟ ପଦବୀ ହେଉଛି ତାଙ୍କ ବ୍ୟକ୍ତିଗତ
ପରାମର୍ଶଦାତା, ଅନ୍ତରଙ୍ଗ ଅମାତ୍ୟ ବା ପଦମୂଳିକା । କୁସୁମ ନାମଧାରୀ ଜଣେ ଏହି
ପଦବୀରେ ଥିଲେ ବି ସମ୍ରାଟ ଅଧିକ ପଦମୂଳିକା ନିଶ୍ଚୟ ଚାହିବେ, ରାଜ୍ୟ ତିନିଗୁଣା,
ଜଣେ ତ ଆରମ୍ଭରୁ ମୂଲ କଳିଙ୍ଗରେ ନିବଦ୍ଧ ।

ତୃତୀୟ ମହାମେଘବାହନ ଟିକିଏ ହସିଲେ । କହିଲେ, ହଁ ନିଶ୍ଚିତ ମିଳିବ ।
ମୋର ତ ଦରକାର ଅଛି । କିନ୍ତୁ ତୁମକୁ ଦି ଦିନ ସମୟ ଦେଲି, ମୋତେ ପଇରିଦିନ
ଆସି ନିଶ୍ଚିତ କଲେ, ପଦବୀ ମିଳିବ । ଏଠି ନଗରପତି ଭୂତି ମହାଶୟ ସେଇଠି
ଅନେଇଛନ୍ତି । ତାଙ୍କ ସହିତ ଦିପଦ କଥା ହୋଇ ଘରକୁ ଯାଅ । ଦିଦିନ ପରେ ଆସିବ ।
ମୁଁ ଅପେକ୍ଷା କରିଥିବି ।

ନଗରପତିଙ୍କ ସହିତ କଥା ହୋଇ କୁମର ଚାଲିଗଲେ, ଦୁଇଦିନ ପରେ ପୁଣି

ସମ୍ରାଟ ଖାରବେଲଙ୍କ ପାଖକୁ ଆସିଲେ। କହିଲେ, ହଜୁର, ମୋର ଭୁଲ୍ ହୋଇଯାଇଛି, ମୁଁ ସେଇ ପଦମୂଳିକା ପଦବୀ ପାଇଁ ଆଗ୍ରହୀ ନୁହେଁ, ମୁଁ ପାରିବିନାହିଁ। ମୋତେ ଭଣ୍ଡାରକ ପଦବୀ ଦିଅନ୍ତୁ, ମୁଁ ରାଜ୍ୟର ପରିପୂର୍ଣ୍ଣ ଭଣ୍ଡାର ସମ୍ଭାଳି ପାରିବି। ମୋର ଅର୍ଥନୀତି ଆଉ ମୁଦ୍ରା ଉପରେ ବେଶ୍ ଦଖଲ ରହିଛି। ମୁ ରାଜ୍ୟପାଇଁ ପରିଶ୍ରମ କରିବାକୁ ଟିକିଏ ବି ଦ୍ୱିଧା ରହିବନାହିଁ।

ସମ୍ରାଟ ଖାରବେଲ କହିଲେ, ଦେଖ ଏହି ଭଣ୍ଡାର ଓ ଭଣ୍ଡାରଘର ବିଷୟରେ ଭୂତି ବି ବେଶୀ ଜାଣନ୍ତିନି। ସେ ବିଷୟରେ ଆମର ମୁଖ୍ୟ ଭଣ୍ଡଗାରକ ସମସ୍ତ ତଥ୍ୟ ଜାଣନ୍ତି। ସେଇ ପଦବୀରେ ବି ସୁବିଧା ଅସୁବିଧା ତାଙ୍କୁ ହିଁ ଜଣା। ଟିକିଏ ଭିତିରି କଥା ବୁଝିଯିବ। ଆଉ ଘରେ ସମସ୍ତଙ୍କୁ ପରାମର୍ଶ କରି ଦିଦିନ ପରେ ଆସି ନିଜ କାର୍ଯ୍ୟରେ ଯୋଗ ଦିଅ। ଆମର ବି ଦି ଜଣ ଭଣ୍ଡାଗାରକ ଦରକାର। କାରଣ ଅଦ୍ୟାବଧୂ ଆମର ବିଜୟଲବ୍ଧ ଅର୍ଥରାଶି ଆମେ ଠିକ୍ରେ ଠୁଲ କରିପାରିନୁ। ତୁମେ ଯଦି ସେହି ପଦବୀରେ ଯୋଗଦାନ କର, ଆମକୁ କେତେ ସୁବିଧା ହୋଇଯିବ।

କୁମାର ଘରକୁ ଫେରିଲେ। ତାଙ୍କ ଦ୍ୱିତୀୟ ରାଜକାର୍ଯ୍ୟର ବିବରଣୀ ଦେଲେ। ଘରେ ପିତାମହ କହିଲେ, ତୋତେ କଅଣ ଆମଘର ପଇସା ଗଣିବା ଆସୁନି ଯେ ସେଠାକୁ ଯାଇ ଖରାତରାରେ ଭଣ୍ଡାର ସଜାଡ଼ିବୁ? ସିନା ମନ୍ତ୍ରୀ ପଦଟିଏ ପାଇ କେତେ ହାକିମି କରି ରହିଥାଆନ୍ତୁ। ଦିଦିନ ପରେ ଗଲେ ସେଇ ଅମାତ୍ ପଦଟିଏ ମାଗିବୁ। ରାଜା ଖୁସି ହେଲେ କର୍ମ ଅମାତ୍ୟ ହେଲେ ରାଜ୍ୟରେ କାରୁକାର୍ଯ୍ୟ କରି ଅମର ହୋଇପାରିବୁ। କୌଣସି ଅମାତ୍ୟଟିଏ ହେଲେ ସ୍ୱାଧୀନ ଭାବରେ ଅନେକ ନାମ ଅର୍ଜନ କରିପାରିବୁ।

ସତକୁ ସତ ଦୁଇଦିନ ପରେ ପୁଣି ସମ୍ରାଟଙ୍କୁ ଦେଖା କରି ନିଜ ଜେଜଙ୍କ ଆଶା ଆକାଂକ୍ଷା ବି କହିଲେ। ସମ୍ରାଟ ଆଦୌ ବିରକ୍ତ ହେଲେନି ବରଂ କହିଲେ, ତୁମେ କେଉଁ ଅମାତ ହେବ? ନାଚଗୀତର ସାଂସ୍କୃତିକ ଅମାତ୍ ନା କର୍ମ ଅମାତ୍ ନା କଲ୍ୟାଣକାରୀ ଅମାତ୍। ଭଲ କରି ବୁଝି ଯାଇ ଦି'ଦିନ ପରେ ନିଜ ଘରେ ସମସ୍ତଙ୍କୁ ପରାମର୍ଶ କରି ଆସି ଯୋଗଦେବ।

ଏକଥା ଶୁଣି ଘରଲୋକ କହିଲେ, ସବୁ ଅମାତ୍ୟ ତ ଭଲ। କିନ୍ତୁ ଆମ ଭାତହାଣ୍ଡିରେ ବିଦେଶୀ ଦ୍ୱୀପଗୁଡ଼ିକରେ ବହୁ ସମସ୍ୟା ଦେଖାଦେଇଛି। ଏମିତିକି ଯଦି ଆମେ ମୁଣ୍ଡ ନ ପୁରାଇବା, ଆମର ବହୁ କ୍ଷତି ଘଟିବାକୁ ଯାଉଛି। ଏ ଭିତରେ ପାଣ୍ଡ୍ୟ ଆଉ ଚୋଲରାଜ୍ୟର ଲୋକମାନେ ଆମକୁ ଠେଙ୍ଗା ପରିହାସ କଲେଣି। ଏଣୁ ରାଜାଙ୍କୁ ବୁଝାଇଦେଇ କ୍ଷମା ମାଗି ନିଜ ପେଟୁକ ବୃଭିରେ ଲାଗିଯାଅ। ଆମର ରାଜପଦବୀ ଦରକାର ନାହିଁ।

ପରଦିନ କୁମର ଆସି ସମ୍ରାଟ ଖାରବେଲଙ୍କୁ କ୍ଷମାପ୍ରାର୍ଥନା କରି ନିଜର ସ୍ଥିତି ବିଷୟରେ କହିଲେ। ଖାରବେଲ କହିଲେ, ମୁଁ ସବୁ ଜାଣିଛି। ତୁମକୁ ରାଜପଦବୀ ସୁହାଇବନାହିଁ। ଯାହାର ୨୪ଟି ବିଶାଳ କଳିଙ୍ଗପୋତ କଳିଙ୍ଗସାଗରରେ ଅହରହ ବଣିଜରତ, ଯିଏ ବର୍ଷରେ ଥରେ ଯାଇ ଆଉ ଥରେ ଫେରେ, ଯାହାର ସାତ ସାତଟା ପୋତାଶ୍ରୟ ନୌଭଣ୍ଡାର, ସିଏ କିପରି ରାଜକୋଷ କି ନାଚତାମସା ଅମାତ୍ୟ ହୋଇପାରିବ ? ତୁମର ମନରେ ଗୋଟିଏ କୌତୂହଲ ଥିଲା, ପରିସ୍ଥିତିକ୍ରମେ ତାହା ମୁକିଲିଗଲା। ତୁମେ ବୁଝିଗଲ କିପରି ରାଜ୍ୟଶାସନ ହୁଏ ଆଉ ରାଜ୍ୟର ସୈନ୍ୟସାମନ୍ତ କିପରି ପରିଚାଳିତ ହୁଅନ୍ତି। ରାଜା, ପ୍ରଜା ଏବଂ ରାଜକାର୍ଯ୍ୟ ବିଷୟରେ ତୁମେ ଆଉ ତୁମ ପରିବାରବର୍ଗ ନିଶ୍ଚୟ ଅନୁଭବ କରିପାରିବ ରାଜ୍ୟକାର୍ଯ୍ୟ କେତେ ଜଞ୍ଜାଳମୟ ଆଉ ବଣିଜ କେତେ ସୁରକ୍ଷିତ। ମୁଁ ବି କଳିଙ୍ଗସମ୍ରାଟ ବିଷୟରେ ତୁମ ବାପାଙ୍କ ପାଖରୁ କେତେ ପ୍ରତ୍ୟକ୍ଷ ଅଭିକ୍ଷତାର କ୍ଷାନଲାଭ କରିପାରିଛି। କହୁଛି ଶୁଣ।

ଗୋଟିଏ ବର୍ଷ କଳିଙ୍ଗର ପଶ୍ଚିମ ଦିଗର ଏକାମ୍ର ଅଞ୍ଚଲରେ ପ୍ରଚୁର ଆମ୍ବ ହୋଇଥାଏ। ସେତିକିବେଲେ ତୁମର ବାପା କୁବେର ଆଉ ଜେଜ ଶିବସାଧବ ସୁବର୍ଣ୍ଣଦୀପକୁ ବୋଇତ ଭରୁଥିଲେ। ମୋତେ ଯେତେବେଲେ ଖବରଦେଇ ବିଦାୟ ନେବାକୁ ବସିଲେ, ମୋ ମନକୁ ଗୋଟିଏ କଥା ଆସିଲା। ବଣିକକୁ ଗୋଟିଏ ଉପଦେଶ ଦେଲି। ଦୁଇଜଣ ମୋତେ ଦେଖି ମୁରୁକିହସା ଦେଲେ। ମୁଁ କହିଲି, ଏଇଟା ରାଜଆକ୍ଷା ନୁହଁ, ଖାଲି ଗୋଟିଏ ଉପଦେଶ। ମୋର କିଛି ଭୁଲ୍ ହୋଇଗଲା କି ?

ତୁମ ଜେଜବୁଢ଼ା କହିଲେ, ମହାରାଜା ଆମକୁ ସୁବର୍ଣ୍ଣଦୀପକୁ ବଡ଼ ବଡ଼ କଳିଙ୍ଗ ଆମ୍ବ ନେବାକୁ ଉପଦେଶ ଦେଉଛନ୍ତି। ଆମେ କିପରି ନେବୁ ? ପାଚିଲା କି ଦରପାଚିଲା ଆମ୍ବ ନେଲେ ଆଠଦିନ ରହିବ। ଆମକୁ ତ ତାମ୍ରପର୍ଣ୍ଣୀ ଶ୍ରୀଲଙ୍କାଯାଏ ପନ୍ଦରଦିନ ଲାଗୁଛି। ସେଠି ପହଞ୍ଚିବାଯାଏ ରହିପାରିବନି। ପଟି ସାଗର ଭିତରକୁ ଫିଙ୍ଗିଦେବାକୁ ହେବ। ଆଉ ଦୁଇମାସ କିପରି ରହିପାରନ୍ତା ଯେ ତାହା ସୁବର୍ଣ୍ଣଦୀପ ମାଟିରେ ପହଞ୍ଚ ସେଇଠି ଲୋକମୁଖରେ ରାଜା ଖାରବେଲଙ୍କର କଳିଙ୍ଗ ଆମ୍ବ ବୋଲି ପ୍ରଚାର ହେବ ?

ସତରେ ମୁଁ କଳିଙ୍ଗର ସୁନାମ କିପରି ବା ପ୍ରଚାର କରିପାରିବି ? ଏତେ ଆମ୍ବ ଆମେ ତିନିମାସ ଧରି ଏଇଠି ଖାଇ କେତେ ମଜା କରୁଛେ, ତୁମେ ସେଇଠିକୁ ମଜାଟା ନେଇପାରୁନ ?

ତୁମ ଜେଜେ କହିଲେ, ଅଭିକ୍ଷତାର ମହାରାଜା ବାଟ ଅଛି। କେମିତି ସୁମିଷ୍ଟ ଆମ୍ବ କଳିଙ୍ଗର ବୋଲି ଆମ ବଣିଜ ରାଜଜରେ ନିଜର ପ୍ରାଧାନ୍ୟ ଆଉ ସଭ୍ୟତାର

ଆଲୋକ ପ୍ରସାର କରିପାରିବାକୁ। ମୋ ବଣିଜକାଲରେ ଗଲା ତିରିଶ ବରଷରେ ଆମର ସେଇଠି ଗୋଟିଏ କଳିଙ୍ଗ ଏକାମ୍ର ଉଦ୍ୟାନ ସୃଷ୍ଟି କରିଛୁ। ଅନୁଭୂତି ବଳରେ ଆମ୍ଭ ନେଇ ନେଇ ସୁମାତ୍ରାରେ ଟାକୁଆ ପୋଟି ମିଠା, ଖଟା, ବେଲ ଆଉ ସୁନ୍ଦରୀ ଅନେକ ପ୍ରକାର ଆମ୍ଭ ଗଛ ଲଗାଇଛୁ। ଖରାଦିନେ ସେଠିକାର ଲୋକ ପାଗଳ ପ୍ରାୟ ହୋଇଯାଆନ୍ତି କଳିଙ୍ଗ ଆମ୍ବଟିଏ ପାଇବାକୁ। ଜେଜେ ହସି ହସି ତୁମର କହିଲେ, ମହାରାଜା ଖୁସିର କଥା ଆପଣ କଳିଙ୍ଗର ପୃଷ୍ଟପୋଷକ। ଆପଣ ଯାହା ଚାହାନ୍ତି ଆମର ବଣିକ ଭାଷା ରହିଛି। ଆମେ ଅଚିରେ ପୂରଣ କରିପାରିବୁ।

ଆଜି ତୁମକୁ ମୁଁ କଳିଙ୍ଗାଧିପତି କହୁଛି, ରାଜାଙ୍କର ସେମିତି ଶାସନଭାଷା ରହିଛି। ରାଜ୍ୟରକ୍ଷାଭାର ତତ୍‌କ୍ଷଣାତ, ଚାଷୀ ତରତର ଆଉ ବଣିଜ ମଠ। ଯିଏ ଯାହା କାର୍ଯ୍ୟରେ ସିଦ୍ଧହସ୍ତ। ଏତିକି କହି ଖାରବେଲ ହସି ହସି କୁମର ବଣିକକୁ ବିଦାୟ ଦେଲେ।

ଇନ୍ଦ୍ରଦ୍ୟୁମ୍ନ – କଳିଙ୍ଗ ସମ୍ବନ୍ଧ

ଭରତ ଓ ସୁନନ୍ଦାଙ୍କ ସନ୍ତାନ ଇନ୍ଦ୍ରଦ୍ୟୁମ୍ନ ମହାଭାରତ ଓ ପୁରାଣ ମତରେ ମାଲବର ଜଣେ ରାଜା । ଇନ୍ଦ୍ରଦ୍ୟୁମ୍ନ ଶବ୍ଦର ଅର୍ଥ ଇନ୍ଦ୍ର ଦେବତାଙ୍କ ତୁଲ୍ୟ ସୌମ୍ୟ ବା କାନ୍ତିର ଧାରକ । ଏଇଟା ତାଙ୍କର ବ୍ୟକ୍ତିଗତ ଚରିତ୍ର ଓ ଆଧ୍ୟାମ୍ନିକ ବ୍ୟାଖ୍ୟା । କିନ୍ତୁ ଗବେଷଣାରୁ ଜଣାଯାଏ ଯେ କେବଳ ଜଣେ ମାତ୍ର ଇନ୍ଦ୍ରଦ୍ୟୁମ୍ନ ନଥିଲେ, ଅନେକ ଇନ୍ଦ୍ରଦ୍ୟୁମ୍ନମାନଙ୍କ ମଧ୍ୟରୁ ସବୁଠାରୁ ବେଶୀ ଆଲୋଚ୍ୟ ହେଉଛନ୍ତି ମାଲବ ରାଜ୍ୟ ବା ଅବନ୍ତୀ (ଉଜ୍ଜୟିନୀ)ର ରାଜା ଏବଂ ଯିଏ ପୁରୀରେ ପୁରୁଷୋତ୍ତମଙ୍କୁ ପ୍ରତିଷ୍ଠା କରିଥିଲେ । ସେଇ ଦୃଷ୍ଟିରୁ ଓଡ଼ିଆ ବର୍ଣ୍ଣନାରେ ଜଗନ୍ନାଥଙ୍କ ପୌରାଣିକ ଭୂମିକାରେ ଇନ୍ଦ୍ରଦ୍ୟୁମ୍ନଙ୍କ ସମ୍ପୃକ୍ତି ବୋଲି ଆମ ମନରେ ଯେତିକି କୌତୂହଳ ସୃଷ୍ଟି ହୁଏ, ତାହା ଉଜ୍ଜୟିନୀର ରାଜା ବୋଲି ଜାଣିଲେ ଆହୁରି ଆଶ୍ଚର୍ଯ୍ୟ ଲାଗିବା ସ୍ୱାଭାବିକ । ଏହା କେବଳ ସତ୍ୟଯୁଗର ଏହି ଅବତାରଣାକୁ ଟପିଯାଇ ଉଜ୍ଜୟିନୀ କଳିଙ୍ଗର ପାରସ୍ପରିକ ସମ୍ପର୍କକୁ ବ୍ୟାଖ୍ୟା କରିଥାଏ । ପୁରାଣର ସତ୍ୟଯୁଗ ଆମ ମସିହା କାଲ କଳନାରେ କେଇ ଶହ ବର୍ଷ ଖ୍ରୀଷ୍ଟପୂର୍ବ ହୋଇପାରେ ?

ମାଲବର ରାଜା ଇନ୍ଦ୍ରଦ୍ୟୁମ୍ନ ସତ୍ୟଯୁଗରେ କଳିଙ୍ଗରେ ଜଗନ୍ନାଥଙ୍କୁ ପ୍ରତିଷ୍ଠା କରିଥିଲେ, ରାଣୀ ଗୁଣ୍ଡିଚା ଜଗନ୍ନାଥଙ୍କ ପାଇଁ ନିଜର ଜୀବନ ମୂର୍ଚ୍ଛିଦେଇଛନ୍ତି, ଏଇ କିମ୍ବଦନ୍ତୀ ଅନେକ ଇତିହାସ ଓ ରାଜନୈତିକ ଘଟଣାର ପରଦା ଖୋଲିଦିଏ । ଏହା କେବଳ ଆଧ୍ୟାମ୍ନିକ ଦିଗର ବାର୍ତ୍ତା ନୁହେଁ, ଏହା ସମସାମୟିକ ଇତିହାସ ଅବଲୋକନ କରେ । ପୌରାଣିକ ବା ଆଧ୍ୟାମ୍ନିକ ଦୃଷ୍ଟିରୁ ଦେଖିବାକୁ ଗଲେ, ଏହି ବିଷୟ କେବଳ ଗୋଟିଏ ଗପ ହୋଇଯିବ । ଏହାର ସତ୍ୟତା ଓ ସମ୍ଭାବ୍ୟ ଦୃଷ୍ଟିକୋଣରୁ କେତେକ ଦିଗରୁ ଆଲୋଚନା କରାଯାଇପାରେ ।

ପ୍ରଥମତଃ ମହାଭାରତରେ ବର୍ଣ୍ଣିତ ମାର୍କଣ୍ଡେୟ ମୁନି ପାଣ୍ଡବ ପାଞ୍ଚଭାଇଙ୍କୁ ଇନ୍ଦ୍ରଦ୍ୟୁମ୍ନଙ୍କ ବିଷୟରେ ବହୁତ ପ୍ରାସଙ୍ଗିକ ବର୍ଣ୍ଣନା ଦେଇଛନ୍ତି । ଧର୍ମ ସ୍ୱଭାବରେ

ଇନ୍ଦ୍ରଦ୍ୟୁମ୍ନଙ୍କ ପରି କେହି ଲୋକ ପୃଥିବୀରେ ନଥିଲେ । ଏହି ଦୟାଶୀଳ ଓ ଦାନ ଦକ୍ଷିଣାର ମୁକ୍ତହସ୍ତ ଗୁଣରୁ ସିଏ ସ୍ୱର୍ଗାରୋହଣ କଲେ, ନିଜ କାୟାଶରୀର ଛାଡ଼ି ସ୍ୱର୍ଗରେ ଆନନ୍ଦରେ ସମୟ ବିତାଇଲେ । ବହୁଦିନ ଅନ୍ତେ ଦେବରାଜ ଇନ୍ଦ୍ର ଦିନେ ତାଙ୍କୁ ସଭାକୁ ଡାକି ପଚାରିଲେ, "ହେ ରାଜନ୍, ଜୀବନରେ ଅସଂଖ୍ୟ ପୁଣ୍ୟକରି ତୁମେ ଦୀର୍ଘଦିନ ଏଠାରେ ତାହାର ସୁଫଳ ଭୋଗୁଛ । କିନ୍ତୁ ସମ୍ପୂର୍ଣ୍ଣ ଭାବରେ ପରମେଶ୍ୱରଙ୍କୁ ସମର୍ପଣ ନକଲେ ଏବଂ ଜୀବନଚକ୍ରର ପୁଣ୍ୟପାପରୁ ନିବୃତ୍ତ ନ ହେଲେ, ସେଇ କର୍ମପଥ ହିଁ ଚାଲିଥିବ । ଏତେ ସମୟ ଅନ୍ତେ ତୁମେ କି ବଡ଼ କାମ କରିଥିଲ, ତାହା ଏବେ ପୃଥିବୀର କାହାରି ସ୍ମରଣରେ ନାହିଁ । ତେଣୁ ଏବେ ସମୟ ଆସିଛି ତୁମକୁ ସ୍ୱର୍ଗ ଛାଡ଼ିବାପାଇଁ ।"

ଇନ୍ଦ୍ରଦ୍ୟୁମ୍ନ ଆଶ୍ଚର୍ଯ୍ୟ ହେଲେ ତାଙ୍କର ପୁଣ୍ୟରାଶି ତରଳିଯାଇ ସମୟଚକ୍ରରେ ବିଗତ ହୋଇଗଲାଣି । ଇନ୍ଦ୍ର କିନ୍ତୁ ତାଙ୍କୁ ଶପଥ କରି କହିଛନ୍ତି, ତୁମର ସୁକର୍ମର ଫଳ ଯଦି କେହି ଧରାପୃଷ୍ଠରେ ଭୋଗ କରୁଛନ୍ତି ଅବା ମନେ ରଖିଛନ୍ତି, ସ୍ୱର୍ଗରେ ତୁମର ସ୍ଥାନ ସୁରକ୍ଷିତ ରହିବ ।

ଇନ୍ଦ୍ରଦ୍ୟୁମ୍ନ ଜାଣିଛନ୍ତି ମାର୍କେଣ୍ଡେୟ ମୁନି ଚିରଞ୍ଜୀବୀ । ତାଙ୍କ ପାଖକୁ ଯାଇ ପଚାରିଲେ, "ମହର୍ଷି, ତୁମେ ମୋର ସତକର୍ମ ମନେ ପକାଇପାରୁଛନ୍ତି ?" ମହର୍ଷି ମନେ ପକାଇପାରିଲେ ନାହିଁ ଏବଂ କହିଲେ, "ମୋର ସମସ୍ତ ସମୟ ତୀର୍ଥଯାତ୍ରା, ପୁଣ୍ୟକାମ ଓ ଉପବାସ ଦୀକ୍ଷାରେ କଟିଯାଉଛି, ସେଇ ବ୍ୟସ୍ତତା ଭିତରେ ମୁଁ ମନେ ରଖିପାରିନି । ହିମାଳୟରେ ପ୍ରଭାରକର୍ଷ ନାମରେ ପେଚାଟିଏ ଅଛି । ସିଏ ମୋଠାରୁ ବହୁ ଅଧିକ ବୟସର । ସେ ତୁମକୁ ଜାଣିଥାଇପାରେ ।" ଦୁହେଁ ଚାଲିଲେ ହିମାଳୟ । ପେଚାକୁ ଇନ୍ଦ୍ରଦ୍ୟୁମ୍ନ ପଚାରିଲେ, "ମୁଁ ଶୁଣିଲି ଆପଣ ପୃଥିବୀରେ ସବୁଠାରୁ ବୟସ୍କ ଜୀବ । ଆପଣ ମୋ ସତ୍କାର୍ଯ୍ୟ ବିଷୟରେ କିଛି ମନେରଖିଛନ୍ତି କି ?"

ମାତ୍ର ପେଚାଟି ଉତ୍ତର ଦେଲା, "ମୁଁ ଆପଣଙ୍କୁ ମନେ ରଖିନି । ଆପଣ ମୋ ଠାରୁ ବୟସ୍କ ଓ ମୋ ପୂର୍ବ ସମୟର ହୋଇପାରନ୍ତି । ମୁଁ ଜାଣିଛି ଏଠାରୁ ଦୁଇ ଯୋଜନରେ ସରୋବରଟିଏ ରହିଛି, ନାଁ ତାର ଇନ୍ଦ୍ରଦ୍ୟୁମ୍ନ ସରୋବର । ସେଠାରେ ନାଦିଜଂଘ ନାମରେ ବିରାଟ ବଗଟିଏ ବାସ କରୁଛି । ସେ ଆପଣଙ୍କୁ ମନେରଖି ଥାଇପାରେ ବୋଲି ମୋର ବିଶ୍ୱାସ ।" କିନ୍ତୁ ନାଦିଜଂଘଙ୍କ ସ୍ମୃତିରେ ବି ଇନ୍ଦ୍ରଦ୍ୟୁମ୍ନ ନାହାନ୍ତି । ନାଦିଜଂଘ ଇନ୍ଦ୍ରଦ୍ୟୁମ୍ନଙ୍କୁ ତାଙ୍କର ପିତାଙ୍କ ଠାରୁ ବି ଅଧିକ ବୟସର ବୋଲି ଆକୁପାରା ନାମକ କଇଁଚ ସବୁ ଜାଣିଥିବ ବୋଲି ଆଶା ବ୍ୟକ୍ତ କଲେ । ତା ପରେ ଇନ୍ଦ୍ରଦ୍ୟୁମ୍ନ ଚାଲିଲେ ଆକୁପାରା ପାଖକୁ ।

ସତରେ ଆକୁପାରା ତାଙ୍କୁ ଚିହ୍ନିଲା । ବହୁତ ବର୍ଷ ପରେ ରାଜର୍ଷି ଇନ୍ଦ୍ରଦ୍ୟୁମ୍ନଙ୍କୁ

ଦେଖି ତା ଆଖି ଆନନ୍ଦରେ ଲୁହରେ ଭରିଗଲା। କହିଲା, "ଆପଣ ହଜାର ହଜାର ଯଜ୍ଞ କରିଛନ୍ତି, ସଂଖ୍ୟାଧିକ ଠାକୁର ଆସ୍ଥାନ ଗଢ଼ି ତୋଳିଛନ୍ତି। ଆପଣ ନିୟୁତ ନିୟୁତ ଗୋଧନ ଦାନ କରିଛନ୍ତି। ସେଇ ଗାଈମାନଙ୍କର ଖୁରାରେ ଖୋଦିତ ହୋଇଯାଇଛି ଏଇ ସରୋବର, ଯାହାର ନାମ ରହିଛି ଇନ୍ଦ୍ରଦ୍ୟୁମ୍ନ ସରୋବର।" ସତରେ ଏହା ଏବେ ଗୁଣ୍ଡିଚାଘରର ଉତ୍ତର ପଶ୍ଚିମ କୋଣରେ ବିରାଜମାନ ଏବଂ ଏହାର ପ୍ରଭୁ ଜଗନ୍ନାଥଙ୍କର ଆସ୍ଥାନରୁ ଦୂରତା ୨.୭ ମାଇଲ।

ତୁରନ୍ତ ଦିବ୍ୟବିମାନ ଆସି ପହଞ୍ଚିଲା, ଇନ୍ଦ୍ରଦ୍ୟୁମ୍ନଙ୍କର ପୁଣ୍ୟକର୍ମର ପ୍ରମାଣ ଆଧାରରେ ସେ ପୁନଶ୍ଚ ସ୍ୱର୍ଗଧାମକୁ ଗମନ କଲେ। ପ୍ରଭୁ ବିଷ୍ଣୁ ଇନ୍ଦ୍ରଦ୍ୟୁମ୍ନଙ୍କୁ ଚେତାଇଦେଲେ, "ସ୍ୱର୍ଗ ଓ ସମସ୍ତ ଉର୍ଦ୍ଧ୍ୱଲୋକରେ ଶ୍ରେଷ୍ଠ କୈବଲ୍ୟ। ପର ଜନ୍ମରେ ଗଜେନ୍ଦ୍ର ଭାବରେ ଜନ୍ମ ନେଇ ନିଜର ଗର୍ବ, ସନ୍ଦେହ ପରିତ୍ୟାଗ କରି ନିଜର ସମର୍ପଣ ଭାବ ଦ୍ୱାରା ହିଁ ତୁମର କୈବଲ୍ୟ ପ୍ରାପ୍ତ ହେବ।"

ଦ୍ୱିତୀୟରେ କିମ୍ଦନ୍ତୀ ରହିଛି, ସତ୍ୟଯୁଗର ଇନ୍ଦ୍ରଦ୍ୟୁମ୍ନ ସୋମବଂଶ ଧାରାର ଚନ୍ଦ୍ର ବଂଶୀୟ। ସିଏ ଉଜ୍ଜୟିନୀରେ ରାଜା ଭାବରେ ମହାକାଳ ଶିବଙ୍କର ଭକ୍ତ ଥିଲେ ବି ଜଣେ ପରମ ବୈଷ୍ଣବ ଥିଲେ। ସ୍ଥାନୀୟ ଗୋବିନ୍ଦ ସ୍ୱାମୀ ଓ ବିକ୍ରମ ସ୍ୱାମୀ ବୈଷ୍ଣବ ମନ୍ଦିରରେ ତାଙ୍କର ଆଧ୍ୟାମ୍ନିକ ତୃଷ୍ଣା ମେଣ୍ଟି ନଥିଲା। ଜଣେ ପର୍ଯ୍ୟଟକ ତାଙ୍କୁ ଜଣାଇଦେଲା କି ପରମ ବିଷ୍ଣୁ ନୀଲମାଧବ କଳିଙ୍ଗ ରାଜ୍ୟରେ ନୀଲଶୈଳ ଭାବରେ ପୂଜିତ। ତତ୍କ୍ଷଣାତ୍ ଇନ୍ଦ୍ରଦ୍ୟୁମ୍ନ ବିଦ୍ୟାପତିଙ୍କୁ ପର୍ଯ୍ୟଟକଙ୍କ ସହିତ କଳିଙ୍ଗ ପଠାଇଲେ। ରାସ୍ତାରେ ପର୍ଯ୍ୟଟକ କୁଆଡ଼େ ଅନ୍ତର୍ଦ୍ଧାନ ହୋଇଗଲେ। ବିଦ୍ୟାପତି ସିଧା ପୂର୍ବମୁହାଁ ହୋଇ ମହାନଦୀ କୂଳେ କୂଳେ ଆସି ଶବର ଦ୍ୱୀପରେ ପହଞ୍ଚିଲେ। ତା ପରେ ତାଙ୍କର ସମ୍ପର୍କ ଗଢ଼ି ଉଠିଲା ବିଶ୍ୱାବସୁ ସହିତ କେବଳ ନୀଲମାଧବଙ୍କ ସନ୍ଧାନ ପାଇଁ। ନିଜର ଅସୀମ ବୁଦ୍ଧି ଓ ପୁରୁଷତ୍ୱର ମୂଲ୍ୟରେ ସିଏ ନୀଲମାଧବଙ୍କ ଦର୍ଶନ ପାଇଲେ ଏବଂ ଏହି ପରିଚୟ ଘେନି ଇନ୍ଦ୍ରଦ୍ୟୁମ୍ନଙ୍କୁ ସେହି ପରମ ବିଷ୍ଣୁଙ୍କ ସନ୍ଧାନ ଦେଲେ। ନୀଲମାଧବଙ୍କୁ ଦେବତାମାନଙ୍କ ପ୍ରଦତ୍ତ ପୁଷ୍ପମାଳା ବିଶ୍ୱାବସୁଙ୍କଠାରୁ ନେଇ ଭେଟି ଦେଇଥିଲେ ଇନ୍ଦ୍ରଦ୍ୟୁମ୍ନଙ୍କୁ। ଇନ୍ଦ୍ରଦ୍ୟୁମ୍ନ ଏହି ଖବରରେ ଉଜ୍ଜୟିନୀ ଛାଡ଼ି ନିଜର ପୁରୋହିତ, ସୈନ୍ୟ ସାମନ୍ତ, ହାତୀ, ଘୋଡ଼ା ସହିତ କଳିଙ୍ଗରେ ପ୍ରବେଶ କଲେ।

ମହାନଦୀ କୂଳେକୂଳେ ଆସି ବାଙ୍କୀଠାରେ ଚର୍ଚ୍ଚିକା ଠାକୁରାଣୀଙ୍କ ପୂଜା କରିବାର ବର୍ଣ୍ଣନ ଦେଖିବାକୁ ମିଳେ। ତତ୍କାଳୀନ କଳିଙ୍ଗ ନରେଶ ତାଙ୍କର ଦର୍ଶନ କରି ତାଙ୍କୁ ସମସ୍ତ ସହଯୋଗ କରିବାର ଅଭିପ୍ରାୟ ବ୍ୟକ୍ତ କରିଥିଲେ। ତାଙ୍କ ଆସିବା ମଧ୍ୟରେ ନୀଲମାଧବଙ୍କ ଅନ୍ତର୍ଦ୍ଧାନ, ନୀଲମାଧବଙ୍କ ସୁବର୍ଣ୍ଣ ବାଲୁକା ମଧ୍ୟରେ ପାତାଳି ଘଟଣାରେ

ବିମର୍ଷ ଇନ୍ଦ୍ରଦ୍ୟୁମ୍ନ ସ୍ୱପ୍ନାଦେଶ ବଳରେ ବହୁ ଅଶ୍ୱମେଧ ଯଜ୍ଞ କରିଛନ୍ତି, ପାଇଛନ୍ତି ଦାରୁବ୍ରହ୍ମ, ପ୍ରତିଷ୍ଠା କରିଛନ୍ତି ଶ୍ରୀମନ୍ଦିର, ସହାୟତା ପାଇଛନ୍ତି କଳିଙ୍ଗ ଓ ସୀମାନ୍ତ ରାଜାମାନଙ୍କର, ସବୁଠାରୁ ବେଶୀ ଦୃଢ଼ଭାବରେ କଳିଙ୍ଗବାସୀଙ୍କର ଉଚ୍ଛ୍ୱସିତ ଭକ୍ତି ଓ ସମର୍ପଣ ଭାବରୁ ଉହାହିତ ହୋଇ ପଡ଼ିଛନ୍ତି। ଏମିତି ଗଢ଼ି ଉଠିଛନ୍ତି ସତ୍ୟ, ତ୍ରେତା, ଦ୍ୱାପର ଓ କଳିଯୁଗର ପୁରୁଷୋତ୍ତମ ଜଗନ୍ନାଥ। ପ୍ରାରମ୍ଭିକ ନୃସିଂହ ମନ୍ଦିରରୁ ଆରମ୍ଭ ହୋଇ ଶ୍ରୀକୃଷ୍ଣ, ବୁଦ୍ଧ, ଆଦିଜିନା ସହିତ ଦୁନିଆଁର ସକଳ ଦେବତ୍ୱ ଦୃଷ୍ଟ ହୋଇଛି ଏହି ପରମ ବୈଷ୍ଣବଙ୍କ ଠାରେ।

        ତୃତୀୟରେ ଆଜିର ତଥ୍ୟଭିତ୍ତିକ ମାନସିକତାରେ ଆମର ଯେଉଁ କେତେ ସଂଶୟ ରହିଛି ପୁରାଣ, କାଳ ଓ ଭୂଗୋଳ ଜ୍ଞାନ ବିଷୟରେ, ସେ ବିଷୟରେ ଜଣାଶୁଣା କେତେକ ତଥ୍ୟର ଆଲୋଚନା ଅପରିହାର୍ଯ୍ୟ ମନେହୁଏ। ଏହି କ୍ରମରେ ପ୍ରାକ୍ ଇତିହାସ କଳିଙ୍ଗର କାଳ ବିଷୟରେ ସମ୍ୟକ ଆଲୋଚନା କରାଯାଉ।

        ଇନ୍ଦ୍ରଦ୍ୟୁମ୍ନଙ୍କର ଜଗନ୍ନାଥ ମନ୍ଦିର ତୋଲା ଆର୍ଯ୍ୟାବର୍ତ୍ତର କଥା। ଦ୍ରାବିଡ଼ମାନଙ୍କର ମହେଞ୍ଜୋଦାରୋ ହରପ୍ପା ସଭ୍ୟତା ପରର ଇତିହାସ। ମନୁଙ୍କ ସତ୍ୟ, ତ୍ରେତା, ଦ୍ୱାପର ଓ କଳିରଯୁଗକୁ ପ୍ରନତାତ୍ତ୍ୱିକ ଦୃଷ୍ଟିରୁ ଗ୍ରହଣ ନକଲେ, ଆମକୁ ଅସମ୍ଭବ ଭାବରେ ପଛକୁ ଫେରିବାକୁ ପଡ଼ିବ। ବ୍ରହ୍ମାଙ୍କ ସମୟ ମାପରେ ନିର୍ଣ୍ଣୟ ନେଲେ ନିର୍ଦ୍ଦିଷ୍ଟ ତଥ୍ୟଭିତ୍ତିକ ଦୂରତାରୁ ପଛକୁ ଚାଲିଯିବାକୁ ହେବ। ତେଣୁ ମହେଞ୍ଜୋଦାରୋ ସଭ୍ୟତା ପରେ ଖ୍ରୀଷ୍ଟପୂର୍ବ ପାଞ୍ଚ ହଜାରରୁ ତିନି ହଜାର ଭିତରେ ସତ୍ୟ ଓ ତ୍ରେତୟାଯୁଗର କାଳ ଘଟିଥାଇପାରେ। ଆର୍ଯ୍ୟମାନେ ଭାରତକୁ ବାସସ୍ଥଳୀ କରିବା ପରେ ହିଁ ନିଜଭୂମିରେ ବ୍ୟାପିରହିଥିବା ଆଦିମ ଅଧ୍ୱବାସୀମାନଙ୍କ ସହିତ ଭାବାନ୍ତରର ସୁଯୋଗ ଆସିଥିବ। ସତ୍ୟଯୁଗର ସାମାନ୍ୟ ସମାଜ ଓ ଭାଷା ଗଠନ ପରେ ତ୍ରେତା ଯୁଗର ରାମଚନ୍ଦ୍ରଙ୍କର ବନବାସ ଓ ବନସଭ୍ୟତାର ଆଲୋକୀକରଣ ହୋଇପାରିଛି। ତା ପରେ ଆସିଛି ଦ୍ୱାପର ଯୁଗ।

        ଏବେ କେତେକ ମହାଭାରତ ଯୁଗର ପ୍ରନତାତ୍ତ୍ୱିକ ରଥ୍ୟ ତଥା ତିଥି ନକ୍ଷତ୍ର ଓ ସୂର୍ଯ୍ୟପରାଗକୁ ନେଇ ତ୍ରେତାଯୁଗର କାଳ ନିରୂପଣ କରାଯାଇଛି। ଉଦାହରଣ ସ୍ୱରୂପ *ପୁରାତନ ଭାରତ (ଖ୍ରୀଷ୍ଟପୂର୍ବ ୪୨୫୦ ରୁ ୬୩୬ ଖ୍ରୀଷ୍ଟାବ୍ଦ)* ଇତିହାସ ବହିଟିରେ ମହାଭାରତର ବିଭିନ୍ନ ଘଟଣାର ବର୍ଷ ବିଷୟ ଉଲ୍ଲେଖ ରହିଛି। କର୍ଣ୍ଣ ୧୮ ବର୍ଷ ବୟସ ବେଳକୁ ହୋଇଥିଲା ଖ୍ରୀଷ୍ଟପୂର୍ବ ୩୧୮୫ ଯେତେବେଳେ ସିଏ କଳିଙ୍ଗର ମହେନ୍ଦ୍ର ପର୍ବତରେ ପର୍ଶୁରାମଙ୍କ ପାଖରେ ଦୁର୍ବାସାଙ୍କ ପୁଅ ବୋଲି ପରିଚୟ ଦେଇ ଅସ୍ତ୍ରଶିକ୍ଷା ନେଉଥିଲେ। ସେମିତି ଯୁଧିଷ୍ଟିରଙ୍କର ଇନ୍ଦ୍ରପ୍ରସ୍ଥ (ଖାଣ୍ଡବପ୍ରସ୍ଥ) ରାଜ ସ୍ୱୟୟ୍ବର ଖ୍ରୀଷ୍ଟପୂର୍ବ ୩୧୫୩ ମସିହା ବୋଲି ଆକଳନ କରାଯାଇଛି। ତେବେ ପାଣ୍ଡବମାନଙ୍କର ବନବାସ

ଆଉ କେତେ କାଳ ଦୂର କି? ଆନୁମାନିକ ଖ୍ରୀଷ୍ଟପୂର୍ବ ୩୧୪୦ ସମୟ ବେଳକୁ ମାର୍କେଣ୍ଡେୟ ମୁନି ପୁରୁଷୋତ୍ତମ କ୍ଷେତ୍ର ଦେଇ ପାଣ୍ଡବ ମାନଙ୍କୁ ବାଟ କଢ଼େଇ ନେଇ ଇନ୍ଦ୍ରଦ୍ୟୁମ୍ନଙ୍କ ଚରିତ ବର୍ଣ୍ଣନା କରିଥିବା ସମ୍ଭବ। ସେ ସମୟକୁ ଇନ୍ଦ୍ରଦ୍ୟୁମ୍ନଙ୍କ ଇତିହାସ ହୋଇପାରେ ସହସ୍ରାବ୍ଧ ଗତ, ଭାରତର ଇତିହାସ ପର୍ଯ୍ୟାଲୋଚନା କଲେ ଦୁଇସହସ୍ରାବ୍ଧ କାଳର ଯାହା ଲୋକସଂସ୍କୃତିରେ ଯୁଗାନ୍ତର ହୋଇଯାଇ ପାରେ। ସେତେବେଳେ ରାଜ୍ୟର ଭାବନା ନଥିଲା, ରାଜ୍ୟସୀମା ବା ବସତି ପାଇଁ କୌଣସି କଟକଣା ନଥିଲା। ସେଥିପାଇଁ ଇନ୍ଦ୍ରଦ୍ୟୁମ୍ନଙ୍କ ପୁରୁଷୋତ୍ତମ ସ୍ଥାପନରେ ଅନ୍ତରାୟ କଥା ଦୂରେଥାଉ, ସିଏ କଳିଙ୍ଗର ତତ୍କାଳୀନ ରାଜକୀୟ ପ୍ରୋତ୍ସାହନ ଲାଭକରିଥିବା ମନେହୁଏ। ଓଡ଼ିଶାପରି ଭକ୍ତବତ୍ସଳ ରାଜ୍ୟରେ ମନ୍ଦିର ତୋଳିବାରେ କେହି ପ୍ରତିବନ୍ଧକ ହେବା ଏବେ ବି ଶୁଣାଯାଏନି।

ମହାଭାରତ ଓ ବୈଦିକ ଯୁଗ ପରେପରେ ଭାରତବର୍ଷରେ ଯେତେବେଳେ ସ୍ଥାନୀୟ କ୍ଷୁଦ୍ରରାଜ୍ୟ ବା ଜନପଦ ଗଢ଼ି ଉଠୁଥିଲା, ତାହା ବର୍ଗ, ସଂସ୍କୃତି ଓ ଭାଷା ନେଇ ସୃଷ୍ଟି ହେଉଥିଲା। ସ୍ୱଭାବତଃ ଓ ପ୍ରତିଯୋଗିତା ଭିତ୍ତିରେ ଜନପଦ ଗୁଡ଼ିକରେ ଲୋକମାନଙ୍କୁ ନେଇ ସାଧାରଣ ସଭା ଥିଲା, ଯାହା କି ନେତା ବା ରାଜାଙ୍କୁ ମନୋନୟନ କରୁଥିଲା ଓ ରାଜ୍ୟର ସୁରକ୍ଷା ଓ ଆଭ୍ୟନ୍ତରୀଣ ଶାସନଭାର ନେଇଥିଲା। ଆବଶ୍ୟକ ସମୟରେ ଅରାଜକତାବେଳେ ବା ବହିର୍ଶତ୍ତୁ ଆକ୍ରମଣକାଳରେ ଅପାରଗ ଶାସକଙ୍କୁ ଅପସାରଣ କରି ନୂତନ ରାଜାଙ୍କୁ ବି ନିଯୁକ୍ତ ଦେଉଥିଲା। ରାଜା ଶାସକ ଭାବରେ ଦେଶର ଉନ୍ନତର ବୃଦ୍ଧି ଓ ଅଭିକ୍ଷିତା ସମ୍ପନ୍ନ ନାଗରିକମାନଙ୍କୁ ନେଇ ପରାମର୍ଶ ପରିଷଦର ସଦୁପଯୋଗ କରି ଦେଶ ଶାସନ କରୁଥିଲେ। ଏମିତି ଥିଲା ମଧ୍ୟ ଭାରତରେ ୧୮ଟି ଜନପଦ। ଏହି ୧୮ଟି ଜନପଦ ସମୁଦାୟ ଦେଶକୁ ନେଇ ହୋଇ ନଥିଲା, କଳିଙ୍ଗ ଓ ଦକ୍ଷିଣ ଭାରତୀୟ ରାଜ୍ୟଗୁଡ଼ିକ ଏଥିରେ ସ୍ଥାନ ପାଇନଥିଲେ। ବୌଦ୍ଧ ଅଙ୍ଗୀକାର ନିକାୟରେ ଏହି ୧୮ଟି ଜନପଦର ବିସ୍ତୃତ ବର୍ଣ୍ଣନା ଦେଖିବାକୁ ମିଳେ। ଜୈନ ଗ୍ରନ୍ଥରେ କଳିଙ୍ଗ ମାନ୍ୟତାବିଶିଷ୍ଟ ଗୋଟିଏ ଶକ୍ତିଶାଳୀ ଜନପଦ ଭାବରେ ରଚିତ।

ସମସାମୟିକ ଆଦି ଜୈନଧର୍ମର ପ୍ରତ୍ନକ୍ଷେତ୍ର କଳିଙ୍ଗରେ ଭକ୍ତିର ନିଦର୍ଶନ ମିଳେ ବୃଷଭନାଥଙ୍କ କଳିଙ୍ଗଜୀନ ମୂର୍ତ୍ତି। ଏହି ମୂର୍ତ୍ତିକୁ ଖ୍ରୀଷ୍ଟପୂର୍ବ ୩୫୦ରେ ମଗଧର ନନ୍ଦରାଜ ଅପହରଣ କରିନେଲା। ସେତେବେଳକୁ ମହାଭାରତ ପରଠାରୁ ବତିଶଜଣ ରାଜା କଳିଙ୍ଗ ରାଜଗାଦିରେ ବସିସାରିଥିଲେ।

ସେମିତି କଳିଙ୍ଗ ହୋଇଥିଲା ଗୌତମବୁଦ୍ଧଙ୍କର ବାମ ଶ୍ୱାନଦନ୍ତଭସ୍ମର ଦାବିଦାର। ଏହି ଦନ୍ତଭସ୍ମ ପ୍ରତିଷ୍ଠିତ ହୋଇଥିଲା କଳିଙ୍ଗର ରାଜଧାନୀ ଦନ୍ତପୁରରେ। ଏହା କଳିଙ୍ଗ ଇତିହାସରେ ଖ୍ରୀଷ୍ଟପୂର୍ବ ଚତୁର୍ଥ ଶତାବ୍ଦିର କଥା ହୋଇପାରେ। ସାତଶହ ବର୍ଷ ପରେ

୩୧୦ ଖ୍ରୀଷ୍ଟାବ୍ଦରେ କଳିଙ୍ଗର ରାଜା ଥାଆନ୍ତି ଗୃହଶିବ। ଶୁଣିଲେ ଦନ୍ତପୁରରେ ବୁଦ୍ଧଙ୍କ ପୂଜାର୍ଚ୍ଚନାରେ ବହୁତ ଶତ୍ରୁ ଆକ୍ରମଣ କରିବାକୁ ପରିକଳ୍ପନା କରୁଛନ୍ତି। ମଗଧର ପାଣ୍ଡୁ ରାଜା ଆକ୍ରମଣ କରିବାର ମସୁଧା କରୁଛନ୍ତି କଳିଙ୍ଗକୁ। ଅପହରଣ କରିବେ ଦନ୍ତପୁରର ଦନ୍ତ। ଦନ୍ତ ଦେବ ଅଶେଷ ସମ୍ପଦ, ରାଜ୍ୟ ଓ ସୁଭାଗ୍ୟ।

କଅଣ କରିବେ ଗୃହଶିବ ? କଳିଙ୍ଗର ଆମ୍ଭା ରହିଛି ଦନ୍ତପୁରରେ। ଦନ୍ତପୁର କଳିଙ୍ଗର ରାଜଧାନୀ, ରାଜ୍ୟର ପ୍ରମୁଖ ବନ୍ଦର। ଏତିକି ବେଳେ ପୁଣି ଆସିଲା ଉଜ୍ଜୟିନୀର ଉଲ୍ଲେଖ। ଗୃହଶିବଙ୍କର କନ୍ୟା ହେମମାଳୀ ଓ ଜାମାତା ଉଜ୍ଜୟିନୀ ରାଜକୁମାର ଅଟନ୍ତି ଦନ୍ତକୁମାର। ଦୁହେଁ ରାଜାଙ୍କର ସହାୟକ ହେଲେ, କନ୍ୟା ହେମମାଳୀ ମୁଣ୍ଡବାଳ ଭିତରେ ବୁଦ୍ଧଙ୍କ ଦନ୍ତାବଶେଷକୁ ଲୁଚାଇ ତାମ୍ରଲିପ୍ତ ବନ୍ଦର ଆଡ଼କୁ ଗୁପ୍ତରେ ଚାଲିଲେ। କଳିଙ୍ଗ ବଂଶଜ ତାମ୍ରପର୍ଣ୍ଣୀ (ସିଂହଳ)ର କିଟି ଶିରି ମେଘବର୍ଣ୍ଣ। କାଳବେଳକୁ ଅନେଇଁ ବସିଛନ୍ତି କେବେ ବୁଦ୍ଧଙ୍କ ଦନ୍ତଭସ୍ମ ପାଇ ସ୍ତୂପ ନିର୍ମାଣ କରିବେ। ବୁଦ୍ଧଙ୍କ ତିରୋଧାନ ଦିବସ ଠାରୁ କଳିଙ୍ଗପୁତ୍ର ବିଜୟ ସେଠାରେ ବୌଦ୍ଧ ଧର୍ମଛାୟାରେ ସିଂହବାହିନୀ ଗଠନ କରିଛନ୍ତି। ସାତଶ ବରଷ ପରେ ଆସିଲା ଇତିହାସର ପ୍ରରୋଚନାରେ ବୁଦ୍ଧଙ୍କ ଦନ୍ତଭସ୍ମ ସୁରକ୍ଷା। ପୁଣି କଳିଙ୍ଗଭୂମିରେ ଉଜ୍ଜୟିନୀର ଧର୍ମକାର୍ଯ୍ୟ।

ଏବେ ଆଲୋଚନାରେ ଚତୁର୍ଥ ଦିଗ ହେଉଛି ଉଜ୍ଜୟିନୀ-କଳିଙ୍ଗ ଭୌଗୋଳିକ ସମ୍ପର୍କ। କଳିଙ୍ଗ ଉଜ୍ଜୟିନୀର ନାକସିଧା ପୂର୍ବଦିଗରେ। ଉଜ୍ଜୟିନୀରୁ ବାଲସୂର୍ଯ୍ୟଙ୍କୁ ଲକ୍ଷ୍ୟକରି ଆସିଲେ ପୁରୁଷୋଉମରେ ପହଞ୍ଚିବା ନିଶ୍ଚିତ। ସାରା ଭାରତରେ ଯୁଗଯୁଗ ଧରି ରାଜପରିବାରମାନଙ୍କ ମଧ୍ୟରେ ବୈବାହିକ ସମ୍ବନ୍ଧ ରହିଛି, ସେ ଦୃଷ୍ଟିରୁ ଦନ୍ତକୁମାରଙ୍କ ସମୟରେ କାହିଁକି ଅନେକ କାଳରେ କଳିଙ୍ଗ ମାଳବ ନିକଟତର ହୋଇଥିବା ସମ୍ଭବ ମନେହୁଏ। ପୁଣି କାଳିଦାସ ଜୀବନର ବହୁବର୍ଷ ଉଜ୍ଜୟିନୀରେ କଟାଇଥିଲେ, କିନ୍ତୁ ସିଏ କଳିଙ୍ଗ ବିଷୟରେ ଏମିତି ପରିଚିତ, କେହି ବି କହିବ ସିଏ କଳିଙ୍ଗରେ ବହୁ ବର୍ଷ ବାସ କରିଛନ୍ତି। ଏହା ପରୋକ୍ଷରେ କଳିଙ୍ଗ-ଉଜ୍ଜୟିନୀର ପାରସ୍ପରିକ ସମ୍ପର୍କ ପ୍ରତିପାଦନ କରେ। ସେଇ କାଳିଦାସ ଚତୁର୍ଥ ଶତାବ୍ଦୀରେ ତାଙ୍କ ରଘୁବଂଶରେ କଳିଙ୍ଗ ରାଜନ୍‌ଙ୍କୁ ମହୋଦଧ୍ୟପତି ବୋଲି ଅଭିହିତ କରିଛନ୍ତି। ତାଙ୍କର ମେଘଦୂତ କାବ୍ୟ ବର୍ଷାରତୁରେ ବର୍ତ୍ତମାନର ଅବିଭକ୍ତ କୋରାପୁଟର ବିସ୍ତୀର୍ଣ୍ଣ ବନାନୀରେ ମେଘମାଳାର ମନଲୋଭା ଗତିର ବର୍ଣ୍ଣନା ବୋଲି ଓଡ଼ିଶାବାସୀ ମନେକରନ୍ତି। ଦିନେ ନା ଦିନେ କୌଣସି କାରଣରୁ କାଳିଦାସ ବହୁଦିନ କଳିଙ୍ଗରେ କାଳାତିପାତ କରିଥିବା ପ୍ରତୀୟମାନ ହୁଏ।

ଉଜ୍ଜୟିନୀ ଭାରତର ଶିକ୍ଷା, ବାଣିଜ୍ୟ, ଆଧ୍ୟାତ୍ମିକ, ରାଜନୈତିକ କେନ୍ଦ୍ର ଭାବରେ ମହାଜନପଦ ସୃଷ୍ଟି ପୂର୍ବରୁ ଗଢ଼ି ଉଠିଥିବାର ଐତିହ୍ୟ ଉପଲବ୍ଧ ହୁଏ। ଦ୍ୱାପର ଯୁଗରେ

ଶ୍ରୀକୃଷ୍ଣ ବଳରାମ ଉଜ୍ଜୟିନୀର ସାନ୍ଦୀପନୀ ଆଶ୍ରମରେ ଶିକ୍ଷା ଲାଭ କରିଥିବାର ଉଦାହରଣ ରହିଛି। କଳିଙ୍ଗ ନିଜର ପରାକ୍ରମ ସମୟରେ ପଶ୍ଚିମ ଦିଗର ଏହି କ୍ଷେତ୍ର ସହିତ ଗଭୀର ଭାବରେ ସମ୍ପୃକ୍ତ ହୋଇଥିବାର ପ୍ରମାଣ ରହିଛି। ଦିନେ ମହାମେଘବାହନ ଶ୍ରୀଖାରବେଳ ବି ଏହି ପଥ ଦେଇ ଦକ୍ଷିଣପଥ ବା ଉତ୍ତରପଥକୁ ଗତି କରୁଥିଲେ ବୋଲି ଆଭାସ ମିଳେ।

ଆଜି ରେଳ ରାସ୍ତାରେ ଉଜ୍ଜୟିନୀ ପୁରୀଠାରୁ ୧୫୧୫ କିଲୋମିଟର ଦୂରରେ, ମୋଟରଗାଡ଼ି ରାସ୍ତାରେ ୧୪୬୩ କିଲୋମିଟର ଦୂରରେ। ମାତ୍ର ଏହି ଦୁଇ ସହରର ବାୟୁବୀୟ ଦୂରତା ଆହୁରି କମ୍ –୧୧୧୩ କୋଲୋମିଟର। ପୁରାତନ କାଳରେ ଜଙ୍ଗଲ ରାସ୍ତାରେ ସେକାଳର ଦୂରତା ମାପରେ ଉଜ୍ଜୟିନୀ ପୁରୁଷୋତ୍ତମ ଦୂରତା ହିସାବ କରାଯାଏ ଏକଶହ ଯୋଜନ। ରାସ୍ତା ସମାନ, ମାପିବାର ଏକକ ଯୋଗୁ ଏହାର ଦୂରତା ଆଜି ଏବେ ବର୍ଦ୍ଧିତ ହେବା ପରି ବୋଧହୁଏ ଏବଂ ଅଧୁନା ଉଜ୍ଜୟିନୀ ଆମଠାରୁ ବେଶ୍‌ ଦୂରର ଓ ପର୍ବତ ଆରପାରିର ବୋଲି ପ୍ରତୀୟମାନ ହୁଏ।

ଏଠାରେ ଆମେ ଲକ୍ଷ୍ୟ କରିବା କଥା, ଅତୀତରେ ଧର୍ମ ସଂସ୍ଥାପନା ପାଇଁ ଦୂରତା କେବେ ପ୍ରତିବନ୍ଧକ ନଥିଲା। ଏମିତି ଗଢ଼ି ଉଠିଥିଲା କଳିଙ୍ଗ ମାଳବ ସଂପର୍କ। ମାଳବ ବା ଅବନ୍ତୀ ବଦଳରେ ଉଜ୍ଜୟିନୀ କହିଲେ, ଇନ୍ଦ୍ରଦ୍ୟୁମ୍ନ ଆମର ଆହୁରି ନିକଟତର ଆମ୍ରୀୟ ବୋଲି ମନକୁ ଧାରଣା ଆସେ।

ଦେଖେ ଲୋ କଳିଙ୍ଗର ଶ୍ରୀଲକ୍ଷ୍ମୀ ବ୍ୱାଇଁ

ଦଶମ ଶତାଘୀର ଶେଷ ଦଶକ ପାରିହେବାକୁ ଡେଉଁଛି କଳିଙ୍ଗ।

ପ୍ରାଚୀ ସ୍ରୋତରେ ଗତାଗତ ଅନେକ ବୋଇତ। ଜଳ ଯାତ୍ରା। କଳିଙ୍ଗୀୟ ସାହସିକାଶ୍ଙ ପ୍ରବୃଥି, କାଳ କାଳ ଧରି ବୀରଦ୍ୱର ପ୍ରକୃତି।

କଳିଙ୍ଗ ସାଗର କଳିଙ୍ଗୋଦ୍ର ଦେଇ ପ୍ରାଚୀ ନଦୀ ଧାରରେ ସ୍ରୋତର ପ୍ରତିକୂଳରେ ଗତି କରୁଛି ସିଂହଳ ବୋଇତ। ବୋଇତଟି ଉପରେ ଫର ଫର ହୋଇ ଉଡୁଛି ପତାକା, ସିଂହ ମାର୍କା। କେତେ ଘଡ଼ି ଚାଲିଛି କି ନା ବୋଇତ ସ୍ୱତଃ ନଇଧାରକୁ ଯାଇ ଗତିଶୂନ୍ୟ ହୋଇଗଲା। ରାଜକୀୟ ବେଶରେ ଉପବିଷ୍ଟ ବୋଇତର ଜଣେ ଯାତ୍ରୀ ନିଜ କକ୍ଷରୁ ବାହାରି ଅସି ବୋଇତର କର୍ଣ୍ଧାରଙ୍କୁ ପ୍ରଶ୍ନ କରନ୍ତି,

"ଆମ ବୋଇତଟି କାହିଁକି ଏଠି ରହିଗଲା ?"

ସିଂହଳର ରାଜକୁମାରଙ୍କୁ ପୋତଚାଳକ ଉତ୍ତର ଦେଲେ, "ରାଜକୁମାର, ବିନା ଉଦ୍ୟମରେ ବୋଇତ ମନକୁ ଅଟକି ଯାଇଛି। କାରଣ ମୁଁ ଜାଣି ପାରୁନି।"

ପାଖରେ ଠିଆ ହୋଇଥିବା କଳିଙ୍ଗ ନୌଜୀବିକ ସାରଙ୍ଗ କହିଲେ, "ରାଜକୁମାର, ଏ ସ୍ଥାନଟି କଳିଙ୍ଗର ମା' ମଙ୍ଗଳାଙ୍କର ଆବାସ ସ୍ଥଳୀ। ପ୍ରାଚୀନଦୀରେ ଗତାଗତ ପ୍ରତିଟି ବୋଇତ ଏଠାରେ ଠାକୁରାଣୀଙ୍କୁ ଆରାଧନା କରି ଶୁଭମନାସି ଆଗମନ ବା ବହିର୍ଗମନ କରନ୍ତି। ଏ ସ୍ଥାନର ଦୈବିକ ଗୁଣ ହେଉଛି ଏଠାରେ ବୋଇତ ମନକୁ ଅଟକିଯିବ। ଏଇଟା ଘଷ୍ଟତୋଲା ଘାଟ। ସୃଷ୍ଟିର ଆଦ୍ୟରୁ ମଙ୍ଗଳା ଏଠୁ ରାଜ୍ୟର ମଙ୍ଗଳ ସାଧନ୍ତି। ସାଗରମୁଖା ସବୁ ବୋଇତ ନିଜକୁ ଠାକୁରାଣୀକୁ ଉସ୍ସର୍ଗ କରିଦେଇ ମା'ଙ୍କର ଆଶିଷ ନେଇ ଦୂରକୁ ଯାଆନ୍ତି।

ରାଜକୁମାର ଘାଟରୁ ଉଠି ଠାକୁରାଣୀଙ୍କୁ ଭୂମିଷ୍ଟ ପ୍ରଣାମ କରି କିଛି ମନାସିଲେ। ମନାସିବା ପରେ ଉଲ୍ଲସିତ ହେଲେ।

ପୁନରାୟ ସିଂହଳ ବୋଇତ ପ୍ରାଚୀ ପ୍ରତିକୂଳ ସ୍ରୋତରେ ଉତ୍ତରଦିଗକୁ ଗତି କରିବାକୁ ଲାଗିଲା । ରାଜକୁମାର ସେଇ ଅଭିଜ୍ଞ ନୌପଥ ପ୍ରଦର୍ଶକ ସାରଙ୍ଗଙ୍କୁ ଡକାଇ ଠାକୁରାଣୀଙ୍କ ବିଷୟରେ ଜାଣିବାର ଉତ୍କଣ୍ଠା ପ୍ରକାଶ କଲେ । ଅଭିଜ୍ଞ ସାରଙ୍ଗ ନୌପଥ ସମ୍ପର୍କରେ ବହୁ ତଥ୍ୟ ଜାଣିଥିଲେ, କାରଣ ତାଙ୍କ ଘର କଳିଙ୍ଗରେ । ରାଜକୁମାରଙ୍କ କଳିଙ୍ଗ ପଥରେ ନୌପଥ ସୁଗମ କରିବାକୁ ସିଏ କଳିଙ୍ଗ ସମ୍ରାଟ ଚୋଡ଼ଗଙ୍ଗଦେବଙ୍କ ଦ୍ୱାରା ସିଂହଳ ପ୍ରେରିତ ହୋଇଥିଲେ ।

ସାରଙ୍ଗ କହିବାକୁ ଲାଗିଲେ, "ଏଇ ପ୍ରାଚୀ ପୂର୍ବ ଧାରର ମଙ୍ଗଳା ହେଉଛନ୍ତି ସର୍ବ ମଙ୍ଗଳା, ସକଳ ଶୁଭକାମରେ ତାଙ୍କ ମୁଖଦର୍ଶନ କଲେ ଅନାୟାସରେ କାର୍ଯ୍ୟ ସମ୍ପନ୍ନ ହୁଏ । ଲୋକ କଳିଙ୍ଗରେ ତାଙ୍କୁ କହନ୍ତି, ମା', ମା' ମଙ୍ଗଳା ।

କହି ଚାଲିଲେ ସାରଙ୍ଗ, "ଶୁଣିଲେ ଆଶ୍ଚର୍ଯ୍ୟ ହେବେ ରାଜକୁମାର, ତ୍ରେତୟା ଯୁଗରେ ଏହି ପ୍ରତ୍ୟକ୍ଷ ଠାକୁରାଣୀ ଆପଣଙ୍କ ରାଜ୍ୟ ସ୍ୱର୍ଣ୍ଣଲଙ୍କାରେ ଅଧିଷ୍ଠାତ୍ରୀ ଦେବୀ ଥିଲେ, ରାବଣ ମହିରାବଣ ଭାଇମାନଙ୍କର । ସବୁ ଶୁଭ କାର୍ଯ୍ୟରେ ତାଙ୍କର ସମ୍ମତି ଥିଲା । ରାମାୟଣ କାଳରୁ ତ କଳିଙ୍ଗ ବୋଇତ କେବଳ ଲଙ୍କା ଦ୍ୱୀପ କାହିଁକି, ପୂର୍ବର ସୁବର୍ଣ୍ଣ ଦ୍ୱୀପଗୁଡ଼ିକୁ ବି ଯାଉଥିଲା । ଶୁଣାଯାଏ, ରାବଣର ଅମାନୁଷିକ କାର୍ଯ୍ୟରେ ଦେବୀ ଅସନ୍ତୁଷ୍ଟ ଥିଲେ । କୌଣସି ମତେ ଠାକୁରାଣୀ ଏଇ କଳିଙ୍ଗରେ ଅଧିବାସ କରିବାକୁ ଇଚ୍ଛା ପ୍ରକଟ କରି ଲଙ୍କା ନୃପତିଙ୍କ ପାଖରୁ କଳିଙ୍ଗ ନୌବହରରେ ଏଠାକୁ ଆସୁଥିଲେ । ଏହି ସ୍ଥାନକୁ ଆସ୍ଥାନ ଭାବରେ ବାଛି ସେକାଳରୁ ଠାକୁରାଣୀ ଏଠାରେ ପ୍ରତିଷ୍ଠିତ ହୋଇଛନ୍ତି । କଳିଙ୍ଗ ଯୁଗେଯୁଗେ ଦେବପ୍ରିୟ । ନିଜ ରାଜ୍ୟରେ ପ୍ରତ୍ୟକ୍ଷ ଠାକୁର ଠାକୁରାଣୀଙ୍କୁ କଳିଙ୍ଗ ନୃପତି ନିଜ ରାଜ୍ୟରେ ପ୍ରତିଷ୍ଠା କରିବା ଆଧ୍ୟାତ୍ମିକ ଇତିହାସରେ ଉଜ୍ଜ୍ୱଳ ଅଧ୍ୟାୟ ।

"ଶୁଣନ୍ତୁ, କଳିଙ୍ଗ ରାଜ୍ୟକୁ ପଶିବା ବାଟରେ ଏଇ ପୁଣ୍ୟତୋୟା ଅତି ପ୍ରାଚୀନ ଏଇ ପ୍ରାଚୀ ନଦୀ ଧାରରେ ଅନ୍ତର୍ଦ୍ଧାନ ହୋଇଗଲେ ମଙ୍ଗଳା । ଏଇଠି ରହିଗଲେ, ସେ ନୌବହରରେ ତାଙ୍କର ମୂର୍ତ୍ତି ଆଉ ମିଳିଲାନି । ବହୁବର୍ଷ ପରେ ଏଠିକାର ହଟ ଆଉ ବଟ ନାମର ଦୁଇ ସୌଦାଗର ତାଙ୍କୁ ନଦୀ ବାଲୁକାରହ ଉଦ୍ଧାର କରି ନଦୀକୂଳରେ ପ୍ରତିଷ୍ଠା କଲେ । ସେଇ ସମୟରୁ ଦେବୀଙ୍କର ସକଳ ଆଶିଷ ସୁବର୍ଣ୍ଣ ଦ୍ୱୀପ କି ସ୍ୱର୍ଣ୍ଣ ଲଙ୍କା ଅଭିମୁଖେ ଗଣ୍ଠରେ ଥିବା ବୋଇତର ରକ୍ଷକ ହୋଇଥାଏ ।"

ରାଜକୁମାର କହିଲେ, "ଆମ ଶ୍ରୀଲଙ୍କା ଆଉ କଳିଙ୍ଗ ଦୁଇ ରାଜ୍ୟ କଳିଙ୍ଗାଧିବାସୀଙ୍କ ରକ୍ତ ସମ୍ପର୍କର ବାସ । ଦେଶ ଆଉ ବିଦେଶ ନୁହେଁ, ପ୍ରଥମ ଆଉ ଦ୍ୱିତୀୟ କଳିଙ୍ଗ । କଳିଙ୍ଗ ରକ୍ତର ବିଜୟ ସିଂହଳର ମୂଳ ପ୍ରତିଷ୍ଠାତା । ଆଉ ସମୟ

ସ୍ରୋତରେ ଅନେକ ସିଂହଳ ରାଜବଂଶ ଓଡ଼ିଶାର ରାଜବଂଶ ସହିତ ଏମିତି ରକ୍ତସମ୍ପର୍କୀୟ, କେହି କାହାକୁ ଦୂରେଇ ପାରିବା ସମ୍ଭବ ନୁହେଁ। ରାଜବଂଶ ସହିତ ଧର୍ମରେ ବି ସିଂହଳ କଳିଙ୍ଗର ଅନୁଗତ। ଅଶୋକବର୍ଦ୍ଧନ ନିଜର କନ୍ୟା ସଂଘମିତ୍ରାଙ୍କୁ ଅନେକ କଳିଙ୍ଗ ପରିବାର ସହ ଅନୁରାଧାପୁରର ଜମ୍ବୁପେଲାପାଟଣା ବନ୍ଦର ପଠାଇଥିଲେ। ତା'ର ଦୁଇଶହ ବର୍ଷ ଆଗରୁ ତ ବିଜୟ ସିଂହଳର ନାମକରଣ କରି ସାରିଥିଲେ। ସେତେବେଳଠାରୁ ସିଂହଳରେ ବହୁ କଳିଙ୍ଗ ପରିବାର ଅଧିବାସୀ ହୋଇସାରିଛନ୍ତି। ବୌଦ୍ଧଧର୍ମ ସିଂହଳରେ ପ୍ରଚଳିତ ହେବା ପରଠାରୁ ସିଂହଳ କଳିଙ୍ଗ ଆମ୍ଭର ସହଯୋଗୀ ହୋଇଯାଇଛି। ଆମେ ଆମ ବୋଇତରେ ବୋଇତର ରକ୍ଷକ ଦେବତା ଭାବରେ ବୋଧିସତ୍ତ୍ୱ ଅବଲୋକିତେଶ୍ୱରଙ୍କୁ ପ୍ରତିଷ୍ଠା କରି ଆମର ନୌପଥକୁ ସୁଗମ୍ୟ କରି ଆସିଛୁ। ନାବ ରକ୍ଷା ପାଇଁ କଅଣ କଳିଙ୍ଗରେ ଅବଲୋକିତେଶ୍ୱରଙ୍କୁ ଅବତାରଣା କରାଯାଏନି ?''

ନିଜ ପତ୍ନୀ କଳିଙ୍ଗ ରାଜକୁମାରୀଙ୍କ ଦେଶ ଦଶର କାହାଣୀରେ ସିଂହଳ ରାଜକୁମାର ବିକ୍ରମଙ୍କର ମନ ପୁରିଯାଉଛି।

ନବ ବିବାହିତ ରାଜ ଦମ୍ପତି। କଳିଙ୍ଗ ରାଜକୁମାରୀ ତ୍ରୈଲୋକ୍ୟସୁନ୍ଦରୀ। କଳିଙ୍ଗ ନୃପତି ଚୋଡ଼ଗଙ୍ଗଦେବଙ୍କ ଗେଲବସରିଆ କନ୍ୟା। ସିଂହଳ ରାଜକୁମାର ବିକ୍ରମ ବାହୁଙ୍କ ସହିତ ତାଙ୍କର ଶୁଭ ପରିଣୟ ଅନୁଷ୍ଠିତ ହୋଇଯାଇଛି ଦୁଇ ବର୍ଷ ତଳେ। ପୁଅଝୀ ହୋଇ ବାପଘର କଳିଙ୍ଗ ଚାଲିଆସିଛନ୍ତି ସିଂହଳରୁ। ପତ୍ନୀ ବାପଘର ଚାଲି ଆସିବା ପରେ କଳିଙ୍ଗ ଆସିବାର ଅଦମ୍ୟ କାମନା ଜାଗ୍ରତ ହୋଇଛି ବିକ୍ରମଙ୍କର। କଳିଙ୍ଗ ନୌଯାତ୍ରା କରିବାର ଆକାଂକ୍ଷା ନେଇ ଅପେକ୍ଷା କରିଛନ୍ତି ସିଂହଳରେ। କୌଣସି ନା କୌଣସି କାରଣରୁ ସିଂହଳ ପୋତ ବିକ୍ରମଙ୍କ ସାଗର ଯାତ୍ରା ପାଇଁ ପ୍ରସ୍ତୁତ ହୋଇପାରିନି। ଶେଷରେ କଳିଙ୍ଗ ଆମନ୍ତ୍ରଣରେ ଜ୍ୱାଇଁ ଡାକରା ସମ୍ମାନ ପାଇଁ ସୁସଜ୍ଜିତ ସିଂହଳ ବୋଇତ ପ୍ରସ୍ତୁତ ହୋଇଛି। କଳିଙ୍ଗ ନାବ ସହାୟକ ପଥ ପ୍ରଦର୍ଶକ ଭାବରେ ସାରଙ୍ଗ ପ୍ରେରିତ ହେବାପରେ ଅନୁରାଧାପୁରରୁ ବିକ୍ରମ ଯାତ୍ରା ଆରମ୍ଭ କରୁଛନ୍ତି।

ଆଗ୍ରହରେ ରାଜକୁମାର ବିକ୍ରମ ଶୁଣି ଆନନ୍ଦିତ ହେଉଛନ୍ତି କଳିଙ୍ଗ କାହାଣୀ।

ଖୁସିରେ ବଖାଣି ଚାଲିଛନ୍ତି ନୌଜୀବିକ ଓ ପଥ ପ୍ରଦର୍ଶକ ସାରଙ୍ଗ।

କଳିଙ୍ଗର ସମସ୍ତ ନଦନଦୀ ଜୀବନ୍ତ, ଜଳପଥରେ ଗମନାଗମନ ପାଇଁ ସୁବିଧା କରନ୍ତି ରାଜା ଓ ବ୍ୟବସାୟୀ ସୌଦାଗରମାନେ। ତାମ୍ଲୁକ ବନ୍ଦର ରାଜ୍ୟର ପ୍ରମୁଖ ବନ୍ଦର ହେଲେ ହେଁ ଏହା ଦେଶର ବହୁ ରାଜ୍ୟର ବହିର୍ଗମନର କେନ୍ଦ୍ର। କିନ୍ତୁ ରାଜ୍ୟ ରାଜଧାନୀ ଦୃଷ୍ଟିରୁ ପ୍ରାଚୀ ନଦୀର ଜଳ ପ୍ରବାହ ବିଶାଳ ପ୍ରାଚୀକୂଳ ଜନାକୀର୍ଣ୍ଣ ସଭ୍ୟତା

ଭେଦି ସାଗରକୁ ସ୍ପର୍ଶ କରୁଛି । ଏହି ପ୍ରାଚୀର ଧାର ନିଶ୍ଚୟ ଦିନକୁ ଦିନ କ୍ଷୀଣ ହେବା ଲକ୍ଷ୍ୟ କରିଛନ୍ତି କଳିଙ୍ଗର ନୌବାଣିଜ୍ୟ କରୁଥିବା ନାବିକ ଓ ସୌଦାଗର ମାନେ । ସିକନ୍ଦରଙ୍କ ଭାରତ ଆକ୍ରମଣ ପରେ ନନ୍ଦବଂଶ କଳିଙ୍ଗ ଅଧିକାର କରି, ଓଡ଼ିଶାର ଜଳସେଚନ ପାଇଁ ପ୍ରାଚୀ ନଦୀର ତିନିଶୂଳିଆ ଠାରେ ଯୋଜନା ଆରମ୍ଭ କରି ତାହା ସମ୍ପୂର୍ଣ୍ଣ କରିପାରି ନଥିଲେ ।

କଳିଙ୍ଗଯୁଦ୍ଧ ପରର କଳିଙ୍ଗ । ମହାମେଘବାହାନ ଖାରବେଳଙ୍କ ତୋଷାଲି । ତନସୁଲି (ତ୍ରିସୁଲିଆ) ଜଳସେଚନ ଓ ପ୍ରାଚୀର ଜଳପ୍ରବାହ ସୁବିଧା କରି ନୌଚାଳନର ପଥ ସୁଗମ କରିଥିଲେ । କଳିଙ୍ଗର ଜଳସେଚନ ଆଉ ନୌବହର ପାଇଁ ପ୍ରାଚୀ ଥିଲା ତାଙ୍କର ସ୍ୱପ୍ନର ସମ୍ଭାର । ରାଜକୁମାର ବିକ୍ରମ ଆଶ୍ଚର୍ଯ୍ୟ ହେଲେ ଏହି ବହୁ ପୁରାତନ ନଦୀଟିର ଐତିହ୍ୟ ଶୁଣିବା ପରେ । କହିଲେ, ଏହି ନଦୀର ପାଣି ଆଜିର ବସନ୍ତ ଋତୁରେ ଯେମିତି ଈଷତ୍ ସବୁଜ ବର୍ଣ୍ଣ ଧାରଣ କରିଛି, ଏହା ଜୀବନପ୍ରବାହର ସୂଚନା ଦିଏ ।

ହଠାତ୍ କହି ଉଠିଲେ ଯୁବରାଜ, "ମୋର ମନେ ହେଉଛି ଦୁନିଆର ସବୁ ସୌନ୍ଦର୍ଯ୍ୟ ଆଉ ମାଧୁର୍ଯ୍ୟ ପ୍ରକୃତି ଢାଲି ଦେଇଛି ଏଠାରେ ।"

ନୌଜୀବିକ ସାରଙ୍ଗ ଉତ୍ତର ଦିଅନ୍ତି, "ଏହି ନଦୀଟିର ଧର୍ମ-ମୁଖରତା ଏତେ ବେଶୀ ଯେ ଏଠି ରାଜକୁମାର ଦେଖିବେ କେତେ କାର୍ଯ୍ୟ ଆପଣଙ୍କୁ ଭାବ ବିହ୍ୱଳିତ କରିଦେବ । ଦୁନିଆ ଆରମ୍ଭ ପୂର୍ବରୁ ଏଇ ପ୍ରାଚୀନ ନଦୀ ହେଉଛି କଳିଙ୍ଗ ପୁଣ୍ୟତୋୟା ଗଙ୍ଗା । ଲୋକ ଜାଣନ୍ତି ଏହା ଭାଗୀରଥୀ ଗଙ୍ଗାଠାରୁ ଶହେ ବର୍ଷ ବୟସରେ ବଡ଼ । ନଦୀର ପୂର୍ବ ପଶ୍ଚିମ ଧାରରେ ସ୍ନାନ ନେଇଛନ୍ତି ବିଶ୍ୱାମିତ୍ର ଓ ଅନେକ ବୈଦିକ ମୁନି ଋଷି । ପରେ ପରେ ପ୍ରାଚୀକୂଳକୁ ଧାଇଁ ଆସିଛନ୍ତି ଦେଶର ଉତ୍ତରରୁ ଜୈନ, ବୁଦ୍ଧ ଆଉ ସନାତନ ଧର୍ମର ସବୁ ସ୍ରୋତ । ପୁଣି ଦିନକୁ ଦିନ ସମୃଦ୍ଧ ହୁଅନ୍ତି କେତେବେଳେ ଏକାମ୍ର ଶୈବ ଧର୍ମ ଧାରଣାର ପ୍ରବହମାନ ସ୍ରୋତରେ । କେତେବେଳେ ଜୈନ ତ କେତେବେଳେ ବୌଦ୍ଧ ଭାବଧାରାରେ । ଆଉ କେବେ ବିବର୍ତ୍ତିତ ହୁଅନ୍ତି ଶୈବ ଭାବରେ । ସେଇ ଅବଲୋକିତେଶ୍ୱର ହୋଇଯାଆନ୍ତି ଶିବ । ଆଜି ନୂତନ ଭାବରେ ମୃଦୁମଳୟ ବୋହୁଛି ଲୋକପ୍ରିୟ ବୈଷ୍ଣବଧର୍ମ ଝଙ୍କାରରେ । ଚାଲନ୍ତୁ ଦେଖିବେ ଆପଣଙ୍କ ଧର୍ମପ୍ନୀଙ୍କ ବଂଶଜ କେଉଁ ଧର୍ମକୁ ପ୍ରୋତ୍ସାହନ ଦେବାକୁ ଲାଗିଛନ୍ତି । ପୁରୁଷୋତ୍ତମରେ କେତେ ବିଶାଳ ନଭଶ୍ଚୁମ୍ବୀ ମନ୍ଦିର ଶୁଭ ନିର୍ମାଣରେ ମନୋନିବେଶ କରି ବସିଛନ୍ତି ।"

କାନ ଡେରି ଶୁଣୁଥିଲେ ରାଜକୁମାର । ପଚାରିଲେ, "ରହ ରହ ସାରଙ୍ଗ । ସତରେ କଳିଙ୍ଗରେ ଧର୍ମ କଡ଼ ଲେଉଟାଉଛି ? ଆମେ ତ କଳିଙ୍ଗ ସମର୍ପି ଦେଇଥିବା

ବୁଦ୍ଧଙ୍କ ଆଦର୍ଶରେ ନିମଗ୍ନ। ବୌଦ୍ଧ ଧର୍ମ ଗବେଷଣାରେ କଳିଙ୍ଗର ପଟାନ୍ତର ନାହିଁ। କାହିଁକି ବୌଦ୍ଧଧର୍ମର ଷୋଳକଳା ଧରି ରଖିଥିବା ଏହି କଳିଙ୍ଗମାଟି ଧର୍ମଟିକୁ ପରିହାର କରିବା ଅବସ୍ଥାକୁ ଆସିଲା ?”

ନୌଜୀବିକ ସାରଙ୍ଗ ଉତ୍ତର ଦେଲେ, ‘‘ରାଜକୁମାର ! ଏହି ପ୍ରାଚୀ ନଦୀର ଧାର ହିଁ ଆପଣଙ୍କୁ ସବୁର ଉତ୍ତର ଦେବ। ଉଜାଣିରେ ଉତ୍ତର ଦିଗକୁ ଯିବା ରାସ୍ତାରେ ମୁଁ ସୂଚାଇଦେବି କିପରି ପୁରାତନ ବୌଦ୍ଧକୀର୍ତ୍ତି, ଜୈନ ଧର୍ମରାଜି ସବୁ ରାଧା-ମାଧବ କ୍ଷେତ୍ରରେ ପରିଣତ ହୋଇଯାଇଛି। ବିଗତ କେତେ କାଳ ଧରି ବୌଦ୍ଧ ଆଉ ଜୈନପ୍ରାଧାନ୍ୟ କଳିଙ୍ଗରେ ପ୍ରତିଷ୍ଠିତ ହୋଇଛି ବିରଜା କ୍ଷେତ୍ର ଦିଗରୁ ଉଦ୍‌ଭବ ଶୈବଧର୍ମ। ରାଜ୍ୟର ଶେଷ ବୌଦ୍ଧ ପ୍ରବର୍ତ୍ତିତ ହୋଇଯାଇଛନ୍ତି ଶୈବ ଭାବରେ।’’

ରାଜକୁମାର ନିଜକୁ କ୍ଷଣିକ ପାଇଁ ଅପ୍ରସ୍ତୁତ ମନେକଲେ। କହିଲେ, ‘‘ମୋ ମତରେ ଆମେ ଯେଉଁ ଧର୍ମ ନାଁ ନେଲେ କଅଣ ହେଲା, ଅବଲୋକିତେଶ୍ୱର ବୌଦ୍ଧ କି ଶୈବ ହୁଅନ୍ତୁ। ମାନବ ସମାଜର ଉପକାର କରୁଥିବା ପ୍ରତିଟି ଧର୍ମ ଭିତରେ କିଛି ପ୍ରଭେଦ ନାହିଁ। ମଣିଷ ମନରେ ଅଧ୍ୟାତ୍ମଭାବ ଉତ୍ପନ୍ନ କରିବା ହିଁ ଧାର୍ମିକ ବ୍ୟକ୍ତିର ମହନୀୟତା। ଶିକ୍ଷା, ଚେତନା ଆଉ ମାନବିକତାର ମନ୍ତ୍ର।

‘‘କୁହ ସମର୍ଥ ସାରଙ୍ଗ, କଳିଙ୍ଗର ଆଉ କେତେ ନୂଆ ନୂଆ କଥା।’’

ଅଳ୍ପ ସମୟ ପରେ ସାରଙ୍ଗ କହିଲେ, ‘‘ରାଜକୁମାର ଆମେ ତ ଏବେ ଗୋଟିଏ ବଦ୍ଧିତ କ୍ଷେତ୍ର ପାର୍ଶ୍ୱଦେଇ ଅଗ୍ରସର ହେଉଛେ। ଆପଣ କାନ ଟେରି ଟିକିଏ ଉତ୍ତର ଦିଗରୁ ବହି ଆସୁଥିବା ସୁଲଳିତ ସ୍ୱର ସମ୍ଭାର ଶୁଣନ୍ତୁ। କେତେ ସମୟ ପାଇଁ ଭୁଲିଯିବେ ଦୁନିଆକୁ। ଆପଣଙ୍କ ମାତୃଭାଷା ମୂଳ ପାଲି, କିନ୍ତୁ ଯାହା ବି ହୋଇଥାଉ ଆପଣଙ୍କ ମାତୃଭାଷା ଆପଣ ଲାଳିତ୍ୟ ଆଉ ଲହରରୁ ଅନୁଭବ କରିପାରିବେ ପଦ୍ୟର ମର୍ମ। ପ୍ରକୃତିର ସର୍ବପ୍ରିୟ ସ୍ୱର ଆଉ ଲାଳିତ୍ୟ ସହିତ ବୋଧଗମ୍ୟ ଭାଷା ଆପଣଙ୍କୁ ବିମୋହିତ କରିବ। ଏହା ଜୟଦେବ ପଦ୍ମାବତୀଙ୍କ ନିବାସ କେନ୍ଦୁବିଲ୍ୱ ଧାମ। ଦୁନିଆର ସମସ୍ତ ଦେବଦେବୀଙ୍କ ଆଦୃତ ଗୀତ ଗୋବିନ୍ଦର ଲହରିର ମନମୋହିନୀ ମନ୍ତ୍ର। ଏଠି ସ୍ୱୟଂ ପତିତପାବନ କେଉଁ ବୃକ୍ଷ ଆଉଆଳରୁ କାନ ଡେରିଥିବେ ଗୀତ-ଗୋବିନ୍ଦ ପଦ ଶୁଣିବାକୁ !’’

ରାଜକୁମାର ବିମୋହିତ ହୋଇ ଉଠିଲେ। କହିଲେ, ‘‘ସତରେ ସାରଙ୍ଗ ! ଏହି ସ୍ୱରତରଙ୍ଗ ଦୁନିଆକୁ ବୈଷ୍ଣବ କରିଦେବ !’’

କହିଚାଲିଲେ ରାଜକୁମାର, ‘‘ସାରଙ୍ଗ, ଶୁଣାଅ ମୋତେ ସବୁ କଳିଙ୍ଗ କାହାଣୀ।

ମୁଁ ଏବେ ତୁମର କାହାଣୀ ଶୁଣିବି, ମୋତେ ମୋର ପ୍ରାଣପ୍ରିୟା ସୁନ୍ଦରୀଙ୍କ ରାଇଜର କାହାଣୀ, ସାରଙ୍ଗଗଡ଼ର କାହାଣୀ, କଳାପ୍ରେମୀ ଉତ୍କଳୀୟଙ୍କ କାହାଣୀ ଆଉ ବୋଇତଭରା ପଣ୍ୟ ନେଇ ସୁବର୍ଣ୍ଣ ଦ୍ୱୀପ ଓ ତାମ୍ରପର୍ଣ୍ଣୀ ଯାଉଥିବା ସାଧବ ଓ ନାବିକଙ୍କ କାହାଣୀ ।"

ସାରଙ୍ଗା କହିବାକୁ ଲାଗିଲେ, "ଆଉ ଅଳ୍ପଦୂର ଗଲେ ବାମପାର୍ଶ୍ୱରେ ଅନତି ଦୂରରେ ପଡ଼ିବ ଏକାମ୍ର କ୍ଷେତ୍ର । ଏବେ ଦିନ କେତେଟା ହେବ ନୂତନ ନାମ ଭୁବନେଶ୍ୱର । ଆଗରୁ ଏଠାରେ କେଶରୀ ବଂଶର ନୃପତି ଲଲାଟେନ୍ଦୁ ନାମକରଣ କଲେ ଭୁବନେଶ୍ୱର । ମାଲମାଲ ମନ୍ଦିର ଗଢ଼ିଉଠିଛି ଏଠାରେ ଆଜି ଦିନରେ । କୃତ୍ତିବାସ ନାମରେ ଆବିର୍ଭୂତ ଏଠିକାର ଶିବ ଲୋକମୁଖରେ ଲିଙ୍ଗରାଜ । ରାଜକୁମାର ଆପଣଙ୍କ ଶଶୁର ପୁରୁଷୋତ୍ତମରେ ବେଶୀ ମନଧ୍ୟାନ ଦେବା ବେଳକୁ ଶଳା ଅନଙ୍ଗଭୀମ ଯେତିକି ଏକାମ୍ରପ୍ରେମୀ ସେତିକି ପୁରୁଷୋତ୍ତମ ପ୍ରେମୀ । ସମତୁଲ କରିବାକୁ ଚାହାନ୍ତି ଏହି ଶୈବ କ୍ଷେତ୍ରକୁ । ଶୈବ ଓ ବୈଷ୍ଣବର ସମ୍ମିଶ୍ରଣ କରିବାକୁ । ଏହା ଭିତରେ ଗଢ଼ିବାକୁ ଚାହାନ୍ତି ଶ୍ରୀଜଗନ୍ନାଥଙ୍କୁ ! ଏହି କୃତ୍ତିବାସ ଶିବମନ୍ଦିରର ଶିଖର ପତାକା ଶିବ ତ୍ରିଶୂଳ ନୁହେଁ, ଏହା ପୁରୁଷୋତ୍ତମ ଚକ୍ର ଆଉ ତ୍ରିଶୂଳର ସମାହାର ମାତ୍ର ।

"ଆସନ୍ତୁ ରାଜକୁମାର ପ୍ରାଚୀ ପ୍ରତିକୂଲରେ ଆମର ବୋଇତ ଅଳ୍ପ ସମୟରେ ପହଞ୍ଚିବ ସାରଙ୍ଗଗଡ଼ରେ । ଶୁଣନ୍ତୁ ଏହି ଅଞ୍ଚଳର ତଥ୍ୟ । ଦୁଇଶହ ବର୍ଷ ତଳର ଉତ୍କଳ ଓ ଭୁବନେଶ୍ୱର । ସୋମବଂଶୀ କେଶରୀମାନଙ୍କର କାଲଚୁରୀ ଆକ୍ରମଣରେ ସମ୍ବଲପୁର କୋଶଳରୁ ପୂର୍ବଦିଗକୁ ଅପସାରଣ ଓ ଉତ୍କଳରେ ଶାସକ ଭାବରେ ଆବିର୍ଭାବର କାଳ । ରାଜଧାନୀ ବିନିକାରୁ ବିରଜାକ୍ଷେତ୍ରକୁ ପରିବର୍ତ୍ତନ । ଭାରତବର୍ଷ ତୁହାକୁତୁହା ଯବନ ଆକ୍ରମଣ । ତୋଗଲକ, ଖିଲିଜି ଆଉ କେତେ କେତେ ପଶ୍ଚିମା ଯବନ ଶକ୍ତିରେ ପରାହତ ଉତ୍ତର ଭାରତ । ଚୋରାଛପା ଆକ୍ରମଣ ଓ ଗୁପ୍ତ ଷଡ଼ଯନ୍ତ୍ରଭିତ୍ତିକ ଆତ୍ମରକ୍ଷା । ଦିଲ୍ଲୀ ଦୌଲତାବାଦ ମାଣ୍ଡୋ ସବୁଠାରେ ଗଡ଼, ଗଡ଼ଖାଇ, ସୁଡ଼ଙ୍ଗ ଆଉ ଆତ୍ମରକ୍ଷାର କୌଶଳରେ ନିର୍ମିତ ରାସ୍ତା ।

"କଳିଙ୍ଗର ଉତ୍ତର ପଡ଼ୋଶୀ ବଙ୍ଗଳାରେ କେତେ ଶତାବ୍ଦୀ ଧରି ଯବନ ଶାସନ ।। ଅମାନୁଷିକ ଅମାନବିକ ପ୍ରତିମା ବିଧ୍ୱଂସୀ ଯବନମାନେ ଯଦି ଥରେ କଳିଙ୍ଗରେ ପଶିଯିବେ, ଲାଞ୍ଛିବେ ଜଗନ୍ନାଥଙ୍କ ଠାରେ, ତାଙ୍କର ରତ୍ନଭଣ୍ଡାରରେ ।

"ଏହି ଭୟ ଦିନେ ସୋମବଂଶୀ ଶାସକଙ୍କ ନିଦ ହଜାଇ ଦେଇଥିଲା । କେଶରୀ ରାଜାମାନେ ଅତି ବଳଶାଳୀ ନଥିଲେ ବି ଜନପ୍ରିୟ ଓ କଳାଭାସ୍କର୍ଯ୍ୟପ୍ରିୟ ଥିବା ନିଶ୍ଚିତ । ସେମାନେ ନିଜ ରାଜ୍ୟର ଶକ୍ତି ଆକଳନ କରି ଗୋଟିଏ ସୁଦୃଢ଼ ଗୁପ୍ତ ଆଶ୍ରୟ ଖୋଜିବା

ଆଲକେ ନିଜ ରାଜ୍ୟର ସ୍ଥିତ ଓ ପରିତ୍ୟକ୍ତ ଗଡଗୁଡ଼ିକର ସମୀକ୍ଷା କରିଛନ୍ତି । ସେମାନେ ନିଷ୍ଠିତ, ଏହି କଳିଙ୍ଗର ସାମରିକ ଜାତି ନିଜ ସାମରିକତା ବୃଦ୍ଧିପାଇଁ ଅନେକ ପ୍ରାକୃତିକ ପରିବେଶ ବାଛି ନେଇଥିବେ, ଗଡ଼, ଗଡ଼ଖାଇ, ପ୍ରଶିକ୍ଷଣ, ସେନାର ବିନ୍ୟାସରେ ବିଭିନ୍ନବର୍ଗର ଅଭିଜ୍ଞତା ଆଦିକୁ ସୁଧାରି ଉକ୍କଳ ନିମନ୍ତେ ସଂଗଠନ କରିଥିବେ ।

"ସେଇ ସୂତ୍ରରେ ସେମାନେ ଗୋଟିଗୋଟି କରି ତନଖିଛନ୍ତି ଶତାଧିକ ବର୍ଷରୁ ତିଷ୍ଠି ରହିଥିବା ଶିଶୁପାଳଗଡ଼, ବଡ଼ଗଡ଼, ଭଁଆରାଗଡ଼, ସାରଙ୍ଗଗଡ, ଚୂଡଙ୍ଗଗଡ଼, ବାଲିଅନ୍ତା ଗଡ଼, ସେରଗଡ଼, ଗୁଆଲିଗଡ଼ ଓ ଗଙ୍ଗେଶ୍ୱରଗଡ଼ । ଏଗୁଡ଼ିକ ମଧ୍ୟରୁ ଗୁପ୍ତଆଶ୍ରୟ ଓ ସାମରିକଶକ୍ତି ବର୍ଦ୍ଧନ ପାଇଁ ବାଛିଛନ୍ତି ଚୂଡଙ୍ଗଗଡ଼ । ସାରଙ୍ଗଗଡ଼ । କଳିଙ୍ଗ ଉକ୍କଳକୁ ପ୍ରକୃତିଦତ୍ତ ଗୁପ୍ତ ଆଶ୍ରୟର ନିର୍ଭୟ ସ୍ଥାନ !

"ଦେଖିଲେ ମନେହୁଏ, ଏହା ଅନନ୍ତକାଳରୁ ଅତି ପୁରାତନ କଳିଙ୍ଗ ସାମରିକତାର ପ୍ରାଣକେନ୍ଦ୍ର, ସମ୍ଭବତଃ ଖାରବେଳ କି ତା'ର ବହୁ ପୂର୍ବରୁ ଏଇ ଅଞ୍ଚଳର ସାମରିକ ପ୍ରଶିକ୍ଷଣ ଓ ଗଜଶକ୍ତିର ବିକାଶକେନ୍ଦ୍ର ଭାବରେ ଗୁପ୍ତରେ ରହିଆସିଛି । ଏହାର ପ୍ରାକୃତିକ ପାହାଡ଼ ପର୍ବତ ଘେରା ନିରାପଦ ପରିବେଶ ମହାନଦୀରୁ ନିର୍ଗତ ଶକ୍ତ ଜଳଧାରାର ପ୍ରାଚୀ ନଦୀ ଏହାକୁ ଅତି ନିରାପଦ ବୋଲି ନିର୍ଭୟ ଦେଉଛି ।

"ଏହି ସ୍ଥାନର ଗୋଟିଏ ଭୟ ହେଉଛି ଭୟଙ୍କର ସାପଗୁଡ଼ିକର ଉପସ୍ଥିତି । ସନ୍ନିକଟ ବସତିମାନଙ୍କରେ ବହୁ ସର୍ପାଘାତ କେଶରୀ ରାଜାଙ୍କୁ ବ୍ୟଥିତ କରିଥିଲା । ବହୁ ଚିନ୍ତାକରି ପଦ୍ମକେଶରୀ ଦକ୍ଷିଣ ରାଜ୍ୟରୁ କେତେକ ସାପଧରାଲି ବଂଶଧରଙ୍କୁ ଗୋଟିଏ ପଡ଼ାରେ ଆଶ୍ରୟ ଦେଇଥିଲେ ଦଶମ ଶତାଦ୍ଦୀରୁ ।

"ଏମିତି ସୋମବଂଶୀ ରାଜାମାନେ ଏହାକୁ ନିର୍ଭୟସ୍ଥାନ ମଣି ଏଠାରେ ବି ସାମୟିକ ବାସ କରିବାର ପ୍ରମାଣ ରଖିଯାଇଛନ୍ତି । ଏମିତି କି ଏହି ଗଡ଼ରୁ ଗୁପ୍ତରାସ୍ତାରେ ବାହାରି ଅଶ୍ୱାରୋହୀ ପଦ୍ମ କେଶରୀ ସାରଙ୍ଗଗଡ଼ ନିର୍ଗତ ପଥରୁ ଦୁଇ ଯୋଜନ ରାସ୍ତା ଅତିକ୍ରମ କରି ସସ୍ତ୍ରୀକ ଲିଙ୍ଗରାଜ ଦର୍ଶନ ପାଇଁ ପ୍ରତ୍ୟହ ଯିବାର କିମ୍ଵଦନ୍ତୀ ରହିଛି । ନିବିଡ଼ ଅରଣ୍ୟ, ତଦାନୀନ୍ତନ ପ୍ରାଚୀ ନଦୀର ନିର୍ମଳ ଜଳଧାର ସାରଙ୍ଗଗଡ଼ର ଉତ୍ତରପାର୍ଶ୍ୱ ଗଡ଼ଖାଇର କବଚ, ଅନ୍ୟ ଦିଗରେ ପାହାଡ଼ର ଘେର ଦିଏ ପ୍ରବଳ ପ୍ରତିବନ୍ଧ । ପୁରୁଷ ପୁରୁଷ ଅଭିଜ୍ଞତାରୁ ରାଜକୀୟ ଉଦ୍ୟମରେ ବିଶାଳକାୟ ପଥରଖଣ୍ଡରେ ୨୦ ରୁ ୨୫ ଫୁଟ ଉଚ୍ଚର ବରାଟ ପାଚେରି ଦଣ୍ଡାୟମାନ । ଏହି ସାରଙ୍ଗଗଡ଼ କେଶରୀ ଓ ଗଙ୍ଗ ସାମ୍ରାଜ୍ୟର ଜୀବନ ନାଟିକା । ପୁଣି ଗଡ଼ଟିର ଚାରିପାଖେ ଗଭୀର ଆଉ ଚଉଡ଼ା ଗଡ଼ଖାଇ । ବହୁ ହ୍ରଦ ଓ ଜଳାଶୟରେ ଭରପୂର ଗଡ଼ । ପ୍ରତିରକ୍ଷାର ସକଳ କୌଶଳ ଭରି ରହିଛି ଏଠାରେ ।

“ଅନୁମାନ କରାଯାଏ, ପରିତ୍ୟକ୍ତ ଏହି ପ୍ରାକୃତିକ ଅଭୟସ୍ଥାନକୁ କେଶରୀ ବଂଶର ସାରଙ୍ଗ କେଶରୀ ପରିକଳ୍ପନା କରିଥିଲେ। ଏଠାରର ପ୍ରାକୃତିକ ପଦ୍ମ ପୋଖରୀଗୁଡ଼ିକ ସାରଙ୍ଗ କେଶରୀଙ୍କୁ ଅପୂର୍ବ ଆନନ୍ଦ ଦେଉଥିଲା। ପଦ୍ମର ଅନ୍ୟ ନାମ ବି ସାରଙ୍ଗ। ଦ୍ୱିଅର୍ଥରେ ଏହି ଗଡ଼ଟିର ନାମ ଦିଆଗଲା ସାରଙ୍ଗଗଡ଼। ସେଇ ସାରଙ୍ଗ ଶିଘ୍ର ଦିନେ ଅପଭ୍ରଂଶ ହୋଇ ବାରଙ୍ଗ ହୋଇଛି, ତାହା ମାନିବାକୁ ପଡ଼ିବ। ଏହି ଗିରିଦୁର୍ଗକୁ ଦେଖିଲେ ଯେ କେହି ପର୍ଯ୍ୟଟକ ବିସ୍ମୟାଭିଭୂତ ହୋଇପଡ଼ିବେ। ସାରଙ୍ଗ କେଶରୀଙ୍କ ପରଠାରୁ ପଦ୍ମ କେଶରୀଙ୍କ ପର୍ଯ୍ୟନ୍ତ ସବୁ ଉତ୍କଳ ସମ୍ରାଟ ଏହି ଗଡ଼ ଉପରେ ନିର୍ଭରଶୀଳ ଥିଲେ। ଶେଷ କେଶରୀ ନୃପତି ପଦ୍ମ କେଶରୀଙ୍କଠାରୁ ଚୋଡ଼ଗଙ୍ଗ ଦେବ ତ୍ରିକଳିଙ୍ଗ ଅଧିକାର କରି ବି ଏଠାରେ ଆପଦ ସମୟରେ ଗୁପ୍ତରେ ବସବାସ କରିବାର ଉଦାହରଣ ଦିଆଯାଇଛି।”

କଥା ଭିତରେ ବହୁ ପଥ ଅତିକ୍ରମ କରି ସିଂହଳ ବୋଇତ ସିଂହବାହିନୀ ଗଡ଼ ପରିସର ଭିତରକୁ ଆସିଗଲାଣି। କିନ୍ତୁ ଏ କଅଣ, ରାଜାଙ୍କର ସବୁ ନୌବହର କାହିଁକି ସତର୍କ ହୋଇ ରହିଛନ୍ତି।

ଉରିଯାଉଛନ୍ତି ସିଂହଳ ରାଜକୁମାର, କଳିଙ୍ଗ ଜାମାତା ବିକ୍ରମ ! ଜ୍ୱାଇଁଙ୍କୁ ନିମନ୍ତ୍ରଣ କରି କଅଣ ଏମିତି ସ୍ୱାଗତ ପ୍ରଥା ରହିଛି କଳିଙ୍ଗରେ ?

ନୌଜୀବିକ ସାରଙ୍ଗ ସୁନ୍ଦର ପଥପ୍ରଦର୍ଶକ ବୋଲି ତାଙ୍କ ନାମ ଦିଗଦର୍ଶକ ସାରଙ୍ଗ । ସିଏ ଜାଣିନେଲେ ରାଜକୁମାରଙ୍କ ମନକଥା ।

କହିଲେ, "ରାଜକୁମାର, କିଛି ଭୁଲ୍ ବୁଝନ୍ତୁ ନାହିଁ । ଏହି ଅତଳ ଗଣ୍ଡଟି ହେଉଛି କଳିଙ୍ଗର ବୋଇତବୁଡ଼ା ଗଣ୍ଡ । ଏଠି କେତେ ବୋଇତ ବୁଡ଼ିଯିବାର ଦେଖାଯାଇଛି । ଆପଣଙ୍କୁ ନିରାପଦରେ ଗଡ଼କୁ ନେବାକୁ ସମସ୍ତ ନୌବହର ସତର୍କ ପ୍ରହରୀ ଭାବରେ ଦଣ୍ଡାୟମାନ ।"

ଏହି ସମୟରେ ଗଡ଼ ମୁହଁରୁ ହରିବୋଲ ହୁଳହୁଳି ସହିତ କଳିଙ୍ଗ ବାଇଦର ଆଗମନୀ ଶୁଣାଗଲା । କଳିଙ୍ଗକନ୍ୟାମାନେ କାଠଚମ୍ପା ଫୁଲର ସରୁ ମାଳ ଧରି ଆଗନ୍ତୁକଙ୍କୁ ସ୍ୱାଗତ କରିବାକୁ ଦଣ୍ଡାୟମାନ ହୋଇଥିବାର ଦେଖାଗଲା ।

ସାରଙ୍ଗ ଧୀରେ ଧୀରେ ରାଜକୁମାରଙ୍କ କାନରେ କହିଲେ "ରାଜକୁମାର ଆପଣଙ୍କୁ ରାଜନବର ତଥା କଳିଙ୍ଗ ଗୁପ୍ତ ସାମରିକ ଘାଟିକୁ ସ୍ୱାଗତଂ ।"

ଲୋଲୁପ ଯବନକୁ ପାନେ

ଗ୍ରୀସ୍ ଦେଶରେ ସ୍ପାର୍ଟାର ରାଜକୁମାରୀ ହେଲେନଙ୍କୁ ଟ୍ରୟ ରାଜ୍ୟର ରାଜକୁମାର ପାରିସ୍ ଅପହରଣ କଲା ପରେ ଗ୍ରୀସ୍ ରାଜ୍ୟର ଶିରି ତୁଟିଗଲା । ଗ୍ରୀସ୍ ସମର ବାହିନୀ ଓଡ଼ିସିୟସ୍‌ଙ୍କ ସେନାପତିତ୍ୱରେ ଆକ୍ରମଣ ଆରମ୍ଭ କରିଦେଲେ । ଅନେକଗୁଡ଼ିଏ ନୌକାରେ ସୈନ୍ୟମାନେ ଟ୍ରୟ ଦ୍ୱୀପରେ ପହଞ୍ଚିଲେ, ମାତ୍ର ଟ୍ରୟ ଭିତରକୁ ପଶିବା କାଠିକର ବ୍ୟାପାର । ବିଶାଳ ପ୍ରାଚୀର ଦ୍ୱାରଗୁଡ଼ିକ ବନ୍ଦ ରହିଛି, ପଶିବାର କୌଣସି ଉପାୟନାହିଁ । ଓଡ଼ିସିୟସ୍‌ଙ୍କ ମୁଣ୍ଡରେ ବୁଦ୍ଧିପଶିଲା । ସେ ଯେମିତି ଗୋଟିଏ କୌଶଳୀ ଯୁଦ୍ଧ ରଚନା କଲେ ତାହା ଗ୍ରୀସର ଲୋକକଥା ହୋଇ ରହିଛି । ତାହା 'ଟ୍ରୋଜାନ୍ ହର୍ଷ' ବା 'ଟ୍ରୋଜାନ୍ କାଠଘୋଡ଼ା' । ଏହା ଗ୍ରୀସ୍ ଏବଂ ଟ୍ରୟ ରାଜ୍ୟ ମଧ୍ୟରେ ହୋଇଥିବା ଯୁଦ୍ଧର ଏକ କାହାଣୀ, ମାତ୍ର ତାହାର ସତ୍ୟତା ପ୍ରତିପାଦିତ ହୋଇନି । ମାତ୍ର ଯୁଦ୍ଧକୌଶଳ ଏମିତି ଚତୁରତାପୂର୍ଣ୍ଣ ଜଣେ ସାବାସି ନ ଦେଇ ରହିପାରିବନି । ଏହି ଯୁଦ୍ଧରେ ଗ୍ରୀସ୍ ବିପକ୍ଷ ଟ୍ରୟରାଜ୍ୟ ଭିତରକୁ ପଶିପାରି ନଥିଲା । ବହୁ ପ୍ରତୀକ୍ଷା କଲା ପରେ ଯୁଦ୍ଧ କ୍ଷେତ୍ରରେ ଗୋଟିଏ କାଠର କାଠଘୋଡ଼ା ପ୍ରସ୍ତୁତ କଲା । ବିଶାଳକାୟ ଘୋଡ଼ା, ଯୁଦ୍ଧକ୍ଷେତ୍ରରେ ଛାଡ଼ିଦେଇ ଗ୍ରୀସ୍ ସେନାପତି, ସୈନ୍ୟସାମନ୍ତ ନିଜ ଭେଳାରେ ଗ୍ରୀସ୍ ଲେଉଟିବା ଦେଖାଗଲା । ଟ୍ରୟବାସୀ ଯୁଦ୍ଧରେ ଜିତିବାର ଗର୍ବ କରି ଗ୍ରିକ୍‌ବାହିନୀ ଛାଡ଼ିଯାଇଥିବା କାଠଘୋଡ଼ାକୁ ଟ୍ରୟର ରାଜଧାନୀ ଟ୍ରୋଜାନ୍‌କୁ ଟାଣିନେଲେ । ଅନ୍ଧ ସମୟରେ ନିଛାଟିଆ ବେଳେ ସେଇ ବିଶାଳ କାଠଘୋଡ଼ାରୁ ଅନୂ୍ୟନ ତିରିଶ ସୈନ୍ୟ ବାହାରି ଗେଟ୍‌ଗୁଡ଼ିକ ଖୋଲିଦେଲେ । ଲେଉଟିଯାଉଥିବାର ଅଭିନୟ କରୁଥିବା ଗ୍ରୀସ୍ ସେନାବାହିନୀ ଟ୍ରୟ ରାଜ୍ୟ ଉପରେ କୁଦି ପଡ଼ିଲେ, ଯୁଦ୍ଧରେ ସହଜ ବିଜୟ ଲାଭକରି ଥିଲେ । ଇତିହାସ ପୃଷ୍ଠାରେ ଟ୍ରୋଜାନ୍ କାଠଘୋଡ଼ାଫାର୍ସକୁ ବିଶ୍ୱବିଦ୍ୟାଳୟ ବିଶାରଦ ଏକ ସତ୍ୟ ଘଟଣା ଭାବରେ ନନେଇ ଏହା ଗ୍ରୀସ୍ ରାଜ୍ୟର ଗୋଟିଏ ଲୋକକଥା ବୋଲି କହନ୍ତି ।

ଏହି ଖ୍ରୀଷ୍ଟପୂର୍ବ ୧୧୮୪ର ଘଟଣା ବା ଲୋକକଥା ଗ୍ରୀସ୍ ମଧ୍ୟରେ ସୀମିତ ଥିବାବେଳେ ଆମ ଓଡ଼ିଆ ସାମରିକ ବାହିନୀ ଅନ୍ତତଃ ତାହାର ଅଢ଼େଇ ହଜାର ବର୍ଷ ପରେ ଦିନେ ସତକୁ ସତ ସେହିପରି ଗୋଟିଏ ପନ୍ଥା ପ୍ରୟୋଗ କରି ବଳବାନ୍ ଅସ୍ତ୍ରଶସ୍ତ୍ରସମ୍ପନ୍ନ ବିଦେଶୀ ବିଜାତୀୟ ଶତ୍ରୁକୁ ସମ୍ପୂର୍ଣ୍ଣ ଭାବରେ ପରାସ୍ତ କରିଥିଲେ। ଏହି ଘଟଣା ଆମ ଓଡ଼ିଆ ଜାତିର ବାହାପିଆ କଥା ନୁହେଁ, ଏହା ସେହି ଯବନମାନଙ୍କ ସହଯାତ୍ରୀ ପାର୍ଶୀ 'ତବାକତ୍‍-ଇ-ନିସାରି' ଇତିହାସ ରଚୟିତା ମିହ୍ନାଜ୍ ଉଦ୍ ସିରାଜ୍ ହିଁ ଆଖିଦେଖା ଘଟଣା ଭାବରେ ଓଡ଼ିଆ ଖଣ୍ଡାୟତମାନଙ୍କ ଚତୁରତା ବୋଲି ବର୍ଣ୍ଣିଛନ୍ତି।

ଆମମାନଙ୍କର ସେହି ଘଟଣା ଉପରେ ଆଲୋକପାତ କରି ପୂର୍ବପୁରୁଷଙ୍କର ଯୁଦ୍ଧପ୍ରଣାଳୀ ବିଷୟରେ ଗର୍ବିତ ହେବାର ଆବଶ୍ୟକତା ରହିଛି।

ଯୁଗଯୁଗ ଧରି ରାଜ୍ୟରାଜ୍ୟ ମଧ୍ୟରେ ସୀମାବିବାଦ ଓ ରାଜ୍ୟ ଅଧିକାର ତ ଦୁନିଆର ନୀତି। କଳିଙ୍ଗ ଅବା ଓଡ଼ିଶାର ଯେତେକ ନୃପତି ଅଛନ୍ତି, ସମସ୍ତେ ନିଜ ସାମ୍ରାଜ୍ୟର ସୀମାରେଖା ସୁରକ୍ଷିତ ରଖିବାର ମନୋଭାବ ରଖନ୍ତି, କିନ୍ତୁ ସ୍ୱଚ୍ଛ ରାଜା ଶତ୍ରୁର ମୂଳୋପ୍ରାଟନ ନିମନ୍ତେ ଆକ୍ରମକ ହୁଅନ୍ତି। ଅବଶ୍ୟ ସେଥିପାଇଁ ସେମାନଙ୍କୁ ଯଥେଷ୍ଟ ପ୍ରସ୍ତୁତ କରିବାକୁ ପଡ଼େ; ରାଜ୍ୟର ଯଥେଷ୍ଟ ମାନବ ଓ ପଶୁ ସମ୍ବଳ ସଂଗ୍ରହ କରି ପ୍ରଶିକ୍ଷଣ ଦେବାର ବ୍ୟବସ୍ଥା କରନ୍ତି। ଏମିତି ସ୍ୱଚ୍ଛସଂଖ୍ୟକ ବଳବନ୍ତ ରାଜାଙ୍କ ମଧ୍ୟରେ ଖ୍ରୀଷ୍ଟପୂର୍ବ ଏକଶତ ମସିହାର ମହାମେଘବାହନ ଖାରବେଲ, ଦ୍ୱାଦଶ ଶତାଦ୍ରୀର ଲାଙ୍ଗୁଲା ନରସିଂହ ଦେବ ଏବଂ ପଞ୍ଚଦଶ ଶତାଦ୍ରୀର ଗଜପତି କପିଲେନ୍ଦ୍ର ଦେବ ପ୍ରଧାନ ଅଟନ୍ତି। ସେମାନେ ରାଜଧାନୀରେ ବସି କେବଳ ଶତ୍ରୁ ଆକ୍ରମଣକୁ ପ୍ରତିରୋଧ କରନ୍ତିନି। ଶତ୍ରୁ ଉପରକୁ କୁଦି ପଡ଼ନ୍ତି।

କଳିଙ୍ଗ ନରେଶ ନରସିଂହ ଦେବ ନିଜ ଶାସନକାଳରେ ରାଜ୍ୟର ସେନାବାହିନୀକୁ ସଶକ୍ତ କରିଥିଲେ। ସେ ଜାଣିଥିଲେ, କଳିଙ୍ଗର ସମସ୍ତ ପରାକ୍ରମ ବଣଜଙ୍ଗଲର ସେହି କଳାହାତୀଠାରେ ନ୍ୟସ୍ତ ହୋଇଛି, ଯେଉଁ ଶାସକ ସାମରିକ ଶକ୍ତି ଚାହାନ୍ତି, ଏହି ହସ୍ତୀଶକ୍ତିର ସୁବ୍ୟବହାର କରନ୍ତୁ। ନିଜର ବିଶାଳ ଗଜବାହିନୀଟିଏ ଗଢ଼ି ନିଜକୁ ଗଜପତି ବୋଲି କପିଲାସ ଶିଖରରେ ଲିପିବଦ୍ଧ କରିଛନ୍ତି। ସେ ନିଜ ପିତା ଓ ପିତାମହଙ୍କର କୃତିରେ କେବଳ ଗର୍ବ ଅନୁଭବ କରୁ ନଥିଲେ, ବରଂ ସେମାନଙ୍କ ପରି ପ୍ରଜାପ୍ରିୟ ଏବଂ ପରାକ୍ରମୀ ହେବାକୁ ସମସ୍ତ ଚେଷ୍ଟା କରୁଥିଲେ।

ପିତାମହ ଯାହା ପୁରୀ ପୁରୁଷୋଉମ କ୍ଷେତ୍ର ଏବଂ ମନ୍ଦିର ଗଢ଼ିଥିଲେ, ପିତା ତାହା ସମ୍ପୂର୍ଣ୍ଣ କରିଥିଲେ। କେଶରୀ ବଂଶ ଶାସନକାଳରେ ଭୁବନେଶ୍ୱରରେ ଲିଙ୍ଗରାଜ ମନ୍ଦିର ସହିତ ଅନେକ ମନ୍ଦିର ମୁଣ୍ଟେଟେକି ଉଠିଥିଲା। କହିବାକୁ ଗଲେ ଏହି

ମନ୍ଦିରମାଳିନୀ ନଗରୀରେ ଅନେକଟା ମନ୍ଦିର ନିର୍ମାଣ ସମାପ୍ତ ହୋଇଥିଲା। ଓଡ଼ିଶାରେ ସେହି ସମୟବେଳକୁ ଶିଳାଶିଳ୍ପର ଶିଖରରେ ପହଞ୍ଚସାରିଛି। କେଶରୀ ବଂଶ ପରେ ଗଙ୍ଗରାଜମାନେ ବି ସେହି ଶିଳାଶିଳ୍ପର ଆଦର କରି ମନ୍ଦିର ପରେ ମନ୍ଦିରର ପରିକଳ୍ପନା କରି ମନ୍ଦିର ଗଢ଼ା। ଏବଂ କଳାଭାସ୍କର୍ଯ୍ୟର ଯଥେଷ୍ଟ ଉନ୍ନତି ସାଧନ କରିଥିଲା। ଯୁଦ୍ଧ ପରବର୍ତ୍ତୀ କାଳରେ ନରସିଂହ ଦେବ ଏକ ବିଜୟ ପ୍ରାସାଦ ଗଠନ କରିବାର ଅଭିଳାଷକୁ ତତ୍କାଳୀନ ରାଜ୍ୟର ସମସ୍ତ ଜ୍ଞାନ, ବିଜ୍ଞାନ, କାରିଗରୀ ଏବଂ ଆଧ୍ୟାତ୍ମିକତାର ଚରମ ଆଦର୍ଶ ସ୍ୱରୂପ କୋଣାର୍କ ମନ୍ଦିର ଗଢ଼ିଥିଲେ। ତାଙ୍କର ମନ୍ଦିରତୋଲା କେବଳ କୋଣାର୍କରେ ସୀମିତ ହୋଇ ନଥିଲା, ସେ ସୀମାଚଳମ୍ର ବରାହ ଲକ୍ଷ୍ମୀ ନରସିଂହ ମନ୍ଦିର, କପିଳାସ ଚନ୍ଦ୍ରଶେଖର ମନ୍ଦିର, ରମଣୀୟ ରେମୁଣାରେ କ୍ଷୀରଚୋରା ଗୋପୀନାଥ ମନ୍ଦିର ସହିତ ସୁସଜ୍ଜିତ ରାଇବଣିଆ ଦୁର୍ଗ ନିର୍ମାଣ କରିଥିଲେ। ଏହା ତ ତାଙ୍କର ସଂକ୍ଷିପ୍ତ ଜୀବନୀ। କିନ୍ତୁ ତାଙ୍କ ସେନାବାହିନୀର ବଙ୍ଗ ନବାବ ତୁଘ୍ରିଲ ତୁଘାନ ଖାଁଙ୍କ ବିପକ୍ଷରେ ରଣ-ଯନ୍ତ୍ର ବା କଳ-ଘୋଡ଼ା ପ୍ରୟୋଗ ୧୨୪୨-୪୩ ମସିହାର ଘଟଣା, କୋଣାର୍କ ୧୨୪୪-୧୨୫୬ ଏବଂ ତାଙ୍କର ଶାସନକାଳ ୧୨୩୪-୧୨୬୪ ମସିହା।

ଚୋଡ଼ଗଙ୍ଗଦେବ ଏବଂ ଅନଙ୍ଗଭୀମଦେବଙ୍କର କଳିଙ୍ଗ ସେନା ବେଶ୍ ଶକ୍ତିଶାଳୀ ଥିଲା। ନିଜେ ଗଜବାହିନୀର ସମ୍ପ୍ରସାରଣ କରି ସେନାବାହିନୀର ସଂସ୍କାର କରିଥିଲେ। ବାହିନୀପତି ପରି ଅନେକ ଅନେକ ସାମରିକ ପଦବୀ ସୃଷ୍ଟି କରିଥିଲେ। ତାଙ୍କର ଆଉ ଗୋଟିଏ ବିଶେଷତ୍ୱ ହେଲା, ସେ ସମସ୍ତ ଜାତିକୁ ସମରକ୍ଷେତ୍ରରେ ଭାଗନେବାକୁ ପ୍ରବର୍ତ୍ତନା ଦେଉଥିଲେ। ରାଜ୍ୟରେ ସବୁ ଜାତିର ଲୋକ ଅଛନ୍ତି। କେବଳ କ୍ଷତ୍ରିୟ ବା ଖଣ୍ଡାୟତମାନେ କାହିଁକି ସୀମିତ ହେବେ, ବରଂ ସୁସ୍ଥ ଶକ୍ତିମନ୍ତ ସବୁଜାତିର ଲୋକ ସୈନ୍ୟବାହିନୀକୁ ସୁଦୃଢ଼ କରିବାର ପନ୍ଥା ଅବଲମ୍ବନ କଲେ। ଯୁଦ୍ଧ ପରିଚାଳନାରେ ମଧ ବ୍ରାହ୍ମଣ ବା ବୈଶ୍ୟ ଜାତିର ସେନାପତି, ସୈନ୍ୟସାମନ୍ତ ରହିଲେ। ଏହି ସାମରିକ ଲୋକମାନଙ୍କୁ ଉପାଧି ଏବଂ ଉପହାର ଦ୍ୱାରା ଏମିତି ଜଡ଼ିତ କଲେ, ଆମ ରାଜ୍ୟ ଗୋଟିଏ ସାମରିକ ଜାତିରେ ପରିଣତ ହେଲା। ତାଙ୍କ ସମୟରେ ଅନେକ ଥର ଯୁଦ୍ଧ ଦୁଦୁଭି ବାଜିଛି, ଉତ୍ତର, ଦକ୍ଷିଣ ଏବଂ ପଶ୍ଚିମକୁ ଦିଗ୍ବିଜୟ ନିମନ୍ତେ ଥାଟ ନିର୍ଗତ ହୋଇଛି।

ବଙ୍ଗର ନବାବ ଥିଲେ ଦିଲ୍ଲୀର ମାମଲୁକ ଶାସକମାନଙ୍କ ଗଭର୍ଣର ବା ପ୍ରଶାସକ। ତାଙ୍କର ଉପରିସ୍ଥ ବା ସହାୟ୍ୟକାରୀ ସନ୍ନିକଟ ପ୍ରଶାସକ ଥିଲେ ଅଯୋଧା ବା ଉର୍ଦ୍ଦୁ ଭାଷାରେ କଥିତ ଓଉଧ। ମାମଲୁକ ସମ୍ରାଟ ଥିଲେ ଦାସବଂଶୀୟ। ଅଯୋଧାର ମାମଲୁକ ଗଭର୍ଣର ଥିଲେ। ବଙ୍ଗର ନବାବଙ୍କ ବଦ୍ ପ୍ରକୃତି ହେଉଛି ପୁରୁଷୋତମ କ୍ଷେତ୍ର ମନ୍ଦିରର

ରନ୍ଧଭଣ୍ଡାର ଲୁଣ୍ଠନ । ସେ ସମୟ ଥିଲା ଲୁଣ୍ଠନର ଯୁଗ । ପଶ୍ଚିମ ଦିଗରୁ ଯବନଦଳ ବା ଯବନ ରାଜା ସୈନ୍ୟସାମନ୍ତ ଧରି ସୋମନାଥ ମନ୍ଦିର ଭଣ୍ଡାର ଘର ଝାଡ଼ି ନେବାକୁ ବାରମ୍ବାର ଆସୁଥିଲେ । ସେମିତି ବଙ୍ଗନବାବ ମଉକା ଦେଖି ପୁରୀ ରନ୍ଧଭଣ୍ଡାର ଉପରେ ଆଖି ରଖିଥିଲେ । ଯେବେ ଓଡ଼ିଶାର ରାଜା ଯୁଦ୍ଧ ବା କୌଣସି କାରଣରୁ ଦକ୍ଷିଣଦିଗକୁ ଗସ୍ତ କରୁଥିଲେ, ଯବନ ଲୁଣ୍ଠନକାରୀମାନେ ଦେଖୁଦେଖୁ ପୁରୁଷୋତ୍ତମ କ୍ଷେତ୍ରରେ ହାଜର ।

ଏହି କାରଣରୁ ହେଉ ବା ଓଡ଼ିଶାର ବଙ୍ଗଳା ସୀମାରେ ବିପଦ ସୃଷ୍ଟି କରିବା ହେଉ, ରାଜା ନରସିଂହ ବିନା ନବାବଙ୍କ ଆକ୍ରମଣ ବା ସୀମାଲଙ୍ଘନ ସମୟରେ ତୁଙ୍ଗିଲକୁ ପାଉଣ ଦେବାକୁ ପରିକଳ୍ପନା କଲେ । ତାଙ୍କର ବିଶାଳ ସେନାବାହିନୀର ମୁଖ୍ୟମାନଙ୍କୁ ନେଇ କିପରି ଗୋଟିଏ ରଣ-ଯନ୍ତ୍ର କରି ଶତ୍ରୁକୁ ପାଉଣ ଦେବେ, ତାହା ତ ନିର୍ଣ୍ଣିତ ହୋଇ ସାରିଥିଲା । ଏଥିରେ ସାମିଲ ଥିଲେ ତାଙ୍କର ସେନାପତି, ନିଜର ଶାଳକ ପରମାର୍ଦ୍ଦ ଦେବ, ଭଉଣୀ ଚନ୍ଦ୍ରିକାଦେବୀଙ୍କ ସ୍ୱାମୀ ତଥା କାଳଚୁରୀ ରାଜବଂଶର କୋଶଳ ରାଜକୁମାର ।

କଳିଙ୍ଗ ଖଣ୍ଡାୟତମାନେ ରାଜାଙ୍କୁ ଗୋଟିଏ ପରିକଳ୍ପନା ଦେଲେ । ସେଇଟି ନିଷ୍ଠିମତେ କାର୍ଯ୍ୟକାରୀ ହେଲା ।

ଓଡ଼ିଶାର ମୁଷ୍ଟିମେୟ ପଦାତିକ, ଅଶ୍ୱାରୋହୀ ଓ ଗଜାରୋହୀ ରାଧା ବା ଦକ୍ଷିଣ ବଙ୍ଗଳାର ସୀମାକୁ ପଶି ଆକ୍ରମଣ ଆରମ୍ଭ କରିଦେଲେ । ଅଳ୍ପ ସମୟ ପରେ ନବାବଙ୍କ ଅସଂଖ୍ୟ ସେନା ଓଡ଼ିଶା ସେନାଙ୍କୁ ପିଛା କଲେ । ଧାଇଁ ଧାଇଁ ଓଡ଼ିଶା ସେନା ଆଜିକାର ଓଡ଼ିଶା ବଙ୍ଗ ମଧ୍ୟରେ ଥିବା କଣ୍ଠୀଠାରେ ୬ଟି ହାତୀଙ୍କୁ ଖାଦ୍ୟ ଦେଉଥିବା ଅବସ୍ଥାରେ ଛାଡ଼ିଦେଇ ପ୍ରାଣରକ୍ଷା କରିବା ଆଳଦେଖାଇ ଧାଇଁ ଓଡ଼ିଶାରେ ପଶିଗଲେ ।

ଓଡ଼ିଶା ସେନାନୀକୁ ବିତାଡ଼ିତ କରିବାପାଇଁ ସତକୁ ସତ ଧାଇଁ ନବାବଙ୍କ ଫଉଜ ଛଅଟି ହାତୀ ପାଇଲେ । ହାତୀଟିଏ ପାଇଲେ ନବାବଙ୍କ ସେନାବାହିନୀ ଯେତେ ଖୁସି ହୁଅନ୍ତି । କଥାରେ ଅଛି, କଳିଙ୍ଗ ଆକ୍ରମଣ କରିବାର ପ୍ରଥମ କାରଣ ପୁରୁଷୋତ୍ତମର ରନ୍ଧଭଣ୍ଡାର, ଦ୍ୱିତୀୟ ଏଠିକାର କୃଷ୍ଟକାୟ କଦାକାର ଦନ୍ତ । ଯାହା ଦର୍ଶନରେ ଯୁଦ୍ଧକ୍ଷେତ୍ରରେ ଶତ୍ରୁର କଲିଜା ଥରି ଉଠେ । ସେମାନେ ଶତ୍ରୁ ପକ୍ଷରୁ ଜିତାପଟ ଭାବରେ ଏହି ଛଅଟି ହାତୀ ପୁରସ୍କାର ପାଇଲେ ବୋଲି ମନେମନେ ଖୁସି ହୋଇ ନିଜର ଭୋଜିଭାତରେ ମାତିଗଲେ ।

କିଏ ଜାଣିଥିଲା ଏହି ଛଅଟି ହାତୀ ହିଁ ପୁରାତନ ଗ୍ରୀକ୍‌ଗାଥାର ସେଇ ଟ୍ରୋଜାନ୍‌ କଳଘୋଡ଼ା !

ନୃପତି ନରସିଂହ ଦେବଙ୍କର ସୁଶିକ୍ଷିତ ବୀରପରାକ୍ରମ ଯୋଦ୍ଧାମାନେ ଆଖୁ କିଆରିରେ ଲୁଚିରହିଥିଲେ। ଦୁଇଶହ ପଦାତିକ ଏବଂ ପଚାଶ ଅଶ୍ୱାରୋହୀ। ତତ୍କ୍ଷଣାତ୍ ଭୋଜି ସ୍ୱଳ୍କୁ କୁଦିପଡ଼ିଲେ। ଏକତରଫା ଯୁଦ୍ଧ ହେଲା ବୋଲି ଧରାଯିବ। ସମସ୍ତ ନବାବ ସେନାବାହିନୀ ବଳି ପଡ଼ିଗଲା। ତୁଘ୍ରିଲ ତୁଘାନ ଖାଁ ନବାବ ବି ସେମାନଙ୍କ ସହିତ ବିଜୟ ମନାଇବାକୁ ଆସିଥିଲେ। ଯାହା ଦୂରରୁ ଦେଖି ଜୀବନ ରକ୍ଷା କରିବାକୁ ନିଜ ଘୋଡ଼ାରେ ଚଢ଼ି ପଳାଇଥିଲେ। ଓଡ଼ିଶାର ସତର୍କ ନଜରରୁ ତ୍ରାହି ପାଇ ନଥିଲେ। ବୀର ଖଣ୍ଡାୟତମାନେ ବି ପିଛା କରି ପଦ୍ମାନଦୀ ପର୍ଯ୍ୟନ୍ତ ଧାଇଁଥିଲେ। ଏପଟେ ବିପଦ ସେପଟେ ବିପଦ, ପଛରେ କଳିଙ୍ଗ ତରବାରି, ସାମନାରେ ପଦ୍ମାର ସ୍ରୋତ, ସେ ପଦ୍ମାକୁ ଡେଇଁପଡ଼ି ଜୀବନରକ୍ଷା କରିଥିଲେ।

ସେହି ଐତିହାସିକ ସ୍ୱୟଂକାର ସିରାଜଙ୍କ ଭାଷାରେ ରାଜା ନରସିଂହଙ୍କର ବୀର ଖଣ୍ଡାୟତମାନେ ପ୍ରଳୟ ସୃଷ୍ଟି କଲେ। ଅପ୍ରସ୍ତୁତ ଅସଂଖ୍ୟ ନବାବ ଜବାନ ନିହତ ହେଲେ। ସ୍ୱୟଂ ବଙ୍ଗ ନବାବ ତୁଘ୍ରିଲ ତୁଘାନ ଖାଁ ପଳାୟନ କଲେ ଏବଂ ଜୀବନ ରକ୍ଷା କରିବାକୁ ପଦ୍ମା ନଦୀକୁ ଡେଇଁପଡ଼ି ଖସି ଯିବାକୁ ବସିଥିବା ବେଲେ କଳିଙ୍ଗ ସେନାପତି ତାଙ୍କୁ ଧରିଥିଲେ।

ଏହି ଯୁଦ୍ଧରେ ଅଉଧ ବା ଅଯୋଧାର ନବାବ ତାଙ୍କୁ ସହାୟତା କରିପାରିନଥିଲେ, କାରଣ ଅଉଧ ସେନାବାହିନୀ ଆସି ପହଞ୍ଚବାବେଳକୁ ଓଡ଼ିଶା ତୁଘ୍ରିଲଙ୍କୁ କୌଶଳରେ ବିତାଡ଼ିତ କରିସାରିଛି। ରାଧା ଓଡ଼ିଶାସୀମା ଭିତରକୁ ଚାଲିଯାଇଛି।

ଅରୁଣୋଦୟ

ଆଜି ସୂର୍ଯ୍ୟଦେବଙ୍କ ଦିନ ।

ଆଜି ମାଘ ସପ୍ତମୀ, ରବିବାର, ୧୨୫୮ ମସିହା । ଉକ୍କଳର ବିଶିଷ୍ଟ ଜ୍ୟୋତିଷବୃନ୍ଦ ଏହି ଦିନଟିକୁ ନବନିର୍ମିତ କୋଣାର୍କ ମନ୍ଦିରର ପ୍ରତିଷ୍ଠା ଦିବସ ରୂପେ ବର୍ଷ ପ୍ରାରମ୍ଭରୁ ଧାର୍ଯ୍ୟକରି ରାଜା ନରସିଂହଦେବଙ୍କୁ ବାର୍ତ୍ତା ଦେଇଛନ୍ତି । ସେହି ଧାର୍ଯ୍ୟଦିନଟି ଆଜି ମହୋଦଧିକୂଳ କୋଣାର୍କରେ ଅଭିନବ ପରିବେଶ ସୃଷ୍ଟି କରିଛି । ଆଜି ଦିନରେ ସମଗ୍ର ଧରାପୃଷ୍ଠରେ ସବୁଠାରୁ କୋଲାହଳମୟ ସ୍ଥାନ ହେଉଛି ଚନ୍ଦ୍ରଭାଗା ।

ରାଜା ଲାଙ୍ଗୁଳା ନରସିଂହଦେବ ଗତ ଏକ ସପ୍ତାହ କାଳ ଏଠି ତମ୍ବୁ ଶିବିରରେ ରହି ନିଜେ ସବୁ କାର୍ଯ୍ୟ ସମାପନ ନିମନ୍ତେ ତଦାରଖ କରୁଛନ୍ତି । ସେ ସଦଳବଳେ ରହିଛନ୍ତି, ସାଂସ୍କୃତିକ ମନ୍ତ୍ରୀ ଶିବେଇ ସାମନ୍ତରାୟ ମହାପାତ୍ର ତାଙ୍କର ପ୍ରତିନିଧି ଆଉ ଦୀର୍ଘ ବାରବର୍ଷ ମନ୍ଦିର ନିର୍ମାଣର ମୁଖ୍ୟ ସ୍ଥପତି ହୋଇ ଯିବେ କୁଆଡ଼େ ? ରାଜାଙ୍କର ବ୍ୟସ୍ତତା ଓ ମାନସିକ ବ୍ୟଗ୍ରତା ଲାଘବ କରିବାରେ ଲାଗିଛନ୍ତି । ଯଦି ଆଉ ଅଳ୍ପ କିଛି ବି ନିର୍ମାଣର ଅନ୍ତିମ ସ୍ତରର କାମ ବାକି ଅଛି, ତାହା ନିଶ୍ଚିତ ମନ୍ଦିର ପ୍ରତିଷ୍ଠା ପୂର୍ବରୁ ସମାପ୍ତ ହୋଇଯିବ ।

ମହାରାଜା ଆଦେଶ ଦେଇଛନ୍ତି ଏଠାରେ ବିସ୍ତୃତ ଏକ ଆବାସୀ ଅସ୍ଥାୟୀ ଗ୍ରାମ ସୃଷ୍ଟି କରିବାକୁ । ସ୍ଥାନୀୟ, ନିକଟସ୍ଥ ପୁରୀ, ଏକାମ୍ର, ବିରଜା ଆଉ ଉକ୍କଳକୁ ଛାଡ଼ି ସାରା ଭାରତରୁ ହିନ୍ଦୁ ରାଜା, ମହାରାଜା ବା ସେମାନଙ୍କର ପ୍ରତିନିଧିମାନେ ଆସି ଡେରା ପକାଇବେ । ମହାରାଜା ଜାଣନ୍ତି କେତେ କେତେ ହିନ୍ଦୁ ରାଜ୍ୟ ମନ୍ଦିରତୋଳାକୁ ଅଗ୍ରାଧିକାର ଦେଇ ବିରଞ୍ଚିନାରାୟଣଙ୍କୁ ସୁପ୍ରତିଷ୍ଠିତ କରିବାକୁ ଆଗ୍ରହ ପ୍ରକାଶ କରିଛନ୍ତି ଆଉ ଆଜି ଦିନରେ ବି ଏଠାରେ ଉପସ୍ଥିତ ହୋଇଗଲେଣି ।

ସମସ୍ତଙ୍କର ଉକ୍କଳର ହିନ୍ଦୁ ମନ୍ଦିର ଆଉ ସଂସ୍କୃତି ପ୍ରତି ଅସୀମ ମର୍ଯ୍ୟାଦା ଥିଲା ।

ସାରା ଭାରତବର୍ଷ ଯେତେବେଳେ ପଶ୍ଚିମା ଆଫଗାନ, ତୁର୍କୀ ଆଉ ମଧ୍ୟ ଏସିଆର ମୁସଲମାନ ଶକ୍ତି ଆଗରେ ନତମସ୍ତକ ଥିଲା, ଯେତେବେଳେ ଉତ୍ତରଭାରତରେ ସବୁ ମନ୍ଦିର ଧରାଶାୟୀ ହେଉଥିଲା ଆଉ ସମସ୍ତ ଭଣ୍ଡାର ଲୁଣ୍ଠିତ ହେଉଥିଲା, ଓଡ଼ିଶାର ହିନ୍ଦୁରାଜାମାନେ ନୂତନ ଭାବରେ ବିଶାଳ ମନ୍ଦିରମାନ ଗଢ଼ି ବ୍ରାହ୍ମଣ ଶାସନମାନ ପ୍ରତିଷ୍ଠା କରୁଥିଲେ । ସେତିକି ନୁହେଁ, ଲାଙ୍ଗୁଳା ନରସିଂହଙ୍କ ପରି ପରାକ୍ରମୀ ରାଜା ମୁସଲମାନ ରାଜ୍ୟ ଦଖଲ କରି ରାଜ୍ୟଶାସନ କରୁଥିଲେ ।

କୋଣାକୋଣ ଉତ୍କଳର ଗୋଟିଏ ବ୍ୟସ୍ତବହୁଳ ବନ୍ଦର ଯହିଁରେ ସାମୁଦ୍ରିକ ବାଣିଜ୍ୟ ଏତେ ପରିମାଣରେ ସମ୍ପାଦିତ ହୁଏ, ଏହା ବିଗତ ଏକ ସହସ୍ର ବର୍ଷ ଧରି ମହୋଦଧି କଳିଙ୍ଗସାଗରର ପଣ୍ୟ ତଥା ଯାତ୍ରୀ ପରିବହନରେ ମୁଖ୍ୟ ସ୍ଥାନ ଗ୍ରହଣ କରିଛି । ଉତ୍କଳର ବିସ୍ତୀର୍ଣ୍ଣ ସାଗରତଟରୁ ଅଜସ୍ର ବନ୍ଦର ସୃଷ୍ଟି ହୁଏ ଓ ବିଲୋପ ହୁଏ । କିନ୍ତୁ ଏହି କୋଣାକୋଣ ସାଧାରଣ ବନ୍ଦରଟି ନନି ଗଉଣୀ ବା ପୁରୁଷୋତ୍ତମ କ୍ଷେତ୍ର ବନ୍ଦର ପରି ପୋତାଶ୍ରୟଜନିତ ନଗର ବଣିଜ ଦୃଷ୍ଟିରୁ ଯେତିକି ବିଖ୍ୟାତ, ଉତ୍କଳୀୟ ଭୂଖଣ୍ଡରେ ସୂର୍ଯ୍ୟଙ୍କର ଦୈନନ୍ଦିନ ପ୍ରଭାତର ପ୍ରଥମ ଦୃଶ୍ୟମାନ ତଥା ପ୍ରଥମ କିରଣ ପ୍ରଦାନ ଏହାକୁ କୋଣ ଅର୍କ ନାମରେ ଲୋକମୁଖରେ ନାମିତ କରିଛି । ମନ୍ଦିରଟି ବନ୍ଦରନଗର ସଂଲଗ୍ନ, କିନ୍ତୁ ବିସ୍ତୀର୍ଣ୍ଣ ବାଲୁକାମୟ ଭୂମି ମନ୍ଦିର ପାର୍ଶ୍ୱରେ ବିଦ୍ୟମାନ, ଯହିଁରେ ମନ୍ଦିରର କାରିଗର ବାସକରନ୍ତି ଆଉ ବି ଆଜିକାର ଅସ୍ଥାୟୀ ଅତିଥିଶାଳା ଅବସ୍ଥିତ ।

ମନ୍ଦିରର ପ୍ରତିଷ୍ଠା ପର୍ବ ଶୁଭମୁହୂର୍ତ୍ତରୁ ଆରମ୍ଭ ହେଉଛି, ସୂର୍ଯ୍ୟୋଦୟକୁ ଅପେକ୍ଷା । ସୂର୍ଯ୍ୟଙ୍କର ପ୍ରଥମ କିରଣ ମୁଖ୍ୟମନ୍ଦିରର ବିରଞ୍ଚିନାରାୟଣଙ୍କର ବିଗ୍ରହ ଏବଂ ଚୁମ୍ବକଶକ୍ତିରେ ଦୋଦୁଲ୍ୟମାନ ଲୌହମୂର୍ତ୍ତି ଉପରେ ପତିତ ହେବ, ସେଇଟି ଏବେ ମହୋଦଧିକୂଳରେ ପ୍ରତୀକ୍ଷମାଣ ଉତ୍କଳର ମହାରାଜା ଲାଙ୍ଗୁଳା ନରସିଂହଦେବ, ରାଜ୍ୟର ମହାପାତ୍ର ସମୂହ ତଥା ମନ୍ଦିରର ସ୍ଥପତି ଶିବେଇ ସାମନ୍ତରା ମହାପାତ୍ର, ହଜାର ହଜାର ଶିଳ୍ପୀ, ମନ୍ଦିରତୋଳାରେ ନିଯୁକ୍ତ ପ୍ରସ୍ତର ଖୋଦକ, ମହାରଣା, ଓଝା, ମହାପାତ୍ର, ପାଇକ ସମ୍ପ୍ରଦାୟ, ସ୍ଥାନୀୟ ଓ ରାଜ୍ୟର ଦର୍ଶକ, ଭାରତର କୋଣ ଅନୁକୋଣରୁ ଆଗତ ନିମନ୍ତ୍ରିତ ହିନ୍ଦୁ ରାଜା ମହାରାଜା ଏବଂ ରାଜନ୍ୟବର୍ଗ ତଥା ରାଜପ୍ରତିନିଧିଗଣ ଏମିତି ବିରାଟ ଜନରାଶି ।

ମୁକୁଟମଣ୍ଡିତ ନରସିଂହଦେବ, ମନରେ ଉଦ୍‌ବେଗ, ଆଗ୍ରହ ତାଙ୍କର ବହୁ ପ୍ରତିକ୍ଷିତ ମୁହୂର୍ତ୍ତ କ୍ଷଣଟିଏ ବାକି ଅଛି । ଭୋର ହେଲାଣି । ସିନ୍ଦୁରା ଫାଟିଲାଣି । ପୂର୍ବଦିଶାରେ ବିରଞ୍ଚିନାରାୟଣ ଉଦୟ ଅବସ୍ଥାରେ । ସେ ପୂର୍ଣ୍ଣଭାବରେ ଉଦିତ ହୋଇ ଯେତେବେଳେ

କିରଣ ବିତରଣ କରିବେ, ତାଙ୍କ ପ୍ରଥମ କିରଣରେ ଏହି ଅଶ୍ୱପରିଚାଳିତ ରଥ ସ୍ୱରୂପ କୋଣାର୍କ ମନ୍ଦିର ଯେବେ ଆଲୋକିତ ହେବ, ସ୍ୱୟଂ ସୂର୍ଯ୍ୟଦେବ ଏହି ମନ୍ଦିରର ତାଙ୍କ ସ୍ୱସ୍ଥାନକୁ ଦୃଷ୍ଟିପାତ କରିବେ, ସଂଶରୀରେ ଗର୍ଭଗୃହର ନିଜ ମୂର୍ତ୍ତିରେ ଆତ୍ମପ୍ରକାଶ କରିବେ। ଏହି ମନ୍ଦିରକୁ ପ୍ରତ୍ୟହ ପ୍ରଥମ କିରଣରେ ଧୌତ କରି ଉତ୍କଳର ପରମ୍ପରା, ଶକ୍ତି ଓ ସାମର୍ଥ୍ୟକୁ ବଜାୟ ରଖିବେ। ଅରୁଣୋଦୟ ତ ସୃଷ୍ଟିର ପ୍ରାରମ୍ଭରୁ ଅନବରତ ଭାବରେ ଚାଲିଛି, କିନ୍ତୁ ଆଜି ତାହା ଅପୂର୍ବ। ସୂର୍ଯ୍ୟଦେବ ନିଜର ରଥସ୍ୱରୂପ ମନ୍ଦିର ଭିତରର ମୂର୍ତ୍ତି ଉପରେ ପ୍ରଥମ ଆଲୋକପାତ କରିବେ।

ସୂର୍ଯ୍ୟଦେବଙ୍କର ଆଲୋକବର୍ତ୍ତୁଳା ଦିଗ୍‌ବଳୟ ଧାର ସ୍ପର୍ଶ କରିବା କରିବା ହେଲାଣି। କେଇ ଆଖିପଲକରେ ଉଦୟ ହେବେ। ପରାକ୍ରମୀ ନରସିଂହ ଚିନ୍ତାଶୀଳ ମନ ପହଁରୁଛି ନିଜର ବିରାଟ କୃତିତ୍ୱର ଗାଥା ନେଇ। ଖୁସିର ଝଲକ ଭିତରେ ନରସିଂହ।

ଏହି ମନ୍ଦିର ଆଉ ସୂର୍ଯ୍ୟଦେବ ହିଁ ମନକୁ ଏତେ ଆତୁର କରୁଛନ୍ତି, ତା'ର ସୀମା ନାହିଁ। ସାରା ଭାରତବର୍ଷକୁ ପଶ୍ଚିମା ଯବନମାନେ କରାୟତ କଲେ ମଧ୍ୟ ଉତ୍କଳଭୂମିକୁ ସ୍ପର୍ଶ କରିବାର ଅସ୍ପର୍ଦ୍ଧା କରିବେ, ତାହା ସେହି ବଙ୍ଗ ରାଧା ବରେନ୍ଦ୍ର (ଲଖନାବତୀ)ର ଅହଙ୍କଦୀୟ ତୁଘ୍‌ରିଲ ତୁଘ୍ୱାନ ଖାଁ ହିଁ କହିବ। ପୁରୁଷୋତ୍ତମ କ୍ଷେତ୍ରର ଶ୍ରୀଜଗନ୍ନାଥଙ୍କର ରତ୍ନଭଣ୍ଡାରରେ କ'ଣ ଅଛି, ବିରାଡ଼ିକୁ ମାଛ ବାସନା ହେବାପରି ଟାକି ବସିଛନ୍ତି ଠାଉକା ଆଫଗାନୀ ଯବନ। ଉତ୍କଳର ଯେତେବେଳେ ଟିକିଏ ଆଖି ପତା ପଡ଼ିଯାଉଛି, ଧସଉଛନ୍ତି ସେହି ରତ୍ନ ସନ୍ଧାନରେ। କଣ୍ଢାଇରେ ଏମିତି କାଇଦାରେ ଉତ୍କଳ ପାଇକ ଅଣାୟତ କଲେ, ଧାଇଁ ଧାଇଁ ପଦ୍ମାନଦୀ ପହଁରି ପ୍ରାଣ ରକ୍ଷା କଲା। ଯବନ ଶକ୍ତିକେନ୍ଦ୍ର ଅୟୋଧ୍ୟାରୁ ବିରାଟ ସେନାଦଳ ଆସିବାବେଳକୁ ବଙ୍ଗା ଲଖନାବତୀ ଉତ୍କଳାଧୀନ। ବହୁ ଅର୍ଥ ପ୍ରାପ୍ତ ହେଲା ଅଧିକୃତ ରାଜଧାନୀ ଆଉ ଯୁଦ୍ଧବିଜୟ ନିମନ୍ତେ। ସେଇ ଯୁଦ୍ଧବିଜୟ ସମ୍ମାନ ଆଉ ଅର୍ଥର ବ୍ୟୟ ଦେବପୂଜାର୍ଚ୍ଚନା ନିମନ୍ତେ ମୋର ଚିନ୍ତା ଓ ଚେତନାକୁ ପ୍ରୋତ୍ସାହିତ କରିଛି।

ବର୍ଷ ତିନିଟା ଯାଇନି, ମୁଁ ବ୍ୟସ୍ତ ଓ ବିବ୍ରତ। କେଉଁଠାରେ ବିଜୟ ସ୍ମାରକୀ ନିର୍ମାଣ କରିବି! ପିତା ଅନଙ୍ଗଭୀମଦେବଙ୍କର ଭୁବନେଶ୍ୱର ଲିଙ୍ଗରାଜ ମନ୍ଦିର ସହ ସମ୍ପୃକ୍ତି ଆଉ ପିତାମୟ ଚୋଡ଼ଗଙ୍ଗଦେବଙ୍କର ଶ୍ରୀମନ୍ଦିର ନିର୍ମାଣ ମୋତେ ଆହୁରି ସମ୍ମାନଜନକ ଗୋଟିଏ ବିଶାଳ ମନ୍ଦିର ନିର୍ମାଣ କରିବାକୁ ଆହ୍ୱାନ ଦିଏ। ମନ୍ଦିରଟିଏ କ'ଣ କେବଳ ଦେବତାଙ୍କର ପୂଜାସ୍ଥଳ, ତାହା କ'ଣ ଗୋଟିଏ ବିଜୟ ସ୍ତମ୍ଭ ପରି ଅତିରିକ୍ତ କାର୍ଯ୍ୟ କରିବ ନାହିଁ? ମୋ ସାମନାରେ ଏକାମ୍ର, ପୁରୀ ଏବଂ ବିରଜା ବ୍ୟତୀତ କୋଣାକୋଣ (କୋଣାର୍କ) ଏବଂ ମହାବିନାୟକ ପରି ସ୍ଥାନ ରହିଛି।

ସୂର୍ଯ୍ୟଦେବ କେଉଁଟିକୁ ନିକଟ । ସାଗରଗର୍ଭରୁ ଆସିଲେ, ଏଇ କୋଣାକୋଣ, ଯେତେ ଦୂର ବା କଷ୍ଟସାଧ୍ୟ ହେଲେ, ମନ୍ଦିର ହିଁ ଏହିଠାରୁ ହେବ । ପଥର ଦୂର ହେଉ ଅବା କାରିଗର ।

ନିଶ୍ଚୟ ସମ୍ଭବ ! ନିଶ୍ଚୟ । ମନ୍ଦିରର ଅଧିଷ୍ଠାତା ଶକ୍ତିମାନ ଆଉ ମନ୍ଦିର ଯଦି ହେବ କାରୁକାର୍ଯ୍ୟମୟ, ମନ୍ଦିର ଗାତ୍ର ଯଦି ଦେବ ଶତ ସହସ୍ର ଗଜ, ଅଶ୍ୱ, ଯୋଦ୍ଧା ପାଇକମାନଙ୍କର ରଣରୂପ ଆଉ ସମଗ୍ର ଉତ୍କଳର ଓ ଉତ୍କଳୀୟ ସମାଜର ଜୀବନ୍ତ ଚରିତ, ତାହା ମୋ ବଙ୍ଗଳା ବିଜୟ ଆଉ ଯବନରାଜ୍ୟ ଅଧିକାର ଚିତ୍ର ନୁହେଁ ତ କ'ଣ ? କିନ୍ତୁ ମୋ ସ୍ୱପ୍ନର ମନ୍ଦିର ଯାହା ମୁଁ ପନ୍ଦରବର୍ଷ ତଳୁ କଳ୍ପନା କରୁଥିଲି, ଆଜି ତାଠାରୁ ଶହେଗୁଣ ସୁନ୍ଦର ଓ ସୂର୍ଯ୍ୟଦେବଙ୍କ ମନଲାଖି ହୋଇଛି । ମୋ ହୃଦୟ ପୂରି ଉଠୁଛି । ମୋ ବଂଶର ଗୋଟିଏ କୀର୍ତ୍ତି ଭାବରେ ଦଣ୍ଡାୟମାନ ହୋଇ ରହିବ ।

କିନ୍ତୁ ଏହି ପନ୍ଦର ବର୍ଷ ବ୍ୟବଧାନରେ କ'ଣ ନ ହୋଇଛି ! ବଙ୍ଗ ବିଜୟର ଉଲ୍ଲାସ ଆଜି ବି ମୋ ମନରୁ ପାସୋର ଯାଇନି । ବିଜୟଲାଭ କଲା ପରେ ମୋର

ଉଲ୍ଲାସ ବହୁଗୁଣ ବଢ଼ିଗଲା, ସାରା ଭାରତରୁ ହିନ୍ଦୁ ରାଜବଂଶମାନଙ୍କର ଅଦମ୍ୟ ପ୍ରଶଂସାର ସ୍ରୋତ ସବୁ ଚନ୍ଦ୍ରଭାଗା ଜଳରେ ନିଷ୍କାସିତ ହୋଇ କୋଣାରକ ଉପରେ ଚାଲିଲା। ମୋର ଯେତେବେଳେ ପୁରୀ, କୋଣାର୍କ, ଏକାମ୍ର, ବିଦ୍ୟାନାସୀ କଟକ, ମହାବିନାୟକ ଆଉ ବିରଜା କ୍ଷେତ୍ର ମଧରୁ ଗୋଟିଏ ପସନ୍ଦ କରିବାକୁ ଆସିଲା, ମୁଁ ଅବିଳମ୍ବେ କୋଣାକୋଣ ସ୍ଥାନଟିକୁ ଚୟନ କଲି। କାରଣ ମୋର ଦୁଇଟା ଉଦ୍ଦେଶ୍ୟ ସାଧିତ ହେବାର ଅନୁମାନ ରହିଲା। ସୂର୍ଯ୍ୟଦେବ ଆଉ ଉତ୍କଳର ଗୌରବ ଗାଥା।

ଚମକି ଉଠନ୍ତି ମହାରାଜା। ସୂର୍ଯ୍ୟ ଉଠିଆସିଲେ କି। ନା ତଥାପି ଦିଗ୍‌ବଳୟ ତଳୁ ରଢ଼ ନିଆଁ ପରି ଧାସ ଦିଶୁଛି। ଆଉ ମୁହୂର୍ତ୍ତେ ବିଳମ୍ବ ଅଛି।

କଟକ ବିଦ୍ୟାନାସୀରେ ବିରାଟ ସଭା ହେଲା। କିପରି ମନ୍ଦିର ହେବ। ସର୍ବସମ୍ମତ କ୍ରମେ ଉଦୀୟମାନ ଶିବେଇକୁ ପ୍ରଶିକ୍ଷଣ ପାଇଁ ବଛାଗଲା। ସେ ଏକାମ୍ରର କୁଳୀନ କ୍ଷତ୍ରିୟ ବଣିକ ବଂଶର, ଯାହାର ପ୍ରାଚ୍ୟ ସୁବର୍ଷ୍ ଦେଶରେ ଶିଲାଶିଳ୍ପର ବଣିଜ ରହିଛି। ମନ୍ଦିର ସ୍ଥଳ ଚୟନ, ରାଜ୍ୟର କାରିଗର ଚୟନ, ପଡ଼ୋଶୀ ରାଜ୍ୟଗୁଡ଼ିକରୁ ମାନବ ସମ୍ବଳ ସଂଗ୍ରହ ଏବଂ ପରିଶେଷରେ ରାଜ୍ୟର ପ୍ରସ୍ତର ସମ୍ପଦର ଆକଳନ ସହିତ ଗଙ୍ଗ ପ୍ରଶାସନରୁ କେତେ ପରିମାଣ ଆର୍ଥିକ ଅନୁଦାନ ସବୁ ବିଷୟ ବର୍ଷକରେ ଅବଗତ ହେଲେ।

ସେଇ ଶିବେଇ ମୋ ବାମ ପାର୍ଶ୍ବରେ ଦଣ୍ଡାୟମାନ। ସେ ହିଁ ଦିନେ ଦାବି କରିଥିଲେ। ମହାରାଜ ଆପଣ ଯୁଦ୍ଧଭିତ୍ତିରେ ଏପରି ବଡ଼ ମନ୍ଦିରଟିକୁ ନଗଢ଼ିଲେ, ତାହା ଆଦୌ ସମ୍ଭବ ହେବନି।

କାରଣଟା ଜାଣିବାର ଆବଶ୍ୟକ ପଡ଼ିଲା। ଶିବେଇ କହିଲେ, ଏମାନଙ୍କୁ ସରଳରେ ବିନା ମଜୁରିରେ କାମ କରିବାକୁ ହେଲେ ସେମାନେ କଣ କରିବେ, ସହଜରେ ଅନୁମେୟ। ତଥାପି ସେମାନଙ୍କୁ ଆପଣ ପାରିଶ୍ରମିକ ଦେବେ ଆନନ୍ଦର କଥା। କିନ୍ତୁ ସେମାନଙ୍କ ବଳରେ କୋଣାର୍କ ଠିଆ କରାଇପାରିବା ନାହିଁ। ଏହି ମନ୍ଦିର ତୋଲା ମହାରାଜା ସମ୍ପୂର୍ଣ୍ଣ ସାମରିକ କର୍ତ୍ତୃତ୍ୱାଧୀନ କାର୍ଯ୍ୟ ଭାବରେ ଗ୍ରହଣ ନକଲେ, ତାହା ସ୍ବଳ୍ପ ଅବଧିରେ ସମାପନ କରିବା ସମ୍ଭବ ନୁହେଁ। ଶିବେଇ ପ୍ରମାଣ ଦେଖାଇ କହିଲେ, ପୁରୀ ହେଉ କି ଏକାମ୍ର, ପ୍ରତିଟି ବିଶାଳ ମନ୍ଦିର ନିର୍ମାଣରେ ଓଡ଼ିଶାର ପାଇକବାହିନୀ ପଥର ବୋହିବା ଆଉ ପଥର ଉଠାଇବା କାର୍ଯ୍ୟରେ ପୂର୍ଣ୍ଣ ସହଯୋଗ କରିଛନ୍ତି। ଗଜବାହିନୀ ତ ପ୍ରଧାନ, କିନ୍ତୁ ସେଇ ପାଇକ କର୍ମୀମାନେ ଅନେକ ମନ୍ଦିର ନିର୍ମାଣ ବିଧ୍ ସହିତ ସମ୍ପୃକ୍ତ। ସେ ମନ୍ଦିରଗୁଡ଼ିକ ଯୁଗାନ୍ତର ଲାଗିଯାଇଛି। ସମୟ ଉପରେ କୌଣସି ନିର୍ଦ୍ଦିଷ୍ଟତା ରହିନି।

ଅର୍ଥାଭାବ ନାହିଁ ଉତ୍କଳରେ, ମନ୍ଦିର ତୋଲା ହେଉଛି ଶୁଣିଲେ, ସାମନ୍ତ ରାଜାମାନେ ନିଜର ଅର୍ଥ, କାରିଗର, ପଦାର୍ଥ ସମଳ ନିଃସ୍ୱାର୍ଥପର ଭାବରେ ଯୋଗାଇଦେବେ। ତା ସହିତ ମନ୍ଦିରତୋଲା ଐତିହ୍ୟ କହେ, ସାଗର ଫେରନ୍ତା ସୁପରିହିତ ସାଧବମାନେ ମନେମନେ ଖୋଜୁଥାନ୍ତି ନିଜ ଦେଶରେ କେଉଁଠି ମନ୍ଦିର ତୋଲାଯାଉଛି। ଦାନାର୍ଥ ସେଇଠି ପଡ଼ିବ। ଓଡ଼ିଶା ରାଜ୍ୟରେ ନୌବାଣିଜ୍ୟ ଘର ଘରର ନିୟନ୍ତ୍ରଣରେ, ସାଧବମାନେ ଲାଭାଂଶ ମନ୍ଦିର ତୋଲାରେ ବ୍ୟୟ କରିବାକୁ ଆଗ୍ରହୀ। ପୁରୁଷୋତ୍ତମ କ୍ଷେତ୍ରରେ ଯେଭଳି ଦାନର ବନ୍ୟା ଛୁଟିଲା, ଏହି କୋଣାକୋଣ ବନ୍ଦର ନଗରଦେଇ ବହୁ ସାଧବଙ୍କ ସୁବର୍ଣ୍ଣ ଦ୍ୱୀପକୁ ଗମନାଗମନ। ଅତି କମରେ ମନ୍ଦିର ତୋଲା ଅଟକଳ ଯୁଗଟିଏ ପରିସରରେ କେତେ ସାଧବ କୋଣାର୍କ ତୋଲା ରାସ୍ତା ଦେଇ ଯିବେ। ନିଶ୍ଚୟ ପ୍ରତି ସାଧବ ଏହି ମନ୍ଦିର ଧାରଦେଇ ପ୍ରତ୍ୟାବର୍ତ୍ତନ କରିଥିବା ସମ୍ଭବ। ଏମାନେ ଉଜାଣି ରାସ୍ତାରେ ମନ୍ଦିର ଚୂଡ଼ା ତ ଦେଖିପାରିବେ।

ଭଲ ହେଲା, ଶିବେଇ ଏକ ବର୍ଷ ପ୍ରଶିକ୍ଷଣ ଅବଧିରେ ଅନେକ ଚିରାଚରିତ ମନ୍ଦିରତୋଲା ପଦ୍ଧତି ସମ୍ମୁଖକୁ ଆସିଲେ। ଏକାମ୍ର ଚତୁଃସୀର୍ୱରେ ଆବହମାନ କାଳର ପ୍ରସ୍ତର ଶିଳ୍ପୀ ପରିବାର ରହିଛନ୍ତି। ସେଇମାନେ ଏକାମ୍ରକୁ ବହୁ ରାଜବଂଶୀମାନଙ୍କର ଚାହିଦା ଅନୁସାରେ ମନ୍ଦିରମୟୀ କରିଛନ୍ତି। ସେଠାରୁ ଅନ୍ୟୂନ ପାଞ୍ଚଶତ କାରିଗର ଓ ସହାୟକ ମିଳିବେ। ଏହା ବ୍ୟତୀତ ଆମ ସୀମାଦ୍ରୀ ଆଉ ବିରଜା କ୍ଷେତ୍ରମାନଙ୍କରୁ ଅନେକ ଶିଳ୍ପୀ ଯୋଗାଡ଼ ହୋଇଯିବ। ଶ୍ରୀମନ୍ଦିରତୋଲା ଢାଞ୍ଚାରେ ମନ୍ଦିର ନିର୍ମାଣ କାର୍ଯ୍ୟ ଚାଲିବ ବୋଲି ଗଙ୍ଗପ୍ରଶାସନ ତରଫରୁ ନିଷ୍ପତ୍ତି ନିଆଗଲା। ଖୁବ୍ ସୁନ୍ଦର ନିର୍ଣ୍ଣୟ। ଚୋପାଟାଏ କାରିଗରର ସ୍ୱେଦ ଏହି ମନ୍ଦିର ନିର୍ମାଣରେ ବ୍ୟୟିତ ହେବନି। ଧର୍ମଦେବତାଙ୍କ ମନ୍ଦିର ତୋଲୁଥିବା ସମସ୍ତ କାରିଗର ନିଶ୍ଚିତ ପାରିଶ୍ରମିକ ପାଇବେ।

ଖୁସିର କଥା, ଆମ ଗଙ୍ଗପ୍ରଶାସନର କୋଣାର୍କ ନିର୍ମାଣ ରାଜପର୍ଷଦ ଯେଉଁ ନିଷ୍ପତ୍ତି ନେଇଛି, ତାହା ଉତ୍ତମରୂପେ ସମ୍ପାଦିତ ହୋଇଛି। ମନ୍ଦିର ନିର୍ମାଣାର୍ଥେ ବଡ଼ାନାସୀ ଆଉ କୋଣାର୍କରେ ଶ୍ରୀ ଭିଲାଇ ନାୟକ ବ୍ୟୟ ଓ ଭଣ୍ଡାରର ତତ୍ତ୍ୱାବଧାରକ। ସମସ୍ତ ପଦାର୍ଥ କ୍ରୟ ଏବଂ କାରିଗରମାନଙ୍କର ରୋଷଘର ଖର୍ଚ୍ଚର ସେ ନିୟନ୍ତା। ତାଙ୍କୁ ସହଯୋଗ କରିଛନ୍ତି ଶ୍ରୀ ଅଲଲୁ ନାୟକ, କୋଣାର୍କ ଭଣ୍ଡାରର ମୁଖ୍ୟ ଅଧିକାରୀ। ସବୁ ମୂଳରେ ଅର୍ଥ ଦାୟିତ୍ୱରେ ଅଛନ୍ତି ଶ୍ରୀ ଅଙ୍ଗାଇ ନାୟକ, କୋଣାର୍କ ମନ୍ଦିର ଅର୍ଥସଂସ୍ଥାନର କୋଷାଧ୍ୟକ୍ଷ। ସେ ବେସରକାରୀ ସମସ୍ତ ଦାନ ଗ୍ରହଣ କରି ନିଜ ଦାୟିତ୍ୱରେ ରଖି ନିୟମିତ ଅର୍ଥ ମାହାପାତ୍ରଙ୍କୁ ଓ ସିଧାସଳଖ ମୋତେ ଜଣାଇଛନ୍ତି। ସତରେ କୋଣାର୍କର ବ୍ୟୟ ଭଣ୍ଡାର ଅଧିକାରୀ, ବଣିକ ନାୟକ, ଭଣ୍ଡାର ନାୟକ, କୋଷ-କରଣ ଜୀବନ

ସରିକି କାମ କରିଛନ୍ତି । କୋଣାର୍କ କାରିଗର ଭୋଜନାଳୟ ଦାୟିତ୍ୱରେ ଥିବା ଜଳାର୍ଣ୍ଣ ନାୟକ ମୋତେ କାରିଗରମାନଙ୍କର ଖାଦ୍ୟରୁଚି ବିଷୟରେ କହି ବହୁ ଆନନ୍ଦ ଦେଇଛନ୍ତି । ଆମର କମନୀୟ ମୂର୍ତ୍ତିଖୋଦକମାନେ ଏମିତି ସାଦା ଉତ୍କଳୀୟ ଖାଦ୍ୟ ଖାଆନ୍ତି, ସମ୍ପୂର୍ଣ୍ଣ ନିରାମିଷ ଆଉ ମଠ ରୋଷେଇ ! ତା ଭିତରୁ ଏତେ ବୁଦ୍ଧି, ଏତେ ଅନ୍ତର୍ଦୃଷ୍ଟି ଆଉ ନିଭୁଲ ପ୍ରକୃତ ଘଟଣାର ଚିତ୍ରାଙ୍କନ । ଉତ୍କଳର କୌଣସି ସାଧାରଣ ଗ୍ରାମ୍ୟ ଘଟଣା ବାଦ୍ ଯାଇନି କାରୁକାର୍ଯ୍ୟରେ, ନା ଉତ୍କଳ ସାମରିକ ବାହିନୀ । ଗୌରବର ସମସ୍ତ ଗାଥା ଆଉ ଗଙ୍ଗରାଜର ଯବନ ଉପରେ ପ୍ରତିଶୋଧର ବହ୍ନି ସମ୍ପୂର୍ଣ୍ଣ ଭାବରେ ଖୋଦିତ । ମୋର ଅନ୍ତରଙ୍ଗ ରାଜକର୍ମଚାରୀ ଅଙ୍ଗାଇ ନାୟକ ଏଠି ମହାପାତ୍ର ଶିବେଇଙ୍କର ସହାୟକ, ମୋତେ ପ୍ରତି ପକ୍ଷରେ ବିଦ୍ୟାନାସୀରେ ନୂତନ ନିର୍ମାଣର ସଚେତକ ।

ସିଏ ହିଁ ଆବଶ୍ୟକ ମତେ ରାଜକୋଷରୁ ଅର୍ଥ ଗ୍ରହଣ କରି ମନ୍ଦିର ଖର୍ଚ୍ଚ ଭେଟାନ୍ତି । ମାତ୍ର ମାତ୍ର ସୁବର୍ଣ୍ଣର ବ୍ୟୟତାଲିକା ରହିଛି । ନିଶ୍ଚୟ ହିସାବରେ ପୁରୀ ଶ୍ରୀମନ୍ଦିର ଅପେକ୍ଷା ବ୍ୟୟଭାର ବହୁଗୁଣ ଅଧିକ ହୋଇଛି, ଆମ କୋଣାର୍କ ମନ୍ଦିର ଉଚ୍ଚତା, ପ୍ରତିକୂଳ ପରିବେଶରେ ନିର୍ମାଣ ଆଉ ସୂକ୍ଷ୍ମକଳାର ନିଦର୍ଶନ ଭାବରେ କାରିଗରି ଆଉ ଚମତ୍କାର ଦୃଶ୍ୟପଟ ପାଇଁ ସୁଦୃଶ୍ୟ କୋଣାର୍କ ମନ୍ଦିରଟିରେ ସାମାନ୍ୟ ସମୟସାପେକ୍ଷ ଘଟିଛି । ମାତ୍ର ଆଜି ପ୍ରତିଷ୍ଠା ପୂର୍ବରୁ ମନ୍ଦିରଟିର ଅବୟବ ଦେଖ ମୋ ପେଟ ପୂରିଉଠୁଛି । ବହୁବର୍ଷ ପ୍ରତୀକ୍ଷାର ଅନ୍ତଘଟିଛି । ସେହି ବିରଞ୍ଚ ନାରାୟଣଙ୍କର କୃପା ।

ଉତ୍କଳର ପାଇକ ଖଣ୍ଡାୟତ ବାହିନୀ କଣ ନକରିପାରେ ! କଣ୍ଠାଇରେ ନାଟକୀୟ ରୂପରେ ବଙ୍ଗର ଯବନରାଜ ତୁଘ୍ରୀଲ ତୁଘ୍ରା ଖାଁକୁ ପଳାତକ କରି ରାଧାର ରାଜଧାନୀ ଲଖନୌତି ଦଖଲ କରନ୍ତି ପୁଣି କୋଣାର୍କ ମନ୍ଦିର ପାଇଁ ଦୂରଦୂରାନ୍ତରୁ ବିଶ୍ୱନାଥ ପାହାଡ଼ରୁ ଓ ସାରା ଉତ୍କଳରୁ ପଥରଖଣ୍ଡ ବୋହି ଆଣିବା ଦାୟିତ୍ୱ ନିଅନ୍ତି । ମନ୍ଦିର ଉପରକୁ ପଥର ଉଠାଇବା କାମ ବି ଉତ୍କଳର ହାତୀ ମାର୍ଫତରେ ରହିଥିବା ସାହାଣୀମାନଙ୍କର, ମନ୍ଦିର ପୋତିବା ବି ସେଇ ପାଇକ କାମ ଆଉ ସ୍ୱପ୍ନ ଦେଖିବା ପରି ରାତିକେ ହାତୀଏ ଉଚ୍ଚ ମନ୍ଦିର ପୋତିଦେବାର ଦେଖିଲେ ଆନନ୍ଦ ଲାଗେ । ସୂର୍ଯ୍ୟଦେବଙ୍କ ମନ୍ଦିର ଅବଶ୍ୟ ରାତିରେ କାମ ହୁଏନି, କିନ୍ତୁ ସାଧାରଣ କାମଗୁଡ଼ିକ ପାଇକବାହିନୀ ଅନାୟାସରେ ସମ୍ପାଦନ କରନ୍ତି । ଗତ ଦୁଇମାସ ଭିତରେ ମନ୍ଦିରକୁ ପ୍ରତିଷ୍ଠା ସମସ୍ତ କରିଥୋଇଛନ୍ତି । ରାଜରାଣୀ ଦେଖିଲି, କୃତ୍ତିବାସ ଆଉ ପୁରୁଷୋତ୍ତମ କାଇଁ ଅଲସକନ୍ୟା ଆଉ ଶାଲଭଞ୍ଜିକା ମୂର୍ତ୍ତିମାନେ ତ କୋଣାର୍କର ନର୍ତ୍ତକୀମାନଙ୍କ ସହ ତାଲ ଦେଇ ପାରିବେନି ! ଧନ୍ୟ ତୁମେ କାରିଗର, ତୁମର ସହାୟକ ପାଇକକୁଲ । ଗଢ଼ା ପଥରରେ ମାର୍ଜ୍ଜନ ଓ ଲେପନ କରି ସେମାନେ ଖୋଦିତ ଚାରୁକଳାକୁ ଏମିତି ଚିକ୍କଣ ଆଉ

ଦର୍ଶନୀୟ କରିଛନ୍ତି, ତାହା ଯୁଗ ଯୁଗକୁ ଦର୍ଶକର ଚକ୍ଷୁକୁ ଚିରକାଳ ଆକର୍ଷିତ କରୁଥିବ । ଏ ମନ୍ଦିର ପ୍ରତିଟି ମନ୍ଦିର ଚାରୁକଳାରେ ଗୋଟିଏ ଗୋଟିଏ ମନ୍ଦିର !

ଏଇ କଳିଙ୍ଗ ଉକ୍କଳର ଏକାଗ୍ର କାରିଗରମାନେ କୋଣାର୍କ ନଟକୀମାନଙ୍କ ଠାଣି ନିର୍ଣ୍ଣୟ କରିଛନ୍ତି । ତାଙ୍କୁ ଏମିତି ସୁଠାମ ଭଙ୍ଗୀରେ ନୃତ୍ୟଶୈଳୀ ନିରୂପଣ କରିଛନ୍ତି, ତାହା ଦୁନିଆକୁ ବିସ୍ମୟକର । ଗଙ୍ଗଶାସନର ଉକ୍କଳ ରାଜ୍ୟର ସର୍ବଶ୍ରେଷ୍ଠ ନୃତ୍ୟଗୁରୁ କିଏ ତାହା ନିର୍ଣ୍ଣୟ କରି ପାରିଛନ୍ତି ଆମର ଦକ୍ଷ କୋଣାର୍କ ମନ୍ଦିର ମୁଖ୍ୟ ବାସ୍ତୁକାର ଶିବେଇ । ସେଇ ନାଟ୍ୟଗୁରୁ ସୋମେଇ ବି ଆକର୍ଷିତ ହୋଇ ପଡ଼ିଲେ କୋଣାର୍କର ମାୟାରେ । ନାଟ୍ୟମନ୍ଦିର ଆଉ ସମୁଦାୟ ମନ୍ଦିର ଗାତ୍ରରେ ତାଙ୍କ ନିର୍ଦେଶରେ ଖୋଦିତ ହେଲା କମନୀୟ ନୃତ୍ୟ ଯାହା ବିଶ୍ୱର କୌଣସି ମନ୍ଦିର ବା ଦର୍ଶନୀୟ ପୀଠରେ ଦେଖାଯାଏନି କି ଦେଖାଯିବାର ସମ୍ଭାବନା ନାହିଁ । ଭାବପୂର୍ଣ୍ଣ ମନଖୋଲା ନୃତ୍ୟ ଯାହା ଭାବନା ବିହୀନ ମନରେ ବି ଆଲୋଡ଼ନ ସୃଷ୍ଟି କରିବ ।

ମହାରାଜା ନରସିଂହଙ୍କର ମନର ଅଭ୍ୟନ୍ତରରେ ମନ୍ଦିର ନିର୍ମାଣର ଦୌବୀ

ଆନନ୍ଦଧାରା ବାଧା ପ୍ରାପ୍ତ ହେଲା। ପୂର୍ବଦିଗରୁ ସୂର୍ଯ୍ୟ ଦି ଆଙ୍ଗୁଳ ଉପରକୁ ଉଠି ଆସିଲେଣି। ପାଖରେ ଶିବେଇ ସାମନ୍ତରା ମହାପାତ୍ର ଜାଣିଗଲେଣି ଏଇ ମୁହୂର୍ତ୍ତରେ ମନ୍ଦିର ପ୍ରତିଷ୍ଠା ଯଜ୍ଞର କର୍ତ୍ତା ନିଜ କୃତିରେ ଆନନ୍ଦ ବିଭୋର ହୋଇ ଅନ୍ୟମନସ୍କ ହେଉଛନ୍ତି। କେଇ ପଲକରେ ବିରଞ୍ଚି ନାରାୟଣ ପୂର୍ବ ଦିଗ୍‌ବଳୟରେ ସମ୍ପୂର୍ଣ୍ଣ ଦୃଶ୍ୟମାନ ହୋଇ ପ୍ରଥମ କିରଣ କୋଣାର୍କ ଉପରେ ବୃଷ୍ଟି କରି ବିଗ୍ରହକୁ ଜୀବଦାନ କରିବେ ଏବଂ ନିଜେ ରଥ ସ୍ୱରୂପ ଏହି ମନ୍ଦିରରେ ବିଦ୍ୟମାନ ହେବେ।

କେଇ ପଲକ ମଧ୍ୟରେ ପ୍ରଥମ କିରଣର ଆଗମନ ପୂର୍ବରୁ ଶିବେଇ ଉତ୍କଳ ନରେଶଙ୍କ ତୁଣ୍ଡ ନିର୍ଗତ ଗମ୍ଭୀର ସ୍ୱର ଶୁଣୁଥିଲେ, "ମୋ ମନଟା ଆଜି ସ୍ୱର୍ଗୀୟ ଆନନ୍ଦ ଆଉ ଉଦ୍ଦୀପନାରେ ପୂରି ଉଠୁଛି ଶିବେଇ ଆଉ ମନ୍ଦିର ତୋଳିଥିବା ସମସ୍ତ କାରିଗର ମାନଙ୍କ ଦୈବୀଶକ୍ତିରେ। ସ୍ୱୟଂ ସୂର୍ଯ୍ୟଦେବ ଏହାର ନିର୍ମାଣ ବାର ବର୍ଷ ଧରି ଦେଖୁଛନ୍ତି ଓ ଏହି ଅମୃତବେଲାରୁ ଦୈନନ୍ଦିନ ରଥାରୋହଣ କରି ଆନନ୍ଦରେ ବିଶ୍ୱକୁ ଉଜ୍ଜ୍ୱଳ କରିବେ, ଆହୁରି ଆନନ୍ଦମୟ କରିବେ, ଅମୃତମୟ କରିବେ। ଉତ୍କଳର ସକଳ ଉନ୍ନତି ସାଧନ କରିବେ। ମହାରାଜା ନରସିଂହଙ୍କର ଆଶୀର୍ବାଦ ଚିରକାଲକୁ ରହିଲା।"

ବିରଞ୍ଚି ନାରାୟଣ ଦିଗ୍‌ବଳୟରୁ ଏହା ଶୁଣିପାରିଲା ପରି ଆଉ ଡେରି ନକରି ଅରୁଣୋଦୟର ଦୃଶ୍ୟ ରଚିଲେ। ବିଶ୍ୱ ଆଲୋକିତ ହେବାକୁ ଲାଗିଲା। ମନ୍ଦିର ଗର୍ଭଗୃହ ଆଲୋକିତ ହୋଇଗଲା।

ବ୍ରାହ୍ମମୁହୂର୍ତ

କଳିଙ୍ଗ, ଉତ୍କଳ, ଓଡ଼ିଶା ଅବା ଇତିହାସରେ ଅନ୍ୟ କୌଣସି ନାମର ଓଡ଼ିଶାରେ ଯଦି ବ୍ରାହ୍ମମୁହୂର୍ତ କେଉଁଟା ବୋଲି ଆମେ ଇତିହାସର ଘଡ଼ିସନ୍ଧି ବିଶ୍ଳେଷଣ କରିବା, ୧୪୩୫ ମସିହା ଜୁନ୍ ୨୯ ତାରିଖ ଏମିତି ଗୋଟିଏ ତିଥ ଥିଲା ବୋଲି ପ୍ରତୀୟମାନ ହୁଏ। ସମ୍ଭବତଃ ଏହି ଦିନଟି ବୁଧବାର ସକାଳ ଭାବରେ ଯାହା ଆମେ ଓଡ଼ିଆ ଲୋକ ମନରେ କହୁ ମଙ୍ଗଳ ରାତି ବୁଧ ପାହାନ୍ତି। ସର୍ବ ଶୁଭ ଏବଂ ସୁଫଳା ସମୟ।

ଇତିହାସର ଏହି ବୀର ରାଷ୍ଟ୍ରଶାସନରେ କେତେଜଣ ଯୁଗପୁରୁଷଙ୍କର ଆବିର୍ଭାବ ଘଟେ ସେମାନଙ୍କର ଦିଗ୍‌ବିଜୟ ମନୋଭାବ ସ୍ବତଃ ମନର ପୂର୍ବାକାଶରେ ଉଦିତ ହୁଏ। ସେମାନେ ସମରଯୋଗ୍ୟ ମାନବସମ୍ବଳ, ଜୀବଜନ୍ତୁ ସମ୍ବଳ ଏବଂ ପଦାର୍ଥ ସମ୍ବଳ ସମ୍ମିଶ୍ରଣରେ ବିଶାଳ କଳିଙ୍ଗ ଚତୁରଙ୍ଗ ଅବା ଗଜପତି ସେନା ଗଠନ କରି କେବଳ ରାଷ୍ଟ୍ରର ପ୍ରତିରକ୍ଷା କରନ୍ତି ନାହିଁ, ବିପଦସଙ୍କୁଳ ଯବନ ଅବା ଯବନରାଷ୍ଟ୍ରକୁ ଆକ୍ରମଣ କରନ୍ତି, ଅକ୍ତିଆର କରନ୍ତି। ସେହିପରି କେତେଜଣ ଥାଇପାରନ୍ତି, କିନ୍ତୁ ଖାରବେଲ, ଲାଙ୍ଗୁଳା ନରସିଂହ ଏବଂ କପିଲେନ୍ଦ୍ର ସ୍ପଷ୍ଟ ଭାବରେ ଦୃଷ୍ଟିଗୋଚର ହୁଅନ୍ତି। ଖାରବେଲ ଏବଂ ନରସିଂହ କଳିଙ୍ଗ ଉତ୍କଳର ରାଜଗାଦି ବଂଶର ଉତ୍ତରାଧିକାରୀ ସୂତ୍ରରେ ପାଇଛନ୍ତି, ମାତ୍ର କପିଲେନ୍ଦ୍ର ନିଜର ସୌଭାଗ୍ୟରୁ ଏବଂ ମାତୃଭୂମିର ଗୋଟିଏ ବ୍ରାହ୍ମମୁହୂର୍ତରେ ତାଙ୍କୁ ରାଜଗାଦି ପ୍ରାପ୍ତ ହୋଇଛି। ସେ ରାଜବଂଶରେ ଜନ୍ମ ହୋଇନାହାନ୍ତି, କାଶିଆ କପିଲା ଗପ ସମ୍ପୂର୍ଣ୍ଣ କାଳ୍ପନିକ ହୋଇପାରେ, କିନ୍ତୁ ଲୋକକଥାରେ ହାତୀ ତାଙ୍କ ମୁଣ୍ଡରେ 'ସୁନା କଳସ ଢାଳିଛି।' ସେ ଏତେ ଭାଗ୍ୟବାନ, ଜଣେ ସାଧାରଣ ଲୋକ ହୋଇ ରାଜଗାଦି ଲାଭ କରିଛନ୍ତି। ପିତାମହ ଓ ପିତା ଉଭୟ ଗଙ୍ଗସେନାର ସେନାପତି ଥିଲେ ବୋଲି ବଂଶାବଳୀରୁ ପ୍ରାପ୍ତ ହୋଇଛି।

କିନ୍ତୁ ଆମେ ତାଙ୍କ ରାଜ୍ୟାଭିଷେକକୁ ତାଙ୍କର ବ୍ୟକ୍ତିଗତ ସୌଭାଗ୍ୟ ନ କହି

ଓଡ଼ିଶା ମାତୃଭୂମିର ବ୍ରାହ୍ମମୁହୂର୍ତ କହିବାର ତାତ୍ପର୍ଯ୍ୟ ରହିଛି। ସତରେ ସେହି ସମୟରେ ଛଅ ମାସ ଧରି ଅରାଜକତା ସୃଷ୍ଟି ହୋଇଥିବା ଓଡ଼ିଶା ରାଜ୍ୟ ପଡ଼ୋଶୀ ଏବଂ ତଦାନୀନ୍ତନ ପ୍ରସ୍ତୁତ ଯବନ ଆକ୍ରମଣକାରୀଙ୍କର ଲୋଲୁପଦୃଷ୍ଟି ଏଡ଼ାଇ ପାରି ନଥିଲା। ଉତ୍ତରରୁ ବଙ୍ଗଳାର ଇଲିଆସ୍ ସୁଲତାନ, ଉତ୍ତରଭାରତ ଜୌନପୁରର ସାହି ସୁଲତାନ, ପଶ୍ଚିମ ମାଲବର ସୁଲତାନ, ଦକ୍ଷିଣ-ପଶ୍ଚିମ ବାହାମନି ସୁଲତାନ ଏବଂ ଦକ୍ଷିଣରୁ ବିଜୟନଗର ଦ୍ୱିତୀୟ ଦେବରାୟ ଜଳଜଳ କରି ସେନା ପ୍ରସ୍ତୁତ କରୁଥିଲେ ଏବଂ କୁମ୍ଭୀର ଗିଳିବା ପରି ଦ୍ୱିତୀୟ ଦେବରାୟ ବୀରଭଦ୍ର ରେଡ଼ି ସାମନ୍ତ କଞ୍ଚୁକ ବିଶାଳ ରାଜ୍ୟର ଦକ୍ଷିଣ ସୀମାରୁ ରାଜମହେନ୍ଦ୍ରୀ, ବିଶାଖାପାଟଣା ଦଖଲ କରି ସୀମାଦ୍ରି (ସୀମାଟଳ ଦୁର୍ଗ) ଆକ୍ରମଣର ସଜବାଜ ହେଉଥିଲେ।

ଦକ୍ଷିଣ ସୀମାରେ ଜଳଜଳ ହୋଇ ରେଡ଼ିବଂଶଠାରୁ ପରାଜୟ ମୁଖରେ ପଡ଼ିଥିବା ଗଙ୍ଗରାଜ ନିଃଶଙ୍କ (ମଉ) ଭାନୁଦେବ ଦୀର୍ଘ ଦିନ ହେବ ଓଡ଼ିଆ ମାନସପଟରେ ଯାତନାର କାରଣ ହୋଇଥିଲେ। ଓଡ଼ିଶାର ପାଇକ ନିଜର ଏକତା ଆଉ ଏକାଗ୍ରତା ହରାଇଥିଲା, ଆପ୍ରାଣ ଲଢ଼ି ଜୀବନ ମୂର୍ଚ୍ଛିବାର ଉନ୍ମାଦନା ହରାଇଛି। ଭାନୁଦେବଙ୍କ ଜୀବନବ୍ୟାପୀ ସାମରିକ ଅବଧାରଣା ସବୁବେଳେ ଲକ୍ଷ୍ୟହୀନ କରି ପକାଇଛି ପାଇକ ବାହିନୀକୁ। ଦିଗହରା ହୋଇ ପଡ଼ିଛନ୍ତି ସେମାନେ। ବିଷାଦରେ ମର୍ମାହତ। ଶୀତଳ ଯୁଦ୍ଧକୁ ଆଦରିବାରେ କଳିଙ୍ଗ ପାଇକ ପସନ୍ଦ କରେନି, ଜିଅ ବା ମର ଫଳାଫଳ ଜିଅନ୍ତା ହେବାର ମାନସିକତା ରଖିଛି ଓଡ଼ିଆ ପଦାତିକ! ଏମିତି ସ୍ଥାଣୁ ଓଡ଼ିଆ ସାମରିକ ବାହିନୀ ମଉଭାନୁଦେବଙ୍କ ଦକ୍ଷିଣ ଶିବିରରେ। ରକ୍ତର ଉଷ୍ଣତା ଖସୁଛି। ପାଇକର ଶକ୍ତ ଶରୀର ଆଦେଶ ବିହୀନ ଭୀରୁ ଗଙ୍ଗରାଜଙ୍କ ପାଇଁ ଆଜି ଲଜ୍ଜିତ, ଜର୍ଜରିତ। ଯେ ପରାଙ୍ମୁଖ ହେବା ଜାଣେନି, ତାକୁ ଦକ୍ଷିଣ ସୀମାରେ ହେବାକୁ ପଡ଼ୁଛି।

ଏଠିକିବେଳେ ଓଡ଼ିଶାରେ ସମସ୍ତଙ୍କ ଦୃଷ୍ଟି ପଡ଼େ ସେନାପତି କପିଲେନ୍ଦ୍ରଙ୍କ ଉପରେ। ଜଣେ ଉଚ୍ଚାଭିଳାଷୀ ସାମରିକ ବିଶେଷଜ୍ଞ। ମୁଣ୍ଡ ଟେକି ସାହସିକତାର ସଂକେତ ଦେଉଥିବା ବୀର କପିଲେନ୍ଦ୍ର। ଓଡ଼ିଶାର ରାଜଗାଦି, ରାଜଶକ୍ତି ଆଉ ପ୍ରଶାସନ ବିଷୟରେ ଦୃଢ଼ ଧାରଣା ଅର୍ଜନ କରିଥିବା ଗଙ୍ଗରାଜ ମଉଭାନୁଦେବଙ୍କ ଅତ୍ୟନ୍ତ ବିଶ୍ୱସ୍ତ। ନିଜେ ଅନୁତପ୍ତ ହେଉଛନ୍ତି ତାଙ୍କ ବିହୁନେ ଗଙ୍ଗରାଜ କାହିଁକି ଏକ ନିଷ୍ଫଳ ଯୁଦ୍ଧରେ ମାସ ମାସ ଧରି ରାଇଜକୁ ଅନ୍ଧକାର ଓ ଅନିଶ୍ଚିତତା ଭିତରେ ରଖିଛନ୍ତି? କାହିଁକି ସୀମାନ୍ତରେ ପ୍ରହେଲିକା ସୃଷ୍ଟି କରୁଛନ୍ତି? ଯଦି ଗଜପତି ତାଙ୍କୁ ପୋଷ୍ୟପୁଅ କହୁଛନ୍ତି, ତାଙ୍କୁ ଗାଦି ଅର୍ପଣ କରିବାରେ ବିଳମ୍ବ କରୁଛନ୍ତି କାହିଁକି? ଶ୍ରୀମନ୍ଦିର ସହ ରାଜ୍ୟଟି ଯବନାଧୀନ ହେବ, ତା ଛଡ଼ା ଆଉ କିଛି ଶୁଭ ଦିଶୁନାହିଁ।

ସମ୍ଭବତଃ ଜଣେ ଗଙ୍ଗସେନାର ସମର୍ଥ ମହାପାତ୍ର ତଥା ପାଗାର ଗୋପୀନାଥ ମହାପାତ୍ର ଗୁପ୍ତରେ ପ୍ରସ୍ତାବ ଦିଅନ୍ତି କପିଲେନ୍ଦ୍ରଙ୍କୁ । ମୃତବତ୍ ଗଙ୍ଗଶାସନର ଭାବିଷ୍ୟତ କଅଣ ? ଆହ୍ୱାନ ଦିଅନ୍ତି ତାଙ୍କୁ, "ନିଜର ମତ ରଖ ବୀର କପିଲେନ୍ଦ୍ର । ଓଡ଼ିଶାର ପାତ୍ର ମନ୍ତ୍ରୀ ଚାହାନ୍ତି ଜୀବନ୍ତ ଓଡ଼ିଆ ସମର, ଓଡ଼ିଶା ଶାସନ । ଚାହାନ୍ତିନି ରାଜଶକ୍ତି ହୀନବଳ ହୋଇ ବହୁ ମାସ ସୀମାରେ ଛପିଯିବ । ଶତ୍ରୁପାଖରେ ଶରଣ ପଶିବ । ଶରଣ ପଶିଲେ କଅଣ କେବେ ଶତ୍ରୁ ସୀମା ଛାଡ଼ି ଚାଲିଯିବ ?"

ଜଣ ଜଣ କରି ଅନେକ ରାଜପରିଷଦ ପାତ୍ର ମନ୍ତ୍ରୀ ବି ସେମିତି ପ୍ରସ୍ତାବର ପ୍ରୋତ୍ସାହନ ଦିଅନ୍ତି ସେନାପତି କପିଲେନ୍ଦ୍ରଙ୍କୁ । ଗଙ୍ଗରାଜ ନିଷ୍ଚୁପ । ହଜିଯାଉଛନ୍ତି ଦକ୍ଷିଣ ସୀମାନ୍ତ କର୍ଣ୍ଣାଟ ବିଜୟନଗରମ୍ ଶକ୍ତିରେ ବିନିଯୁକ୍ତ ରାଜମହେନ୍ଦ୍ରୀ ରେଡ଼ି ପ୍ରଶାସକଙ୍କ ଚକ୍ରାନ୍ତରେ । ଆଶା ହରାଇଲାଣି ରାଜ୍ୟ, ଘୋର ସନ୍ଦେହ ଆସୁଛି ରାଜ୍ୟର ନୃପତି ମଉ ଭାନୁଦେବ ସଶରୀରେ ଲେଉଟି ଆସିପାରିବେ ତ ଦକ୍ଷିଣରୁ ? ଆହୁରି ଅଭ୍ୟନ୍ତରକୁ ଧସେଇ ପଶିଯିବେନି ତ ରେଡ଼ି ପ୍ରଶାସକ ରାଜମହେନ୍ଦ୍ରୀର ? ବିନା ରକ୍ତପାତରେ ଧସୁଛି ଓଡ଼ିଶାର ଦକ୍ଷିଣ ସୀମା । କାଳିକୁ ସୀମାଦ୍ରି ନଥିବ, ତା ପରେ କଳିଙ୍ଗପାଟଣା ଶେଷରେ ବିଦ୍ୟାନାସୀ କଟକ ।

ଦିନ ପରେ ଦିନ ଦକ୍ଷିଣସୀମାର ଡଗର ଆସି ନିରାଶାର ବାଣୀ ଶୁଣାଉଥାଏ ସାମରିକ ପରିଷଦରେ । ସୀମାଦ୍ରିକୁ ଦଖଲ କରିନେଲା ରାଜମହେନ୍ଦ୍ରୀର ଭୀମା ରେଡ଼ି । ବିଶାଖାପାଟଣା ସମ୍ପୂର୍ଣ୍ଣ ବିଜୟନଗରମ୍ କରାୟତ । ସବୁ ମହାପାତ୍ର, ପାତ୍ର, ପ୍ରଶାସକ, ଜଗନ୍ନାଥ ମନ୍ଦିରର ସୁରକ୍ଷା ମୁଖ୍ୟ ସଂକଟ ସମୟରେ ଉପନୀତ । ଆଧଣ୍ଟା ଦିନ ପାଇଁ କଅଣ କରାଯିବ ସେହି ଆଲୋଚନାରେ ବ୍ୟସ୍ତ । ଶାସନର ଦାୟିତ୍ୱରେ ରହିଥିବା କପିଲେନ୍ଦ୍ର ବି ଉପସ୍ଥିତ ଥିଲେ । ଏକ ମୁଖରେ ପ୍ରସ୍ତାବ ଆସିଲା, ଆସନ୍ତା କାଲିଠାରୁ ଓଡ଼ିଶାର ରାଜଗାଦି ଲାଭ କରିବେ ସେନାପତି କପିଲେନ୍ଦ୍ର ରାଉତରାୟ ।

କିନ୍ତୁ କପିଲ ହଠାତ ଶଙ୍କାନ୍ୱିତ ହୋଇପଡ଼ିଲେ । କିଛି ସମୟ ନିରବ ରହି ଧୀର ସ୍ୱରରେ କହି ଉଠିଲେ, "ନା, ଅସମ୍ଭବ । କପିଲେନ୍ଦ୍ର ଗଙ୍ଗ ସେନାପତି । ତା ରକ୍ତରେ ଗଙ୍ଗରାଜଙ୍କର ସୁରକ୍ଷାର ଉଷ୍ଣତା ରହିଛି । ସିଏ ଘର ଢିଙ୍କି କୁମ୍ଭୀର ହୋଇ ପାରିବ ନାହିଁ ।"

କପିଲେନ୍ଦ୍ର ପ୍ରସ୍ତାବର ସପକ୍ଷରେ ନଥିଲେ । ଚିନ୍ତା କରିଥିଲେ, ଏହା କଅଣ ଏତେ ସରଳ ? ରାଇଜର ଅନେକ ସାମନ୍ତ ରାଜା ଗଙ୍ଗ ସପକ୍ଷରେ । ଖୁବ୍ କମ୍ ସମୟରେ ନୂତନ ରାଜଶକ୍ତିକୁ ପରାହତ କରିବାର ଆଶଙ୍କା ରହିଛି । ଏକ ସମୟରେ ବିଦ୍ରୋହ ଘୋଷଣା କରି କଟକ ଅଧିକାର କରିନେବେ ଅବା ବିଚ୍ଛିନ୍ନ ହୋଇଯିବେ ।

ସେନାଧ୍ୟକ୍ଷ କପିଲେନ୍ଦ୍ର ନିଶ୍ଚୟ ଚିନ୍ତାମଗ୍ନ ହୋଇଗଲେ। ଭାବିଲେ ସମସ୍ୟା ସମାଧାନ ନକରି ମୋତେ ରାଜଗାଦିରେ ବସାଇଲେ କଅଣ ଫଳ ମିଳିବ? ଜଣେ ସେନାଧ୍ୟକ୍ଷ ଭାବରେ ରାଜ୍ୟଲାଭ କେତେ ସମୀଚୀନ, ତାହା ଘୋର ଚିନ୍ତାର ବିଷୟ।

କାଳବିଲମ୍ବ ନକରି ଉକ୍କଳର ମୁଖ୍ୟ ମହାପାତ୍ର ଆଶ୍ୱାସନା ଦେଉଛନ୍ତି ମଉଭାନୁଦେବ ଆସିବାର ସମ୍ଭାବନା କ୍ଷୀଣ। ନ ଆସିଲେ ଯାହା ଘଟିବ, ଏବେ ସେଇୟା ହେବ। ପ୍ରଶାସନ ଏବଂ ସାମରିକ ମୁଖ୍ୟମାନେ ସ୍ଥିର କଲେ କଟକ କି ପୁରୀ ବ୍ୟତିରେକ କୌଣସି ସ୍ଥାନରେ ଗୁପ୍ତରେ କପିଲେନ୍ଦ୍ର ନିଜକୁ ରାଜ୍ୟର ରାଜା ବୋଲି ଘୋଷଣା କରି ନିଜ ଶକ୍ତିର ପରିଚୟ ଦିଅନ୍ତୁ। ବଙ୍ଗାଲାର ଅନୁପ୍ରବେଶ ବନ୍ଦ ହୋଇଯିବ। ତା ସହିତ ଜଉନପୁର ସ୍ୱାଧୀନ ଯବନ ନବାବ ବି ଉକ୍କଳ ଆକ୍ରମଣ ପାଇଁ ପ୍ରସ୍ତୁତ ହେଉଛି। ସେ ବି ଚୁପ୍ ହୋଇଯିବ। ଆହୁରି ମଧ୍ୟ ଅବିରତ ଦକ୍ଷିଣରୁ ସୀମା ଅପହରଣ କରୁଥିବା ରେଡ଼ି ବି ଚୁପ୍ ହୋଇଯିବ।

ଦିନ ଧାର୍ଯ୍ୟ ହୋଇଗଲା। କାଳବିଲମ୍ବ ନକରି ଚଳନ୍ତି ଶାକ ୧୩୫୭ ଶ୍ରାବଣ ମାସ କକଡ଼ା ଦ୍ୱିତୀୟା ଶୁକ୍ଲ ଚତୁର୍ଥୀ (ଆଜି କହିବାକୁ ଗଲେ, ୨୯-୦୬-୧୪୩୫ ମସିହା) ବୁଧବାର ଦିନ ଏକାମ୍ର କୃଭିବାସ ମନ୍ଦିରରେ ସମସ୍ତ ରାଜଶକ୍ତି ଆଉ ଗୁପ୍ତଚର ଆଭୁଆଲରେ ସିଂହାସନ ଆରୋହଣ ପର୍ବ ସମ୍ପାଦିତ ହେବ। ସେନାଧ୍ୟକ୍ଷ ନିଜର ଆଭ୍ୟନ୍ତରୀଣ ସେନାମାନଙ୍କୁ ନିରାପଦ ପାଇଁ ଆବଶ୍ୟକ ସ୍ଥାନ ଗୁଡ଼ିକରେ ସ୍ଥାନିତ କରିବେ। ଏହି ରାଜକାର୍ଯ୍ୟ ଅତ୍ୟନ୍ତ ଗୋପନୀୟ ଭାବରେ ସମ୍ପନ୍ନ କରାଯିବ।

କପିଲେନ୍ଦ୍ର ପ୍ରସ୍ତାବିତ ଗୁପ୍ତ କାର୍ଯ୍ୟସୂଚୀ ପାଇଁ ଟିକିଏ ସନ୍ଦିଗ୍ଧ ଥିଲେ, କିନ୍ତୁ ତାଙ୍କର ଆଗ୍ରହ ସହଜରେ ପରିଦୃଷ୍ଟ ହେଉଥିଲା। ନିଜର ସ୍ୱାର୍ଥ ପାଇଁ ଯେତିକି ନୁହେଁ, ଓଡ଼ିଆ ମର୍ଯ୍ୟାଦାହାନି ଆଉ ଜଳ ଜଳ ହୋଇ ଦେଖାଯାଉଥିବା ଉକ୍କଳ ରାଜ୍ୟର ଦୁର୍ଗତି ତାଙ୍କୁ ବାଧ୍ୟ କରୁଥିଲା ରାଜଗାଦି ଉପରେ ବସି ରାଜ୍ୟ ଆଉ ପ୍ରଜାମାନଙ୍କ ସମନ୍ୱୟରେ ନିଜର ପ୍ରାଣପ୍ରିୟ ରାଜ୍ୟକୁ ରକ୍ଷା କରିବାକୁ। ଉକ୍କଳୀୟ କଳା ଭାସ୍କର୍ଯ୍ୟ ଆଉ ପ୍ରଭୁ ଶ୍ରୀଜଗନ୍ନାଥଙ୍କୁ ବିଧ୍ୱଂସୀ କବଲରୁ ବଞ୍ଚାଇବାକୁ ପ୍ରତିରକ୍ଷା ଅନିବାର୍ଯ୍ୟ।

ସିଏ ଅନୁମାନ କରିପାରୁଥିଲେ ଏମିତି ଗୁପ୍ତରେ ସିଂହାସନ ଲାଭକଲେ, ଗଙ୍ଗାବଂଶ କି ସେମାନଙ୍କର ବଂଶଜମାନେ କ୍ଷମା ଦେବେ ନାହିଁ। ରାଜା ମଉଭାନୁଦେବ ତାଙ୍କ ସେନା ପରିଚାଳନାରେ ଖୁସି ହୋଇ ତାଙ୍କୁ ସୁପୁତ୍ର ଭାବରେ ବିବେଚନା କରନ୍ତି। ଏହାର ମାନେ ନୁହେଁ ଯେ ତାଙ୍କୁ ସେ ନିଜେ କାହିଁକି ପିତା ବୋଲି ଗ୍ରହଣ କରିବେ? ଦକ୍ଷ ସେନାପତି ହିସାବରେ ରାଜାଙ୍କୁ ସେ ଶାନ୍ତିରେ ଗ୍ରହଣ କରିପାରି ନାହାନ୍ତି। ଗଙ୍ଗାବଂଶ

ବଙ୍ଗଦେଶକୁ ଆକ୍ରମଣ କରି ଛାରଖାର କରିଦେଇଥିଲା । ଲାଙ୍ଗୁଲା ନୃପତି ତାଙ୍କୁ ଓଡ଼ିଶାରେ ପଶିବାକୁ ଅନୁମତି ଦେଇ ନଥିଲା । ବରଂ ଜିତାପଟ ହୋଇ ଲଖନୌତି ଆଉ ଚମ୍ପାରୁ ପ୍ରଚୁର ଧନ ଲାଭ କରିଥିଲେ । କିନ୍ତୁ ମଉ ଭାନୁଦେବ ସାଜିଲେ ଗଙ୍ଗବଂଶର ଅକାଳକୁଷ୍ମାଣ୍ଡ । ନା ନୈତିକତା ନା ସାମରିକତା । ଜଣେ ସ୍ତ୍ରୈଣ ଉକ୍କଳ ନୃପତି କଅଣ ବା କରିପାରେ ? ଗଙ୍ଗ ଉକ୍କଳର ଦକ୍ଷିଣ ଦିଗରୁ ରାଜମହେନ୍ଦ୍ରୀ, ବିଶାଖାପାଟଣା ନିପାରଟ ହୋଇ ଶତ୍ରୁ ହାତରେ ଅର୍ପି ଦେଲେ ।

ବ୍ରାହ୍ମମୁହୂର୍ତ୍ତ ଏବେ ଉପନୀତ । ବଡ଼ି ଭୋରରୁ କଳିଙ୍ଗ ଉକ୍କଳର ରାଜଗାଦିରେ କପିଲେନ୍ଦ୍ର ଉପବିଷ୍ଟ । ଏମିତି ଗୁପ୍ତରେ ରାଜସିଂହାସନ ଲାଭକଲେ କପିଲେନ୍ଦ୍ର । ପ୍ରଜା, ରାଜ୍ୟ, ଗୋ-ବ୍ରାହ୍ମଣ ସେବା ବ୍ରତ ନେଲେ ସିଏ ।

ମଉ ଭାନୁଦେବ ଆଉ ବାରବାଟୀ ଫେରିଲେନି । କିନ୍ତୁ ତାଙ୍କର ନିକଟ ସମ୍ପର୍କୀୟ ତିନି ସାମନ୍ତ ରାଜା କପିଲେନ୍ଦ୍ରଙ୍କ ବଇରି ସାଜିଲେ । ଖେମୁଣ୍ଡି, ନନ୍ଦପୁର ଆଉ ସୀମାଚଳ ସନ୍ନିକଟ ଓଡ଼ାଡ଼ିର । ଏମାନେ ମଉଭାନୁ ଓ ତାଙ୍କ ପୂର୍ବପୁରୁଷମାନଙ୍କର ରକ୍ତଗତ ସମ୍ପର୍କ । ଯେତେଦୂର ଏମାନେ ମଉଭାନୁଙ୍କ ପ୍ରତି ସମ୍ବେଦନଶୀଳ ଥିଲେ, ତା'ଠାରୁ ଅଧିକ ଆଶାୟୀ ଥିଲେ ସନ୍ତାନହୀନ ଗଙ୍ଗାରାଜଙ୍କ ରାଜଗାଦି ଦୋଦୁଲ୍ୟମାନ ଥିବାରୁ ନିଜେ କିପରି ଉକ୍କଳର ରାଜସିଂହାସନ ପ୍ରାପ୍ତ କରିବେ, ଗଜପତି ହେବେ । ତାଙ୍କର ଲାଳସା ବଳବତ୍ତର ଥିଲା, କାରଣ ସେମାନେ କୌଣସି ରାଜବଂଶୀୟ ମଉଭାନୁଙ୍କର କୌଣସି ଉତ୍ତରାଧିକାରୀ ଦେଖିପାରୁ ନଥିଲେ ।

ସେଥିରେ କପିଲେନ୍ଦ୍ର ଯବନିକା ପକାଇଛନ୍ତି । ସମର୍ଥନ ତ ଦୂରର କଥା, ସେମାନେ କୌଣସି ରାଜସ୍ୱ ଦେବେନି ବୋଲି ଜଣାଇ ଦେଲେ ଏବଂ ସର୍ବଦା କପିଲେନ୍ଦ୍ରଙ୍କୁ ବିରୋଧ କରିବେ, ଏହା ଜଳଜଳ ହୋଇ ଦେଖାଯାଉଥିଲା । ଓଡ଼ିଶାର ପ୍ରଜାମାନଙ୍କୁ କପିଲେନ୍ଦ୍ରଙ୍କ କୌଶଳରେ ସିଂହାସନ ଲାଭ କରିଥିବା ପ୍ରସଙ୍ଗ ଉନ୍ମୋଚନ କରି ଏହା ଜଗନ୍ନାଥଙ୍କ ସମର୍ଥକ ରାଜା ମଉ ଭାନୁଦେବଙ୍କ ପ୍ରତି କେବଳ ବିଶ୍ୱାସଘାତକତା ନୁହେଁ, ପୁରୁଷୋତ୍ତମଙ୍କୁ କୁଠାରାଘାତ ବୋଲି ପ୍ରକାଶ କରି ବଡ଼ଦେଉଳର ସମର୍ଥନ ଆଶାକଲେ ।

ଯାହା କୁହନ୍ତୁ, ପ୍ରଜାମାନେ କପିଲେନ୍ଦ୍ରଙ୍କୁ ଆଦରର ରାଜା ବୋଲି ସ୍ୱୀକାର କରୁଛନ୍ତି । ନିଶ୍ଚୟ ମନ୍ଦିରରେ ଅନେକ ଗଙ୍ଗ ସମର୍ଥକ ଅଛନ୍ତି । ସେଥିପାଇଁ ଈର୍ଷା ପରାୟଣ କଥା କୁହାଳିଆ ଗଙ୍ଗଭକ୍ତମାନେ ତାଙ୍କ ଭାଗ୍ୟ ନେଇ ବେଶ୍ ଚର୍ଚ୍ଚା କରୁଛନ୍ତି । ନାଗ ସାପ ମୁଣ୍ଡ ଉପରେ ଫଣା ଟେକି ରହୁ ଥିବା କପିଲକୁ ଭାନୁଦେବଙ୍କ ପୋଷ୍ୟପୁତ୍ର କୁହନ୍ତୁ ଏହା ତାଙ୍କର ନୂତନ ଭାଗ୍ୟୋଦୟ ବୋଲି ଚିତ୍ରଣ କରାଯାଇଛି । ଜଣେ ସାମରିକ

ପରିବାରର ସାମରିକ ମୁଖ୍ୟଙ୍କୁ ମାଦଳାପାଞ୍ଜିରେ ବି ବିଚିତ୍ର ଭିକାରୀ ଭାବରେ ଚିତ୍ରଣ କରି ବଡଦେଉଳର ଉଲ୍ଲେଖକୁ ମୂଲ୍ୟହୀନ କରିବା ସମ୍ଭବ ବୋଲି ଧାରଣା ସୃଷ୍ଟି କଲେ।

କପିଲେନ୍ଦ୍ର ମାନସିକ ଭାରସାମ୍ୟ ହରାଉଥିବା ଉପଲବ୍ଧି କରିଛନ୍ତି। ନିଜର ଶାରୀରିକ ଶକ୍ତି ବିଷୟରେ କିଛି ଚିନ୍ତା କଲେ, "ଭଲ ହୋଇଛି, ମୋର ବ୍ୟକ୍ତିଗତ ପରିଚୟ ଲୁପ୍ତ ରହିଛି। ଆଉ ଗୋଟିଏ କଥା ରହିଛି ମୋ ସହିତ କାଶିଆ ଏହି ଗୁଜବଗୁଡ଼ିକରେ ବଳିଷ୍ଠ ଭାବରେ ଯୋଡ଼ା ଯାଇଛି। ଲୁକ୍‌କାୟିତ ହୋଇ ରହିଯାଇଛି କିପରି ରାଜ୍ୟ ପ୍ରଶାସନର ମୁଖ୍ୟ ଅମାତ୍ୟ କାଶୀନାଥ ମହାପାତ୍ର ଆପ୍ରାଣ ଚେଷ୍ଟା କରିଛନ୍ତି କପିଲେନ୍ଦ୍ରଦେବ ନାମକ ଜଣକୁ ଓଡ଼ିଶାର ନୃପତି ବେଶରେ ଦେଖିବାକୁ। ସେଇ ମୁଖ୍ୟ ଅମାତ୍ୟ କାଶୀନାଥ ମହାପାତ୍ର ହିଁ ଗୁଜବର କାଶିଆ!"

କିନ୍ତୁ ସେ ଭଲଭାବରେ ଜାଣନ୍ତି ପାଗା ବ୍ରାହ୍ମଣଶାସନର ସେନାପତି ଗୋପୀନାଥ ମହାପାତ୍ର ନିଜର ସଦଳବଳେ ରାଜ୍ୟର ଅଦୃଶ୍ୟ ଆଭ୍ୟନ୍ତରୀଣ ପ୍ରତିରକ୍ଷା ଗୋଷ୍ଠୀରେ ଅନୁଭବ କରନ୍ତି, ରାଇଜର ଏକମାତ୍ର ପରାକ୍ରମୀ ବ୍ୟକ୍ତି ହିଁ କପିଲେନ୍ଦ୍ର। ଶକ୍ତ, ପାରଙ୍ଗମ ଏବଂ ସଂଗଠକ।

ସତକୁ ସତ ଶାସନକାଳ ୧୪୩୫ ରୁ ୧୪୬୭ ଭିତରେ ତାହା ପ୍ରମାଣ କରିଦେଲେ କପିଲେନ୍ଦ୍ର ଦେବ।

ଇତିହାସର ବିସ୍ତୀର୍ଣ୍ଣ କାଳରେ କୌଣସି ରାଷ୍ଟ୍ର ବା ରାଜ୍ୟର ଦିନଗୁଡ଼ିକ କେବେ ସମାନ ନଥାଏ। କେତେବେଳେ ଭାଗ୍ୟରବି ଉଜ୍ଜ୍ୱଳ ଥାନ୍ତି ତ କେବେ ସୂର୍ଯ୍ୟ ଅସ୍ତ ହୋଇ ଆଉ ଉଦୟ ହୁଅନ୍ତି ନାହିଁ। ଏମିତି ଆମ ଆଜିର ଓଡ଼ିଶା ରାଇଜର ବହୁ ଉତ୍ଥାନ–ପତନ ମଧ୍ୟରେ ପୌରାଣିକ ଆଉ ଐତିହାସିକ ସମୟ ରକ୍ଷିତ। ଆଜି ସେହି ବିଗତ ଦିନ ମଧ୍ୟରୁ ଗୋଟିଏ ବର୍ଷର ଗୋଟିଏ ଦିନର ଗୌରବରଶ୍ମିରେ ଉଜ୍ଜ୍ୱଳ ଭାବଧାରା ବର୍ଣ୍ଣନା କରିବାକୁ ଯାଉଛି।

ଠିକ୍ ଗ୍ରୀଷ୍ମଋତୁରେ ଶେଷଭାଗରେ ଦେଶ ଆଉ ଜାତିଟା ଲାଗିପଡ଼ିଛି ନିତ୍ୟନୈମିତ୍ତିକ ଠାକୁର ସେବାରେ। ସେ ଠାକୁରଙ୍କର ବାର୍ଷିକ ରଥଯାତ୍ରା ସମ୍ପନ୍ନ ହେବ। ଗ୍ରୀଷ୍ମ ଶେଷ ୧୪୬୪ ମସିହାର ସେ ଦିନ ରବିବାର, ବର୍ଷାର ଆଗମନ କଳନା କରି ଗଜପତି ନିଶ୍ଚୟ ସ୍ୱଦେଶରେ ଅବସ୍ଥାପିତ ହେବେ, ଛେରାପହଁରା କରିବେ। ଆଉ ଗୋଟିଏ ବଡ଼ ରାଜ୍ୟ ଜୟ କରିବାକୁ ପଛକୁ ପକାଇଦେଇ ପାରିବେ, କିନ୍ତୁ ଜଗନ୍ନାଥଙ୍କର ସେବାକୁ ଅଗ୍ରାଧିକାର ଦେବାକୁ ଭୁଲିବେ ନାହିଁ। ଅନ୍ତରରେ ସେ ହିଁ ଜଗନ୍ନାଥଙ୍କ ରାଉତ – କପିଲ ରାଉତ।

ସାରା ବର୍ଷଟା ମୂଳ ଓଡ଼ିଶା ଏବଂ ବାରବାଟୀରୁ ଦୂର ଦକ୍ଷିଣରେ ଅବସ୍ଥାନ କରୁଥିଲେ।

ଗଜପତି କପିଲେନ୍ଦ୍ରଙ୍କୁ ବୟସ ଅଶୀ ଛୁଇଁଲାଣି । ଶରୀର ବଳିଷ୍ଠ ବପୁ, ରାଜକୀୟ ସୌନ୍ଦର୍ଯ୍ୟକୁ କାଳ ଆଉ ବୟସ ସ୍ପର୍ଶ କରିବାକୁ ସାହସ କରୁନି । ଶରୀରରେ ବହୁ ପରିମାଣର ମୂଲ୍ୟବାନ ଆଭରଣ । ଗଜପତି ଖଣ୍ଡୁଆ ପାଟ ପରିହିତ, କଟକ ବାରବାଟୀ ରାଜପ୍ରାସାଦ ତାଙ୍କର ଉପସ୍ଥିତିରେ ଚଳଚଞ୍ଚଳ ହୋଇପଡ଼ିଛି । ଏଇ ବିଗତ ବର୍ଷ ଗଜପତିଙ୍କର ବିଜୟବାର୍ତ୍ତାରେ ସମଗ୍ର ଜାତିର ନିନାଦ ପୁରୁଷୋତ୍ତମ ପୁରୀରେ ଜଗନ୍ନାଥଙ୍କୁ ପୂଜକମାନେ ଶୁଣାଇ କପିଲେନ୍ଦ୍ରଙ୍କର ଜୟଜୟକାର କରୁଥିଲେ ।

ଗଜପତି ଯେତିକି ସରଳ ଆଉ ନିଷ୍କପଟ ଦିଶନ୍ତି, ତାଙ୍କୁ ସେତିକି ସାଧାରଣ ବୋଲି ଭାବିବା ନିଶ୍ଚୟ ଭୁଲ୍ ହେବ । ଜଣେ ଗଙ୍ଗାରୁ ଗୋଦାବରୀ ଟପି କୃଷ୍ଣା ନଦୀ ପାର ହୋଇ କନ୍ୟାକୁମାରୀ ପର୍ଯ୍ୟନ୍ତ ଲମ୍ବିଛି । ପୁଣି ସମଗ୍ର ଦାକ୍ଷିଣାତ୍ୟ ମୁସଲମାନ

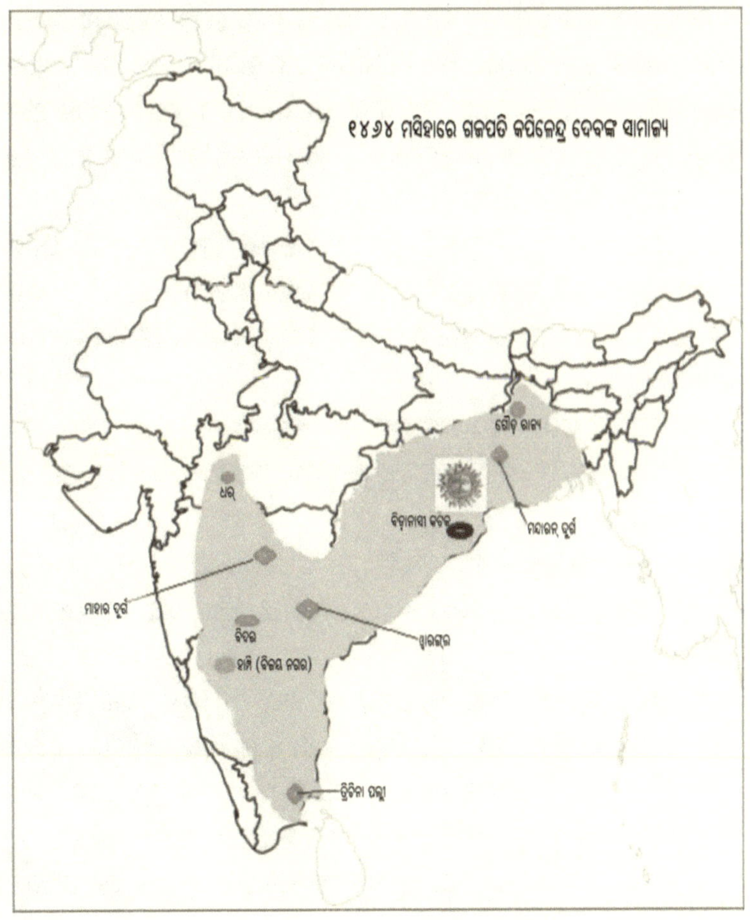

ଦାଉରୁ ଗଜପତି ହିନ୍ଦୁ ରାଜ୍ୟରେ ରହିବା ସେମାନଙ୍କର ପସନ୍ଦ। ଯେଉଁ ରାଜା ନିଜ ରାଜ୍ୟର ପୂର୍ବ ସମୁଦ୍ର ତଟ ଛାଡ଼ି ଉତ୍ତର, ଦକ୍ଷିଣ, ପଶ୍ଚିମ ପ୍ରତିଟି ଦିଗରେ ଦିଗବିଜୟୀ, ତାଙ୍କୁ କିଏ ସରଳ କିପରି କହିବ ? ପୁଣି ଗୋଦାବରୀ ନଦୀ ଧାରରେ କୌଣସି ଆକସ୍ମିକ ଆବଶ୍ୟକତା ପାଇଁ ତାଙ୍କର ସହସ୍ରାଧିକ ଗଜଶକ୍ତି ସନ୍ନିବେଶିତ। ତାହା ବି ଅକାଳରେ ରାଜ୍ୟଟିଏ ଓଡ଼ିଶା ସୀମାକୁ ଟାଣି ଆଣେ। ରାତି ଅଧରେ କୋଉ ରାଜା କାଉଳିଆ ହୋଇ ଗଜପତି ବାହାମନି ଦାଉରୁ ରକ୍ଷାକର କହି ଡାକିଲେ, ଗଜପତି ସେନା ଦମକଳ ନିଆଁ ଲିଭାଇବାକୁ ତୁରନ୍ତ ଆସିବା ପରି ତତ୍‌କ୍ଷଣାତ ହାଜର।

କପିଲେନ୍ଦ୍ରଙ୍କର ସାମନାକୁ ଆସିବା ଭୟଙ୍କର। ତାଙ୍କର ସ୍ୱଷ୍ଟବାଦିତ୍ୱ କାହାକୁ ବି ଅପ୍ରିୟ ସତ୍ୟ ପରି ଶୁଭିଲେ ବି ସେ ଯାହା କହନ୍ତି, ତାହା ହିଁ କରନ୍ତି। ନିଜର ସାମରିକ ପରମ୍ପରାର ନିଶ ତାଙ୍କୁ ମାନେ ନିଶ୍ଚୟ, କିନ୍ତୁ ସେ ଯେତିକି ଭୟପ୍ରଦ ଦିଶନ୍ତି, ତାଙ୍କ ଅନ୍ତରର ଜଗନ୍ନାଥଭକ୍ତି ଏବଂ ମାନିବତାକୁ ଘୋଡ଼ାଇଦିଏ। ସେ ନିଜେ ଏତେ ସ୍ୱେଚ୍ଛାଚାରୀ ନୁହନ୍ତି, ଜଗନ୍ନାଥଙ୍କ ନାଁ ମନକୁ ଆସିଲେ ବରଫ ତରଳିଲା ପରି ପାଣି ଫାଟିଯିବେ। ଯେ କେହି ତାଙ୍କର ଶରୀର, ନିଶ ଏବଂ ସ୍ୱଷ୍ଟବାଦିତା ଆଗରେ ନିର୍ଭୟରେ ଠିଆ ହୋଇ ରହିପାରିବେ ନାହିଁ।

ସେହି କପିଲେନ୍ଦ୍ରଦେବ ଆଜି ଅଶୀବର୍ଷ ବୟସରେ ନିଜର ଜୀବନର ସମସ୍ତ କାମନା ପୂରଣ କରି ଘରବାହୁଡ଼ା ହୋଇ ବାରବାଟୀ ଗଡ଼ରେ ପହଞ୍ଚିଛନ୍ତି, ବହୁତ ଖୁସିମିଜାଜ୍‌ରେ ଅଛନ୍ତି। ଧୀର ସ୍ୱରରେ କହିଲେ, "ବିକୁ, ବାହାରେ କଅଣ କୋଲାହଲ ଶୁଣିପାରୁଛ ?"

"ଆଜ୍ଞା ହଜୁର, ବହୁ ଲୋକ ଜମା ହୋଇଛନ୍ତି ମଣିମାଙ୍କୁ ଦର୍ଶନପ୍ରାର୍ଥୀ। ଆଜ୍ଞା ଦିଅନ୍ତୁ," କହି ରାଜପ୍ରାସାଦର ସର୍ବପୁରାତନ ବୟସ୍କ ସହକାରୀ ଆଦେଶକୁ ଅପେକ୍ଷା କରି ରହିଲେ।

"ତୁମେ ଦେଖୁଛ କିଏ ସେମାନେ ?" ଗଜପତିଙ୍କର ପ୍ରଶ୍ନ।

"ଆଜ୍ଞା ମଣିମା, ମୁଁ ଅବିଲମ୍ବେ ଆଖ ପକାଇ ଆସୁଛି," କହି ବିକୁ ବାହାରକୁ ଗଲା।

ଏବେ ଗଜପତି ନିଜର ବେତବୁଣା ଚଉକିରୁ ଉଠି ରାଜପ୍ରାସାଦ କାନ୍ଥରେ ଟଙ୍ଗା ହୋଇଥିବା ଜୀବଜନ୍ତୁଙ୍କ ପଞ୍ଚଚିତ୍ରକୁ ଲକ୍ଷ୍ୟ କରିବାରେ ଲାଗିଲେ। କକ୍ଷର ପୂର୍ବକାନ୍ଥରେ ଗୋଟିଏ ସାମରିକ କଳିଙ୍ଗ ହାତୀର ଛବି। ମନରେ ପ୍ରଶ୍ନ ଉଠିଲା, କିଏ ମୋ କକ୍ଷରେ ଏହି ଛବିଟି ଟାଙ୍ଗିଛି ? ଯାହା ମନେହୁଏ, ଗତ ବର୍ଷ ଏଇଟି ନଥିଲା। ବ୍ୟସ୍ତ ଜୀବନରେ କଅଣ ସେ ଏଇଟିକୁ ପାସୋରି ପକାଇଛନ୍ତି ? ଆଜି ସେ ଉପଲବ୍ଧି

କରୁଛନ୍ତି, ଏହି ଓଡ଼ିଶାର ଦନ୍ତାହାତୀର କେତେ ବଳ, କେତେ କୌଶଳ ଆଉ ଏଇଟି କଣ ନକରିଛି ଆଜିର ପ୍ରକାଣ୍ଡ ଓଡ଼ିଶା ପାଇଁ! କିଏ ସେ ରଘୁରାଜପୁର କଳାକାର ଏଇଟି ପ୍ରସ୍ତୁତ କରିଛି ଏବଂ ରାଜପ୍ରାସାଦକୁ ପ୍ରଦାନ କରିଛି ? ଏହା କେବଳ ପଟ୍ଟଚିତ୍ର କଳା ନୁହେଁ, ସେ କଳାକାର ବି ଭବିଷ୍ୟତ କଥନରେ ନିପୁଣ।

ଏ ଭିତରେ ବିଜୁ ଭିତରକୁ ଆସିଲାଣି। ସେ ଧୀର ସ୍ୱରରେ କହିଲା, ହେ ଦିଗବିଜୟୀ ଗଜପତି, ମଣିମାଙ୍କର ଅପୂର୍ବ ସାଫଲ୍ୟରେ ଆକର୍ଷିତ ହୋଇ ଅଗଣିତ ପ୍ରଜା ଶଗଡ଼ ଶଗଡ଼ ଫୁଲତୋଡ଼ା, ଅଳଙ୍କାର, ପାଟବସ୍ତ୍ର ଉପଢୌକନ ନେଇ ନବତଳ ପ୍ରାସାଦ ସମ୍ମୁଖରେ ଅପେକ୍ଷାରତ।

ଗଜପତିଙ୍କର ନିର୍ଦ୍ଦେଶ, ସେମାନଙ୍କୁ ସମ୍ମିଳନୀ କକ୍ଷରେ ବସିବାକୁ ଜଣାଇଦିଅ। ମୁଁ ସେଇଠି ସେମାନଙ୍କ ଅଭିବାଦନ ଗ୍ରହଣ କରିବି। ତୁମେ ଅନ୍ତରଙ୍ଗ ମହାପାତ୍ରଙ୍କ ସହିତ ଯାଇ ସେଠାରେ ସବୁ ବ୍ୟବସ୍ଥା କର।

ଏତିକିବେଳେ ରାଜପୋଷାକ ପରିଚାଳକ ରାଜାଙ୍କୁ ଓଡ଼ିଶୀ ପଟ୍ଟମ ପୋଷାକରେ ଆଚ୍ଛାଦିତ କରି ଗଜପତି ରାଜମୁକୁଟ ପରିଧାନ କରିବାକୁ ଉଦ୍ୟତ ହେବାବେଳେ, ଗଜପତି କହିଲେ ନା, ନା ଏଇଠି ମୋର ମୁକୁଟର ଆବଶ୍ୟକତା ନାହିଁ। ମୁଁ ଗଜପତି କଚେରିକୁ ଯାଉନାହିଁ କି ରାଜନାମା ଜାରି କରିବାକୁ ଯାଉନି, ମୋର ପ୍ରଜାମାନଙ୍କ ସହିତ ସମାନ ହୋଇ ମିଶିବି। ଏହି ମୁକୁଟଟା ସେମାନଙ୍କ ପାଖରେ ଦୂରତ୍ୱ ସୃଷ୍ଟି କରିବ। ଏହି ସଭାରେ ବି ମୋର '୧୦୮ଥରର ଶ୍ରୀ.ଶ୍ରୀ..ଗଜପତି ଗୌଡ଼େଶ୍ୱର ସମ୍ମାନ' ଗାନ କରାଯିବନି।

ସଭାକୁ ଯାଇ ସେ ନିଜର ସମସ୍ତ ମହାପାତ୍ର (ମନ୍ତ୍ରୀ) ଏବଂ ପାତ୍ର (ଉପଦେଷ୍ଟା)ମାନଙ୍କୁ ସାମନା ଧାଡ଼ିରେ ଦେଖିବାକୁ ପାଇଲେ। ଅନେକ ସାମନ୍ତରାଜା ଏବଂ ରାଜକର୍ମଚାରୀ ପରିପୂର୍ଣ୍ଣ ଥିଲେ। ଅମାପ ଉପଢୌକନରେ ଗଜପତି ବୁଡ଼ିଯାଇ ଥିବାର ରୂପ ଦେଖିବାକୁ ମିଳିଲା।

ଗଜପତିଙ୍କ ଆଗମନ ସମୟରୁ ଦର୍ଶକମାନଙ୍କର ସମ୍ମାନଜନକ ଧ୍ୱନିରେ ଗଗନ ପବନ ମୁଖରିତ ହେଉଥିଲା। ଗଜପତିଙ୍କ ମୁଖ ଆନନ୍ଦରେ ପୂରି ଉଠୁଥିଲା ଏବଂ ସେ ଏକ ପ୍ରଶାନ୍ତି ବଳୟ ମଧ୍ୟରେ ଥିବା ପରି ମନେ ହେଉଥିଲା। ସେ କହିବାକୁ ଆରମ୍ଭ କଲେ, "ଏଇଟା ସ୍ୱର୍ଗରୁ ଦେବ ଆଶୀର୍ବାଦ, ଯାହା ଆମକୁ ଜଗତର ନାଥ ହିଁ ପ୍ରଦାନ କରିଛନ୍ତି। ମୁଁ ଛାର ମଣିଷଟିଏ, ମୋର ବା କେତେ ବଳ ? କୋଉଠି ସେ ଗଙ୍ଗସେନାର ସେନାପତି କାହିଁ ପ୍ରକାଣ୍ଡ ଓଡ଼ିଶାର ମାନଚିତ୍ରକାର ? ଏଇଟା ମଣିଷ ଦ୍ୱାରା ସମ୍ଭବ କି ? ନୀଳାଦ୍ରିବିହାରୀ ଜଗନ୍ନାଥଙ୍କ ବିନା କୃପାରେ ଏହା କଳ୍ପନାତୀତ। ମୋ ପରି ଗୋଟିଏ

କ୍ଷୁଦ୍ରାତିକ୍ଷୁଦ୍ର ସେନାପତି କେତେ ବାଟ ବା ଯାଇ ପାରିବ ? ସମବେତ ଭାବରେ ଆମେ ଶତ୍ରୁକୁ ଦୂରେଇପାରିଛେ, ତା ସହିତ ବି ଆମର ସୀମା ବୃଦ୍ଧି ଘଟିଛି।"

ସାରା ସମ୍ମିଳନୀ କକ୍ଷ କରତାଳିରେ ଶଦାୟମାନ ହେଲା, ଏବଂ ଭଗବାନ ସର୍ବଶକ୍ତିମାନ ବୋଲି ଅନେକ କହିଲେ।

ଗଜପତି କହିବାକୁ ଲାଗିଲେ, "ଆମର ଗତିପଥରେ ଅନେକ ଚାଞ୍ଚଲ୍ୟକର ଘଟଣା ଘଟିଲା, ଅନେକ ଶତ୍ରୁ ଆମର ସାମରିକ ଶକ୍ତିକୁ ବହୁଗୁଣ ବୋଲି କଳନା କଲେ। ଏମିତିକି ଆମର ଦୁଇ ହଜାର ଗଜବାହିନୀକୁ ଦୁଇ ଲକ୍ଷ ବୋଲି ଅନୁମାନ କଲେ, ସେମାନଙ୍କର ନିଦ ହଜିଗଲା। ତୁମେ ଅନୁମାନ କରିପାରୁଛ ମୋର ଶକ୍ତିର ଆଧାର କେଉଁଠି ?"

"ନାଁ ତୁମେ କଳନା କରିପାରିବନି। ଏଇଟା ଗୋଟିଏ ଦୈବୀଶକ୍ତି ଯାହାକି ମୋ ଜୀବନ ସାରା ମୋର ସହାୟକ ହୋଇଛି। ଏହା ମୋତେ ବଳବାନ କରିଛି ଏବଂ ମୁଁ ଆଉ ପଛକୁ ଚାହିଁନି। କେବଳ ମୋ ପାଖରେ ମହଜୁଦ ଥିବା ସାମରିକ ଶକ୍ତିରେ ମୁଁ ନିଜର ଲକ୍ଷ୍ୟ ହାସଲ କରିପାରିଛି। ଏଇଟା ମୋ ଭାଗ୍ୟ।

"ଏହି ଅଜଣା ଶକ୍ତି ଯାହା ମୋର ଆବଶ୍ୟକ ସମୟରେ ମୋତେ ବିଜୟୀ କରୁଥିଲା ତାହା ପ୍ରଭୁ ଜଗନ୍ନାଥଙ୍କ ବ୍ୟତୀତ ଆଉ କେହି ନୁହନ୍ତି। ସେ ମୋତେ ସବୁବେଳେ ତାଙ୍କୁ ଅନୁଗମନ କରିବାର ସୁଯୋଗ ଦେଇଛନ୍ତି।"

ଆହୁରି ଉତ୍ଫୁଲ୍ଲିତ ହୋଇ ସେ କହିବାକୁ ଲାଗିଲେ, "ଆମେ ଯେଉଁ ରାଜ୍ୟରେ ଜନ୍ମ ନେଇଛେ ତାହାର ଐତିହ୍ୟ ରହିଛି ଅନନ୍ତକାଳରୁ ନୌବାଣିଜ୍ୟର ସୂତ୍ରଧର ହୋଇ ପୂର୍ବପ୍ରାଚ୍ୟର ସୁବର୍ଣ୍ଣ ଦ୍ୱୀପରେ ଉପନିବେଶ ସ୍ଥାପନ କରିବା। ଏହି କଳିଙ୍ଗର କୃଷ୍ଣକାୟ ହସ୍ତୀର ଅଜସ୍ର ବଳ ଅନ୍ତର୍ନିହିତ। ଗୋଟିଏ ଅମାନିଆ ଘୋଡ଼ାକୁ ମଣେଇ ପାରିବାରୁ ସିକନ୍ଦର ପରି ଯବନ ବୀର ଦୁନିଆ ଅଧିକାର କରିନେଲେ, ସେମିତି ଯିଏ ଆମ ରାଜ୍ୟର ଗଜଶକ୍ତିର ବ୍ୟବହାର କରିବାରେ ସକ୍ଷମ ହେବ, ସେ ଭାରତବର୍ଷ ଅନାୟାସରେ ଅଧିକାର କରିନେବ, ଏଥିରେ ତିଳେମାତ୍ର ସନ୍ଦେହ ନାହିଁ।"

ଗଜପତି ନିଜ ରାଜ୍ୟର ସମସ୍ତ ସାମରିକ ଶକ୍ତିର ଉପଯୋଗ କରି ଅସାଧ୍ୟ ସାଧନ କରିପାରିଛନ୍ତି। ତାଙ୍କର ଚକ୍ଷୁ ଆଜି ଆନନ୍ଦାଶ୍ରୁରେ ସଜଳ ହୋଇଉଠୁଛି। ବାରବାଟୀ ସଭାକକ୍ଷରୁ ଦକ୍ଷିଣକୁ ମୁହଁ କରି ଯୋଡ଼ହସ୍ତରେ ଜଗନ୍ନାଥଙ୍କୁ ପ୍ରଣିପାତ କରି ଚାଲିଛନ୍ତି।

ସମସ୍ତେ ତାଙ୍କ ବକ୍ତବ୍ୟରେ ଚକିତ, ଏମିତି ଜଣେ ଅପୂର୍ବ ଦିଗବିଜୟୀ ସମ୍ରାଟ ଏତେ ସାଧାରଣ, ନିଜର ପରାକ୍ରମ ଶକ୍ତିର ଉସ ଠାକୁରଙ୍କୁ ଅର୍ପଣ କରି ଆନନ୍ଦିତ।

ମନରେ ଟିକିଏ ବି ଗର୍ବ ନାହିଁ। ନିଜେ ଜଣେ ବଳିଷ୍ଠ ସାମରିକ ଅଧ୍ୟକ୍ଷ ହେଲେ ହେଁ, ନିଜକୁ ଶ୍ରୀଜଗନ୍ନାଥଙ୍କର ଜଣେ ସେବକ ବୋଲି ଅଭିହିତ କରୁଛନ୍ତି।

'ଜୟ ଜଗନ୍ନାଥ' ଧ୍ୱନିରେ ସଭାକକ୍ଷ ଫାଟି ପଡ଼ିଲା। ସଭା ସମାପ୍ତ ହେଲା। ଏହି ସମୟରେ ଅନ୍ତରଙ୍ଗ ମହାପାତ୍ର ସଭାକକ୍ଷ ବାହାରେ ସମସ୍ତ ମହାପାତ୍ରମାନଙ୍କୁ ଆସନ୍ତା ସପ୍ତାହରେ ଅନୁଷ୍ଠିତ ହେବାକୁ ଥିବା ରାଜନଅର ସଭା ନିମନ୍ତେ ଆମନ୍ତ୍ରଣ ଜଣାଇ କହିଲେ, ଗଜପତି ବହୁକାଳ ଅନୁପସ୍ଥିତ ଥିଲେ, ସେ ସମସ୍ତଙ୍କ ପାଖରୁ ରାଜ୍ୟର ସୁସମାଚାର ଶୁଣିବାକୁ ବ୍ୟଗ୍ର।

ଏବେ ଗଜପତି ଟିକିଏ ବିରାମ କରିବାକୁ ଚାହାନ୍ତି, କିନ୍ତୁ ଘୋଡ଼ାସବାର ହୋଇ ନିଜ ଶରୀରର ବ୍ୟଥା ଏପର୍ଯ୍ୟନ୍ତ ଦୂର ହୋଇନି। କିନ୍ତୁ ରାଜ୍ୟଜୟର କ୍ରମାନ୍ୱୟ ତାଙ୍କ ମନରେ ଗଡ଼ିଚାଲିଛି, ସେହି ମଧୁର ସ୍ମୃତି ତାଙ୍କ ଶରୀରବ୍ୟଥାର ଉପଶମ କରୁଛି। ଏବେ ତାଙ୍କର ଆଉ ଦିଗ୍‌ବିଜୟର କୌଣସି ଅବକାଶ ନାହିଁ। ସେ ସମସ୍ତ ସାମରିକ କୃତିତ୍ୱ ହାସଲ କରିସାରିଛନ୍ତି, ଆଉ ହାସଲ କରିବାକୁ କିଛି ବାକିନାହିଁ।

ମନରେ ତାଙ୍କର କୌତୂହଳ ସୃଷ୍ଟି ହେଉଛି, କାହିଁ ସେ କପିଲେନ୍ଦ୍ର ଆଉ ଆଜିକା। ଶ୍ରୀ ଶ୍ରୀ ଶ୍ରୀ (୧୦୮ ଶ୍ରୀ) ଗଜପତି କପିଲେନ୍ଦ୍ର! ଭାଗ୍ୟବେଳାରେ ସେ ଗଙ୍ଗରାଜ ମଉଭାନୁଦେବଙ୍କର ନିଜର ହୋଇପାରିଲେ। ଭାନୁଦେବ ନିପାରୁଆ ଥିଲେ, ଅୟସ କରି ରାଜଶକ୍ତିର ଅପଚୟ କରି ଗଜଶକ୍ତିର ଅଶେଷ କ୍ଷୟ ଘଟିଥିଲା। ଗଙ୍ଗ ପ୍ରପିତାମହ ଅନଙ୍ଗଭୀମ ଏବଂ ଲାଙ୍ଗୁଲ୍ୟା ନରସିଂହଦେବଙ୍କର ସକଳ ନୀତିରୁ ଭ୍ରଷ୍ଟ ହୋଇ ରାଜ୍ୟକୁ ଚାରିଦିଗର ଶତ୍ରୁମାନଙ୍କର ଲୋଲୁପଦୃଷ୍ଟି ବୃଦ୍ଧି କରିଥିଲେ।

କପିଲେନ୍ଦ୍ରଙ୍କ ପିତା ଜଗେଶ୍ୱର ନାୟକ ସେହି ଗଙ୍ଗ ଗଜବାହିନୀର ଜଣେ ଦକ୍ଷ ସେନାଧ୍ୟକ୍ଷ ଥିଲେ। ଓଡ଼ିଶାରେ ଗଜବାହିନୀର ମାହୁନ୍ତମାନେ ସାହାଣୀ ସଂଖ୍ୟା ଲାଭ କରିଥିଲେ। ଜଗେଶ୍ୱର ସମଗ୍ର ଗଜବାହିନୀର ରକ୍ଷକ ବା ପରିଚାଳକ ଥିଲେ। ଏହା ହିଁ କପିଲେନ୍ଦ୍ରଙ୍କୁ ଗଜବାହିନୀ ବିଷୟରେ ଆକୃଷ୍ଟ କରିଥିଲା। ଗଙ୍ଗ ସୈନ୍ୟବାହିନୀରେ ନିଯୁକ୍ତି ପାଇବା ଦିନରୁ ବାପାଙ୍କ ପ୍ରେରଣାରେ ଅନେକ ବିଷୟରେ ଅଭିଜ୍ଞ ହେବାକୁ ଲାଗିଲେ। ବାପା ତାଙ୍କର ନିଯୁକ୍ତିକୁ ଅଭିନନ୍ଦନ ଜଣାଇ କହିଲେ – ତୁ ନିଜର ଯୋଗ୍ୟତା ବଳରେ ନିଯୁକ୍ତି ପାଇଛୁ, ଆମ ପରିବାରର ପରିଚୟ ନେଇ ନୁହେଁ। ମନେରଖ, ଆଜିର ଗଙ୍ଗବାହିନୀ କ୍ଷୟ ହୋଇଯାଉଛି, ଦିନକୁ ଦିନ ଆମର ଯୋଦ୍ଧା-ହାତୀ ସଂଖ୍ୟା ହ୍ରାସ ପାଇବାରେ ଲାଗିଛି। କଳିଙ୍ଗ ଇତିହାସରେ କଳିଙ୍ଗର ବଳ ଏଇ ଗଜବଳ। ଯେଉଁ ଯେଉଁ ନୃପତି ଗଜବଳରେ ବଳୀୟାନ ସେମାନେ ବୃହତ୍ତର କଳିଙ୍ଗ ଗଠନ କରିବାକୁ ସମର୍ଥ ହୋଇଛନ୍ତି।

ନୂତନ ନିଯୁକ୍ତ କପିଲେନ୍ଦ୍ର ବାପାଙ୍କୁ ପଚାରିଥିଲେ, କିଏ କିଏ କଳିଙ୍ଗ ନୃପତି ଗଜଶକ୍ତିରେ ବଳୀୟାନ ?

ବାପା ଉତ୍ତର ଦେଲେ, ପୁଅ, ଆଜିକୁ ସତର ଶହ ବର୍ଷତଳେ, ମୌର୍ଯ୍ୟ ମହାମନ୍ତ୍ରୀ ଚାଣକ୍ୟ ତାଙ୍କ ସମ୍ରାଟ ଚନ୍ଦ୍ରଗୁପ୍ତଙ୍କୁ କହିଥିଲେ, କଳିଙ୍ଗର କୃଷ୍ଣକାୟ ଦନ୍ତା ସବୁଠାରୁ ବଳୁଆ, କଳିଙ୍ଗ ଆକ୍ରମଣ ବହୁ କଷ୍ଟସାଧ୍ୟ ପଡ଼ିବ। କଳିଙ୍ଗରେ ଏମିତି ନୃପତି ଅଛନ୍ତି, ଯିଏ ନିଜର ଗଜବାହିନୀ ସୁଦୃଢ଼ କରି ଦିଗବିଜୟୀ ବୀର ହୋଇଛନ୍ତି। ଦେଖ, କୁମାରୀଗିରିର କଳାକାର ଅଜ୍ଞାତ ମହାରାଜ ବୀରଦର୍ପରେ ଦିଗବିଜୟ କରୁଥିବାର ଶିଲାଚିତ୍ର ପ୍ରଦର୍ଶିତ। ଆମ ଜ୍ଞାତସାରରେ ଏହି ଗଙ୍ଗବଂଶର ମହାପ୍ରତାପୀ ଲାଙ୍ଗୁଲା ନରସିଂହଦେବ ହିଁ ଜଣେ ନରରୂପୀ ସିଂହ। ବିଦେଶୀ ଯବନମାନେ ଯେତେବେଳେ ଆମ ପୁରୁଷୋତ୍ତମ କ୍ଷେତ୍ର ଉପରେ ନଜର ରଖନ୍ତି, ସେମାନଙ୍କୁ ନିଜ ପଡ଼ୋଶୀ ଭାବରେ ହଟାଇଦେବାକୁ ସେମାନଙ୍କୁ ହିଁ ଆକ୍ରମଣ କରନ୍ତି, ଆମ୍ବରକ୍ଷା ତ ସନ୍ନିହିତ।

ଏହି ଗଜଶକ୍ତି ବିଷୟରେ ଚାକ୍ଷୁଷ ଉଦାହରଣ ଦେବାକୁ ପିତା କପିଲେନ୍ଦ୍ରଙ୍କୁ ଏକାମ୍ର ପଶ୍ଚିମଧାରର ଖଣ୍ଡଗିରି ଉଦୟଗିରିର ସୁଦୃଶ୍ୟ ରାଣୀଗୁମ୍ଫା କାରୁକାର୍ଯ୍ୟ ପ୍ରଦର୍ଶନ କରି ଜାଣିପାରିଥିଲେ ଯେ ଇତିହାସ ପୃଷ୍ଠାରେ ଜଣେ ଦିଗବିଜୟୀ କଳିଙ୍ଗ ନୃପତି ସାରା ଦେଶରେ କଳିଙ୍ଗର ଟେକ ରଖିଥିଲେ। ତା ସହିତ କୋଣାର୍କ ମନ୍ଦିରରେ ସମସ୍ତ ଚାରୁକଳା ସହିତ ବିଜୟସ୍ତମ୍ଭ ଭାବରେ ଗଢ଼ିତୋଳି ଥିଲା ଲାଙ୍ଗୁଲା ନରସିଂହଙ୍କର ବଳର ପରିଚୟ ଦେଇଥିଲେ ମନ୍ଦିର ସମ୍ମୁଖରେ ହାତୀକୁ ଦଳିଦେଉଥିବା ସିଂହର ଦୃଶ୍ୟ।

ଜଗେଶ୍ୱର ନିଜର ତୃତୀୟ ପୁତ୍ର କପିଲେନ୍ଦ୍ରଙ୍କର ଆନ୍ତରିକତା ଦେଖି ଅନୁମାନ କରିଥିଲେ, ତାଙ୍କ ପୁତ୍ର ଦିନେ ନା ଦିନେ ନିଶ୍ଚୟ ଜଣେ ଅଦ୍ୱିତୀୟ ସାମରିକ ମୁଖ୍ୟ ହୋଇପାରିବ।

ଏହି ସମୟଠାରୁ ଅର୍ଦ୍ଧଶତାବ୍ଦୀରୁ ପୂରିଗଲା ବେଳକୁ କପିଲେନ୍ଦ୍ର ଅସାଧ୍ୟ ସାଧନ କରିସାରିଥିଲେ।

ଆଜି ଭାଗ୍ୟଚକ୍ରରେ ସେ ପ୍ରକାଣ୍ଡ ଓଡ଼ିଶାର ଏକାଙ୍ଗଚକ୍ରବର୍ତ୍ତୀ। ଏକଦା ଲୋଲୁପଦୃଷ୍ଟି ରଖିଥିବା ବଙ୍ଗନବାବ, ରାଜମହେନ୍ଦ୍ରୀ ରେଡ଼ି, ଜଉନପୁର ନବାବ, ମାଲ୍ୱା ନବାବ, ତେଲେଙ୍ଗାନା ନବାବ ଏବଂ ସବୁଠାରୁ ଶକ୍ତିଶାଳୀ ବିଜୟନଗର ହିନ୍ଦୁ ନୃପତି ବଶ ସ୍ୱୀକାର କରିସାରିଛନ୍ତି। ଓଡ଼ିଶାର ସୀମା ଅତି ମାତ୍ରାରେ ପ୍ରସାରିତ ହୋଇଥିଲା ଏବଂ ଏହା ଗଙ୍ଗାରୁ କନ୍ୟାକୁମାରୀ ଏବଂ ଦାକ୍ଷିଣାତ୍ୟର ଅନେକ ଅଞ୍ଚଳ ଅକ୍ତିଆରରେ ରହିଥିଲା। ଗଜପତିରାଜା ଦାକ୍ଷିଣାତ୍ୟ ପ୍ରଜାଙ୍କର ଆକର୍ଷଣ ସାଜିଥିଲେ, ସେମାନେ ଯବନ ଶାସନରେ ନ ରହି ଗଜପତିଙ୍କ ଆଶ୍ରା ଲୋଡୁଥିଲେ।

କପିଲେନ୍ଦ୍ର ଜଣେ ସୁଶାସକ, ରାଜ୍ୟର ବହୁବିଧ ସୁବିଧା ପ୍ରଦାନ କରିଥିଲେ ଏବଂ ଓଡ଼ିଶା ଭାରତବର୍ଷର ଏକ ଆକର୍ଷଣୀୟ ରାଜ୍ୟ ଥିଲା।

୧୪୬୪ ମସିହାରେ ତାଙ୍କର ପ୍ରକାଣ୍ଡ ଓଡ଼ିଶା ସହିତ ଓଡ଼ିଆ ଭାଷାର ରାଜକୀୟ ସ୍ଥାନ, ଓଡ଼ିଶାର ପୂର୍ବନାମ କଳିଙ୍ଗରୁ ଓଡ଼ିଶା ରାଷ୍ଟ୍ରକୁ ପରିବର୍ତ୍ତନ, ପ୍ରଭୁ ପୁରୁଷୋତ୍ତମଙ୍କର ନାମ ଶ୍ରୀଜଗନ୍ନାଥ ଭାବରେ ଗ୍ରହଣ, ମନ୍ଦିରର ମେଘନାଦ ପାଚିର ନିର୍ମାଣ, ନରେନ୍ଦ୍ର ପୁଷ୍କରିଣୀର ପୁନରୁଦ୍ଧାର ଆଦି ତାଙ୍କର ପରିକଳ୍ପନା। ଜଗନ୍ନାଥଙ୍କର ଅନେକ ସେବା ଓ ନୀତି ସେ ଗ୍ରହଣ କରିଥିଲେ। ନିଜର ପ୍ରଦତ୍ତ ବହୁ ସୁନା ଅଳଙ୍କାର ନେଇ ଜଗନ୍ନାଥଙ୍କର ସୁନାବେଶ ଅନୁଷ୍ଠିତ ହେଲା। ସେ ପଞ୍ଜିକାରେ କପିଲାବ୍ଦ ପ୍ରଚଳନ କରିଥିଲେ ଏବଂ ରାଜ୍ୟର ସମୃଦ୍ଧି ଏବଂ ପ୍ରତିପତ୍ତିର ଦୃଷ୍ଟାନ୍ତ ସ୍ୱରୂପ ସ୍ୱର୍ଣ୍ଣମୁଦ୍ରା ପ୍ରଚଳନ କରିଥିଲେ, ଯାହାର ନାମ ଗଜପତି ବା ପାଗୋଡ଼ା।

୧୪୬୪ ସାଲରେ ତାଙ୍କର ସର୍ବବୃହତ୍ତମ ପ୍ରକାଣ୍ଡ ଓଡ଼ିଶା ଗଠନ। ମୂଲ ଓଡ଼ିଶାର ପ୍ରଶାସକମାନେ ବଙ୍ଗଳାର ଗୌଡ଼, ରାଜମହେନ୍ଦ୍ରୀ, କୋଣ୍ଡାପାଲି, କୋଣ୍ଡାଭିଡ଼ୁ, ଦକ୍ଷିଣତମ ଚନ୍ଦ୍ରଗିରି ଦୁର୍ଗମାନଙ୍କରେ ମୁତୟନ ହୋଇଛନ୍ତି। ଏହି ବର୍ଷଟି କପିଲେନ୍ଦ୍ରଦେବଙ୍କର ତିରିଶିତମ ସିଂହାସନ ଅରୋହଣ ସମୟ, କପିଲାବ୍ଦ ୩୦। ତାଙ୍କର ପ୍ରିୟ ମନ୍ତ୍ରୀ, ଗୋପୀନାଥ ମହାପାତ୍ର କପିଲେନ୍ଦ୍ରଙ୍କ ନୂତନ ସାର୍ବଭୌମ ସମ୍ରାଟ ଭାବରେ ଅଭିହିତ କରିଛନ୍ତି। ଗୋପୀନାଥ ମହାପାତ୍ର ଅତୀତରେ କପିଲେନ୍ଦ୍ରଙ୍କର ଉତ୍ତର ସୀମା ଦାୟିତ୍ୱରେ ବହୁ ସାମରିକ ପ୍ରତିରକ୍ଷା ସମ୍ଭାଳିଥିଲେ ଏବଂ ତାଙ୍କର ଅତି ଘନିଷ୍ଟ ଥିଲେ। ଗୋପୀନାଥ କଟକର ପୂର୍ବଦିଗରେ ପାଗା ଗୋପୀନାଥ ମନ୍ଦିର ନିର୍ମାଣ କରି କପିଲେନ୍ଦ୍ରଙ୍କର ଭୂୟସୀ ପ୍ରଶଂସାଗାନ ମନ୍ଦିର ଗାତ୍ରରେ ଖୋଦନ କରିସାରିଛନ୍ତି।

ସେହି ଗୋପୀନାଥ ଆସନ୍ତି ବାରବାଟୀ ରାଜପ୍ରାସାଦ। ଗଜପତି ଉଲ୍ଲସିତ ପୁରାତନ ବନ୍ଧୁ ଗୋପୀନାଥଙ୍କୁ ଦେଖି। ଏହି ଗୋପୀନାଥ ମହାପାତ୍ର ତାଙ୍କ ପାଇଁ କଅଣ କରିନାହାନ୍ତି ? ଓଡ଼ିଶାର ଅପାରଗ ମଉଭାନୁଦେବଙ୍କୁ ବିତାଡ଼ିତ କରି ସମର୍ଥ ସାମରିକ ବ୍ୟକ୍ତିତ୍ୱ କପିଲେନ୍ଦ୍ରଙ୍କୁ ଗଜପତି କରିବାର ସୂତ୍ରଧର ହିଁ ଗୋପୀନାଥ ଏବଂ ତାଙ୍କର କଟକ ଗୋଷ୍ଠୀ, ଦିନେ ସମସ୍ତଙ୍କ ଅଗୋଚରରେ ଏକାମ୍ର ମନ୍ଦିରରେ ତାଙ୍କୁ ରାଜମୁକୁଟ ପିନ୍ଧାଇ ଗଜପତି ପଦରେ ଅଧିଷ୍ଠିତ କରିଥିଲେ। ଏହା ତିରିଶ ବର୍ଷ ତଳର କଥା।

ଗଜପତି ସହାସ୍ୟ ବଦନରେ ପଚାରିଲେ – ତୁମେ କଅଣ ଭାବୁଛ ବନ୍ଧୁ ଗୋପୀନାଥ ?

ଗୋପୀନାଥ ସମହାସ୍ୟ ବଦନରେ ଉତ୍ତର ଦେଲେ – ଏ ସମୟର ସ୍ରୋତ କେତେ ପ୍ରଖର ! ଏ ଭିତରେ ୩୦ ବର୍ଷର ଜୀବନ ସରିଗଲାଣି।

ଏଇଟା ଆମ ଯୁଦ୍ଧରତ ଦନ୍ତାହାତୀର ବେଗଠାରୁ ଅଧିକ ନୁହେଁ ବୋଲି ଗଜପତି ହସି ହସି କହିଲେ ।

ଗୋପୀନାଥ ବୋଧେ ଭୁଲିଯାଇଥିଲେ, ସ୍ମରଣ କରି କହିଲେ – ସତକଥା ଗଜପତି, ମୁଁ ଭୁଲିଗଲି, ଏହା ଗଜପତିଙ୍କର ଦନ୍ତାହାତୀ ଦକ୍ଷିଣ ବିଜୟଧାରାର ଦେବରକୋଣ୍ଡ ବାହାମନି ସେନାପତିଙ୍କୁ ଆକ୍ରମଣ କରିବା ବେଗଠାରୁ କେବେ ବି ଅଧିକ ନୁହଁ । ଏମିତିକି କୌଣସି ଜଳପ୍ରପାତର ଧାର ବି ଏତେ ବେଗ ପ୍ରଦର୍ଶନ କରିପାରିବ ନାହିଁ ।

ଗଜପତି କହିଲେ, ଏହି ବେଗରେ ସମସ୍ତ ପ୍ରୟୋଗ ରହିଛି ବନ୍ଧୁ ଗୋପୀନାଥଙ୍କର । କେଉଁଠି କେତେ ସୈନ୍ୟ ବା ଗଜବାହିନୀ ମୁତୟନ ହେବେ ସବୁ ସେହି କଳାକାରଙ୍କର ରଚନା ।

ଗୋପୀନାଥ ମହାପାତ୍ର କହିଲେ, ସବୁ ପୁରୁଷୋତ୍ତମବାସୀ ଜଗନ୍ନାଥଙ୍କର କାମନା । ଗଜପତି ମଣିମା, ଆପଣ ସୂର୍ଯ୍ୟବଂଶୀ ଗଜପତି ଭାବରେ ପ୍ରତିଷ୍ଠିତ ହେଲେ, ଓଡ଼ିଶା ରାଜ୍ୟ ପ୍ରତିଷ୍ଠା କଲେ, ଓଡ଼ିଆ ଭାଷା ବିକାଶ କଲେ, ଏବଂ ପ୍ରଭୁ ଜଗନ୍ନାଥଙ୍କୁ ରାଷ୍ଟ୍ରଦେବତା ଭାବରେ ଚିରକାଳ ପାଇଁ ନାମିତ କରିଦେଇଛନ୍ତି ।

ଏଇ ମୁହୂର୍ତ୍ତଟି କେବଳ ଦୁଇବନ୍ଧୁ ଗଜପତି କପିଲେନ୍ଦ୍ର ଏବଂ ଗୋପୀନାଥ ମହାପାତ୍ରଙ୍କ ଅନ୍ତରଙ୍ଗ ଆଳାପ ନୁହେଁ, ଏହା ଓଡ଼ିଶା ରାଷ୍ଟ୍ର ଏବଂ ଓଡ଼ିଆ ଜାତିର ଗାହାରୀ କଥା ।

ଦିନ କେଇଟା ପରେ ପରିକଳ୍ପିତ ସଭାର ଆୟୋଜନ ହେଲା । ଏହି ସମୟରେ ପ୍ରବେଶ କରିବାକୁ ଅନୁମତି ଭିକ୍ଷା କଲେ ମୁଖ୍ୟମନ୍ତ୍ରୀ କାଶୀନାଥ ମହାପାତ୍ର । ସଭାରେ ଅନେକ ସାମନ୍ତରାଜା ସମର୍ଥନା ପାଇଲେ, କିନ୍ତୁ ସବୁଠାରୁ ରୋଚକ ବିଷୟ ଥିଲା ଓଡ଼ିଆ କବି ସାରଳା ଦାସଙ୍କର ସ୍ୱରଚିତ ଓଡ଼ିଆ ମହାଭାରତ ଉନ୍ମୋଚନ ଏବଂ ଗଜପତିଙ୍କୁ ଅର୍ପଣ । ଗଜପତିଙ୍କର ନିକଟତର ସମ୍ମାନିତ ସଂସ୍କୃତ ଶିକ୍ଷାର ସୂତ୍ରଧର ବ୍ରାହ୍ମଣ ଲେଖକ ଏବଂ ରାଜପୁରୋହିତ ମାନେ ବି କେତୋଟି ରଚିତ ସଂସ୍କୃତ ପୁସ୍ତକ ଉନ୍ମୋଚନ ପାଇଁ ଅପେକ୍ଷାରତ ଥିଲେ ।

ଗଜପତି ଓଡ଼ିଆଭାଷାରେ ରଚିତ ମହାଭାରତ ଦେଖି ଆତ୍ମିତ ହେଲେ । କହିଲେ, ମୁଁ ମୋର ଭାଷା କ୍ଷେତ୍ରରେ ଏବଂ ଶାସନକ୍ଷେତ୍ରରେ ପ୍ରଜାମାନଙ୍କର କଥିତ ଭାଷାକୁ ପ୍ରାଧାନ୍ୟ ଦିଏ । ଆଜି ମୋର କବି ସାରଳାଦାସ ଗୋଟିଏ ଶକ୍ତ ଉପହାର ଦେଇଛନ୍ତି, କେବଳ ମୋ ପାଇଁ ନୁହେଁ, ସାରା ଓଡ଼ିଆ ଜାତିକୁ ସମ୍ପୂର୍ଣ୍ଣ ଭବିଷ୍ୟତ ପାଇଁ । ଯେଉଁ ଭାଷାରେ ଓଡ଼ିଆ କଥା ହୁଏ, ସହସ୍ର ବର୍ଷ ଧରି ଭାବ ଆଦାନପ୍ରଦାନ

କରୁଛି, ତାହା କେବଳ କଥିତ ଭାଷାରେ ସୀମିତ ହୋଇରହି ଯାଇଥିଲା। ଆଜି କବି ସାରଳାଦାସ ଦୃଷ୍ଟାନ୍ତ ଦେଖାଇଛନ୍ତି, ଓଡ଼ିଆଭାଷା ଏକ ଶକ୍ତିଶାଳୀ ଭାଷା। ସେ ଆନ୍ତରିକତାର ସହ କବି ସାରଳାଦାସଙ୍କୁ ସମର୍ଥିତ କଲେ।

ତା ସହିତ ଅନେକ ସଂସ୍କୃତ ସାହିତ୍ୟ ପାଇଁ ବି ସମ୍ମାନିତ ହେଲେ? ମାତ୍ର ଏହି ସଂସ୍କୃତ ଲେଖକମାନଙ୍କ ପକ୍ଷରୁ ପ୍ରତିବାଦ ଉଠିଲା। ଦେବଭାଷା ସଂସ୍କୃତ ଥାଉ ଥାଉ ଓଡ଼ିଆ ପରି ସାଧାରଣ ଭାଷାକୁ ଆଦର କରିବାରେ ସେମାନେ ପ୍ରତିବନ୍ଧକ ସୃଷ୍ଟି କଲେ। ମାତ୍ର କପିଲେନ୍ଦ୍ର ମାତୃଭାଷାର ଭୂୟସୀ ପ୍ରଶଂସା କଲେ ଏବଂ ଶାସନରେ ମାତୃଭାଷା ଓଡ଼ିଆକୁ ସ୍ଥାନ ଦେଇ ନିଜର ଭାଷାପ୍ରୀତିର ପରିଚୟ ଦେଲେ ଏବଂ ନିଜ ଓଜସ୍ୱିନୀ ଭାଷଣରେ କହିଲେ,

"ମୁ ଜଣେ ଓଡ଼ିଆ ଭାବରେ ଜନ୍ମଗ୍ରହଣ କରିଥିବାରୁ ଗର୍ବିତ। ମୋର ମାତୃଭାଷା ସରଳ, ହୃଦୟସ୍ପର୍ଶୀ ଏବଂ ଏହା ମୋ ଜାତି ପୁରୁଷାନୁକ୍ରମେ ଅନନ୍ତ କାଳରୁ କହିଆସୁଛି। ଏ ବୀରଜାତିରେ ଅୟୁର ରାଜା, କୋଣାର୍କର ପ୍ରତିଷ୍ଠାତା ନରସିଂହଦେବ ଜଣେ ଜଣେ

ମହାଭାରତର ପର୍ଶୁରାମ। ମୁଁ ସେହି ଅନୁଭବରେ ମୋର ନାଟିକା ପର୍ଶୁରାମ ବିଜୟ ଚରନା କରିଛି। ଏହା ଆସନ୍ତା ଚନ୍ଦନଯାତ୍ରା ସମୟରେ ଶ୍ରୀମନ୍ଦିର ନାଟ୍ୟମଣ୍ଡପରେ ପ୍ରଦର୍ଶିତ ହେବ। ତାହା ହିଁ ହେଲା।"

ଅନୁମାନ ହୁଏ ସେ ପର୍ଶୁରାମଙ୍କ ପରି ଶକ୍ତିଶାଳୀ ଭାବରେ ନିଜକୁ ମନେମନେ ମୂଲ୍ୟାୟନ କରୁଥିଲେ !

ଅସହାୟ କଳିଙ୍ଗ ସାଧବ

[କଳିଙ୍ଗର ବିସ୍ତୃତ ସାଗରଯାତ୍ରା ଆଉ ସାମାଜିକ ଜୀବନରେ ସାଗରର ଅନୁଭୂତି ଆଜି ସମ୍ପୂର୍ଣ୍ଣଭାବେ ବିସ୍ମୃତ। ଦିନେ କଳିଙ୍ଗର ପ୍ରଥମ ବୋଇତ ଶ୍ୟାମ, ଜାଭା କି ବାଲିରେ ପହଞ୍ଚ ଅନେକ ତୃପ୍ତି ପ୍ରଦାନ କରିଥିବ। କ୍ରୂର ଇତିହାସ ଉକ୍ରଳର ସାଗର ଜୀବନକୁ ଏମିତି ଅଚହାସ କରୁଛି, କିଞ୍ଚିଟା ରହି ଯାଇଥିବା ଦୁର୍ବଳ ତଥ୍ୟ ଆମର ସାଗରଗତ ଅଭିଜ୍ଞାତାକୁ ବିଶ୍ୱାସଭାଜନ କରିପାରୁନି। କିନ୍ତୁ ଏବେ ଉକ୍ରଳୀୟମାନେ ପୂର୍ବପୁରୁଷମାନଙ୍କର ଐତିହାସିକ ଆଉ ପ୍ରନ୍ତାଭ୍ତିକ ତଥ୍ୟ ଅବତାରଣାରେ ଚକିତ ହୋଇ ଉଠନ୍ତି। ଏହି ବିରାଟ ବିସ୍ମରଣ 'ଅସହାୟ ସାଧବ' ଗଳ୍ପର ଉକ୍ରଳର ଶେଷ ବୋଇତ ଅନେକଟା ପୁନର୍ଜୀବିତ କରିବାର ପ୍ରୟାସ ମାତ୍ର।]

କୁବେର ମହାଜନ ଉକ୍ରଳୀୟ ସାଧବ ସମାଜର ପୂର୍ବତନ ସଭାପତି। ଏଇ ସାଧବ ସମାଜ ଗୋଟିଏ ବ୍ୟବସାୟିକ ସମାଜ ବୋଲି କହିଲେ ଚଳେ, କାଳ କାଳରୁ ଚିଲିକା ଆଉ କଳିଙ୍ଗ ସାଗରରେ ଗଢ଼ିଉଠିଛି ଦରିଆପାରି ବଣିଜ। ଆଜି ସିନା ଲାଙ୍ଗୁଡ଼ା ନରସିଂହଦେବଙ୍କର କୋଣାକଣ କୋଣାର୍କତୋଳା ପର ଅର୍ଦ୍ଧଶତାଧୀରେ ଏଇ ମାଟିର ସାଗର ବଣିଜ କଥା କୁହାଯାଉଛି।

ଫୁଲରା ଗାଁଟି ଚିଲିକା କୂଳରୁ ଦଶ କୋଶ ଉତ୍ତରକୁ ଋଷିକୂଲ୍ୟା ନଇକୂଳର ଗୋଟିଏ କ୍ଷୁଦ୍ର ପଲ୍ଲୀ। ସମୁଦ୍ରକୂଳ ପାଲୁରା ବନ୍ଦରରୁ ଏହି ଗାଁକୁ ରାସ୍ତା ରହିଛି। ଖୁବ୍ ଭଲ ଶଗଡ଼ଗୁଲା ଆଉ ତା କଡ଼ରେ ଚାଲି ଚାଲି ଯିବାକୁ ନାଲି ଗେଣ୍ଡୁଟି ରାସ୍ତା। ଏହି ଅଞ୍ଚଳ ପରିବହନ ପାଇଁ ବିଖ୍ୟାତ। ପୂର୍ବ ପ୍ରାଚ୍ୟର ସୁବର୍ଣ୍ଣ ଦ୍ୱୀପ ବୋଲାଉଥିବା ଶ୍ୟାମ ଦେଶ, ଜାଭା, ସୁମାତ୍ରା ଆଉ ବାଲି ଦ୍ୱୀପକୁ ଏହି ବନ୍ଦରରୁ ଅନେକଗୁଡ଼ିଏ ବୋଇତ ଯାଇଥାଏ। ସେଇ ବୋଇତଗୁଡ଼ିକ କଳିଙ୍ଗ ରାଜ୍ୟର ବହୁ ପଣ୍ୟଦ୍ରବ୍ୟ କଳିଙ୍ଗ ଉପନିବେଶ

ପୂର୍ବ-ପ୍ରାଚ୍ୟ ଦ୍ୱୀପଗୁଡ଼ିକୁ ବୋହି ନେଇ ସେଠିକାର କଳିଙ୍ଗ ଅବା ବାହାର ରାଷ୍ଟ୍ରର ଅଧିବାସୀମାନଙ୍କର ଆବଶ୍ୟକତା ମେଣ୍ଟାଏ । ବୋଇତ ବୋଝ ଦେଇ ଲେଉଟି ଆସେ ପୁଲାଏ ଲବଙ୍ଗ, ମସଲା ଆଉ ମୂଲ୍ୟବାନ ଧାତୁ ସାମଗ୍ରୀ ସହିତ ।

ସେଇ ଶଗଡ଼ଗୁଲାରେ ହଲେ ଧଲା ବଲଦ ଚାଣି ନେଉଛନ୍ତି ସୁନ୍ଦର ଥାଟ ଶଗଡ଼ଟିଏ । ବଲଦ ବେକର ଘାଗୁଡ଼ି ମନରେ ଆଙ୍କି ଦେଉଛି ଗତିଶୀଲ ଯାନଟିର ବେଗ । ଥାଟ ଭିତରେ ବସିଛନ୍ତି କୁବେର ମହାଜନ, ତାଙ୍କର ତିନି ବୋହୂ, ନାତି ନାତୁଣୀ ଓ ସ୍ତ୍ରୀ ଗୁରୁବାରୀ । ଆଜି ଏହି ଯାନଟି ଆଉ କିଛି ରପ୍ତାନି ପଣ୍ୟ ନେଉନି । ବରଂ ଏହା ହୋଇଯାଇଛି ଯାତ୍ରୀବାହୀ । ବିଗତ ଚାରିବର୍ଷ ହେବ ଏମିତି ଫୁଲରାରୁ ପାଲୁର ବାରମ୍ୱାର ଧାଉଁଛି କୁବେର ମହାଜନଙ୍କର କୁଟୁମ୍ୱ । ଦୀର୍ଘ ଦୁଇ ଘଡ଼ି ଯାତ୍ରାପଥରେ କୁବେର ଅସଂଖ୍ୟ ପ୍ରଶ୍ନବାଣରେ ଆକ୍ରାନ୍ତ ହେଉଛନ୍ତି । ନିଜର ପତ୍ନୀଙ୍କ ସହିତ ବଡ଼ ବୋହୂ ଋଷିକୁଲ୍ୟା ଆଉ ମଝିଆଁ ବୋହୂ ଲବଣୀ । ପୁଣି ସାନ ବୋହୂ ଧରିତ୍ରୀ । ନାତି ଚନ୍ଦରା ଆଉ ନାତୁଣୀ କେତକୀ ବି ନିରବରେ ବସି ନାହାନ୍ତି, ସେମାନେ କେତେ କଥା ପଚାରି ଚାଲିଛନ୍ତି ।

କଥା ହେଉଛି, ପାଞ୍ଚ ବର୍ଷ ତଳେ କୁବେରଙ୍କର ପଣ୍ୟଦ୍ରବ୍ୟ ଭରା 'ସୁଗର୍ଭା' ବୋଇତ ଯାଇଛି ସୁବର୍ଷ ଦୀପକୁ । ଦୀର୍ଘ ସମୟ ଅତିକ୍ରାନ୍ତ ହୋଇଗଲେ ବି ବୋଇତଟି ଫେରି ଆସୁନି । ଚାରିବର୍ଷ ହେବ ବୈଶାଖ ଦକ୍ଷିଣା ପବନ ଧାରରେ ଫେରିବାର ସମ୍ଭାବନା ଥିବାରୁ ବୋଇତଟିକୁ ସ୍ୱାଗତ କରିବାକୁ ମହାଜନ ପରିବାର ଅନୁମାନ ଲଗାଇ ଆସନ୍ତି ବନ୍ଦର କୂଳକୁ । ମାସଟିଏ ରହିଯାଆନ୍ତି ଏଠାରେ । ପୁଣି ପ୍ରତି ମାସରେ ପୂର୍ଣ୍ଣିମା ତିଥିରେ ଆସି ଦେଖ୍ୟା'ନ୍ତି କାଲେ ତାଙ୍କ ସୁଗର୍ଭା ବୋଇତଟି ଲେଉଟି ଆସିଥିବ ।

ନା, ସୁଗର୍ଭା ଫେରିନାହିଁ । ଦୂର ସମୁଦ୍ରକୁ ଚାହିଁ ଚାହିଁ ମହାଜନ ପରିବାରର ଦୃଷ୍ଟି ଜଲକା ହୋଇଗଲାଣି । 'ହେଇ ବୋଇତ ଅଗ୍ରଭାଗର ନାଲି ପତାକା ଦୃଶ୍ୟ ହେଲାଣି' ବୋଲି କହି କିଏ କେତେଥର ହତାଶ ହେଲେଣି । ଦିନେ ଦୁଇଦିନ ନୁହେଁ ଏମିତି ତିନି ବରଷର ଅନେକ ଦିନ ବିମର୍ଷରେ କଟିଛି । ଆଶା ରହିଛି, ବୋଇତ ଆସିବ ।

ଆଜି ସାଗରକୂଲ ପାଲୁର ଯିବା ବାଟରେ କୁବେର ମହାଜନ ଟିକିଏ ଘୁମେଇ ପଡ଼ିଲା ପରି ଚଲନ୍ତା ଶଗଡ଼ରେ ମୁଣ୍ଡରେ ହାତ ଦେଇ ବସିଛନ୍ତି । ବ୍ୟସ୍ତ ମନରେ ବୋଝେ ଅଶାନ୍ତିର ଭାର ଲଦି ଆଖି ଦୁଇଟି ବନ୍ଦ ହୋଇ ଯାଉଛି । ନିଶ୍ଚୟ କିଛି ଅମଙ୍ଗଳ ଦୃଶ୍ୟ ମାନସପଟରେ ଖେଲି ଯାଉଛି, ଯାହା ମଥାର ସମାନ୍ତରାଲ ଚର୍ମରେଖାରୁ ପ୍ରତୀୟମାନ ହେଉଛି ।

ଲୁହ ପୋଛି ମଇଆଁ ବୋହୂ ଲବଣୀ ଶଗଡ଼ଥାଟର ପୁରୋଭାଗରୁ ଆଗକୁ ଚାହିଁ ପଚାରିଲା, "ବାପା, ତୁମେ ଦରିଆପାରି ସୁବର୍ଣ୍ଣ ଦେଶକୁ ବହୁବାର ଯାଇ ଫେରିଛ। ଏଥର ଏତେ ଚିନ୍ତା କାହିଁକି ? ପୁରୁଷୋତ୍ତମ ଆମର ସାହା ଭରସା। ତାହାରି ଆଶୀର୍ବାଦରେ ଆମ ସାଧବ ଜାତି ବଣିଜ କରୁଛି, ମହୋଦଧିରେ ପାଦ ଥାପିଛି।"

କୁବେର ମହାଜନ ଅପ୍ରସ୍ତୁତ ଥିଲେ। କେଇ ମୁହୂର୍ତ୍ତ ସମୟ ନେଇ ନିଶ୍ୱାସ ଶୁଷ୍କ ଭାଷାରେ ବୋହୂ ଆଡ଼କୁ ନ ଚାହିଁ କହିବାକୁ ଲାଗିଲେ, "ମା' ରେ, ସେହି ଠାକୁରଙ୍କ ଶକ୍ତି ଆଉ ଆଶ୍ୱାସନା ବଳରେ ଆମ ରାଇଜର ସାଧବକୁଳ ନିଜର ଅର୍ଥ ଆଉ ଶ୍ରମ ବିନିଯୋଗ କରି ଦରିଆପାରି ଦେଶକୁ ବଣିଜ ପାଇଁ ଯାଏ। ଏହି ବଣିଜରେ ଆମ ରାଜ୍ୟ ଭୌମିକର, ସୋମବଂଶୀ ଆଉ ଗଙ୍ଗରାଜମାନଙ୍କର ପ୍ରଚ୍ଛନ୍ନ ରାଜନୈତିକ ସମର୍ଥନ ରହିଥିବାରୁ ହଜାର ବର୍ଷର ନୌବାଣିଜ୍ୟ ଆଜି ବହୁ ଶୀର୍ଷରେ ପହଞ୍ଚ ପାରିଛି ବୋଲି ପୂର୍ବ ବିଶ୍ୱ ପୁକାର କରୁଛି। ସାହାସିକ ଏହି କଳିଙ୍ଗ ସନ୍ତାନ। ମହୋଦଧି ଚିରି କଳିଙ୍ଗ ସାଗର ଭେଦି ଆଖି ପିଛୁଲାକେ ଜାଭାର ବୋଡ଼ ବୋଦୁର ବଡ ବନ୍ଦର ଠାରେ ପହଞ୍ଚ ପାରୁଥିଲେ।"

କିଛି ସମୟ ବିରାମ ନେଲେ ମହାଜନ। ପୁଣି କହିବା ଆରମ୍ଭ କଲେ, "ଗତ ତିନି ବର୍ଷ ଧରି ଯାହା ଆଶା ରହିଥିଲା, ସେ କ୍ଷୀଣ ଆଲୋକ ଲିଭିଯିବାକୁ ବସିଛି। ଆମର ସୁଗର୍ଭା ବୋଇତଟି ପାଞ୍ଚବର୍ଷ ହେବ ବଣିଜ ସାରି ପାଲୁର କୂଳ ଧରୁନାହିଁ। ଖାଲି ଆମ ବୋଇତ ନୁହେଁ, ସମଗ୍ର ପାଲୁରରୁ ଗତ ସାତ ସାଲ ହେବ ଯେତେ ବୋଇତ ସୁବର୍ଣ୍ଣ ଦ୍ୱୀପ ଯାଇଛନ୍ତି, କେହି ଫେରି ନାହାନ୍ତି। ଆମ ବାପା ଅଜାଙ୍କର ଦିହାତିର ବଣିଜ ଆଜି ଲୋପ ପାଇବାକୁ ବସିଛି। ମୋର ତିନିପୁଅ କୂଳ ବେଉସାର ସମସ୍ତ ନାବିକ ଆଉ ବୋଝେଇ ବୋଇତ ନେଇ ଅତି ବେଶୀରେ ତିନି ବର୍ଷରେ ଲେଉଟାଣି ହେବା କଥା। କିନ୍ତୁ ତା ବାଦ୍ ସଂପୂର୍ଣ୍ଣ ଦୁଇ ବର୍ଷ କଟିଗଲେ ବି କିଛି ଖୋଜ ଖବର ନାହିଁ।"

ବୋହୂ ଋଷିକୁଲ୍ୟା ଆଖି ଛଳଛଳ କରି ଶ୍ୱଶୁରଙ୍କୁ ଲକ୍ଷ୍ୟକରି ପଚାରନ୍ତି, "ବାପା, ଏମାନେ ସବୁ ସାଗରରେ ଥିବେ ନା ସୁବର୍ଣ୍ଣ ଦ୍ୱୀପରେ ଅଟକି ଯାଇଥିବେ ?"

ଶ୍ୱଶୁର ନିରବ ରହିଲେ। କିଛି ସମୟ ପରେ କହିଲେ, "ମା' ତୁ ତ ଯେଉଁଠି, ମୁଁ ବି ସେଇଠି। ଯଦି ବି ମୁଁ ଜୀବନରେ ଅନେକ ଥର ନୌବାଣିଜ୍ୟ କରିବାକୁ ସୁବର୍ଣ୍ଣ ଦ୍ୱୀପକୁ ଯାଇଛି, ଆଜିର ପରିସ୍ଥିତି ବଦଲି ଯାଇଛି। ସେଇ ସାଗର ରହିଛି, ସେଇ ପାଗ ଆଉ ପବନ। କିନ୍ତୁ ମଣିଷର ମାନସିକତା ଆଉ ପରିବର୍ତ୍ତିତ ଚୌରବୃତ୍ତି ସାଗରବକ୍ଷକୁ ଶାସିତ କରିଦେଇଛି। ଦିନଦିନ ରାହାଜାନି ଆଉ ଉପଦ୍ରବ ଏମିତି ବଢ଼ିଛି, ଅନେକଟା ନିଜର ମଣିଷ ପ୍ରବୃତ୍ତି ପରିହାର କରୁଛନ୍ତି।

ସମସ୍ତେ କେଇ ମୁହୂର୍ତ ନିରବ ହୋଇଗଲେ। ଦୀର୍ଘନିଃଶ୍ୱାସର ଶବ୍ଦ। ଚିନ୍ତା ପଶିଗଲା।

କାହାର ପୁଅମାନେ କାହାର ସ୍ୱାମୀମାନେ ଏହି ବିପଦ୍‌ସଙ୍କୁଳ ବିପଦସାଗର ଭିତରେ ନଥାଆନ୍ତୁ ବୋଲି ବୋଧହୁଏ ଶଙ୍କା ପଶିଗଲା।

ପୁଣି ମଝିଆଁବୋହୂ ଲବଣୀ ଶ୍ୱଶୁରଙ୍କୁ ପ୍ରସ୍ତାବ ଦେଲା, "ବାପା ତୁମେ ଆଉ ଥରେ କଳିଙ୍ଗର ଗଙ୍ଗ ନୃପତିଙ୍କୁ ଆପଣି କରନ୍ତୁ। ସିଏ ଏହି ବିପତ୍ତିରେ ସହାୟ ନହେଲେ ଆମ ବୋଇତ ଫେରିବ କିପରି ଆଉ ଆମେ ବଞ୍ଚିବୁ କିପରି?"

"ଆରେ ମା', ସେ ବାତ କଣ ଆମେ ଛାଡ଼ିଛୁ? ଅନେକ ବର୍ଷ ଧରି ସାମୁଦ୍ରିକ ଦସ୍ୟୁମାନଙ୍କ ପରାଭବରୁ ବଡ଼ ବଡ଼ ସାଧବମାନେ ଏହି ବେଉସାରୁ ଓହରି ଗଲେଣି। ଏଇଟା କେବଳ କଳିଙ୍ଗ କି ଭାରତବର୍ଷର ନୁହେଁ ଏହା ବି ଜାଭା, ଶ୍ୟାମ ଆଉ ବାଲିଦ୍ୱୀପ ସମସ୍ତଙ୍କର ସାଧାରଣ ସମସ୍ୟା। ପ୍ରତି ଦେଶର ବଣିକ ମଝି ସମୁଦ୍ରରେ ବିପଦରେ ପଡୁଛନ୍ତି। ପ୍ରବଳ ପରାକ୍ରମୀ ଲାଙ୍ଗୁଲା ନରସିଂହ ଏହାକୁ ଜରୁରୀକାଳୀନ ଏବଂ ମାନବକୃତ ଦୁର୍ଘଟଣା ଭାବରେ ସମ୍ପୃକ୍ତ ରାଜାମାନଙ୍କୁ କଳିଙ୍ଗ ସାମରିକ ବୈଠକକୁ ନିମନ୍ତ୍ରଣ କରିଥିଲେ। ସାମୁଦ୍ରିକ ସୀମା ଆଉ ସାଗର ସୁରକ୍ଷା ପୋତ ଗଠନ କରି ନିଜ ନିଜର ଦାୟିତ୍ୱରେ ସନ୍ନିକଟ ସାଗରରୁ ଜଳଦସ୍ୟୁ ନିରାକରଣ ଉପାୟ ନ୍ୟସ୍ତ କରିଥିଲେ। ତାଙ୍କ ପରଠାରୁ କେତେ ଗଙ୍ଗରାଜ ଗଲେଣି, କେତେ ବିଦେଶ ରାଜା ବି ଗଲେଣି କିନ୍ତୁ ସାଗର ଯାତ୍ରା ଦିନୁ ଦିନ ବିପଦ ଦେଇ ଚାଲିଛି। ଅମାପ ସମ୍ପତ୍ତି ହରାଉଛନ୍ତି ସାଧବମାନେ, ତଥାପି ଏହି ସମ୍ମାନଜନକ କୌଳିକବୃତ୍ତି ହାତଛଡ଼ା କରିପାରୁ ନାହାନ୍ତି।"

"ତା ହେଲେ ଆମ 'ସୁଗର୍ଭ।' ବୋଇତଟି କେବେ ଆଉ କେମିତି ଲେଉଟିବ?"

ଲବଣୀ ଆଉ ରଷ୍ମିକୂଲ୍ୟା ସହିତ ଚୁପ୍ ହୋଇ ବସିଥିବା ଧରିତ୍ରୀଙ୍କର ଅସହାୟ ବଦନ ଓ ଅଶ୍ରୁଲ ଚକ୍ଷୁ ହିଁ କୁବେର ସାଧବଙ୍କୁ ପ୍ରଶ୍ନବାଚୀ ପରି ମନେହେଉଥିଲା।

ଏହି କଥୋପକଥନ ଭିତରେ ମହାଜନଙ୍କର ଥାଟ ଶଗଡ଼ଟି ତାଙ୍କ ପାଲୁର ବସାରେ ପହଞ୍ଚିଗଲା। ସମସ୍ତେ ଶଗଡ଼ଗାଡ଼ିରୁ ଓହ୍ଲାଇ ଏକମୁହାଁ ହୋଇ ଧାଇଁଛନ୍ତି ଅନତି ଦୂରରେ ଦେଖାଯାଉଥିବା ପାଲୁର ପୋତାଶ୍ରୟକୁ। ଏବେ ତିନି ବର୍ଷ ହେବ କୌଣସି ବୋଇତ ଏଠାକୁ ଆସିବାର ଘଟଣା ଶୁଣିବାକୁ ମିଳିନି। ଗୋଟିଏ ଦୁଇଟି ବୋଇତ ଯାହା ରପ୍ତାନୀ ପଣ୍ୟରେ ଭରାଯାଉଥିଲା, ତାହା ବି ସାଧବ ଖାଲି କରିନେଲେଣି। ଏବେ ପାଲୁର ପୋତାଶ୍ରୟ ଖାଲି, ନା ବୋଇତ ଯାଉଛି, ନା ଫେରୁଛି। ଅନେକ ବୋଇତ ବିଦେଶରେ ରହିଯାଇଛି।

କିନ୍ତୁ ଦିନକୁ ଦିନ ଫେରି ନଥିବା ବୋଇତଗୁଡ଼ିକର ମାଲିକ ସାଧବମାନେ ଏହି ପୋତାଶ୍ରୟରେ ଦୂର ସାଗରର ଦକ୍ଷିଣ ଚକ୍ରବାଲକୁ ଚାହିଁ ରହିଛନ୍ତି କେବେ ନିଜର ବୋଇତର ଶୀର୍ଷ ଧ୍ୱଜ ପରିଦୃଷ୍ଟ ହେବ। ସେଥିପାଇଁ ନିଜ ବୋଇତର ପତାକାଟିକୁ ସ୍ୱତନ୍ତ୍ର ଭାବରେ ତିଆରି କରିଥାଆନ୍ତି। ବହୁ ଦୂରରୁ ନିଜ ବୋଇତର ଆଗମନ କିମ୍ବା ପ୍ରସ୍ଥାନ ଠଉରେଇ ପାରିବେ। ଚାହିଁ ଚାହିଁ ସେମାନଙ୍କ ଆଖିରୁ ପାଣି ମରିଗଲାଣି।

ଜନ ସମାଗମ ଆସ୍ତେ ଆସ୍ତେ ବଢ଼ୁଛି ପାଲୁର କୂଲରେ। କୁବେର ସାଧବଙ୍କ ପରିବାରର ଛଅଜଣ ସେଠାରେ ପହଞ୍ଚି ଗଲେଣି।

କିଏ ଜଣେ ଆସି କହୁଛନ୍ତି, "ଦଣ୍ଡବତ କୁବେର ଆଜ୍ଞା। ଆପଣ ତ ସବୁ ମାସରେ ଆସୁଛନ୍ତି। ସାଗରଟା ଖାଲି ପଡ଼ିଛି। କଅଣ ଘୋଟିଛି ପୂରୁବ ବିଦେଶରେ କେଜାଣି। ଅସଂଖ୍ୟ ବୋଇତ ଯାଇଛି କେହି ତିନି ସାଲ ଭିତରେ ଫେରିନାହାନ୍ତି।"

"ଦଣ୍ଡବତ ପାଲୁରା ଭଦ୍ର। ଆପଣ ବି ସାଧବ ଆଉ ଜନସାଧାରଣଙ୍କର ଅଭାବ ଅସୁବିଧାରେ ସହାନୁଭୂତି ସମ୍ପନ୍ନ। ଆଜି କାହିଁକି ଏତେ ଜନ ସମାଗମ ହୋଇଛି ? କଅଣ କିଛି ସ୍ୱତନ୍ତ୍ର ସାଗର କି ପୋତାଶ୍ରୟ ପର୍ବ ଅଛି କି ?" କୁବେର ମହାଜନଙ୍କ ଉକ୍ତି।

"ନା, ପର୍ବ ନାହିଁ, ଆପଣ ସାଧବ ସମ୍ପ୍ରଦାୟ ଜାଣିଥିବେ। ମହୋଦଧିର ସମ୍ରାଟ ଆଉ କଳିଙ୍ଗର ସାଗର ବଣିଜ ଅଧିକାରୀ ପାଲୁର ସାଧବ ସମ୍ମିଳନୀରେ ଯୋଗ ଦେବାକୁ ଆସିବେ। କିଛି ସାଗରଗତ ଆଉ ବଣିଜଗତ ସମସ୍ୟା ଉପରେ ଆଲୋଚନା କରିବେ। ଆପଣ ତ ଏ ବିଷୟରେ ଅବଗତ ଥିବେ।"

କୁବେର ମହାଜନ କହିଲେ, "ଆମେ ଏହି ପାଲୁର ସାଧବ ସମାଜ ପକ୍ଷରୁ ବାରମ୍ବାର ଏମିତି ଅନୁରୋଧ କରି କୌଣସି ସୁଫଲ ପାଇନାହୁଁ। ବହୁଥର ଦିନ ଧାର୍ଯ୍ୟ ହୋଇ ବୈଠକ ସମ୍ପାଦିତ ହୋଇପାରିନି। ସେଥିପାଇଁ ମୁଁ ଏବେ ନିଜ ଗାଁରୁ ଆସିଛି। ଦିନ ଜାଣି ସୁଦ୍ଧା ମୋର କଡ଼ାତିଏ ବିଶ୍ୱାସ ନାହିଁ ଯେ କଳିଙ୍ଗର ମହାରାଜା ଆଉ ସାଗର ଦପ୍ତର ଅଧିକାରୀ ଆସିପାରିବେ!"

ପାଲୁରା ଭଦ୍ର ଟିକେ ଚାରିଆଡ଼କୁ ଚାହିଁଲେ। ଉଚ୍ଚ ଚେହେରା। ଟିକିଏ ବି ବିରସ ହେଲେନି କୁବେରଙ୍କ କଥାରେ। ତଥାପି କହି ଚାଲିଲେ, "କିନ୍ତୁ ଆଜି ପାଲୁରା ସାଧବମୟ ହୋଇଛି। ବୋଧ ହେଉଛି ନିଶ୍ଚୟ ଉତ୍କଲ ନୃପତି ଆଉ ବଣିଜ ଅଧିକାରୀ ନିର୍ଦ୍ଦିଷ୍ଟ ଏହି ବନ୍ଦରକୁ ଆସୁଛନ୍ତି।"

"ଆମର ଭାଗ୍ୟ ଉଦୟ ହେଲା ଭାବିବୁ", ବୋଲି କହିଲେ କୁବେର। ଦିଗ ବଦଲାଇ ପଶ୍ଚିମମୁଖା ହୋଇ କିଛି ଦୂର ଯାଇ ଅଟକି ଗଲେ। ସୂର୍ଯ୍ୟ ମୁଣ୍ଡ ଉପରୁ

ଖସିଲେଣି। ଅଗ୍ନି କୋଣଟି ସମୁଦ୍ରର ବହୁ ଦୂର ପର୍ଯ୍ୟନ୍ତ ଦୃଶ୍ୟମାନ ହେଉଥାଏ। ସମସ୍ତେ ଦୂର ଦିଗ୍‍ବଳୟକୁ ଚାହିଁ ରହିଛନ୍ତି।

ମଝିଆଁ ବୋହୂ ଲବଣିକୁ କଥଣ ଦେଖାଗଲା କେଜାଣି, କହିପକାଇଲା – "ବାପା ଏହି ଦୂରରେ ଆମ ବୋଇତ ଦିଶିଲାଣି। ଆମରି ସୁଗର୍ଭା ବୋଇତ ଚୂଡ଼ାର ନାଲି ଫରଫର ଲମ୍ବା ପତାକାଟି ମୋ ଆଖି ଝଲସାଇ ଦେଉଛି।"

"ନାଇଁରେ ମା, ମୋତେ ତ କିଛି ଦିଶୁନି," କହିଲେ କୁବେର ସାଧବ। ତାଙ୍କୁ ତାଳଦେଲେ ଅନ୍ୟମାନେ। କାହାକୁ କିଛି ଦେଖାଗଲାନି। କେହି ବି କିଛି ନକହି ନିରବ ରହିଲେ।

କୁବେର ଜୀବନଟାକୁ ହିଁ ଏଇ ବ୍ୟବସାୟରେ ଖଟାଇ ସାରିଛନ୍ତି। ଭଲରେ ଜାଣନ୍ତି ତାଙ୍କ ଆସିବାରେ ବିଳମ୍ବ ହେଲେ ପତ୍ନୀ ଗୁରୁବାରୀ କେମିତି ହୁଅନ୍ତି। ଶୁଣିଛନ୍ତି ତାଙ୍କର ବିକଳ କ୍ରନ୍ଦନ ଆଉ ବିରହ ବେଦନା। ସିଏ ବି ନିଜେ ଅନୁଭବୀ। ସାଗର କିପରି ତାଙ୍କ ଗୃହସ୍ଥ ଜୀବନରେ ବଇରି ସାଜେ। ଦି ଦିନରେ ଫେରି ଆସିବା ରାସ୍ତାକୁ ଦି ମାସ କରିଦିଏ। ନାବିକ ଜୀବନ। ଗୁରୁବାରୀକୁ ଯେତିକି ଦିନ ସ୍ୱପ୍ନରେ ଦେଖୁଛନ୍ତି, ସେତିକି ଦିନ ତା ସାନ୍ନିଧ୍ୟ ପାଇ ପାରିନାହାନ୍ତି। ବିଦେଶ ଯାତ୍ରା କରିଥିବା ପତିର ବିରହୀ ପତ୍ନୀ ପ୍ରତି ସହାନୁଭୂତି ସେଇ ଦୁଇଜଣଙ୍କ ମଧ୍ୟରେ ସୀମିତ। ସତରେ ନାବିକ ଜୀବନ ଅନେକ ଘାତ ପ୍ରତିଘାତ ସମୟସାପେକ୍ଷ ଘଟଣା ଦୁର୍ଘଟଣାରେ ପରିପୂର୍ଣ୍ଣ।

ମଝିଆଁ ବୋହୂ ଲବଣି ଅନୁଭବ କଲେ ସତକୁ ସତ ବୋଇତ ଫେରି ଆସୁଛି। ପତାକାର ଅଗ୍ରଭାଗ ଫର ଫର ହୋଇ ଦକ୍ଷିଣା ପବନରେ ସ୍ଥଳଭାଗ ଆଡ଼କୁ ମୁହାଁଇ ଉଡ଼ୁଛି। ସତରେ ଲବଣିର ଦୃଷ୍ଟି ପ୍ରଖର। ସେତିକି ସ୍ୱାମୀ ସୁହାଗିନୀ ବୋଲି। ସିଏ କଥଣ କମ୍ ଯେ ତା ସ୍ୱାମୀ ଆସିବାର ଆଗ୍ରହ ମନରୁ ଦୂରେଇଦେବ! ଦୃଷ୍ଟି ପଥରେ ଦୂର ସାଗରରେ ସ୍ପଷ୍ଟ ଦେଖିବା ନଦେଖିବା ସମାନ ହେଲେ ବି ନିଜ ମନର ଆଗ୍ରହକୁ ମାରିଦେବ କାହିଁକି ?

ଆଉ ଗୋଟିଏ ମନର ମିତ ଅଛି ବଡ଼ବୋହୂ ରକ୍ଷିକୁଲ୍ୟାର। ସିଏ ଜୀବନ ସାଥୀ ବଳବନ୍ତ ମହାଜନ ସହିତ। ବଳିଆ ମହାଜନ ବିଭାଗର ବେଳେ ବାପାଙ୍କ ଅବସ୍ଥା ନେଇ ଉଦ୍‍ବିଗ୍ନ ଥିଲେ। ବାହାଘର ପୂର୍ବ ବଣିଜ ଲେଉଟାଣି ବେଳେ, ତାଙ୍କର ବୋଇତ ପାଲୁର ଧରୁ ଧରୁ ଘୂର୍ଣ୍ଣିବାତ୍ୟା ଦ୍ୱାରା କ୍ଷତିଗ୍ରସ୍ତ ହୋଇ ଜଳମଗ୍ନ ହେଲା। ଅବଶ୍ୟ ସମସ୍ତ ଆମଦାନୀ ପଦାର୍ଥ ଉଦ୍ଧାର କରା ଯାଇ ପାରିଲା। କିନ୍ତୁ ବୋଇତଟିରେ ଗୋଟିଏ ପାର୍ଶ୍ୱରେ ଛିଦ୍ର ହୋଇଥିବାରୁ ତା ଭିତରେ ପାଣି ପଶିଗଲା। କୁବେର ମହାଜନ ନିର୍ଧନ ହୋଇଗଲେ କହିଲେ ଚଳେ। ଆମଦାନୀ ପଣ୍ୟ ସିନା ଉଦ୍ଧାର ହୋଇଗଲା,

କିନ୍ତୁ ପୁରୁଷ ପୁରୁଷର ବୋଇତଟି ହରାଇଥିବାରୁ କେଇ ବର୍ଷ ପୁଣି କାହା ବୋଇତରେ ପାଇଟି କରି ମଙ୍ଗୁଆଲ ଅବା ନାବିକ ଭାବରେ ପରିବାର ପାଳିବେ, ଭାଲେଣି ପଡ଼ିଥିଲା।

ସେତେବେଳେ ତାଙ୍କ ବଡ଼ପୁଅ ପାଇଁ ପ୍ରସ୍ତାବ ଆସିଲା ଗୋଲବାଇର ସାଧବ ସମର୍ଥ ସାହୁକାରଙ୍କ ପକ୍ଷରୁ। ରଷିକୁଲ୍ୟା ତାଙ୍କ କନ୍ୟା, ତିନି ଭାଇରେ ସିଏ ସୁନାନାକୀ ଝିଅ। ସମର୍ଥଙ୍କ ମନଲାଖ୍ ପରିବାର, ପୁଣି ତାଙ୍କର ବାସ ରଷିକୁଲ୍ୟା ନଦୀ ଅବବାହିକାରେ। ବିବାହ ନିରାନନ୍ଦେ ସମାହିତ ହୋଇଗଲା। ସମର୍ଥ ଖୁସି କରିଦେଲେ କୁବେରଙ୍କୁ। ଝିଅ ଯଉତୁକ ପାଇଁ କେଇ ବର୍ଷହେବ ତିଆରି କରାଯାଇଥିବା ବୋଇତଟିଏ ପ୍ରଦାନ କଲେ।

ଝିଅକୁ ବୋଲି ସିଏ ବୋଇତଟି ମୁଛି ପାରିଲେ, କାରଣ ଦୀର୍ଘ ପାଞ୍ଚବର୍ଷ କାଳ ଏହି ବୋଇତ ପ୍ରସ୍ତୁତୀକରଣରେ ଲାଗିଛି। ଚକଖଣ୍ଡା ବୋଇତ। ମଙ୍ଗୁଆଲ ପାଖରେ ଦୁଇ ନାବିକ ହାତରେ ଚକ ବୁଲେଇଲେ ବୋଇତର ଦୁଇ ପାଖର ଆହୁଲାଗୁଡ଼ିକ ଦ୍ରୁତ ଗତିରେ ପାଣି କାଟି ବୋଇତକୁ ଅଧିକ ଗତିଶୀଳ କରିପାରିବ। ଆମ ଦେଶୀ କାରିଗରମାନେ ତାମ୍ରଲୁକ୍ ଆଉ ବଙ୍ଗ କାରିଗରଙ୍କ ସହ ମିଶି ଏଇଟିକୁ ସ୍ୱତନ୍ତ ଭାବରେ ଗଢ଼ିଥିଲେ। ମନେରଖ୍ ନାହାନ୍ତି ସମର୍ଥ କେଇ ଶଗଡ଼ ପାଲଧୁଆ ଆଉ ହାଲୁକା କାଠ ଏଇ କାମରେ ଲାଗିଛି। ବୋଇତଟି ଚିଲିକା ଘାଟରେ ତିଆରି ହୋଇ ସର୍ବମଙ୍ଗଳାଙ୍କ ପାଖରେ ଚୈତ୍ର ଚାରି ପାଲି ସିଦ୍ଧପୂଜା ଅନୁଷ୍ଠିତ ହୋଇଛି। ମନରେ ଇନ୍ଦ୍ରଙ୍କ ଦକ୍ଲାରୁ ବି କଠିନ ବୋଲି ସମର୍ଥଙ୍କ ମନେକରନ୍ତି।

ଏହି ସୁଲକ୍ଷଣା ବୋଇତ ପାଇଁ ଯେତେ ଲୋଭ ଥିଲେ ବି କେବଳ ରଷିକୁଲ୍ୟା ପରି ଅଲିଅଲ ଝିଅ ଶାଶୁଘରକୁ ଦେବାକୁ ସିଦ୍ଧାନ୍ତ କରିଛନ୍ତି। ଦୁନିଆରେ ଆଉ କେହି ସମର୍ଥଙ୍କ ପାଖରୁ ଏଇ ବୋଇତଟି ଛଡ଼େଇ ପାରିନଥା'ନ୍ତେ। ସମୁଦି କୁବେର କହି ନପାରିଲେ ବି ଅନ୍ତରରେ କେତେ ଯେ କୃତଜ୍ଞତା ଢାଲିଦେବେ, କେହି ମାପି ପାରିବେନି। ସେଇ ସୁଗର୍ଭା ବୋଇତ ଦୁଇଥର ବଣିଜ ସାରି ତୃତୀୟଥର ପାଇଁ ଯାଇଛି। ପ୍ରତିଥରର ବିଦେଶ ବଣିଜରେ ବହୁତ ଶୁଭ ଲାଭ ଆସିଛି, ବୋଇତଟିଏ ଅଛି ବୋଲି କାହାକୁ ମୋଟେ ବୋଝ ହୋଇନି।

ହଠାତ୍ ଭାବନା ରଷିକୁଲ୍ୟାର ବନ୍ଦ ହୋଇଗଲା। ସୁଗର୍ଭା ବିଷୟରେ ମୁଁ କାହିଁକି ଏତେ ଭାବୁଛି? ସୁଗର୍ଭାର ମଙ୍ଗୁଆଲ ମୋର ସ୍ୱାମୀ ବୁଦ୍ଧିବନ୍ତ କେମିତି ଥିବେ ଏ ବୋଇତରେ ମୁଁ ତାଙ୍କର ମଙ୍ଗଳ କାମନା ନକରି ସୁଗର୍ଭା ବିଷୟରେ କାହିଁକି ଏତେ ମନେପକାଉଛି? ସବୁବେଳେ କାର୍ଯ୍ୟବ୍ୟସ୍ତ ମୋ ପତି ବାପାଙ୍କ ବୁଦ୍ଧିବନ୍ତ ଡାକନାମରେ ଯେତିକି ଆହ୍ଲାଦିତ ହୋଇ ଉଠନ୍ତି, ଫୁଲରା ଗାଁ ସାରାର ଗ୍ରାମବାସୀ ଓ ବନ୍ଧୁ ସ୍ୱଜନମାନେ

ବୁଢ଼ିଆ ଡାକିଲେ, ସେଟିକି ଖୁସି ହୁଅନ୍ତିନି। ତାଙ୍କୁ ଦେଖିବ ବିଦେଶକୁ ବାହାରିବା ପୂର୍ବରୁ ବୋଇତ ଭରିବା ବେଳେ ଆଉ ବିଦେଶରୁ ଫେରି ବୋଇତ ଖାଲି କରିବା ସମୟରେ। ତାକୁ ସବୁବେଳେ ସହଯୋଗ କରେ ମୋ ଭାଇ ସାଗର। ସାଗର ଆଉ ବୁଢ଼ିବନ୍ତ ମିଶିଗଲେ, ବୋଇତ ଭରିଯିବ। ସୁନ୍ଦର କ୍ରମରେ ଖଞ୍ଜି ଚାଲିବେ ଖାଦ୍ୟ, ବସ୍ତ୍ର, ଆଭୂଷଣ, ମୂର୍ତ୍ତି, ଖେଳଣା, ବରାଦିଆ ପଦାର୍ଥ, ପସନ୍ଦିଆ ଦେଶୀପଦାର୍ଥ, ଧାତୁଦ୍ରବ୍ୟ, ପଥର ବ୍ୟାବହାରିକ ଚକି ବା ଶିଳ। କଳିଙ୍ଗ କାରିଗର ଯଦି ନୂତନ ଯୁବତୀ ମୂର୍ତ୍ତି ଖୋଦିତ କରି ଦେଶରେ ଲୋକାଦୃତ କରେ, ସାଗର ସାରା କଳିଙ୍ଗ କନ୍ଦୋଦ ଉତ୍କଳ ବୁଲିବୁଲି ବୋଇତ ଭରିଦିଏ ସେଇ ଉତ୍କଳୀୟ ମୌନାବତୀ ଅଳସକନ୍ୟା। କି ପତ୍ରଲେଖିକା, ଶାଳଭଞ୍ଜିକା କି ଅଳସକନ୍ୟା ପରି କ୍ଷୁଦ୍ରତମ ପଥର ମୂର୍ତ୍ତିରେ। ଦକ୍ଷିଣ କୋଶଳର ସିଲକ ରଙ୍ଗୀନ ଲୁଗା ସୁବର୍ଣ୍ଣଦ୍ୱୀପର ସର୍ବାଦୃତ ବସ୍ତ୍ର। ଜାଭା କି ବାଲି ଦ୍ୱୀପରେ ବୋଇତ କୂଳରେ ଆଶ୍ରୟ ନେଇ ସାରିନଥିବ ବେଳକୁ ଏଗୁଡ଼ିକୁ ଖାଲି କରିଦିଅନ୍ତି କ୍ଷୁଦ୍ର ବଣିକ ଗୋଷ୍ଠୀ।

ଗଲା ପାଲି ବୋଇତ ବନ୍ଧାଣ ହେବାକୁ ଦିନଟିଏ ବାକି ଥିଲା। ସାଗର ଗୋଟିଏ ଚିଟାଉ ଆଣି ଭିଣୋଇ ବୁଢ଼ିବନ୍ତକୁ ପଚାରିଲା, "ବୁଢ଼ିଭାଇ କେତେଟା ବୋଇତି କଖାରୁ ଆଉ କେତେ ଅଖା ଚାଉଳ ଭରିଛ ? କେତେଥର ତୁମର ବୋଇତ ସାଗର ରାସ୍ତାହୁଡ଼ି ଦିନ କେଇଟା ଅଧିକ ସାଗରରେ ରହିବାକୁ ପଡ଼ିଲା ଯେ ଖାଦ୍ୟ ଚିନ୍ତା ବଢ଼ାଇଥିଲା। ଏଥର ଗୋଟିଏ ପକ୍ଷ ପନ୍ଦର ଦିନର ଅତିରିକ୍ତ ଦାନା ଅଛି ତ ?"

ସତକୁ ସତ ସବୁ ପଣ୍ୟ ଭିତରେ ବାଲିଦ୍ୱୀପ ବରାଦିଆ ଗୁଡ଼ିରେ ଭରିଯାଇଛି, ସ୍ଥାନ ଅଭାବ ଦେଖା ଦେଇଛି। ବୁଢ଼ିବନ୍ତ କହିଲେ, "ସାବାସ୍ ସାଗର। ଆଣ ସେ ପୁଞ୍ଜାଏ କଖାରୁ ଆଉ ବସ୍ତାଏ ଚାଉଳ ବୋଇତର ନିମ୍ନତମ କକ୍ଷର ଚଟାଣରେ ଗଡ଼େଇ ଦିଅ।" ବାପାଙ୍କଠୁ ଶିଖିଛି ଏ ବିଧ୍ୟ। ଏହା ପାଞ୍ଚ ବର୍ଷ ତଳର ବୋଇତ ଲଦା ସମୟର କଥା।

ସେଇ ଭାଇ ସାଗର ବି ଆଜି ଗୋଲବାଇରୁ ଆସିଛି। ପାଲୁର ସାଗରକୂଳ ବୈଠକରେ ଯୋଗ ଦେବାକୁ ମନା କରିଥିଲା। ସେଇଠି ମାଲଗୁଣି ନଦୀଟି ଗାଁରେ ପ୍ରଳୟ ସୃଷ୍ଟି କରିଛି, ଗାଁ ଘରଗୁଡ଼ିକ ବନ୍ୟାରେ ଉଜାଡ଼ି ଦେଇଛି। ଘର ଭାଙ୍ଗିପଡ଼ିଛି। ବାପା ରୋଗାକ୍ରାନ୍ତ ହୋଇ ଖଟ ଧରିଲେଣି। ବାପଘର କଥାରେ ମୁଁ ଘାରିହେଉଛି, ବୁଢ଼ିବନ୍ତ ମୋର ତ ସମସ୍ତଙ୍କ ମେଳରେ ଅଛନ୍ତି। ସତରେ କିନ୍ତୁ କଥା ରକ୍ଷାକରି ସାଗର ଭାଇ ଆସିବେ ନିଶ୍ଚୟ। ଲବଣୀ କଥା ଯଦି ସତହୁଏ, ତେବେ ଶଳା-ଭିଣୋଇଙ୍କର ଗୋଟିଏ ବିରାଟ ବୈଠକ ହୋଇଯିବ। କେତେ କଥାବାର୍ତ୍ତା ଓ ରପ୍ତାନିର ପରିମାଣ ନିର୍ଣ୍ଣୟ। ତା ଭିତରେ ନକଲିଆ ସମ୍ପର୍କର ସମ୍ପ୍ରସାରଣ ଆଉ ସ୍ୱାଗତ ସମ୍ବର୍ଦ୍ଧନା।

ଆଉ ତୃତୀୟ ବୋହୂ ଧରିତ୍ରୀ। ଗେଲବାସର ନାଁ ଧାରୁ। ବଡ଼ ଦୁଇ ଯାଆ କେତେ କଥା କହୁଛନ୍ତି, ପରବାୟ ନାହିଁ ତା'ର। ଫେରିବା ରାସ୍ତାକୁ ଚାହିଁ ବସିଛି ସ୍ୱାମୀ ପୁରିଆଙ୍କୁ। ପୁରିଆଙ୍କ ଶୁଭନାମ ପୂର୍ଣ୍ଣଚନ୍ଦ୍ର ମହାଜନ। ଗମ୍ଭୀର ବ୍ୟକ୍ତିତ୍ୱ, କଥା କମ୍ କାମରେ ପର୍ଯ୍ୟାପ୍ତ ସଫଳତା। ଧାରୁ ଆଉ ପୁରିଆ ଭିତରେ ଗୋଟିଏ ଗୁମର ଅଛି। ପ୍ରତିଟି ପ୍ରତ୍ୟାବର୍ତ୍ତନ କାଳରେ ସ୍ୱାମୀଙ୍କୁ ଅମାପ ଅଳଙ୍କାର ବରାଦ ଦେଇଥାଆନ୍ତି। କାନକୁ ବଡ଼ ବଡ଼ ସୁନା ଦୁଲ୍ ଆଉ ବେକକୁ ହାର, ଅଣ୍ଟାକୁ ଅଣ୍ଟାସୂତା ଆଉ କେତେ କେତେ ସୁମାତ୍ରା ଦ୍ୱୀପର ପୁରୁଣାକାଳିଆ ଗହଣା। ବଣ ଫୁଲ ପରି ଭଲ ଦିଶେ ତାଙ୍କ ଚେହେରାକୁ। ଧାରୁ ନାହିରେ ତେଲ ଦେଇ ବସିଛି, ବଣିଜ ଯେତିକି ଡେରି ହେବ ସ୍ୱାମୀ ବେଶୀ ସମୟ ପାଇବେ ଭଲ ଗହଣା ଆଣିବାକୁ। ସିଏ ନିଶ୍ଚିନ୍ତ ହୋଇ ମନେମନେ କୁରୁଳି ଉଠୁଛି, ସତରେ ଆମର ବୋଇତ ଫେରୁଛି!

ସାଗର କୂଳରେ ଏମିତି ଗୋଟିଏ ଛୋଟ ଗହଳିଟିଏ ପରିଦୃଷ୍ଟ ହେଉଛି। କାହାର ନା କାହାର ବୋଇତ କେଇ ସନ ହେବ ଗଲାଣି ସୁବର୍ଣ୍ଣ ଦ୍ୱୀପ। ଫେରିଥିବାର ଆଶାରେ ଅନେକ ଆସୁଛନ୍ତି। ବର୍ଷକ ଭିତରେ ବୈଶାଖ ବେଳକୁ ବାୟୁ ଗତିର ଅନୁକୂଳରେ ପାଲ ଟଙ୍ଗା ଆଉ ବଡ଼ ବୋଇତ ବି କଳିଙ୍ଗ ଫେରିଆସନ୍ତି। ତା ସହିତ କଳିଙ୍ଗର ଗଜପତି ସାଗରଯାତ୍ରା। ନିରାପଦା ସଂକ୍ରାନ୍ତରେ ସାଧବକୁଳକୁ ଆଶ୍ୱାସନା ଦେବାକୁ ଆସୁଛନ୍ତି। ଏହି ଖବର ପ୍ରଚାର ହୋଇଯିବାରେ ଅନେକ ସାଧବ ସପରିବାରେ ଦୂରଦୂରାନ୍ତରୁ ଆସି ପାଲୁର ପୋତାଶ୍ରୟରେ ପହଞ୍ଚ ଗଲେଣି। ସମସ୍ତଙ୍କ ଦୃଷ୍ଟି କିନ୍ତୁ ସାଗର ଲହରି ପାରି ହୋଇ ମଝି ଦରିଆରେ ନିବଦ୍ଧ।

କୁବେର ମହାଜନ ଦେଖିଲେ ତାଙ୍କର ବନ୍ଧୁ ଗୋବର୍ଦ୍ଧନ ସାଥୁଆ ଧାଇଁ ଧାଇଁ ତାଙ୍କ ପାଖ ଧରିଲେଣି। ପାଖରେ ପହଞ୍ଚ ଓଲିଗି ହେଲେ। କହିଲେ, ଏତେ ଧନ ଆଉ ଜୀବନ ବିପନ୍ନ କରି ସାଧବକୁଳ ଦେଶ, ଦଶ, ଧର୍ମ, ସଂସ୍କୃତି ବୋଇତରେ ବୋହିନେଇ ଚଳନ୍ତି ଯୁଗରେ ମହାସଙ୍କଟରେ ଅବତୀର୍ଣ୍ଣ ହୋଇଛନ୍ତି। ସାତବର୍ଷର ବୋଇତ ଆଜି ବି ଫେରିନି ପାଲୁରା। କଅଣ ଯେ ଘୋଟିଛି ପୂର୍ବସାଗର ଆଉ ସୁବର୍ଣ୍ଣ ଦ୍ୱୀପରେ ଭଗବାନଙ୍କୁ ଜଣା। ଆଜି ଅପରାହ୍ନରେ ନିଶ୍ଚିତ ଗଜପତି ସାଧବକୁଳକୁ ସାନ୍ତ୍ୱନା ଜଣାଇବେ ଆଉ ସେମାନଙ୍କ ସାଗରଯାତ୍ରା ଯେମିତି ନିରାପଦ ହେବ, ସେ ବିଷୟରେ ପ୍ରତିକାରାତ୍ମକ ଆଶ୍ୱାସନା ଦେବେ। ଅନୁମାନ ଗଜପତି ଚିଲିକା ଅତିକ୍ରମ କରି ସାରିବେଣି। କେଇ ଘଡ଼ି ପରେ ସଭାସ୍ଥଳରେ ପହଞ୍ଚ ପାରିବେ।

ଏହି ସମୟରେ ସମସ୍ତଙ୍କୁ ଦେଖାଦେଲା ସାଗର ଭିତରେ ଗୋଟିଏ ପୋତ ପାଲୁର ମୁହାଁ ହୋଇ ଫେରୁଛି।

ସାଗରକୂଳର ସମସ୍ତ ଦର୍ଶକମାନଙ୍କ ଦୃଷ୍ଟି ଉନ୍ମୀଳିତ ହୋଇଛି ଦ୍ରୁତଗତିରେ ଫେରୁଥିବା ମଧ୍ୟମ ଆୟତନର ବୋଇତ ଉପରେ। କେଇଜଣ ସାଧବ ଘୁରି ଘୁରି ଚାହୁଁଛନ୍ତି କାହାର ଏ ବୋଇତ ହୋଇପାରେ? ଯିଏ କେହି ନିଜର ହୋଇଥିବ ବୋଲି ଭାବୁଥିଲେ ବି ରଷିକୁଲ୍ୟା ମନେ ମନେ ନିଶ୍ଚିତ ହୋଇଗଲା ଏଇ ବୋଇତଟି ସୁଗର୍ଭା ଛଡ଼ା ଆଉ ଅନ୍ୟ ବୋଇତ ନୁହେଁ। ମନର ନିଶ୍ଚିତତା ସତ ହେବାକୁ ହେଲେ, ବୋଇତର ଚୂଳ ପତାକାଟି କମଳା ରଙ୍ଗର ହୋଇଥିବ। କିନ୍ତୁ ରଷିକୁଲ୍ୟା ମନରେ ବିଷାଦର କାଳିମା ସୃଷ୍ଟି ହେଲା। ସିଏ ଲକ୍ଷ୍ୟକଲା, ଏଇ ବୋଇତର ବାନାଟି କୁଆଡ଼େ ଉଡ଼ିଯାଇଛି, ନାବିକମାନେ ଏହାକୁ ପୁନଃସ୍ଥାପନ କରିବାକୁ ଭୁଲିଯାଇଛନ୍ତି।

ଗଜପତିଙ୍କର ପିଆଦା ଆସିଲା, ସ୍ୱୟଂ ଗଜପତି ଦି ଘଡ଼ି ମଧ୍ୟରେ ପାଲୁର ପୋତାଶ୍ରୟରେ ପହଞ୍ଚିବେ। ଏଥିରେ ପୋତରକ୍ଷୀ କର୍ମଚାରୀ ଆଉ ସାଧବ କର୍ମକର୍ତ୍ତାମାନେ ଗଜପତିଙ୍କର ସମ୍ବର୍ଦ୍ଧନା କାର୍ଯ୍ୟ ଆୟୋଜନ କରିବାରେ ଲାଗିପଡ଼ିଲେ। ବିସ୍ମୟର ବିଷୟ। ଗଜପତିଙ୍କ ଆଗମନ ସହିତ ବହୁତ ଦିନପରେ ବୋଇତଟିଏ ଆଶ୍ଚର୍ଯ୍ୟଜନକ ଭାବରେ ସୁବର୍ଣ୍ଣଦ୍ୱୀପରୁ ଫେରି ପାଲୁର ବନ୍ଦର ଧରୁଛି।

ବୋଇତ ଆହୁରି ନିକଟତର ହେଲା। ଏହାର ଆକାରରୁ ସ୍ପଷ୍ଟହେଉଛି, ଏହା ସୁଗର୍ଭା। କିନ୍ତୁ କିଛି ବି ଚିହ୍ନ ନାହିଁ ଚିହ୍ନିବାକୁ। ନା ଅଛି ପୋତର ଚୂଳ-ପତାକା, ନା ଅଛି ରଂଗ କି ନାମ। ଅଷ୍ଟପୁରୁଣା ଧୋକଡ଼ା ବୋଇତ ଏଇଟି, ସୁଗର୍ଭା ବୋଇତର ଛାୟା ସହ ସମାନ ହୋଇପାରେ। କିନ୍ତୁ ବୋଇତ ଭିତରୁ କେହି ଜଣେ ଦେଖାଯାଉ ନାହାନ୍ତି। ରଷିକୁଲ୍ୟା ଅସ୍ଥିର ହୋଇ ଉଠୁଥିଲା। ତାକୁ ପ୍ରତୀୟମାନ ହେଉଥିଲା, ଏଇ ବୋଇତଟି ସୁଗର୍ଭା ଛଡ଼ା ଆଉ ଅନ୍ୟ ବୋଇତ ହୋଇ ନପାରେ। ଏହାର ଆକାର ତ ମିଳିଯାଉଛି, ହେଲେ ରୂପ ବଦଳି ଯାଇଛି। ବିବର୍ଣ୍ଣ ହୋଇଯାଇଛି। ନାମ ଫଳକ ହଜିଯାଇଛି। ବାନା ତ ଆଉ ନାହିଁ।

ଅସ୍ଥିର ହୋଇ ଉଠିଛି ରଷିକୁଲ୍ୟା। ଭାଇ ସାଗର ଆସି ଦୟ୍ୟଦେଲା ଭଉଣୀକୁ, କହିଲା, ପୋତ ତଟବାହୀ ହୁଲିଡଙ୍ଗାରେ ନିଜେ ଯାଇ ବୋଇତ ଭିତର ପରଖ ନେବାକୁ। ବୋଇତ ଭିତରକୁ ଯାଇ ଯାହା ଦେଖିଛି ତା'ର ହୃତ୍କମ୍ପ ହେଲାଣି। ନାବିକମାନେ ତଳେ ଲୋଟି ପଡ଼ିଛନ୍ତି। ମଙ୍ଗୁଆଳ ବୁଦ୍ଧିବନ୍ତ ନିଶାରେ ଟଳଟଳ ହେବାପରି ପବନା, ମଥୁରା ଆଉ ବଳିଆଙ୍କୁ ଉଚ୍ଚସ୍ୱରରେ ନିଦରୁ ଉଠିବାକୁ କୁହାତ ପକାଇଛନ୍ତି। ବୋଇତର ଅନ୍ୟ ଲୋକମାନେ ଦେଖାଯାଉନାହାନ୍ତି।

ସାଗର ଉଚ୍ଚ ସ୍ୱରରେ ଡାକିଲା, "ଭାଇ, ମୁଁ ସାଗର ଆସିଛି ତୁମକୁ ପାଛୋଟି ନେବାକୁ। ଥୟ ଧରନ୍ତୁ, ମୁଁ ଅନ୍ୟ କୋଠରିଗୁଡ଼ିକରୁ ସମସ୍ତଙ୍କୁ ଡାକି ଆଣୁଛି। ତିନି

ଚାରି ଥାକରେ ହୁଲି ଡଙ୍ଗା ସାହାଯ୍ୟରେ ପାଲୁର ଭୂମିରେ ପହଞ୍ଚିବା। ଆମର ଭାଗ୍ୟର ସୂର୍ଯ୍ୟୋଦୟ ଘଟିଛି। ଆପଣମାନେ ଫେରି ଆସିଛନ୍ତି, ସେଇଟା ଆମର ଭାଗ୍ୟ। ଶହ ଶହ ସାଧବ ନିଜ ନିଜ ବୋଇତର ଲେଉଟାଣିକୁ ଚାହିଁ ଚାହିଁ ଦୃଷ୍ଟିଶକ୍ତି ହରାଇଲେଣି। ଆମ ସୁଗର୍ଭା ଡେରିରେ ହେଲେ ବି ପାଲୁର ସ୍ପର୍ଶ କରିଛି। ଆମ ବୋଇତର ସମସ୍ତ ବ୍ୟକ୍ତି ଅଚିରେ ପୋତାଶ୍ରୟ କୂଳ ଆମ ନିବାସରେ ପହଞ୍ଚିବେ। ତଟକର୍ମୀମାନେ ନିୟମ ମୁତାବକ ବୋଇତ ନିଷ୍କାଶ ସମ୍ପାଦନ କରିବେ।"

ବୁଦ୍ଧିବନ୍ତ କହିଲେ, "ସାଗର ତୁମକୁ ଆଉ ପରିବାରକୁ ଦେଖିପାରିବି, ଆଶା ଛାଡ଼ି ଦେଇଥିଲି। ଭାଗ୍ୟ ଆଉ ସୁଗର୍ଭା ଉପରେ ଭଗବାନଙ୍କ ସୁଦୃଷ୍ଟି ଥିବାରୁ ଆମେ କଳିଙ୍ଗସାଗର ମୁହାଁ ହୋଇପାରିଲୁ। ନହେଲେ....."

ସାଗର ପ୍ରଶ୍ନ କଲେ, "ନହେଲେ କଅଣ ହୋଇ ଥାଆନ୍ତା?"

"ସେଇ ଭୟଙ୍କର ଲୋମହର୍ଷକ ଘଟଣା ମୁଁ ଏଠାରେ ଜମାହୋଇଥିବା ସାଧବକୁଳକୁ ଖୋଲି କହିଦେବି," ବୋଲି ଉତ୍ତର ଦେଲେ ବୁଦ୍ଧିବନ୍ତ।

କିଛି ସମୟ ପରେ ହେବାକୁ ଥିବା ଗଜପତି ମହାରାଜାଙ୍କ ସାଧବମାନଙ୍କୁ ଆଶ୍ୱାସନା ମୂଳକ ବୈଠକରେ କହିବାର ସୁଯୋଗକୁ ଅପେକ୍ଷା କରି ଦର୍ଶକ ମଣ୍ଡଳୀରେ ସ୍ଥାନ ଅଧିକାର କଲେ।

ସେଦିନ ଅପରାହ୍ନରେ ଗଜପତି ପାଲୁର ପୋତାଶ୍ରୟରେ ଆୟୋଜିତ ସଭାରେ ସାଧବକୁଳକୁ ଉଦ୍‌ବୋଧନ ଦେବାକୁ ପହଞ୍ଚିଲେ। ତାଙ୍କୁ ବି ଉତ୍କଳ ରାଜ୍ୟର ନୌବାଣିଜ୍ୟ ଅଧିକାରୀ ଅନୁଗମନ କରି ସେହି ସଭାର ଜଣେ ସମ୍ମାନିତ ଅତିଥି ଭାବରେ ଯୋଗ ଦେଇଥିଲେ। ସଭା ଆରମ୍ଭରେ ସାଧବକୁଳର ସଭାପତି ଗୋବର୍ଦ୍ଧନ ସାଥୁଆ ଗଜପତି ଆଉ ନୌବାଣିଜ୍ୟ ଅଧିକାରୀଙ୍କୁ କୃତଜ୍ଞତା ଜଣାଇ କହିଲେ ଯେ, "ଆବାହମାନ କାଳରୁ କଳିଙ୍ଗ ରାଇଜ ନୌବିଦ୍ୟାରେ ଉତ୍କର୍ଷ ସାଧନ କରି ବିଦେଶ ଯାତ୍ରାର ଯେଉ ଉଦାହରଣ ସୃଷ୍ଟି କରିଥିଲା, ସେହି ସୁଯୋଗନେଇ କଳିଙ୍ଗର ବୌଦ୍ଧଧର୍ମ ବି ରାଜ ପ୍ରୋତ୍ସାହନରେ ପୂର୍ବପ୍ରାଚ୍ୟ ଦ୍ୱୀପଗୁଡ଼ିକୁ ପ୍ରସାରିତ ହେଲା। ହିନ୍ଦୁଧର୍ମ ମଧ୍ୟ ନିଜର ସମସ୍ତ ଦେବାଦେବୀ ଆଉ ମନ୍ଦିର ସହ ସେଠାରେ କଳିଙ୍ଗର ମୂଳଦୁଆ ଶକ୍ତ କରିବାକୁ ଲାଗିଲା। ଧର୍ମ ଆଉ ସଂସ୍କୃତି ସହିତ କିଛି କିଛି ନୂଆ ନୂଆ ପଣ୍ୟଦ୍ରବ୍ୟର ଦେବାନେବା ପ୍ରଥା ଆରମ୍ଭ ହେଲା। ନୂତନ ଦ୍ୱୀପରେ ବସତି ସ୍ଥାପନ ପାଇଁ କଳିଙ୍ଗବାସୀଙ୍କର ଆଗ୍ରହର ତୁଳନା ନାହିଁ। ସେହି ବସତି ଗୁଡ଼ିକ ସକାଶେ ପ୍ରତି ଦ୍ୱୀପରେ କଳିଙ୍ଗ ରାଷ୍ଟ ନାମକ ଅଞ୍ଚଳ ସୃଷ୍ଟିହେଲା। ଏମିତିକି କଳିଙ୍ଗପୁଅ ସେହି ଦ୍ୱୀପଗୁଡ଼ିକରେ ରାଜାହେଲେ। ସେତେବେଳକୁ ବି କଳିଙ୍ଗର ବ୍ୟବସାୟ ଏତେଟା ଶୃଙ୍ଖଳିତ ହୋଇ

ନଥାଏ। ବହୁ ବର୍ଷପରେ ବଡ଼ ବଡ଼ ବୋଇତ ଚିଲିକାରେ ତିଆରି ହେବାରୁ ଏବଂ ପରୀକ୍ଷାମୂଳକ ଭାବରେ ତାମ୍ରପର୍ଣ୍ଣୀ, ଶ୍ୟାମ, ବାଲି ଦ୍ୱୀପ ଆଦିକୁ ଗତାଗତ କରିବାରେ, କଳିଙ୍ଗରେ ସୃଷ୍ଟି ହେଲା ଆମର ଏହି ସାଧବ ସମାଜ। ସାଧବ ସବୁ ଜାତିର, ସବୁ ବର୍ଗର। ବଣିକ ବୃତ୍ତି ଆଦରି ବୋଇତର ଧୀର ଗତିରେ ମୌସୁମି ସହାୟତାରେ ନିଜର ସର୍ବସ୍ୱ ନିବେଶ କରି କଳିଙ୍ଗରେ ପଣ୍ୟ ସଂଗ୍ରହ କରିବା ଠାରୁ ଆରମ୍ଭ କରି ନୌଯାନର ଶକ୍ତ ଗଠନ ଆଉ ସୁପ୍ରଶିକ୍ଷିତ ନାବିକ ନିଯୁକ୍ତି ଦେଇ ପୂର୍ବପ୍ରାଚ୍ୟ ଦ୍ୱୀପଗୁଡ଼ିକରେ ବାଣିଜ୍ୟ କଲେ। ଆଜିକୁ ଦୁଇ ସହସ୍ର ବର୍ଷ ହେବ ଶେଷ ଜୈନ ତୀର୍ଥଙ୍କର ମହାବୀରଙ୍କ କଳିଙ୍ଗ ଆଗମନ ବେଳକୁ ପିଠୁଣ୍ଡା ରାଜଧାନୀରୁ ଚମ୍ପା (ବା ଭିଏତନାମ) ନୌଯାତ୍ରୀଙ୍କ ନିମିତ୍ତ ଗମନାଗମନ କରୁଥିଲା। ବଣିଜ ଏତେ ପରିବ୍ୟାପ୍ତ ହେଲା ଯେ, ପୂର୍ବ ପ୍ରାଚ୍ୟକୁ ସୁବର୍ଣ୍ଣ ଦ୍ୱୀପ କୁହାଗଲା।

କହି ଚାଲିଲେ ସାଥୁଆ, "ପ୍ରଥମରୁ ବି ନୌବାଣିଜ୍ୟ ଏମିତି ସହଜସାଧ ନଥିଲା। ସାଗରର ଗଭୀରତା ଆଉ ଆକାଶର କରାଳ ବାତ୍ୟାଠାରୁ ବୀଭତ୍ସ ଥିଲେ ରତ୍ନାକର (ଆରବ ସାଗର) ଆଉ କଳିଙ୍ଗ ସାଗରର ଜଳଦସ୍ୟୁ। ସରଳ ଭାବରେ ଫେରନ୍ତା ବୋଇତଗୁଡ଼ିକୁ ସମୁଦ୍ର ଗର୍ଭରେ ଲୁଣ୍ଠନ କରି ଏହି ଦସ୍ୟୁକୁଳ ବଣିଜର ସମାନ୍ତରାଲ ଭାବରେ ପରିପୁଷ୍ଟ ହୋଇଛନ୍ତି। ତଥାପି ବି ବଣିଜ ଦୁଇ ହଜାର ବର୍ଷ ଚାଲିଥିଲା।

"ଚଳିତ ଶତାବ୍ଦୀ ଆରମ୍ଭରେ ଲାଙ୍ଗୁଲା ନରସିଂହଦେବଙ୍କୁ ଆମ ସାଧବକୁଳ ଏହି ଜଳପଥଗୁଡ଼ିକରେ ସୁରକ୍ଷା ପାଇଁ ନିବେଦନ କରିଥିଲା। ଚତୁର କଳିଙ୍ଗ ନୃପତି ଶ୍ୟାମ ଆଉ ଜାଭା ଦ୍ୱୀପର ନୃପତିମାନଙ୍କୁ ଆମନ୍ତ୍ରିତ କରି ଆଜିର ଏହି ପାଲୁର ପୋତାଶ୍ରୟର ଅଭ୍ୟର୍ଥନା କକ୍ଷରେ ସାଧବ ଆଉ ନୌବାଣିଜ୍ୟ ସଂକ୍ରାନ୍ତରେ ଏକ ନିର୍ଣ୍ଣୟ ନେଇଥିଲେ। ଏହି ତିନି ରାଷ୍ଟ୍ରର ସନ୍ନିକଟ ସାଗରରେ ସାଗର ଦସ୍ୟୁ ଉପଦ୍ରବପୂର୍ଣ୍ଣ ଥିବାରୁ ସେଠାରେ ନୌବହର ସ୍ଥାପନ କରି ଜଳଦସ୍ୟୁମାନଙ୍କୁ କଠୋର ଦଣ୍ଡବିଧାନ କରିବାକୁ ନିଷ୍ପତ୍ତି ନିଆଗଲା। ମାତ୍ର ବାସ୍ତବ ପକ୍ଷେ ନୂଆ ଜଳଦସ୍ୟୁମାନେ ନୂଆ ନୂଆ ଢଙ୍ଗ ଆଦରି ନେଲେଣି, ସାଗର ବକ୍ଷର ସାଧବପୁଅର ବଣିଜ ମରିଗଲାଣି କହିଲେ ଭୁଲ୍ ହେବନି।

"ଆମର ଶହ ଶହ ବୋଇତ କଳିଙ୍ଗ ଆଉ ସୁବର୍ଣ୍ଣ ଦ୍ୱୀପ ମଧ୍ୟରେ ହଜିଯାଇଛି। ଭାଗ୍ୟକୁ ଆଜି ଗୋଟିଏ ବୋଇତ ପାଞ୍ଚବର୍ଷ ପରେ ପାଲୁର ବନ୍ଦରରେ ନିଜର ଦୁର୍ଦ୍ଦଶା ଦର୍ଶାଇବାକୁ ପହଞ୍ଚିଛି। ସେଇ ସୁଗର୍ଭୀ ବୋଇତର ମିଙ୍ଗୁଆଲ ବୁଦ୍ଧିବନ୍ତ ମହାଜନ ଏବେ ଦର୍ଶକମଣ୍ଡଳୀରୁ ଏଠାକୁ ଆସି ନିଜର ବକ୍ତବ୍ୟ ରଖନ୍ତୁ, ମହାମାନ୍ୟ କଳିଙ୍ଗ ନୃପତି ଜଣେ ପ୍ରତ୍ୟକ୍ଷଦର୍ଶୀଙ୍କ କଥା ଶୁଣି କିଛି ପ୍ରତିକାର କରିବେ।"

ଘନ ଘନ କରତାଳିରେ ମୁକ୍ତ ମଞ୍ଚର ଗଗନ ପବନ ମୁଖରିତ ହେଲା ।

ଆଶ୍ଚର୍ଯ୍ୟ ପ୍ରକଟ କଲେ ଗଙ୍ଗ ଗଜପତି । ଉତ୍କଣ୍ଠା ଭରିଗଲା ମନରେ । ଗଙ୍ଗାରାଜ କହିବାକୁ ଆରମ୍ଭ କଲେ, "ଯେଉଁ ସାଧବମାନେ ପୁରୀ ସନ୍ନିକଟ ଭାର୍ଗବୀ ନନିଗାଁନ ଆଉ କୋଣାର୍କ ପାର୍ଶ୍ୱର ଚନ୍ଦ୍ରଭାଗା କୋଣାକଣ ପୋତାଶ୍ରୟରୁ କଳିଙ୍ଗ ସାଗରକୁ ଗମନାଗମନ କରୁଥିଲେ ସେମାନଙ୍କୁ ପ୍ରସ୍ଥାନ ଆଉ ଆଗମନର ତୀର୍ଥ ଭାବରେ ମନ୍ଦିର ନିର୍ମାଣ ପାଇଁ ଅପର୍ଯ୍ୟାପ୍ତ ସ୍ୱର୍ଣମୁଦ୍ରା କଳିଙ୍ଗର ସାଧବମାନେ ଦାନ କରିଛନ୍ତି । ପୁରୁଷୋତ୍ତମ ଆଉ ଅର୍କକ୍ଷେତ୍ର ବ୍ୟତୀତ କେଶରୀ ବଂଶ କୃତ ଏକାମ୍ର କୃତ୍ତିବାସ ମନ୍ଦିର ବି ତତ୍କାଳୀନ ବିଭବଶାଳୀ ସୁବର୍ଣଦ୍ୱୀପ ବଣିଜଲବ୍ଧ ଅର୍ଥରେ ଆକାଶ ଚୁମ୍ବିଛି, ଏହା ସମସ୍ତେ ସ୍ୱୀକାର କରିବେ । ଏହି ମନ୍ଦିରମାଳ ବିଶ୍ୱର କୀର୍ତ୍ତିମାନ ଉତ୍କଳୀୟ ସଂସ୍କୃତି ଭାବରେ ଚିରଦିନ ରହିଥିବ । ଆଜିର ଦୁର୍ଦ୍ଦଶା ପାଇଁ ଯାହା ସାଧବ ସଂଘର ସାଥୁଆ କହିଲେ, ଏହି ଉତ୍କଳର ନୃପତି ଭାବରେ ମୋ ରକ୍ତ ତାତି ଉଠୁଛି । ସବୁ ଶୁଣିବା ପରେ ଭବିଷ୍ୟତ କାର୍ଯ୍ୟପନ୍ଥା ଆପଣମାନଙ୍କ ସହଯୋଗରେ ଏହିଠାରେ ପ୍ରସ୍ତାବିତ ହେବ । ଏବେ ସେଇ ଦୁର୍ଦ୍ଦଶାଗ୍ରସ୍ତ ମହାଜନ ଆମକୁ ସାଗର ଗର୍ଭର ଗୁମର ଖୋଲି କହିବାକୁ ମୁଁ ଆହ୍ୱାନ କରୁଛି ।"

ପଥଶ୍ରାନ୍ତ କ୍ଲାନ୍ତ ବୁଦ୍ଧିବନ୍ତ ଟଳଟଳ ହୋଇ ସଭାମଞ୍ଚ କଡକୁ ଆସି ଗଜପତି ଆଉ ସୌଜନବର୍ଗଙ୍କୁ ସମ୍ମାନ ଜଣାଇ ନିଜ ବକ୍ତବ୍ୟରେ କିଛି ତ୍ରୁଟି ରହିଗଲେ କ୍ଷମା କରିବାକୁ ଅନୁରୋଧ କଲେ । କାରଣ ସାଧବ ଆଉ ଜୀବନର ବହୁକାଳ ବିଦେଶରେ କଟାଇଥିବାରୁ ଭାଷା, ସଂସ୍କୃତି ଆଉ ବ୍ୟବହାର ଆଜିର ପାଲୁର ପାଇଁ ପୃଥକ୍ ହୋଇପାରେ । ନିଜ ଜୀବନ ଉପରେ ଯେଉଁ ମାରାମ୍ନିକ ଝଡ଼ ବହିଗଲା, ସଂକ୍ଷେପରେ ତାହାର ନିଖୁଣ ଚିତ୍ର ପ୍ରଦାନ କରିବା ପାଇଁ ତାଙ୍କୁ ଆଜିର ସଭାରେ ମହାମାନ୍ୟ ଉତ୍କଳ ସମ୍ରାଟ ଅନୁମତି ଦେଇଥିବାରୁ ସେ ଗଙ୍ଗାରାଜ ଓ ମଞ୍ଚାସୀନ ସମସ୍ତ ମହାନୁଭବଙ୍କୁ ସାଦର ପ୍ରଣାମ ଜଣାଇଲେ ।

କହି ଚାଲିଲେ ବୁଦ୍ଧିବନ୍ତ, "....ଗତ ଦଶବର୍ଷ ଭିତରେ ଅନେକ ସାଧବଙ୍କ ବୋଇତ ସୁବର୍ଣ ଦ୍ୱୀପ ଯାଇଛି, ମାତ୍ର କଦବା ଗୋଟିଏ ଗୋଟିଏ ଫେରିପାରିଛନ୍ତି, ଅନେକ ପତ୍ତାହୀନ ହୋଇଯାଇଛନ୍ତି । ଏହି ଅନିଶ୍ଚିତତା ଭିତରେ ଆମେ ବୋଇତ ନେଇ ବାହାରିବୁ କି ନା, ତା ଉପରେ ସନ୍ଦେହ ରହିଥିଲା । ସାଧବ ଘରର ପିଲା ଭାବରେ ସାଗର ନଗଲେ, ଘରେ କିଛି ପାଇଟି ନାହିଁ । ଏଣେ ନଗଲେ, ବାପା ଜମାଇଥିବା ସମସ୍ତ ବସ୍ତ ଆଉ ପଣ୍ୟଦ୍ରବ୍ୟ ଗମରା ହୋଇଯିବ । ସାହାସ ବାନ୍ଧି ବୋଇତ ଆଉ ନାବିକ ଯୋଗାଢ଼ କରି ଠିକ୍ ପାଞ୍ଚବର୍ଷ ତଳେ କାର୍ତ୍ତିକ ପୂର୍ଣ୍ଣିମା ତିଥିରେ ସୁବର୍ଣ ଦ୍ୱୀପ ବଣିଜରେ ବାହାରିଲୁ । ସମଗ୍ର ଭାରତବର୍ଷର ପୂର୍ବ ଉପକୂଳର

ସମସ୍ତ ବୋଇତ ଏହି ପାଲୁରର ଭୌଗୋଳିକ ଅବସ୍ଥିତିରୁ ଏହିଠାରୁ ସମୁଦ୍ର ମଧକୁ ନିର୍ଗମନ ହୁଅନ୍ତି । ପୂର୍ବପ୍ରାଚ୍ୟକୁ ସଳଖ ସାଗରପଥ ପାଲୁରଠାରୁ ହିଁ ପ୍ରାପ୍ତ ହୁଏ ।

ଯିବାରେ କିମ୍ବା ବଣିଜ କରି ଅର୍ଥାଗମ କରିବାରେ କୌଣସି ତ୍ରୁଟି ହୋଇନି । କିନ୍ତୁ ଆମେ ଶ୍ୟାମଦେଶ (ଥାଇଲ୍ୟାଣ୍ଡ) ଦେଇ ଜାଭାକୁ ଗଲୁ । ସବୁଠାରେ କଳିଙ୍ଗ, ସବୁଠି କଳିଙ୍ଗ ରାଷ୍ଟ୍ର ଆଉ ଆମେ ଆସିଛୁ ମୂଳ କଳିଙ୍ଗରୁ । ଆମକୁ ଲୋକମାନେ ପୁରୁଷୋତ୍ତମ ଦେଶର ବୋଲି ଅତିଶୟ ଶ୍ରଦ୍ଧାକରନ୍ତି । ଶେଷକୁ ବାଲିଦ୍ୱୀପ ଦେଇ ସେଠାରୁ ଲେଉଟାଣି ପର୍ବ ଆରମ୍ଭ କଲୁ । ଆମ ଆଗରୁ ଅଧକେତୋଟି ବୋଇତମାତ୍ର ଅଛି, ସେଗୁଡ଼ିକ ପ୍ରସ୍ଥାନ କରିବାକୁ ପ୍ରସ୍ତୁତ । କାହାର ବୋଇତ ଆମକୁ ଜଣା ନାହିଁ, ମାତ୍ର ଲାଲି ଟୁକୁଟୁକୁ ସାଧବ ବୋହୂ ପରି ଆମ ପୂର୍ବ ବୋଇତଟି ଦିଶୁଛି । ପାଲୁର ଯିବା । ଲାଲ ରଙ୍ଗର ପତାକା ବେଶ୍ ଲମ୍ବର । ତା ଆଗକୁ ରହିଛି ହଳଦିଆ ମଧମ ଆକାରର ଗୋଟିଏ ଓଡ଼ିଶୀ ବୋଇତ । ସବୁଗୁଡ଼ିକ ପାଲୁରା-ମୁଖୀ ନିଶ୍ଚୟ । ପାଲୁରା ସ୍ପର୍ଶ କଲାପରେ ଯିଏ ଯୁଆଡ଼େ ମୁହାଁଇବେ ।

କିନ୍ତୁ ଆମେ ବାଲିଦ୍ୱୀପରେ ଯେଉଁ ବର୍ଷେ କାଳ ରହିଲୁ, ଅନେକ ପରିବର୍ତ୍ତନ ଲକ୍ଷ୍ୟକଲୁ । ବାଲିର ହିନ୍ଦୁବାସୀ ଭୀତତ୍ରସ୍ତ । କାରଣ ରନ୍ନାକର ପଶ୍ଚିମ ତଟର ଗୋଟିଏ ନୂତନ ଧର୍ମର ଲୋକମାନେ ଚାହାନ୍ତି ଧର୍ମାନ୍ତରୀକରଣ । ସେହି କାରଣରୁ ଜାଭା ଛାଡ଼ି ଅନେକ ମୂଳ-କଳିଙ୍ଗ ଲୋକ ବାଲି ଧାଉଁଛନ୍ତି । ବାଲିରେ ସେଇ ନୂଆ ଧର୍ମର ଲୋକ ବଣିଜ ଆରମ୍ଭ କରିଦେଲେଣି । କିନ୍ତୁ ଅଧ୍ୱବାସୀ ବାଲିଦ୍ୱୀପର ସେ ଜିନିଷ ଗ୍ରହଣ କରିବାକୁ ନାରାଜ । ସେଇ ସୁଶ୍ଚଳ ଦୀର୍ଘକାୟ ଲୋକମାନେ ଆହୁରି ଭୟଙ୍କର ହୋଇ ଉଠିଛନ୍ତି ମୂଳ କଳିଙ୍ଗ ଜନବସତିଗୁଡ଼ିକରେ । ଧର୍ମ ଆଜି ବିଭେଦ ସୃଷ୍ଟି କରିଛି ଉତ୍କଳୀୟ ଉପନିବେଶରେ । ସହଜରେ ସମ୍ପାଦିତ ହୋଇ ପାରୁଥିବା ସାଗରକୂଳରେ ବଣିଜ ବସତିରେ ଆମର ବଣିଜ ଆମକୁ ସେମାନଙ୍କର ଶରବ୍ୟ କରୁଛି । ଭାଷା ବୁଝିବାରେ ଅସମ୍ଭବ ହେଲେ ବି ସେମାନଙ୍କର କଟମଟ ଚାହାଣି ଆଉ ଚିତ୍କାର ସେମାନଙ୍କର ବୈରଭାବ ପ୍ରକଟ କରୁଛି ।

ଏମିତି ବିପରୀତ ପରିବେଶରେ ଆମର ପଣ୍ୟ ଖଲାସ ହେବାକୁ କେତେ ମାସ ଅଧିକ ଲାଗିଲା ।

ଏଇଟା କିନ୍ତୁ ସତ ଯେ, ସେମାନଙ୍କର ପୋତଗୁଡ଼ିକ ଅଧିକ ସୁସଜ୍ଜିତ ଓ ଦିଗନିର୍ଣ୍ଣୟ ଚୁମ୍ବକୀୟ ଯନ୍ତ୍ରଖଚିତ । ଆମେ ମେଘଘୋରା ରାତିରେ ଉତ୍ତରଦିଗର ଧ୍ରୁବତାରା ଦେଖି ସାଗରପଥ ନିର୍ଣ୍ଣୟ କରିବାର ସମସ୍ୟା ଥିବାବେଲେ ସେମାନଙ୍କର କମ୍ପାସ ମାଜିକ୍ ପରି କାମ କରେ । ସେଥିପାଇଁ ଆମେ କିଛି ଭିକ୍ଷା କରିନୁ ସେମାନଙ୍କୁ । ଆମର

ନାବିକମାନଙ୍କର ସାଗର ଜଳର ରଙ୍ଗ ଓ ଜଳ ଜୀବ ଦେଖ୍ ଦିଗନିର୍ଣ୍ଣୟ କରିବାର ସୂକ୍ଷ୍ମ ଅଭିଜ୍ଞତା ରହିଛି ।

ଆମ ସୁଗର୍ଭା ପୋତଟି ଶୁଭ ସୋମବାର ବଡ଼ି ସକାଳୁ ବାଲିଦ୍ୱୀପ ଛାଡ଼ିଲା । ତିନି ସୋମବାର ପରେ ଆମେ ସାଗରଗର୍ଭରେ ଦେଖ୍ଲୁ କଳିଙ୍ଗର ଅନେକ ବୋଇତ ଆଗକୁ ନଯାଇ ଜମି ରହିଛି । କିଛି ହୁଲି ଡଙ୍ଗା ପ୍ରତି ବୋଇତକୁ ଘେରି ଯାଉଛନ୍ତି ଆଉ ମାରଣାସ୍ତ୍ର ସହିତ ଧନସମ୍ପତ୍ତି ଅପହରଣ କରି ନେଇଯାଉଛନ୍ତି । ତା ସତ୍ତ୍ୱେ ବି ବୋଇତଗୁଡ଼ିକୁ ବାଟ ଛାଡ଼ୁ ନାହାନ୍ତି । ମାସମାସ କି ବର୍ଷବର୍ଷ ବହୁ ପୋତ ଜାଭା ଆଉ ବାଲି ସାଗରଗୁଡ଼ିକରେ ଭାସୁଛନ୍ତି । ଆମେ ଏମିତି ତସ୍କର ଆଉ ଜଳଦସ୍ୟୁ ଘେରରେ ପଡ଼ିଗଲୁ ଜାଣି ମର୍ମାହତ ହେଲୁ । ପାଖରେ କେତେଗୁଡ଼ିଏ ବୋଇତ ପାଖରୁ ଡାକ ଛାଡ଼ି କୌଣସି ଉତ୍ତର ପାଇଲୁ ନାହିଁ । କେବଳ କଳା ପତାକା ଲାଗିଥିବା ହୁଲି ଡଙ୍ଗା ଆଉ ବୋଇତ ନିରାପଦରେ ଯାତାୟତ କରୁଥାନ୍ତି । ଖାଲି ଖାଲି କଳିଙ୍ଗ ବୋଇତଗୁଡ଼ିକ ମନରେ ଭୀଷଣ ଭୟ ସଞ୍ଚାର କରୁଥାଏ । ସତରେ କଅଣ ସେହି ବୋଇତ ଗୁଡ଼ିକରୁ ନାବିକମାନଙ୍କୁ ବାହାରକୁ ନିଆଯାଇଛି ?

ଆଗରୁ ମନରେ ଭୟ ରହିଛି । ସାଗର ଗର୍ଭରେ କୁଆଡ଼େ ମଣିଷଧରା ଜଳଦସ୍ୟୁ ! କାଳ୍ପନିକ ମନେ ହେଉଥିଲା । ମଣିଷଗୁଡ଼ାଙ୍କୁ ନେବେ କୁଆଡ଼େ ?

ଏହି ଅସମାହିତ ପ୍ରଶ୍ନ ଯେତିକି ସରଳ, ସେତିକି ସନ୍ଦେହଯୁକ୍ତ ଆଉ ସେଇ ଚିନ୍ତାରେ ସୁଗର୍ଭା ବୋଇତର ସମସ୍ତ ନାବିକ କ୍ଷୁଧା ହଜାଇଲେ । ମୃତ୍ୟୁ ଯେପରି କାନକୁ ଶୁଭୁଛି, କଳାପତାକା ଗୁଡ଼ିକ ସେମିତି ଯମଦୂତ ପରି ଅଧାସ୍ୱର୍ଗରେ ଚାହିଁ ହସୁଛନ୍ତି । ବୋଇତର ତଳଦେଶରେ ବସି ରହିଛନ୍ତି ବଲିଆ, ପବନା, ନାହାକା ଆଉ ଶୋଲକା ସହିତ ଚବିଶ ଜଣ କାମୁଆ । ସମ୍ପୂର୍ଣ୍ଣ ନିଷ୍ଫଳ ଆଉ ଅର୍ଦ୍ଧ ସଂଜ୍ଞାହୀନ । ଦିନ ଦିନ ଧରି ଖାଦ୍ୟ ନଖାଇ କାଙ୍ଗାଲ ରୂପ ଧାରଣ କରିଛନ୍ତି । ଧାରଣା ଆସିଲା, ଏହି ଲାଲ ପତାକାଧାରୀ ବୋଇତ ତ ଆମର ଦୁଇମାସ ଆଗରୁ ବାଲିଦ୍ୱୀପରୁ ପ୍ରସ୍ଥାନ କରିଥିଲା । ନାବିକହୀନ ହୋଇ ଜନଶୂନ୍ୟ ବୋଇତ ଭାବରେ ଏବେ ଜାଭା ସାଗରରେ ଭଉଁରି ଖାଉଛି । ସମୁଦ୍ର ଲହରିରେ କେତେ ପଦାର୍ଥ ସେଇ ଲାଲ ବୋଇତରୁ ବାହାରି ଭାସୁଛି ।

ଶୃଙ୍ଖଳା ସ୍ୱରରେ ମୁଁ ଆମର ମୁଖ୍ୟନାବିକ ବଲିଆକୁ ପଚାରିଲି, "କଅଣ ହୋଇଛି କିରେ ବଲିଆ ସେ ଲାଲ ବୋଇତକୁ ?"

ବଲିଆ କହିଲା, "ଦେଖ୍ନ, ଜଳଦସ୍ୟୁ ଖାଲି ଧନରତ୍ନ ଲୁଟି ନେଉ ନାହାନ୍ତି, ମଣିଷ ଧରିନେଉଛନ୍ତି ! ଖାଲି ବୋଇତ ଭାସୁଛି, କେତେବେଳେ ସେମାନେ ଜାଣିଶୁଣି ବୁଡ଼ାଇ ଦେଉଛନ୍ତି ।"

ମୋ ମନରେ ଛନକା ପଶିଲା । ଧନରନ୍‌କୁ ଜଳଦସ୍ୟୁ ଲୁଟି ନିଅନ୍ତି, କିନ୍ତୁ ବାଧା ନଦେଲେ, ଜୀବନ ନିଅନ୍ତି ନାହିଁ । ଜାଭା ସମୁଦ୍ରରେ ଏମିତି କଅଣ ନୂଆ ଜଳଦସ୍ୟୁ ଲୋକ ଧରି ନେଉଛନ୍ତି ! କଅଣ କରୁଛନ୍ତି ଧରି ନେଉଥିବା ଲୋକମାନଙ୍କୁ ?

ଜୀବନକୁ ପାଣିଛଡ଼ାଇ ମୃତ୍ୟୁକୁ ଅପେକ୍ଷା କରି ରହିଲୁ । ସମସ୍ତେ ଘରକଥା ମନେପକାଇ ଅସରାଏ ଅସରାଏ ଲୁହ ଗଡ଼ାଉ ଥାଆନ୍ତି । କିନ୍ତୁ ଜଣ ଜଣ କରି ବୋଇତର ନିଭୃତ କୋଣକୁ ଯାଇ ବୋଇତର ଦେବୀ ମା ମଙ୍ଗଳାଙ୍କୁ ମୁଣ୍ଡିଆ ମାରି କିଛି ମାନସିକ ରଖି ନିଜର ସ୍ଥାନ ନେଉଥାଆନ୍ତି ।

ଛଅଦିନ ବେଳକୁ ଆମକୁ ଘେରି ରହିଥିବା ହୁଲି ଡଙ୍ଗା ଦେଇ ଗୋଟିଏ ମଧମ ଧରଣର ନୂତନ ବୋଇତ ଆସିଲା ଆଉ ସେଥିରୁ ଜଣେ କଳାପୋଷାକ ପିନ୍ଧା କଳା ଲୋକ ଆମ ବୋଇତ ଭିତରକୁ ପଶିଲା । ମୁଖରେ ଶକ୍ତ କଳା ରଙ୍ଗର ମୁଖା । ବାଧାଦେଲେ ବିପଦ, ତେଣୁ ଆମେ ସମସ୍ତେ ନିଜନିଜ ସ୍ଥାନରେ ବସି ରହିଲୁ । ସେ ଦସ୍ୟୁ ହାତରେ ଗୋଟିଏ ଦୁଇ ହାତ ଲମ୍ବର ତୀକ୍ଷ୍ଣ ଖଣ୍ଡା ଥାଏ । ଅଣ୍ଟାରେ ଗୋଟିଏ ଏକ ଫୁଟ ଲମ୍ବ ଗୁପ୍ତି ଓହଲିଥାଏ ।

ପଶ୍ଚିମରୁ ପୂର୍ବ ଦିଗ ଥିଲା ସୁଗର୍ଭାର ଅବସ୍ଥାନ, ସେ ଦସ୍ୟୁ ପଶ୍ଚିମରୁ ପୂର୍ବକୁ ଜଣ ଜଣ କରି ନାବିକଙ୍କ ମୁହଁକୁ କଟମଟ କରି ଚାହିଁ ମୋ ପାଖକୁ ଆସି ଠିଆ ହେଲା । ମୋ ମୁହଁକୁ ଚାହିଁ ଘଡ଼ିଏ ଠିଆହେଲା । ଆଦେଶ ଦେଲା, "ତୁମେ ଏଠାରେ ରୋଷେଇ କର ମୁଁ ଖାଇବି ।"

ଆପଣମାନଙ୍କୁ ଆଶ୍ଚର୍ଯ୍ୟ ଲାଗିବ କେଉଁ ଭାଷାରେ ସିଏ ଆମ ସହିତ କଥାଭାଷା ହେଉଥିଲା ! ସିଏ ଥଙ୍ଗେଇ ଥଙ୍ଗେଇ ଆମରି ଭାଷାରେ କଥା ହେଉଥିଲା । ମୁଁ ସେଇ ପରିସ୍ଥିତିରେ ତାକୁ କିଏ ବୋଲି ଠଉରେଇବା ପାଇଁ ଚେଷ୍ଟା ନକରି କିପରି ତା କର୍ତ୍ତୃକ ଏ ବିଷମ ଅବସ୍ଥାରୁ ଓହରିବୁ, ସେ କଥା ଚିନ୍ତା କରୁଥିଲି । ସିଏ ଆମ ନାବିକ ମାନଙ୍କୁ କ୍ଷଣଟିଏ ଶିକ୍ଷା ଦେଲା, ତୁମେ ନଖାଇ ନପିଇ ଶୁଖି ଯାଇଛ । ଆଜି ଗୋଟିଏ ବକତ ପେଟ ପୂରାଇ ଖାଅ, ରାତିକୁ ଶକ୍ତ ଖଟଣି ଅଛି ।

ସେଦିନ ରାତିରେ ଲୋକଟି ଆମ ବୋଇତରେ ରହି କେତେ ବିପରୀତ କାମରେ ବ୍ୟସ୍ତ ରହିଲା । ଆମ ସୁଗର୍ଭାର କମଲା ରଙ୍ଗର ପତାକା ଓହ୍ଲାଇ ଦିଆଗଲା, ସେହି ସ୍ଥାନରେ ଗୋଟିଏ ବଡ଼ କଳାପତାକା ଲଗାଇ ଆମ ମନର ସାତ୍ତ୍ୱିକତାକୁ ବିଦୀର୍ଣ୍ଣ କରୁଥିଲା ।

ଲୋକଟା ଆମ ଧର୍ମକୁ ନଷ୍ଟ କରିବାକୁ ବସିଛି । ଆମର ମଙ୍ଗଳା ମା'ଙ୍କ ପତାକାଟିକୁ ଓହ୍ଲାଇ ଦେଇ ଆମକୁ ଦଣ୍ଡ ଦେଉଛି !

ମୋ ପାଖକୁ ଆସି କାନରେ ଫୁସ୍‌ଫୁସ୍‌ ହୋଇ କହିଲା, "କଳିଙ୍ଗ ସାଧବ, ମୋତେ ଚିହ୍ନି ପାରୁନ ? ତୁମ ବାଲିଦୀପର କଳିଙ୍ଗ ରଥ (କଳିଙ୍ଗ ରାଷ୍ଟ୍ର) ର ମୁଁ ଜଣେ ବାସିନ୍ଦା । ମୁଁ ଜଳଦସ୍ୟୁ ନୁହେଁ, ମୋତେ କିନ୍ତୁ ମାସାଧିକ କାଳ ଜବରଦସ୍ତ ଏହି ଅମଣିଷ ଧନ୍ଦାରେ ବାନ୍ଧି ଦିଆଯାଇଛି । ତୁମ ବୋଇତ ବାଲିରେ ପଣ୍ୟ ଉତାରିବା ବେଳେ ମୁଁ ସେଗୁଡ଼ିକର ଦାୟିତ୍ୱ ପୋତ ଅଧିକାରୀ ମୋ ଉପରେ ନ୍ୟସ୍ତ କରିଥିଲେ । ଯାହା ହେଉ, ମୋର ଦୁର୍ଭାଗ୍ୟ ମୁଁ ଏବେ ଜାଭା ସାଗରରେ ଜଳଦସ୍ୟୁ ଦଳର ନଜରବନ୍ଦୀ ହୋଇ ବିଭସ୍ତ କାର୍ଯ୍ୟରେ ଲିପ୍ତ ହେବାକୁ ମୋତେ ବାଧ୍ୟ କରାଯାଉଛି । ଦସ୍ୟୁ ଦଳପତି ମୋତେ କାମ ବତାଇଛନ୍ତି । ତୁମର ଏହି ସୁନ୍ଦର ବୋଇତରେ ବହୁ ବଣିଜଲବ୍ଧ ମୁଦ୍ରା ରହିଥିବ । ସେଗୁଡ଼ିକ ପଇଠ କରିବା କାମ ପଛକୁ ହେବ, ପ୍ରଥମେ ବୋଇତର ମାଲିକ ଆଉ ମଙ୍ଗୁଆଳ, ତା ସହିତ ସବୁ ନାବିକଙ୍କୁ ବାନ୍ଧି ଆଣ । ସେମାନଙ୍କର ମୂଲ୍ୟ ଯଥେଷ୍ଟ ଅଧିକ । ଆରବ ଆଉ ରୋମ୍‌ ରାଜ୍ୟରେ କ୍ରୀତଦାସ ବଜାରରେ ଏମାନଙ୍କର ଚଢ଼ା ଦାମ୍‌ । ଭଲ କାମ କରିବାର ଶକ୍ତିକୁ ନେଇ ଲୋକ କାର୍ଯ୍ୟକ୍ଷମ ଦାସଟିଏ ଖରିଦ କରିବାକୁ ପ୍ରାଧାନ୍ୟ ଦିଅନ୍ତି ।"

ଏ କଥା ଶୁଣି ମୋତେ ଗୋଟିଏ ଜାଲରେ ପଡ଼ିଥିବା ମାଛପରି ଲାଗିଲା । ତେବେ ଗତ କେତେ ସାଲ ହେବ କଳିଙ୍ଗ ବୋଇତ ସବୁ ଏହିପରି ସାଗର ସମାଧ ନେଇଛନ୍ତି ଆଉ ନାବିକମାନେ କ୍ରୀତଦାସ ଭାବରେ ଦୂର ଦେଶଗୁଡ଼ିକରେ ବିକ୍ରି ହୋଇଛନ୍ତି ! ଏହି ଧାରଣା ମୋର ସମସ୍ତ ପୂର୍ବଧାରଣାଗୁଡ଼ିକୁ ମାନସପଟରୁ ପୋଛିଦେଲା ।

ମୋ ମନରେ କୋହ ଆସିଲା, "ଅସହାୟ ସାଧବ !"

ଲୋକଟି ମୋ ମନକଥା ଠଉରେଇ ପାରିଲା । କହିଲା, "ଶୁଣ ସାଧବ । କଳିଙ୍ଗରାଜା, ଶ୍ୟାମଦେଶ ରାଜା ଆଉ ଜାଭା ସମ୍ରାଟ୍‌ ଯେବେଠାରୁ ଜଳଦସ୍ୟୁ ଦମନ କରିବା ନିଷ୍ପତ୍ତି ନେଲେଣି, ତା ପରଠାରୁ ଜଳଦସ୍ୟୁମାନେ ସଂଗଠିତ ହୋଇ ସମସ୍ତ ବୋଇତ ବୁଡ଼ାଇ ଦେବାର ଲକ୍ଷ୍ୟ ରଖିଛନ୍ତି । ଆଗରୁ ମାଲୟ ଓ ଜାଭାର ବୁର୍ଗ ଜଳଦସ୍ୟୁମାନେ ପ୍ରଧାନ ଥିଲେ । ଆରବ ବଣିକମାନେ ସବୁଠାରୁ ପଛରେ ଜାଭା ଆଉ ମାଲୟ ଆସିଛନ୍ତି । ଜାହାଜରେ ସେମାନଙ୍କର ନାବିକମାନେ ହିଁ ଜଳଦସ୍ୟୁ । ବଣିଜରେ ପଛ ହେଲେ ବି ତାଙ୍କର ରାଗ କଳିଙ୍ଗ ଆଉ ଅନ୍ୟ ଭାରତୀୟ ବୋଇତ ଉପରେ । ଆରବ ଫେରନ୍ତା ପାଣିଜାହାଜ ଉପର କାଠ ମାସ୍ତୁଲ ଉପରେ ଲୁହାକଣ୍ଢା ପିଟି ଅପହୃତ ନାବିକର ହାତ ଦୁଇଟିକୁ ଆବଦ୍ଧ କରିଦିଅନ୍ତି ।"

ବୁଦ୍ଧି ବଣା ହୋଇଗଲା ମୋର । ବୁଝିଗଲି ସାଧବର ମୃତ୍ୟୁଯନ୍ତ୍ର । କେତେ ଯେ କଳିଙ୍ଗ ସାଧବ ଆଉ ସେମାନଙ୍କର ନାବିକ କ୍ରୀତଦାସ ହୋଇ ଜୀବନ ବିତାଉଥିବେ

କଳ୍ପନା କରି ହେଉନି । ଜଘନ୍ୟ ଅମାନୁଷିକ ଅତ୍ୟାଚାର ସାଧବ ଉପରେ, ସାଗର ଗର୍ଭରେ !

ଲୋକଟି ବତାଇଦେଲା, "ତୁମ ବୋଇତର ଚୂଳର ସନ୍ତକ ପତାକାଟିକୁ ମୁଁ ଦସ୍ୟୁଦଳର କଳାପତାକାକୁ ବଦଲାଇ ଦେଇଛି । ନାବିକମାନେ ଖାଇ ତାଗଡ଼ା ହୋଇଗଲେଣି । ଅନ୍ଧାର ଭିତରେ ତୁମେ ଦ୍ରୁତଗତିରେ ଦସ୍ୟୁ ଡେରା ପାରି ହୋଇଯାଅ । ଆଜିର ଅମାବାସ୍ୟା ଘନ ଅନ୍ଧକାର ରାତିରେ ତୁମ ଦେଶ ଦିଗରେ ଦିଶୁଛି ଧ୍ରୁବତାରା । ତୁମକୁ ହାତଠାରି ଡାକୁଛି । ତୁମେ ରାତି ଥାଉ ଥାଉ ଜାଭା ସାଗରର ସବୁଜ ଜଳତରଙ୍ଗ ଟପି ଶ୍ୟାମଦେଶ ନୀଳ ତରଙ୍ଗ ଧରିବା ବେଳକୁ ରାତି ସରିଆସୁଥିବ । ମନେ ରଖ ଏପରି ଏକ ବିପଜ୍ଜନକ କାମ କରି ତୁମକୁ ମୁକ୍ତ କରିବାର ଦୁର୍ବାର କାମନା ମୁଁ କରୁଛି । କାରଣ ମୋର ପିତା ଥିଲେ ଜଣେ ବୁର୍ଗି ଜଳଦସ୍ୟୁ ବଂଶୀୟ । କିନ୍ତୁ ସେ ଦସ୍ୟୁ ନଥିଲେ । ଥିଲେ କଳିଙ୍ଗ ବୋଇତର ନାମକରା ନାବିକ । ମୋ ନାଁ ତାଙ୍କ ଅଭିଳାଷରେ ରଖିଥିଲେ କଳିଙ୍ଗ ! ମୋର ଦୁର୍ବଳତା କଳିଙ୍ଗ ବସ୍ତିକୁ ଆଉ କଳିଙ୍ଗ ବୋଇତକୁ !

"ଭୁଲି ଗଲି ମଞ୍ଚୁଆଳ । ମୁଁ ତୁମର ଚୂଡ଼ା ପତାକା ତଳେ ରଖି ମୋ ପାଖରେ ଥିବା ଆରବ କନାର କଳା ଦସ୍ୟୁ ପତାକା ଉଡ଼ାଇ ଦେଇଛି । ସୂର୍ଯ୍ୟୋଦୟ ପୂର୍ବରୁ ସେଇଟିକୁ କାଢ଼ିଦେବ । ନୋଚେତ୍ ଶ୍ୟାମ ଦେଶର ନୌବହର ତୁମକୁ ଜଳଦସ୍ୟୁ ଭାବି ବାନ୍ଧିନେବେ । ସାବଧାନ ।"

କଳିଙ୍ଗର ପ୍ରଥମ ବୋଇତ ବିଷୟ ନେଇ ଅନେକ ସମୟରେ ମୋର ମନ ଆନନ୍ଦର ଅନନ୍ତ ରାଜ୍ୟରେ ବିଚରଣ କରୁଥାଏ, କିନ୍ତୁ କଳିଙ୍ଗର ଶେଷ ବୋଇତଟି ମୋର, ଏହି ଐତିହାସିକ ଦୁର୍ଘଟଣା ମୋତେ ଅଣନିଶ୍ୱାସୀ କରୁଥାଏ ।

କହିବାକୁ ଭାଷା ନଥିଲା । କଳିଙ୍ଗ ଆମ ବୋଇତରୁ ବାହାରି ହାତ ହଲାଇ ନିଜ ହୁଲି ଉଙ୍ଗାରେ ବସି ମୋତେ ଅନାଇଥିଲା । ଭବିଷ୍ୟତ କେଇ ଘଡ଼ିର କାର୍ଯ୍ୟପନ୍ଥା ଦୁରୂହ ମନେ ହେଉଥିଲେ ବି କଳିଙ୍ଗ ଆମକୁ ଏତେ ସହାୟ ହୋଇଛି, କୃତଜ୍ଞତାରେ ମୋର ଦୁଇଧାର ଲୁହ ବୋହିଗଲା ।

କ୍ଷେତ୍ର ପ୍ରସ୍ତୁତି –

୧.   ମାଲୟ ଓ ବୁର୍ଗି ଜଳଦସ୍ୟୁ – ମାଲୟ ରାଜ୍ୟର ଓ ଇଣ୍ଡୋନେସିଆର ବୃଭିଗତ ସାଗର ଦସ୍ୟୁ ।

୨.   ଆରବ ଜଳଦସ୍ୟୁ – ଆରବ ଜଳ–ଜାହାଜ ଅଷ୍ଟମ ଶତାଢୀ ବେଳରୁ ସୁବର୍ଣ୍ଣ ଦ୍ୱୀପରେ ବ୍ୟବସାୟ ଆରମ୍ଭ କରି ସାଗର ମଧ୍ୟରେ ଆଧିପତ୍ୟ ବିସ୍ତାର କରିବାର

ଉଦାହରଣ ରହିଛି । ସେଇ ଦେଶ ବି ସମୁଦ୍ର ଗର୍ଭ (ରନ୍ନାକର ବା ଆରବ ସାଗରରେ) ରେ ଦସ୍ୟୁଗିରି କରିବା ଗୋଟିଏ ପ୍ରାଚୀନ ଇତିହାସ ।

୩.   କଳିଙ୍ଗର ଗଙ୍ଗ ନୃପତି (ଲାଙ୍ଗୁଡ଼ା ନରସିଂହ ଦେବ ?), ଶ୍ୟାମ (ଥାଇଲ୍ୟାଣ୍ଡ), ଜାଭା (ଇଣ୍ଡୋନେସିଆ) ନୃପତି ସାଗର ଦସ୍ୟୁ ଉପଦ୍ରବ ରୋକିବାର ଗୋଟିଏ ବୈଠକ କରିବାର ଐତିହାସିକତା ଅଛି ।

୪. ଆଶୁତୋଷ ମହାନ୍ତି, ଭାରତର ଏଇ ଗୋଟିଏ ରାଜ୍ୟ ଦକ୍ଷିଣ-ପୂର୍ବ ଏସିଆର ସମଗ୍ର ସାଗର ବଣିଜକୁ ରୂପ ଦେଇଥିଲା, ୧୦, ନଭେମ୍ବର, ୨୦୧୭, କଲଚର ହିଷ୍ଟୋରି ।

ପାଇକ ରକ୍ତର ଉଷ୍ଣତା

ଓଡ଼ିଶାରେ ଗଜପତି ପ୍ରତାପରୁଦ୍ରଙ୍କର ସପ୍ତଦଶତମ ବର୍ଷ ଶାସନକାଳ। ୧୫୧୨ ମସିହା। ବର୍ଷାରତୁ ସରିଗଲାଣି। କାଳେ କାଳେ ରାଜା ଆଉ ସମ୍ରାଟମାନେ ଏଇ ପାଗକୁ ଅନାଇ ବସିଥାଆନ୍ତି। ନିଜ ସେନାବାହିନୀକୁ ଚଲାଇ ରାଜ୍ୟାଧିକାର କରିବେ। ତିନି ବର୍ଷ ହେବ ବିଜୟନଗର ରାଜ୍ୟରେ ନୂତନ ସମ୍ରାଟ। କୃଷ୍ଣ ଦେବରାୟ। ମୂଳ ଦେବରାୟଙ୍କ ପରେ ମଲ୍ଲିକାର୍ଜୁନ; ତା ପରେ ସାଲୁଭା ନରସିଂହା ଆଉ ଏବେ ଅଣରାଜବଂଶୀୟ କୃଷ୍ଣ ଦେବରାୟ। ତାଙ୍କ ଜ୍ଞାନ ଉଦୟ ହେବାରେ ସେ ଦେଖନ୍ତି ସନ୍ନିକଟ ଉଦୟଗିରି ଦୁର୍ଗର ମାଲିକ ସ୍ୱୟଂ ଓଡ଼ିଶାର ଗଜପତି ରାଜା। ସେଇଟା ନିଶ୍ଚୟ ଓଡ଼ିଶାର ସୁଦୂର ଦକ୍ଷିଣ ସୀମା ଉପରେ ଅବସ୍ଥିତ। କିନ୍ତୁ ତାହା ଗଜପତିଙ୍କର ମଥାର ମୁକୁଟ ଉପରର ଗୋଟିଏ ମଣି। ଏତେ ଦୂରରେ ବି ପ୍ରତିପଡ଼ିଶୀଳ। ଦୀର୍ଘ ଷାଟିଏ ବର୍ଷ ପୂରଣ ହୋଇଛି, ଏହା ଓଡ଼ିଶା ବିଜୟନଗରରୁ ଛିନ୍ନ କରିଦେଇଥିବା ଗଡ଼, ଏବେ କଣ୍ଟା ସଦୃଶ। ଯାହା ଦୁର୍ଦ୍ଧର୍ଷ ଗଜପତିଙ୍କ ଅକ୍ତିଆରେ।

କୃଷ୍ଣଦେବ ରାୟ ଗଜପତି ପରିବାର ସହିତ ବୈବାହିକ ସମ୍ପର୍କ ଭୁଲି ପ୍ରତିଶୋଧପରାୟଣ ଏବଂ ଦୃଢ଼ ମନୋଭାବର ସହିତ ବିରାଟ ସୈନ୍ୟବାହିନୀ ଉଦୟଗିରି ଦୁର୍ଗ ଚତୁଷ୍ପାର୍ଶ୍ୱର ଘେରାଇଦେଲେ। ତା ସହିତ ତାଙ୍କର ଗଜବାହିନୀ ଏବଂ ଅଶ୍ୱବାହିନୀକୁ ବି ଦୁର୍ଗ ଅବରୁଦ୍ଧ କରିବା କାମରେ ଲଗାଇଦେଲେ। ସେ ଜାଣିଥିଲେ ସେଇ ଦୁର୍ଗରେ ଓଡ଼ିଶାର ଦଶ ହଜାର ସୈନ୍ୟ ଏବଂ ଚାରିହଜାର ଅଶ୍ୱାରୋହୀ ବ୍ୟତୀତ ଦୁର୍ଗ ବାହାରେ ୮୦୦୦ ସହାୟକ ରହିଥିଲେ। ମାତ୍ର କୃଷ୍ଣଦେବ ରାୟ ବହୁଗୁଣା ସୈନ୍ୟ ଏବଂ ୮୦୦ ସଂଖ୍ୟକ ଗଜବାହିନୀ ଆଣି ଦୁର୍ଗ ପାହାଡ଼ର ଚାରିପାଖରେ ଜମା କରାଇଲେ।

ଉଦୟଗିରି ଦୁର୍ଗ ଏବେ ସମ୍ପୂର୍ଣ୍ଣ ଅବରୁଦ୍ଧ। ତ୍ରାସକର୍ତ୍ତା ଗଜପତି ପ୍ରତାପରୁଦ୍ର ଓଡ଼ିଶା ଉତ୍ତର ସୀମାରେ ପୁରୁଷୋତ୍ତମ ପର୍ଯ୍ୟନ୍ତ ପଶି ଆସିଥିବା ଯବନ ଘଉଡ଼ାଇବାରେ

ବ୍ୟସ୍ତ । ସେ ହିଁ ଆସିଥିଲେ ଅବରୁଦ୍ଧ କରିଥିବା ସୈନ୍ୟଙ୍କୁ ହଟାଇ ଖାଦ୍ୟ ପାନୀୟ ବ୍ୟବସ୍ଥା କରିଥାଆନ୍ତେ । ତାହା ଅସମ୍ଭବ ହୋଇପଡ଼ିଛି । ଗଡ଼ରେ ପଶିବାକୁ ଗୋଟିଏ ବାଟ, ଥରକରେ ଜଣେ ହିଁ ପଶିପାରିବ । ବିଜୟନଗର ସୈନ୍ୟ ପଶିବାକୁ ଅସମର୍ଥ । ପ୍ରବେଶ ପଥରେ ଜଣେ ପଶିଗଲେ ଓଡ଼ିଶା ପ୍ରହରୀ ହାତରେ ଶିରଚ୍ଛେଦ । ଗୁପ୍ତ ପ୍ରବେଶପଥ ଜାଣିବାକୁ ବହିସ୍ସୁ କୃଷ୍ଣଦେବରାୟଙ୍କର ବିଶେଷଜ୍ଞ ସମ୍ପୂର୍ଣ୍ଣ ଅସମର୍ଥ ।

ଜଣ ଜଣ କରି କେତେ ବିଜୟନଗର ସାମରିକ ଗୁପ୍ତଚର ମୁଣ୍ଡ ଜଣିକିଆ ପଥରେ ପଶି ଅଣବାହୁଡ଼ା । ସେମାନେ କେତେ ଆକୃଷ୍ଟ କରିଛନ୍ତି ଗଜପତି ପାଇକମାନଙ୍କୁ । ଗଡ଼ ଅଧ୍ୟୁଷାତା ଠାକୁର ବାଲଗୋପାଳଙ୍କୁ ଦ୍ୱାହି ଦେଇ ଗଡ଼କୁ ଗୁପ୍ତ ପ୍ରବେଶପଥ ବିଷୟ ଜଣାଇଲେ ଅନେକ ଖାଦ୍ୟ, ପାନୀୟ, ନିୟୁକ୍ତି, ସମ୍ମାନର ଲୋଭ ଦେଖାଇଛନ୍ତି ବୁଭୁକ୍ଷୁ ପାଇକ ବାହିନୀକୁ । କେତେ ମାଢ଼ ସୁନା ଅବା ରୁପା ।

ମାସ ପରେ ମାସ ଯାଇ ବର୍ଷ ପୂରିଛି । ପାଇକବାହିନୀ ଅକଥନୀୟ ଯନ୍ତ୍ରଣା ସହି ପଡ଼ିରହିଛନ୍ତି । ଖାଦ୍ୟାଭାବରୁ ପେଟ ଖଞ୍ଜା ହୋଇଗଲାଣି, ଜଳ ଅଭାବରୁ ତଣ୍ଟି ଶୁଖିଲା । ଶରୀର କ୍ଷୀଣକାୟ । କିନ୍ତୁ ପାଇକ ମାନସିକତା ଦୃଢ଼ । କାଉଁରିଆ କାଠି ପରି ଭାଙ୍ଗିପଡ଼ିବ, ବରଂ ବାଙ୍କିବନାହିଁ । ମରିବ ପଛେ ଶତ୍ରୁର ସହାୟକ ହେବନି ।

ଗଡ଼ ପରିଚ୍ଛା । ସ୍ୱୟଂ ଗଜପତି ପ୍ରତାପରୁଦ୍ରଙ୍କର ରକ୍ତସମ୍ପର୍କୀୟ ମଉସା ତିରୁମିଲା ରାଉତରାୟଙ୍କୁ ବି ସ୍ୱୟଂ କୃଷ୍ଣଦେବରାୟଙ୍କ ଦୂତ ଅନେକ ପ୍ରଲୋଭନ ଦେଖାଇଛନ୍ତି । ଉଦୟଗିରି ଗଡ଼ର ଓଡ଼ିଶା ଫଉଜ ଉପାସରେ ରହି ତିନିଗୁଣା ବିଜୟନଗର ସୈନ୍ୟଙ୍କୁ ଅନାୟାସରେ ମୁକାବିଲା କରୁଛନ୍ତି । ଗଡ଼ର ଉଚ୍ଚତା ତାଙ୍କ ସପକ୍ଷରେ, ସାହସ ଏବଂ ମନୋବଳ ନିମ୍ନଦେଶରେ ସ୍ୱୟଂ କୃଷ୍ଣଦେବରାୟ ସେନାପତିତ୍ୱରେ ପରିଚାଳିତ ବାହିନୀ ଦେଢ଼ବର୍ଷରେ ବି ଗଡ଼ରେ ପ୍ରବେଶ କରିବାକୁ ଅକ୍ଷମ ।

ପୁନରାୟ ଓଡ଼ିଶା ପାଇକମାନଙ୍କର ଦୁର୍ଦ୍ଦିନରେ ଜଣେ ଗୁପ୍ତଚର କୃଷ୍ଣଦେବ ରାୟଙ୍କର ନିର୍ଭରଶୀଳ ଉପଦେଷ୍ଟା ଟିମା ରାଜୁଙ୍କ ଦ୍ୱାରା ପ୍ରେରିତ ହୋଇ ଗଡ଼ ପରିଚ୍ଛା ରାଉତରାୟଙ୍କ ସମ୍ମୁଖରେ ପ୍ରହରୀଦ୍ୱାରା ଉପସ୍ଥାପିତ । ସମସ୍ତ ଦଳପତି, ବାହିନୀପତି ଆଉ ସେନାପତି ବି ଉପସ୍ଥିତ । ରାଉତରାୟ କହିଲେ, "ବାର୍ତ୍ତାବାହକ, ତୁମ ଶରୀରରେ ରକ୍ତ ପ୍ରବାହିତ ତ ? ଓଡ଼ିଶା ପାଇକକୁ ବିଭ୍ରାନ୍ତ କରିବାର ଚକ୍ରାନ୍ତ ତୁମ ଉପଦେଷ୍ଟା ଟିମା ରାଜୁ ମୁଣ୍ଡକୁ ଆସିପାରେ, କିନ୍ତୁ ଏ ପାଇକ ଭିନ୍ନ ଉପକରଣରେ ଗଠିତ । ତାର ପ୍ରଭୁ ଜଗନ୍ନାଥ ଏବଂ ପରିଚାଳକ ଗଜପତି । ଆମେ ପିମ୍ପୁଡ଼ି ପରି ନିଜ କାର୍ଯ୍ୟ ବ୍ୟତୀତ ଲାଞ୍ଛିତ ହେବାର ରାସ୍ତା ଜାଣିନୁ କି ଜଣାଇଲେ ବି ଆମେ ସେ ପଥର ଯାତ୍ରୀ ହେବୁନି । ତୁମକୁ ବାର୍ତ୍ତାବାହକ ଭାବରେ ଆମେ ଦଣ୍ଡ ଦେବାରୁ ବିରତ ହେଉଛୁ, କିନ୍ତୁ ତୁମ

ସମ୍ରାଟ ଏବଂ ଉପଦେଷ୍ଟା ଟିମାଙ୍କୁ ଜଣାଇବ ପୃଥ୍ବୀ ପ୍ରଳୟ ହେଲେ ବି ଆମେ ଏହି ଦୁର୍ଗ ଭିତରକୁ ପଶିବାର ଗୁପ୍ତ ରାସ୍ତା କେବେ ବି ଜଣାଇବୁନି । ଶକ୍ତି ଅଛି ତ ନିମ୍ନରୁ ଊର୍ଦ୍ଧ୍ବକୁ ଲମ୍ଫ ମାରି ଆମକୁ ସାମନା କର ।"

ବୁଦ୍ଧି ହଜି ଯାଇଛି କୃଷ୍ଣଦେବ ରାୟଙ୍କର । ବହୁ ବୁଦ୍ଧି ଖଟାଇ ଓଡ଼ିଶାରେ ଗୁପ୍ତଚର ଖଞ୍ଜିଛନ୍ତି ଓଡ଼ିଶାର ବିଜୟନଗର ରାଜ୍ୟଦୂତ ସ୍ଥାନପତି ନିବାସରେ । ପ୍ରତିଟି ସାମରିକ ବାର୍ତ୍ତା ଧାବକ ଦୂତ କୃଷ୍ଣଦେବରାୟଙ୍କ କାନରେ କହୁଛି ।   ତଥାପି ତାଙ୍କ ବୁଦ୍ଧିମାନ ଉପଦେଷ୍ଟା ଟିମା ରାଜୁକୁ ବି କୌଣସି ରାସ୍ତା ଦିଶୁନି ଉଦୟନଗର ଗୁପ୍ତ ପ୍ରବେଶପଥ କିପରି ଜଣାପଡ଼ିବ ।

ଦିନ ପରେ ଦିନ ବିତିଛି । ଜଣ ଜଣ ହୋଇ ପାଇକବୀର ଯୁଦ୍ଧଭୂମିରେ ବା ଉକ୍ତଟ ଜଳାଭାବରୁ ମରି ଚଳି ପଡ଼ିଛନ୍ତି । ଶରୀରରୁ ପ୍ରାଣ ଚାଲିଯାଇଛି; ମାତ୍ର ସେମାନଙ୍କର ସଂକଳ୍ପ ଦୃଢ଼ ରହିଛି । ମୃତ୍ୟୁକାଳରେ ସେମାନେ ଆଶା ତ୍ୟାଗ କରିନାହାନ୍ତି, ନିଜ ଆକାଂକ୍ଷାକୁ ବଳି ଦେଇନାହାନ୍ତି । ପ୍ରତିଟି ମୃତ୍ୟୁ ଜୀବନ୍ତମାନଙ୍କୁ ଶତ୍ରୁକୁ ସାମନା କରିବାକୁ ଉତ୍ସାହିତ କରିଛି । ଜଗନ୍ନାଥଙ୍କ ଅଲୌକିକ ଶକ୍ତିର ଅପେକ୍ଷାରେ ସେମାନେ ନିଜର କର୍ତ୍ତବ୍ୟ ସମ୍ପାଦନ କରିଚାଲିଛନ୍ତି ।

ଉଦୟଗିରି ଦୁର୍ଗ ପାଇକମାନଙ୍କର ଅପ୍ରତିହତ ମାନସିକତାର ପରିଚୟ ଦେଉଛି, ଭାଗବତ ବିଶ୍ବାସ ଏବଂ ବୀରତ୍ବର ପରାକାଷ୍ଠା ଦେଉଛି । ସେମାନଙ୍କର ବିଜୟ ବା ପରାଜୟ ସେମାନଙ୍କର ଆଶାର ବାହାର ହୋଇପାରେ, କିନ୍ତୁ ମଣିଷର ବୀରତ୍ବର ପରିସୀମାରେ ନୂତନ ଦିଗନ୍ତ ସୃଷ୍ଟି କରୁଛି । ଅତୃପ୍ତ କୃଷ୍ଣଦେବ ରାୟ ଗଡ଼ ଜିତିପାରେ, ଏଠିକାର ଅଧ୍ୟଷ୍ଠାତା ଦେବତା ବାଳଗୋପାଳଙ୍କୁ ବିଜୟର ପଣସ୍ବରୂପ ଘେନି ଯାଇପାରେ, ମାତ୍ର ସେହି ବାଳଗୋପାଳଙ୍କ ଖ୍ୟାତି ପାଇକ ସାହସିକତାର ଭାରରେ ଅସାଧାରଣ ହେବ, ଏଥିରେ ତିଳେ ମାତ୍ର ସନ୍ଦେହ ନାହିଁ ।

ଗଜପତି ପ୍ରେରିତ ସେନା ସେଠାରେ ପଶିବାରେ ବିଜୟନଗରର କାରସାଦି କାମ କରୁଛି, ସୁରକ୍ଷା ପହଞ୍ଚପାରିନି ଉଦୟଗିରିରେ । ସେଠାରେ ଭୋକଉପାସରେ ବହୁ ସଂଖ୍ୟାରେ ମୃତ୍ୟୁବରଣ କଲେ ବି ଯୁଦ୍ଧ ବଳବତ୍ତର ରଖିଛନ୍ତି । ବାଳଗୋପାଳଙ୍କ ପାଖରେ ପ୍ରତିଜ୍ଞା କରି କଙ୍କାଳସାର ପାଇକ ବିଜୟନଗର ଉପାନ୍ତରେ ସେହି ଶକ୍ତିଶାଳୀ ବିଦେଶୀ ଅଶ୍ବ ଏବଂ ବନ୍ଧୁକ ଖଚିତ ସେନାବାହିନୀକୁ ସାମନା କରୁଛି ।

ପାଇକ ଚରିତ୍ର ଏବଂ ପାଇକ ମନୋବଳ । ଏହା ହିଁ ଓଡ଼ିଶା ସାମରିକ ଇତିହାସରେ କେତେ ସହସ୍ରାବ୍ଦ ପର୍ଯ୍ୟନ୍ତଶକ୍ତ ପ୍ରାଚୀର ସଦୃଶ ଗଢ଼ି ଉଠିଛି ।

ପାଇକ ଶବ୍ଦଟି ଶୁଣିଲେ ଆମ ଓଡ଼ିଆ ମନରେ ବହୁ ଆତ୍ମୀୟତା ଆସିଥାଏ,

ମାତୃଭୂମିର ସୁରକ୍ଷାପାଇଁ ଶତାଧୀ ଶତାଧୀ ଧରି ଜୀବନମୃତ୍ୟୁ ସଂଗ୍ରାମ ଏବଂ ଆମ୍ପୋସର୍ଗର ଇତିହାସ ଏହି ପାଇକକୁଳ ସୃଷ୍ଟି କରିଛନ୍ତି। ଆମ ମାଟିର ଏହି ସାମରିକ ପଦାତିକ ସୈନ୍ୟମାନେ ବହୁକାଳରୁ ଯୁଦ୍ଧଭୂମିରେ ନିଜର ପରିଚୟ ଦେଇ ଓଡ଼ିଆ ଜାତିକୁ ଏକ ସାମରିକ ଜାତି ଭାବରେ ଉପସ୍ଥାପିତ କରିଛନ୍ତି। ସମୟ ପ୍ରବାହରେ ରାଜ୍ୟର ସମରଲିପ୍ତତା ଅନିଶ୍ଚିତ ଭାବରେ କ୍ଷୀଣକାଳ ପାଇଁ ଘଟୁଥିବାରୁ, ଏହି ପଦାତିକମାନେ ଅବସର ସମୟରେ ରାଜ୍ୟରେ କୃଷି ଉତ୍ପାଦନରେ ବି ଭାଗ ନିଅନ୍ତି, ଯୁଦ୍ଧ ଡାକରା ଆସିଲେ, ପୁନଶ୍ଚ ପଦାତିକ।

ପଦାତିକ..ପଦାତିକ .. ବାରମ୍ବାର କହିଲେ, ତାହା ପାଇକ ଭାବରେ କଥିତ ଭାଷାରେ ପରିଣତ ହୋଇଯିବ, ତାହା ହିଁ ଘଟିଛି ପଦାତିକ ଶବ୍ଦଟିକୁ, ତାହା ଲୋକମୁଖରେ ପାଇକ ହୋଇଯାଇଛି ଅନାଦି କାଳରୁ। ମହାଭାରତର ରଚନା ହେଉ ବା ମଗଧରାଜ ଅଶୋକଙ୍କର କଳିଙ୍ଗ ସମର ବା ଅପ୍ରତିହତ ଖାରବେଲଙ୍କର ଚତୁରଙ୍ଗ ବାହିନୀର ପଦାତିକ ସମସ୍ତେ ଏହି ପାଇକ। ଏମାନେ ଶାନ୍ତି ସମୟରେ ପ୍ରଶାସନ ପ୍ରଦତ୍ତ ନିଷ୍କର ମିହ୍ନା ଘରଦିହ ଓ ଚାଷଜମିର କୃଷିଜୀବୀ ମାତ୍ର ଯୁଦ୍ଧଡାକରାରେ ସମ୍ପୂର୍ଣ୍ଣ ପଦାତିକ ସୈନ୍ୟ – ହାତରେ ତରବାରି ଓ ଢାଲ, ଆଶରୀର ବୀରବେଶ।

ନିଜ ମାଟିରେ ପାଇକର ଚରିତ୍ର ଜଣା ନପଡ଼ିଲେ ବି ଏହା ଶତ୍ରୁପକ୍ଷ ଟିକିନିଖି ଜାଣନ୍ତି। ସେମାନଙ୍କର ଆଚାର, ବ୍ୟବହାର, ଚାଲିଚଲନ ଏବଂ ଯୁଦ୍ଧଭୂମିରେ ନୈଷ୍ଠିକତା ଶୁଦ୍ଧ ସୁବର୍ଣ୍ଣ ପରି ଗୁଣର। ଏଇଟା କେବଳ ଷୋଡ଼ଶ ଶତାଧୀର ବିଜୟନଗର ସାମ୍ରାଜ୍ୟ କୃଷ୍ଣଦେବ ରାୟ ପରଖିନାହାନ୍ତି, ବରଂ ତାଙ୍କର ଉପଦେଷ୍ଟା ଟିମା ରାଜୁ ଏବଂ ପର୍ତ୍ତୁଗୀଜ ପରିବ୍ରାଜକ ଡି. ବାର୍ବୋସା ପ୍ରତାପରୁଦ୍ରଙ୍କ ଗଜପତି ସାମ୍ରାଜ୍ୟ ଭିତରେ ନିୟୁକ୍ତ କରିଥିବା ଗୁପ୍ତଚରମାନଙ୍କ ସଂଗୃହୀତ ତଥ୍ୟରୁ ଏହା ପ୍ରତୀୟମାନ ହୁଏ। ଏଇଟା ଷୋଡ଼ଶ ଶତାଧୀର ପ୍ରଥମ ଦଶନ୍ଧିର କଥା।

ସେମାନେ ଜାଣନ୍ତି, ଗଜପତିଙ୍କ ଓଡ଼ିଶା ବୀରଭୂମି। ଗଜପତି ବିଶାଳ ସାମରିକ ବାହିନୀର ଅଧ୍ୟପତି। ସେହି ଗଜପତି ଆଜି ବିଜୟନଗରର ଦୁର୍ଦ୍ଦିନ ପାଇଁ ହିଁ ଦାୟୀ। ଓଡ଼ିଆମାନେ ନିଜ ରାଜ୍ୟର ଉତ୍ତର ସୀମା ଗଙ୍ଗାକୁ କୁଆଡ଼େ କହନ୍ତି ଗଉରୀ ଗୁଆ। ସେଇଟା ଓଡ଼ିଆମାନଙ୍କର ସବୁଠାରୁ ପବିତ୍ର ତୀର୍ଥସ୍ଥାନ। ଓଡ଼ିଆ ପାଇକମାନେ କୃଷକ ସମ୍ପ୍ରଦାୟରୁ ଉନ୍ନୀତ। କେବଳ କୃଷିଜୀବୀ ନୁହନ୍ତି, ଅନେକ ଜାତିର ଲୋକ ଏହି ପାଇକବାହିନୀରେ ନିୟୁକ୍ତ ହୁଅନ୍ତି। ଶାରୀରିକ ଏବଂ ମାନସିକ ଭାବରେ ଯୁଦ୍ଧଭୂମିରେ ଅସାଧ୍ୟ ସାଧନ କରିପାରିବାର ଶକ୍ତି ପରୀକ୍ଷାକରି ସେନା ଚୟନ କରାଯାଏ ଏବଂ ସେମାନଙ୍କୁ ଅତି କୌଶଳୀ ଏବଂ ବିପଜ୍ଜନକ ପରିସ୍ଥିତି ସମ୍ମୁଖୀନ ହେବାକୁ ପ୍ରଶିକ୍ଷଣ

ଦିଆଯାଏ । ଯୁଦ୍ଧକ୍ଷେତ୍ରରେ ପାଇକବାହିନୀର ବିନ୍ୟାସ ଫଦିକାର, ଧନୁକ, ପ୍ରହରୀ, ଢେଙ୍କିୟା ଓ ଇତହାରମାନଙ୍କୁ ନେଇ ସେନାପତି, ଚମ୍ପତି, ବାହିନୀପତି, ପାଇକରାୟ, ଦଳବେହେରା, ନାୟକ, ଗଡନାୟକ, ବାହୁବଳେନ୍ଦ, ଭୋଇମୂଲ ପରି ଦଳନାୟକ ଅଛନ୍ତି । ଯୁଦ୍ଧଭୂମିରେ ଇତକାରମାନେ ଘୁମୁରା ନାଚ ପରି ସାମରିକ ଦୃଶ୍ୟ ରଚାଇ ମାନସିକ ଭାବରେ ପ୍ରୋସାହିତ କରିବା ଏକ ସାମରିକ ରାଷ୍ଟ୍ରର ହିଁ ଅଭିଜ୍ଞ ପରିକଳ୍ପନା ।

ପାଇକ ଶବ୍ଦଟି ବହୁ ପୁରୁଣା, ଏବଂ ଏହାର ମୂଳ ଶବ୍ଦ ପଦାତିକ ବୋଲି ପ୍ରଥମରୁ ସୂଚନା ଦିଆଯାଇଛି । ଏହି 'ପଦାତିକ' ସଂସ୍କୃତ ଅବା ପାଲି ଶବ୍ଦଟି ସାମରିକ ରାଜ୍ୟ କଳିଙ୍ଗ–ଉତ୍କଳ–ଓଡ଼ିଶାରେ ଅବକ୍ଷୟ ହୋଇ 'ପାଇକ' ହୋଇଯାଇଛି । ପାଇକମାନେ ମାନସିକ ଭାବରେ ବେଶ୍ ଶାନ୍ତ, ଶିକ୍ତ ଏବଂ ଜୀବନ ପ୍ରତି ବେପରୁଆ । ସେମାନେ ଜଗନ୍ନାଥଙ୍କ ନାମ ଏବଂ ସଂକଳ୍ପ ନେଇ ମାତୃଭୂମି ପାଇଁ ବିସର୍ଜିତ ବୋଲି ମୂଳଧାରଣା ରଖିଥାଆନ୍ତି । ଯୁଦ୍ଧକାଳରେ ପାଇକମାନେ ଅନେକ ମନ୍ତ୍ର ଉଚ୍ଚାରଣ କରନ୍ତି, ଆସନ୍ନମୃତ୍ୟୁକୁ ସାମନା କରିବାକୁ ନିଜର ମାନସିକ ସାମର୍ଥ୍ୟ ସକ୍ରିୟ କରିଥାଆନ୍ତି । ମାନବିକତା ଏମାନଙ୍କ ଧର୍ମ ବୋଲି ଜଗନ୍ନାଥ ସେମାନଙ୍କର ମନର ଦେବତା ହୋଇଥାଆନ୍ତି ।

ସେହି ବିଜୟନଗର ଗଜପତିଙ୍କ ବିରୁଦ୍ଧରେ ଯୁଦ୍ଧ ଘୋଷଣା କରି ପାଇକମାନଙ୍କର ସାମନା କରିଥିଲେ, ସଂଖ୍ୟାଗରିଷ୍ଠ ପାଇକମାନଙ୍କୁ ଅମାନୁଷିକ କପଟ ଗୁପ୍ତଚର ଭାବରେ ମୁକାବିଲା କରି ସ୍ୱଳ୍ପ ଯୋଦ୍ଧା । ସେମାନଙ୍କର ଯୁଦ୍ଧର ଇତିହାସ ଅମାନବିକତାର ପୃଷ୍ଠଭୂମି । ତାହା ପୁଣି ସମ୍ମୁଖ ଯୁଦ୍ଧରେ ନୁହେଁ, ଲାଞ୍ଛମିଛ ପ୍ରଥାରେ, ଖାଦ୍ୟପାନୀୟ ଅବରୋଧ କରିବାରେ । ସେହି ବିପରୀତ ପରିସ୍ଥିତିରେ ଓଡ଼ିଆ ପାଇକର ଚାରିତ୍ରିକ ଦୃଢ଼ତା କପଟୀ ବିଜୟନଗର ଜୟଲାଭ କଲେ ବି ଶତମୁଖରେ ପ୍ରଶଂସା କରିଛି ।

ଦେଖୁ ଦେଖୁ ଭାସିଗଲି

ମହାପ୍ରଭୁ ଶ୍ରୀଚୈତନ୍ୟ ଶ୍ରୀମନ୍ଦିରରେ ଉଭାନ ହୋଇଯିବାର ଛଅ ବର୍ଷ ହେଲାଣି । ୧୫୪୦ ମସିହା ।

ଓଡ଼ିଶା ରାଷ୍ଟ୍ରର ଜଣେ ସାମରିକ ଅଧିକାରୀ ଓ ଗଜପତିଙ୍କର ନିକଟସ୍ଥ କର୍ମଚାରୀ ଭେଟ ହୋଇଯାଇଛନ୍ତି ଶ୍ରୀମନ୍ଦିରର ଦକ୍ଷିଣଦ୍ୱାର ପାଖରେ । ଦୁଇଜଣ ଜଣାଶୁଣା ହେଲେ ବି ବହୁ ବର୍ଷ ବ୍ୟବଧାନରେ କଥାବାର୍ତ୍ତା ହେବାର ସୁଯୋଗ ପାଇଛନ୍ତି । ଦେବ ଦର୍ଶନ ସରିଗଲାଣି । ମନ୍ଦିର ପରିସରକୁ ଗଲେ, ଦେଶଟା ଦର୍ପଣରେ ଦେଖିଲା ପରି ଲାଗେ ସାମରିକ ଅଧିକାରୀ ସନ୍ଧିବିଗ୍ରହଙ୍କୁ । ସନ୍ଧିବିଗ୍ରହ ଅଛନ୍ତି ଅର୍ଜୁନ ପଦାତିକରାୟ । ଯୁଦ୍ଧବେଳେ ବିଗ୍ରହ ଓ ଶାନ୍ତିବେଳେ ସନ୍ଧିସୂତ୍ର ତାଙ୍କ କାର୍ଯ୍ୟକଳାପ । ତାଙ୍କର ଜୀବନଟା ଯ଼ାକର ଅଭିଜ୍ଞତା । ସିଏ ଥରେ ଶ୍ରୀମନ୍ଦିରରେ ପଶିଗଲେ, ଠଉରେଇ ନେବେ ରାଜ୍ୟର ସାମରିକ ଶକ୍ତି । କାହିଁକି କେଜାଣି ଗୋଟାଏ ଅହେତୁକ ଶଙ୍କା ତାଙ୍କ ମନକୁ ଆସିଯାଏ ।

ମନ୍ଦିରର ପ୍ରଶାସନ ଓ ଭକ୍ତ ସମାବେଶ ସନ୍ଧିବିଗ୍ରହଙ୍କୁ ଦ୍ୱନ୍ଦ୍ୱରେ ପକାଇଛି ମନରେ । ଠାକୁରମାନେ କ'ଣ ଶାନ୍ତିରେ ନାହାନ୍ତି ? ଦେଶ କ'ଣ ଗୋଟିଏ ଦୁର୍ଦ୍ଦିନ ଆଡ଼କୁ ଗତି କରୁଛି ? ସାମରିକ କ୍ଷେତ୍ରରେ ଯାହା ତାଙ୍କୁ ଅନୁଭବ ହେଉଥିଲା, ରାଷ୍ଟ୍ର ଦୁର୍ବଳ ହୋଇ ପଡ଼ିଛି ବୋଲି ସତରେ ଏହି ମନ୍ଦିର ଭିତରକୁ ଆସି ଶ୍ରୀଜଗନ୍ନାଥଙ୍କୁ ଚାହିଁଲେ, ମନ ଦବି ଯାଉଛି ତାଙ୍କର ।

ଯୋଗକୁ ଦେଖା ମିଲିଗଲା ମୁରାରି ବୈରୀଗଞ୍ଜନଙ୍କ ସହିତ । ସିଏ ସବୁ ଜାଣିଥାଇ ପାରନ୍ତି । ଶ୍ରୀମନ୍ଦିରର ଶୋଭା କିପରି ମଳିନ ହେବାକୁ ଲାଗିଲାଣି । ମୁରାରି ଆଗରୁ ଜଣାଶୁଣା ଅର୍ଜୁନଙ୍କ ସହିତ । କାହାର ବା ମୁରାରି ବୈରୀଗଞ୍ଜନଙ୍କ ସହିତ ଚିହ୍ନା ନ ହେବ ? ସିଏ ଗଜପତିଙ୍କ ଶ୍ରୀନବରେ ପୁରୁଣା ମୁଣ୍ସା । ପଦବୀ ମଣ୍ଡନ କରିଛନ୍ତି ଗଜପତିଙ୍କର ଅନ୍ତରଙ୍ଗ ମହାପାତ୍ର । ଦୀର୍ଘକାଳ ଗଜପତିଙ୍କ ସହିତ ରହି ସବୁ ଦିଗର

ଓଡ଼ିଶାକୁ ଜାଣିବାରେ ଯେତିକି ଅଭିଜ୍ଞତା ରହିଛି, ତା ଠାରୁ ଅଧିକ ଅଛି ଗଜପତି ପ୍ରତାପରୁଦ୍ରଙ୍କ ବ୍ୟକ୍ତିତ୍ୱ ବିଷୟରେ ପରିଚିତି ।

ଅନୁସନ୍ଧିସୁ ମନ ସନ୍ଧିବିଗ୍ରହଙ୍କର । ପଚାରିବେ ପଚାରିବେ ହେଉଛନ୍ତି ଗଜପତି ପ୍ରତାପରୁଦ୍ରଙ୍କର ସ୍ୱାସ୍ଥ୍ୟ ବିଷୟରେ । କେମିତି ସିଏ ସମ୍ମୁଖୀନ ହୋଇଛନ୍ତି ମହାପ୍ରଭୁଙ୍କର ତିରୋଧାନରେ ? ଆଜିର ସୁପ୍ତପ୍ରାୟ ଓଡ଼ିଶା ରାଷ୍ଟ୍ରର ଭବିଷ୍ୟତ ଭଲ ଦିଶୁନି ତାଙ୍କୁ ।

ଅନ୍ତରଙ୍ଗ ମହାପାତ୍ରଙ୍କୁ ମୁହଁ ଖୋଲି ପଚାରି ଦେଇଛନ୍ତି, "ମହାପ୍ରଭୁ ଶ୍ରୀଚୈତନ୍ୟଙ୍କ ପୁରୀରେ ଆବିର୍ଭାବ ହେବା ବେଳକୁ ଗଜପତି ଅନ୍ତତଃ ଦଶବର୍ଷ ରାଜଗାଦି ଭୋଗ କରିସାରିଲେଣି । ସିଏ କିପରି ମହାପ୍ରଭୁଙ୍କ ପ୍ରତି ଉଦ୍‌ବୁଦ୍ଧ ହୋଇପଡ଼ିଲେ ?"

ବହୁ ପୁରାତନ କଥା ମନେ ପକାଇ ଅନ୍ତରଙ୍ଗ ମହାପାତ୍ର କହିବାକୁ ଆରମ୍ଭ କଲେ –

"ଗଜପତିଙ୍କର ମାନସିକ ପ୍ରସ୍ତୁତି କେବେଠାରୁ ପୂର୍ଣ୍ଣ ହୋଇଗଲାଣି । ସିଏ ମହାପ୍ରଭୁ ଶ୍ରୀ ଚୈତନ୍ୟଙ୍କ ଓଡ଼ିଶା ଆଗମନକୁ ଯେପରି ଦେଖିଥିଲେ, ସଂକୀର୍ତ୍ତନ ପ୍ରଥମଥର ଆରମ୍ଭ ହେବାବେଳେ ରଥଟଣା ଓ ରଥଯାତ୍ରାର ନୀତି ଶ୍ରୀ ଚୈତନ୍ୟଙ୍କ ସକାଶେ ଯେତିକି ବିଳମ୍ବିତ ହୋଇଗଲା, ତା ପାଇଁ ଯେତିକି କ୍ଷୋଭ ଭରିଥିଲେ ମନରେ ସେ ସବୁ କିଛି ଦିନ ପରେ କୁଆଡ଼େ ଲିଭିଗଲା ।

"ମହାପ୍ରଭୁ ଶ୍ରୀକୃଷ୍ଣଙ୍କୁ ଗୌଡ଼ୀୟ ବୈଷ୍ଣବମାନେ ଯାହା ମନେ କରୁଛନ୍ତି ସ୍ୱୟଂ ବିଷ୍ଣୁ ବୋଲି, ରାଧାକୃଷ୍ଣଙ୍କର ଅବତାର ବୋଲି ଗଜପତି ଜାଣି ଗଲେଣି ଏଇଟା ନିରାଟ ସତ୍ୟ । ଇଏ ସେହି ମନଲୋଭା ସଂକୀର୍ତ୍ତନ ଯହିଁରେ ଦର୍ଶକ ନିଜକୁ ପୂର୍ଣ୍ଣଭାବରେ ହଜାଇଦେଇ ଭକ୍ତିରେ ମଜ୍ଜିଯାଇଛନ୍ତି । ସଂକୀର୍ତ୍ତନର ତାଲେତାଲେ ପାଦ ଓ ଶରୀରର ଦୈବୀ ସଞ୍ଚାଳନ ବିମୁଗ୍ଧ କରୁଛି ଦର୍ଶକମାନଙ୍କୁ । ଏହି ସରଳ ଶଦ୍ଧଚାତୁରୀ ଶ୍ରୀଜଗନ୍ନାଥଙ୍କ ପାଦତଳେ ନୂତନ ସମର୍ପଣର ସୂତ୍ର ପ୍ରତିଷ୍ଠା କରୁଛି । ଜଗତର ନାଥ ଶ୍ରୀଜଗନ୍ନାଥଙ୍କ ନାମ ସଂକୀର୍ତ୍ତନ କରିବାରେ ଅଦ୍ୱିତୀୟ ମହାପ୍ରଭୁ ଶ୍ରୀଚୈତନ୍ୟ ।

ନଦିଆ ନବଦ୍ୱୀପରେ ବୈଷ୍ଣବ ଚେତନାର ସୂତ୍ରଧର ନିତାଇ ଗଉର ଶ୍ରୀଚୈତନ୍ୟ । ନିଜର ଅସମ୍ଭବ ଆଧ୍ୟାତ୍ମିକତାର ପ୍ରମାଣ ତାଙ୍କର ସିଦ୍ଧ ବେଦାନ୍ତ ଜନିତ ଅଚିନ୍ତ୍ୟ ଭେଦାଭେଦ ଦର୍ଶନ ଓ ବ୍ରହ୍ମଜ୍ଞାନ । ସେଥିପାଇଁ ଶ୍ରୀଚୈତନ୍ୟ ଆଦିଶଙ୍କରଙ୍କର ଅଦ୍ୱୈତାବାଦକୁ ସମର୍ଥନ କରିବାକୁ ରାଜି ନ ଥିଲେ । ସେ ବ୍ରହ୍ମକୁ ମୂଳସୂତ୍ର ଆଧାରରେ ଗ୍ରହଣ କରିନେଇଥିଲେ । ଭାରତର ଅନେକ ଅଂଶ ବିଜାତୀୟ ଶାସନାଧୀନ ଥିଲେ ହେଁ ହିନ୍ଦୁ କ୍ଷେତ୍ରଗୁଡ଼ିକରୁ ବୈଷ୍ଣବମାନଙ୍କର ଉଇଧ୍ୱନି ଦେଶକୁ ମୁଖରିତ କରିଥିଲା ।

ଶ୍ରୀଚୈତନ୍ୟଙ୍କର ନିଷ୍ଠଇ ପୁରୁଷମରେ ଶ୍ରୀଜଗନ୍ନାଥଧାମରେ ଅବସ୍ଥାନ କରି

ଭଗବାନଙ୍କ ଲୀଳା ପ୍ରସାର କରିବା ନିଶ୍ଚିତ ଅନେକ ଐତିହାସିକ ଓ ଆଧ୍ୟାମ୍ନିକ ବିପ୍ଳବ କରିବାକୁ ଯାଉଛି, ଏଇଟା ତାଙ୍କର ନଦିଆ ନବଦ୍ୱୀପରୁ ପୁରୁଷୋମ ପର୍ଯ୍ୟନ୍ତ ସୁଲଳିତ ସଂକୀର୍ତ୍ତନରୁ ସଂକେତ ମିଳୁଥିଲା। ଏମିତି କି ବଙ୍ଗଳାର ନବାବଙ୍କର ଦୁଇଜଣ ପଦସ୍ଥ ମନ୍ତ୍ରୀ ପଦତ୍ୟାଗ କରି ଶ୍ରୀଚୈତନ୍ୟଙ୍କର ପଶ୍ଚାଦ୍ଗାମୀ ହୋଇଥିଲେ। ଜଣେ ପରମ ବୈଷ୍ଣବ ଭାବରେ ଶ୍ରୀଚୈତନ୍ୟଙ୍କର ଭୂଷଣ ଥିଲା ଦାରିଦ୍ର୍ୟ, ରାଧାକୃଷ୍ଣଙ୍କର ନାମ ସଂକୀର୍ତ୍ତନ। ତାଙ୍କର ପ୍ରସାରିତ ବୈଷ୍ଣବ ଭକ୍ତି ଥିଲା ମାଧୁର୍ଯ୍ୟ ମାର୍ଗ ବା ପ୍ରେମଭକ୍ତି। ବିଷ୍ଣୁଙ୍କର ନିତ୍ୟସ୍ଥଳ ହେଉଛି ଶ୍ରୀକ୍ଷେତ୍ର ଆଉ ବୃନ୍ଦାବନ।

ବୈଷ୍ଣବମାନଙ୍କର ଜୀବନର ଲକ୍ଷ୍ୟ ବୃନ୍ଦାବନରେ ଶ୍ରୀକୃଷ୍ଣଙ୍କର ସେବା। ସେଇ ସେବା ପୁଣି ତରୁଣୀ ଗୋପୀ ବେଶରେ ରାଧାଙ୍କୁ ସାହାଯ୍ୟ କରିବା ମନୋଭାବରେ। ରାଧାଙ୍କର ପ୍ରେମମୟ ଜୀବନରେ ପାଥେୟ ହୋଇ ଆଧ୍ୟାମ୍ନିକ ମତରେ ମଧୁର ଭକ୍ତିଭାବ ପ୍ରକଟ କରିବା। ଗୌଡ଼ୀୟ ବୈଷ୍ଣବମାନେ ଆହୁରି କିଛିଦୂର ଏହି ମଧୁର ସମ୍ପର୍କକୁ ବ୍ୟାପକ କରିଛନ୍ତି। ରାଧାଙ୍କର ମୁଖ୍ୟ ସହାୟିକା ରୂପମଞ୍ଜରୀ। ତାଙ୍କର ଅନେକ ମଞ୍ଜରୀ ହାତ ପାଆନ୍ତାରେ ସାହାଯ୍ୟ କରିବାକୁ ଅଛନ୍ତି। ସେହି ମଞ୍ଜରୀ ଭାବରେ ରାଧାକୃଷ୍ଣଙ୍କର ମାନସିକ ସହାୟିକା ରୂପ ଓ ମନ ଧାରଣକରି ବୃନ୍ଦାବନରେ କିଛି ସମୟ ବିତାଇବା ଗୌଡ଼ୀୟ ବୈଷ୍ଣବମାନଙ୍କର ଶାନ୍ତିଦାୟକ ଚିନ୍ତାଧାରା। ଏହି ଧାରଣା ଶ୍ରୀଚୈତନ୍ୟଙ୍କର ନିଜସ୍ୱ ନ ହେଲେ ବି ସେ ଏହାର ପାଳନ ଓ ପ୍ରସାର କରିଛନ୍ତି।

ସଂକୀର୍ତ୍ତନର ମୃଦୁତାଲରେ କମନୀୟ ପଦଚାଳନାରେ ଶ୍ରୀଚୈତନ୍ୟ ଯେତେବେଳେ ପୁରୁଷୋମରେ ପ୍ରବେଶ କରନ୍ତି, ମନ୍ଦିରରେ ଶ୍ରୀମୁଖ ଦର୍ଶନ କରନ୍ତି, ସେ ଭାବବିହ୍ୱଳ ହୋଇ ମୋହଯାଆନ୍ତି। କିଛି ସମୟ ପର୍ଯ୍ୟନ୍ତ ଚେତନା ହରାନ୍ତି। ଏହି କଳା ଶ୍ରୀମୁଖ ଯେ ଶ୍ରୀକୃଷ୍ଣ ଆନ କେହି ନୁହେଁ, ସିଏ ସିଦ୍ଧ କରନ୍ତି। ଜୀବନର ଅବଶିଷ୍ଟାଂଶ ଏହି ପୁରୁଷୋମରେ କଟାଇଦେବାର ଅଭିପ୍ରାୟ ରଖନ୍ତି ଶ୍ରୀଚୈତନ୍ୟ।

ପୁରୀରେ କିଛି ଗୌଡ଼ୀୟ ବୈଷ୍ଣବ ଭକ୍ତମାନଙ୍କ ଗୃହଣରେ ବାସ କରନ୍ତି ଶ୍ରୀଚୈତନ୍ୟ, ପୁରୀରୁ ଭାରତର ଦକ୍ଷିଣ ଦିଗକୁ ତୀର୍ଥକରିବାକୁ ପଦବ୍ରଜରେ ଗମନ କରନ୍ତି। ରାଜମହେନ୍ଦ୍ରି ଦେଇ କନ୍ୟାକୁମାରୀ ଯିବାବାଟରେ ଧର୍ମାଲୋଚନରେ କିଛି ସମୟ ବିତାନ୍ତି ଓଡ଼ିଶାରାଷ୍ଟ୍ରର ପ୍ରଶାସକ ପଟ୍ଟନାୟକ ରାୟ ରାମାନନ୍ଦଙ୍କ ସହିତ। ରାଧାପ୍ରେମ ବୈଷ୍ଣବ ସମ୍ବଳ ଦୃଢ଼ ପ୍ରତିଷ୍ଠାଲାଭ କରେ ତାଙ୍କର ଧର୍ମାଚରଣରେ। ରାୟ ରାମାନନ୍ଦଙ୍କୁ ଧାର୍ମିକ ଜୀବନଯାତ୍ରା ପାଇଁ ଉପଦେଶ ଦିଅନ୍ତି ସିଏ। ଦକ୍ଷିଣରୁ ଫେରି ଶ୍ରୀଚୈତନ୍ୟ ଯାତ୍ରାକରନ୍ତି ବୃନ୍ଦାବନକୁ।

ଶ୍ରୀଚୈତନ୍ୟଙ୍କ ଅବସ୍ଥାନ କାଳରେ ପୁରୁଷୋମ ପୁରୀ ଦୃଢ଼ ଭାବରେ ଦେଶର

ବୈଷ୍ଣବ ଭକ୍ତିର ସର୍ବବୃହତ୍ କ୍ଷେତ୍ରଭାବରେ ପ୍ରତିଷ୍ଠିତ ହୋଇପାରିଲା। ସଂକୀର୍ତ୍ତନମୟ ଶ୍ରୀକ୍ଷେତ୍ରକୁ ସମଗ୍ର ଦେଶର ଧର୍ମଶକ୍ତିର କେନ୍ଦ୍ରୀଭୂତ ହେବାକୁ ଲାଗିଲା, ଦେଶର ସମସାମୟିକ ଧର୍ମଗୁରୁ, ସିଦ୍ଧପୁରୁଷମାନେ ଶ୍ରୀଜଗନ୍ନାଥଙ୍କ ସହିତ ସାନ୍ନିଧ୍ୟ ଲାଭକଲେ। ସଂକୀର୍ତ୍ତନରତ ମହାପ୍ରଭୁ ଶ୍ରୀଚୈତନ୍ୟଙ୍କର ଚଲଚଞ୍ଚଳ ସଂକୀର୍ତ୍ତନର ଶ୍ରୁତିମଧୁର ତାଳରେ ଗତିଶୀଳ ପଦଯୁଗଳ ପରି କେବଳ ଭାରତର କାହିଁକି ବିଶ୍ୱର କୋଲାହଳମୟୀ ଧର୍ମକ୍ଷେତ୍ରର ସ୍ୱରୂପ ନେଇଛି ଶ୍ରୀକ୍ଷେତ୍ର।

ଗଜପତି ପ୍ରତାପରୁଦ୍ର ଏବେ ସବୁମତେ ହୃଦ୍‌ବୋଧ କଲେଣି ମହାପ୍ରଭୁ ଶ୍ରୀଚୈତନ୍ୟ ମାନବ ନୁହଁନ୍ତି। ସିଏ ସ୍ୱୟଂ ଶ୍ରୀକୃଷ୍ଣଙ୍କର ନାମଜପା ରାଧାକୃଷ୍ଣ ରୂପ। ସିଏ ପ୍ରକୃତରେ ମହାପ୍ରଭୁ। ତାଙ୍କ ପାଖରେ ଜାତିଭେଦ ନାହିଁ। ଲୋଭହୀନ ଦରିଦ୍ରଭୂଷଣ ନିତାଇ ଗଉର। ସିଏ ଜୀବନ୍ତ ଅବତାର ଶ୍ରୀ ଜଗନ୍ନାଥଙ୍କର। ତାଙ୍କର ଶରଣ ପଶିବାର ସୁଚିନ୍ତା କାହାକୁ ବା ନ ଆସିବ ?

ପ୍ରତାପରୁଦ୍ରଙ୍କ ପରି ପ୍ରବଳ ପ୍ରତାପୀ ଗଜପତି ଯେ ଦ୍ୱନ୍ଦ୍ୱ ଅତିକ୍ରମ କରି ହାତ ଟେକି ଦେଲେଣି ମହାପ୍ରଭୁ ଶ୍ରୀଚୈତନ୍ୟଙ୍କ ପାଖରେ, ଏହି ଘମାଘୋଟ ଆଲୋଚନାରେ ବ୍ୟସ୍ତ ଅନ୍ତରଙ୍ଗ ମହାପାତ୍ର ଓ ସନ୍ଧିବିଗ୍ରହ, ଉଭୟେ ଓଡ଼ିଶା ରାଷ୍ଟ୍ରର ଗଜପତିଙ୍କର ଦୁଇଟି ଅଧିକାରୀଙ୍କର ପଦ। ସେମାନଙ୍କର ଆଲୋଚନା ଧର୍ମକ୍ଷେତ୍ର ଓ ଯୁଦ୍ଧକ୍ଷେତ୍ର ବିଷୟରେ। ଘଡ଼ିସନ୍ଧିରେ ଉତ୍କଳ ରାଷ୍ଟ୍ରର ପ୍ରଶାସନ। ଦୀର୍ଘ ୪୩ବର୍ଷ ଶାସନ କାଳରୁ ଶେଷ ୬ ବର୍ଷ ବାତୁଳ ପ୍ରାୟ ଗଜପତି। ଶ୍ରୀମନ୍ଦିରରୁ ଶ୍ରୀଚୈତନ୍ୟ ମହାପ୍ରଭୁଙ୍କ ଅନ୍ତର୍ଦ୍ଧାନ ହେବାର ଛ ବର୍ଷ ପୂରିଗଲାଣି। ଗଜପତିଙ୍କ ମନରୁ ଦୁଃଖ ଲାଘବ ହୋଇନି। ଶାସନ ସ୍ତାଣୁ ହୋଇପଡ଼ିଛି। ଲୋକମାନେ ଗଜପତିଙ୍କ ଦୟନୀୟ ଅବସ୍ଥାରେ ଅନାଇ ରହିଛନ୍ତି ଆସନ୍ତା କାଲିକୁ କଅଣ ଘଟୁଛି। ସୀମାରେ ଯବନଙ୍କ ଲୋଲୁପଦୃଷ୍ଟି।

ସନ୍ଧିବିଗ୍ରହ ବହୁତ ଭୀତତ୍ରସ୍ତ ହୋଇଛନ୍ତି, ଦେଶର ସାମରିକ ଶକ୍ତି ଦୁର୍ବଳ ହୋଇପଡ଼ିଛି। ବଙ୍ଗ ଦିଗରେ କୁମ୍ଭୀର ପରି ଆଁ କରି ରହିଛି ଆଫଗାନ ନବାବ। ସାମରିକତା ଓହ୍ଲାଇ ଗଲାଣି ପାଇକ ରକ୍ତରୁ। ନୂଆ ଯୁବକମାନେ ଆଗ୍ରହୀ ନୁହଁନ୍ତି ଯୁଦ୍ଧକ୍ଷେତ୍ର ପ୍ରତି।

ଗଲାଣି ସେ କାଳ, ଯେବେ ପ୍ରବଳ ପ୍ରତାପୀ ଗଜପତି ପ୍ରତାପରୁଦ୍ର ଦେବ, ଅସୀମ ଶକ୍ତିରେ ବଳୀୟାନ ଥିଲେ। ସିଏ ଉତ୍କଳରାଷ୍ଟ୍ରକୁ ପ୍ରାଣ ଦେଇଥିବା ସୂର୍ଯ୍ୟବଂଶୀ କପିଲେନ୍ଦ୍ରଙ୍କର ପୌତ୍ର।

ଅନ୍ତରଙ୍ଗ ମହାପାତ୍ର ମୁରାରି ବୈରୀଗଞ୍ଜନ ବଂଶାନୁକ୍ରମେ ଏହି ଅନ୍ତରଙ୍ଗ ମହାପାତ୍ର ପଦବୀର ଅଧିକାରୀ। ନିଜକୁ ଠିକ୍‌ରେ ଖାପ ଖୁଆଇ ପାରିଛନ୍ତି ଗଜପତି

ପ୍ରତାପରୁଦ୍ରଙ୍କ ସହିତ । ଦିନଟିଏ ନାହିଁ ବିନା ମୁରାରିରେ ଗଜପତି ସମୟ କଟାଇପାରିବେ ।
ରାଜାଙ୍କର ଅଜସ୍ର ପାତ୍ରମନ୍ତ୍ରୀଙ୍କ ମଧରୁ କାହିଁକି କେଜାଣି ଏହି ପଦଟି ଗଜପତିଙ୍କର
ଅତି ନିକଟତର । ଗଜପତିଙ୍କର ବି ମୁରାରି ପରିବାର ସହିତ ବେଶ୍ ପରିଚିତି ଥିଲା ।
ତାର କାରଣ ବଂଶାନୁକ୍ରମେ ପିତା ଓ ପିତାମହଙ୍କ ଅମଲରୁ ଏହି ବୈରୀଗଞ୍ଜିନ ପରିବାର
ନିଜକୁ ଗଜପତିଙ୍କ ସେବାରେ ମୂର୍ଚ୍ଛି ଦେଇଥିଲା । ରାଜ୍ୟଶାସନ ସିନା ପାତ୍ରମନ୍ତ୍ରୀଙ୍କ
ସହିତ, କିନ୍ତୁ ନିଜର ବ୍ୟକ୍ତିଗତ ସମ୍ପର୍କ ଓ ଆବଶ୍ୟକତା ଏଈ ଅନ୍ତରଙ୍ଗ ପରିବାରର
ସେବା ଗଜପତି ପାଇପାରନ୍ତି । ପାରିଧ୍ ବିଜେ କଲେ କି ଯୁଦ୍ଧକୁ ଗଲେ, ଅନ୍ତରଙ୍ଗ ବି
ସାଙ୍ଗ ଛାଡ଼ନ୍ତି ନାହିଁ । କପିଲେନ୍ଦ୍ରଙ୍କର ଅନ୍ତରଙ୍ଗ ମହାପାତ୍ର ଥିଲେ ମୁରାରିଙ୍କର ଜେଜେବାପା
ଉଦ୍ଧବ ବୈରୀଗଞ୍ଜିନ ଓ ତା ପର ପୁରୁଷକୁ କପିଲେନ୍ଦ୍ରଙ୍କ ପୁତ୍ର ପୁରୁଷୋଉମ ଦେବଙ୍କର
ଅନ୍ତରଙ୍ଗ ଥିଲେ ମୁରାରିଙ୍କର ବାପା ଭ୍ରମର ବୈରୀଗଞ୍ଜିନ । ଏ କଥା କହିବାର କାରଣ
ହେଉଛି, ଯେବେ କପିଲେନ୍ଦ୍ରଦେବ ଓଡ଼ିଶା ରାଷ୍ଟ୍ରର ଦକ୍ଷିଣ ସୀମା ଜଗି ରହିଥିବାବେଳେ
ତାଙ୍କର ତିରୋଧାନ ଘଟିଲା କପିଲାବ୍ଦ-୨୯ରେ (ଖ୍ରୀଷ୍ଟାବ୍ଦ–୧୪୬୭) ସେତେବେଳେ
ସେଠାରେ ଉଦ୍ଧବ ତାଙ୍କର ବହୁ ଯନ୍ ନେଇଥିଲେ ।

ଏବେ ତ ସମୟ କପିଲାବ୍ଦ –୧୦୩ (୧୫୪୦ ଖ୍ରୀଷ୍ଟାବ୍ଦ) ପ୍ରତାପରୁଦ୍ରଙ୍କର
ଶାସନର ଅନ୍ତିମ ପର୍ଯ୍ୟାୟ ।

ଯାହା ହେଲେ ବି ମୁରାରି ବହୁ ଶିକ୍ଷା ଲାଭ କରିଛନ୍ତି ସଂସ୍କୃତରେ, ଓଡ଼ିଶାରାଷ୍ଟ୍ର
ପୁରୁଷୋଉମରେ ପଢ଼ିବା ପରେ କିଛିବର୍ଷ କାଶୀରୁ ବିଦ୍ୟାଲାଭ କରିଛନ୍ତି । ବହୁ ଶାସ୍ତ୍ର,
ଦର୍ଶନ ଅଧ୍ୟୟନ କରିଛନ୍ତି । ଜଗନ୍ନାଥଙ୍କ ଐତିହ୍ୟ ଭଲଭାବରେ ଜାଣନ୍ତି । ସବୁବେଳେ
ହସହସ ମୁହଁ ଓ ତାଙ୍କ କଥାରେ ପେଟ ପୂରିଯିବ । ଗଜପତି ପ୍ରତାପରୁଦ୍ରଙ୍କୁ ବୁଝିବାରେ
ତାଙ୍କର ଯେତିକି ଦକ୍ଷତା ରହିଛି, ତା ତାରୁ ଅବଶ୍ୟ କମ୍ ଦକ୍ଷତା ଥାଇପାରେ ତାଙ୍କୁ
ବୁଝାଇବାରେ । ଦୀର୍ଘ ଚାଳିଶବର୍ଷ ଗଜପତି ପ୍ରତାପରୁଦ୍ରଙ୍କ ପାଖରେ ତାଙ୍କର ଦିହାଟି
କଟିଗଲାଣି, ଏବେ ଶରୀର ଓ ମନରେ କ୍ଲାନ୍ତ ଅନୁଭବ କଲେଣି ମୁରାରି । ଗଜପତି
ଏବେ ପୁରା ଅବୁଝା । ଆଜି ଗାଦିଛାଡ଼ି ଅନ୍ତରଙ୍ଗଙ୍କୁ ସାଥିରେ ନେଇ ଗଜପତି ବୃନ୍ଦାବନ
ପଥରେ ଯିବାକୁ ବାହାରିଲେଣି ତ କାଲି କାଶୀ । ମୁରାରି ଜୀବନର ତିଲେତିଲେ
କଟାଇଛନ୍ତି ପ୍ରତାପରୁଦ୍ରଙ୍କ ସହିତ । ତାଙ୍କର ସଦା ସ୍ମାରକ, ଚେତକ ଓ ବିବେକ ପରି
ଦାୟିତ୍ୱ ତୁଲାଇଛନ୍ତି ।

ମନେ ପଡ଼ୁଛି ମୁରାରିଙ୍କର, ଚାଳିଶ ବର୍ଷ ଆଗରୁ ଯେଉଁଦିନ ଗଜପତିଙ୍କଠାରୁ
ଅନ୍ତରଙ୍ଗ ମହାପାତ୍ର ହେବାର ପାଗ ପିନ୍ଧିଲେ । ସେ ଦେଖିଥିଲେ ପ୍ରତାପରୁଦ୍ରଙ୍କୁ ନିକଟରୁ ।
ଦେବ ପ୍ରତିମ ଶରୀର, ଗଜପତି ସିଂହାସନରେ ଉପବିଷ୍ଟ, ଜଗନ୍ନାଥଙ୍କର ତଦ୍ଭାବଧାରକ

ତଥା ଚଳନ୍ତି ଜଗନ୍ନାଥ। କିନ୍ତୁ ପ୍ରତାପରୁଦ୍ରଙ୍କର ଏକମାତ୍ର ଲକ୍ଷ୍ୟ ଜଗନ୍ନାଥଙ୍କ ରାଜ୍ୟକୁ କେହି ଆଡ଼ଆଖିରେ ଚାହିଁବେ ନାହିଁ। ପ୍ରତାପରୁଦ୍ର ନିଜ ନାମକୁ ଯଥାର୍ଥ କରିଛନ୍ତି। ବଳରେ ପ୍ରବଳ ପ୍ରତାପୀ ଆଉ କ୍ରୋଧରେ ରୁଦ୍ରଙ୍କ ସହିତ ସମାନ। ଏହି ରାଗ ଶୁଝାଇଛନ୍ତି ବଙ୍ଗଳାର ନବାବ ଉପରେ। ବାପା ଜେଜେବାପାଙ୍କ ପରି ଦକ୍ଷିଣ ସୀମା ଜଗିବା ଓଡ଼ିଶାରାଷ୍ଟ୍ରର ଗୋଟିଏ କର୍ତ୍ତବ୍ୟ ହୋଇଯାଇଥିଲା ତିନିପୁରୁଷ ଧରି। ଜେଜେବାପା କପିଲେନ୍ଦ୍ର ଦେବ ଯେବେ ଦକ୍ଷିଣ ସୀମା ବଢ଼ାଇଲେ କୋଣ୍ଡାଭିଡ଼ୁ ପର୍ଯ୍ୟନ୍ତ ଓ ବାପା ପୁରୁଷୋତ୍ତମ କାଞ୍ଚି ବିଜୟ କରି ସୀମା ବଢ଼ାଇଲେ ସେତୁବନ୍ଧ ପର୍ଯ୍ୟନ୍ତ ସେତେବେଳଠାରୁ ଦକ୍ଷିଣ ସୀମା ଅଶାନ୍ତ ହୋଇ ପଡ଼ିଲା ଓଡ଼ିଶାରାଷ୍ଟ୍ର ପାଇଁ। ଗଜଶକ୍ତି, ଅଶ୍ୱଶକ୍ତି ଓ ପଦାତିକମାନଙ୍କୁ ଦକ୍ଷିଣର ଉଦୟଗିରି, କୋଣ୍ଡାଭିଡ଼ୁ ଓ ରାଜମହେନ୍ଦ୍ରିରେ ମୁତୟନ କରିବାରେ ଓ ବହୁବର୍ଷ ଧରି ସତର୍କରହିବା ଓଡ଼ିଶାରାଷ୍ଟ୍ର ପାଇଁ ଗୁରୁଦାୟିତ୍ୱ ହୋଇ ପଡ଼ିଲା। ପୁଣି ଭୟର ପ୍ରଧାନ କାରଣ ଥିଲା କର୍ଣ୍ଣାଟକର ବିଜୟନଗରମ୍ ରାଜ୍ୟର ଅଭ୍ୟୁଦୟ ଓ ସାମରିକ ଶକ୍ତି ବୃଦ୍ଧି। ବଳରେ କେବେ ଓଡ଼ିଶାର ଗଜପତି ସେନା ସହ ତ ସମାନ ହେବାକୁ ସମ୍ଭବ ହେବନି, ନିଜର ଗୁପ୍ତଚର ଆୟୋଗ ଶକ୍ତିରେ କାରସାଦି ଚଳାଇଛନ୍ତି ରାଜା କୃଷ୍ଣଦେବ ରାୟ। ଓଡ଼ିଶାର ଗଜପତିଙ୍କର ଶୋଇବା ବସିବା ଠାରୁ ତାଙ୍କ ଶାସନାଧୀନ ଦୁର୍ଗ ଗୁଡ଼ିକରେ ସୈନ୍ୟବିନ୍ୟାସ ଓ ଦୁର୍ବଳତା ଗୋଟିଗୋଟି କରି ତନଖୁଛନ୍ତି। ଏ ସବୁ ପ୍ରତାପରୁଦ୍ର ଜାଣି ବି ହେୟ ମନେକରୁଛନ୍ତି।

ଅନ୍ତରଙ୍ଗ ମହାପାତ୍ର ଟିକିଏ ବିରତି ନେବା ଭିତରେ ସନ୍ଧିବିଗ୍ରହଙ୍କ ମନକୁ ପଶିଛି ଗଜପତି କେମିତି ମହାପ୍ରଭୁଙ୍କ ପାଖରେ ସମ୍ପୂର୍ଣ୍ଣ ଦୀକ୍ଷା ନେବାକୁ ମନ କରିଥିଲେ। ସନ୍ଧିବିଗ୍ରହ ଚକିତ ହୋଇ ପଡ଼ିଛନ୍ତି ସ୍ୱୟଂ ଗଜପତିଙ୍କର ସନ୍ୟାସ ଅଭିସନ୍ଧିରେ। କଳିଙ୍ଗ, ଉତ୍କଳ ବା ଓଡ଼ିଶାର ରାଜା ସବୁବେଳେ ଧର୍ମାଧୀନ, କିନ୍ତୁ କେବେ ଦୀକ୍ଷିତ ହୋଇ ହୀନବଳ ହୋଇଯାଇ ନାହାନ୍ତି। ଚଣ୍ଡାଶୋକ ଏଇ ମାଟିରେ ଧର୍ମାଶୋକ ହୋଇଯାଇଛନ୍ତି, ଧର୍ମରେ ବିହାର କଲେ ବି ନିଜ ଅନୁଶାସନରେ ରାଜଶକ୍ତିକୁ ନ୍ୟୁନ କରିଦେଇ ନାହାନ୍ତି। ସେଥିରେ ବି କଳିଙ୍ଗର ନରହତ୍ୟାର ବିଭତ୍ସ ଚିତ୍ର ସହିତ ତାଙ୍କର ନିଜ ସାର୍ବଭୌମତ୍ୱର ପରୋକ୍ଷ ଆଭାସ ଦେଇଛନ୍ତି ସମ୍ରାଟ ଅଶୋକବର୍ଦ୍ଧନ ମୌର୍ଯ୍ୟ। ନିଜକୁ ନିଜର ସାମରିକ ଶକ୍ତିରୁ ବିଚ୍ୟୁତ କରିନାହାନ୍ତି, କାହାରି ଆକ୍ରମଣ ଦେଖିନାହାନ୍ତି। ଧର୍ମ ଆଚରଣ କରି ବିଧର୍ମୀରୁ ଧାର୍ମିକ ହୋଇଛନ୍ତି। ରାଜଶକ୍ତିକୁ ତିଲେମାତ୍ର ଉତ୍ସର୍ଗ କରିନାହାନ୍ତି।

ବହୁଦିନର କୌତୁହଲ ସମ୍ବରଣ କରିପାରିଲେନି ସନ୍ଧିବିଗ୍ରହ। ଏଇ କଳିଙ୍ଗ କଅଣ ନ କରିଛି ପାରମ୍ପରିକ ଯୁଦ୍ଧ ଆଖଡ଼ାରେ ? କେତେ ଶତାଦ୍ଦୀ ଧରି ସମରକଳାର

ଅଭିଜ୍ଞତା ଦୂରେଇ ରଖିଛି ଯବନ ଆକ୍ରମଣକୁ। ଅତୀତକୁ ବାଦ୍ ଦେଇ ନଗଦ ତିନିଶହ ବର୍ଷର ସାମରିକ ଉତ୍କର୍ଷତା। ଏଇ କଳିଙ୍ଗର ଗୁପ୍ତଚର ଜାଣି ପାରୁଥିଲେ କେଉଁ ପଡ଼ୋଶୀ ରାଜ୍ୟ ଲୋଲୁପଦୃଷ୍ଟି ପକାଉଛି ଶ୍ରୀଜଗନ୍ନାଥଙ୍କ ଭୂଖଣ୍ଡ ଉପରେ। ସାମରିକ ବାହିନୀ ଶତ୍ରୁ ମାଟିରେ ଅଗ୍ରସର ହେବାରେ ଧୁରନ୍ଧର। ଆକ୍ରମଣ ହତ୍ୟାକାରୀ ଦଳରୁ ଆରମ୍ଭ ହୋଇ ଆଗୁଆଣି ଥାଟ୍, ପ୍ରଧାନ ଦଳ ଓ ପଛୁଆଣି ଦଳ ଭାବରେ ମୂଳପୋଛ କରି ଶତ୍ରୁରାଜ୍ୟରୁ ବୋହି ଆଣନ୍ତି ଯୁଦ୍ଧବିଜେତାର ଉପହାର ସବୁ, ଦେବାଦେବୀ ସବୁ ଓଡ଼ିଶାରାଷ୍ଟ୍ରକୁ। ଏଇ ପ୍ରତାପରୁଦ୍ରଙ୍କର ଗଜବଳ ଦେଖି ଆମ୍ଗୋପନ କରୁଥିଲେ କାମାତ, ଅଙ୍ଗ ଓ ବିଦର୍ଭର ରାଜାମାନେ।

ଖାଲି ସାମରିକ ଶକ୍ତି ନୁହେଁ, ଓଡ଼ିଶାରାଷ୍ଟ୍ର ଶାସନ ବି ଦୀର୍ଘ ତିନିଶ ବର୍ଷର କେନ୍ଦ୍ରୀଭୂତ ଶାସନରେ ମଜବୁତ୍। କୌଣସି ପରିବିଶା ବା ମୁଖ୍ୟ ପ୍ରଶାସକଙ୍କ ଦଣ୍ଡପାଟର କାଣିକଉଡ଼ିଟିଏ ରାଜସ୍ୱ କିଏ ଆମ୍ସାତ କଲେ, ରକ୍ଷା ନାହିଁ। ଏମିତି ଦଣ୍ଡିତ କରିଛନ୍ତି ମେଦିନୀପୁରର ପରିବିଶା ଗୋପୀନାଥ ବଡ଼ଜେନାଙ୍କୁ। ଦଣ୍ଡନୀତିରେ ପ୍ରତାପରୁଦ୍ର କୋହଳ କାହିଁକି ହେବେ। ଖୋରଧାର ବୁଲା ଡଗରାର ଖବରରେ ରାଜକର୍ମଚାରୀ ମାଝିରାମ ପାତ୍ରକୁ ବ୍ରାହ୍ମଣର ସ୍ତ୍ରୀକୁ ଅସଦାଚରଣ ଅଭିଯୋଗରେ ପ୍ରାଣଦଣ୍ଡ ନିଷ୍ଠୁରି ଶୁଣାଇଛନ୍ତି ଗଜପତି ପ୍ରତାପରୁଦ୍ରଦେବ !

ମାତ୍ର ସେ ଶାସନ ଆଉ ଓଡ଼ିଶା ରାଷ୍ଟ୍ରରେ ନାହିଁ।

ଦୁଇ ଯୁଗହେବ ଓଡ଼ିଶାରାଷ୍ଟ୍ରର ସାମରିକ ଶକ୍ତିରେ ଅଶେଷ ପରିବର୍ତ୍ତନ ସେ ଦେଖୁଛନ୍ତି, କଣ ଗଜପତିଙ୍କର ଅଦେଖାରେ ଏମିତି ଅବରୋଧ ଚାଲିଛି ଓଡ଼ିଶାରେ ?

ପଚାରୁଛନ୍ତି ସନ୍ଧିବିଗ୍ରହ, କହି ପାରିବ କି ଅନ୍ତରଙ୍ଗ, ପ୍ରତାପରୁଦ୍ରଙ୍କ ପରି ପ୍ରତାପୀ ଗଜପତି କିପରି ତିନିପୁରୁଷର ସମ୍ରାଜ୍ୟକୁ ଏମିତି ବୀର୍ଯ୍ୟହୀନ କରିବାକୁ ଦେଲେ ? ତୁମେ ଥାଉ ଥାଉ ଏପରି ବୁଦ୍ଧି ତାଙ୍କ ମୁଣ୍ଡରେ କିପରି ପଶିଲା ?

ଏମିତି ପ୍ରଶ୍ନ ଅନ୍ତରଙ୍ଗ ଆଶାକରି ନ ଥିଲେ। କିଛି ସମୟ ତାଙ୍କର ଦୀର୍ଘ ଚାଳିଶ ବର୍ଷର ଗଜପତିଙ୍କର ମନୋଭାବର କ୍ଷିପ୍ର ସମୀକ୍ଷା କରିବାରେ ଚାଲିଗଲା। ଏହି ସମୟରେ ଦିନେ ସେ ଗଜପତିଙ୍କ ମୁଖରୁ ପୁରସ୍ତମ ଓ ପୁରୁଷୋତ୍ତମଙ୍କ ବିଷୟରେ ବହୁତ କିଛି ଶୁଣିଥିବାର ମନେ ପଡ଼ିଗଲା। ଗଜପତି ଓଡ଼ିଶା ପ୍ରଶାସନରେ କିପରି ପୁରୁଷୋତ୍ତମଙ୍କୁ ଅନୁବନ୍ଧିତ କରିପାରିଥିଲେ, ସେହି ତାତ୍ପର୍ଯ୍ୟ ତାଙ୍କ ସ୍ମୃତିରୁ ସନ୍ଧିବିଗ୍ରହଙ୍କ ପାଇଁ କିଛି ଖୋରାକ ଯୋଗାଡ଼ କରୁଥିଲା। ମନେ ଅଛି ଗଜପତି ପୁରୁଷୋତ୍ତମଙ୍କର ରାଜପୋଷାକ ଉଭାରିବା ବେଳେ କିପରି ସେ ଭାବପ୍ରବଣ ହୋଇ କହିଚାଲିଥିଲେ – ଅନ୍ତରଙ୍ଗ ତୁମେ ଜାଣିଛ, ଏହି ଓଡ଼ିଶା ରାଷ୍ଟ୍ର ନାମକରଣ କିଏ କରିଥିଲା ? ମୋର ପିତାମହ କପିଲେନ୍ଦ୍ର

ଦେବ ହିଁ ଏହି ମାଟିର ଟେକ ରକ୍ଷିବାକୁ ପାଇକମାନଙ୍କ ରକ୍ତରେ ଶିହରଣ ସୃଷ୍ଟି କରିବାକୁ ଓଡ଼ିଶାରାଷ୍ଟ୍ର ରାଜକୀୟ ନାମ ଘୋଷଣା କରିଥିଲେ। ତାଙ୍କ ପୂର୍ବର ଇତିହାସ ଥିଲା ଭିନ୍ନ। କଳିଙ୍ଗ, ଉତ୍କଳ, ଓଡ୍ର, ତ୍ରିକଳିଙ୍ଗ, ତୋଷାଲି, କୋଶଳ ଏମିତି ଅନେକ ନାମ ବହନ କରିଛି। ଏହି ଓଡ଼ିଶାରାଷ୍ଟ୍ର ନାଁ ଭଗବତ ଦେଶ, ପୁରୁଷୋତ୍ତମ ଧାମର ନାମ ପୁରୁଷୋତ୍ତମ।

ଜେଜେବାପା କପିଲେନ୍ଦ୍ରଙ୍କ କହିବା ଅନୁଯାୟୀ ଅନଙ୍ଗଭୀମ ଦେବ ଜଣେ ନିଷ୍ଠାପର ବୈଷ୍ଣବ ଥିଲେ। ସେ ପଡ଼ୋଶୀ ରାଜ୍ୟମାନଙ୍କର ଆକ୍ରମଣାତ୍ମକ ଭଙ୍ଗୀ ଦେଖି କଳିଙ୍ଗକୁ ସମର୍ପି ଦେଇଥିଲେ ପୁରୁଷୋତ୍ତମ ଜଗନ୍ନାଥଙ୍କୁ, ତାଙ୍କର ଛତ୍ରଛାୟା ତଳେ ନିଜକୁ ନିରାପଦ ମଣୁଥିଲେ। ପୁରୁଷୋତ୍ତମ ଜଗନ୍ନାଥ ସୃଷ୍ଟିର ନିୟନ୍ତା, ରାଜା ନିଜକୁ ସେହି ଦୈବୀଶକ୍ତିର ଦୈନନ୍ଦିନ ପ୍ରତିନିଧି ବା ରାଉତ ଭାବରେ କାମ ଚଳାଉଥିଲେ। ସେତେବେଳ ଠାରୁ ଓଡ଼ିଶା ଶାସନ ଧର୍ମ ଡୋରିରେ ବନ୍ଧା ହୋଇଗଲା ଚିରକାଳ ପାଇଁ। ଏହି ଘୋଷଣା ନିର୍ଦ୍ଦିଷ୍ଟ ଭାବରେ ଭାରତୀୟ ହିନ୍ଦୁ ପରମ୍ପରାରେ ଓଡ଼ିଶାର ବିରୋଧ ଶକ୍ତିମାନଙ୍କୁ ଏହି ଧର୍ମରାଜ୍ୟର ଶାନ୍ତି ଓ ସୁରକ୍ଷା ପାଇଁ ଅନୁପ୍ରାଣିତ କଲା।

ବିଶ୍ୱନିୟନ୍ତାଙ୍କ ରାଜ୍ୟ ଅଜୟ ଓ ନିରାପଦ ରହିଲା, ଏଇଟା ପୁରୁଷାନୁକ୍ରମେ ଗଡ଼ିଚାଲିଲା।

ଶୁଣାଯାଏ, ଅନଙ୍ଗଭୀମ ଦେବ ଚେଦୀରାଜା ଶିଶୁପାଳଙ୍କୁ ଯୁଦ୍ଧରେ ପରାସ୍ତ କଲେ। ଅନଙ୍ଗଙ୍କର ସେନାପତି ବିଷ୍ଣୁ ଆଶାତୀତ ଭାବରେ ଶକ୍ତିଶାଳୀ ହୋଇ ଶିଶୁପାଳଙ୍କୁ ଶିକ୍ଷା ଦେଲେ। ହିନ୍ଦୁସମାଜ ବିଶ୍ୱାସ କଲା କି ଉତ୍କଳ ଶାସନ ଭଗବାନଙ୍କ ହାତରେ ନ୍ୟସ୍ତ, ଓଡ଼ିଆମାନେ ଭଗବାନଙ୍କ ଲୋକ, ପବିତ୍ର ଓ ଧନ୍ୟ। ଭଗବାନ ଏଇ ବିଷ୍ଣୁରୂପରେ ଆସି ଅସୀମ ବଳ ସହ ଯୁଦ୍ଧ କରି କଳିଙ୍ଗର ବୀରଦର୍ପ ପ୍ରତିପାଦନ କରିଥିଲେ।

ପିତାମହ କପିଲେନ୍ଦ୍ର ମଧ୍ୟ ଶ୍ରୀଜଗନ୍ନାଥ ସର୍ବୋଚ୍ଚ ଦେବତା ବୋଲି ମନେ କରୁଥିଲେ ଓ ନିଜକୁ ଦେଖୁଥିଲେ ତାଙ୍କର ସେବକ ଓ ପ୍ରତିନିଧି ଭାବରେ। ସେ ଭଗବାନଙ୍କ ସମ୍ମୁଖକୁ ଶାସନ ସମ୍ବନ୍ଧୀୟ ବିଷୟ ଆଣୁଥିଲେ। ଏମିତି କି ଦାନ ଓ ଦଣ୍ଡ ବିଷୟରେ ପ୍ରଭୁ ଜଗନ୍ନାଥଙ୍କର କୃପା ଭିକ୍ଷା କରୁଥିଲେ। କପିଲେନ୍ଦ୍ରଙ୍କ ଘୋଷଣାନାମା ଥିଲା, ଓଡ଼ିଶାର ସବୁ ରାଜା, ସାମନ୍ତରାଜା ପ୍ରଭୁଙ୍କ ସର୍ବାଙ୍ଗ ଉନ୍ନତି କଣ୍ଠେ କାର୍ଯ୍ୟ କରିବେ, କେହି ବିପରୀତ ହେଲେ ତାଙ୍କର ସମ୍ପତ୍ତି ବ୍ୟାଜ୍ୟାପ୍ତ ହେବ। ଏପରି ଘୋଷଣା ସମଗ୍ର ଭାରତବର୍ଷରେ ଅଦ୍ୱିତୀୟ।

କପିଲେନ୍ଦ୍ର ଏତେ ଜଗନ୍ନାଥଭକ୍ତ, ନିଜ ଅନ୍ତେ କିଏ ରାଜ୍ୟ ଭୋଗ କରିବ ପ୍ରଭୁଙ୍କର ମତ ଲୋଡ଼ିଥିଲେ। ପ୍ରଭୁଙ୍କ ମତରେ ସାନପୁଅ ପୁରୁଷୋତ୍ତମଙ୍କୁ ଗାଦିରେ ବସାଇଲେ। ସେଇ ରାଗରେ ବଡ଼ପୁଅ ହାମଭୀରା ପୁରୁଷୋତ୍ତମଙ୍କ ଉପରକୁ ବର୍ଣ୍ଣି

ନିକ୍ଷେପ କଲେ, ଜଗନ୍ନାଥଙ୍କ କୃପାରୁ ପୁରୁଷୋତ୍ତମଙ୍କର କିଛି ହାନି ଘଟିଲାନି, ଯୁବରାଜ ରକ୍ଷା ପାଇଲେ, ୧୮ ଜଣ ଯୁବରାଜ ରାଜ୍ୟ ଛାଡ଼ିଲେ। ପରେ ହାମ୍ବୀରାଙ୍କର ସବୁ ଚକ୍ରାନ୍ତ ପଣ୍ଡ କରି ପୁରୁଷୋତ୍ତମ ଜଗନ୍ନାଥ ଓ ବଳଭଦ୍ରଙ୍କ ସାନ୍ନିଧ୍ୟ ଲାଭକରି କାଞ୍ଚି ବିଜୟ କରିଥିଲେ।

ଏମିତି ଅନେକ ତଥ୍ୟ ତାଙ୍କୁ ଜଗନ୍ନାଥଙ୍କ ଉପସ୍ଥିତିର ମନୋବଳ ଦେଉଥିଲା, ନିଜର ରାଜ୍ୟ ପରିଚାଳନାକୁ କୋହଳ ମନୋଭାବ ପୋଷଣ କଲେ, ନିଜେ ଅଟଳ ବିଶ୍ୱାସ ରଖିଲେ, ପ୍ରତି ମୁହୂର୍ତ୍ତରେ ଜଗନ୍ନାଥ ହିଁ ସବୁର ଯତ୍ନ ନେବେ।

ସନ୍ଧିବିଗ୍ରହଙ୍କ ମନରେ ଅପର୍ଯ୍ୟାପ୍ତ ପ୍ରଶ୍ନ। ଏ ସବୁ ତଥ୍ୟ ସହିତ ଅବଗତ ଗଜପତି ପ୍ରତାପରୁଦ୍ର କଅଣ ପୁରସ୍ତମ ଧର୍ମକ୍ଷେତ୍ରର ସୁରକ୍ଷା ଚାହାନ୍ତି ନାହିଁ ? ଦେବତାଙ୍କ ସୁରକ୍ଷା ନୀତିଗତ ଭାବରେ ତାଙ୍କ ଉପରେ ନ୍ୟସ୍ତ। ପୁରୁଷୋତ୍ତମ କାଞ୍ଚିବିଜୟ କରି କାଞ୍ଚିରୁ କେତେ ଦେବାଦେବୀ ଓଡ଼ିଶା ରାଷ୍ଟ୍ରକୁ ଘେନିଆସିଲେ। ନିଜେ ବୈଷ୍ଣବ ହେବାର ଯେଉଁ ପନ୍ଥା ଖୋଜିଲେ, ତା ପାଇଁ କିଛି ବିକଳ୍ପ ଚିନ୍ତା ବି କରି ନାହାନ୍ତି। ଓଡ଼ିଶା ରାଷ୍ଟ୍ର, ଓଡ଼ିଶାବାସୀ, ଓ ଓଡ଼ିଶାର ଅଧ୍ୟୁଷାତା ପୁରୁଷୋତ୍ତମଙ୍କ ସୁରକ୍ଷାର ବାଟ କଅଣ ରଖିଛନ୍ତି ଗଜପତି ? ସନ୍ଧି ବିଗ୍ରହ ଏହି ଦିଗରେ ଚିନ୍ତାଶୀଳ। ଏହାର କିଛି ସମ୍ଭାବ୍ୟ ଉତ୍ତର ରହିଥାଇପାରେ ତାଙ୍କର ଅଗୋଚରରେ, ସେଥିପାଇଁ ସେ ଅନ୍ତରଙ୍ଗ ମହାପାତ୍ରଙ୍କୁ ପଚାରିଛନ୍ତି, "ଗଜପତି କେଉଁ ପରିସ୍ଥିତିରେ ସନ୍ନ୍ୟାସ ନେବାର ପରିକଳ୍ପନା କରିଛନ୍ତି ?"

ଅନ୍ତରଙ୍ଗ ମହାପାତ୍ର ଗଜପତିଙ୍କର ମନୋଭାବର ପରିବର୍ତ୍ତନ ବିଷୟରେ କିଛି କହିଛନ୍ତି।

ରାଜସିଂହାସନ ଲାଭ କରିବା ପରଠାରୁ ଗଜପତି ପ୍ରତାପରୁଦ୍ର ବେଶ୍ ଚଳଚଞ୍ଚଳ ଥିଲେ। ପୂର୍ଣ୍ଣ ମାତ୍ରାରେ ଧର୍ମପ୍ରାଣ କିନ୍ତୁ ଓଡ଼ିଶାରାଷ୍ଟ୍ରର କୌଣସି ଅବମାନନା ସହିବା ଅସମ୍ଭବ। ସକାଳୁ ଉଠି ଧାର୍ମିକ ରୀତିରେ ନିଜର ନିତ୍ୟକର୍ମ କରନ୍ତି। ସକାଳେ ନିଜର ପାତ୍ରମନ୍ତ୍ରୀଙ୍କ ସହିତ କିଛି ଦୂର ଅଶ୍ୱାରୋହଣ କରି ରାଜ୍ୟର କୁଟନୈତିକ ଓ ସାମରିକ କୌଶଳ ସମ୍ପାଦନ କରନ୍ତି। ପୁଣି ପୁରାଣ ପାଠ ସହିତ ଶ୍ରୀମନ୍ଦିର ସେବାରେ କିଛି ସମୟ, ତା ପରେ ରାଜ ଦରବାର।

ପାରିବାରିକ ଜୀବନ ତାଙ୍କର ବେଶ୍ ଭଲ। ନବକୋଟି କର୍ଣ୍ଣାଟ କଳବର୍ଗେଶ୍ୱର ଗଜପତି ପ୍ରତାପରୁଦ୍ରଙ୍କର ବିରାଟ ରାଜପରିବାର। ରାଜାଙ୍କର ଚାରି ରାଣୀ ହେଉଛନ୍ତି, ପଦ୍ମା, ପଦ୍ମାଲୟା, ଇଲା ଓ ମହିଳା। ଅନେକ ସନ୍ତାନ ସନ୍ତତି। ପୁତ୍ରମାନଙ୍କ ମଧ୍ୟରୁ ବୀରଭଦ୍ର ଓ କନ୍ୟାମାନଙ୍କ ମଧ୍ୟରୁ ଜଗନ୍‌ମୋହିନୀ ସେମାନଙ୍କର ଉତ୍ସର୍ଗୀକୃତ ଜୀବନ ସକାଶେ ଓଡ଼ିଶାରାଷ୍ଟ୍ର ଇତିହାସରେ ଅମର ହୋଇ ରହିବେ।

ଗଜପତି ଶତ୍ରୁକୁ ନିପାତ କରିବାକୁ ପ୍ରତିଜ୍ଞାବଦ୍ଧ। କାଞ୍ଚି ରାଜ୍ୟକୁ ପୁନର୍ବାର ଅଧିକାର ପାଇଁ ରାଜ୍ୟର ଦକ୍ଷିଣ ସୀମାରେ ଛକି ରହିଥିବା ବେଳେ ଚମକି ପଡ଼ିଲେ ଉତ୍ତର ଦିଗରୁ ବଙ୍ଗାଳର ହୁସେନ ସାହାର ଆସ୍ଫର୍ଦ୍ଦାରେ। ରାଜଧାନୀ କଟକ ଓ ପୁରୁଷୋତ୍ତମ ଆକ୍ରମଣ। ତୁରନ୍ତ ରାଜଧାନୀକୁ ଫେରିଆସି ଉତ୍ତର ସୀମାରେ ହୁସେନ ସାହାର ମନ୍ଦାରନ ଦୁର୍ଗ ଉପରେ ପ୍ରଚଣ୍ଡ ଆକ୍ରମଣ କରିଛନ୍ତି। ପ୍ରାଣରକ୍ଷା କରି ହୁସେନ ଲୁଟି ପଳାଇଛି। କିନ୍ତୁ ଏ ସବୁ ଅଭିସନ୍ଧି ମୂଳରେ ଓଡ଼ିଶାର ପ୍ରଧାନମନ୍ତ୍ରୀ ଗୋବିନ୍ଦ ବିଦ୍ୟାଧରର ହୁସେନ ସହ କିଛି ଗୁପ୍ତ ମନ୍ତ୍ରଣା ଥିବା ଭଳି ପ୍ରତ୍ୟୟ ହୋଇଛି ଗଜପତିଙ୍କର। ଏକେତ ଗଜପତିଙ୍କ ଅନୁପସ୍ଥିତିରେ ଆକ୍ରମଣ, ଗଜପତି ଆସିବାର କ୍ଷୀଣ ଆଶଙ୍କା ତଥା ଦୁର୍ଗରୁ ହୁସେନର ପଳାୟନକୁ କୌଶଳକ୍ରମେ ପରିଚାଳନା କରିପାରି ତା'ର ଜୀବନ ରକ୍ଷା କରିଛନ୍ତି ସ୍ୱୟଂ ଗୋବିନ୍ଦ ବିଦ୍ୟାଧର !

ଅନ୍ତରଙ୍ଗ ମହାପାତ୍ର ମୁରାରି ବୈରାଗୀଙ୍କୁ ଗଜପତି ପ୍ରତାପରୁଦ୍ରଙ୍କ ସାମରିକ ମନୋଭାବର ଗୋଟିଏ ଉଦାହରଣ ଦେଇ ସନ୍ତୁଷ୍ଟ କରିପାରି ନାହାନ୍ତି ସନ୍ଧିବିଗ୍ରହ ଅର୍ଜୁନ ପଦାତିକରାୟଙ୍କୁ।

ପଦାତିକରାୟ ନିଶ୍ଚିତ ଯେ ଗଙ୍ଗାରୁ ସେତୁବନ୍ଧ ପର୍ଯ୍ୟନ୍ତ ଲମ୍ବିଥିବା ଓଡ଼ିଶା ରାଷ୍ଟ୍ରର ଦାୟିତ୍ୱ ରହିଥିଲା ଗଜପତିଙ୍କ ହାତରେ। ସିଏ ଦକ୍ଷିଣ ସୀମାରେ କ୍ରମବର୍ଦ୍ଧିଷ୍ଣୁ ବିଜୟନଗରମ୍ ରାଜ୍ୟକୁ ପାଶୋରି ପକାଇଲେ କିପରି ? ରାଜପୁତ୍ର ବୀରଭଦ୍ର କୁମାରଙ୍କୁ କୋଣ୍ଡାଭିଡୁ ଦୁର୍ଗର ଦାୟିତ୍ୱ ଦେଇ ସୈନ୍ୟସାମନ୍ତଙ୍କୁ ଜାଗତିଆର କରି ନରଖିବା ବିଜୟନଗରମ୍ ରାଜା କୃଷ୍ଣଦେବ ରାୟଙ୍କୁ ସହଜ ହୋଇଛି ଓଡ଼ିଶାର ବକ୍ଷଭେଦ କରିବାକୁ। ଅସଂଖ୍ୟ ବଡ଼ବଡ଼ ଦୁର୍ଗ ଗଠନ କରି ତାର ସୁପରିଚାଳନା ନ କରିବା ଓଡ଼ିଶାର ସୀମାପାଇଁ ବିପଦ ସୃଷ୍ଟି କରିଛି। ବିଶାଳ ସୈନ୍ୟବାହିନୀ ଶତ୍ରୁପକ୍ଷର ସାଧାରଣ ଅବରୋଧରେ ଖାଦ୍ୟାଭାବରେ ପରାସ୍ତ ହେବେ, ଏଇ ଦୃଢ଼ ଧାରଣାରେ ଶତ୍ରୁପକ୍ଷ ମୁଷ୍ଟିମେୟ ସୈନିକ ନେଇ ବିଶାଳ ଓଡ଼ିଶାରାଷ୍ଟ୍ରକୁ ନିଜ ଗୁପ୍ତଚର ବଳରେ ଛାରଖାର କରିଛି।

ବିପଦକୁ ହିତାହିତ ଭାବରେ ନ ଚାଲି ପ୍ରତାପରୁଦ୍ର ଧର୍ମପଥରେ ମନୋନିବେଶ କରିବାର ଫଳ ହୋଇଛି ନିଜର ବଂଶ ଉପରେ ବିପଦ।

କୃଷ୍ଣଦେବ ରାୟ ଓଡ଼ିଶାର ରାଜପୁତ୍ର ବୀରଭଦ୍ରଙ୍କୁ ବନ୍ଦୀ କରି ବିଜୟନଗରମ୍ କାରାଗାରରେ ନିକ୍ଷେପ କରିଛି। ଏହାର ଉତ୍ତର କିଛି ଦେଇନାହାନ୍ତି ଗଜପତି। ନା ପ୍ରତିରୋଧ, ପ୍ରତି ଆକ୍ରମଣ ନା ସନ୍ଧି। ବୀରଭଦ୍ର ଆତ୍ମହତ୍ୟା କରିଛନ୍ତି ବିଜୟନଗରମ୍ ବନ୍ଦୀଶାଳାରେ। ବର୍ଷ ବର୍ଷ କରି ସାତ ବର୍ଷରେ ପାଞ୍ଚ ପର୍ଯ୍ୟାୟରେ ଓଡ଼ିଶାରାଷ୍ଟ୍ର ଜୟ

କରି କୃଷ୍ଣଦେବ ରାୟ ନିଆଁ ଜଳାଇଛନ୍ତି ବାରବାଟୀ କଟକରେ। ମହାରାଜା ବିପଦ ଟାଳିଛନ୍ତି ନିଜର ସୁନ୍ଦରୀ କନ୍ୟା ଜଗନମୋହିନୀଙ୍କୁ ବିବାହ ଦେଇ ପରମ ଶତ୍ରୁ କୃଷ୍ଣଦେବ ରାୟଙ୍କ ହାତରେ। ଏହା ଦ୍ୱାରା ଦକ୍ଷିଣ ସୀମା ନିଶ୍ଚିତ ସୁଦୃଢ଼ ରହିଛି, ବିଜୟନଗରମ୍ ସର୍ତ୍ତ ମୁତାବକ କ୍ରିଷ୍ଣାଧାର ଦକ୍ଷିଣରେ ସୀମିତ ହୋଇ ରହିଛି ତେଣେ ଜଗନମୋହିନୀ ଭାଗ୍ୟରେ ଯାହା ଥାଉ ପଛେ। ବିଚାରୀ ଓଡ଼ିଶାର ହେଲେ ନାହିଁ କି ବିଜୟନଗରମ୍‌ର। ବିଜୟନଗରମ୍ ପ୍ରତାପରୁଦ୍ରଙ୍କୁ ଏମିତି କଳବଲ କରିବାର କାରଣ ଜଳଜଳ ହୋଇ ଦେଖାଯାଉଛି ସନ୍ଧିବିଗ୍ରହ ଅର୍ଜୁନ ପଦାତିକରାୟଙ୍କୁ।

ମହାପ୍ରଭୁ ଶ୍ରୀଚୈତନ୍ୟ ପୁରୀ ବିଜେ କଲାପରଠାରୁ କାହାକୁ ରାଜ୍ୟର ସୀମା ଦେଖାଯାଉନି। ସୀମାକୁ ଜଗିବାକୁ ବି କେହି ପଦାତିକ, ଗଜାରୋହୀ, ଅଶ୍ୱାରୋହୀ ମିଳୁ ନାହାନ୍ତି। ଯେତିକି ବୟୋବୃଦ୍ଧ ସାମରିକ ବାହିନୀ ପଡ଼ିରହିଛନ୍ତି ସେତିକି। ବାକି ଗାଁଆଁଗଣ୍ଡାର ସବୁ ଭେଣ୍ଡିଆ ଗାଆଁଗାଆଁରେ ଖୋଲାଯାଇଥିବା ଭାଗବତ ଟୁଙ୍ଗିରେ ହରେ କୃଷ୍ଣ ଜପ କରୁଛନ୍ତି, ନାମ ସଂକୀର୍ତ୍ତନରତ, ପଂକ୍ତିଭଜନରେ ବ୍ୟସ୍ତ। ଆଗରୁ ଗାଆଁଗାଆଁରେ ଥିବା ପାଇକ ଆଖଡ଼ାଘର ସବୁ ଏବେ ଭାଗବତ ଟୁଙ୍ଗିକୁ ପରିବର୍ତ୍ତିତ ହୋଇଯାଇଛି। ଓଡ଼ିଶାର ସାମରିକ ବଳ ସଂଗ୍ରହକ୍ଷେତ୍ର କାଳକାଳ ପାଇଁ ରହିଆସିଛି ସମତଳ ଓ ପାହାଡ଼ି ଅଞ୍ଚଳ ସୀମା ମଧ୍ୟରେ। ମୌଲା, ଭର୍ତ୍ତିକ, ଶ୍ରେଣୀ, ମିତ୍ର ଓ ଆଟାଭି ସେନାସଂଗ୍ରହର ଚିରାଚରିତ ପ୍ରଥା ଏବେ ଲୋପ ପାଇଗଲା। ଏବେ କେହି ନାହିଁ ସମର ଶିବିରରେ, ଜୀବନଟା କୋହଳ ହୋଇଯାଇଛି, ଭଜନ ଓ ଭୋଜନରେ।

ଗଜପତି କପିଲେନ୍ଦ୍ର ଏହି ଆଖଡ଼ାଘର ଓ ପାଇକମାନଙ୍କର ଅସ୍ତ୍ରଭଣ୍ଡାରର ପୁନର୍ଜାଗରଣ କରାଇଥିଲେ। ଓଡ଼ିଶାରାଷ୍ଟ୍ରର ଉନ୍ନତି ସିଏ ଦେଖୁଥିଲେ ପାଇକମାନଙ୍କର ବାହୁବଳରେ। ଏହି ଆଖଡ଼ାଘର ପାଇକ ଆଖଡ଼ାର ସୂତ୍ର ପ୍ରଶିକ୍ଷଣର କ୍ଷେତ୍ର। ଯେବେ କେହି ଯବନ ଓଡ଼ିଶାରେ ପଶିଆସେ ବାହୁବଳ ଥିବା ଯୁବଗୋଷ୍ଠୀ ମୁକାବିଲା କରିବାକୁ ବାହାରି ଆସନ୍ତି। ଗଜପତି ପୁରୁଷୋତ୍ତମଙ୍କ ଅମଲରେ ବି ଏମିତି ଦଳଦଳ ନବ ସଂଗୃହୀତ ସୈନ୍ୟରାଶି ଯୋଗଦାନ କରୁଥିଲେ। ମାତ୍ର ଗୋଟିଏ ପୁରୁଷର ବ୍ୟବଧାନରେ ବର୍ଷବର୍ଷର ଏହି ସାମରିକ ମନୋଭାବ ଓ ସାମରିକ ଦକ୍ଷତା ଧର୍ମଧାରାର ପ୍ରସାରରେ ମୂଳୋପ୍ଲାଟନ ହୋଇଗଲା। ଏମିତି କର୍ମକାଙ୍ଗାଲ କରିଦେଲା ଏ ଗୁରୁନାମ, ଛତ୍ରଭଙ୍ଗ ବ୍ୟତୀତ ଯୁଦ୍ଧକ୍ଷେତ୍ରରେ ଏହାର ଅନ୍ୟ କିଛି ବିକଳ୍ପ ନାହିଁ। ବାହୁବଳ ଏମାନଙ୍କର ଢିଙ୍କି ଖୋଲ ମଧ୍ୟରେ ସୀମାବଦ୍ଧ। ବିଦେଶୀ ଆକ୍ରମଣ ହେଲେ ପରିସ୍ଥିତି କଅଣ ହେବ ଅନୁମାନ କରୁଛ ତ ମୁରାରି?

ମୋତେ ଟିକିଏ ବୁଝାଇ କହ ଗଜପତି କିପରି ଆକୃଷ୍ଟ ହେଲେ ମହାପ୍ରଭୁ

ଶ୍ରୀଚୈତନ୍ୟଙ୍କ ପ୍ରତି। ରାଷ୍ଟ୍ରର ଆଦର୍ଶ ରାଜା। ଓଡ଼ିଶାର ସବୁ ସୋମବଂଶୀ, ଗଙ୍ଗବଂଶୀ, ସୂର୍ଯ୍ୟବଂଶୀ ରାଜାମାନେ ବୈଷ୍ଣବ, ସମସ୍ତେ ଶ୍ରୀଜଗନ୍ନାଥଙ୍କ ପରମ ଭକ୍ତ। ସେମାନଙ୍କର ଶାସନାଧୀନ ଓଡ଼ିଶାରେ ଆଧ୍ୟାତ୍ମିକ, ସାମରିକ, ଅର୍ଥନୈତିକ ଭାରସାମ୍ୟ ଯାହା ଥିଲା, ସେଥିରେ ବ୍ୟତିକ୍ରମ ଘଟିଥିବାର ଦୃଶ୍ୟ ଦେଖାଯାଉଛି। ଗାଆଁ ପରିମଳ ଧୋବା ତୁରୁ ପରି ମୂଳ ଅନୁଷ୍ଠାନ ଶ୍ରୀମନ୍ଦିରର ପ୍ରଶାସନିକ ବିଭ୍ରାଟ ପରିସ୍ଫୁଟ।

ଅନ୍ତରଙ୍ଗ ମହାପାତ୍ର ଘଟଣାଚକ୍ରରେ ଧୀରେଧୀରେ ମହରଗରୁ କାନ୍ତାରରେ ପଡ଼ିଯାଇଥିବା ଓଡ଼ିଶାରାଷ୍ଟ୍ରର ସାମରିକ ଦିଗ ପ୍ରତି ଧ୍ୟାନ ରଖିପାରି ନ ଥିଲେ। ଗଜପତିଙ୍କର ଦୈନନ୍ଦିନ କାର୍ଯ୍ୟକ୍ରମ ସହ ଗଭୀର ଭାବରେ ଜଡ଼ିତ ହୋଇ ସିଏ ଏ ଦିଗକୁ ଚାହିଁବାର ଅବକାଶ ପାଇ ନ ଥିଲେ। ବେଳେ ବେଳେ ବି ଜୀବାଚାର୍ଯ୍ୟଙ୍କ ସହ ଗଜପତିଙ୍କର କିଛି ଲିଖନ କାର୍ଯ୍ୟଭାର ତାଙ୍କର ଦାୟିତ୍ୱ ଥିଲା। ସିଏ ଆଶ୍ଚର୍ଯ୍ୟ ହୋଇ ପଡ଼ିଥିଲେ ଓଡ଼ିଶାରାଷ୍ଟ୍ର କିଭଳି ବୀର୍ଯ୍ୟହୀନ ଭାବରେ ରସାତଳଗାମୀ ହୋଇ ଖସିପଡ଼ୁଛି। ପ୍ରତିକାରର ସମୟ ଗତ ହୋଇଯାଇଛି। ଦୂରଦୃଷ୍ଟିର ସମ୍ପୂର୍ଣ୍ଣ ଅଭାବ ଦେଖାଦେଇଛି। ରାଷ୍ଟ୍ରଶାସନ ଜଣେ ଜୀବନ୍ତ ମହାପ୍ରଭୁଙ୍କ ପଛରେ ସମର୍ପିତ ହୋଇଯାଇଛି। ଜନାଗମ ପୁରସ୍ତମ ଯେତିକି କୋଲାହଲମୟ ହୋଇଛି, ରାଷ୍ଟ୍ରର ଅଖଣ୍ଡତା ସେତିକି ବିପନ୍ନ ହୋଇ ପଡ଼ିଛି। ପ୍ରତିଷ୍ଠିତ ଶ୍ରୀଜଗନ୍ନାଥଙ୍କୁ ବଳିଗଲାପରି ବୋଧ ହୁଅନ୍ତି ମହାପ୍ରଭୁ ଶ୍ରୀଚୈତନ୍ୟ। ତାଙ୍କ ଦୀକ୍ଷା ନେବାକୁ ଅନୁରାଗୀ ଗଜପତି।

ମନେ ପଡ଼ୁଛି ଅନ୍ତରଙ୍ଗ ମହାପାତ୍ରଙ୍କର। ଦୀର୍ଘ ନଅବର୍ଷର ବିଜୟନଗରମ୍ ଅନୁପ୍ରବେଶ ସମୟ ଅବଧି ମଧ୍ୟରେ ଏଭଳି ଗୁରୁତ୍ୱ ଦେଇ ନି ଓଡ଼ିଶା ରାଷ୍ଟ୍ରର ପ୍ରଶାସନ ଓ ସାମରିକ ବାହିନୀ। ପ୍ରବଳ ପ୍ରତିରୋଧର ଆବଶ୍ୟକତା ଥିବାବେଳେ ରାଜ୍ୟଟି ମରୁଭୂମି ପରି ନିଷ୍ଫଳ ଓ ଶିଥିଳ ହୋଇ ପଡ଼ିଛି। ଦକ୍ଷିଣର ଗୋଟିଗୋଟି ହୋଇ ଦୁର୍ଗ ପତନ ହେବାରେ ଲାଗିଛି, ଯଥେଷ୍ଟ ସମୟ ହାତରେ ଅଛି, ଗଜବାହିନୀର ପରାକ୍ରମ ରହିଛି, ଅଶ୍ୱବାହିନୀ ନ୍ୟୂନ ହୋଇନି କିନ୍ତୁ ଓଡ଼ିଶାରାଷ୍ଟ୍ରର ଆଉ ପୂର୍ବ ସାମରିକ ମନୋଭାବ ନାହିଁ କି ସମର ଜିତିବା ଅଭିପ୍ରାୟ ନାହିଁ। ଏଇ ପୁରୀ କଟକରେ ଦୀର୍ଘ ଅଠର ବର୍ଷ ଧରି ଯେଉଁ ଶ୍ରୀଚୈତନ୍ୟଙ୍କ ଲୀଳା ଲାଗିଛି, ଉପାନ୍ତ ଓଡ଼ିଶାରେ କଅଣ ହୋଇଛି ବା ହେବାକୁ ଯାଉଛି କାହାର ଶୁଣିବାକୁ ଆନ୍ତରିକତା ନାହିଁ।

ଓଡ଼ିଶାର ଗୁପ୍ତଚର ବାହିନୀ ଅଛି କି ନା ଜଣାପଡ଼ୁନି। କୌଣସି ଅଘଟଣର କିଛି ସୁରାକ ପାଉନି ପ୍ରଶାସନ ଆବା ପାଇଲେ ବି ନିରୁଭର ରହୁଛି। କିନ୍ତୁ ବିଜୟନଗରମ୍ ନିଜର ଗୁପ୍ତଚର ବସାଇ ଓଡ଼ିଶା ରାଷ୍ଟ୍ରର ଟିକିନିକି ଖବର ରଖିଛି, ହାତୀ ଘୋଡ଼ା ଓ ପଦାତିକ ବାହିନୀର ବଳ ଅଟକଳ କରି ନେଇଛି। ଏଇଟା କିଛି ଗୁପ୍ତ ନାହିଁ କିନ୍ତୁ

ସନ୍ଧିବିଗ୍ରହଙ୍କ ପରି ସାମରିକ କ୍ଷେତ୍ର ଆବଶ୍ୟକତା ଓ ସମସ୍ୟା ବିଷୟରେ ପ୍ରତ୍ୟକ୍ଷଦର୍ଶୀଙ୍କଠାରୁ ଶୁଣିବା ପରେ ତାଙ୍କ ମନରେ ହିଁ ଗତ ଚାରି ଦଶକରେ ଓଡ଼ିଶା କେତେ ହୀନବଳ ହୋଇଯାଇଛି ତାହାପାଇଁ ପଶ୍ଚାତାପ ଘାରି ପକାଉଛି ।

ସତରେ ସେହି ବୀର ଓଡ଼ିଆ ପାଇକ ଅଛନ୍ତି, କିନ୍ତୁ ତାଙ୍କ ଆଖଡ଼ା ଆଉ ନାହିଁ । ଗଙ୍ଗାରୁ ଗୋଦାବରୀ ବ୍ୟାପୀ ଯେଉଁ ଶଯ୍ୟାୟମାନ ସାମରିକ ଶକ୍ତିର ସଂଗ୍ରହ କେନ୍ଦ୍ରଗୁଡ଼ିକ ଥିଲା, ସେଗୁଡ଼ିକ ବିପର୍ଯ୍ୟୟ ହୋଇଗଲା ଏଇ ଗୋଟିଏ ପୁରୁଷରେ । ଖଣ୍ଡା ଧନୁଶର କି ଭାଲା ଧରି ସମର କରିବାକୁ ଆଉ ଏବେ କେହି ଆଗ୍ରହୀ ନୁହନ୍ତି । କେହି ନିଜ ଜୀବନ ସମର୍ପଣ କରି ଦେଶ ବଞ୍ଚାଇବାକୁ ନିଜ ମନର ଭାଷା କହୁନି । ଯୁଗ ଥିଲା ଯେତେ ମୁଣ୍ଡ ସମୁଦ୍ରରେ ଯାଉ ପଛେକେ ଦେଶ କହୁଥିଲା କଳିଙ୍ଗ ସାହସିକଃ । ଓଡ଼ିଆ ଆମ୍ଗର୍ବରେ ଆହୁରି ଦୂର ସମୁଦ୍ରଯାତ୍ରା ସମ୍ପନ୍ନ କରି ଦ୍ୱୀପ ମାନଙ୍କରେ ଉପନିବେଶ ଗଢ଼ି ମନ୍ଦିର ତୋଳିବାକୁ ଉତ୍ସାହ ପାଉଥିଲା ।

ସେଇ କଳିଙ୍ଗ ମହାଭାରତ ଯୁଦ୍ଧରେ ଶ୍ରୀତାୟୁଧ ଭାବରେ ନିଜର ଗଜ ଅଶ୍ୱ ସହିତ ଭୀମଙ୍କ ସହିତ ଘମାଘୋଟ ସମର କରି କଳିଙ୍ଗ ଶକ୍ତିର ପରିଚୟ ଦେଇଥିଲେ ଦ୍ୱିତୀୟ ଦିନରେ । ବୀରପ୍ରସୂ କଳିଙ୍ଗ । ସମଗ୍ର ଭାରତ ଗୋଟିଏ ପଟରେ ରଖ୍ୟ ମଗଧର ଅଶୋକ ଓଡ଼ିଶା ମାଟିରେ ଯୁଦ୍ଧ ରଚନା କଲେ, ତାଙ୍କର ପାଟଳୀପୁତ୍ର ଗୁପ୍ତଚରମାନେ କ'ଣ କଳିଙ୍ଗର ବଳ କଳନା କରି ନ ଥିଲେ ? ବିଜ୍ଞ ଚାଣକ୍ୟ ରଚିତ ସମର ନୀତିରେ ଚାଳିତ ମୌର୍ଯ୍ୟ ବାହିନୀ କାହିଁକି ଅକଳିତ ସଂଖ୍ୟାରେ ସୈନ୍ୟ ନିଜ ରାଷ୍ଟ୍ରର ଏକ ଦଶମାଂଶ ଆୟତନର କଳିଙ୍ଗ ରାଜଧାନୀ ତୋଷାଲିରେ ସମାବେଶ କରିଥିଲେ ?

କାରଣ ନିଶ୍ଚୟ ଗୋଟିଏ, ଯାହା ଚାଣକ୍ୟ ଏହାର ବହୁ ଆଗରୁ କହି ସାରିଛନ୍ତି, କଳିଙ୍ଗର କୃଷ୍ଣ ବଳବାନ ହାତୀର କେହି ସମ୍ମୁଖୀନ ହୋଇପାରିବେ ନି । ଜଣେ ସାହସୀ ସୈନ୍ୟ ଜଣେ ଦେଶମାତୃକାର ଅନୁରକ୍ତ ପଦାତିକର ଶକ୍ତି ବହୁଗୁଣ ହୋଇପାରେ । ସେଥିପାଇଁ ଉତ୍କଳୀୟମାନଙ୍କର ସାହସିକତା ଏହି ସାମରିକ ଶକ୍ତି କଳିଙ୍ଗ ପାଖରେ ଚନ୍ଦ୍ରଗୁପ୍ତ ମୌର୍ଯ୍ୟଙ୍କ ବେଳରୁ ଆରମ୍ଭକରି ପ୍ରତାପରୁଦ୍ରଙ୍କ ପର୍ଯ୍ୟନ୍ତ ବଳବତ୍ତର ରହିପାରିଛି ।

କେତେ ସହସ୍ରାବ୍ଦର କଳିଙ୍ଗ ସାମରିକ ମନୋଭାବ ଆଜି ଚିରକାଳ ପାଇଁ ଅସ୍ତ ହେବାକୁ ବସିଛି । ପାଇକମାନେ ମୁହଁ ଲୁଚେଇଲେଣି ସମର କ୍ଷେତ୍ରରୁ । ନୂତନ ଯୁଦ୍ଧ ଉପକରଣ କେହି ଖୋଜୁନାହାନ୍ତି, କାଟଟି ନାହିଁ ଖଣ୍ଡା ତରବାରିର । ଯାହା ବି ପୁରୁଣା ଯୁଦ୍ଧ ସରଞ୍ଜାମ ରହିଥିଲା, ସେ ସବୁ ତୁଟି ଯିବା ଉପରେ । କେହି ଏହାର ପ୍ରତିକାର ଖୋଜୁ ନାହାନ୍ତି । ରସାତଳକୁ ଗଲାଣି ଓଡ଼ିଆ ପାଇକ ରକ୍ତର ଉଷ୍ଣତା, କିଏ ଥାପଡ଼ଟାଏ ମାରିଲେ ମନରେ ଆସୁନି ପ୍ରତିହିଂସାର ବହ୍ନି । ସିଏ ବି ଜୁଡ଼ୁବୁଡ଼ୁ ରାଧାମୟ

ପରିବେଶରେ। ଯୁଦ୍ଧ ମନୋଭାବ ଓଡ଼ିଆ ସମରକଳାରେ ତିଷ୍ଠି ରହିଛି ଯୁଗେଯୁଗେ। ଏହାକୁ ପରିହାର କରିବାକୁ ଇତିହାସ କୌଣସି ସୁଯୋଗ ଦେଇ ନ ଥିଲା। ଏବେ ଭକ୍ତିମାର୍ଗର ଉପସର୍ଗରେ କେବଳ ଓଡ଼ିଶାରେ ଝାଞ୍ଜି ଖୋଳ ଓ ଗିନିର ଅପୂର୍ବ ଲୀଳା ଯାହା କି ଗାଆଁଗାଆଁରେ ନୁହେଁ ଘରଘରକୁ ଚେର ଲମ୍ବାଇଛି।

ଯାହା ପୁରୀର ରାଜାମାନେ ସାମନ୍ତରାଜାମାନଙ୍କୁ ସେମାନଙ୍କ ରାଜ୍ୟର ମୁଖ୍ୟସ୍ଥାନରେ ଜଗନ୍ନାଥ ମନ୍ଦିର ଗଢ଼ି ରଥଯାତ୍ରା କରିବା ବିଧି ସୃଷ୍ଟି କରିଥିଲେ, ଏବେ ନିତାଇଙ୍କ ପୁରୀ ଅବସ୍ଥାନ କାଳରେ ଗାଆଁମାନଙ୍କରେ ରାଧାକୃଷ୍ଣ ଓ ଭାଗବତ ପାଠ ପାଇଁ ଭାଗବତ ଟୁଙ୍ଗି, ବର୍ଷକରେ କେତେଥର ସଂକୀର୍ତ୍ତନ, ଅଷ୍ଟପ୍ରହରୀ ଲୋକମାନଙ୍କର ଜୀବନର ମୂଲ୍ୟବୋଧ ବଦଳାଇ ଦେଇଛି। କୋଉ ଗାଁରେ ପାଇକ ଆଖଡ଼ାଘର ହୋଇଗଲାଣି ଭାଗବତ ଟୁଙ୍ଗି। ନାହାନ୍ତି କେହି ଆଖଡ଼ା ଅଭ୍ୟାସ କରିବାକୁ, ସେମାନଙ୍କର ମନ ବଦଳିଗଲାଣି। ଏବେ ବିପଦର ସହିତ ଜୀବନରେ ମାର ବା ମର ନୀତି ପରିହାର କରିଦେଲେଣି ସେମାନେ। ଏମିତି ଭକ୍ତିମାର୍ଗରେ ପଶି ଭଗବାନଙ୍କ ପାଖରେ ଆତ୍ମସମର୍ପଣ କରିବା ସର୍ବୋତ୍କୃଷ୍ଟ ପନ୍ଥା।

କେବଳ ପାଇକ ନୁହଁନ୍ତି, ସବୁ କର୍ମକୁଶଳୀ କଳାକାରମାନେ ବି ଏବେ କର୍ମବିମୁଖ ହୋଇ ପଡ଼ିଲେଣି। ଶୌଳଶିଳ୍ପ ଯେତିକିରେ ଥିଲା, ସେତିକି। କାମ ନାହିଁ କରିବାକୁ ବା କାମ ଥିଲେ, ମନ ନାହିଁ କରିବାକୁ। ବଣିଜ ତ ବନ୍ଦ ହୋଇପଡ଼ିଛି କେଇ ପୁରୁଷରୁ। ମହୋଦଧି ଆଉ ଗଜପତିଙ୍କ ଅଧୀନରେ ନାହିଁ। ଜଳଦସ୍ୟୁ ଓ ନୌବାଣିଜ୍ୟ କ୍ଷେତ୍ରରେ ଯବନମାନେ ପଶିବା ଦିନରୁ କଳିଙ୍ଗ ଓହରି ଆସିଲାଣି ସୁବର୍ଣ୍ଣଭୂମିରୁ। ସେଠିକାର ଓଡ଼ିଆମାନେ ଯାହା ଭାଗ୍ୟ ଆଦରି ଜାଭା, ସୁମାତ୍ରା, ବାଲିଦ୍ୱୀପଗଡ଼ିକରେ ମାତୃଭୂମିଠାରୁ ବିଚ୍ଛିନ୍ନ ହୋଇ ଚଲୁଛନ୍ତି। ସେ ସବୁ ତିନିପୁରୁଷର ଇତିହାସ ହୋଇଗଲାଣି।

ଏ ସବୁ ପ୍ରସଙ୍ଗ ହୃଦ୍‌ବୋଧ ହେଲା ଅନ୍ତରଙ୍ଗ ମହାପାତ୍ରଙ୍କର। ସତେ ତ, ରାଷ୍ଟ୍ର ଆମର ବିପଜ୍ଜନକ ସାମରିକ ସ୍ଥିତିରେ ପହଞ୍ଚିଗଲାଣି। ନା ପଦାତିକ, ନା ଅଶ୍ୱାରୋହୀ ରାଉତ, ନା ଗଜାରୋହୀ ସାହାଣୀ, ସମସ୍ତଙ୍କ ପିଲାମାନର ପରାଙ୍ମୁଖ ସମର କରିବାକୁ। ଭକ୍ତି ସମାରୋହରେ ଯୋଗଦେଇ ଭିକ ମାଗିବାକୁ ପଡ଼ୁ ପଛେ, ସମରଭାବନା ପ୍ରଭୁ ଜଗନ୍ନାଥଙ୍କର ଶ୍ରେୟ ନୁହେଁ।

ଅନ୍ତରଙ୍ଗ ମହାପାତ୍ର ନିଜେ ସ୍ମରଣ କଲେ, "କିଏ ଗଜପତି ପ୍ରତାପରୁଦ୍ରଙ୍କୁ ଉସ୍ସାହିତ କଲା ଶ୍ରୀଚୈତନ୍ୟଙ୍କୁ ବୈଷ୍ଣବ ହେବାକୁ? ଯୁଗେ ଯୁଗେ ତ ପୁରୀର ରାଜା ବୈଷ୍ଣବ, ଶ୍ରୀଜଗନ୍ନାଥଙ୍କର ଚଲନ୍ତି ପ୍ରତିମା। ସେ ପୁଣି ଏମିତି ନୂଆ ଭିଆଣ ଆରମ୍ଭ କଲେ କିଁ ପାଇଁ?"

ଏଇ ପ୍ରସଙ୍ଗରେ ସଂଶୟ ରହିଛି ସନ୍ଧିବିଗ୍ରହିଙ୍କର।

ଅନ୍ତରଙ୍ଗ କହୁଛନ୍ତି ସନ୍ଧି ବିଗ୍ରହିଙ୍କୁ, "ଶ୍ରୀଚୈତନ୍ୟଙ୍କ ପୁରୀ ରହଣିର ଦାୟିତ୍ୱ ରାଜା ତାଙ୍କୁ ହିଁ ସମର୍ପଣ କରିଥିଲେ, ତେଣୁ ଅନ୍ତରଙ୍ଗ ଶ୍ରୀଚୈତନ୍ୟଙ୍କ ବିଷୟରେ ସମ୍ପୂର୍ଣ୍ଣ ବିଦିତ ଥିଲେ। ଶ୍ରୀଚୈତନ୍ୟଙ୍କୁ ତାଙ୍କ ସହିତ ଆସିଥିବା ସର୍ବଭୌମ ଭଟ୍ଟାଚାର୍ଯ୍ୟ ଓ ଅନ୍ୟାନ୍ୟ ବିଶିଷ୍ଟ ଭକ୍ତମାନେ 'ମହାପ୍ରଭୁ' ବୋଲି ସମ୍ବୋଧନ କରୁଥିଲେ। 'ମହାପ୍ରଭୁ' ବିଷ୍ଣୁଙ୍କର ଅବତାର ରାଧାକୃଷ୍ଣ ଜପା ଶ୍ରୀକୃଷ୍ଣ ବୋଲି ଧାରଣା ଦେଉଥିଲେ। ଶ୍ରୀଜଗନ୍ନାଥଙ୍କୁ ପ୍ରଥମ ଦେଖାରେ ଶ୍ରୀଚୈତନ୍ୟଙ୍କର ମୋହ ଯିବା ସମଗ୍ର ଓଡ଼ିଶାରାଷ୍ଟ୍ରରେ ଆଲୋଡ଼ନ ସୃଷ୍ଟି କରିପାରିଥିଲା। ସେ ଶ୍ରୀଜଗନ୍ନାଥଙ୍କୁ ସ୍ୱୟଂ ଶ୍ରୀକୃଷ୍ଣ ବୋଲି ଚିହ୍ନିବାରେ ଚହଳ ପଡ଼ିଗଲା ପୁରସମରେ। ରଥଯାତ୍ରାରେ ସଂକୀର୍ତ୍ତନ କରି ନିଜର ଅପୂର୍ବ ଶୌଳୀର ପଦଚାଳନା ଅଭିଭୂତ କରିପାରିଥିଲେ ଜନ ସମୁଦ୍ରକୁ।" ଏହି ଧର୍ମାନୁଷ୍ଠାନରେ ନିଜର ବ୍ୟକ୍ତିତ୍ୱ ଗଢ଼ିପାରିଲେ।

"ଏହି ପୁରୀରୁ ଯେବେ ଦକ୍ଷିଣଭାରତ ଗସ୍ତ କରିଥିଲେ ଶ୍ରୀଚୈତନ୍ୟ ମହାପ୍ରଭୁ,

ସେ ନିମନ୍ତ୍ରଣ କରିଛନ୍ତି ରାୟ ରାମାନନ୍ଦଙ୍କୁ ରାଜକାର୍ଯ୍ୟ ତ୍ୟାଗ କରି ଧର୍ମାର୍ଥେ ଶେଷ ଜୀବନ ପୁରୀରେ କଟାଇବାକୁ। ରାୟ ରାମନନ୍ଦଙ୍କ ସନ୍ଦିହାନ ଥିଲେ ଆଗାମୀ କାଳରେ ଗଜପତି ତାଙ୍କୁ ଏ ପଦରୁ ଅବ୍ୟାହତି ଦେଇପାରିବା ଅସମ୍ଭବ ବୋଲି। କିନ୍ତୁ ମହାପ୍ରଭୁ ଚାହିଁଲେ, କଅଣ ନ ହେବ ଉତ୍କଳ ପ୍ରଶାସନରେ?"

ପ୍ରକାଶ ନ କଲେ ବି ଅନ୍ତରଙ୍ଗ ମନେମନେ ଅଶ୍ରୁ ଝରାଉଥିଲେ ରାୟ ରାମାନନ୍ଦ ଯଦି ନିଜ ପଦମର୍ଯ୍ୟାଦାରେ ରହିଥାଆନ୍ତେ, କୃଷ୍ଣଦେବ ରାୟ ଆକ୍ରମଣର କିଛି ବିକଳ୍ପ ହୋଇ ପାରିଥାଆନ୍ତା। ଓଡ଼ିଶା କେବଳ ନେତୃତ୍ଵହୀନ ଓ ପରିଚାଳନା ଦୋଷରୁ ବୀରଭଦ୍ର ପରି ରାଜପୁତ୍ର ହରାଇଲା, ରାଜ୍ୟ ତ ରାଜା ଭାଗ୍ୟର କଥା। କିନ୍ତୁ ରାୟ ରାମାନନ୍ଦ ରାଜମହେନ୍ଦ୍ରିରୁ ଅପସରି ନ ଥିଲେ, ନିଶ୍ଚୟ ଓଡ଼ିଶାର କିଛିଟା ଇତିହାସ ବଦଲି ଥାଆନ୍ତା। ଖାଲି ବୀରଭଦ୍ର ବିଷୟ ନୁହେଁ, ଏହି ବିଜୟନଗରମ୍ ଉପାଖ୍ୟାନ ଜଗନମୋହିନୀ ପରି ଓଡ଼ିଶା ଗଜପତିଙ୍କର ରାଜକନ୍ୟାର ଭାଗ୍ୟର ବିଡ଼ମ୍ବନା ହୋଇ ନ ଥାଆନ୍ତା। ବୁଢ଼ାବରକୁ ଶତ୍ରୁବଂଶରେ ଜୀବନ ତାଙ୍କର ନିର୍ଯାତିତ ହୋଇ ନଥା'ନ୍ତା।

ପୁଣି ସନ୍ଧିବିଗ୍ରହଙ୍କୁ ଅନ୍ତରଙ୍ଗ କହିବା ଆରମ୍ଭ କଲେ, କିନ୍ତୁ ଦିନେ ହେଲେ ମହାପ୍ରଭୁ ଶ୍ରୀଚୈତନ୍ୟ ମହାରାଜାଙ୍କୁ ତାଙ୍କର ଶିଷ୍ୟ ହେବାର କଳ୍ପନା କରିନାହାନ୍ତି କି ଆଶା କରିନାହାନ୍ତି ଏତେ ବଡ ରାଷ୍ଟ୍ରର ଗଜପତି ତାଙ୍କର ଦୀକ୍ଷା ନିଅନ୍ତୁ। ମହାପ୍ରଭୁ ସବୁ ସାଂସାରିକ ମାୟାର ଉର୍ଦ୍ଧ୍ୱରେ। ଶ୍ରୀଜଗନ୍ନାଥ କ୍ଷେତ୍ରରେ ନାମ ସଂକୀର୍ତନ କରି ଜୀବନ ବିତାଇବାକୁ ଏଠାରେ ରହିଛନ୍ତି।

ଗଜପତି ପ୍ରତାପରୁଦ୍ର ଧାର୍ମିକ, ବୈଷ୍ଣବ ହୃଦୟର। 'ମହାପ୍ରଭୁ' ଶ୍ରୀଚୈତନ୍ୟଙ୍କର ପୁରୀ ଆଗମନ ଓ ପୁରୀର ଖ୍ୟାତିରେ ବିସ୍ମିତ ହୋଇଛନ୍ତି ଗଜପତି। ନିଜେ ଅନୁଭବ କରିଛନ୍ତି, ସେ ସ୍ୱୟଂ ଭଗବାନଙ୍କର ଅବତାର। ପାର୍ଥିବ ମାୟାରୁ ନିଜକୁ ଅପସରିତ କରିଛନ୍ତି। ପରିସ୍ଥିତି ତାଙ୍କୁ ସେପରି କରିଛି। ନିଜେ ଗଜପତି ହୋଇ ଗଜପତି ସମ୍ମାନ ବହନ କରି ନିଜର ସମ୍ପର୍କୀୟ ହୋଇ ବିଜୟନଗରମ୍ ତାଙ୍କର ସର୍ବନାଶ କରିଛି ବୋଲି ମନେକରୁଛନ୍ତି। ତାଙ୍କ ମାତା ବିଜୟନଗରମ୍ ରାଜ୍ୟର ଖ୍ୟାତନାମା ଶାଲ୍ୱ ନରସିଂହଙ୍କର କନ୍ୟା ରୂପାମ୍ବିକା, ଓଡ଼ିଶାର ପୁରୁଷୋତ୍ତମଦେବଙ୍କର ପଦ୍ମାବତୀ ରାଣୀ। ବୀରଭଦ୍ର ପରି ନୟନ ପିତୁଲା ତାଙ୍କର ଦାରୁଣ କୃଷ୍ଣଦେବରାୟର କାରାଗାରରେ ଆତ୍ମହତ୍ୟା କରି ମନରେ ଦେଇଛି ଅଜସ୍ର ଯନ୍ତ୍ରଣା। ନିଜେ ଚାହୁଁଥିଲେ ବି ଓଡ଼ିଶାର ସାମରିକ ଶକ୍ତି କୃଷ୍ଣଦେବରାୟକୁ ପ୍ରତିରୋଧ କରିବାରେ ସବୁଠାରେ ବିଫଳ ହୋଇଛି। କୌଶଳୀ ହୃଦୟହୀନ ସୁବିଧାବାଦୀ କୃଷ୍ଣଦେବରାୟ।

ଏଇ ଗଜପତି ବାହିନୀ! ଦୀର୍ଘ ଦିନର ଅଭିଜ୍ଞତାରେ ଶତ୍ରୁର ସମ୍ମୁଖୀନ ହୁଅନ୍ତି।

ଗଜଶକ୍ତି ଆଧାରରେ ଏହି ରାଷ୍ଟ୍ର ସାମରିକ ଶକ୍ତିର ବିନ୍ୟାସ ହେଲେ ହେଁ କେଉଁ ବିଭାଗରେ ଉଣା ନୁହେଁ ଓଡ଼ିଶା। ଅଶ୍ୱଶକ୍ତିରେ, ପଦାତିକ ବାହିନୀରେ, ଯୁଦ୍ଧ ପରିଚାଳନାରେ, ବ୍ୟୂହ ରଚନାରେ କୌଶଳିଟିରେ ଓଡ଼ିଆ ପାଇକ ପଛକୁ ଘୁଞ୍ଚିବ ନାହିଁ। ଏମିତି ପରିସ୍ଥିତିରେ ଓଡ଼ିଶାର ସାମରିକ ଶକ୍ତି ପହଞ୍ଜିଛି, କେବଳ ଗଜଶକ୍ତିର ପଦଚାଳନାରେ ଶତ୍ରୁ ବଶୀଭୂତ ହୋଇଯାଉଥିଲା। ଓଡ଼ିଶାର ଦକ୍ଷିଣ ହିନ୍ଦୁ ସୀମା ଛାଡ଼ିଦେଲେ, ଅନ୍ୟ ଉତ୍ତର ଓ ପଶ୍ଚିମ ସୀମାରେ ସବୁ ଆଡ଼େ ଯବନ ଶାସନ, କେହି କେବେ ଓଡ଼ିଶାକୁ ଆକ୍ରମଣ କରିବାକୁ ମନ କରିବେ, ଏ ଧାରଣା କାହାର ନ ଥିଲା।

କିନ୍ତୁ ଶ୍ରୀଜଗନ୍ନାଥ କାହିଁକି ଏପରି କଲେ? ନିଜେ ତ ଭାଇଙ୍କ ସହିତ କଳା ଓ ଧଳା ଘୋଡ଼ାରେ ଚଢ଼ି ଯାଇଥିଲେ କାଞ୍ଚି ଯୁଦ୍ଧକୁ। ପୁଣି କାଞ୍ଚି କିପରି ତାଙ୍କର ଆଶୀର୍ବାଦ ପାଇଲା ତାଙ୍କର ନିଜର ରାଷ୍ଟ୍ରକୁ ଜୟ କରିବାକୁ। କାହିଁକି ବିମୁଖ ହୋଇଲେ ପ୍ରଭୁ, ମଜ୍ଜି ରହିଲେ ପୁରୀର କୋଲାହଲମୟ ସଂକୀର୍ଣ ପରିବେଶରେ! ଧନ୍ୟ ମହାପ୍ରଭୁ ଶ୍ରୀଚୈତନ୍ୟ। କଅଣ ବିସ୍ମୟ ଆଶିଛନ୍ତି ଏହି ଜଗନ୍ନାଥ ଦେଶକୁ!

ଏତିକି ବେଳେ ସନ୍ଧିବିଗ୍ରହ କଥା ମଝିରେ ତାଙ୍କର ବିସ୍ମୟକର ପ୍ରଶ୍ନଟିଏ ପଚାରିଛନ୍ତି।

"ଓଡ଼ିଶାର ପାତ୍ର ମନ୍ତ୍ରୀ ଯେଉଁମାନେ ଗଜପତିଙ୍କ ପରିପାର୍ଶ୍ୱରେ ତାଙ୍କ ଉପଦେଷ୍ଟା ବା କାନକୁହା ଭାବରେ ଅଛନ୍ତି, ସେମାନେ କଅଣ ପୁରୀର କୋଲାହଲମୟ ପରିବେଶରେ ଓଡ଼ିଶାରାଜ୍ୟର ସୀମା ଓ ଜନସାଧାରଣଙ୍କୁ ଦେଖିପାରୁ ନ ଥିଲେ? ରାଜା ବି ନିଜର ସୈନ୍ୟବାହିନୀର ବିନ୍ୟାସ ନ କରି ବିଜୟନଗରମ୍‌ର ଶୀତଳ ଅନୁପ୍ରବେଶକୁ ବରଦାସ୍ତ କରିଚାଳିଥିଲେ? ସନ୍ଧିବିଗ୍ରହ ହିସାବରେ ସିଏ କେବଳ ଯୁଦ୍ଧ ଓ ସୈନ୍ୟଙ୍କ ସମସ୍ୟା ସହିତ ଜଡ଼ିତ ହୋଇ ସମୟ ପାଇନାହାନ୍ତି ଗଜପତିଙ୍କ ପରିପାର୍ଶ୍ୱରେ ଯାହା କିଛି ଘଟି ଚାଲିଛି।"

ତା ସହିତ ବ୍ୟବଧାନ ରଖ୍ ପ୍ରଧାନମନ୍ତ୍ରୀ ଗୋବିନ୍ଦ ବିଦ୍ୟାଧର ଟିକିଏ ସୁଯୋଗ ଦେଇନାହାନ୍ତି ଗଜପତିଙ୍କୁ ଦେଖା କରିବାକୁ କି ରାଜପ୍ରାସାଦକୁ ଯିବାକୁ। ଏମିତି ଓଡ଼ିଶାର ସାମରିକ କ୍ଷେତ୍ରରେ ଯୁଦ୍ଧ ପ୍ରସ୍ତୁତି ସ୍ଥଳରେ ଛତ୍ରଭଙ୍ଗ ଯୋଗ ଆସି ପହଞ୍ଜିଗଲାଣି। କିପରି ତିଷ୍ଠିବ ଏ ରାଷ୍ଟ୍ର ତାହା ପ୍ରଧାନ ଚିନ୍ତା ହୋଇଛି।

ସେଥିପାଇଁ ସେ ପଚାରୁଛନ୍ତି ଅନ୍ତରଙ୍ଙ୍କ କଥା ମଝିରେ, କଅଣ ଗଜପତିଙ୍କର ଷୋଲଜଣ ପାତ୍ରମନ୍ତ୍ରୀଗଣ ତାଙ୍କୁ କିଛି ପରାମର୍ଶ ଦେଇନାହାନ୍ତି ଏହି ଘଡ଼ିସନ୍ଧିରେ?

ଅନ୍ତରଙ୍ଗ ଉତ୍ତର ବାଢ଼ିଛନ୍ତି, "କେତେଥର ସେମାନେ ଏକଜୁଟ ହୋଇ ସାହାସ ବାନ୍ଧି ଗଜପତିଙ୍କୁ ସମସ୍ତ ସତର୍କବାଣୀ ଶୁଣାଇଛନ୍ତି। କହିଛନ୍ତି ଆଜି ବିଜୟନଗରମ୍‌

ଆସିଲା, ହିନ୍ଦୁରାଜା ବୋଲି ଜଗନ୍ନାଥଙ୍କର କିଛି ଅନିଷ୍ଟ କଲା ନି। ଯଦି ଏହି ଆକ୍ରମଣ କୌଣସି ଯବନ କରିଥାଆନ୍ତେ, ଯଦି ବଙ୍ଗ ନବାବ କି ଗୋଲକୋଣ୍ଡା ନବାବ କରିଥାଆନ୍ତା, ତେବେ ଶ୍ରୀଜଗନ୍ନାଥଙ୍କ ଅବସ୍ଥା ନିଶ୍ଚିତ ରକ୍ତବାହୁ ଆକ୍ରମଣକୁ ବଲିଯାଇଥାଆନ୍ତା। ଆମର ରାଜ୍ୟ କୌଣସି କାରଣରୁ ହୀନବଲ ହୋଇପଡ଼ୁଛି। ତାହାର ପ୍ରତିକାର ଜରୁରି। ମଣିମା, ସେ ଦିଗକୁ ଟିକିଏ ଦୃଷ୍ଟି ଦିଅନ୍ତୁ। କେତେ ବେଲେ ବା କିଏ କିଏ କହିଛନ୍ତି, ଦେଶଟା ଭକ୍ତି ଭଜନରେ ଭୋଲା। ଏହାର କିଛି ପ୍ରତିକାର କରି ସମର କ୍ଷେତ୍ରକୁ ଚାହାନ୍ତୁ ମଣିମା, ସମୟ ଯାଉଛି ଗଡ଼ି। ଓଡ଼ିଶା ରାଷ୍ଟ୍ରେ ଦାୟ ହୁଅନ୍ତୁ ମଣିମା ଜଗନ୍ନାଥଙ୍କୁ ସୁରକ୍ଷା ସେଥିରେ ଅନ୍ତର୍ନିହିତ।

ଓଡ଼ିଶାର ଗଜପତି ହେଉଛନ୍ତି ଜଗନ୍ନାଥଙ୍କ ଚଲନ୍ତି ପ୍ରତିମା। ଆଜି ଖଣ୍ଡା ଧରାଇଲେ, ପାଇକମାନେ କଣ ଯୁଦ୍ଧ କରିବେନି ? ନୋଚେତ୍ କୁବୁଜି ଧରାଇଲେ ସେମାନେ ସଂକୀର୍ତ୍ତନ କରିବେ। କିନ୍ତୁ ଗଜପତି ଏତେ ଭିତରକୁ ପଶିବାକୁ ତାଙ୍କର ଧର୍ମାତୁର ମନ ମାନୁ ନି। ସିଏ ଜୀବନ୍ତ ବିଷ୍ଣୁଙ୍କର କିପରି ଦୀକ୍ଷାନେବେ ସେଇଟା ତାଙ୍କୁ ଘାରୁଛି। ମହାପ୍ରଭୁ ଶ୍ରୀଚୈତନ୍ୟ ଏ ବିଷୟରେ ନିରବ। ସେ ଗଜପତି ପ୍ରତାପରୁଦ୍ରଙ୍କୁ ଦୀକ୍ଷା ଦେବାକୁ ଚାହାନ୍ତିନି। ଏଇ ବିଷୟରେ କଥାଟା ତିନି ବର୍ଷକୁ ଗଲାଣି, ମହାପ୍ରଭୁ ଅଟଲ।

ଉଚିତ୍ କଥା କହୁଛନ୍ତି ମହାପ୍ରଭୁ। ଗଜପତି ସମସ୍ତ ରାଜଶକ୍ତିର ଆଧାର। ରାଜାଙ୍କୁ ଦର୍ଶନ ଦେବା ଜଣେ ପରମ ବୈଷ୍ଣବଙ୍କର ଗୋଟିଏ ବିଷଧର ସର୍ପ ସାମନାକୁ ଆସିବା ସହ ସମାନ। ଜଣେ ସନ୍ନ୍ୟାସୀ ଜଣେ ରାଜାଙ୍କୁ ଅନେଇବା ଯାହା ଜଣେ ତରୁଣୀକୁ ଅନେଇବା ତାହା। ଦାରିଦ୍ର୍ୟ ଯାହାର ଭୂଷଣ ସିଏ କି ଆସକ୍ତିରେ ଗଜପତି ପ୍ରତାପରୁଦ୍ରଙ୍କୁ ଦୀକ୍ଷା ଦେବେ ? ଗଜପତିଙ୍କୁ ଆଶ୍ରିତ କରିବାକୁ ବହୁଜନ ପ୍ରସ୍ତାବ ବାଢ଼ିଲେଣି, ନିତ୍ୟାନନ୍ଦ ପ୍ରଭୁ, ଅଦ୍ୱୈତ ଅଚାର୍ଯ୍ୟ, ସର୍ବଭୌମ ଭଟ୍ଟାଚାର୍ଯ୍ୟ। ଶେଷକୁ ରାୟ ରାମାନନ୍ଦ ପ୍ରାର୍ଥନା କରିଛନ୍ତି। କିନ୍ତୁ ମହାପ୍ରଭୁ ନିଜ କଥାରେ ଅଟଲ ରହିଛନ୍ତି। କାହାକୁ କାହାକୁ ବି ଶୁଣାଇଦେଇଛନ୍ତି, ମୋତେ ଗଜପତି ପ୍ରତାପରୁଦ୍ରଙ୍କୁ ଦୀକ୍ଷା ଦେବାକୁ ବାଧ୍ୟ କରାଗଲେ, ମୁଁ ପୁରସ୍ତମ ଛାଡ଼ିଦେଇ ଅଲାରନାଥଙ୍କ ପାଖରେ ଆଶ୍ରା ନେବି। ସେଥିପାଇଁ କେହି ଆଉ ସାହାସ କରୁ ନାହାନ୍ତି ଏ ବିଷୟରେ ମହାପ୍ରଭୁଙ୍କୁ ଅଧିକ କିଛି କହିବାକୁ।

ଗଜପତି ବହୁତ ବ୍ୟସ୍ତ ବିକଲ। ମହାପ୍ରଭୁ ତାଙ୍କୁ ନିଜ କୃପାରୁ ବିରତ କରୁଛନ୍ତି। ନିଜକୁ ଭାଗ୍ୟହୀନ ମନେ କରୁଛନ୍ତି ଗଜପତି। ତାଙ୍କୁ ସାନ୍ତ୍ୱନା ଦେଉଛନ୍ତି ରାୟ ରାମାନନ୍ଦ। କିଛି କରିବାର ଆଶା ଦେଉଛନ୍ତି ସିଏ। ସାମାନ୍ୟ ଦର୍ଶନ ପାଇବାରୁ ବଞ୍ଚିତ ଗଜପତି। ଦର୍ଶନ କରିବାର ଲାଲସା ବହୁତ ବଢ଼ିଯାଇଛି ତାଙ୍କର। ଧର୍ମକାର୍ଯ୍ୟରେ ସାରା ଜୀବନ କଟିଛି। ଏବେ ସିଏ ଶ୍ରୀଗଜନ୍ନାଥଙ୍କର ଦୟାରୁ ବଞ୍ଚିତ ହେବାପରି ବୋଧ କରୁଛନ୍ତି।

ଏତିକିବେଳେ ନିତ୍ୟାନନ୍ଦ ପ୍ରଭୁ ମହାପ୍ରଭୁ ଶ୍ରୀଚୈତନ୍ୟଙ୍କର ବହିଃବାସଟିକୁ ରାଜାଙ୍କୁ ପୂଜାକରିବାପାଇଁ ଦେବାକୁ ଅନୁମତି ଭିକ୍ଷାକଲେ। ରାଜା ଏଇଟିକୁ ସ୍ୱୟଂ ମହାପ୍ରଭୁ ମନେକରି ପୂଜା କରି କିଞ୍ଚିତ୍‌ ସନ୍ତୋଷଲାଭ କଲେ।

ତା ପରେ ଆସିଲା ରାୟ ରାମାନନ୍ଦଙ୍କ ପ୍ରସ୍ତାବ। ମହାପ୍ରଭୁ ସିନା ଗଜପତିଙ୍କୁ ଦର୍ଶନ କି ଦୀକ୍ଷା ଦେବେନି, କିନ୍ତୁ ଜଣେ ବାଲୁତ ରାଜପୁତ୍ରଙ୍କୁ ଦୀକ୍ଷା ଦେବାରେ କି ଅନ୍ତରାୟ? ଅବଶ୍ୟ ମହାପ୍ରଭୁ ଏହି ପ୍ରସ୍ତାବରେ ରାଜି ହେଲେ, ଶେଷରେ ଜଣେ ରାଜପୁତ୍ର ଦୀକ୍ଷା ନେଲେ, ଏହି ରାଜପୁତ୍ର ମହାପ୍ରଭୁଙ୍କୁ ଶ୍ରୀକୃଷ୍ଣଙ୍କ ପରି ବୋଧ ହେଲେ। ସେଥିରେ ଗଜପତିଙ୍କର ଭକ୍ତିର ସୀମା ରହିଲା ନାହିଁ। ନିଜେ ଦୀକ୍ଷା ନେବାର ବ୍ୟାକୁଳ ମନୋଭାବ ମହାପ୍ରଭୁଙ୍କର ସବୁ ପ୍ରିୟଜନମାନଙ୍କୁ ଏହି ସମସ୍ୟାର ସମାଧାନ ପାଇଁ ବ୍ୟତିବ୍ୟସ୍ତ କରି ପକାଇଲା। ଶେଷକୁ ମହାପ୍ରଭୁଙ୍କର ନିକଟତମ ସର୍ବଭୌମ ଭଟ୍ଟାଚାର୍ଯ୍ୟଙ୍କ ପାଖକୁ ସମସ୍ୟା ଯାଇଛି।

ସେ ବହୁଦିନ ପରେ ଗୋଟିଏ ପ୍ରସ୍ତାବ ଦେଇଛନ୍ତି। ମହାପ୍ରଭୁ ଯାହା କହିଛନ୍ତି, ସେଥିରେ ପରିବର୍ତ୍ତନ ସମ୍ଭବ ନୁହେଁ। ତେଣୁ ଗୋଟିଏ ସୂତ୍ର ବାହାର କରିବା ଦରକାର। ସର୍ବଭୌମ ସବୁ ଦେଖି ପାରିଥିଲେ ନିଜ କଳ୍ପନାରେ। ଆଗାମୀ ରଥଯାତ୍ରାରେ ସବୁଥର ପରି ମହାପ୍ରଭୁ ନାଚି ନାଚି ବେଦମ୍‌ ହୋଇପଡ଼ିବେ। ସେ ନିକଟସ୍ଥ ବଗିଚାରେ କ୍ଷଣିକ ବିଶ୍ରାମ ନେବାକୁ ଯିବେ। ଏହି ସମୟରେ ତାଙ୍କର କ୍ଲାନ୍ତ ଶରୀର ବିଶ୍ରାମ ଲୋଡ଼ୁଥିବ, ରାଜା ସେହି ବଗିଚାରେ ଅପେକ୍ଷା କରି ରହିଥିବେ, ମହାପ୍ରଭୁଙ୍କ ହାତ ଦୁଇଟିକୁ ଧରି ତାଙ୍କୁ ବିଶ୍ରାମ ନେବାରେ ସାହାଯ୍ୟ କରିବେ। ଏଇଠୁ ପରିବର୍ତ୍ତନ ହେବ ମହାପ୍ରଭୁଙ୍କର ମନୋଭାବ।

ସତକୁ ସତ ସର୍ବଭୌମ ପରିକଳ୍ପନା ସଫଳ ହୋଇଛି। ଗଜପତି ମହାପ୍ରଭୁଙ୍କର ଦୀକ୍ଷା ନେଇଛନ୍ତି। ଶ୍ରୀଜଗନ୍ନାଥ ପ୍ରସନ୍ନ ହୋଇଛନ୍ତି ଗଜପତିଙ୍କ ଉପରେ।

ଓଡ଼ିଶାର ଭକ୍ତି କ୍ଷେତ୍ରରେ ଅଭୂତପୂର୍ବ ପରିବର୍ତ୍ତନ ହୋଇଛି। ପୁରପଲ୍ଲୀର ଜୀବନ ମୁଖରିତ ହୋଇଛି।

ସନ୍ଧିବିଗ୍ରହକଙ୍କର ବୁକୁ ଫାଟି ପଡ଼ୁଛି। ସେ ଏବେ ବୁଝୁଛନ୍ତି ନିଜ ସାମରିକ କ୍ଷେତ୍ରର ବିବର୍ତ୍ତନ। ନିଜେ ବୁଝିପାରି ନ ଥିଲେ ଗଜପତିଙ୍କ ପ୍ରୋତ୍ସାହନ କିପରି ଦିଗ ବଦଳାଇ ସାରିଲାଣି। ସିଏ ଜାଣିପାରୁନଥିଲେ, ସାଧାରଣ ଲୋକ କିପରି ଧର୍ମଭାବାପନ୍ନ ହୋଇ ନିଜର ବିଗ୍ରହ (ବା ଅପକାର, ଯାହାର ଅର୍ଥ ଯୁଦ୍ଧ) ଦିଗକୁ ଆଖି ବୁଜି ସାରିଲେଣି। ସାମରିକ ଶକ୍ତି ଅପଚୟ କରି ରାଷ୍ଟ୍ର ନିଜର ମେରୁଦଣ୍ଡ ହରାଇ ବସିଛି।

ସତରେ ଗଜପତି କଅଣ ନ କଲେ? ଏଥର ଜଗନ୍ନାଥ ନିଜକୁ ରଖନ୍ତୁ, ତାଙ୍କୁ

କେନ୍ଦ୍ରକରି ଯେଉଁ ଓଡ଼ିଶାରାଷ୍ଟ୍ର ଗଢ଼ି ଉଠିଛି, ସେଠାରେ ସାମରିକତା ଉଜାଣି ଉଠିବ । ଚାରିଆଡେ ବିଧର୍ମୀ, ତାଙ୍କ ପିତୁଲା ଉପରେ ଯେତେ ନଜର ନାହିଁ, ପ୍ରବଳ ଲୋଭ ରନ୍ଭଣ୍ଡାର ଉପରେ ।

ଦୀର୍ଘଶ୍ୱାସ ଛାଡ଼ି ସନ୍ଧିବିଗ୍ରହ ଅନ୍ତରଙ୍ଗଙ୍କୁ ପଚାରୁଥିଲେ, ଏବେ ଅନ୍ତରଙ୍ଗ କହିଲେ, ପାତ୍ର ମନ୍ତ୍ରୀମାନେ ଯେଉଁ କଥାଟି ଦିନେ ଓଡ଼ିଶାର ଗଜପତିଙ୍କୁ ପଚାରିଥିଲେ, ରାଜ୍ୟଭାର ହସ୍ତାନ୍ତର କରିବାର ଆବଶ୍ୟକତା ଦେଖାଦେଲାଣି । ସମର ଓ ରାଜ୍ୟ ଶାସନ ରସାତଳକୁ ଗଲାଣି । ସେମାନଙ୍କର ଚିନ୍ତା ଥିଲା ଦେଶପାଇଁ, ପରୋକ୍ଷରେ ସେଇ ଜଗନ୍ନାଥଙ୍କ ସୁରକ୍ଷା ପାଇଁ । ସେଥିପାଇଁ ସେମାନେ ପ୍ରକାଶ୍ୟରେ ନ କହିଲେ ବି, ଚାହୁଁଥିଲେ ପଚାରିବା ପାଇଁ – ଗଜପତି ଓଡ଼ିଶା ରାଷ୍ଟ୍ରେ ଦାୟ ନା ଶ୍ରୀଜଗନ୍ନାଥରେ ଦାୟ ?

ଅନ୍ତରଙ୍ଗ ପ୍ରଶ୍ନଟିର ଉତ୍ତର ନ ଦେଇ ଚୁପ୍ ରହିଥିଲେ । ଡୁବି ଯାଇଥିଲେ ଗଭୀର ଚିନ୍ତାରେ, ସ୍ୱୟଂ ପ୍ରତାପରୁଦ୍ର ଚୈତନ୍ୟଙ୍କ ଅନ୍ତେ ନିଜର ବିଦ୍‍ବତ୍ତା ହରାଇଛନ୍ତି ବୋଲି କହିଲେ ଅତ୍ୟୁକ୍ତି ହେବନି । ନିଜ ଜୀବନକାଳରେ ସିଏ କିପରି ବୀର ପ୍ରତାପରୁଦ୍ରଦେବ ଭାବରେ ରାଜ୍ୟର ସାମରିକ ଶକ୍ତିର ସୁପରିଚାଳନା କରୁଥିଲା ଆଉ ପରବର୍ତ୍ତୀ ଜୀବନରେ କିପରି ନିଜର ବୁଦ୍ଧି ଆଉ ବିବେକକୁ ଆଖି ବୁଜି ନିଜର ରାଜ୍ୟ ଆଉ ରାଜନୀତିକୁ ଆଧ୍ୟାତ୍ମିକତା ପାଖରେ ସମର୍ପଣ କରିଦେଲେ, ତାହା ବିଜୟନଗର ପରାଭବରୁ ନିଶ୍ଚୟ ଜାଣିପାରିଥିବେ ।

ନିଜର ଶ୍ରୀ ଚୈତନ୍ୟଙ୍କ ପାଖରେ ସମର୍ପଣଭାବକୁ ଏତେ ଗୁରୁତ୍ୱ ଦେଉଥିଲେ, ତାହାର ତୁଳନା ନାହିଁ । କିନ୍ତୁ ସ୍ୱୟଂ ଶ୍ରୀ ଚୈତନ୍ୟ ତାଙ୍କୁ ଶିଷ୍ୟ ଭାବରେ ଗ୍ରହଣ କରିବାକୁ ପରାଙ୍ମୁଖ । ବହୁବାର ବାରଣ କରିଛନ୍ତି । ପରିଶେଷରେ ରାଜାଙ୍କର ଦୁର୍ବାର ଲାଳସା ସମ୍ମୁଖରେ ତାଙ୍କୁ ଶିଷ୍ୟ କରିବାକୁ ବାଧ୍ୟ ହୋଇଛନ୍ତି । ଶ୍ରୀଚୈତନ୍ୟ କେବେ କହିନାହାନ୍ତି ସାମରିକତା ତ୍ୟାଗକର । ମାତ୍ର ମଣିଷର ଆଧ୍ୟାତ୍ମିକତାକୁ ପ୍ରତିଷ୍ଠା କରିବାର ସଂକଳ୍ପ ନେଇଛନ୍ତି ।

ଶ୍ରୀଚୈତନ୍ୟଙ୍କ ଅନ୍ତର୍ଦ୍ଧାନ ହେବା ପରେ ନିଜ ପରିବାର ଓ ନିଜ ରାଜ୍ୟର ଅବସ୍ଥା ଦେଖି ନିଜେ ବାର ବାର ନିଜର ଆତ୍ମସମୀକ୍ଷା କରିବାର ଅନୁଶୋଚନା ରହିଥିଲା । ଜଗନ୍ନାଥଙ୍କୁ ଅପ୍ରକାଶ୍ୟରେ ଘୋଷା ଲଗାଇଥିଲେ,

"ଦେଖୁ ଦେଖୁ ଭାସିଗଲି କେ ଏଥୁ କରିବ ପାରି ।"

ସମ୍ମୋହିନୀ

[କୋଣାର୍କ ମନ୍ଦିର ତୋଳା ପୂର୍ବର ଅନେକ କଥା ଶୁଣାଯାଏ, ଯାହାର ପରିଚାଳକ ଶିବେଇ ସାମନ୍ତରା । ଚନ୍ଦ୍ରଭାଗାର ପଦ୍ମାବତୀ ଗଣ୍ଠ ପୋଡ଼ିବାରୁ କୋଉ ଗାଆଁ ମାଉସୀର ତତଲା ଯାଉ ଥାଲିର ମଣ୍ଡରୁ ଖାଇ ହାତ ପୋଡ଼ଯିବା ପ୍ରବାଦ ସମସ୍ତେ ଜାଣନ୍ତି । ସମସାମୟିକ ଶିଳାଶିଳ୍ପ ଓ ଉତ୍କଳୀୟ ଉତ୍କର୍ଷତାର କେତେକ ସମ୍ଭାବ୍ୟ ଓ ରୋଚକ ତଥ୍ୟ ନେଇ ଏହି ଐତିହାସିକ ଗଳ୍ପଟି ଲିଖିତ ।]

ସକଳ ଉତ୍କଳର ନୃପତି କଅଣ କହିଲେ ?'' ପ୍ରଶ୍ନ କରନ୍ତି ଉତ୍କଳର ଭାବୀ ସାଂସ୍କୃତିକଅମାତ୍ୟ ଶିବେଇ ସାନ୍ତରାଙ୍କୁ ।

"ନୃପତି ଅତିମାତ୍ରାରେ ସମ୍ମୋହିତ ହୋଇ ପଡ଼ିଲେ ଆମର ତୃତୀୟ ଅଗଣାର ସମ୍ମୋହିନୀକୁ ଦେଖ ।'' ଉତ୍ତର ରଖିଲେ ସରବ ମହାରଣା ।

"ଭଲ ଆପଣମାନେ ସମ୍ମୋହିନୀ ରଖିଛନ୍ତି, ନିତ୍ୟନୂତନ ରୂପ ଗୁଣରେ ମଞ୍ଜାଇ ଦୀର୍ଘ ତିନି ଶତକର ଗଙ୍ଗାରାଜବଂଶକୁ ଅମର କରିବାକୁ ଶିଳାଶିଳ୍ପର ଐଶ୍ୱର୍ଯ୍ୟ ତୋଳିଛନ୍ତି ଏକାମ୍ର ନଗରୀ ବ୍ୟତୀତ ପୁରୁଷୋତ୍ତମ ପୁରୀ ଧାମରେ । ନୃପତିମାନଙ୍କର ଇପ୍ସିତ ସ୍ଥାନରେ ବି ବିଶାଳାକାୟ ମନ୍ଦିର ପ୍ରତିଷ୍ଠାକରି ଏହି ଭୂଖଣ୍ଡକୁ ଉତ୍କୃଷ୍ଟ କଳାର କ୍ଷେତ୍ର ଭାବରେ ଧରାବକ୍ଷରେ ଠିଆ କରାଇଛନ୍ତି । ସ୍ୱର୍ଗପଥରେ ଗମନ କରୁଥିବା ଦେବାଦେବୀମାନେ ବି ମୋହିତହୋଇ ସ୍ୱଶରୀରରେ ଏଠି ହିଁ ଅବସ୍ଥାନ କରିବେ ।'' ଚୁମ୍ବକରେ ମତାମତ ରଖ ନିଜର ଇଷତ୍ ଲୋହିତ ରଙ୍ଗର ଅଶ୍ୱରେ ଆରୋହଣ କରି ସାନ୍ତରା ବିଡ଼ାନାସୀ କଟକ ଅଭିମୁଖେ ଯିବାକୁ ଉଦ୍ୟତ ହେଉଛନ୍ତି ।

କାଳ ଆସି ୧୨୩୬ ମସିହାରେ ହେଲାଣି ।

"ଆଜିର ଉତ୍କଳ ସମ୍ରାଟ୍ ସ୍ୱୟଂ ଲାଙ୍ଗୁଲା ନରସିଂହଦେବ । ପ୍ରବଳ ପ୍ରତାପୀ । ତାଙ୍କୁ ପୁଣି କିଏ ସମ୍ମୋହିତ କରିଦେବ ?'' ଭାଷା ବାହାରିଲା ସାନ୍ତରାଙ୍କ ମୁହଁରୁ । ସେ

ମନରେ ଧରିଲେଣି ଠାକୁଜେଜେ ଚୋଡ଼ଗଙ୍ଗ ଆଉ ବାପା ଅନଙ୍ଗଭୀମଙ୍କ ପରି ବଡ଼ ବିଖ୍ୟାତ ମନ୍ଦିରଟିଏ ତୋଲାଇବେ। ଯୁଦ୍ଧ କରି କରି ଯୁଆନ କାଳରେ ଦୁଇ ଯୁଗ ଗଲା। ଏବେ କଳିଙ୍ଗ ଉତ୍କଲର ସୀମା ସୁରକ୍ଷା କରି ଶାନ୍ତିରେ ରହିବାର ନିଷ୍ପତ୍ତି ନେଲେଣି। ହେଲେ, ଘରେ ଅଭାବ ରହିଛି ପୁତ୍ର ସନ୍ତାନଟିଏ। ତାଙ୍କ ଅନ୍ତେ କିଏ ମୁକୁଟ ପିନ୍ଧିବ ?

ସରବ ମହାରଣାଙ୍କ ମୁଖମଣ୍ଡଳ ଇଷତ ହାସ୍ୟରେଖା ଫୁଟି ଉଠିଲା। ସିଏ ଗଙ୍ଗାରାଜଙ୍କ ମନରେ ମନ୍ଦିର ତୋଲିବାର ଗୋଟିଏ ପ୍ରଯୁଜ୍ୟ କାରଣ ଶୁଣିବାକୁ ପାଇଲେ। ଗଙ୍ଗାରାଜ ଲାଙ୍ଗୁଡ଼ା ନରସିଂହ ଦେବଙ୍କୁ ଖୁସି କରିବାର ଓ ଶିଳାଶିଳ୍ପର ଭବିଷ୍ୟତ ବଜାୟ ରଖିବାକୁ ବାଟ ପାଇଗଲେ। ଏମିତି ମନ୍ଦିର ତୋଲା ରଜାଟିଏ ପାଇଗଲେ ଦି ପୁରୁଷର କାମ ମିଳିବ। ସେମିତି ଚାଲିଛି ଏ ପଥର ସଂସ୍କୃତି। ପଥୁରିଆ ଓ ସ୍ଥପତିମାନେ ଆଉ କଅଣ ବାରବାଟି ଚାଷ କରୁଛନ୍ତି ? ମନ୍ଦିର ତୋଲା ସର୍ବସ୍ୱ ହୋଇଗଲାଣି ସେମାନଙ୍କର।

କାଲେ ଅମାତ୍ୟ ଶିବେଇ ଘୋଡ଼ାରେ ବସି ବିଡ଼ାନାସୀ ଚାଲିଯିବେ, ତାଙ୍କୁ ଅଟକାଇବାକୁ ସରବ କହିବା ଆରମ୍ଭ କଲେ।

“ସାଆନ୍ତେ, ଶୁଣନ୍ତୁ ମୋ କଥା। କେତେ ପୁରୁଷ ଗଲାଣି ଆମ ଶିଳ୍ପୀ ଜାତକରେ। ତିନିଶ ବରଷର ନୁହେ, ଅନେକ ପୁରୁଷର।”

“ତୁମର କିଛି ପ୍ରମାଣ ଅଛି କି କହିପାରିବ କେଉଁ କେଉଁ ରଜାମାନେ ତୁମର ଏହି ଶିଳ୍ପ କୁଟିକୁ ଆସିଛନ୍ତି ?”

“କହି ପାରିବିନି। କିନ୍ତୁ ଆପଣଙ୍କୁ ହିସାବ ଦେଇ ପାରିବି, କେଉଁ ଗାତରୁ ମୂର୍ତ୍ତି କୁଆଡେ ଯାଇଛି। କୋଉ ମନ୍ଦିରରେ ଲାଗିଛି।”

“କୌଲିକବୃତ୍ତି ହୋଇପାରେ, ତଥାପି ଏତେ ନିକୁଟା ହିସାବ ତୁମ ମୁହଁରେ କେମିତି ରହିଛି ?” କହିଲେ ଶିବେଇ ସାନ୍ତରା।

“ସବୁ ମୂଲରେ ଅନେକ ଉତ୍କଣ୍ଠା। ଅନେକ ଆଶା ଓ ପରିକଳ୍ପନା। ସେଇଟା ଗୋଟିଏ ବିରାଟ ଉଦ୍ଘାଟନ।” କହିଲେ ସରବ ମହାରଣା

ଲହୁ ଲୁହାଣ ହୋଇ ଏ ପଥୁରିଆରୁ ଶିଳାଶିଳ୍ପୀ ବୋଲାଉଥିବା ଏହି ଜାତି କେଉଁ କାରଣରୁ ଛଅଶହ ବର୍ଷ ଧରି ଏକାମ୍ର ପରି ବସତି ବିହୀନ ଆମ୍ୟ ତୋଟାରେ ମନ୍ଦିର ଗଢ଼ିବାରେ ନିଜର ରୁଧିର ବିନିଯୋଗ କରୁଥିଲେ ?

ଆଶ୍ଚର୍ଯ୍ୟ ହୋଇ ଶିବେଇ ପଚାରିଲେ, “ଆଉ କଅଣ ହୋଇପାରେ ତା'ହେଲେ ? ଶିଳାଶିଳ୍ପୀମାନେ କଅଣ ବିନା ପାରିଶ୍ରମିକରେ ଭୁବନେଶ୍ୱରର ମନ୍ଦିରମାନଙ୍କରେ ବର୍ଷ ବର୍ଷ ପଡ଼ିରହି କାମ କରୁଥିଲେ ? ରାଜାଙ୍କୁ ଖୁସି କରିବାକୁ

ସେମାନେ କାମ କରୁଥିଲେ ନା ରାଜାଙ୍କ ଦଣ୍ଡକୁ ଡରି ମରି ବର୍ଷ ବର୍ଷ ଘର ଦ୍ୱାର ଛାଡ଼ି ମନ୍ଦିର ତୋଲାରେ ଲାଗି ପଡ଼ିଥିଲେ ?”

ସରବଙ୍କ ପାଖରେ ଥିଲେ ସହକର୍ମୀ ଦୁର୍ଲଭ ବିଶ୍ୱାଣୀ । ସମବୟସର । କହିଲେ, “ଶିଲାଶିଳ୍ପ ଶିଲା ପରି କଠିନ । ସମୟ ଆସିଲେ ଶିଲାପରି ଓଜନିଆ କଉଡ଼ି ଅମଳହୁଏ । ଆମର ଏଇ ଶିଲା-କୁଟି ଆରମ୍ଭରୁ ପରିବାର ବ୍ୟବହାର ଜିନିଷରେ ସୀମିତ ଥିଲା । ଏବେ ଆମର ଶିଲାଭାସ୍କର୍ଯ୍ୟର ବିକାଶ ଗତ ଏକ ସହସ୍ର ବର୍ଷ ହେବ ମନ୍ଦିର ତୋଲା ଆଉ ଏକାମ୍ରକୁ ମନ୍ଦିରମୟୀ କରିବାରେ ପ୍ରଧାନ ଉପାଦାନ ହୋଇଛି ସିନା ।”

ଆଶ୍ଚର୍ଯ୍ୟ ହେଲେ ଲାଙ୍ଗୁଲା ନରସିଂହଦେବଙ୍କ ଭାବୀ ସଂସ୍କୃତି ଅମାତ୍ୟ ନିଜେ ଉକ୍କଳର କଳା ସଂସ୍କୃତିର ବିଶାରଦ । ନିଜର ସବୁ ଦିଗକୁ ନଜର ରହିଛି । ହେଲେ ସିଏ ଆଜି ଭାବୁଛନ୍ତି, ମିଳୁଥିବା ଦେବାଦେବୀ, ଅଳସକନ୍ୟା ଆଉ ପ୍ରଣୟମଉ କଳାଭାସ୍କର୍ଯ୍ୟ ଆମ ଉକ୍କଳୀୟମାନଙ୍କର ମୌଲିକତା ନୁହେଁ ? ପରେ ସିନା ଆମ ସଂସ୍କୃତି ଆଉ ପରମ୍ପରା ଭିତରେ ହଜିଯାଇଛି ।

ସରବ ଆଉ ଦୁର୍ଲଭ ଦୁହେଁ ଏକ ସଙ୍ଗରେ କହି ଉଠିଲେ, “ନା ଅମାତ୍ୟ ମହାଶୟ । ଆମକୁ ସାରା ଭାରତବର୍ଷରେ ଶିଲାଶିଳ୍ପରେ ଉଭାବନୀ କ୍ଷେତ୍ରରେ ଘୋର ପ୍ରତିଦ୍ୱନ୍ଦିତାର ସମ୍ମୁଖୀନ ହେବାକୁ ପଡ଼େ । ଦକ୍ଷିଣାତ୍ୟ ରାଜ୍ୟ ଗୁଡ଼ିକ ଶିଲାଶିଳ୍ପରେ କିଛି କମ୍ ଅଭିଜ୍ଞ ନୁହନ୍ତି ।”

ଶିବେଇ ପଚାରିଲେ, “କେମିତି ? ତୁମେ କିପରି ନିଜର ମୌଲିକତା ବଜାୟ ରଖ ?”

ସବୁ ଶିଲାଶିଳ୍ପୀ ନିଜ ନିଜର ବୈଶିଷ୍ଟ୍ୟ ଧନବାନ୍ ସମ୍ରାଟ ଆଉ ରାଜାମାନଙ୍କୁ ପ୍ରଦର୍ଶନ କରି ବଡ଼ ବଡ଼ ମନ୍ଦିର ବା କଳାକୃତି ଗଢ଼ିବାର ଦାୟିତ୍ୱ ନିଅନ୍ତି । ସମଗ୍ର ଦେଶର କଳାକାର କାରିଗରମାନେ ପ୍ରତିଦ୍ୱନ୍ଦିତା ବଳରେ ଯାହା ନିର୍ମାଣ କରନ୍ତି, ତାହା କାଳଜୟୀ ହୋଇପଡ଼େ । ମୂର୍ତ୍ତିଟିଏ ଗଢ଼ିଦେଲେ ହେବନି, ଏଇଟି ଠିଆ ହୋଇ ରହିଲେ, ଦର୍ଶକ ମନରେ କି ପ୍ରଭାବ ପକାଇବ – ତାହାହିଁ କଳାର ନିଦର୍ଶନ ।

ଶିବେଇ ସ୍ୱୀକାର କଲେ, “ଉକ୍କଳ ହେଉଛି ଉତ୍କୃଷ୍ଟ କଳାର ରାଇଜ । ଯେତେ ଯୁଆଡ଼ୁ ଆସୁ, ଉକ୍କଳରେ ସୁନ୍ଦର ପ୍ରଭାବ ଆସିବ । ନିଜ ଶୈଲୀରେ ଗଢ଼ିବେ ଦେବାଦେବୀ, ସୁନ୍ଦରୀ ଆଉ କେବେ କେବେ ପ୍ରେମ ଦୃଶ୍ୟର ଶିଲାଶିଳ୍ପ ।”

ଅଧିକ ଉତ୍ସୁକ ଭାବରେ ପଚାରିଲେ, “ତୁମେ ଶିଲାଶିଳ୍ପୀମାନେ କିପରି ନୂତନ ସର୍ଜନାର ସନ୍ଧାନ ପାଇଥାଅ ?”

ଦୁର୍ଲ୍ଭ ଉତ୍ତର ଦେଲେ, "ଅଧୁନା ଶିଳାଶିଳ୍ପ ସର୍ବୋଚ୍ଚ ସ୍ତରରୁ ଖସିବା ଆରମ୍ଭ ହେଲାଣି। ଦେଶର ଉତ୍ତର ଭାଗରେ ଦେବାଦେବୀ, କୃଷ୍ଣ, ମହାବୀର ଓ ବୁଦ୍ଧଙ୍କ ଜୀବନୀର ଭାବଗର୍ଭକ ପରିପ୍ରକାଶକୁ ଗୁରୁତ୍ବ ଦିଆଯାଏ। କିନ୍ତୁ ଦକ୍ଷିଣ ଭାରତର ସୁରସୁନ୍ଦରୀମାନେ ଓଡ଼ିଶାରେ ଦିଶନ୍ତି ଭିନ୍ନ ଦୃଷ୍ଟିରେ, ଭିନ୍ନ ରୁଚିରେ, କେତେ କେତେ ଅଳସକନ୍ୟା ଭାବରେ। ଆଉ ଅଧେ ଶିଳାଶିଳ୍ପୀ ଆମ ଧର୍ମଭାବରୁ ଟିକିଏ ଭିନ୍ନସ୍ବାଦ ଆଣନ୍ତି ପ୍ରଣୟ ଚରିତ୍ର ଗଠନ କରି। ଏହି ଶିଳ୍ପୀ ମୁଷ୍ଟିମେୟ, ଶୁଣାଯାଏ ଏହି ଉତ୍କଳୀୟ ବିଶ୍ବକର୍ମାମାନେ ବି ରାଜରାଣୀ ମନ୍ଦିର ତୋଳା ପୂର୍ବରୁ ଅଜନ୍ତା ଏଲୋରାର ସ୍ଥାପତ୍ୟ ନିର୍ମାଣରେ ନିୟୋଜିତ ଥିଲେ।"

ହସ ଖେଳିଗଲା ଶିବେଇଙ୍କ ମୁଖମଣ୍ଡଳରେ।

"ସତରେ ତୁମେ ସାରା ଭାରତବର୍ଷର କଳାନୈପୁଣ୍ୟ ଗୋଟେଇ ଆଣି ଭରିଦେଇଛ ସେଥିରେ ଉତ୍କଳୀୟତା? ସତରେ କହିଲ, ତୁମର ଏ ଅଳସକନ୍ୟା ଶବ୍ଦଟି କିଏ ସଂଯୋଜନା କରିଗଲା?"

ସରବ ମହାରଣା ହସି ହସି କହିବାକୁ ଲାଗିଲେ, "ଆମ ରାଇଜର ସଂସ୍କୃତି ବିଶାରଦ, ଆପଣ ସିନା ମୋତେ ଏ ବିଷୟ ଆଲୋକିତ କରନ୍ତେ, ମୁଁ ଛାର ଆପଣଙ୍କ ପରି ମହାନୁଭବଙ୍କୁ କଅଣ ବା କହିବି?"

ସରବ ନିଜ ଭୁଲ୍ ପାଇଁ ପ୍ରଥମରୁ କ୍ଷମା ଭିକ୍ଷା କରି ବକ୍ତବ୍ୟଟି ଆରମ୍ଭ କଲେ, "ଏହି ଅଳସକନ୍ୟା ଶବ୍ଦଟି ତ ଆଗରୁ ଥିଲା। କିନ୍ତୁ ଏହାକୁ ମନ୍ତ୍ରେଇ ଦେଇଛନ୍ତି ଓଡ଼ିଶାର ଶିଳାଶିଳ୍ପୀଗଣ। ଏହି ଶବ୍ଦର ଶ୍ରବଣରେ ମନର ଆକର୍ଷଣ ଅନେକଗୁଣରେ ବଢ଼ିଯାଏ। ଏହି ଅଳସକନ୍ୟାକୁ ଧରି ଉତ୍କଳୀୟ ଶିଳ୍ପୀ ଅନେକ ଦିଗକୁ ଗତି କରିଛି। ଦୁନିଆ ଯାକର ରାଜା ଓ ସମ୍ରାଟମାନଙ୍କର ପ୍ରୋତ୍ସାହନ ପାଇବାକୁ ଘୁରିବୁଲିଛି। ମୀନାକ୍ଷୀ ମନ୍ଦିର ଓ ଦାକ୍ଷିଣାତ୍ୟର ସ୍ଥାପତ୍ୟରୁ ଉତ୍କଳୀୟ ସ୍ଥପତି ମାନସିକ ଭାବରେ ଗ୍ରହଣ କରିଛି ସୁରକନ୍ୟା। ମଣିଷ ରୂପରେ ଉତ୍କଳୀୟ ଭୂଖଣ୍ଡରେ ରଚିଛି ଅଳସକନ୍ୟା। ଦେବ ମାନବ ମଧ୍ୟର ପାର୍ଥକ୍ୟ ସୁରକନ୍ୟା ଆଉ ଅଳସକନ୍ୟା। ନର ଶରୀର ତାଳରେ ଦିଶନ୍ତି ସେଇ ସୁନ୍ଦରୀ ତରୁଣୀ। ପୁଣି ବିବିଧତା ରହିଛି ସେଇ ଅଳସକନ୍ୟା ମାନଙ୍କର। କେତେବେଳେ ସେମାନଙ୍କର ଦୃଷ୍ଟି ଦର୍ଶକ ମନରେ ଦୃଢ଼ ସୃଷ୍ଟିକରି ନିଃଶବ୍ଦ କରିଦିଏ ତ କେତେବେଳେ ନିଦ ହଜେଇଦିଏ କାମୁକ ମନରେ। କିନ୍ତୁ ଏମାନେ ଶାସ୍ତ୍ରମତେ ଦୈବୀଶକ୍ତିର ଅଧିକାରିଣୀ। ଏମାନଙ୍କ ଦୃଷ୍ଟିଭଙ୍ଗୀର ପ୍ରେମ ନିବେଦନରେ କିଛି ଆବିଳତା ନାହିଁ। ପରିଷ୍କାର ପୁଷ୍କରିଣୀରେ ପଦ୍ମ ଫୁଟାଇବା ସଦୃଶ। ମଣିଷ ହୃଦୟରେ ପ୍ରେମ କି ପ୍ରଣୟ ଭାବ ଉଦୟ କରିବା କେଉଁମତେ ପାପ?"

ସୁସ୍ଥ ହୋଇଗଲେ ଶିବେଇ ସାମନ୍ତରା । କେତେ ଯଥାର୍ଥ ଏ ମାନବୀୟ ଯୁକ୍ତି !

ବିସ୍ମିତ ହୋଇ ପଚାରିଲେ, "ଶିଳ୍ପୀ ମହାରଣା, ତୁମେ ଏ ଯେଉଁ ମର୍ମ ବ୍ୟକ୍ତ କଲ ତାହା ଜଣେ ଗୃହୀ ପାଇଁ କଅଣ ପ୍ରଯୁଜ୍ୟ ? ଜଣେ ନିରାଶିଆ ସନ୍ତାନହୀନ ବା ବୀତସ୍ପୃହ ଗୃହତ୍ୟାଗୀ ପାଇଁ ଏହାର କିଛି ଫଳ ଥାଇପାରେ, କିନ୍ତୁ ସାମାଜିକ ମର୍ଯ୍ୟାଦା ଦୃଷ୍ଟିକୋଣରୁ ଏହାର ଉପାଦେୟତା ପ୍ରମାଣ ଆବଶ୍ୟକ କରେ ।"

ଏଥର କିନ୍ତୁ ସରବ ସହ ସ୍ୱର ମିଳାଇଲେ ଦୁର୍ଲଭ । କହିଲେ, "ଏଇ ପ୍ରଣୟ ପ୍ରଣୋଦିତ ନଗ୍ନ ସ୍ୱଭାବ ଦୁନିଆର ନୀତି । ବସ୍ତ୍ରାଚ୍ଛାଦିତ ମାନବ ଏକ ମୁହୂର୍ତ୍ତରେ ନଗ୍ନ ହେବାକୁ ଚାହେଁ । କିନ୍ତୁ ସାମାଜିକ ଚଳଣି ବଳରେ ଏହା ଜଣାଇବାକୁ ଚାହେଁନି ଯେ ଏପରି ଘଟଣା କେବେ ଘଟିଛି ବା ଘଟୁଥିବ । ସେହି କାରଣରୁ ବ୍ୟକ୍ତିଗତ ଭାବରେ ଯେତିକି ଲୋକ ଦେଖାଇ ହୁଅନ୍ତି ସେମାନେ ଅଳସକନ୍ୟା କି ତା'ପରି ମୂର୍ତ୍ତିକୁ ଚାହିଁବେନାହିଁ, ସେଇମାନେ ଥରକୁ ଥର ଦେଖି ଆସୁଥାଆନ୍ତି । ଏହା କଳାଭାସ୍କର୍ଯ୍ୟରେ ନଗ୍ନତା ନୁହେଁ, ମାତ୍ର ଆଖିବୁଜି ଚାଲୁଥିବାର ଅନ୍ଧ ସାମାଜିକତା । ଆଜିର ବେଳରେ କେବଳ ଉତ୍କଳରେ ନୁହେଁ, ଭାରତବର୍ଷର ନୁହେଁ ବିଶ୍ୱର କୋଉଠି ନା କୋଉଠି ଚିତ୍ର ବା ମଣିଷ ବା କୌଣସି ଜୀବର ଭାବାବେଗ ନେଇ ଅଙ୍କନ ବା ପଟଚିତ୍ର ଅବା ଖୋଦନ ଚିତ୍ରକଳା ଉନ୍ନତିର ଶୀର୍ଷକୁ ଚାଲିଆସିଥିବ । ସେଇ ହିଁ ଉତ୍କଳ ସହିତ ସମକକ୍ଷ ହୋଇପାରେ !"

ତୁମ କଥାଟା ମନକୁ ଆସିଲା ଦୁର୍ଲଭ । ମୁଁ ଏହି ମର୍ମର କଥା ଜାଣିଛି, କିନ୍ତୁ ପ୍ରକାଶ କରିପାରୁନାହିଁ । ତୁମରି ଏ ସିଧାସଳଖ ଅନୁଭବ ମୋ ଆଖି ଫିଟାଇ ଦେଇଛି । ମୁଁ ଗୋଟିଏ ବଡ଼ କାମରେ ଏଠାକୁ ଗୋପନରେ ଆସିଛି । ଗତ ସାଲରୁ ଓଡ଼ିଶାର ମହାରାଜା ଲାଙ୍ଗୁଲା ନରସିଂହଦେବ ଅନ୍ତତଃ ସମରକ୍ଷେତ୍ରରୁ ଅପସରିଯାଇଛନ୍ତି । ବଙ୍ଗର ଲଖନୌତି ଯୁଦ୍ଧ ବିଜୟରେ ଅଜସ୍ର ଅର୍ଥଲାଭ । ତା ସାଙ୍ଗକୁ ଶକ୍ତିଶାଳୀ ଯବନର ପକ୍ଷଚ୍ଛେଦ, ଦିଲ୍ଲୀ ବାଦଶାହଙ୍କୁ ବି ହତସତ କରିବାରେ ସକ୍ଷମ । ମନ୍ଦିର ସହିତ ବିଜୟ ସ୍ତମ୍ଭ । ଗୋଟିଏ ବିଶାଳ ଉତ୍କଳୀୟ କଳାଭାସ୍କର୍ଯ୍ୟର ସ୍ୱପ୍ନ । ବାଛି ବାଛି ମୋତେ ଗୋଟିଏ ବଡ଼ ମନ୍ଦିର କରିବା ନିମନ୍ତେ ସ୍ଥପତି ନିଯୁକ୍ତି ଦେବେ ।

ପଚାରିଛନ୍ତି, "ତୁମେ ଶିଳାଶିଳ୍ପୀଗଣ କୌଣସି ମତେ ଗୋଟିଏ ଅତି ଶକ୍ତିଶାଳୀ, ଅତ୍ୟୁଚ୍ଚ ଆଉ କଳାଭାସ୍କର୍ଯ୍ୟପୂର୍ଣ୍ଣ ଲୋକପ୍ରିୟ ମନ୍ଦିରଟିଏ ତୋଲାଇଦିଅ । ଉତ୍କଳରେ କାହିଁକି, ବିଶ୍ୱରେ ହେବ ଅଦ୍ୱିତୀୟ । ଏହି ମନ୍ଦିରଟି ସମୁଦ୍ର କୂଲରେ ନଦୀ ମୁହାଁରେ ଆସନ୍ତା ଯୁଗଟିଏ ସମୟରେ ନିର୍ମିତ ହେବାକୁ ଯାଉଛି । ଦେଢ଼ଶ ବର୍ଷ ଭିତରେ ଉତ୍କଳରେ ଶ୍ରୀମନ୍ଦିର ପରେ କୌଣସି ବିରାଟ ମନ୍ଦିର ତୋଲା ଯାଇନି । ଆମ ରାଜ୍ୟରେ

ଶିଳାଶିଳ୍ପୀମାନେ କେଉଁଠି କେଉଁ ସ୍ତରରେ ଅଛନ୍ତି, କଳନା କରିବାକୁ ମୋର ନିଯୁକ୍ତି ପୂର୍ବର ଯୋଗ୍ୟତା ଭାବରେ ଗ୍ରହଣ କରିବେ କଳିଙ୍ଗ ନୃପତି।"

ଦୁଇଜଣ ଖୁସିରେ ଗଦ୍‌ଗଦ୍ ହୋଇ ଉଠିଲେ।

ଶିବେଇ ବି ପ୍ରସନ୍ନ ହୋଇ ଉଠିଲେ। କହିଲେ, ତୁମେ ଦୁହେଁ ଏହି ମନ୍ଦିର ନିର୍ମାଣ ଶୁଭକର୍ମରେ ନିଶ୍ଚୟ ମୂଳ ଶିଳ୍ପୀ ଭାବରେ ନିର୍ବାଚିତ ହେବ। ଆଜି ମୋତେ କେତୋଟି ତଥ୍ୟର ଆବଶ୍ୟକତା ଅଛି। କେଉଁଠୁ କିପରି ପାଇବି ମୋତେ ରାହା ବତାଇଦିଅ। ଆଜି ଦୁନିଆର ଶିଳାଶିଳ୍ପ କ୍ଷେତ୍ରରେ କଳିଙ୍ଗର ଗୁରୁତ୍ୱ କେତେ ?

ସରବ କହିବା ଆରମ୍ଭ କଲେ, "ଶିଳାଶିଳ୍ପ ମଣ୍ଡଲର ବିଜ୍ଞ ଲୋକ ଆପଣ। ଆପଣଙ୍କ କଉତୁକ ଉତ୍କଳୀୟ ଶିଳା ଆଉ ନମୁନା ସୁବର୍ଣ୍ଣଦ୍ୱୀପକୁ ପଠାଯିବାର ଉଦାହରଣ ରହିଛି। ଆମେ ବା କଅଣ ବତାଇବୁ ଆପଣଙ୍କୁ ?"

ଶିବେଇ କହିଲେ, "ସବୁର ମୂଳ ଶିଳ୍ପୀ। ସବୁର ସର୍ଜନା ସେମାନଙ୍କର ମାନସିକତା। ପୁଣି ଏ ଶିଳାଶିଳ୍ପ ଜଗତର ମୂଳରେ ଅଛନ୍ତି ସ୍ଥପତି। ପ୍ରତିଟି ଶିଳାରେ ରୂପ ସହ ପ୍ରାଣ ସଞ୍ଚାର କରୁଥିବା ଶିଳ୍ପୀ ଅନେକ ଭାବ, ମାନବିକତା, ସାମାଜିକତା ଦେଇପାରେ। ମୂର୍ତ୍ତିଏ ଯୋଗଜନ୍ମା ହେଲେ ଯୁଗ ଯୁଗ ଅମର ରହି ଗୋଟିଏ ସମୟର ସମାଜକୁ ବଞ୍ଚାଇରଖେ, ଐତିହ୍ୟର ଦିଗଦର୍ଶନ ଦିଏ ଏବଂ ସାମାଜିକ ସଂସ୍କୃତି ହୋଇଯାଏ। କିନ୍ତୁ ଆଜିର ଦିନରେ ଆମ ଓଡିଶାରେ ବହୁତ ପ୍ରଣୟ-ପ୍ରଣୋଦିତ ଦୃଶ୍ୟ ଶିଳାଶିଳ୍ପରେ ପ୍ରବେଶ କରିଛି। ଏହାକୁ ଆମର ଆରାଧ୍ୟ ମୁନିରଷି ସାତ୍ତ୍ୱିକତାର ସହିତ ଗ୍ରହଣ କରିବେ ତ ?"

ଦୁଲ୍ଲଭ କହିଲେ, "ଭାବୀ ଅମାତ୍ୟ ମହାଶୟ, ଶିଳାଶିଳ୍ପ ବିକାଶ ଧାରାର ଏକ ଦ୍ରୁତ ପାବଚ୍ଛ ଆସିଛି। ନିଶ୍ଚୟ ଜନ ବା ଦର୍ଶକ ସମର୍ଥନ ରହିଛି, ନହେଲେ ଶିଳ୍ପୀ କଅଣ ନିଜ ମନରୁ ଉଭଟ ଚିତ୍ରରେ ଶିଳ୍ପର ବିକାଶ କରିପାରନ୍ତା ? ସେଇ ସାମାଜିକ ଚରିତ୍ରଗୁଡ଼ିକ ଶିଳାଶିଳ୍ପର ଉତ୍କର୍ଷ ଭାବରେ କାଳକ୍ରମେ ବିବର୍ତ୍ତିତ ହୋଇଛି। କୌଣସି ସମୟରେ ଏହା ଧାର୍ମିକ ବା ରାଜନୈତିକ ବ୍ୟକ୍ତିତ୍ୱ ଦ୍ୱାରା ନିନ୍ଦିତ ବା ଭର୍ତ୍ସିତ ହେବାର ପ୍ରମାଣ ମିଳେନି। ଆମ ଦେଶର ସ୍ଥପତିମାନେ ମଣିଷର ଗୁପ୍ତଚରିତ୍ର ଅନାବୃତ କରି ମାନବିକ ରହସ୍ୟବାଦର ଉନ୍ମୋଚନ କରିଛନ୍ତି, ଏହା ସୁସ୍ପଷ୍ଟ। କିନ୍ତୁ ଏହାର ଶାସ୍ତ୍ରଗତ ସ୍ୱୀକୃତି ଓ ଆଧ୍ୟାତ୍ମିକ ଅଭିରୁଚି ଯୁକ୍ତି ସାପେକ୍ଷ। ସେ ଦୃଷ୍ଟିରୁ ଦେଖିଲେ, ଶିଳାଶିଳ୍ପ ଆମ ଉତ୍କଳରେ ଧର୍ମରୁ ଭାବ ଓ ପରବର୍ତ୍ତୀ ଅବସ୍ଥାରେ ପ୍ରଣୟ-ପ୍ରଣୋଦିତ ହୋଇ ଉଠିଛି। ଆମର ଶିଳ୍ପୀମାନେ ଏଥିରେ ଏମିତି ଧୁରନ୍ଧର, ପ୍ରତିଟି ସ୍ଥାପତ୍ୟରେ ପ୍ରୀତିର ମୋହର ରହିଥିବ।"

ତଥାପି ଶିବେଇ ନିଜ ମନର କ୍ଷୀଣ ଆଶଙ୍କାଗୁଡ଼ିକୁ ଆଲୋକ ସମ୍ମୁଖକୁ ଆଣିବାକୁ ଚାହିଁଲେ। ପଚାରିଲେ, ଆମ ଓଡ଼ିଆ ସାମରିକତାରେ ଜୀବନର ମୂଲ୍ୟ ପ୍ରାଣମୂର୍ଚ୍ଛା ସଂଗ୍ରାମ। ସମରରେ ଜୀବନ ହାରିଲେ ପୁଣ୍ୟ ବୋଲି ଆମର ସମରାର୍ଥୀବର୍ଗ ମତ ଦିଅନ୍ତି। ସେମାନଙ୍କ ପରିବାରରେ ବଂଶବୃଦ୍ଧି ନିମନ୍ତେ ଏହି ପ୍ରଣୟ ପ୍ରସାରୀ ସ୍ଥାପତ୍ୟ ସହାୟକ ବୋଲି କିଏ କିଏ କହନ୍ତି। ଆଉ କିଏ ବି କହନ୍ତି, ଓଡ଼ିଆ ନିରୀହ ଚରିତ୍ରରେ ବିଷାଦର ଭାବ ଆଉ ସନ୍ନ୍ୟାସୀ ହୋଇ ଗୃହତ୍ୟାଗ କରିବାର ମୋହକୁ ଦମନ କରିବା ପନ୍ତ୍ରା ହେଉଛି ଏମିତି ଯୌବନଭରା ସୁଲଭତାର ପ୍ରଦର୍ଶନ ତଥା ଏହି ଜୀବନଯୌବନର ପ୍ରତିଫଳନ ପ୍ରତିଟି ଜୀବ ମଧ୍ୟରେ।"

ଶିବେଇଙ୍କ ମନର ସନ୍ଦେହ ବୁଝି ପାରିଲେ ସୁରେନ୍ଦ୍ର। କହିଲେ, "ଭୋ ଗୁରୁଜନ, ଆପଣଙ୍କ ସଂଶୟ ଦୂର କରିବାକୁ ମୋତେ ପଦଟିଏ କହିବାକୁ ପଡ଼ିଲା। ଶିଳାଶିଳ୍ପର ପ୍ରମୁଖ କ୍ଷେତ୍ରଭାବରେ ଉତ୍କଳର ଏକାମ୍ର, ବିରଜା, ପୁରୁଷୋତ୍ତମ, ଉତ୍ତରର ଖିଚିଂରେ ଯେତେଯେତେ ଶିଳାଶିଳ୍ପୀ ଆଜି ବି ନିଜ ସଜ-ପାତିଲୀ ଧରି ଶିଳ୍ପ ତୋଳନ୍ତି, ସେମାନେ ଅକ୍ଷର ଶିକ୍ଷା ପରି ଦେବଦେବୀ, ସୁଶୋଭିତ ଯୌବନବତୀ ଅଳସକନ୍ୟା ଏବଂ ପରିଶେଷରେ ମନଲୋଭା ଯୁଗଳବନ୍ଦୀ ସ୍ଥାପତ୍ୟରେ ନିଜର କଳାନୈପୁଣ୍ୟ ପ୍ରଦର୍ଶନ କରନ୍ତି।

"ଆଜି ଆପଣ ଆମର ଗରାଖ ହୋଇ ଆସିଛନ୍ତି, ଆମ କାମର ଉଦାହରଣ ପରଖିବାକୁ। ମୁଁ ଆପଣଙ୍କୁ ନିମନ୍ତ୍ରଣ କରୁଛି, ଆମର ଗିରିକୂଳ ଶିଳ୍ପକୁଟିରେ ପଦାର୍ପଣ କରନ୍ତୁ, କହିଲେ ବରହୁ ମହାରଣା। ବରହୁ ହେଉଛନ୍ତି ସେହି ଶିଳ୍ପକୁଟି ସଂରକ୍ଷକ। ସରବ ମହାରଣାଙ୍କ ଅନୁଜ। ପଥରଖଣି ପାଖରେ ଏଇ ଛାମୁଡ଼ିଆ ଆକୃତିର କୁଟି ତଳେ ଅନେକ ଅଧାଗଢ଼ା ଦେବଦେବୀ ମୂର୍ତ୍ତି। ସେଗୁଡ଼ିକୁ ଦେଖିବା ପରେ ପଶ୍ଚିମ ମୁଣ୍ଡରେ ପଛ ପଟକୁ ବାଟ ଅଛି। ପଛ ଧାଡ଼ିଟି ବେଶ ଚଉଡ଼ା ଆଉ ଗୋଟିଏ ସୋପାନ ଉଚ୍ଚରେ ଅବସ୍ଥାପିତ। ତିନିଧାଡ଼ି ରହିଛି ଅନେକାଂଶରେ ସମ୍ପୂର୍ଣ୍ଣ ଗଢ଼ା ମନଲୋଭା ମୂର୍ତ୍ତି। ସେଇ ମଧ୍ୟମ ଖଣ୍ଡର ପଶ୍ଚିମ ଶେଷଭାଗରେ ପୁଣି ତୃତୀୟ ସୋପାନରେ ଅନେକ ଅବିଶ୍ୱସନୀୟ ପଥର ପ୍ରତିମା ଦଣ୍ଡାୟମାନ। ସେମାନେ ସତରେ ମଣିଷ ନହେଲେ ବି ମଣିଷଠାରୁ ଅଧିକ ଭାବପୂର୍ଣ୍ଣ। ଯୌବନର ବହ୍ନି ତୋଳିଦିଅନ୍ତି ପଥର ମୂର୍ତ୍ତିରେ। ମଣିଷର ମନ ହଜିଯାଏ, ପାଲଟିଯାଏ ବଣମଣିଷକୁ! ହଜିଯାଏ ତାର କୃତ୍ରିମ ସଙ୍କୋଚ ଭାବର ମାୟା।"

ବରହୁ ଉତ୍କଳର ଆଶାୟୀ ଅମାତ୍ୟଙ୍କୁ ଖୁବ୍ ଆନନ୍ଦ ସହକାରେ ମୂର୍ତ୍ତି ପ୍ରକୋଷ୍ଠକୁ ଘେନି ଯାଉଛନ୍ତି। ଏହି ଆନନ୍ଦ କେବଳ ମହାରଣା ତଥା ଶିଳାଶିଳ୍ପୀକୁଳକୁ ଜଣା।

ବିଗତ ପାଞ୍ଚଶ ବର୍ଷ ହେବ ଏମାନେ ଉତ୍କଳର ସମ୍ପଦଭରା ଶାସନ କାଳରେ ନୃପତିଙ୍କ ମନ କିଣି ପାରୁଥିଲେ। ଏହି ଅର୍ଦ୍ଧସହସ୍ର ବର୍ଷରେ ଉତ୍କଳୀୟ ରାଜନ୍ୟବର୍ଗ କଉଡ଼ି, ସୀସା, ସୁନା ଓ ରୁପାଠାରୁ ଶିଳା ଆଉ ଶିଳାଶିଳ୍ପକୁ ଅଧିକ ଆଦର କରୁଥିଲେ, କାରଣ ଉତ୍କଳୀୟ ଶିଳାଶିଳ୍ପୀ ବିସ୍ମୟ ସୃଷ୍ଟି କରୁଥିଲେ। ପୂର୍ବଜମାନଙ୍କର ଏକାମ୍ର କୀର୍ତ୍ତି ସେମାନଙ୍କୁ ଏମିତି ଆକର୍ଷିତ କରୁଥିଲା, ଏଇଟା ନିଜ ନାମକୁ ଅମର କରିବାର ଏକ ସହଜ ଉପାୟ ବୋଲି ନିଶ୍ଚିତ ହେଉଥିଲେ।

ବରଞ୍ଚ ପଦେ ଦିପଦ କଥା ହେଲେଣି ଶିବେଇଙ୍କ ସହିତ। ଉତ୍କଳର ଲାଞ୍ଚୁଲା ନୃପତି ସମଗ୍ର ପୂର୍ବ ଭାରତରେ ବିଶାଳ ଓଡ଼ିଶାର ନେତୃତ୍ୱ ନେଇ ସମସ୍ତ ମନ୍ଦିରଗୁଡ଼ିକର ଉନ୍ନତିକଳ୍ପେ ବହୁ ଅର୍ଥ ପ୍ରଦାନ କରିଛନ୍ତି। ସେତିକି ନୁହେଁ ସାଥିରେ କିଛି ଉତ୍କଳୀୟ ଶିଳାଶିଳ୍ପୀ ନେଇ କପିଳାସ, ବାଲେଶ୍ୱର ଗୋପୀନାଥ ଆଉ ସୀମାଦ୍ରିର ମନ୍ଦିର ସୁରକ୍ଷା କରନ୍ତି। ତାଙ୍କର ସେନାପତି ଭିଣୋଇ ବଂଗାଳାରେ ନିଧନ ହେବାପରେ, ବିଧବା ଭଉଣୀ ମଧ ବିନ୍ଦୁସାଗର ପୂର୍ବବନ୍ଧରେ ସ୍ୱାମୀଙ୍କ ସ୍ମୃତିରେ ବିଷ୍ଣୁ ମନ୍ଦିରଟିଏ ତୋଳାଇବାର ମସୁଧା କରୁଛନ୍ତି। ସତରେ ଉତ୍କଳରେ ଗଙ୍ଗ ନୃପତିମାନେ ଲୋକପ୍ରିୟ, ପଥରର କାରୁକାର୍ଯ୍ୟ ପ୍ରତି ଅସୀମ ଶ୍ରଦ୍ଧା। କିପରି ବଂଶଗତ ଭାବରେ ବଦ୍ଧମୂଳ ଧାରଣା ରହିଛି, ଶିଳାଶିଳ୍ପ ଅମର କରିପାରେ ଜଣେ ମଣିଷକୁ।

ବରଞ୍ଚ ହାତଯୋଡ଼ି ନମସ୍କାର କରନ୍ତି ଶିବେଇଙ୍କୁ। ମନରେ ତାଙ୍କର ଭାବନା ଉଦ୍ରେକ ହୁଏ, ଏଇ ଅମାତ୍ୟ, ପାତ୍ର ଆଉ ମହାପାତ୍ରମାନେ ହିଁ ଶିଳ୍ପୀଙ୍କୁ ନୃପତିଙ୍କ ସମୀପ କରାନ୍ତି ଓ ଏକାମ୍ର ସାଧାରଣ ମାଟି ଖୋଲୁଖୋଲୁ ମହାଦେବ ପାଇଲେ, ଏହାର ପ୍ରମାଣ ଦେଇ ବିଶାଳ ମନ୍ଦିରଟିଏ ତୋଲିବାର ନିଧାର୍ଯ୍ୟ ଜବାବ ପାଆନ୍ତି ରାଜପରିବାରରୁ।

ଏହି ସମୟରେ ସେମାନେ ଶିଳ୍ପକୁଟି ଭିତରକୁ ପଶିବା ଆରମ୍ଭ କରୁଛନ୍ତି।

ମନଧାନ ଦେଇ ଶିବେଇ ସମତଳ କ୍ଷେତରେ ସମ୍ପୂର୍ଣ୍ଣ ବା ଅସମ୍ପୂର୍ଣ୍ଣ ଦେବଦେବୀ ମୂର୍ତ୍ତି ଦେଖିଚାଲିଛନ୍ତି। ହର-ଗୌରୀ ପ୍ରତିମା, ମା କାଳୀ, ଭୈରବ, ଦୁର୍ଗା, ବିଷ୍ଣୁ ଓ ଗରୁଡ଼,ହନୁମାନ, ଗଣେଶ ଆଉ କେତେ ସୁନ୍ଦର ଖୋଦିତ ମୂର୍ତ୍ତି। ଅନେକ ବିଶ୍ୱକର୍ମା ବି ନିଜର ମୁନିଆ ସଜ ଆଉ ବାରିସି ଧରି ସୂକ୍ଷ୍ମ ନିର୍ମାଣରେ ଲାଗି ପଡ଼ିଥାନ୍ତି, ମୁହଁର ଝଲକ ଦେବାରେ କି ଅଧିକ ଜୀବନ୍ତ କରିବାରେ।

ବହୁ ପ୍ରଶଂସା କରୁଛନ୍ତି ଶିବେଇ ସାନ୍ତରା ଏକାମ୍ର ଶିଳାଶିଳ୍ପୀଙ୍କୁ। ଅସମ୍ଭବ କୃତିତ୍ୱର ପ୍ରଦର୍ଶନ ଏହି ଉତ୍କଳୀୟ ମୂର୍ତ୍ତିଗୁଡ଼ିକରେ। ଏଗୁଡ଼ିକ ଯେ ମାନବିକ ଭକ୍ତିଭାବର ଯଥେଷ୍ଟ ଉଦାହରଣ। ଦେବାଦେବୀଙ୍କ ଏହି ରୂପ ଓଡ଼ିଆ ମାନସିକତାକୁ ଗଭୀର ଭାବରେ

ପ୍ରଭାବିତ କରୁଛି । ମନ୍ଦିରର ଅଧ୍ୟୁଷିତ ଦେବାଦେବୀଙ୍କ ସହିତ ପାର୍ଶ୍ୱଦେବଦେବୀ ମାନେ ଭକ୍ତିପୂତ ଓଡ଼ିଆପ୍ରାଣରେ ଜୀବନୀଶକ୍ତି ସଂଚାର କରନ୍ତି । ଯାହା ଦିଶେ ମନ୍ଦିର ଗାତ୍ରରେ, ତାହା ଓଡ଼ିଆମାନଙ୍କର ଆଧ୍ୟାତ୍ମିକ ଶକ୍ତି ।

ଏବେ ପାଦ ଉଠାଇ ଦ୍ୱିତୀୟ ସୋପାନରେ । ଏଇଟି ଟିକିଏ ପ୍ରଶସ୍ତ ଆଉ ଗୋଲାକାର । ସବୁ ମୂର୍ତ୍ତିଗୁଡ଼ିକର ଗଢ଼ଣ ସରିଆସିଲାଣି ପ୍ରାୟ । ମଝିରେ ଠିଆ ହୋଇଛନ୍ତି ଶିବେଇ । ଅନ୍ୟ ତିନିଜଣ ଦୂରରୁ ଅନେଇଛନ୍ତି ଶିବେଇଙ୍କୁ । ଭୋଲ ହୋଇଯାଇଛନ୍ତି ଶିବେଇ । ନିର୍ନିମେଷ ଦୃଷ୍ଟି ତାଙ୍କର ପ୍ରତିଟି ମୂର୍ତ୍ତି ଉପରେ । ଟିକିଏ ସମୟ ଲାଗୁଛି ।

ଗୋଟିକ ପରେ ଗୋଟିଏ ମୂର୍ତ୍ତି ନିରବରେ ଦେଖିଚାଲିଛନ୍ତି । ପ୍ରତିଟି ମୂର୍ତ୍ତି ପୂର୍ବ ମୂର୍ତ୍ତିଠାରୁ ସୁନ୍ଦର । ଉତ୍କଳୀୟ ଶିଳ୍ପୀଶିଳ୍ପୀ ଯେମିତି ଅଧିକ ଗୁଣ ଦେଇ ଚାଲିଛି ଏଇ କାମିନୀମାନଙ୍କ ବସ୍ତ୍ରରେ, ଅଳଙ୍କାରରେ, ହସରେ, ଆଗମନୀ ଚାହାଁଣୀରେ । ଏଇ ତରୁଣୀମାନେ ଷୋଡ଼ଶୀ, ସୁନ୍ଦରୀ । ଦୃଷ୍ଟି ପଡ଼ିଗଲେ ଋଷି ବି ଟଳିଯିବେ । କେହି ବି ସେମାନଙ୍କ ନିମନ୍ତ୍ରଣକୁ ଏଡ଼ାଇ ଯାଇ ପାରିବେନି । ଏକୁ ଆରେକ ସୁନ୍ଦରୀ, ସେମାନଙ୍କ ନିମନ୍ତ୍ରଣର ଚାତୁରୀ ଅର୍ଥପୂର୍ଣ୍ଣ ।

ହଜି ଯାଇଛନ୍ତି ଶିବେଇ । ଗୋଟିଏ ସଚରିତ୍ର ଉତ୍କଳୀୟ ବ୍ୟକ୍ତିତ୍ୱ । ପ୍ରଥମେ ଦେଖନ୍ତି ନିଜ ମାନସଦୃଷ୍ଟିରେ । ନିଜ ପ୍ରିୟତମାକୁ ଅଳସୀକନ୍ୟା ରୂପରେ, ମୁହଁ ବୁଲାଇ ଚତୁର୍ଦିଗରୁ ଦୃଷ୍ଟି ନିକ୍ଷେପ କରୁଥିବା ପ୍ରତିଟି ଅପରୂପା ଯୌବନାବତୀମାନଙ୍କ ସରାଗରେ । ସମସ୍ତେ ତ ତାଙ୍କ ଅର୍ଦ୍ଧାଙ୍ଗିନୀର ରୂପ ନେଇଛନ୍ତି । ସେ କ'ଣ ମରୁଭୂମିର ମରିଚୀକାରେ ଫସି ଗଲେ କି ? ମୋହ ସୃଷ୍ଟି କରୁଥିବା ଅଳସ ଆଉ ଧୀର ସ୍ୱଭାବରୁ । ନିଜ ଦାମ୍ପତ୍ୟ ପ୍ରାଣରେ ଉନ୍ମାଦନା ଆସୁଛି ।

କିନ୍ତୁ କେଇ ମୁହୂର୍ତ୍ତରେ କ'ଣ ଏତେ ପରିବର୍ତ୍ତନ ଘଟୁଛି ଶିବେଇଙ୍କର ମାନସିକତାରେ ? ଅଳସୀକନ୍ୟା ନିଜ ପ୍ରିୟତମା ଠାରୁ ଭିନ୍ନ! ଅନେକ ପାଷାଣୀ ଦର୍ଶକ ହୃଦୟରେ ପ୍ରେମର ତରଙ୍ଗ ସୃଷ୍ଟି କରିବାର ଅପୂର୍ବ କଳା ନେଇ ଆବିର୍ଭାବ ହୋଇଛନ୍ତି । ମୋହିତ ହୋଇ ଭ୍ରମରେ ପଡ଼ିଯାଇଛନ୍ତି ଶିବେଇ । ନୟନ ତାଙ୍କର ବିଦ୍ଧ ହୋଇଯାଇଛି ସେଇ ଅପରୂପରେ । ଦୃଷ୍ଟି ତାଙ୍କର ଫେରୁନାହିଁ ଆଉ ବରହୁ ଆଡ଼କୁ ।

ଏବେ ବରହୁ ଶିବେଇଙ୍କ ପାଖରେ ପହଞ୍ଚିଯାଇଛନ୍ତି । ଶିବେଇ ପଚାରୁଛନ୍ତି ବରହୁଙ୍କୁ । "ତୁମେ ତ ସୁରଭୋଗ୍ୟ ସୁରକନ୍ୟାକୁ ଓଡ଼ିଶାରେ ଦର୍ଶକ ବିଭୋର ଅଳସୀକନ୍ୟା ଭାବରେ ଅବତାରଣା କରିଛ । ପୁଣି କେତେ ସୁନ୍ଦର ଭାବରେ ରୂପାନ୍ତରିତ କରିଛ ଦର୍ପଣ ହାତରେ ଧରି ପ୍ରସାଧନରତା କନ୍ୟା ରୂପରେ । କେତେବେଳେ ବି ସେ ପ୍ରେମ ଶିଖରେ ପତ୍ର ଲେଖନ ଲେଖୁଛି ନିଜର ଦୂର ବନ୍ଧୁ ପାଖକୁ । କେତେ କେତେ ରୂପ । କୁନି ପୁଅଟିଏ କାଖେଇ ନିଜର ଯୌବନ ଦର୍ଶନ କରାଇବାକୁ ଅନାଇ ବସିଛି କିଏ ତ କିଏ ଶାଳଭଞ୍ଜିକା ସାଜି ନିଜ ବକ୍ଷ ପ୍ରଦର୍ଶନ କରି ଶାଳଗଛର ଡାଲପତ୍ର ଭାଙ୍ଗିବାରେ ଲାଗିଛି ? ଧୀର ଚିତ୍ର ପ୍ରକୃତିର ମୂଳ ଅନୁଭବ । ପଥରକୁ ମଣିଷ ଠାରୁ ଅଧିକ ଜୀବନ୍ତ କରିଦେଉଛି ।"

ହସି ହସି ବରହୁ ଉତ୍ତର ଦିଅନ୍ତି, "ପଥର ଶିଳ୍ପ କାମ କଠିନ, କିନ୍ତୁ ଏଇ ପଥରରେ ଅଛି ଚିରଜୀବୀ ପ୍ରାଣପ୍ରବାହ ଆଉ ସମ୍ମୋହନ । ଆମେ ଯାହା ଜୀବିକା ହିସାବରେ ଏଇ ପଥର ଆଦରି ପଡ଼ିଛୁ, ଦେଖନ୍ତୁ ଉତ୍କଳର ଅର୍ଦ୍ଧ ସହସ୍ରାଧିକ ନୃପତିମାନେ

କିପରି ଏହି ପଥରର ଅଠାକାଠିରେ ଯନ୍ତ୍ରହୋଇ ଏକାମ୍ରକୁ ମନ୍ଦିର ମଣ୍ଡିତ କରିଦେଇଛନ୍ତି !”

ମନ ପୂରି ଯାଉଛି ଶିବେଇଙ୍କର । ମନ୍ତ୍ରଚାଳିତ ପରି ଯେମିତି ସିଏ ଇଚ୍ଛା ବିରୁଦ୍ଧରେ ଶିଳ୍ପକୁଟି ଭିତରେ ତୃତୀୟ ସୋପାନକୁ ଆରୋହଣ କରୁଛନ୍ତି । ଏହି ନୂତନ ସୋପାନର ଆୟତନ ଅପେକ୍ଷାକୃତ ଛୋଟ । ମୂର୍ତ୍ତି ଗୁଡ଼ିକ ଅନେକାଂଶରେ ଅର୍ଦ୍ଧନିର୍ମିତ ।

ଚମକି ପଡ଼ିଲେ ଶିବେଇ ସାନ୍ତରା । ଅସଂଖ୍ୟ ନଗ୍ନ ମୂର୍ତ୍ତି । କାମାତୁର ପ୍ରେମୀଯୁଗଳ । ଭଲିଭଲି ଚାହିଁ ନପାରିଲା ଦୃଶ୍ୟ । ବାସ୍ତବରେ କଅଣ ଜଗତର ଅନ୍ଧାର ରାତିର ଅଦେଖା ରୂପ କରି ଦେଖାଇ ପାରିବ ? ଏଇଟା କଅଣ ମଣିଷର ସୂକ୍ଷ୍ମ ମନର ବିବେଚନା ?

ପାଟିରୁ ଶିବେଇଙ୍କର ବାହାରି ପଡ଼ିଲା, ‘‘ଏଇ ତୃତୀୟ ସୋପାନ କଅଣ ଏମିତି ପ୍ରଣୟ-ପ୍ରଣୋଦନ ଶିଳାଭାସ୍କର୍ଯ୍ୟର ଆଚରଣ ଧାରଣ କରିଛି ? ଆମ ଧର୍ମପରମ୍ପରା ଆଉ ସାମାଜିକ ଚଳଣି ଏହାକୁ ଗ୍ରହଣ କରିବ ତ ? ଏହାକୁ ଦେଖିଲେ ଦର୍ଶକ ମୁହଁ ଆଡ଼େଇଦେବେ ଶିଳାଶିଳ୍ପ ଦେଖିବାକୁ । ଉତ୍କଳୀୟ ସମାଜର ପରିବାର ପରମ୍ପରାରେ କିଏ ବା ଚାହିଁବ ଏ ନଗ୍ନ କାମୁକା ମୂର୍ତ୍ତିଗୁଡ଼ିକୁ ? ଶିଳ୍ପୀ ନିଜ ପରିଶ୍ରମର ମର୍ଯ୍ୟାଦା ପାଇବ ତ ?’’

ଏଥର ସରବୁ ଉତ୍ତର ଦେଲେ, ‘‘ଅମାତ୍ୟ ମହୋଦୟ, ଶୁଣିବା ହେଉ । ଶିଳାଶିଳ୍ପ ଯୁଗ ପରେ ଯୁଗ ନିଜ ଭାସ୍କର୍ଯ୍ୟକୁ ରଙ୍ଗିମନ୍ତ କରି ଆଗେଇ ଚାଲିଛି । ତା ଭିତରେ ଲୋକାଦୃତି ନେଇ ଶିଳାଶିଳ୍ପ ଅଳସକନ୍ୟା ସୋପାନରୁ ଏହି ଅବ୍ୟକ୍ତ ନଗ୍ନ ଶିଳ୍ପକୁ ଆଦରି ନେଇ ବହୁ ଦର୍ଶକଙ୍କୁ ଆକର୍ଷିତ କରିପାରିଛି । ଆମ ଉତ୍କଳରେ ବି ଏହାର ଅନେକ ଉଦାହରଣ ରହିଛି । ସର୍ବ ପୁରାତନ କାର୍ଭିଂରେ ଖଣ୍ଡଗିରି ଉଦୟଗିରିର ଗୋଟିଏ ପ୍ରୀତିବୋଲା ଦୃଶ୍ୟରେ ହାତୀଟିଏ କିପରି ଭାବମୟ ହୋଇଛି, ଶିଳ୍ପୀର ମାନସିକତାର ପରିଚୟ ଦିଏ । ଏମିତି କି ଲଳିତଗିରିର ପୁରାତନ କାର୍ଭିଂଗୁଡ଼ିକରେ ଅଳସକନ୍ୟାଗୁଡ଼ିକର ପ୍ରଣୟ ଚିତ୍ର ଆଭାସ ମିଳେ । ଆମର ଅଳସକନ୍ୟା ପ୍ରାଚୀନଦୀଧାରା ସଂସ୍କୃତିରୁ ଆରମ୍ଭ ହୋଇ ମୁକ୍ତେଶ୍ୱର ମନ୍ଦିର ୬ରେକା କାନ୍ଥରେ ପରିଦୃଷ୍ଟ ହୁଏ । ଶିଳାଶିଳ୍ପ ସମାଜର ଅଗୋଚରରେ ନିତ୍ୟବର୍ଦ୍ଧମାନ ଆଉ ଏହି ରୂପକୁ ଆସିବାରେ ଅଜନ୍ତା ଏଲୋରାର ଶିଳାଶିଳ୍ପ ଗୋଟିଏ ବିପ୍ଳବ ସୃଷ୍ଟି କରିଛି । ଆମ ଉତ୍କଳୀୟ ବିଶ୍ୱକର୍ମାମାନେ ବି ତହିଁରେ ଶ୍ରମଦାନ କରିଛନ୍ତି । କେବଳ ସେତିକି ନୁହେଁ, ଏହି ପ୍ରଣୟ-ପ୍ରଣୋଦିତ ଭାସ୍କର୍ଯ୍ୟ ମନ୍ଦିର ଦର୍ଶକମାନଙ୍କର ଦୃଷ୍ଟିକଟୁ ହେଉନି । ଏହା ଶାସ୍ତ୍ରସଙ୍ଗତ । ପରୋକ୍ଷରେ କାମସୂତ୍ରର ଧାରା ବହନକରେ ।

ଶିବେଇ କହିଲେ, "ମୁଁ ଅଜନ୍ତା ଏଲୋରା ବିଷୟରେ ଶୁଣିଛି। ଆମ ରାଜରାଣୀ ସେମିତି କିଛି ବହନକରେ। ସାମାଜିକତା ଆଉ ଲୋକ ଆଦର ନେଇ ମୋର ଯେଉଁ ସଂକୀର୍ଣ୍ଣତା ଅଛି, ତାହା ମୁଁ ସହଜରେ ତ୍ୟାଗ କରିପାରୁନି। କିନ୍ତୁ ଏଇଟା ନିହାତି ସତ, ଆମର ପ୍ରତିମା ବିଧ୍ୱଂସୀ ଯବନମାନେ ଏହିପରି ଦୃଶ୍ୟଦେଖି ମନ୍ଦିର ଭାଙ୍ଗିବାର ପ୍ରୟାସରୁ କ୍ଷାନ୍ତ ହେବେ।"

"ତେବେ, ମୋର ଗୋଟିଏ ସଂଶୟ ରହୁଛି, ଆମେ ଲାଙ୍ଗୁଲା ନରସିଂହଙ୍କର ଯେଉଁ ବିଶାଳ ମନ୍ଦିର ଅର୍କ କୋଣରେ ନିର୍ମାଣ କରିବାକୁ ଯାଉଛୁ, ତାହା କଅଣ ଏମିତି ପ୍ରଣୟ ଚିତ୍ର ବହନ କରିବ ?"

ସରବୁ, ବରହ୍ମୁ ମିଳିତ ସ୍ୱରରେ କହିଲେ, "ଲାଙ୍ଗୁଲା ନୃପତି ଆମ ଶିଳ୍ପୀକୁଟିକୁ କେତେ ଥର ଆସିଲେଣି। ଆମକୁ ଗୋଟିଏ ପ୍ରଶିକ୍ଷଣ କେନ୍ଦ୍ର ଗଠନ କରି ବିଶେଷ ଭାବରେ ମିଥୁନ ମୂର୍ତ୍ତି ଗୁଡିକର ଧାରା ସୃଷ୍ଟି କରିବାର ଆହ୍ୱାନ ଦେଇଛନ୍ତି। କେବଳ ମଣିଷ ନୁହେଁ, ଜୀବଜଗତର ମିଳନ ଚିତ୍ରରେ ନୂତନ ମନ୍ଦିର ଚିତ୍ରମୟ କରିବାକୁ ଅନୁମତି ଦେଇଛନ୍ତି। ସକାରାତ୍ମକମାନେ ଏ ଦୃଶ୍ୟରୁ ବହୁମତେ ଉନ୍ମାଦନା ପାଇବେ, ନକାରାତ୍ମକମାନେ ମୁହଁ ଲୁଚାଇ ଫେରିଯିବେ।"

ଶିବେଇ ଆଶ୍ୱସ୍ତ ହେଲେ। ମଣିମାଙ୍କର ଦୂରଦୃଷ୍ଟିକୁ ସମ୍ମାନଦେଇ ଖଣ୍ଡଗିରି ପଛରେ ଅସ୍ତଗାମୀ ସୂର୍ଯ୍ୟଙ୍କ ଆଡ଼କୁ ଚାହିଁଲେ। ତାଙ୍କ ମନକୁ ଆସୁଛି, ସମ୍ମୋହିନୀ ଜିତାପଟ ହୋଇଯାଇଛି।

ଜଗନ୍ନାଥ ଭୂମି

ସୁବର୍ଣ୍ଣ ଆଉ କାର୍ତ୍ତିକ । ମୁହଁକୁ ମୁହଁ ଯୋଡ଼ି ବସିଛନ୍ତି ପୁରୀ ଶ୍ରୀମନ୍ଦିର ପୋଲିସ୍ ଫାଣ୍ଡି ବାରଣ୍ଡାରେ । କେତେ କେତେ କଥା ମନକୁ ଚାଲି ଆସୁଛି । ଆଖ୍ ଦୁଇଜଣଙ୍କର ଲୋତକପୂର୍ଣ୍ଣ । ପାଖରେ ଠିଆ ହୋଇଛନ୍ତି ପୁଅ ଆଉ ବୋହୂ ।

କିଛି କହିବକହିବ ବୋଲି କାର୍ତ୍ତିକ ଚାହୁଁଥିଲା । କୋହରେ ମୁହଁରୁ କିଛି ବାହାରିଲାନି । ତାର ଏମିତି କାନ୍ଦୁରା ମୁହଁ ଦେଖ୍ ସୁବର୍ଣ୍ଣ ଦୁଃଖରେ ଫାଟି ପଡ଼ିଲା । କଅଣ କରିବେ ଏବେ ସେମାନେ ? ସମୟ ସେମାନଙ୍କର ଭଲ ପଡ଼ିଲାନି ।

ଦୁଇଜଣ ଆସିଛନ୍ତି ସୁଦୂର ଇଣ୍ଡୋନେସିଆର ବାଲି ଦ୍ୱୀପରୁ । ଜୀବନର ଗୋଟିଏ ନିର୍ଣ୍ଣୟ ନେଇ ମନର ଅରମାନ ମେଣ୍ଟାଇବାକୁ ପୁରୀ ଧାଇଁ ଆସିଛନ୍ତି । ଧର୍ମବିଶ୍ୱାସୀ ବାଲି ଦ୍ୱୀପର ହିନ୍ଦୁ ସେମାନେ । ଜାତିରେ ସେମାନେ ବୈଶ୍ୟ ସେଠିକାର ହିନ୍ଦୁ ସମାଜରେ । ଭାବପ୍ରବଣ ହୋଇ ଆସିଛନ୍ତି ଭାରତ ବର୍ଷର ଏଇ ପୁଣ୍ୟଭୂମି ଓଡ଼ିଶାକୁ ।

କାର୍ତ୍ତିକ ବାଲିଦ୍ୱୀପର ରାଜଧାନୀ ଡେନ୍‌ପାସର ସହରତଳି ସର୍ବଗୀତା ପାଖର ଗୋଟିଏ ଗାଁର ବାସିନ୍ଦା । ଜମିବାଡ଼ି କିଛି ଅଛି, ହାଇସ୍କୁଲ ସମତୁଲ ପରୀକ୍ଷା ପାସ୍ କରିବା ପରେ ସିଏ କୌଣସି ହୋଟେଲରେ କାମ କରି ଚଳିଯାଏ । ଅଳ୍ପଅଳ୍ପ ଇଂରାଜୀ କହି ପାରୁଥିବାରୁ ହୋଟେଲ ମାଲିକ ତାଙ୍କୁ ଅନେକ ସମୟରେ ଟୁରିଷ୍ଟ ବସ୍‌ରେ ଗାଇଡ୍ ଭାବରେ ପଠାଇ ଥାଆନ୍ତି । ଏମିତି ବାଲିଦ୍ୱୀପର ରାଜଧାନୀ ଡେନପାସର ଗୋଟିଏ ପର୍ଯ୍ୟଟନ ତୀର୍ଥ ପାଲଟି ଯାଇଛି । ବେଶ୍ ଭଲ ଯାତ୍ରୀ ବ୍ୟବସାୟ ବାଲିରେ, କେତେ କେତେ ଆମେରିକା, ଅଷ୍ଟ୍ରେଲିଆ, ନିଉଜିଲାଣ୍ଡ ଓ ଭାରତ ପର୍ଯ୍ୟଟକ ।

ବହୁ ଦେଶର ପର୍ଯ୍ୟଟକମାନଙ୍କ ଦ୍ୱାରା ହୋଟେଲଗୁଡ଼ିକ ସବୁବେଳେ ଭର୍ତ୍ତି । ବହୁ ଭାରତ ଲୋକ ବି ଏଠାକୁ ଆସନ୍ତି । ସେମାନେ ହଁ ହିନ୍ଦୁ । କାର୍ତ୍ତିକ ସୁବର୍ଣ୍ଣକୁ କହିଥାଏ, ଆମେ ବାପାଜେଜେଙ୍କ ଠାରୁ ଶୁଣିଛୁ ସେମାନଙ୍କ ପୂର୍ବପୁରୁଷମାନେ ଭାରତରୁ

ଆସିଛନ୍ତି । ଏତେ ପୂର୍ବରୁ ଆସିଛନ୍ତି ଯେ, କେହି ସମୟ କଳନା କରିପାରିବେନି । ମନରେ ଗୋଟିଏ ଭାବ ଆସେ, ଏହି ପର୍ଯ୍ୟଟକମାନଙ୍କୁ ଦେଖିଲେ । ଦିନେଦିନେ ଏମିତି ଜଣେ ଅଧେ ବିଦେଶୀ ହାବୁଡ଼େ ପଡ଼ିଗଲେ ତାଙ୍କର ହାବଭାବ ଦେଖିଲେ ନିଜର ନିଜର ବୋଲି ମନେହୁଏ । ହେଲେ ମନରେ କେତେ କଥା ଚିନ୍ତାକୁ ଆସିଯାଏ କାର୍ତ୍ତିକଙ୍କର । କହିବାକୁ ସାହାସ ଯୁଟାଇ ପାରେନି ।

ସବୁବେଳେ ଏହି ହିନ୍ଦୁ ପର୍ଯ୍ୟଟକଙ୍କ କଥା କହି ଚାଲେ କାର୍ତ୍ତିକ । ସୁବର୍ଣ୍ଣ ଶୁଣିଶୁଣି ଅଭ୍ୟସ୍ତ ହୋଇ ଗଲାଣି । ଯଦି କେତେବେଳେ ନୂଆ କଥାଟିଏ କାର୍ତ୍ତିକ କହିବ, ସେଇଟା ଭାରତୀୟ ହିନ୍ଦୁ ପର୍ଯ୍ୟଟକଙ୍କ ବିଷୟରେ ଆଉ ତନ୍ମୟ ହୋଇ କହିଚାଲେ ସେମାନଙ୍କର କଥାଭାଷା, ଚାଲିଚଳଣି କି ହାବଭାବ । ଯେଉଁଦିନ ଜଣେ ଇଣ୍ଡିଆନ୍ ଯାତ୍ରୀ ପାଇ ନଥିବ ଆଉ ଦି ପଦ କଥା ହୋଇ ନଥିବ କାର୍ତ୍ତିକକୁ ରାତିରେ ନିଦ ଆସେନି ।

କାର୍ତ୍ତିକର ପୁଅ ରଷ୍ମି । ସିଏ ଏବେ ଜଣେ ଆଇ.ଟି. ପରସୋନେଲ୍ । ଆମେରିକାରେ ଚାକିରି କରେ । ମା ବାପାଙ୍କ କୃପାରୁ ସଫ୍ଟୱେୟାର ଇଞ୍ଜିନିୟର ହୋଇ କୌଣସି ଆମେରିକାନ୍ ଆଇ.ଟି. କମ୍ପାନୀରେ ନିଯୁକ୍ତି ପାଇଛି । ବାହାସାହା ସରିଗଲାଣି । ବୋହୂଟିର ନାଁ ପ୍ରାଚୀ ।

ମା ପୁଅ ଦି ଜଣ କାର୍ତ୍ତିକର ଧାର୍ମିକ ଆଚରଣରେ ଯେତିକି ସ୍ୱୟୀଭୂତ ତାଙ୍କର ହିନ୍ଦୁପ୍ରୀତିରେ ସେତିକି ଆଶ୍ଚର୍ଯ୍ୟ । ପ୍ରତିଦିନ ଗୋଟିଏ ଗୋଟିଏ ନୂଆ ନୂଆ ଭାବନା । ସତରେ ସୁବର୍ଣ୍ଣ ବି କାର୍ତ୍ତିକ ପରି ନୈଷ୍ଠିକ ହିନ୍ଦୁଘରର ଝିଅ ସେଇ ବାଲିଦ୍ୱୀପର । କିନ୍ତୁ ତାର ଚିନ୍ତାଧାରା ଏମିତି ଭାରତ ଯାଏ ଲମ୍ବିଯାଇନି । ସିଏ ବାଲିଦ୍ୱୀପର ହିନ୍ଦୁମାନଙ୍କ ମଧ୍ୟରେ ଯେଉଁ ଚାରି ଜାତିର ଲୋକ ଅଛନ୍ତି ସେଇ ବ୍ରାହ୍ମଣ, କ୍ଷତ୍ରିୟ, ବୈଶ୍ୟ ଆଉ ଶୂଦ୍ର ଜାତି ମଧ୍ୟରୁ ବ୍ରାହ୍ମଣ ଘରର ଝିଅ । କିନ୍ତୁ ସେଇ ଚାରି ଜାତି ମଧ୍ୟରେ ଏମିତି ବୈବାହିକ ସମ୍ବନ୍ଧରେ ଜାତି କିଛି ଅନ୍ତରାୟ ହୁଏନି । ଘରଘର ଭିତରେ ରାଜି ତ ବିଭାଘର ହୋଇଯାଏ । ସେମିତି ସୁବର୍ଣ୍ଣ କାର୍ତ୍ତିକର ହୋଇଛି ଧର୍ମପତ୍ନୀ ।

ଦିନକର କାର୍ତ୍ତିକ କହେ, "ଆଜି ମୋତେ ଜଣେ ହିନ୍ଦୁ ପର୍ଯ୍ୟଟକ ଆମ ବାଲିର ହିନ୍ଦୁଙ୍କ ବିଷୟରେ ଅନେକ କଥା ପଚାରିଲେ । ମୋତେ କହିବାକୁ ଭଲ ଲାଗିଲା । କିନ୍ତୁ ପ୍ରଥମେ ଯାହା ପଚାରିଲେ, ମୋର ଅକଳ ଗୁଡ୍ଡୁମ୍ ହୋଇଗଲା, ଏମିତି ବିଧର୍ମୀ କଥା ସେ ପଚାରି ପାରିବେ, ମୁଁ କେବେ ବି କଳ୍ପନା କରି ନ ଥିଲି । ଦଳେ ହିନ୍ଦୁଙ୍କ ଭିତରେ ସିଏ କେବଳ ତୁହାକୁ ତୁହା ବାଲିର ହିନ୍ଦୁ ସମାଜ ବିଷୟରେ ଜାଣିବାକୁ ଚାହୁଁଥିଲେ ।"

ସୁବର୍ଷ ପଚାରିଲା, "କଅଣ ଏମିତି ପଚାରିଲେ ଯେ ତୁମର ଅକଲ ଗୁଡୁମ୍‌ ହୋଇଗଲା ?"

"ତୁମ ବାଲିର ହିନ୍ଦୁମାନେ ଗୋମାଂସ ଖାଆନ୍ତି କି ?"

"ତୁମେ କଅଣ କହିଲ ?"

"ମୁଁ କହିଲି ବୃଷଭ ପରା ଶିବଙ୍କ ବାହ୍ୟନ !"

ମନକୁ ପାପ ଛୁଇଁଲା ଆମକୁ ଏମିତି ଭାବୁଛନ୍ତି ବୋଲି । ବଡ଼ ପାଟିରେ "ଗାୟତ୍ରୀ ମନ୍ତ୍ର" ମନ୍ତ୍ରଟି ଗାଇଲି ।

ଶୁଣି ଦୁଃଖୀ ହୋଇଗଲେ ସେଇ ପର୍ଯ୍ୟଟକ । କହିଲେ, "ସେଇ ମନ୍ତ୍ରଟି ଗାଉଛ ଗାୟତ୍ରୀ ମନ୍ତ୍ର । କେବେଠାରୁ ଶିଖିଲଣି ? କିଏ ଶିଖାଇଛି ?"

କହିଲି, "ଏଇଟି ଆମର ନିତି ଜପା ମନ୍ତ୍ର । ହିନ୍ଦୁତ୍ୱର ସଙ୍କେତ ।"

"କାର୍ତ୍ତିକ ତୁମର ମନ କଷ୍ଟ ଦେଲି ବୋଲି ଦୁଃଖିତ । ତୁମର ନାଁଟା ତ ଆମ ଦେଶ ନାଁ ପରି । ଗୋଟିଏ ଧର୍ମମାସର ନାଁ । ଅନ୍ତତଃ ସେହି ଧର୍ମ ମାସରେ ଆମ ରାଜ୍ୟରେ ଯେତେ ପୁଅ ଜନ୍ମ ହୁଅନ୍ତି, ସେଇ ପିଲାଙ୍କ ନାଁ କାର୍ତ୍ତିକ ଦିଆଯାଏ । ଧର୍ମରେ କାର୍ତ୍ତିକଙ୍କ ପିତା ଶିବ । ତାଙ୍କ ବାହନ ବୃଷଭ । ତୁମର ମନ ଦୁଃଖ କରନି, ମୁଁ ଅଜାଣତରେ ଏମିତି ପଚାରି ଦେଇଛି । କ୍ଷମା କରିବ ।"

"ସେଇ ବାବୁଙ୍କ ନାଁ କି ଠିକଣା ମୁଁ ପଚାରି ପାରିନି । ମୁଁ ତାଙ୍କୁ ସିଏ ବାଲି ଛାଡ଼ିବା ପରେ ଏତେ ମନେ ପକାଉଚି, ଅଥଚ ଥିବାବେଳେ ତାଙ୍କ ବିଷୟରେ ପଦଟିଏ ବି ପଚାରି ପାରିନି । ସିଏ ଟିକିନିକି ପଚାରି ଯେଉଁ କିଛି ସୂଚନା ଦେଇ ଯାଇଛନ୍ତି, ମୋତେ ତାହା ବଶୀଭୂତ କରିଦେଇଛି । ଥରେ କି ଦିନେ ନୁହେଁ, ସେଇ ହିନ୍ଦୁ ଦଲ ହିନ୍ଦୁ ପ୍ଲାଜା ହୋଟେଲ ଦଖଲ କରି ସାତଦିନ ରହିଥିଲେ, ସାତଦିନଯାକ ମୁଁ ତାଙ୍କରି ପର୍ଯ୍ୟଟନ ବସ୍‌ରେ ଗାଇଡ଼ ଭାବରେ ଯାଇଛି ।"

ସୁବର୍ଷ ପଚାରିଲା, "କଅଣ ଏମିତ ସବୁ କହିଲେ କି ତୁମେ ଭୁଲି ଯାଇଛ ?"

"ସବୁ ତୁମକୁ ଗୋଟିଗୋଟି କହିଛି । ତୁମେ ଏ କାନରେ ପୂରାଇ ଆର କାନରେ ବାହାର କରି ଦେଇଥବ । ମା ପୁଅ ଦି ଜଣ ମୋର ଏ ଧର୍ମ ମାନସିକତାକୁ ହେୟ ମନେ କରୁଛ ? ଆଜି କାଲି କଅଣ ଏରୋପ୍ଲେନରେ ମଣିଷ ଯା' ଆସ କରୁଛି ବୋଲି ଧର୍ମ ଦୁନିଆଁ ଛାଡ଼ି ଚାଲିଗଲା ?"

"ଆଉ ଦିନକର କଥା", କହିଚାଲିଛି କାର୍ତ୍ତିକ, "ସେଇ ଭାରତୀୟ ଭଦ୍ରଲୋକ ତାଙ୍କ ପନ୍ତୀଙ୍କ ସହିତ ବାତୁରର ଏକ ହୋଟେଲରେ ଖାଇ ଆଗ୍ନେୟଗିରି ଦେଖସାରି ଅନ୍ୟମାନଙ୍କ ଆସିବା ଆଗରୁ ବସ୍‌କୁ ଚଢ଼ିଲେ । ବସ୍‌ରେ ମୁଁ ଅପେକ୍ଷା କରିଥାଏ ।

ସବୁଦିନ ଅପେକ୍ଷା ଭଦ୍ରଲୋକ କଳା ଜ୍ୟାକେଟ୍ ପିନ୍ଧି ବେଶ୍ ସତେଜ ଦେଖାଯାଉ ଥାଆନ୍ତି । ମୋତେ ପଚାରିଲେ, ଏଇ ଆଗ୍ନେୟଗିରିର ନାଁ କିଣ୍ଟାମଣି ନା ଚିନ୍ତାମଣି ?"

"ମୁଁ ତ ଚିନ୍ତାମଣି ଶବ୍ଦ କେବେ ଶୁଣିନି, ତେଣୁ କହିଲି, କିଣ୍ଟାମଣି ସାର୍ ।"ଟିକିଏ ସମୟ ପରେ କାର୍ତ୍ତିକ ଉତ୍ତର ଦେଇଛନ୍ତି ।

କିନ୍ତୁ ସେ କହିଚାଲିଲେ, "ଆମ ମାତୃଭାଷାରେ ଚିନ୍ତାମଣିର ଅର୍ଥ ଚିନ୍ତା ବା ଭୟର ଗଣ୍ଟାଘର । ଆଜି ସିନା ନିସ୍ତବ୍ଧ ହୋଇଗଲା, ଦିନେ ନା ଦିନେ ନଶ୍ଚୟ ଏହି ଚିନ୍ତାମଣି ଆଗ୍ନୟଦ୍ଗିରଣ କରି ଏଠାରେ ସମସ୍ତଙ୍କ ଜୀବନକୁ ଉଚ୍ଛନ୍ନ କରି ରଖ୍ଥିବ । ଏଥିପାଇଁ ତୁମର ସେ ସମୟର ପୂର୍ବପୁରୁଷମାନେ ନାମକରଣ କରିଥିଲେ ଚିନ୍ତାମଣି । ଚିନ୍ତାମଣି ଆମ ରାଇଜର ନାଁ, ତୁମର ଏଠାରେ ସେଇ ନାଁଟି ଅପଭ୍ରଂଶ ହୋଇ କିନ୍ତାମଣି ହୋଇଯାଇଛି ।"

"ମୋ ମନରେ ବିସ୍ମୟ ଭାବ ଦେଖି ସିଏ ମନେମନେ ହସୁଥିଲେ । ମୁଁ ଭାବି ଚାଲିଥିଲି, ଏଇ ପର୍ଯ୍ୟଟକ କୁଆଡୁ ଆସି ଆମ ସହ ଭାଷାର ସମ୍ପର୍କ ଯୋଡୁଛନ୍ତି । କେତେ କେତେ ଭାଷାରେ ବି ଏହି କିନ୍ତାମଣି ଶବ୍ଦଟି ସମ୍ଭବ ହୋଇପାରେ ।" ଉତ୍ତର ଦେଇଥିଲେ କାର୍ତ୍ତିକ ।

ସୁବର୍ଣ୍ଣ ମନକୁ କାହିଁକି ପାଇଗଲା । ସିଏ କହିଲା, "ସତରେ ହୋଇପାରେ । ଯଦି କିଣ୍ଟାମଣିର ଅର୍ଥ ଆମପାଖରେ କିଛି ନାହିଁ, ମାତ୍ର ତାଙ୍କ ଭାଷାରେ ଠିକ୍ ଅର୍ଥ ବୁଝାଉଛି, ସେଇଟା ଠିକ୍ ହୋଇପାରେ ।"

କାର୍ତ୍ତିକ ମନରେ ହସର ଏକ ଲହରି ଖେଳିଗଲା । ସୁବର୍ଣ୍ଣ ଆସ୍ତେଆସ୍ତେ ବୁଝିଗଲାଣି । ଆମର ହିନ୍ଦୁତ୍ୱ ଭାରତକୁ ଲମ୍ବିଛି । ନହେଲେ ଏ ବାଲିଦ୍ୱୀପକୁ ହିନ୍ଦୁ କୁଆଡେ ଆସନ୍ତେ ? ସେତିକି ବେଳକୁ ମୋର ମନେ ପଡ଼ିଗଲା ପର୍ଯ୍ୟଟକଙ୍କ ପନ୍ତୀଙ୍କ ଚଷମା ଚୋରି କଥା । ସୁଯୋଗ ପାଇ ସୁବର୍ଣ୍ଣକୁ ବଟାଇ ଦେବାକୁ ମନହେଲା ।

କହିଲି, ସେଇ ପର୍ଯ୍ୟଟକ ବାବୁଙ୍କର ସ୍ତ୍ରୀ ତାଙ୍କ ଦେଶର ଶାଢ଼ିଟିଏ ଏମିତି ପିନ୍ଧିଥିଲେ, ଆମକୁ ଦେଖ୍ଲେ ଆଶ୍ଚର୍ଯ୍ୟ ଲାଗିବ । କାରଣ ଜାଣି ପାରୁନି, ସେଇ ପ୍ରକାରର ଛାପ ଭାରି ମନଲୋଭା ଓ ଆମ ବାଲିର କିଛି ଗୁଣ ରହିଥିବା ପରି ଗୋଟିଏ ନିଜତ୍ୱ ଭାବନା ଆସିବ । ଯାହା ହେଉ, ସେଇ ମାଡାମ୍ ଗୋଟିଏ ଅତି ସୁନ୍ଦର ଚଷମାଟିଏ ପିନ୍ଧିଥିଲେ । ଦୂରରୁ ଝାମ୍ପ ମାରି ବଡ଼ ହନୁଟି ସେଇ ଚଷମା ଛଡ଼ାଇନେଲା ଓ ତିନି ପୁରୁଷ ଉଚ୍ଚରେ ଗଛ ଡାଲରେ ବସି ତଲ ଉପର କରି ଦେଖ୍ବାକୁ ଲାଗିଲା । ଶେଷକୁ ନିଜ ମୁହଁରେ ପିନ୍ଧିବାକୁ ଚେଷ୍ଟା କରୁଥାଏ । ସମସ୍ତେ ବ୍ୟସ୍ତ ହୋଇଗଲେଣି, ଚଷମାଟି ହନୁ ଫେରାଇବାର ଆଶା ଛାଡ଼ିଦେଲୁ ।

ସୁବର୍ଣ୍ଣ ବି ଶୁଣିବାର ଧୈର୍ଯ୍ୟ ହରାଇଲା। ପଚାରିଲା, "ସେ ଚଷମା ମିଳିଲା ନା ନାହିଁ ?"

"ହଁ, ହଁ ମିଳିଲା। ଟିକିଏ ବୁଦ୍ଧି ଖର୍ଚ୍ଚ କରି ଅଚ୍ଛକିଛି ଭୋଗ ଯାଚି ଦେବାରେ ହନୁଟି ଚଷମା ଦେଇଗଲା। ବହୁ ଧନ୍ୟବାଦ ଦେଲେ ସେଇ ପର୍ଯ୍ୟଟକ ଦମ୍ପତି। କିଛି ବକସିସ୍ ଦେବାକୁ ଉଦ୍ୟତ ହେବାବେଳେ ମୁଁ ହାତ ଯୋଡ଼ି ନମସ୍କାର କରିଦେଲି। କାରଣ ସେଇଟା ହିନ୍ଦୁଧର୍ମର ମାନ୍ୟାର୍ଥ। ସେତିକି ବେଳେ ସେ କହିଲେ, ଆମର ଦେଶର ପୁରୁଣା ମନ୍ଦିର ସବୁ ଏମିତି ମୂର୍ତ୍ତି ଆଉ ଚିନାବାଦାମ, ନଡ଼ିଆଖଣ୍ଡା ହନୁ ନହେଲେ ପାଟି ମାଙ୍କଡ଼ମୟ।"

ସୁବର୍ଣ୍ଣ ଏସବୁ ଶୁଣିବାକୁ ଆଗଭର ହେଲାଣି। ପଚାରିଲା, "ଆମର ପୂଜା ନୀତି ବିଷୟରେ କିଛି ପଚାରି ନାହାନ୍ତି ?"

କାର୍ତ୍ତିକ ଉତ୍ତର ଦେଲେ, କହିଥିଲି, ଦିନେ ହୋଟେଲର ବସ୍ ବାହାରିବାବେଳେ ମୋର ଓ ମୋ ସାଥୀ ଭୀମର ଫଟୋ ଉଠାଇଲେ। ସେଇ ପାଖରେ ହୋଟେଲର ପୂଜା କୋଣ। କହିଲେ, "ଏଇଟା ତ ତୁମର ଈଶାନ୍ୟ କୋଣ। ତୁମେ କଅଣ ସବୁ ଭୋଗ ଦିଅ ?"

"ଆମ ଖାଦ୍ୟ, ପାଣି, ମିଠା, ଚକୋଲେଟ୍ ଏମିତିକି ଧୂମପାନ ବି ଠାକୁରଙ୍କ ବିନା ଅର୍ପଣରେ ଆମେ ଆହାର ଛୁଇଁବୁ ନାହିଁ।" କାର୍ତ୍ତିକଙ୍କ ଉତ୍ତର।

ପର୍ଯ୍ୟଟକ ଚମକି ପଡ଼ିଲେ। ଆଶ୍ଚର୍ଯ୍ୟ ହୋଇ କହିଲେ, "ତୁମର ଏଠିକାର ଶତକଡ଼ା ପଞ୍ଚାନବେ ଭାଗ ହିନ୍ଦୁମାନେ ଏମିତି ପୂଜା କରନ୍ତି ?"

"ନାଁ, ବାଲିରେ ଏଇଟା ନୀତି ହୋଇଗଲାଣି। ଘର-ହୋଟେଲ, ହିନ୍ଦୁ-ମୁସଲମାନ ସବୁ ଏମିତି ପୂଜାପାଠ କରି ଭୋଗ ଦିଅନ୍ତି।"

ସେତିକି ବେଳେ ତାଙ୍କ ପତ୍ନୀ ପର୍ଯ୍ୟଟକଙ୍କୁ ପଚାରିବାକୁ ଲାଗିଲେ, "ଆହେ, ଏଇଟା ତ ଚଉରା ପରି ଲାଗୁଛି। ଆଉ ଆମ ଦେଶର ଚଉରା ନୁହେଁତ ?"

ପର୍ଯ୍ୟଟକ ଉତ୍ତର ଦେଲେ, "ଆମେ ବୈଷ୍ଣବ ହେବା ପରଠୁ ଆମର ଚଉରା ତ ତୁଳସୀଗଛ ସହ ଯୋଡ଼ିହୋଇଯାଇଛି। କିନ୍ତୁ ଏଇ ବାଲିଦ୍ୱୀପରେ କମ୍ ବୈଷ୍ଣବ ନାହାନ୍ତି। କାରଣ ଯେତେ ପ୍ରକାରର ସୁନ୍ଦର ସୁନ୍ଦର ଗରୁଡ଼ ମୂର୍ତ୍ତି ଏଠାରେ ଲୋକମାନେ ତିଆରି କରନ୍ତି, ତାହାର ଉପମା ନାହିଁ। ଦୁନିଆଁର କେଉଁ ରାଜ୍ୟରେ ରାସ୍ତା କଡ଼ରେ ଏମିତି ପୌରାଣିକ କଳାକୃତି ଦେଖିବାକୁ ମିଳୁ ନଥିବ।"

ସୁବର୍ଣ୍ଣର ବହୁ ଆଗ୍ରହ ହୋଇଛି, ଏମିତି କେତେ ବିଦେଶୀ ଭାରତୀୟ ଅଛନ୍ତି, ଯେଉଁମାନେ ବାଲିକୁ ଆପଣାର ବୋଲି ମନେ କରନ୍ତି, ଆଉ ବାଲିର ହିନ୍ଦୁମାନଙ୍କୁ ନିଜର

ବଂଶଧର ବୋଲି କହନ୍ତି ! ସବୁ ଭାରତୀୟମାନେ କାହିଁକି କୁହନ୍ତିନି ? ସିଏ ପଚାରିଛି କାର୍ତ୍ତିକକୁ । ଏ ବିଷୟରେ ମୋର ଜ୍ଞାନ ନାହିଁ । କାହିଁକି ଜଣେ ଏମିତି କହୁଛନ୍ତି ?

ଅନେକ ଦିନ ପରେ କାର୍ତ୍ତିକ ଭାବି ଚିନ୍ତି ଉତ୍ତର ଦେଇଛି, "ସେମାନେ ଅନ୍ୟ ଭାରତୀୟମାନଙ୍କ ଠାରୁ ଟିକିଏ ଅଲଗା । ଧୀର ସ୍ଥିର, କଥା ମାଖ୍ଖ ମାଖ୍ଖ କହୁଥିବେ । କାହିଁକି କେଜାଣି ସେମାନଙ୍କର କଥା ଶୁଣିବାକୁ ଭଲ ଲାଗିବ । ଯେତେ ଆଡ଼ମ୍ବରରେ ବେଶ ପୋଷାକ ପିନ୍ଧି ଥାଆନ୍ତୁ ନା କାହିଁକି, ସେମାନେ ଠାକୁର ପ୍ରିୟ । କାହାକୁ ଶାରୀରିକ ବା ମାନସିକ ଭାବରେ କ୍ଲେଶ ଦେବାକୁ ଚାହାନ୍ତିନି ।"

"ସେଇ ସ୍ୱତନ୍ତ୍ର ହିନ୍ଦୁମାନେ କାଇଁକି ତୁମର ଏତେ ସୁଆଗିଆ ହୋଇଛନ୍ତି ?" ସୁବର୍ଣ୍ଣ କାର୍ତ୍ତିକର ମନ ଗହୀରରେ ରହିଥିବା ଅଜଣା ଦୁର୍ବଳତାର ଓଢ଼ଣି ଖୋଲିବାକୁ ଚେଷ୍ଟା କଲା ।

"ନାଁ, ନା. ମୋ ମନର ଗୋଟିଏ ଭ୍ରମ ଥିଲା । ଆମର ଦେବସ୍ଥଳୀରେ ଗୋଟିଏ ହିନ୍ଦୁ ମନ୍ଦିର ଅଛି । କାଳକ୍ରମେ ଏହା କେତେ ଅଳ୍ପ ସଂଖ୍ୟକ ହିନ୍ଦୁ ପୂଜା କରନ୍ତି, କେତେ ପର୍ବରେ । ସେଇ ଠାକୁରଙ୍କ ନାଁ ଜଗନ୍ନାଥ । ଏକୁଟିଆ ଜଗନ୍ନାଥଙ୍କର ପୁରାତନ ମନ୍ଦିର । ଏକଥା ବେଶୀ କେହି ବାଲିରେ ଗୁରୁତ୍ୱ ଦେଇ ନାହାନ୍ତି । ସେଇ ପର୍ଯ୍ୟଟକ ବାବୁ ମୋତେ ପଚାରିଲେ, ତୁମେ ହିନ୍ଦୁ, ତୁମର ଜଗନ୍ନାଥ ମନ୍ଦିର ନାହିଁ ? ମୁଁ ପ୍ରଥମ ଦିନ ଚୁପ୍ ରହିଥିଲି । କିନ୍ତୁ ଦ୍ୱିତୀୟ ଦିନ କହିଲି, ହଁ ସାର, ଆମର ଅତି ପୁରାତନ ମନ୍ଦିର ଟିଏ ଅଛି । ଜଗନ୍ନାଥ ମନ୍ଦିର । ସେଇଠି ଠାକୁରଙ୍କର ମୂର୍ତ୍ତି ରହିଛି । ସିଏ ଆସିଲେ ମନ୍ଦିର ଦେଖିବାକୁ । କହିଲେ, ଅତି ପୁରାତନ ଜଗନ୍ନାଥ ମନ୍ଦିର । ହୋଇପାରେ ହଜାର ବାରଶ ବର୍ଷ ତଳର । ଏଇଠି ଜଗନ୍ନାଥ ସେଇ କାଳର ହୋଇ ରହିଛନ୍ତି, ଯେମିତି ସେତେବେଳେ ଥିଲେ । ଶ୍ରୀ ଜଗନ୍ନାଥ ବା ପୁରୁଷୋତ୍ତମଙ୍କର ଏକକ ମୂର୍ତ୍ତି । କିନ୍ତୁ ଆମ ରାଜ୍ୟରେ ମୂଳ ଜଗନ୍ନାଥ ବହୁ ବଦଳି ଯାଇଛନ୍ତି । ମନ୍ଦିରରେ ଏକା ନାହାନ୍ତି, ସାଥିରେ ଭାଇ ଭଉଣୀଙ୍କ ସହିତ ଅଛନ୍ତି । ବିଶ୍ୱ ବିଖ୍ୟାତ । ତୁମର ଏଠି ଜଗନ୍ନାଥ ଅଛନ୍ତି, ମୂଳ ସମୟର । ତୁମେ ଜାଣି ପାରୁନ, ଇଏ କେତେ ବିଖ୍ୟାତ ?"

"ମୁଁ ବୁଝିଗଲି । କିନ୍ତୁ ସିଏ ବାବୁଙ୍କୁ କାହିଁକି ମୋର ପୂର୍ବ କେତେ ଜନ୍ମର ଜଣେ ଅନ୍ତରଙ୍ଗ ବୋଲି ହେତୁ କଲି । ସେଦିନ ସେଇ ବାବୁଙ୍କୁ ପ୍ରଣାମ କରି ଘରକୁ ଫେରିଲି । ରାତିରେ ଭଲ ନିଦ ହେଲାନି । ମନଟା କେମିତି ପ୍ରାଚୀନ ସ୍ମୃତିରେ ଫୁଲିଉଠିଲା । ସତେ ସେଇ ହଜାର ବରଷ ହେବ ଆମେ ସେ ଦେଶରୁ ଏଠାକୁ ଉଠି ଆସିଛେ ! ଆଜି ସିନା କିଛି ରକ୍ତ ସମ୍ପର୍କ ନାହିଁ କିନ୍ତୁ ଏ ବିଷୟ ଶୁଣିଲା ବେଳକୁ ରକ୍ତରେ କିଞ୍ଚିଟା ଶିହରଣ ସୃଷ୍ଟି ହେଉଛି ।"

ପୁଣି କାର୍ତ୍ତିକ କେତେ କେତେ କଥା ଚିନ୍ତା କରୁଛି । ଏଇ ଡେନପାସରର ଉତ୍ତରକୁ ଥିବା ପ୍ରଶାନ୍ତ ମହାସାଗରକୁ ଚାହିଁ ଅନାଇ ରହୁଛି । ତେବେ କେବେ ଏଇ ଦିଗରୁ ଆମର ବାଲି ରାଇଜକୁ ପ୍ରବେଶ ହୋଇଛି । କାହିଁକି କେଜାଣି ମନକୁ ଜାତିର କଥା ଚିନ୍ତାକଲେ ଶାନ୍ତି ଆସେ । ରାତିରେ ବି ସପନ ଦେଖୁଛି । ପବନରେ ଚାଳିତ ହୋଇ ଦରିଆରେ ପାଲଟଣା ବୋଇତରେ ବସି ଉତ୍ତର ଦିଗରୁ ବାଲିମୁହାଁ କେତେ ଅଜା ଜେଜେଙ୍କ ପରି ନମଃ ପୁରୁଷମାନେ ବାଲିଦୀପ କୂଳରେ ପହଞ୍ଚିବା ଉପରେ । ମନକୁ ମନ କାର୍ତ୍ତିକ ଖୁସି ହେଉଛି ।

ମନରେ ବହୁ ସାହସ ବାନ୍ଧି ପରଦିନ ପ୍ଲାଜା ହୋଟେଲ୍‌ରେ ପହଞ୍ଚି ଅପେକ୍ଷା କରିଛି । ଆଜି ନିଶ୍ଚେ ପଚାରିବି । ବାବୁ ତ ସବୁଦିନ ବାଲି, ବାଲି ଲୋକ, ଦିଅଁ, ଦେଉଳ ବିଷୟ ଜାଣିବାକୁ ଏତେ ବ୍ୟଗ୍ର । ମୁଁ ଆଜି ତାଙ୍କର ଦେଶ, ଖାଦ୍ୟ, ଜାତି କଥା ପଚାରିଦେବି । କିନ୍ତୁ ମାନେଜର ପୁରୁଷୋତ୍ତମ ବାବୁ କହିଦେଲେ, କାର୍ତ୍ତିକ ଆଜି ନିଉଜିଲାଣ୍ଡର ଦଳେ ପର୍ଯ୍ୟଟକ ଏବେ ପହଞ୍ଚିଗଲେ, ପ୍ରସ୍ତୁତ ହେଉଛନ୍ତି, ତୁମେ ଦି ଜଣ ତାଙ୍କୁ ବାଟୁର୍‌ ବାଟ ଦେଇ ବୁଲାଇ ଆଣ ।

କାର୍ତ୍ତିକର ଛାତିରୁ ନିଆଁ ଖସିଗଲା । ଆଜି କଅଣ ସେଇ ହିନ୍ଦୁମାନଙ୍କ ସହିତ ଯିବିନି ? କେତେ ପାଞ୍ଚ କରି ଘରୁ ଆସିଥିଲି ।

ପୁରୁଷୋତ୍ତମ ବାବୁ କହିଲେ, "ନାଁରେ, ସେମାନେ କଅଣ ଅଛନ୍ତି କି ? ଦି ଦିନ ଅଧିକ ରହିବାର ବୁକିଂ ଥିଲା । କୌଣସି ଜରୁରୀ ଡାକରାରେ ପୂରା ଦଳଟା ଆଜି ରାତି ପାହାନ୍ତାରୁ ପ୍ଲାଜା ଛାଡ଼ି ଡେନପାସାର ବିମାନଘାଟୀ ଛାଡ଼ି ସାରିବେଣି ।"

ବୋଝଟାଏ ଲଦି ହୋଇଗଲା କାର୍ତ୍ତିକ ମନରେ । ମନର କେତେ ପ୍ରଶ୍ନ ଅସମାହିତ ହୋଇ ରହିଯିବ । ସେଇ ପର୍ଯ୍ୟଟକ ଯେ ମୋ ମନର ସବୁ ସନ୍ତକ ଧରି ଚାଲିଗଲେ, ମୁଁ ମୁର୍ଖ କିଛି ବି ପଚାରି ବୁଝି ପାରିଲିନି । କେଉଁଠିକାର ଲୋକ, କାହିଁକି ଏତେ ଆପଣାପଣିଆ ଆଉ ବାଲି ଲୋକଙ୍କୁ ନିଜ ବଂଶଧର ବୋଲି ଭାବନ୍ତି, ମୋର ବୁଝିବାକୁ ସଂଶୟ ରଖିଦେଇ ଗଲେ । ନିଜକୁ ଧିକାର କରି କାର୍ତ୍ତିକ ରହିଲା ।

ସୁବର୍ଣ୍ଣ ଏତେ କଥା ଶୁଣିବା ପରେ କହିଲା, "ତୁମେ ମନରେ ଏତେ ଗହୀରା କଥା ମୋତେ ବି କହିନ ? ମୁଁ ତୁମ ପାଇଁ ଗରଡ଼ଙ୍କ ପାଖରେ ପୂଜା ବସାଇବି ।"

ସେତେବେଳକୁ ରଷ୍ମି ଇଣ୍ଡୋନେସିଆର କୁଆଲାଲାମ୍ପୁରଠାରେ ଇଞ୍ଜିନିୟରିଂ ଶେଷ ବର୍ଷର ଛାତ୍ର । ପାଠ ସାରି ଘରେ ଚାକିରି ପାଇଁ ଅପେକ୍ଷା କରିଛି । ମା କଥାରୁ ଜାଣି ପାରିଛି, ବାପାଙ୍କ ମନରେ କିଛି ସଂଶୟ ରହିଛି ଆଉ

ବାପାଙ୍କୁ ପଚାରିଲା, ଏବେ ସବୁ ଜାଣିବା ଶୁଣିବା ଦୁନିଆଁରେ ତମ ମନରେ ଏମିତି ଗୁମର ସବୁ ଫିଟି ଯିବ। ସେଇ ପର୍ଯ୍ୟଟକ ଓ ତାଙ୍କ ଦେଶ ଜାତି ବିଷୟରେ ସବୁ ଜଣା ପଡ଼ିଯିବ।

ରଷ୍ମି ବାପୁଙ୍କ ପାଖରୁ ସବୁ ଶୁଣି କହିଲା, "ବାପା, ସିଏ ମୂଳ ଜଗନ୍ନାଥଙ୍କ କଥା କହୁଥିଲେ ଟି? ସିଏ ଓଡ଼ିଶାରୁ ଆସିଥିଲେ, ଭାରତର ପୂର୍ବ ଉପକୂଳର ରାଜ୍ୟ, ଆମ ବାଲି ପରି ହୋଇଥିବ। ଏଇ ଡେନ୍‌ପାସାରୁ ସିଧା ଜଳ ଯାତ୍ରା କଲେ ସେଇ ଜଗନ୍ନାଥଙ୍କ ମୂଳ ମନ୍ଦିରରେ ପହଞ୍ଚ ଯିବ! ନେଟ୍ କହୁଛି ତ ସେମାନେ ବାଲି ଯାତ୍ରା କରନ୍ତି, ବାଲି ତାଙ୍କ ରାଜା ବାଲି ନାମରୁ, ବାଲି ସେମାନଙ୍କର ଦୁଇ ହଜାର ତଳରୁ ଉପନିବେଶ। ସେମାନେ ଧର୍ମ, କର୍ମ, କଳା ସଂସ୍କୃତି ଏଠୀ ପୋତି ଦେଇ ଯାଇଛନ୍ତି। ପ୍ରମାଣ ସ୍ବରୂପ ଆମ ଘରର ବାପା, ମାଆ ଓ ମୋର ନାମ ବି ସେଇ ହିନ୍ଦୁ ଶବ୍ଦରୁ ବୋଲି ମୋର ଜଣେ ଭାରତୀୟ ସହପାଠୀ କହୁଥିଲେ।"

ଗହୀରା ମନର ଅଜଣା ଆମ୍ମୀୟତା କାର୍ତ୍ତିକଙ୍କ ଠାରେ ଲହଡି ଭାଙ୍ଗିବାକୁ ଲାଗିଲା। ସତେ ଆମ ପୂର୍ବଜ ଜଗନ୍ନାଥ ସୂତ୍ରରେ ଆବଦ୍ଧ। ଭକ୍ତିରେ ମଥା ନତ ହୋଇଗଲା କାର୍ତ୍ତିକର। ନିଜ ମନର କାମନା କଲା ପୁରୁଣା ଜଗନ୍ନାଥ ମନ୍ଦିରକୁ ନିୟମିତ ପୂଜା କରିବାକୁ।

ବହୁଦିନ ପରେ ରଷ୍ମିର ବିବାହ ସମ୍ପନ୍ନ ହେଲା ତାର ଜଣେ ସହପାଠୀ ପ୍ଲାଟୀ ସହିତ। ଦୁଇଜଣ ଯାକ ଆମେରିକାର ଗୋଟିଏ କମ୍ପାନୀରେ କାମ ପାଇଛନ୍ତି। ଅଭାବ ଅନାଟନ ଦୂର ହୋଇଯାଇଛି କାର୍ତ୍ତିକଙ୍କର। ପଇସାପତ୍ରରେ କିଛି ଅସୁବିଧା ନାହିଁ ତାଙ୍କ ଘରେ। କିନ୍ତୁ ପୁଅ ବୋହୂ କାର୍ତ୍ତିକଙ୍କର ଧର୍ମ ଭାବ ଦେଖ୍ ବାପା ମାଆଙ୍କୁ ଆମେରିକା ନେଇଗଲେ। ସେଠାରେ ଇସକନ୍ ମନ୍ଦିର ନେଇ ବୁଲାଇ ଆଣିଲେ। ମନ ଭରିଗଲା କାର୍ତ୍ତିକଙ୍କର।

ରଷ୍ମିକୁ ପଚାରିଲେ, "ଇଏ କଅଣ ସେଇ ମୂଳ ଜଗନ୍ନାଥ?"

ରଷ୍ମି କହିଲା, ବାପା, "ଏଇ ଜଗନ୍ନାଥଙ୍କର ବିଶ୍ବବ୍ୟାପକ ରୂପ।"

ପୁଅ ବୋହୂ ଜାଣିନେଲେ ବାପାଙ୍କର ଇଚ୍ଛା।

ଗୋଟିଏ ଲମ୍ବା ଗସ୍ତର କାର୍ଯ୍ୟକ୍ରମ କରି ପରିବାରଟି ଆସିଛି ମୂଳ ଜଗନ୍ନାଥ ଦର୍ଶନରେ।

ଓଡ଼ିଶା ଆସିବା ପରଠାରୁ କାର୍ତ୍ତିକଙ୍କୁ ଲାଗିଛି ସିଏ ଯେମିତି ଇନ୍ଦ୍ରଭୁବନରେ ପହଞ୍ଚ ଯାଇଛନ୍ତି। ଚାରି ଜଣଙ୍କର ପାଦ ଭୂମିରେ ଲାଗୁନି। ପୁଣ୍ୟଭୂମି ଓଡ଼ିଶା ଦେଖ୍‌ବେ। ସେଇ ଅଜଣା ହିନ୍ଦୁ ପର୍ଯ୍ୟଟକଙ୍କ ଅବ୍ୟକ୍ତ କେତେ ଭାବନାର କ୍ଷେତ୍ର ଏଠାରେ ବହୁ

ପ୍ରୀତିଭାଜନର ଅନୁଭବ ନେବେ। ସେଇ ପୂର୍ବପୁରୁଷଙ୍କ ସଂସ୍କୃତିର ଭୂମିରେ ଚାରଣ କରିବେ। ହଜାରେ ବର୍ଷ ପଛକୁ ଫେରିବା ପରି ଲାଗୁଛି ସେମାନଙ୍କୁ।

ଏମାନେ ଓଡ଼ିଶା ରାଜଧାନୀର ସେମାନେ ରହିବାକୁ ବୁକିଂ କରିଥିବା ହୋଟେଲରେ ପଶିବା ବେଳକୁ ଗେଟ୍‌ର ଡାହାଣରେ ମୂର୍ତ୍ତି ପ୍ରଦର୍ଶିତ ହୋଇଛି। ବାଲି ଡେନପାସାରରେ ତ ପ୍ରତି ହୋଟେଲ୍ ଆଗରେ ଏମିତି ରାବଣ, ଇନ୍ଦ୍ରଜିତ୍‌ ଆଉ କେତେ କେତେ ରାମାୟଣ ମହାଭାରତ କାବ୍ୟର କଚ୍ଚିତ ଉଚ୍ଚ ମୂର୍ତ୍ତି ନିର୍ମିତ। କେତେ ସୁନ୍ଦର ଦିଶେ ତ ଅର୍ଜୁନଙ୍କ ରଥରେ ଶ୍ରୀକୃଷ୍ଣ ସାରଥୀ! ଓଡ଼ିଶାର ରାଜଧାନୀର ଏହି ହୋଟେଲଟି ବାଲିର କୌଣସି ମାଲିକର ପରି ଲାଗୁଛି। ନ ହେଲେ ଏମିତି ମୂର୍ତ୍ତି କାହିଁକି ସ୍ଥାପନ କରିଥାଆନ୍ତେ? ମୂଳ ବାଲି ମହାଭାରତ ବହିରୁ କଚ୍ଚିତ ଏ ଚିତ୍ର! ବାଲି ଟେଲିଭିଜନ୍‌ରେ ତୁହାକୁ ତୁହା ପ୍ରଚାରିତ ମହାଭାରତର ଆଧାରରେ ଅଙ୍କିତ ଏହି ଚିତ୍ରଟି ଆମ ବାଲିଦ୍ୱୀପର ଜନବସତି ଯେ ଏଠି ଦିନେ ଥିଲେ, ବୁଝା ପଡୁଛି। ସବୁ ମୂଳ ଭାରତଦେଶର ଇତିକଥା ମହାଭାରତରୁ ଜନ୍ମିତ। ଆମ ଦେଶକୁ ଯାଇଥିବ ଏଠାରୁ।

ନମଃ ଏହି ରାଜ୍ୟର ପାଦତଳର ମାଟି। ସୃଷ୍ଟି କରିଛି ଆମ ପୂର୍ବପୁରୁଷଙ୍କୁ।

ଗୋଟିଏ ଦୋକାନ ପାଖରେ ଅଟକି ଯାଇଛନ୍ତି ପରିବାରଟି। ସମ୍ବଲପୁର ଶାଢ଼ୀ ଭଳିକି ଭଳି ଡିଜାଇନ୍‌ର ଟଙ୍ଗା। ହୋଇଛି। ପାଗଳ ହୋଇଯାଇଛନ୍ତି ଏମାନେ। ଏଇ ବାଲି ଦ୍ୱୀପର ବାଟିକ୍ ପ୍ରିଣ୍ଟ ପରି ଶାଢ଼ି ଏଇ ସପନ ରାଇଜକୁ କେମିତି ଆସିଲା?

ଏଇ ଡିଜାଇନ୍‌ର ଲୁଗାର ପ୍ରିଣ୍ଟ ଆମେ ବାଲିରେ ନୂତନ କରି ଉଦ୍‌ଘାଟିତ ହୋଇଛି ବୋଲି ଜାଣିଛୁ। କିନ୍ତୁ ଓଡ଼ିଶାର ଏଇ ଲୁଗା ଦୋକାନଗୁଡ଼ିକରେ ଅନେକ ମନଲୋଭା ମାଲ ମାଲ ଶାଢ଼ି ପ୍ରଦର୍ଶିତ ହୋଇଛି। ବହୁ କୌତୂହଳ ଆସିଛି କାର୍ତ୍ତିକଙ୍କ ମନରେ।

ଋଷିକୁ କହିଛନ୍ତି, "ପଚାର, ଏଇ ଶାଢ଼ିର ନାଁ କଅଣ ଆଉ ଏଇଟା କେଉଁ ଦେଶର ପ୍ରିଣ୍ଟ?"

ଉତ୍ତର ପାଇଛନ୍ତି, ଏଇଟା ସମ୍ବଲପୁରୀ ଶାଢ଼ି। ଦେଶର ଇତିହାସରେ ଏହା ସମ୍ବଲପୁର ନାଁ ଠାରୁ ବି ପୁରାତନ ଏଇ ଶାଢ଼ି ତା ଗୁଣ ଆଉ ଛାପରେ। ବୁଦ୍ଧଦେବଙ୍କ ତପସ୍ୟା ପୂର୍ବରୁ ବି ଏ ଓଡ଼ିଆ ଭୂଇଁରୁ ସୂକ୍ଷ୍ମ ରେଶମ ପାଟ ଦେଶ ଭିତରେ ଓ ବିଦେଶରେ ଆଦରର ବସ୍ତ ଥିଲା।

କାର୍ତ୍ତିକ ମନରେ ଟିକିଏ ଗ୍ଲାନି ଆସିଲାନି ଏଇଟା ଏ ଓଡ଼ିଶାର ମୂଳ ଭାଷ୍ଣା ଲୁଗାର ଡିଜାଇନ୍ ବୋଲି। ତା ମନରେ ଯେଉଁ ଅଜଣା ଆନନ୍ଦର ରୋମାଞ୍ଚ ଲୁଚୁକାଲି ଖେଳୁଥିଲା, ଗୋଟିଏ ରାହା ପାଇବା ପରି ଲାଗିଲା। ସତରେ ଓଡ଼ିଶା ରାଇଜ ମୂଳ ରାଇଜ, ଏହା ଓରିଜିନାଲ୍।

ବାଲିରେ ମିଳୁ ନଥିବା ଦୁଇଟି ମନ ପସନ୍ଦ ଶାଢ଼ି କିଣିଲେ ଗୋଟିଏ ସୁବର୍ଣ୍ଣ ପାଇଁ, ଆଉ ଗୋଟିଏ ପ୍ରାଚୀ ପାଇଁ। ଏଇ ମଠା ଆଉ ଧଡ଼ିରେ ହାତୀ–ଧାରର ବମ୍‌କାଇ ଶାଢ଼ି ଦେଖି ସେମାନେ ବାଇଆ ହୋଇଗଲା ପରି ଦେଖାଯାଉଥିଲେ। ତାଙ୍କରି ଆନନ୍ଦରେ ସେଇ ଉତ୍କଳିକାର କାରବାରିଆ ସେଲ୍‌ସ କାଉଣ୍ଟର କାହିଁକି ଅନ୍ୟ ଗରାଖମାନେ ବିସ୍ମୟାଭିଭୂତ ହୋଇ ଚାହିଁ ରହିଥିଲେ।

କାର୍ତ୍ତିକ ମନରେ ଆସିଛି, ଏଠାରେ କଅଣ ଆମ ବାଲି ପରି ପଥର ଶିଳ୍ପୀ ଅଛନ୍ତି ? ସତରେ ମନର ଭାବନାଟା ତାର ବାଲି ଆତ୍ମୀୟତାରୁ ଓହରି ଓଡ଼ିଆ ଆତ୍ମୀୟତାରେ ଭିଜି ଅତୀତରେ ହଜିଯାଇଥିବା ସ୍ମୃତିରେ ଜୁଡୁବୁଡୁ ହେଉଥିଲା। ପୁରୀ ଯିବା ରାସ୍ତାରେ ସେମାନେ ଗୋଟିଏ ପଥରର କାରୁକାର୍ଯ୍ୟ ଭରା ମୂର୍ତ୍ତି ଦୋକାନରେ ପଶିଛନ୍ତି।

ଆମ୍ଭେ ହରା ହୋଇ ପଡ଼ିଛି କାର୍ତ୍ତିକ। ଏଇ ହାତୀ ମୂର୍ତ୍ତି, ଗଣେଶ ମୂର୍ତ୍ତି, ହାତରେ ଆଇନା ଧରି ପ୍ରସାଧନରତ ଯୁବତୀର ମନଲୋଭା ଶିଳ୍ପାଶିଳ୍ପ ! ଏହା ତ ଆମ ବାଲି ରାଇଜରେ ଶିଳ୍ପୀମାନଙ୍କର କାମ। ସତରେ ଏଇ ଓଡ଼ିଶା ହାତୀମାନଙ୍କ ରାଇଜ। ଶିଳ୍ପାଶିଳ୍ପ ହେଉ କି ଶାଢ଼ିର ଧଡ଼ି ହେଉ। ସବୁଠାରେ ହାତୀ ହିଁ ମନରେ ଆଣେ ଶୁଭ ଚେତନା।

କାର୍ତ୍ତିକ ସୁବର୍ଣ୍ଣକୁ ସେଇ ପଥରଶିଳ୍ପୀଙ୍କର ଶିଳ୍ପାୟତନର ସବୁଯାକ କାରୁକାର୍ଯ୍ୟ ଦେଖି ମନପୁରାଇ ଭାବୁଛି, ସତରେ ଏଇ ରାଇଜଟି ମୂଳ ରାଇଜ। ଆମ ବାଲି ଦ୍ୱୀପଟି ଏହାର ଆଇନା ଛବି।

ଏଇଟା ତା'ର କଳ୍ପନାର ପୁଣ୍ୟଭୂମି। ଅନନ୍ତ ଅତୀତରେ ତା' ପୂର୍ବ ପୁରୁଷମାନେ ଏଇ ମାଟିରେ ହିଁ ଜନ୍ମ ହୋଇଥିଲେ। ଏଇଠୁ ବାଲି ଦ୍ୱୀପକୁ ଯାଇ ପାରିବାର ସମ୍ଭାବନା ତଥ୍ୟ ନଥିଲେ ବି ନିରାଟ ସତ୍ୟ।

ପୁରୀରେ ପହଞ୍ଚିବା ବେଳକୁ ଖରାବେଳ। ଶୀତ ଟିକିଏ ହେଉଥାଏ। ପୁରୀ ସମ୍ପୂର୍ଣ୍ଣ ଲୋକାରଣ୍ୟ। ବୁଢ଼ାବୁଢ଼ୀମାନେ ନୂତନ ଅବା ପରିଷ୍କାର ବସ୍ତ୍ର ପରିଧାନ କରି ମନ୍ଦିରକୁ ଲୋକାରଣ୍ୟ କରିଛନ୍ତି। ମନ୍ଦିର ଏତେ ଲୋକାରଣ୍ୟ ହୋଇପାରେ, ଏମାନେ କେବେ ଶୁଣି ନଥିଲେ।

ରଥି ପାଖର ଜଣେ ଲୋକଙ୍କଠାରୁ ଇଂରାଜୀରେ କଥାଭାଷା ହୋଇ କାର୍ତ୍ତିକକୁ କହିଛି, "ବାପୁ, ଓଡ଼ିଶାରେ ଏଇଟି ଧର୍ମମାସ। ସେଇ ଶୁଭ ମାସଟିର ନାଁ କାର୍ତ୍ତିକ ମାସ। ରାଇଜର ବହୁ ବୁଢ଼ାବୁଢ଼ୀ ଏଇ ଧର୍ମମାସରେ ଏଇ ପୁଣ୍ୟଧାମରେ ଧର୍ମକରିଥାଆନ୍ତି। ଶ୍ରୀଜଗନ୍ନାଥ ଦେବଦର୍ଶନ କରି କାର୍ତ୍ତିକବ୍ରତ ପାଳନ କରନ୍ତି। ସେଥିପାଇଁ ପୁରୀ ହବିଷ କ୍ଷେତ୍ର ପାଲଟିଛି।"

କାର୍ତ୍ତିକ ବହୁ ଆନନ୍ଦରେ ବିଭୋର। ସିଏ ଖାଲି ବାଲି ରାଇଜର ନୈଷ୍ଠିକ

ହିନ୍ଦୁ ନୁହେଁ, ତାର ନାଁ ଟିରେ ପୂରିରହିଛି କାଳକାଳର ଧାର୍ମିକତା ! ସତରେ ସେଦିନ ପ୍ଲାଜା ହୋଟେଲରେ ସେଇ ମାନ୍ୟବର ପର୍ଯ୍ୟଟକ କାର୍ତ୍ତିକ ନାଁ ଟିକୁ ଧର୍ମ ନାମ ବୋଲି କହୁଥିଲେ।

ବହୁ ମନ ଖୁସିରେ ସେମାନେ ଶ୍ରୀମନ୍ଦିରକୁ ପ୍ରବେଶ କରିଛନ୍ତି। ଜଣେ ପୂଜକ ସେମାନଙ୍କର ବେଶ ପୋଷାକ ଦେଖି 'ବିଦେଶୀ' 'ବିଦେଶୀ' ବୋଲି ଚିତ୍କାର କରି ସେମାନଙ୍କୁ ଗାଳି ଗୁଲଜ କରି ସିଂହଦ୍ୱାର ଫାଣ୍ଡିରେ ହାଜର କରିଛି। ଫାଣ୍ଡି ବେଞ୍ଚରେ ବସି ଭାଲୁଛନ୍ତି କାର୍ତ୍ତିକ ଆଉ ସୁବର୍ଷ। ବାହାରେ କଅଣ ବୁଝାବୁଝି କରୁଛନ୍ତି ରଷ୍ମି ଆଉ ପ୍ରାଚୀ।

କାର୍ତ୍ତିକ କାକୁତି ମିନତି ହୋଇ ଫାଣ୍ଡିରେ ପୋଲିସ ବାବୁଙ୍କୁ କହିବାକୁ ଉଦ୍ୟମ କରୁଛନ୍ତି, "ଆମେ ଧାର୍ମିକ ହିନ୍ଦୁ, ଜନ୍ମଜନ୍ମାନ୍ତରରୁ ହିନ୍ଦୁ, ଆମର ରକ୍ତ ଏଇ ଜଗନ୍ନାଥ ମାଟିର..........."

ଓଡ଼ିଆ ସନ୍ତକ

ଗୁମାନି ବୋଉ ସସ୍ମିତାର ଆଇ ହିସାବ । ଶରଧାପୁର ଗାଆଁଟି ଖୋରଧା ଅଞ୍ଚଳରେ ସମସ୍ତଙ୍କ ଜଣାଶୁଣା ଗାଆଁଟିଏ । ଏଇ ଗାଆଁ ଝିଅ ସସ୍ମିତା ଏବେ ଭୁବନେଶ୍ୱରରୁ ପାଠ ପଢ଼ି ସାରି ଚାକିରି କରିଛି । ବହୁ ସମୟରେ ଗାଆଁକୁ ଆସେ । ଘରେ ବାପା ବୋଉ ଓ ସାନ ଭାଇଟିଏ ।

ସମ୍ରାଟ ବୋଲି ଜଣେ ସହକର୍ମୀଙ୍କ ସହିତ ଚାକିରି କରିବା ପରଠାରୁ ସସ୍ମିତାର ପରିଚୟ ହୋଇଯାଇଛି । ଦୁହିଁଙ୍କର ସମ୍ପର୍କ ସୌହାର୍ଦ୍ୟରୁ ବଢ଼ି ବଢ଼ି କେତେ ବାଟରେ ପାଇଲାଣି । ବାହାରେ କାହାକୁ ଜଣା ନ ପଡ଼ିଲେ ଦି ସସ୍ମିତା ବୋଧ କଲାଣି ସିଏ ସମ୍ରାଟକୁ ବିବାହ କରିବାକୁ ବେଶୀ ଡେରି ନାହିଁ । କେବଳ ସମ୍ରାଟ ପରିବାର ବିଷୟରେ ଟିକିଏ ନିଶ୍ଚିତ ହେବାକୁ ବାକିଅଛି । ସମ୍ରାଟ ଯେତେ ରାଜି ହେଲେ ବି, ତାର ବାପା ମା' କେତେଦୂର ବୋହୂ ଭାବରେ ତାକୁ ଆପଣେଇବେ, ସେ ବିଷୟରେ ସସ୍ମିତା ଶୋଲପଣେ ସମ୍ରାଟକୁ ବିଶ୍ୱାସକୁ ନେଇପାରୁନି ।

ସମ୍ରାଟ ବି ବାପା ମା' ଙ୍କର ଗୋଟିଏ ବୋଲି ପୁଅ । ଗାଁର ବଡ଼ ପରିବାରଟିର ନାଁ ଅଛି । ମଉଗଜପାଟଣା ଗାଆଁର ଡିଆଁବାଘ ପରିବାର । ଜିଲ୍ଲାରେ ବୋଧେ ସବୁଠାରୁ ବଡ଼ ପରିବାର, କେତେ ପୁରୁଷ ହେବ ସେମାନେ ଏକାନ୍ନ ହୋଇ ରହିଛନ୍ତି, ଗାଆଁଟିର ଅଧା ଡିଆଁବାଘ ପରିବାରର । କେତେ ଗଉଣି ଚାଉଳ ରୋଷେଇ ହେଉଛି, କିଏ ହିସାବ କରି ପାରିବେନି । ଦିନରେ ଅତିକମ୍‌ରେ ପନ୍ଦର କି କୋଡ଼ିଏ ଅତିଥି ଅଭ୍ୟାଗତ । ସକାଳୁ ରାତିଯାଏ ଚୁଲି ଲିଭେନି । ବିଶାଶହେ ମୁଣ୍ଡଗଣତି ଥିଲା ଏଇ ପରିବାରର କେଇ ବରଷତଲେ । ଶହେ କୋଡ଼ିଏ ପରିବାର ସଦସ୍ୟ ।

ସସ୍ମିତା ମନକୁ ମନ ଭାବୁଚି, ଏଇ ବଡ଼ ପରିବାରଟିରେ ସିଏ କିପରି ଚଳିବ ? ଯୁକ୍ତ ପରିବାର ତ ସିଏ ଶୁଣିଛି, ହେଲେ ଏମିତି ବିଶାଳ ପରିବାର ଆଜିର ଦୁନିଆଁରେ

ଯେ ବର୍ତ୍ତିରହିଛି, କେହି ବିଶ୍ୱାସ କରିପାରିବେନି। ସମଗ୍ର ଜିଲ୍ଲାରେ କାହିଁକି, ଓଡ଼ିଶା ମୂଲକରେ ସବୁଠାରୁ ବିଶାଳ ପରିବାର !

କିନ୍ତୁ ଏଇଟା ସତ ଯେ, ବିବାହ ପରେ ତା'ର ଗାଆଁରେ ରହିବାର ସୁଯୋଗ ବହୁତ କମ୍ ଆସିବ। ନିଜେ ଚାକିରି କରିଥିବାରୁ ସେମାନେ ପରିବାର ଭିତରେ ରହି ଏତେଟା ଚଳିବାକୁ ପଡ଼ିବନି। କିନ୍ତୁ ଯେତେ ହେଲେ ବି ଶାଶୂଘର। ବୋହୂ ଶାଶୂଘର ଦୁଆର ନ ଜାଣି କିପରି ସେଇ ଏରୁଣ୍ଡି ଡେଇଁ ସମ୍ରାଟ ଘରେ ପଶିବ ?

ସମ୍ରାଟ ନିଜ ନାମ ପରି ବିଶାଳ ହୃଦୟର। ତା' ପାଇଁ କିଛି ଅସମ୍ଭବ କି ଅସାଧ୍ୟ ନାହିଁ। ନିଜ ଘରେ କିଛି ସମସ୍ୟା ନାହିଁ ବୋଲି ସିଏ ସବୁବେଳେ କହେ। ବାପା ମା'ଙ୍କର କେବଳ ନୁହେଁ, ସାରା କୁଟୁମ୍ବରେ ସିଏ ବଡ଼ ପୁଅ ଆଉ ତାର ବାପା ମା' ଜ୍ୟେଷ୍ଠକୁଳ। ଅନ୍ୟଦାଦା ମାନେ ସବୁ ବାପାଙ୍କଠାରୁ ସାନ। ମଉଗଜପାଟଣାର ଡିଆଁବାଘ କହିଲେ ବୁଝାଏ ବୀରବର ଡିଆଁବାଘ। ସମ୍ରାଟର ବାପା। ଖାଲି ଗାଆଁ କି ପଞ୍ଚାୟତରେ ନୁହେଁ ସାରା ଖୋରଧା ଅଞ୍ଚଳରେ ତାଙ୍କର ନାଁଟି ଡାକ। ଥାନାରେ ହେଉ କି ଆଖପାଖ ଦଶ ମଉଜାରେ ମାମଲତକାର ଭାବରେ ନାଁ ଅଛି। ଏବେ କୌଣସି ବିଷୟ ନେଇ ଗାଆଁ କୌଣସି ଝାମେଲା ଆସିଲେ, ବୀରବର ନ ଆସିବାଯାଏ କୌଣସି ଫଇସଲା ହୋଇ ପାରିବନି। ଅନେକ ମଉଜାର କଳି ସମାଧାନ କରିବାକୁ ବି ତାଙ୍କୁ ଡକରା ହୁଏ।

ସବୁ ଶୁଣି ଶୁଣି ସସ୍ମିତା ଥୋବରା ହୋଇଗଲାଣି। କିନ୍ତୁ ନିଜ ଘର ବିଷୟରେ ଯେତେ ପଚାରିଲେ ସମ୍ରାଟର ଗୋଟିଏ ଆଶ୍ୱାସନା, "ନଇ ନଦେଖୁ ନଙ୍ଗଳା ହେବାର ଉପକ୍ରମ କାହିଁକି କରୁଚ ? ମୋ ବାପା ମା'ଙ୍କୁ ତୁମେ ଚିହ୍ନିନ। ବୋଉ ମତେ କହି ଦେଇଛି, ତୁ ଯେଉଁଠି ବାହାହେବୁ ଆମର କିଛି ଆପଉ ନାହିଁ। କିନ୍ତୁ ଆମ ଜାତିର ହୋଇଥିବ ଯଦି ଆମେ ବହୁତ ଖୁସି ହେବୁ। ହୋଇପାରେ ଧର୍ମାନ୍ଧ, କିନ୍ତୁ ମୁଁ ତା'ର ଏହି ସର୍ବନିମ୍ନ ଆବଶ୍ୟକତାଟି ତ ମାନିଛି।"

ସେଇଦିନଠାରୁ ଆଉ ସସ୍ମିତା କେବେ ମୁହଁ ଖୋଲିନି ଏ ବିଷୟରେ ପଚାରିବାକୁ। ମଣିଷ ମନ ତ। କିଏ କହିବ କାଲିକୁ କଅଣ ଅଛି ? ସମ୍ରାଟଠାରୁ ଆଉ କିଛି ଖବର ମିଳିବନି।

ମନେପଡୁଛି ସସ୍ମିତାର, ଗୁମାନିବୋଉ ଆଈ ତ ସେଇ ମଉଗଜପାଟଣାର ଝିଅ ବୋଲି ଗାଁର ସାରା ହୁରି। କେହିକେହି ଥଙ୍ଗାରେ ଡାକି ଦିଅନ୍ତି ପାଟଣା ଆଈ। ତା ପାଖରେ କିଛି ଖାସ୍ ଖବର ଅନ୍ତର ନିଶ୍ଚିତ ଥିବ। ଗାଆଁଟାର ଏତେ ବଡ଼ ପରିବାର। ଆଈ ଜାଣି ନଥିବେ କିପରି।

ହେଲେ ଆଈଙ୍କୁ ଜଣାଇବ କେମିତି ? ଆଈ ତ ହେବ ପ୍ରଥମ ଏ ବିଷୟରେ ଜାଣିବାକୁ। କୁଣ୍ଠା ଆସୁଛି ମନକୁ, ନିଜର ପ୍ରେମ ବିଷୟରେ ଜଣାଇବାକୁ। କିପରି କହିବ ? କୋଉ ଭାଷାରେ କହିବ ? ଦ୍ୱିଧା ଆସିଛି ମନରେ। ବହୁ ଚିନ୍ତା କରିବା ପରେ ଗୋଟିଏ ଉପାୟ ମନକୁ ଆସିଲା ସସ୍ମିତାର। ଗୋଟିଏ ଅନ୍ତରଙ୍ଗ ସାଙ୍ଗର ବିଭାଘର ହେବ ବୋଲି କହି ସବୁ ଖବର ନେଇପାରିବ !

ଆଈର ତ କେହି ଛୁଆ ପିଲା ଘରେ ନଥାନ୍ତି। ତା ଦୁଆର ସବୁବେଳେ ମେଲା। ଗୋଟିଏ ବୋଲି ଝିଅ, ଗୁମାନି। ଗୁମାନିର ଏବେ ନାତି ନାତୁଣି ହେଲେଣି। ସିଏ ତ ତା କାମରେ ବ୍ୟସ୍ତ। ତା ଶାଶୂଘର ଗାଆଁ ନଇପାରିରେ। ଆଈ ଏକୁଟିଆ ଥିବ, ତା ଘର ଆଡ଼କୁ ଯିବାକୁ ସସ୍ମିତା କଳ୍ପନା କରିଛି।

ଟିକେ ଛାତି ଧଡ୍ ଧଡ୍ ହେଲା, କିନ୍ତୁ ମନକୁ ସାହସ ଆସିଲା ଏକୁଟିଆ ଆଈଙ୍କୁ ଦେଖି।

"ଆରେ ମିତା ତୁ କ'ଣ ଗାଆଁକୁ ଆସିଛୁ କି ?" ଆଈ ପଚାରିଲା।

ସାହସ ସହିତ ମିତା ପ୍ରଣାମ କରି କହିଲା, "ଆଈ ଗାଆଁକୁ ଛୁଟିରେ ତିନିଦିନ ହେବ ଆସିଲିଣି, ହେଲେ ମନେ ପଡ଼ିଗଲା ମୋର ସାଙ୍ଗ ମଧୁସ୍ମିତା କଥା। ତା'ର କଅଣ ଦରକାର ଅଛି ତୁମ ମଉଗଜପୁର ମଉଜାର ଡିଆଁବାଘ ଘର ବିଷୟ ଜାଣିବାକୁ। ମୁଁ କହିଲି, ରହ ମୋ ଆଈ ସେଇ ଗାଁର। ବୁଝି ଦେବି।"

"ଆଲୋ କଅଣ ବାହାଘର ମିଠା ଖବର କି ? ମୋତେ ମଧ୍ୟସ୍ତୁ ଶାଢ଼ି ମିଳିବ ତ ? ସବୁ କହିଦେବି।"

"ଦେଖାଯାଉ, ତୋ ହାତ ବାଜିଲେ କଅଣ ହେଉଛି, ଶାଢ଼ି ତ ପଛକଥା।"

"ଆଲୋ ତୋ ସାଙ୍ଗ ନାଁ କଅଣ ?"

"ମଧୁସ୍ମିତା"

"ଦେଖିବାକୁ ତୋ ପରି ତ ?"

"ମୁଁ କହିପାରିବି ନି, ତୁ ଦେଖିଲେ କହିବୁ।"

"କହିଲୁ କୋଉ ଡିଆଁବାଘ ତା'ର ପସନ୍ଦ ? ଆମ ଗାଆଁଟା ସାରା ତ ଡିଆଁବାଘ, ଗୋଟିଏ ପଲ୍ଲୀର ଅଧାରୁ ତିନିପା ତାଙ୍କରି ଗୋଟିଏ କୁଟୁମ୍ବ। ପଲେ ବୁଢ଼ାବୁଢ଼ୀ, କେତେ ଲୋକ ସେ କୁଟୁମ୍ବର କେବଳ ଜନଗଣନାବାଲା ହିସାବ କରି ପାରିବେ।"

"ଆଈ ଜଣେ ବୀରବର ଡିଆଁବାଘ ସେଇ ଘରର ଭାଇ ?"

"ଆଲୋ ମିତା ତୋତେ କିଏ କହିଲା ବା ?"

"ତାଙ୍କରି ବିଷୟରେ ତ ପଚାରିବାକୁ ଆସିଛି। ଯାହା ଶୁଣିବି ଯାଇ ମଧୁସ୍ମିତାକୁ କହିବି।"

"ମଧୁସ୍ମିତା କଅଣ ବୀରର ପୁଅକୁ ବାହା ହେବ କି ?"

"ଲାଜ ସଢ଼ସଢ଼ ମୁହଁରେ ସସ୍ମିତା 'ହୁଁ' କହିଲା ।"

"ଭାଗ୍ୟରେ ଥିଲେ ଏମିତି ଘର ମିଳିବ । କୋଉଠାରୁ କହିବି କହ । ବୀରର ପିଉସୀ ମା ମୋର ସହୀ । ତାଙ୍କ ଘରର ଭଲମନ୍ଦ ଓ ସବୁ ଗୋଇ ମୋ ପାଖରେ । ମୁଁ ବାଉଅ ବେଳର ବହୁ ସମୟ ସେଇ ଡିଆଁବାଘ ଉଆସରେ କଟାଇଛି । ଏବେ ଗାଁକୁ କାଲେ ଅଧେ ଗଲେ କିଏ ହେଲେ ବି ମୋତେ ଡାକି ପଠାଇବେ ।

ବୀର ତ ମାମଲତକାର । ଦଶଖଣ୍ଡ କାହିଁକି, ସାରା ଖୋରଧା ଅଞ୍ଚଳର ନାମୀ ଲୋକ । ତା ପୁଅ ଭାରି ଚାଲାକ ପିଲାଟିଏ । ଭଲ ବୁଦ୍ଧିର ପିଲା । କହନ୍ତି ଧନୀଘରର ପିଲା ପଢ଼ନ୍ତିନାହିଁ । ଲକ୍ଷ୍ମୀ ସରସ୍ବତୀ ଏକାଠି ରହନ୍ତି ନାହିଁ । କିନ୍ତୁ ବୀରର ପୁଅ ପାଖରେ ସେ ଫର୍ମୁଲା ଫେଲ୍ ମାରିଛି । ନାଁଟା ତାର ମୁଁ ଭୁଲିଯାଇଛି, ହେଲେ ଭାରି ସୁଧାର ପିଲା ।

ଆଉ ନିରବ ହୋଇ ଶୁଣି ଚୁପ୍ ରହି ପାରିଲାନି ସସ୍ମିତା । କୁରୁକୁରୁ ହୋଇ ହସିଲା ।

ଆଲୋ ମିତା ତୋ ମନକୁ ଆସିଲା କି ? ତୁ ସେ ଘରର ବୋହୂ ହୋଇଯାଉନୁ ? ଆଉ ଅନେକ କଥା ଅଛି ଲୋ । ଶୁଣିଲାବାଲା ବି ଲୋଭ ସମ୍ଭାଳି ରହିପାରିବ ନି !

ଏବେ ଆରମ୍ଭ କରୁଛି ଆଇ ତା ଗାଆଁର କାହାଣୀ । ମଉଟଜପାଟଣା ଗାଆଁର କାହାଣୀ ଯାହା ଯୁଗଯୁଗ ଧରି ଗୋଟିଏ ପରିବାରର ଖ୍ୟାତି ନେଇ ଡାକ ହୋଇଯାଇଛି କୋଶ କୋଶକୁ । ସାରା ରାଇଜକୁ ।

ବୀରବର ଡିଆଁବାଘ ପରିବାର ଗୋଟିଏ ହାଣ୍ଡିରେ ଖାଉଥିଲେ ବି ମୁହଁ ଗୋଟିଏ । ବୀର ପାଟିରୁ ଯାହା ବାହରିଲା, ସେଇଟା ଘରର କଥା । ଯାହା ବୀର କହିବ, ଅନ୍ୟ ଭାଇମାନଙ୍କର ଶିରୋଧାର୍ଯ୍ୟ । ତଥାପି ବୀର ଘରପାଇଁ କହନ୍ତି, ନିଜପାଇଁ କେବେ ବି ନୁହେଁ ।

ବୀରବରଙ୍କର ବାପା ବି ପରିବାରର ବଡ ଭାଇଥିଲେ । ସେ ଜଣେ ଅତି ଧାର୍ମିକ ଲୋକ । ନିଜ ଧର୍ମ ବଳରେ ଏତେ ବଡ଼ ପରିବାର ପୂର୍ଣ୍ଣ ଭରସାରେ ଚଳୁଛି । ଦେଖିବାକୁ ଗଲେ, ପୂରା ଡିଆଁବାଘ ପରିବାରଟି ଏକ ପ୍ରକାର ପୂରା ଧର୍ମପଥରେ ଚାଲନ୍ତି । ନା କାହାର ଅନିଷ୍ଟ କରିବେ ନା ନିଜର ବାହାଦୁରି ଗାଇବୁଲିବେ ।

ଡିଆଁବାଘ ପରିବାରର ଇତିହାସ ନିଶ୍ଚିତ ଭାବରେ ଗୁରୁତ୍ୱପୂର୍ଣ୍ଣ । ସେମାନେ କେଉଁ କାଲରୁ ଏହି ଡିଆଁବାଘ ଉପାଧ ପାଇଛନ୍ତି । ପୁଣି ଆଉ କାହାଠୁ ନୁହେଁ, ଖୋଦ୍ ଓଡ଼ିଶା ରାଷ୍ଟ୍ରର ଗଜପତି ସମ୍ରାଟ କପିଲଙ୍କ ଡିଆଁବାଘ ବୋଲି ଉପାଧ ସହିତ

ମଉଗଜପାଟଣା ପରି ଗୋଟିଏ ପଲ୍ଲୀର ନାମକରଣ ପାଇବା କ'ଣ ସାଧାରଣ କଥା ?

କପିଲେଶ୍ବର ଗଜପତି କୁଆଡ଼େ ଭାରି ଯୁଦ୍ଧଖୋର । ଡିଆଁବାଘ ଘରର ସହ୍ରୀ ମୋର କହିଛି, ରାଜା ହୋଇଗଲେ ଖାଲି ଉଆସରେ ବସି ଆନନ୍ଦ ଉଲ୍ଲାସରେ ଦିନ କଟିବ, ସେଇଟା ଯେତିକି ଆନନ୍ଦମୟ ନିଜ ସୈନ୍ୟସାମନ୍ତ ଯୋଗାଡ଼ କରି ସେମାନଙ୍କ ସମର ନିମିତ୍ତ ଉତ୍ସର୍ଗୀକୃତ ଜୀବନର ଅଙ୍ଗୀକାରବଦ୍ଧତା । ହଁ ରାଜାର ଏକନିଷ୍ଠ କାର୍ଯ୍ୟ । ଇତିହାସରେ ଆମ ଓଡ଼ିଶା ରାଇଜରେ କେତେଜଣ ରାଜା ବା ଗଜପତି ଏମିତି ସମର୍ଥ ସେନାବାହିନୀ ଗଢ଼ି ପାରିଥିବେ ? ଚାରିଦିଗକୁ ଚାହିଁ ନିଜ ରାଜ୍ୟର ମାନବସମ୍ବଳ ଓ ପଶୁସମ୍ବଳକୁ ସାମରିକ ଶକ୍ତିକୁ ରୂପାନ୍ତରିତ କରିପାରିଥିବେ ସେଇଟା ତାଙ୍କର ସାମର୍ଥ୍ୟ ।

କିନ୍ତୁ କପିଲ ଗଜପତି ନିଜେ ଜଣେ ଦକ୍ଷ ସେନାନାୟକ, ସେ ଓଡ଼ିଶାର ସେନାବାହିନୀର ଉତ୍କର୍ଷ ସାଧନ କରିଥିଲେ । ସେ ବାରାଣସୀ କଟକରେ ବସିବା ରାଜା ନୁହଁନ୍ତି, ରାଇଜର ସବୁ ସାମନ୍ତରାଜାଙ୍କୁ ବରଷରେ କେଇଥର ଭେଟି ସେମାନଙ୍କ ଅକ୍ତିଆରରେ ଥିବା ସେନାଶକ୍ତିକୁ ଜାଗରିତ କରି ରଖୁଥିଲେ ଆଉ ମଞ୍ଚା ମଞ୍ଚା ମାଲ ଓ କୁଶଳୀ ଯୋଦ୍ଧାଙ୍କୁ ମାନସିକ ଭାବରେ ଜୀବନ ମୂଲ୍ୟଦେଇ ସମର କରିବାର ଆନ୍ତରିକତା ଭରି ଦେଉଥିଲେ ।

ଗଜପତି କପିଲେନ୍ଦ୍ର ଦକ୍ଷିଣ ରାଜ୍ୟଗୁଡ଼ିକୁ ଅନେଇ ରହିଥିଲେ । ସମୁଦ୍ରକୂଳ ରାଇଜ ନହେଲେ, ଚାଷ ସହିତ ବଣିଜ କିପରି ବଢ଼ିବ ? ଏଇ ଓଡ଼ିଶା ନଦନଦୀରେ ଯେତିକି ପ୍ଲାବିତ, ସେତିକି ସାଗର କଂଦୁକ ବିଦେଶ ଦଣିଜରୁ ଅମଲ । ସିଏ ବର୍ଷ ବର୍ଷ ଲାଗି ରାଜଶକ୍ତି, ଅଶ୍ବଶକ୍ତି, ସାମରିକ ପାରଙ୍ଗମତା, ପାଇକ ମାନସିକତା, ପର୍ଯ୍ୟାପ୍ତ ଅସ୍ତ୍ର ବ୍ୟବସ୍ଥା କରି ମୁଣ୍ଡ ଟେକି ଭାରତବର୍ଷର ସମ୍ଭାବ୍ୟ ଦିଗକୁ ସିଏ ଦୃଷ୍ଟି ନିକ୍ଷେପ କଲେ ।

କିନ୍ତୁ କପିଲ ଗଜପତିଙ୍କର ଗୋଟିଏ ବୀରପରାକ୍ରମ ନିଜର ସୈନ୍ୟଶୃଙ୍ଖଳରୁ ଉପଲବ୍ଧ ହୁଏ । ସିଏ ଉତ୍କଳୀୟ ସେନାବାହିନୀର ଆଗୁଆଣୀ ଥାଟରେ ଯୋଡ଼ିଦେଲେ ଗୋଟିଏ ଚିତାବାଘ ପରି ଝାମ୍ପମାରିବା ଡିଆଁବାଘ ସେନା । ଦେଶରେ ନୂତନ, କେବଳ ଚମକାଇ ଦେଲାନି ଦେଶର ଯୁଦ୍ଧ ଦୁନିଆ, ଓଡ଼ିଶା ପାଇଲା ଜୟ ପରେ ଜୟ, ଗଙ୍ଗାରୁ କାବେରୀ ଓଡିଶା ରାଷ୍ଟ୍ର । ଡିଆଁବାଘ ଗରିଲାଥାରୁ ବି ପରାକ୍ରମୀ ।

କିନ୍ତୁ ଏ ସବୁ କାମରେ ଡିଆଁବାଘ କୁଟୁମ୍ବ କିପରି ଜଡ଼ିତ ? ସତରେ ସହ୍ରୀ ଠାରୁ ମୁଁ ଶୁଣିଚି । ଥରେ ନୁହେଁ, କେଇଥର । ଡିଆଁବାଘ ଘରେ ରହିଛି ଗୋଟିଏ ମୂଲ୍ୟବାନ ଅସ୍ତ୍ର ଯାହା ସେଇ କୁଟୁମ୍ବଟିର ବଂଶ ପରିଚୟ । ସେଇଟି କୁଆଡ଼େ ଗଜପତି କପିଲେଶ୍ବର ଉପହାର ସ୍ବରୂପ ପ୍ରଦାନ କରିଥିଲେ । ଦକ୍ଷିଣ ଦେଶ ଜୟ ପର ସମୟରେ । ପୁଣି

ଜଗନ୍ନାଥଙ୍କ ମହିମାରେ ସମନ୍ଵିତ ସେଇ ଦୁଇହାତିଆ ତରବାରିଟି ଜାତି ପାଇଁ କେବଳ ବିଜୟ ଆଣିନି, ପର ସମୟରେ ତ୍ରାଣକର୍ତ୍ତା ସାଜିଛି ଡିଆଁବାଘ ପରିବାରର କେତେକେତେ ଥାଟ ଯୋଦ୍ଧାମାନଙ୍କର ।

ସସ୍ମିତା ଆଶ୍ଚର୍ଯ୍ୟରେ ପଚାରିଛି, "ସତରେ ଗୁମାନିବୋଉ ଆଇ, ଏମିତି କଅଣ ଈଶ୍ଵରୀୟ ଶକ୍ତି ରହିଛି ?"

ଆଇ ଏକାଲୟରେ କହି ଚାଲିଛନ୍ତି, "ଡିଆଁବାଘ ଘରେ ଏଇ ତରବାରିଟିକୁ ଗୁପ୍ତରେ ରଖନ୍ତି, ଏହାର ପାରିବାରିକ ନାଁ 'ବଳଭଦ୍ର'। କେଉଁ ଯୋଗରେ ଏଇଟି ପାଇଥିଲେ, ଧନ୍ୟ ମନେକରନ୍ତି ସେମାନେ। ଅନୁମାନ କରନ୍ତି, ଯେଉଁ ପ୍ରପିତାମହ ଏଇଟିକୁ ଅର୍ଜନ କରିଛନ୍ତି ସମ୍ଭବତଃ ତାଙ୍କ ନାମ ବଳଭଦ୍ର ଓ ତାଙ୍କ ପରଠାରୁ ବଂଶ ପରମ୍ପରା ହୋଇଛି ବଳଭଦ୍ର ଡିଆଁବାଘ ଓ ତାଙ୍କର ନିବାସ ମଉଗଜପାଟଣା। ସତରେ ସେଇ ବଳଭଦ୍ର କଅଣ ଗୋଟିଏ ଡିଆଁବାଘ ପରି କାମରେ ଓ ମଉଗଜ ପରି ମନରେ ଦକ୍ଷିଣଦେଶରେ ଯୁଦ୍ଧ କରୁଥିଲେ ? ଅସମ୍ଭବ ହୋଇ ନପାରେ !

"ଘରେ କିମ୍ବଦନ୍ତୀ ରହିଛି, ଏଇ ତରବାରିଟି ବିସ୍ମୟ ସୃଷ୍ଟି କରିପାରେ ଯୁଦ୍ଧକ୍ଷେତ୍ରରେ। ବଳଭଦ୍ରଙ୍କ ନାତି ପୁଣି ଦକ୍ଷିଣ ଯୁଦ୍ଧରେ ଏଇ ତରବାରିଟି ହଜାଇଦେଇ ବିନାଅସ୍ତ୍ରରେ ଦୁର୍ଦ୍ଧର୍ଷ ବିଜୟନଗର ସେନା ଖଡ୍ଗ ମୁଖରେ ପଡ଼ିଥିଲେ। କିନ୍ତୁ ଦେଖିବାବେଳକୁ ହଜାଇଥିବା ତରବାରି ତାଙ୍କ ପାଦ ସମ୍ମୁଖରେ ଥୁଆ ହୋଇଥିଲା। ଜୀବନ ବଞ୍ଚାଇ ଜୟଲାଭ କରିଥିଲେ ସେଇ କ୍ଷଣଯୁଦ୍ଧରେ।"

ସସ୍ମିତା ଆଇଙ୍କୁ ପଚାରିଛି, "ସତରେ ଆଇ ଏତେ କାଳର ତରବାରି ସେମାନେ ରଖି କଅଣ କରନ୍ତି ସେଥିରେ ?"

"ପୂଜା ପାଉଛି ସେଇ ପାଇକ ତରବାରିଟି। ଆମ ଖଣ୍ଡାୟତ ପରିବାରରେ ଦଶହରାରେ ଏହି ବିଧିରେ ପୂଜା ଚାଲିଛି। କିନ୍ତୁ ଅନେକ ଖଣ୍ଡାୟତ କେବଳ ଖୋରଧାରେ କାହିଁକି ସାରା ଓଡ଼ିଶାରେ ଏମିତି ପୂଜା କରନ୍ତି। ଖୋରଧାରେ କିନ୍ତୁ ଖଣ୍ଡା ସବୁ ବ୍ରିଟିଶ ସରକାର ନେଇଯାଇଛନ୍ତି। ଯାହା ଗୋଟେ ଅଧେ ଲୋକ ସାହସର ସହିତ ମାଟିରେ ପୋତି ପକାଇ ଲୁଚାଇ ରଖିଛନ୍ତି।"

ସସ୍ମିତା କୌତୂହଳୀ ହୋଇ ସେଇ ବଳଭଦ୍ର ତରବାରି କିପରି ସବୁ ଦୁର୍ଯୋଗକୁ ଏଡ଼ାଇ ରହିଛି ବୋଲି ପଚାରିଛି ଗୁମାନିବୋଉ ଆଇଙ୍କୁ।

ଆଇ କହିଲେ, "ଏକ ସମୟରେ ଇଂରେଜ ସରକାର ଯେତେବେଳେ ଖୋରଧା ଦୁର୍ଗ ନିଜ ଦଖଲକୁ ନେଲେ, ଓଡ଼ିଆ ଜାତି ସେମାନଙ୍କୁ ସହଜରେ ଗ୍ରହଣ କରିଲାନି। ବରଷ କେଇଟାରେ ବକ୍ସି ଆସିଲେ, ଓଡ଼ିଶାୟାକ ମେଲି ହେଲା।

ପାଇକମାନଙ୍କର ବିଦ୍ରୋହର ଫଳସ୍ୱରୂପ ଖୋରଧା ଓ ପୁରୀର ଅଫିସ୍ ସବୁ ଭାଙ୍ଗି ଚୂରମାର କରିଦେଲେ ବିଦ୍ରୋହୀମାନେ। କେତେ ଦିନ ଧରି ଖୋଲା, ଲୁଚାଛପା ଗରିଲା ଯୁଦ୍ଧ ଚାଲିଲା। ଶେଷକୁ ବିଶାଳ ସଂଗଠିତ ଇଂରେଜ ବାହିନୀ ବାହାର ବିଦ୍ରୋହ ଦମନ କରି କେଇ ବର୍ଷରେ କୌଶଳରେ ବକ୍ସିଙ୍କୁ କଟକରେ ରଖିଲା।

"କିନ୍ତୁ ଖୋରଧା ରାଜଧାନୀରୁ ଆଦେଶ ଆସିଲା ସବୁ ଗଡ ଓ ଗାଆଁମାନଙ୍କରୁ ଯେତେ ରହିଛି ଯୁଦ୍ଧ ଉପକରଣ ସଂଗ୍ରହ କରିଆଣ। କୌଣସି ପାଇକ କି ଯୋଦ୍ଧା କୌଣସି ଅସ୍ତ୍ର ରଖିପାରିବେନି। ଗାଁ ଗାଁରୁ ଶଗଡ଼ ଶଗଡ଼ ରୋଦର ରୋଦର ଖଣ୍ଡା, ଢାଲ, ବର୍ଚ୍ଛା, ଛୁରି, ତେଣ୍ଟା ସବୁ ପ୍ରକାର ଯୁଦ୍ଧସରଞ୍ଜାମ ଲଦି ଖୋରଧାରେ ବିଲାତି ସରକାରକୁ ସମର୍ପଣ କରାଗଲା। ଗାଆଁର ମକଦ୍ଦମମାନେ ଏ ସବୁ ତଦାରଖ କରି ଗାଁକୁ ଏମିତି ଧାତବ ଅସ୍ତ୍ରଗୁଡ଼ିକୁ ସମୂଲେ ସମର୍ପଣ କରିଥିଲେ। ପାଇକ ଓ ମୁଖିଆମାନଙ୍କ ଘର ଖାନତଲାସୀ ନେଇ ଅସୁଲ କରିଥିଲେ।

"ତେବେ ଡିଆଁବାଘ କୁଟୁମ୍ବ କୌଣସିମତେ ଏଇ ତରବାରିଟିକୁ ଲୁଚାଇଦେଲେ। ତଥାପି ମକଦ୍ଦମ ଘରବାଡ଼ିରୁ କେତେ ଜାଗା ଖୋଳିଲେ, ପାଇଲେ ଗୋଟିଏ କଳା ଦୁର୍ବଳ ନଟପଟିଆ ତରବାରି। ସେଇଟିକୁ ଡିଆଁବାଘ ତରବାରି ବୋଲି ଖୁସିରେ ନେଇ ଚାଲିଗଲେ। କିନ୍ତୁ କେଇ ବର୍ଷଯାଏ ଡିଆଁବାଘ ପରିବାର ତାଙ୍କର ଓହଲ ବିଲର ସାହାଡ଼ା ମୂଳରୁ ପୋତା ଓଜନିଆ ବଳଭଦ୍ରକୁ ଆସୀ ପୂଜା କରନ୍ତି। ପୁଣି ପୋତିଦିଅନ୍ତି। ଏମିତି ସେହି ତରବାରିଟି ମକଦ୍ଦମ ଦୃଷ୍ଟି ଏଡାଇ ରହିଯାଇଥିଲା।

"ସେଇ ତରବାରିଟି ଆଉ ସାହାଡ଼ା ମୂଳକୁ ଯାଉନି। କୋଠିଘର ଗମ୍ଭୀରା ଭିତରୁ ପ୍ରତି ଦଶହରାରେ ପୂଜାପାଇଁ ବଡ଼ବୋହୂ କାଢ଼ିଆଣେ। ସେଇ ସମୟରେ ଡିଆଁବାଘ କୁଟୁମ୍ବଲୋକ ନିଜ ପୂର୍ବପୁରୁଷଙ୍କର ଉଷ୍ଣୋତାରକ୍ତର ଉତ୍ତାପ ଅନୁଭବ କରନ୍ତି! ଓଡ଼ିଆ ଜାତି, ଓଡ଼ିଆ ରକତ!"

ସସ୍ମିତା କାହିଁକି ଲାଜେଇଲା ଓଠରେ ପଚାରୁଛି, "ମା ସାଆନ୍ତାଣୀ ବଡ଼ବୋହୂ ମାଣଓସା କରନ୍ତି?"

"ଆଲୋ ତୁ କଅଣ ପଚାରୁଛୁ? ମାଣବସା ଆଉ କଅଣ କେବଳ ଓଡ଼ିଆ ଘରେ ଲୁଚିରହିଛି? ଆଗରୁ କେବଳ ଚାଷବନ୍ଦି ଘରେ ଧାନ ଲକ୍ଷ୍ମୀଙ୍କର ଗୁପ୍ତ ପୂଜା ପୂରା କାନ୍ଥାରେ ଘର ବୋହୂ ପରିବାରର ମାଙ୍ଗଳିକ କାର୍ଯ୍ୟ ଭାବରେ କରୁଥିଲେ। ଏବେ ତ ଓଡ଼ିଶାରେ ଏହା ସର୍ବଜନୀନ ହୋଇସାରିଲାଣି। କି ଧନୀ, ନର୍ଦ୍ଦନ, ଜମିହୀନ ସବୁ ମାଣ ବସେଇଲେଣି। ମଙ୍ଗଳ ଆମ ଓଡ଼ିଆ ଜାତିକୁ।

"ବଡ଼ ଗୋଟାଏ ପାଇକ ଜାଗିର ଭୋଗୁଛନ୍ତି ସେଇ ପରିବାର। ବାଟି ବାଟିର

ଚାଷ, ହଳ ଲଙ୍ଗଳ । ଧାନ ଗଦା ଦେଖିଲେ ଆଖି ଖୋସି ହୋଇଯିବ । ସେ ଘର ମାଣବସା କରିବନି ତ କିଏ କରିବ ?

"କିନ୍ତୁ ଡିଆଁବାଘ ଘର କଥା ଅଲଗା । ମୁଁ ତ ଆଜିକା କଥା କହି ପାରୁନି, ମୁଁ ତ ଏଇ ଶରଧାପୁରରେ ବୁଢ଼ୀ ହେଲି । ମଉଗଜପାଟଣା ମୋ ଅଭିଆଡ଼ି ବେଳର ସ୍ମୃତିରେ ଯାହା ଅଛି । ସେତେବେଳର ବଡ଼ବୋହୂ ଭାଗ୍ୟବତୀ । ଭାରି ଚଞ୍ଚଳୀ, କଥା କହେ ତରବର ହୋଇ । ତା ମୁହଁରୁ ଶୁଣିଛି, ଆମେ ଜାତିରେ ଓଡ଼ିଆ । ସିଏ ଆଉ ଖଣ୍ଡାୟତ କି କ୍ଷତ୍ରୀୟ କହେନି । କିନ୍ତୁ ରଙ୍ଗଢଙ୍ଗରେ ଖାଣ୍ଟି ଓଡ଼ିଆ ବେଶ ହୁଏ । ଦୁଇଟି ପରବରେ ଭାଗ୍ୟବତୀର ବେଶ ଦେଖିବାକଥା ।

ମାଣବସା ଗୁରୁବାର ଆଉ ଅକ୍ଷୟ ତୃତୀୟା । ଅକ୍ଷୟ ତୃତୀୟା ଦିନ ସକାଳୁ ଧଳା ସମ୍ବଲପୁରୀ ପାଟ ପିନ୍ଧି ସଜଫୁଟା । ପଦ୍ମ ପରି ହସ ହସ ମୁହଁରେ ସ୍ୱାମୀଙ୍କ ମୁଣ୍ଡକୁ ଟେକି ଦିଅନ୍ତି ଅଖିମୁଠି ବୁହା ନୂଆ ଟୋକେଇ । ସଜାଇ ଥାଆନ୍ତି ଧାନ କେଇ ମୁଠା ସହିତ ସବୁ ପୂଜାସାମଗ୍ରୀ, ଘରର ସବୁଠାରୁ ଲକ୍ଷ୍ମୀବନ୍ତ ଦଶଗୁଣିଆ ବିଲରେ ବୁଣା ଅନୁକୂଳ କରିବାକୁ । ସ୍ୱାମୀ ଟିକିଏ ଭାଗ୍ୟବତୀ ମୁହଁକୁ ଚାହିଁ ଅନୁକୂଳ କରନ୍ତି । କେହି ନ ଜାଣିଲେ ବି ଭାଗ୍ୟବତୀ ଜାଣନ୍ତି, ତାଙ୍କ ମୁହଁ ଚାହିଁଲେ ଡିଆଁବାଘ ଘରେ ବରଷକ ଅମଳ ମନମୁତାବକ ହେବ ।

ସେଇଥିପାଇଁ ଭାଗ୍ୟବତୀ ନିଜକୁ ଠିକ୍‌ରେ ସଜାଇଦିଏ । ସବୁ ସୁନା ସଜ, ରୂପା ପାଉଁଜ, ବଟଫଳ ସହିତ ସଯନ୍ତରେ ଥିବା ଓଡ଼ିଆଣୀ ମେଖଲା । ଏଇ ଓଡ଼ିଆଣୀ ଅଣ୍ଢାସୂତା ନପିନ୍ଧିଲେ, ଭାଗ୍ୟବତୀ ନିଜକୁ ପୂର୍ଣ୍ଣାଙ୍ଗ ଓଡ଼ିଆଣୀ ବୋଲେ ମନେକରି ପାରେନି । ଏଇଟା ତାକୁ ତା' ଶାଶୁ କହିଥିଲେ ବୋଲି ମୁଁ ଶୁଣିଛି ।"

ସ୍ମିତା ପାଟିରୁ ବାହାରି ପଡ଼ିଛି, "ଏଇ ଓଡ଼ିଆଣୀ କଅଣ ଆଜିକାଲି କେହି ପିନ୍ଧୁଛନ୍ତି ?"

"ନାଁ, କିନ୍ତୁ ମୁଁ ଯାହା ଶୁଣିଛି, ଡିଆଁବାଘ ଘରେ ଏହାର ବି କିଛି କିମ୍ବଦନ୍ତୀ ରହିଛି, କହି ଚାଲିଲେ ଗୁମାନି ବୋଉ ଆଈ । ଆମ ଶୀଲାଶିଳ୍ପରେ ଯେତିକି ସ୍ତ୍ରୀ ମୂର୍ତ୍ତି ଦେଖାଯାଏ, ସମସ୍ତଙ୍କର ଏହି ଓଡ଼ିଆଣୀ ଅଣ୍ଢାସୂତା । ଡିଆଁବାଘ ଘରେ ଏଇ ଓଡ଼ିଆଣୀଟିର ସେଇ ସମୟର ସମ୍ବନ୍ଧ ଥିବା ପ୍ରତୀୟମାନ ହୁଏ । ଏଇ କୁଟୁମ୍ବରେ ସମସ୍ତେ ବିଶ୍ୱାସ କରନ୍ତି, ସେଇ ଦକ୍ଷିଣ ବିଜୟ ସମୟରୁ ଡିଆଁବାଘଙ୍କର ଅଭୂତପୂର୍ବ କୃତିତ୍ୱ ପାଇଁ ଗଜପତି ଏହି ପରିବାରକୁ ତରବାରି ଦେବା ସଙ୍ଗେସଙ୍ଗ। ପାଟରାଣୀ ଗୋଟିଏ ଓଡ଼ିଆଣୀ ଉପହାର ଦେଇଥିଲେ ।

କି ବ୍ୟକ୍ତିଗତ ସମ୍ପର୍କ ରଖିଥିଲେ ଗଜପତି । କାହିଁ ଗାଁର ପାଇକ ସୈନ୍ୟ ସେନାପତି, କାହିଁ ବିଦ୍ୟାନାସୀ କଟକ ରାଜଧାନୀ। ମଣିଷ ଜୀବନକୁ ମୂଲ୍ୟ ଦେଇ

ଗଜପତି କପିଳ ନିଜର ବଳସାଉଁଟି ଭାରତ ଦିଗ୍‌ବିଜୟ ରଚିଥିଲେ । ସେଥିରେ ନିଜର ବ୍ୟକ୍ତିତ୍ୱକୁ ମିଶାଇ ଦେଇଥିଲେ ପ୍ରତିଟି କରିତ୍‌କର୍ମା ସୈନିକ ସହିତ !

ସେଇ ଓଡ଼ିଆଣି ଅଳଙ୍କାରଟି ବି ପରିବାରର ମଉରସୀ ଅଳଙ୍କାର ହୋଇ ରହିଛି । ଆଜିକା ବଣିଆ ତ ତାକୁ ଦେଖ୍ ନଥିବେ । ସେମିତି ନିଦା ଓଜନଦାର ରୁପା ପାଇବେ ବା କାହୁଁ ?

ବୁଝିଲୁ ମିତା, ଏବେ ତ ଭାଗ୍ୟବତୀର ବଡ଼ବୋହୁ ସୁଲକ୍ଷଣୀ ଏ ସବୁ ମଉରସୀ ସମ୍ପଦର ଅଧିକାରିଣୀ । ଏବେ ତ ସୁଲକ୍ଷଣୀ ତାର ବୋହୂ ଦେଖିବା ବେଳ ଆସିଛି ।"

ମୁହଁଟି ସସ୍ମିତାର କିପରି ମନର ଭାବରେ ଉଲ୍ଲସି ଉଠିଲା ।

ବୟସ ମାପରେ ଆଇର କଅଣ ଏଇ ଉଲ୍ଲାସକୁ ପଢ଼ିବାକୁ ଅଭିଜ୍ଞତା ନାହିଁ ? ଏଇ ଗୁମାନିବୋଉ ପରା ସାତସାତଟା ବାହାଘରରେ ମଧ୍ୟସ୍ତ ହୋଇଥିବ ! ମନକୁ ପଟିଆରା ଆସୁନି କାଇଁକି । ତଥାପି ସସ୍ମିତାକୁ ଏତିକି କହିଲେ, "ହଉ ମିତା, ଦେଖାଯାଉ କିଏ ସେ ଖଣ୍ଡା ପୂଜିବ ଦଶହରାରେ ଆଉ ଓଡ଼ିଆଣି ନାଇବ ଅକ୍ଷିତୃତୀୟାରେ ! ସତରେ କାହାର ଏମିତି ଶତଶିବ ପୂଜାର ପୁଣ୍ୟ ରହିଛି !"

ଆଇ ଖୁସି ହୋଇଗଲେ । ସସ୍ମିତା ମୁହଁର ଭାବ ଆଉ କପାଳର ପ୍ରଶାନ୍ତି ଅନୁଭବ ରେଖାକୁ ପଢ଼ିନେଲେ । କିଛିଟା ଜାଣିନେଲେ ନିଷ୍ଠିତ ।

କହିଲେ, ଆରେ ମା, ସେ ମଧୁସ୍ମିତାକୁ ଟିକେ ଆମ ଗାଆଁକୁ ଆଣିଲୁନି ? ମୋ ମୁହଁରୁ ଡିଆଁବାୟ ଘର ବିଷୟରେ ଜାଣିଥାଆନ୍ତା ।

ଆଇ ମୁଁ କଅଣ ହେଇ ପାରିଥିଲି କି ତୁମେ ସେ ବିଷୟରେ କହିପାରିବ ବୋଲି ?

ଆଇ କହିଲେ, ଆଲୋ ସସ୍ମିତା କିଏ ଆଉ ମଧୁସ୍ମିତା କିଏ ? ତୁ ତ ସବୁ ଶୁଣିଲୁ । ଯାଇ ମଧୁସ୍ମିତାକୁ ବତାଇଦେବୁ । ଭାଗ୍ୟ ତା'ର ସଲଖ । ସେପରି ଘର ପାଇବ, ସେପରି ବର ପାଇବ ।

ହସ ହସ ମୁହଁରେ ଆଇ ଦୁଇ ଆଖି ବୁଲେଇ ଯେମିତ ଚାହାଣିଟିଏ ଦେଲେ, ସସ୍ମିତା ଆଉ କେତେ ଦୂର ଆଇର ଅଭିଜ୍ଞତାକୁ ଅନ୍ଧକରି ଅଭିନୟ କରିବ, ଜାଣି ପାରିଲାନି ।

ସସ୍ମିତା ମୁଁହର କୁରୁଲେଇ କୁରୁଲେଇ ହସର ଲହରି ସଂକେତ ଦେଉଥିଲା କି ମଧୁସ୍ମିତା ହେଉଛି ତା ନିଜର ଛଦ୍ମନାମ । ଆଉ ଅଧିକ ଅନ୍ଧକାରରେ ରଖିବାକୁ ଚାହୁଁ ନଥିଲା ଆଇକୁ ।

ହଠାତ୍ ଫେଁ କରି ହସିଦେଇ ନିରବ ହୋଇଗଲା ।

ସସ୍ମିତା ପାଟିରୁ କିଛି ଭାଷା ବାହାରିଲା ନି । କେବଳ ଲମ୍ୟ ହୋଇ ଆଇ ଗୋଡ଼ ତଳେ ପଡ଼ିଗଲା । ▣

BLACK EAGLE BOOKS

www.blackeaglebooks.org
info@blackeaglebooks.org

Black Eagle Books, an independent publisher, was founded as
a nonprofit organization in April, 2019. It is our mission to
connect and engage the Indian diaspora and the world at large
with the best of works of world literature published on a
collaborative platform, with special emphasis on
foregrounding Contemporary Classics and New Writing.

www.ingramcontent.com/pod-product-compliance
Lightning Source LLC
Chambersburg PA
CBHW050140110726

47898CB00008B/2606